Knaur

Von Jo Beverley sind außerdem erschienen:

Maskenspiel der Leidenschaft
... doch die Liebe war stärker

Über die Autorin:

Jo Beverley lebt in Ottawa (Kanada). Sie gehört zu den wichtigsten amerikanischen *Romance writers* und hat zahlreiche Preise gewonnen. Einige ihrer Romane standen auf der Bestsellerliste der *New York Times*.

Jo Beverley

Prinz der Schatten

Roman

Aus dem Amerikanischen
von Leokadia Winter

Knaur

Die amerikanische Originalausgabe erschien 1998 unter dem
Titel »Lord of Midnight« bei Topaz/Penguin Group, New York

Besuchen Sie uns im Internet:
www.droemer-knaur.de

Deutsche Erstausgabe Juni 1999

Redaktion: Gerhild Gerlich
Umschlaggestaltung: Agentur ZERO, München
Umschlagabbildung: Pino Daeni / Agentur Schlück, Garbsen

Satz: Ventura Publisher im Verlag
Druck und Bindung: brodard & Taupin, La Flèche
Printed in France
ISBN 3-426-69041-1

2 4 5 3 1

1. Kapitel

London, im August 1101

Mit der Regelmäßigkeit einer läutenden Glocke schlugen Männer einen Pfahl nach dem anderen in den sommertrockenen Grasboden, gefolgt von anderen, die Seile um die Pfosten wanden, um den Kampfplatz einzufrieden. Ein Zweikampf, ein Gottesurteil, ein Kampf, bei dem einer von beiden getötet würde, würde viele Menschen anlocken, und eine Menschenmenge mußte in Schranken gehalten werden. Die Hämmer der Zimmerleute auf der Tribüne schlugen einen schnelleren Takt. Sie mußte fertig sein. Fertig für den König und seine Beamten. Sie war ein einfaches Podest, ohne Baldachin und Zierat, weil Edeldamen nicht zugegen sein würden. Heute würde dieser Ort ein Gerichtsplatz sein, wo Männer mit dem Leben für ihren Anspruch einstanden.

Und er würde gewissermaßen Hinrichtungsplatz sein. Auf den Grasplatz fiel der Schatten des steinernen Towers, Sinnbild normannischen Herrschaftswillens, der Widerstand nicht duldete. Zum Beweis dafür hatte die jüngste Rebellion hierher geführt, zu diesem Gottesgericht.

Schon bevor das Hämmern verstummte, kamen die ersten Schaulustigen aus den nahe gelegenen Straßen und Gassen heraus, strichen um die Seile herum, um den Platz mit der besten Aussicht zu ergattern. Viele aßen noch behaglich ihr Frühstücksbrot oder nahmen einen Schluck aus dem Alekrug. Auch Händler kamen, schrien: »Ale! Pasteten! Früchte!« Bodenakrobaten vollführten ihre halsbrecherischen Sprünge und Rollen zur Musik von Flöten und Trommeln.

Wahrsager lasen aus Händen. Quacksalber priesen Patentrezepte und Talismane gegen alle möglichen Krankheiten an. Edelfrauen waren nicht zugegen, dafür waren unter dem geringen Volk Frauen, die entweder gaffen oder Geld verdienen wollten, brauchten sie doch nicht die höfischen Vorschriften zu beachten. Einige hatten sich etwas zum Sticken oder Spinnen mitgebracht, viele hatten Kinder bei sich.

»Guten Morgen, Truda«, sagte eine Frau zu einer anderen, während sie ihren Faden flink um die Spule wickelte. »Es wird kein großer Zweikampf zu sehen sein, sagt man.«

»Jaja, ein Älterer gegen einen Jüngeren. Aber man kann nie wissen, Nan. Ältere sind klug.«

»Ich habe gehört, daß dieser Clarence von Summerbourne kein besonders großer Kämpfer sei.«

»Na«, machte Truda verächtlich, schob sich das letzte Stück ihres Honigbrotes in den Mund und wischte sich die Hände an ihrer Schürze ab.

»Warum sollte er hier sein, wenn er kein großer Kämpfer ist? Wahrscheinlich sieht er nur so aus, als ob er dem besten Kämpfer des Königs nicht gewachsen ist.«

»Dann hätte er den Anspruch des Königs nicht anfechten sollen, oder etwa nicht? Trotzdem«, Nan bekreuzigte sich fromm, »Gott wird entscheiden. Wenn er recht hat, wird er gewinnen, selbst gegen einen stärkeren Mann. Natürlich hat er nicht recht«, fügte sie schnell hinzu und blickte sich um.

»Natürlich nicht.« Auch Truda bekreuzigte sich, um sich vor den weltlichen wie höllischen Mächten zu schützen. Dann sprach sie leise weiter: »Obwohl ich nicht weiß, warum wir hier von Gott sprechen. Mein Edwin hat jeden geschlagen, von dem er sich beleidigt fühlte. Und ich würde nicht sagen, daß er immer im Recht war. Er ist einfach größer und stärker.«

»Aha. Aber rufen nicht beide vorher Gott an?« Nan fuchtelte mit der Spindel herum, um ihr Argument zu bekräftigen. »*Das ist* das Kunststück, Truda. Gott kann sich nicht um jede Kleinigkeit kümmern, oder? Aber wenn Er *angerufen* wird …«

»Ich verstehe. Die Anrufung …« Truda verstummte und trat zur Seite, um auf ein Knäuel sich am Boden wälzender Jungen einzuschlagen. Dann zerrte sie ihren flachsblonden Sohn heraus. »Ich hab' dir doch gesagt, Willy, daß du dich nicht prügeln sollst, sonst schick' ich dich heim!«

»Er hat mich einen …«

»*Keine Prügeleien*, sonst schicke ich dich hinter die Schranke, und dann kannst *du* gegen den Ritter des Königs kämpfen.«

Der Junge zog eine Grimasse. Er setzte sich aber trotzdem seiner Mutter zu Füßen auf den Boden und begann Gras aus dem staubtrockenen Boden zu rupfen.

»Es muß endlich wieder regnen«, sagte Truda, »die Zisternen sind schon fast leer.«

»Ja, es ist schwierig, anständiges Wasser zu bekommen«, stimmte ihr Nan zu. »Aber im Osten sind schon Wolken aufgezogen. Das sieht vielversprechend aus, aber ich hoffe, das Wetter hält sich noch eine Weile …«

Zufrieden sprachen die beiden noch eine Weile über das Sommerwetter, bis Willy seine Mutter am Rock zupfte und fragte: »Mama, ist das der König?«

Jetzt drängten sich die Menschen schon zu zweit oder mehreren hintereinander entlang des Seils, und die Leute, die die Frage des Jungen gehört hatten, richteten ihr Augenmerk auf die Tribüne. Aber es waren nur Männer, die Bänke und einen großen, schweren Stuhl hinauftrugen.

»Nein, mein Junge«, sagte Truda, »aber das ist sein Thron, schau hin. Er wird also bald kommen.«

»Und wann beginnt der Kampf?«

»Wenn sie fertig sind. Und jetzt sei ruhig.«

Aber der Junge zupfte wieder an ihrem Gewand. »*Warum* kämpfen sie, Mama?«
»Das hab' ich dir doch schon gesagt. Der eine von ihnen behauptet, der König habe nicht das Recht, König zu sein. Dem Bruder des Königs gebühre die Krone.«
»Und warum kämpft der König nicht, sondern schaut zu?«
»Weil Könige niemals zu solchen Zweikämpfen antreten, mein Schatz. Sie haben Männer, die für sie streiten.«
Der Junge zupfte wieder Gras aus der Erde. »Das ist aber nicht fair«, murrte er. »Ich muß auch selber kämpfen.«
Truda gab ihm einen Klaps. »Sei nicht frech und tu nicht so, als gäb' es irgendeine Gemeinsamkeit zwischen deinen Streitereien und der Sache des Königs.«
Ein Ruck ging durch die Menge, als die ersten Edelleute aus dem Tower traten. Sie trugen knielange Röcke und mit Bändern umwickelte lange Hosen wie alle Männer. Nur die reichen Farben, das Gold und die in der Sonne funkelnden Edelsteine verrieten ihren Rang.
»Mama, ist das ...«
»Nein, Willy. Der König trägt eine Krone. Und wenn du dich nicht anständig benimmst«, fügte Truda hinzu, »dann läßt er dir den Kopf abschlagen.«
Willy zuckte zurück und drängte sich an seine Mutter. Nun traten bewaffnete Männer in Kettenhemden und mit kegelförmigen Eisenhelmen aus dem Tower, stellten sich entlang der Schranke auf und rammten Lanzen mit langen Spitzen in den Boden. Niemand sollte sich in den Kampf einmischen können.
»Nun dauert es nicht mehr lange«, sagte Truda.
Die Edelmänner begannen sich entlang eines Abschnitts der Barriere aufzureihen, der für sie freigehalten worden war. Einige von ihnen erstiegen aber das Podest und setzten sich auf die Bänke, die zu beiden Seiten des Thrones standen.

»Die Männer dort oben sind ganz wichtige Leute«, sagte Truda sanft zu Willy. »Grafen und so was. Ein oder zwei Bischöfe. Sie sorgen dafür, daß das Ritual korrekt abläuft.« Sie wandte sich Nan zu. »Ich kann nicht behaupten, daß die besonders glücklich aussehen.«
»Ich habe gehört, daß dieser Clarence ein beliebter Mann ist. Wahrscheinlich wollen sie nicht sehen, daß er stirbt.«
»Aber er wird sterben.«
Nan nickte. Dann aber rückte sie näher an Truda heran. »Ich habe gehört – vom Vetter des Mannes meines Schwester, der dort oben Wächter ist –, also von ihm habe ich gehört, daß sie letzte Woche seine Tür unverriegelt gelassen und gehofft haben, daß er flieht.«
Truda blickte sie erstaunt an und flüsterte: »Du meinst, sie glauben, er könnte *gewinnen*?«
Nan schüttelte den Kopf. »Nein. Sie wollen ihn nur nicht sterben sehen.«
Der Trompetenstoß brachte beide zum Verstummen. Truda zog ihren Sohn am Kragen in die Höhe. »Dort, Willy. Da ist der König!«
Heinrich Beauclerk, der jüngste Sohn Wilhelms des Eroberers, nun selber König von England, trat aus dem Weißen Tower, gefolgt von vier Männern, auf dem lockigen dunklen Haar eine goldene Krone, sein kostbarer Purpurmantel fiel bis auf den Boden.
»Ist das nicht FitzRoger?« murmelte Nan. »Der Große im grünen Rock. Er ist der Erste Kämpfer des Königs. Aber er trägt ein Wollkleid – also wird er heute wohl kaum kämpfen.«
»Was? Sie kämpfen heute nicht?« fragte Truda – so laut, daß der Wachposten, der in ihrer Nähe stand, sich zu ihr umwandte.
»Oh, keine Sorge, Mistress. Sie werden kämpfen.«
»Aber wer kämpft für den König?« fragte Nan ihn.

»Ein Neuer. Renald de Lisle ist sein Name.«
»Oh.« Nan war für einen Augenblick verwirrt. »So ein Pech. Ich habe gehört, daß er der beste Mann ist – FitzRoger. So gerne hätte ich ihn in einem Kampf auf Leben und Tod gesehen.«
»Er ist frisch verheiratet«, sagte der Wachtposten und drehte sich leicht zur Seite, um den Frauen zuzuzwinkern. »Er ist wahrscheinlich etwas geschafft.«
Beide Frauen kicherten. Sie verstummten aber sofort, als die Trompeten wieder ertönten. Der König saß nun auf seinem Stuhl. Durch das Signal herbeigerufen, trat ein Mann aus dem Tower – ein Mann ganz in Eisen, im knielangen Kettenhemd. Ein breiter Ledergürtel, an dem die Schwertscheide getragen wurde, lag um seine Hüften. Eine leere Schwertscheide.
»Warum hat er kein Schwert, Mama?« fragte Willy. »Kämpfen sie nicht mit Schwertern, so wie du gesagt hast?«
»Doch, natürlich. Sein Knappe wird es haben.« Truda schaute auf den Gefährten, der Schild und Helm trug, aber kein Schwert. »Was sagst du dazu, Nan?«
Nan drehte stirnrunzelnd ihre Spindel um. »Keine Ahnung, Truda, ganz ehrlich. Ich hab' bisher nur einen solchen Zweikampf gesehen, und da haben beide ihr Schwert getragen.«
»Ja, stimmt. Er dauerte fast den ganzen Tag, bis er sich am Ende ergeben hat … Wie hieß er noch mal?«
»Das weiß ich nicht mehr. Ist doch auch egal. Sie haben ihm dann die Augen ausgestochen und die Eier abgeschnitten. Da wäre er besser im Kampf umgekommen.«
Willy schaute erschrocken auf. »Warum haben sie das mit ihm gemacht, Mama?«
Beruhigend zauste sie ihm das Haar. »Er hat verloren. Er war als Verräter überführt. Und da er nicht starb, wie es vorgesehen war, mußte er bestraft werden. Das passiert nun einmal mit Verrätern.«

»Nicht mit den letzten«, murmelte Nan und beugte sich nah an Trudas Ohr. »Man sagt, daß viele mächtige Männer ausgezogen waren, um Herzog Robert zu unterstützen, so daß der König nicht alle hart bestrafen konnte. Ein paar hat er verbannt, den meisten aber ein Strafgeld verpaßt und sie nach Hause geschickt.«

»Jaja«, hauchte Truda. »Das hab' ich gehört. Aber warum ...«

Beide verstummten, als der zweite Mann aus dem Tower kam. Er war wie der erste gekleidet, doch an seinem Schwertriemen hing ein Schwert in seiner Scheide. Er war fast so groß wie sein Kontrahent, aber von schwächlicher Statur, was sogar durch das Kettenhemd zu erkennen war. Truda meinte, daß er aussähe, als ob seine Panzerung ihn erdrücken würde. Beide Männer standen der Tribüne zugewandt. Die Trompeten schmetterten ein letztes Mal, und die befohlene Stille trat ein. Der König beugte sich vor. Obwohl er nicht laut sprach, konnte Truda seine Worte verstehen.

»Clarence von Summerbourne, wollt Ihr Euren Irrtum einsehen, mir den Treueid leisten und meine Gnade entgegennehmen?«

Der schmale Mann stand kerzengerade. »Ich kann nicht, Heinrich. Ihr habt keinen Anspruch auf Englands Krone.«

Der König zuckte zusammen, als wäre er geohrfeigt worden. Dann erhob er seine Hand, und der Diener des Gerichts trat vor.

»Hört alle her, hört alle her! Lord Clarence von Summerbourne, der seine Waffen gegen den König erhoben und öffentlich erklärt hatte, daß unser rechtmäßiger König Heinrich keinen Anspruch auf die Krone Englands habe, steht hier, angeklagt des Verrats. Clarence von Summerbourne, wie plädiert Ihr?«

»Nicht schuldig!«

»Wer steht für diese Anklage?«

»Ich, Renald de Lisle.« Klar und fest war die Stimme und von allen deutlich zu vernehmen. »Ich beanspruche das Recht als Kämpe König Heinrichs, des rechtmäßigen Königs von England.«

Bevor der Diener des Gerichts im Ritual fortfahren konnte, rief Lord Clarence: »Einspruch! Ich verlange, daß der König mit seiner Leibeskraft für seine Sache einsteht.«

Ein Raunen des Erstaunens lief über den Platz, und auf der Tribüne sprach Mann zu Mann. Dann winkte der König den Gerichtsbedienten zu sich. Es wurde totenstill.

Der Diener des Gerichts stellte sich in Positur und verkündete: »Lord Clarence von Summerbourne steht heute hier für den Bruder des Königs, Herzog Robert von der Normandie. Er steht für Herzog Roberts unrechtmäßigen Anspruch auf die Krone. Daher ist es recht und billig, daß der König auch einen Stellvertreter hat. König Heinrich erklärt hier, daß er willens ist, wenn sein Bruder Robert ihn persönlich herausfordert, persönlich gegen ihn anzutreten und mit dem Leben für seine Sache einzustehen.«

Ein lautes Hurra erschallte aus den Mündern aller Anwesenden.

»Das wird ein Kampf!« sagte Truda.

Nan kicherte. »Aber einer, der niemals stattfinden wird. Herzog Robert wird hier eintreffen, aber sobald er sieht, daß seine Truppen zahlenmäßig unterlegen sind, nimmt er einen Sack voll Geld und verschwindet ganz schnell wieder nach Hause.«

Wieder schmetterten die Trompeten, um Ruhe und Ordnung zu befehlen.

Dann entrollte der Diener des Gerichts ein weiteres Pergament. »Dieses ist das erste Mal, daß Renald de Lisle als Kämpe des Königs fungiert, deshalb überreicht der König ihm dieses Schwert.« Ein Mann trat mit der Waffe in der Hand neben den König. »Ein Schwert aus bestem germani-

schem Stahl, ein Geschenk des Herrschers. Den Knauf schmückt kein Edelstein, sondern ein Stein vom Grab Christi in Jerusalem. Möge es immer wirksam kämpfen.«
Der Ritter trat vor, beugte das Knie und nahm das Schwert entgegen.
»Wenn er verliert«, fragte Truda, natürlich ganz leise, »was passiert dann?«
Nan schaute um sich und trat dicht an ihre Seite. »Wenn ich es richtig verstehe, dann hat Gott gesagt, daß der König nicht König sein kann.«
Truda bekreuzigte sich. »Herr, hab Erbarmen!«
Der Kämpe des Königs kehrte zum Angeklagten zurück. Beide setzten kegelförmige Helme auf, befestigten sie unter dem Kinn und ergriffen ihre Langschilde.
»Bittet Ihr Gott«, fragte der Gerichtsbediente, »sich Eurer Leibeskraft zu bedienen, um zu beweisen, was Recht und Gerechtigkeit ist?«
»Das tue ich.«
»Das tue ich.«
Ein Priester trat vor. Nein, es war ein Bischof in kostbarer Robe und mit einer hohen Mitra auf dem Kopf. Er hielt ein goldenes Kruzifix empor, das beide Männer küßten. Dann besprengte er die gebeugten Hauptes vor ihm stehenden Ritter mit Weihwasser. Schließlich salbte er beide mit heiligem Öl, damit der Mann, der getötet würde, mit den Sterbesakramenten versehen war.
Als der Bischof zurücktrat, rief der Diener des Gerichts: »Möge Gott die Wahrheit ermitteln!«, und der König hob seine Hand.
In dem Moment, als Lord Clarence von Summerbourne sein glänzendes Schwert zog, glitt eine dunkle Wolke vor die Sonne und erstickte den strahlenden Schein. Der Kampf begann langsam und vorsichtig. Die Männer schwangen ihr Schwert und deckten sich mit ihrem Schild, aber trotz des

lauten Geklirrs war deutlich, daß die beiden sich prüften. Die Art, in der sie sich staubaufwirbelnd über den Platz bewegten, war beinahe monoton. Wäre dieser Kampf ein Schaukampf gewesen, hätte die Menge höhnisch gebuht und nach mehr Einsatz gerufen. Aber dies war kein Schaukampf. Einer der Männer würde heute sterben, und wenn beide vorsichtig waren, so war das ihr gutes Recht. Ein solcher Kampf konnte den ganzen Tag dauern und wurde am Ende eher durch Erschöpfung als durch Kampfgeschick entschieden.

Truda glaubte nicht, daß Lord Clarence den ganzen Tag durchhalten würde, denn seine Art, sich zu bewegen, erweckte beinahe den Eindruck, daß er müde sei. Als wollte er Trudas Gedanken Lügen strafen, begann Lord Clarence, entschlossener und energischer zu kämpfen. Seine Hiebe wurden härter, und sein Schwert schlug Funken auf der germanischen Klinge und Eiseneinlassung des gegnerischen Schildes. Sir Renald verteidigte sich, ohne den Angriff zu unterbinden. Plötzlich aber übernahm er die Regie und drängte Lord Clarence zurück. Der Angeklagte stolperte, und die Menge hielt die Luft an, als der Kämpe des Königs seine Waffe aus dem Handgelenk nach vorn und auf den Rand des Schildes des Kontrahenten schlug. Anstatt ihn aber zur Seite zu schlagen, drang das Schwert tief in den Schild ein. Es durchschlug den eisernen Rand und drang ins Holz.

Dort blieb es stecken.

Wieder schnappte die Menge nach Luft. Lord Clarence ergriff die Gelegenheit und zielte mit einem schwungvollen Schlag auf seinen Gegner, der das Gleichgewicht verloren hatte, zielte mit einem Schlag, um die Knochen seines Gegenübers zu brechen. Im letzten Augenblick konnte Sir Renalds Schild den Schlag abwehren, aber damit war er ohne Deckung. Aber im selben Moment stieß er Lord Cla-

rence' Schild zurück, um sein Schwert aus dem Holz zu ziehen, machte einen Satz nach hinten und war außer Gefahr.
Wie aus einem Munde war der Stoßseufzer der Menge zu hören. Die beiden Streiter hielten inne, um sich zu sammeln.
»Oh«, sagte Nan. »Das war übel.«
»Ich hab' noch nie gesehen, daß ein Schwert so durch einen Schild gedrungen ist«, erwiderte Truda. »Germanischer Stahl? Lord Clarence hat gut aufgepaßt. Dieses Schwert ist in der Lage, einen Kettenpanzer zu durchbohren.«
»Ja, er hat den richtigen Gedanken gehabt. Bricht man dem Gegner ein paar Knochen, dann ist es egal, ob er größer oder stärker ist und ein germanisches Schwert hat. Dann wird er bald ein toter Mann sein.«
Truda warf einen Blick auf den König, um dessen Schicksal hier gerungen wurde. Bewegungslos wie eine Statue saß er da, seine Hände ruhten entspannt auf den Armstützen seines hohen Lehnstuhls, er wirkte wie in Gedanken versunken. Das gefiel Truda. Ein König sollte immer seine Würde bewahren, selbst angesichts einer Katastrophe.
Ganz besonders sogar angesichts einer Katastrophe.
Geklirr verriet ihr, daß der Kampf weiterging, und schnell wandte sie sich ihm wieder zu. Lord Clarence schien angefeuert. Er holte zu kräftigen Hieben aus und trieb seinen Gegner unter einem Hagel von Schwertstreichen zurück. Truda bemerkte, daß sie sich auf die Fingerknöchel biß. Geriet der König in Schwierigkeiten, so hieß das auch immer gleich Schwierigkeiten für das geringe Volk.
Nun wurde Lord Clarence' furioser Angriff wild. Er sah aus wie Willy, wenn er mit seinen Freunden mit Stöcken focht und sie ohne Plan und ohne Geschick durch die Luft sausen ließ. Der Kämpe des Königs hingegen war noch ganz bei Kräften. Mit einem schwungvollen Schlag riß er den Kampf an sich und trieb Lord Clarence zurück. Der Angeklagte

taumelte, als würden seine Beine nachgeben, und sein erschöpfter Arm ließ das Schwert sinken. Aber anstatt zum tödlichen Hieb auszuholen, senkte auch der Streiter des Königs die Waffe.
Truda hatte den Eindruck, daß sich seine Lippen bewegten. Was würde in einem solchen Moment gesprochen werden?
Vielleicht war es eine Beleidigung, denn mit einem rauhen, trotzigen Schrei richtete Lord Clarence sich wieder auf und holte aus. Sir Renald stoppte die wilde Klinge mit seinem Schild, schlug den gegnerischen Schild mit der Faust zur Seite. Dann stieß er Lord Clarence die Klinge durch das Kettenhemd direkt ins Herz.
»Ohhhhh«, tönte es über den ganzen Platz, als der Verräter wankte. Er war schon tot, bevor er auf dem Boden aufschlug. Der Kämpe des Königs fiel auf die Knie, und für einen Augenblick glaubte Truda, auch er sei getroffen worden. Was würde das über den Anspruch des Königs auf die Krone aussagen? Der Mann aber bekreuzigte sich und begann zu beten.
Ein lautes Geplapper erhob sich wie von einer Schar Stare.
»Ganz schön kurz«, sagte Nan und stopfte ihre Handarbeit in einen Beutel.
»Ist er tot, Mama?« fragte Willy.
»Ja, Schatz. Und nun ist bewiesen, daß der König der richtige Mann auf dem Thron ist.«
»Das hat aber nicht lange gedauert.«
»Lange genug, Willy. Lange genug, um einen Mann zu töten.«
Es war ein seltsamer Kampf gewesen. Als sie ihren Sohn hinter der Menge her in Richtung Marktplatz schob, zurück zu Stall und Häusern, zu Brauereien und Schmieden, schaute Truda zurück zu dem Anblick, der sich dort auf dem staubigen Boden bot.

»Mama?«
»Ja, Schatz?«
»Ich habe immer gedacht, daß die Kettenhemden zum Schutz vor den Schwertern da seien.«
»So ist das auch, Liebling. So ist es. Ich habe noch nie gehört, daß jemand auf diese Art und Weise getötet worden ist. Normalerweise schlagen sie sich lange, es gibt Hieb um Hieb, bis einer von beiden zu zerschlagen und erschöpft ist, um weiterzumachen. So ist es besser anzuschauen ...«
Irgend etwas in der Nähe des Leichnams ließ sie verstummen. Lord Clarence' Gefährte stand auf dem Platz, seinen Herrn in den Armen haltend. Er hatte ihm den Helm abgenommen und auch die Kettenkapuze zurückgeschoben, um das rotblonde Haar zu streicheln. Während des ganzen Kampfes hatten Wolken den Platz verdunkelt, jetzt aber erhellten ihn Sonnenstrahlen. Sie fielen auf Sir Renald, der immer noch betend auf dem Boden kniete. Fielen auf die Edelsteine, mit denen die Kleider der drei dahinterstehenden Edelmänner geschmückt waren. Warum sah es aus wie das Gemälde in der Markuskirche, wie Jesu Kreuzabnahme? Eilig bekreuzigte Truda sich, weil sie nicht sicher war, ob das ein schändlicher Gedanke war.
Der Ritter des Königs mußte sein Schwert fallen gelassen haben, denn einer der anderen Männer hob es nun vom Boden auf. Es war der Erste Kämpe, FitzRoger, ein Mann mit dunklem, vollem Haar und düsterer Kleidung. Er reinigte die Klinge mit einem Tuch, das sich sofort dunkelrot färbte, dann hielt er sie dem Knienden entgegen. Die Klinge sah seltsam dunkel aus, so als ob sie das Licht verschluckte. Die Szene erstarrte, alles wirkte wie eine Wandmalerei. Dann aber erhob sich der Sieger müde und ergriff das Schwert. Er küßte den Knauf, schob die Waffe in ihre Scheide und ging zur Tribüne, auf der der König saß.
»Ja, natürlich«, sagte Truda halb zu sich selbst. »Es ist dieser

Stein aus Jerusalem. Er hat ihm die wundersame Kraft gegeben, auf diese Art zu töten.«
»Mama.«
Sie schaute zu ihrem Sohn herunter. »Zieh doch nicht so an meinem Ärmel.«
Willy ließ sie los, hüpfte aber weiter herum. »Dort ist ein Mann, der Pasteten verkauft. Kann ich eine für den Heimweg haben? Bitte!«
»Nein, kannst du nicht.« Dann aber schüttelte Truda ihren Kopf. »Wir kaufen ein paar und nehmen sie mit nach Hause, damit alle etwas davon haben. Komm, laß uns gehen.«
Es begann zu regnen, und dicke Tropfen fielen auf den staubigen, sommertrockenen Boden. An einer Stelle bildete sich eine dunkelrote Pfütze.

2. Kapitel

Claire von Summerbourne beugte sich über ihr Schreibpult, um das Lächeln aus dem Gesicht einer Kuh zu tilgen. Das Pergament hatte die Tinte aufgesogen, und so nahm sie das Messer zur Hand und schabte sie ab. Oft konnte sie das nicht machen, oder sie kratzte ein Loch in die Seite.

Verflixtes Wetter! Es regnete schon den zweiten Tag, und immer noch stürmte und goß es. Claire mochte die Fensterläden nicht weiter als einen Spalt öffnen. Niemand konnte bei Kerzenlicht gut arbeiten. Sie wußte, wie verrückt es war, gerade jetzt die Illustrationen zu machen, aber der Regen schien nicht aufzuhören, und sie brauchte diese Arbeit. Diese Beschäftigung war ihr einziger Trost gewesen, seitdem ihr Vater fortgegangen war, um sich den Rebellen anzuschließen. Um ihrer Furcht vor der Katastrophe zu entfliehen, hatte sie sich dieser Arbeit zugewandt, die ein Zeichen von Treue und Vertrauen war. Wenn sie damit fertig war, wenn sie die Lieblingsgeschichte ihres Vaters zu Ende geschrieben und illustriert hatte, würde er nach Hause kommen und sie anschauen.

Er würde wohlbehalten nach Hause kommen.

Claire hob den Kopf und knabberte an dem beinernen Griff ihres Messers. Er sollte schon längst zu Hause sein. Wochen waren schon vergangen, seit Herzog Robert – dieser Feigling – zurück in die Normandie geflüchtet war. Die anderen Männer aus der Region waren zurückgekehrt, und Gerüchten zufolge auch sonst überall. Einige der führenden Köpfe wie Robert de Bellême waren verbannt worden, gegen die meisten Rebellen war nur Strafgeld verhängt worden, danach waren sie nach Hause geschickt worden. Ein Nachbar, Lambert von Vayne, war vor gar nicht allzu langer Zeit zurückgekommen, teils verbittert über die Bestrafung, teils erleichtert darüber, daß ihm verziehen worden war. Nach seiner Aussage hatte ihr Vater die eine, kurze Schlacht überlebt. Lambert wußte nicht, wo Lord Clarence jetzt war oder welche Bestrafung ihn erwartete. Sie würde sicher nicht härter als die von Lambert ausfallen. Schließlich waren ihr Vater und der König alte Freunde. Claire saß im Arbeitszimmer ihres Vaters, in dem sie immer arbeitete, und schaute zum Bord, auf dem ein juwelenbesetzter Pokal stand. Der König hatte ihn vor einem Jahr geschickt, kurz nach seiner Krönung. Hatte ihn seinem Freund geschickt.

Ad dominum paradisi de rege angelorum stand auf seinem Rand. *Für den Lord des Paradieses, vom König der Engel.* Heinrich war gerne nach Summerbourne gekommen und hatte immer gesagt, es habe etwas vom Paradies. Der *König der Engel* war ein alter Scherz der beiden Männer.

Claire hatte gehört, wie Heinrich Beauclerk zu ihrem Vater gesagt hatte, daß er für seine Geschichten und Rätsel den gesamten Schatz Englands geben würde. Ganz sicher würde er ihm verzeihen.

»Es ist viel zu dunkel zum Lesen.«

Claire verzog das Gesicht. Ihr kleiner Bruder Thomas lag ausgestreckt auf einer Bank, ein kostbares Buch war auf dem Weg, aus seinen Händen zu gleiten. Eigentlich hatte er ihr vorlesen sollen, aber sie hatte sich so sehr in ihre Arbeit vertieft, daß sie gar nicht gehört hatte, wann er geendet hatte. Es war nicht einfach, einen aufgeweckten zwölfjährigen Jungen zum Lernen zu bewegen, selbst an langweiligen, verregneten Tagen nicht.

»Komm näher ans Fenster«, sagte sie.

»Dann wird Wasser aufs Buch tropfen, und dann wirst du

mit mir schimpfen.« Er schloß das Buch und legte es vorsichtig in ein Schränkchen. Zumindest hierbei war er gewissenhaft. Dann kam er zu ihr ans Pult. »Ich les' später weiter. Ehrenwort.«

Claire schaute ihn an. »Später wird es aufhören zu regnen. Dann wirst du draußen mit deinen Freunden spielen.«

»Mir gefallen diese Kätzchen. Was ist das für eine Geschichte?«

»Die kannst du selber lesen«, antwortete sie und beugte sich über das Blatt, um noch mal das Maul der Kuh zu zeichnen.

Holprig, den Finger unter der Zeile, begann Thomas zu lesen.

»›Und so zog das unerschrockene Kind Sebastian von zu Hause fort, ließ seine Katze zurück, seinen Jagdhund, seine Lieblingskuh ...‹ Ich glaube nicht, daß irgend jemand eine Lieblingskuh hat, Claire.«

»Ich schon. Die mit den weißen Hörnern.«

»Oh, die hast du gemacht! Sie sieht ganz echt aus. Du kannst das aber gut.«

Claire mußte über sein Erstaunen lachen. »Danke schön, mein Herr.«

»Ich fänd' es schön, wenn du mich zeichnest.«

Claire beugte sich nach unten, um das Blatt zu suchen, das sie am Vortag gestaltet hatte. Weil sie nicht wußte, wie ihr Bruder reagieren würde, hatte sie es ihm nicht gezeigt. »Das hab' ich schon«, sagte sie und legte das Blatt vor ihn auf eine freie Fläche des Tisches. »Du bist das unerschrockene Kind Sebastian.«

Er schaute auf des Bild des kräftigen Jungen mit dem blonden, lockigen Wuschelkopf, der mit einem Stecken in der Hand seinem Gegner entgegentritt. »So sehe ich aus? Er sieht unerschrocken aus.«

»Genauso bist du. Aufrecht und unerschrocken.«

»Ich hätte aber lieber ein Schwert als einen Stecken gehabt.«

»Das wirst du auf den späteren Bildern haben.«
»Ja, ja, wenn ich dem bösen Grafen Tancred gegenüberstehe und ihm mitten ins Herz steche!« Er führte ein imaginäres Schwert, wobei er beinahe das Tintenfaß vom Tisch gefegt hätte.
»Thomas!«
»Entschuldigung.« Sein strahlendes Gesicht zeigte wenig Reue, dann aber runzelte er die Stirn. »Ich wünschte, ich hätte jetzt ein echtes Schwert.«
»Warum?«
»Irgendeiner muß sich doch wehren können, wenn wir angegriffen werden.«
»Niemand wird jemals Summerbourne angreifen.«
Er warf ihr einen Blick zu, der zeigte, daß er die Situation sehr wohl richtig einschätzte. Dann aber beugte er sich vor, um noch einmal das Bild von sich zu betrachten. »Das ist eine tolle Geschichte, nicht? Eine von Vaters besten. Mir gefällt es, wie Sebastian den bösen Count zu einem Zweikampf herausfordert und jedermann lacht. Nicht, daß sie lachen, mir gefällt, daß sie alle so falsch liegen. Hast du den Teil auch aufgeschrieben?«
»Natürlich. Genau, wie Vater es erzählt.«
»Und wie Sebastian Lord Tancred tötet und dieser Krieger so überrascht schaut, als er stirbt! Das ist der beste Teil. Und Sebastian wird natürlich ein Held.«
»Und jeder kann seinen christlichen Glauben ausüben.«
Aber Thomas ignorierte diese tiefere Bedeutung.
»Wenn ein Feind hierherkommt, wird Gott meine Arme ganz stark machen, ganz genauso wie die des unerschrockenen Kindes. Und dann erschlage ich sie alle.«
Claire verkniff sich ihren Protest. Das würde niemals geschehen. Sie betete täglich dafür, daß das niemals geschehen würde. Doch ihr Vater war zum Verräter geworden. Zumindest hatte er gegen den König opponiert. Der wohl im Un-

recht war, weil ihr Vater bestimmt das Recht auf seiner Seite hatte. Also war es kein Verrat. Nicht wirklich. Aber manchmal mußten Menschen dafür leiden, daß sie recht hatten. Wie die heiligen Märtyrer.
Was war richtig? Was war falsch? Letztes Jahr war der alte König, Wilhelm Rufus, auf der Jagd durch einen Pfeil gestorben. Man sagte, daß es ein Unfall gewesen sei. Ein ausgesprochen praktischer Unfall und ein jüngerer Bruder, der schnell dabei war, die Krone in Besitz zu nehmen.
Dieser jüngere Bruder war Heinrich Beauclerk, der Freund von Claires Vater. Wilhelm Rufus' älterer Bruder, der Herzog von der Normandie, Robert, war nach England gekommen, um seinen Anspruch auf England geltend zu machen, und viele Lords hatten sich ihm angeschlossen. Aber nicht genügend. Herzog Robert hatte seine Chancen abgeschätzt, sich von seinem Bruder Heinrich auszahlen lassen, war nach Hause zurückgegangen und hatte seine Befürworter ihrem Schicksal überlassen.
Befürworter wie Lord Clarence von Summerbourne.
König Heinrich war klug genug und hatte mit dem Großteil der Rebellen Frieden geschlossen, lediglich ihren Treueid verlangt, ein Strafgeld gegen sie verhängt und sie dann nach Hause geschickt.
Claires Bruder ging hinaus zum Schachbrett und verschob die steinernen Figuren darauf wie Spielsoldaten. »Ich wünschte, Vater würde wiederkommen.«
»Das wünschen wir uns alle.«
»Lord Lambert ist wieder zu Hause. Warum nicht Vater?«
Claire hätte selbst gerne die Antwort gewußt. »Vielleicht hat man noch nicht über die Höhe des Strafgeldes entschieden, das Vater zahlen muß.«
»Ich habe gehört, wie Mutter mit Großmutter gesprochen hat.«
Thomas schaute düster, was sonst gar nicht seine Art war.

»Sie hat gehört, daß Vater in einem Turm ist, weil er dem König den Treueid nicht leisten will.«
Claire reinigte ihren Pinsel. Sie hoffte, daß Thomas sich verhört hatte. »In *dem* Turm, dem Tower«, korrigierte sie ihn. »Das ist ein großes Gefängnis, das Wilhelm der Eroberer in London gebaut hat.«
»Aber wie lange will der König Vater dort behalten? Das ist nicht fair!«
»Wir wissen doch gar nicht, ob das stimmt. Vielleicht ist das nur Geschwätz von den Kesselflickern.«
»Kesselflicker haben meistens recht. Wie lange also?«
»Bis Vater den Eid leistet, fürchte ich.« Claire drehte sich um, um ihn anzuschauen. »Du kennst Vater. Er ist der freundlichste, netteste, reizendste Mann auf der Welt, aber wenn er beschlossen hat, daß etwas richtig oder falsch, recht oder unrecht ist, ist er wie ein Fels.«
»Wird der König ihn etwa für *immer* dort behalten?«
»Natürlich nicht. Vater wird einlenken. Er wird nicht jahrelang im Gefängnis sitzen wollen.«
Aber Thomas antwortete ihr mit ihren eigenen Worten: »Du kennst Vater!«
»Ja. Und ich weiß, daß er klug ist. Er wird eine Möglichkeit finden, das Problem zu umgehen.« Entschlossen wandte sie sich wieder ihrer Arbeit zu. »Und wenn er nach Hause kommt, soll dieses hier für ihn fertig sein. Ohne lächelnde Kuh!«
Wie erhofft, konnte sie Thomas aus seinen dunklen Gedanken reißen. Er kam näher, um sich noch einmal ihr Bild anzuschauen. »Aber ich glaube, die Kuh mit den weißen Hörnern *lächelt* wirklich.«
Claire lehnte sich zurück. »Weiß Gott, du hast recht. Aber warum sieht das auf dem Pergament nur so albern aus?«
Thomas machte sich an ihrem Blattgold zu schaffen. Claire gab ihm einen Klaps auf die Finger und beantwortete sich

ihre Frage selbst. »Die Welt auf dem Pergament ist eben nicht echt, deshalb muß es echter als echt aussehen.«
»Das ist doch albern.«
»Ist es nicht.« Sie beugte sich über das Schreibpult, um ins Gesicht der Kuh ein leichtes Lächeln zu zaubern. Als sie mit ihrem Ergebnis zufrieden war, schmetterte die Trompete des Torwächters, und Claire kleckste einen Tropfen Tinte auf das Blatt.
»Jesus Christus!« Zumindest war die Tinte weder auf das Bild noch auf den Text gekleckst.
»Es kommt jemand!« rief Thomas, der zur Tür eilte. »Das ist bestimmt Vater!«
Claire legte ihr Tuch ab und lief hinter ihm her in die Große Halle von Summerbourne mit ihren mächtigen Holzpfeilern und der wärmenden Feuerstelle in der Mitte. »Wer kommt?« Alle waren sie in dem verqualmten Saal versammelt. Die Fensterläden waren zum Schutz vor dem schlechten Wetter geschlossen, und jeder war mit Arbeiten beschäftigt, bei denen auch ein trübes Licht ausreichte. Ihre Mutter spann. Tante Amice verlas Blütenblätter für ein Parfum und Tante Felice spielte Harfe. Die Großmutter hatte sich über das Feuer gebeugt, ihre geschwollenen Gelenke schmerzten wahrscheinlich bei diesem feuchten Wetter.
»Kommt jemand?« fragte die Mutter.
Claire schlug die Läden eines Fensters zum regengepeitschten Hof auf. »Die Trompete. Ich habe die Trompete gehört!« Sie hatte sich das ganz sicher nicht eingebildet. Nein, die Hunde bellten. Claire rannte zu der großen Tür.
»Ist es Clarence?« fragte Amice von hinten.
»Bestimmt nicht«, erwiderte Felice und spielte weiter. »Bei diesem Wetter? Unser Bruder liebt es gemütlich.«
Claire blieb vor der verschlossenen Tür stehen, ihre Hoffnung bröckelte dahin. Wie wahr! Ihr Vater würde sich bei diesem Wetter nicht nach Hause quälen, wenn es in einem

oder in zwei Tagen schon wieder sommerlich trocken sein konnte. Trotzdem stieß sie einen Flügel der Tür auf und trat ins Freie. Das überhängende Strohdach schützte sie vor dem schlimmsten Regen. Thomas trat an ihre Seite.

»Es könnte Vater sein.«

Sie zitterte in der feuchten Kühle. »Aber es ist ganz bestimmt jemand vor dem Tor. Schau, die Wächter gehen auf den Gang hinauf, um nachzuschauen.«

Während sie sprach, drehte sich einer der Wächter um, stieg die hölzernen Stufen von den Befestigungen herunter, um zu ihr herüber zu kommen. Also war es nicht ihr Vater. Ihm hätten sie sofort geöffnet. Auf die Enttäuschung folgte sofort eine böse Vorahnung. Wer würde bei einem solchen Wetter reisen?

»Es ist ein Trupp bewaffneter Männer, Lady«, sagte der Wachtposten zu ihrer Mutter, die in einen Mantel gehüllt jetzt in der Tür stand. »Bei diesem Wetter kann ich Wappen und Banner nicht erkennen.«

»Und sie wollen hier herein?« fragte Lady Murielle.

»Es scheint so. Sollen wir ihnen öffnen?«

»Nicht, solange wir nicht wissen, wer sie sind. Komm zurück und melde mir, sobald du weißt, wer diese Männer sind«, befahl Lady Murielle dem Wächter.

Als der Mann Richtung Wehrgang hinter der mächtigen Palisade zurückging, sagte sie: »Wir können doch keine fremden Männer hereinlassen, solange dein Vater nicht hier ist, nicht wahr, Claire?«

»Ich weiß nicht. Es ist schrecklich draußen. Können wir sie abweisen?«

»Wir können. Aber ich weiß nicht. Ich wünschte, Clarence ...« Sie schlug die Hand vor den Mund, und Claire legte den Arm um ihre Schultern.

»Wenn jemand bei diesem Wetter durch die Gegend reitet, ist es seine eigene Schuld«, sagte sie, obwohl sie in ihrem

tiefsten Innern wußte, daß jemand, der bei einem solchen Wetter unterwegs war, es in dringender Absicht war.
»Du zitterst ja, mein Schatz!« Die Mutter zog Claire unter ihren Umhang und rief nach einem weiteren Mantel. Diener eilten herbei, und schnell war Claire äußerlich gewärmt. Gegen ihre Schauer nützte das nichts.
Sie schaute ihre Mutter an. »Wenn es etwas mit Vater zu tun hat?«
»Denk nicht so etwas, Claire!«
»Warum?« fragte Thomas. »Ich *will* etwas von Vater hören.«
Hilflos schaute Lady Murielle ihn an. »Warum sollten es gute Nachrichten sein, Thomas? Wir haben vor Wochen gehört, daß Vater im Tower in London eingesperrt ist und daß er nicht heimkommt. Ich kann mir nicht vorstellen, daß ...«
Claire haßte es, Dinge in Worte zu fassen, aber noch mehr konnte sie es nicht leiden, wenn man versuchte, der Wahrheit aus dem Weg zu gehen. »Er hat sich ganz sicher geweigert, den Treueid zu leisten.«
Ihre Mutter seufzte. »Das befürchte ich auch. Er kann so starrsinnig sein.«
»Ist es Starrsinn, wenn man an einer Sache festhält, die man für richtig hält?«
»Halt mir keine Moralpredigt, Claire. Du bist wie er!« Sie zeigte aufs Tor. »Irgend jemand ist dort draußen, und ich weiß, daß es etwas mit der Torheit deines Vaters zu tun hat. Ich habe ihm *gesagt*, er soll nicht gehen!«
Claire seufzte, als sie daran dachte, wie die Mutter mit dem Vater geredet hatte. Sie hatte auf die Gefahren hingewiesen, hatte die Konsequenzen aufgezählt. Er hatte der Mutter – und allen anderen – wohlgelaunt versichert, daß das Recht sich durchsetzen und daß Gott für Gerechtigkeit sorgen würde. Konnte jemand dagegen anreden?
Ihre Mutter konnte es auf keinen Fall. Sie hatte ihre Geduld

verloren. »Das ist kein *Spiel*, Clarence! Weißt du eigentlich, was du tust? Die Waffen gegen Männer zu erheben, deren Beruf der Krieg ist. Die blutbesudelten Schwerter, wie du sie nennst. Dein Schwert ist stumpf und dein Kettenpanzer verrostet, weil sie Jahrzehnte nicht benutzt wurden!«

»Murielle, meine Liebe«, hatte der Vater sanft geantwortet. »Gott erwartet nicht, daß all seine Werkzeuge perfekt sind. Aber ich werde Ulric mein Kettenhemd putzen und das Schwert schärfen lassen.«

Claire war fortgelaufen, weil sie weinen mußte, auch wenn sich manchmal ein Lachen in ihr Schluchzen mischte. Ihre Mutter hielt eine Strafpredigt, weil sie ihren sanftmütigen Ehemann liebte und weil sie Angst hatte. Und ihr Vater glaubte tatsächlich, er könne sie dadurch beruhigen, daß er seine Waffe und Rüstung in Ordnung bringen ließ.

»Er hat den Eid nicht geleistet«, sagte die Mutter, die wieder die Hand vor den Mund schlug. »Ich weiß es.«

Der Wächter kam wieder die Leiter herunter und rutschte in seiner Hast beinahe im Morast aus.

»Der König!« sagte er außer Atem, als er vor ihnen zum Stehen kam und sich auf seinen Speer stützte, um nicht auszurutschen.

»Der König?« rief Lady Murielle. *»Hier?«*

»Nein, Lady«, schnaufte der Mann. »Aber sein Banner. Was sollen wir tun, Lady? Was sollen wir tun?«

Es lag Panik in seiner Stimme, dieselbe Panik, die auch Claire erfaßte. Warum sollten Männer mit dem Banner des Königs kommen, wenn sie nicht das Haus des Verräters strafen wollten? Würde König Heinrich sich direkt an der Familie rächen? In der Vergangenheit war das der Fall gewesen. Töten oder verstümmeln, um die anderen zu mehr Vorsicht zu ermahnen. Und vergewaltigen. Die typisch männliche Rache.

Claire schlang die Arme um sich. Der König war der Freund

ihres Vaters. Er hatte Claire und Thomas schon auf seinen Knien geschaukelt.
Erschrocken fuhr sie zusammen, als plötzlich eine Trompete unterhalb des Tors schmetterte. Das war die Antwort auf die vielen Fragen, denn dies war das Signal eines Herrn, der seinen Grund und Boden in Besitz nehmen wollte. Beinahe war es erleichternd. Denn wenn jemand etwas in Besitz nehmen wollte, würde er es nicht zerstören, oder?
»So«, sagte ihre Mutter dumpf. »Wir sind verloren.«
Amice und Felice, eingehüllt in einen gemeinsamen Umhang, tauchten hinter ihnen auf. »Wer ist da?« fragte Felice.
»Der neue Herr von Summerbourne«, sagte Lady Murielle mit brüchiger Stimme. »Laßt ihn herein, Niall.«
Die Tanten waren aufgeregt, protestierten, beschwerten sich, Amice hatte angefangen zu weinen, wie es ihre Art war.
»Willst du hier herumstehen und nichts tun?« fragte Felice.
»Was können wir denn tun?« sagte Lady Murielle. »Wir werden einen Unterschlupf im Kloster St. Frideswide finden. Ob wir wohl unsere Kleidung mitnehmen dürfen? Und was ist mit Thomas? Thomas?«
Claire stellte fest, daß ihr Bruder fortgelaufen war. Ihr Bruder, der gerade sein Erbe verloren hatte. Sie schaute umher, aber sie wußte, daß sie ihn nicht finden würde. Sie konnte ihn jetzt auch nicht suchen. Sie konnte nur beten, daß er nichts Verrücktes unternehmen würde.
Gott sei Dank hatte er kein Schwert.
Eine zittrige Stimme durchschnitt die Stille. »Was ist da draußen los? Habt ihr kein Mitleid mit einer alten Frau, ihr undankbaren Geschöpfe?«
Claire drehte sich um und sah, wie ihre Großmutter sich auf ihren Stock stützte und sich mühsam aus ihrem Stuhl erhob.
»Claire! Komm und sag mir, was los ist!«
Lady Agnes von Summerbourne, Mutter von zehn Kindern,

darunter auch Lord Clarence, war eine schwierige Person, die ihr Rheuma noch unleidlicher gemacht hatte. Trotzdem war es nicht richtig, sie in einer solchen Situation alleine zu lassen. Claire ging zu ihr in die Halle zurück und ließ den feuchten Umhang fallen.

»Nun, mein Kind?« fragte Lady Agnes. Sie blinzelte sie finster von unten herauf an, denn sie konnte nur gebeugt stehen und brauchte für die kleinste Bewegung ihren Stock.

»Was geht vor sich?« Claire half ihr in ihren gepolsterten Stuhl am Feuer zurück. »Ein Trupp Soldaten ist vor dem Tor, Großmutter. Wir wissen nicht, wer sie sind, aber sie tragen des Königs Standarte und haben die Inbesitznahme des Grundbesitzes eingefordert.«

»Ah.« Lady Agnes sank zurück und hielt den Stock weiter mit ihren knorrigen Händen umklammert.

»Es sieht so aus, als hätte der König Summerbourne einem anderen gegeben. Wir müssen gehen.« An einem Tag, an dem es in Strömen goß und man in tiefem Morast versank, würden sie ihr Heim verlassen müssen. »Mutter spricht davon, ins Kloster St. Frideswide zu gehen –«

Sie verstummte, weil sie sich daran erinnerte, daß Lady Agnes und Mutter Winifred von St. Frideswide seit Jahren wegen der Eigentumsrechte am Waldrecht in Sydling Wood zerstritten waren.

»Schwachsinn«, knurrte ihre Großmutter.

»Meinst du, wir können ihnen die Inbesitznahme verwehren?«

Als Antwort erhielt sie einen vernichtenden Blick. »Natürlich nicht! Aber ich habe nicht die Absicht fortzulaufen, vor allem nicht zu diesen Betschwestern. Wir wollen abwarten. Das ist immer das beste.« Dann aber starrte sie in die glühenden Scheite und murmelte: »Aber das waren wohl meine letzten friedvollen Tage. Der verrückte Junge.«

Claire sah Tränen in dem zerknitterten Gesicht. Die Enge

um ihr Herz wurde noch beklemmender. Auch Lady Agnes befürchtete das Schlimmste, das Schlimmste, das niemand aussprechen wollte. Daß – ja, daß ihr Vater tot war.

Als sie ein plötzliches Poltern hörte, fuhr sie herum und schaute Richtung Hallentür. Sie kannte dieses Geräusch. Der mächtige Sperrbalken des Tors von Summerbourne wurde zurückgeschoben, um beide Flügel zu öffnen. Die Männer des Königs würden nun hereinkommen. Der neue Lord würde das Gut in Besitz nehmen. Claire ging hinaus. Sie starrte wie ihre Mutter auf das sich öffnende Tor, als könne sie hindurchschauen. Sie wäre nicht überrascht gewesen, wenn sie Luzifer persönlich mit einer Horde gehörnter Teufel im Schlepptau erblickt hätte.

Aber als sich das Tor öffnete, zeigten sich ihnen nur noch mehr Regen, Schlammströme und ein Trupp erschöpfter Männer am anderen Ende der hölzernen Brücke, angeführt von Reitern in langen Kapuzenmänteln. Dahinter konnte Claire ein paar Packpferde erkennen, gefolgt von einem halben Dutzend Fußsoldaten, die mit langen Speeren bewaffnet waren, kaum genug Männer, um Summerbourne zu erobern, falls sie Widerstand leisten würden. Aber weswegen, da die Invasoren vom König ermächtigt waren?

Ein Reiter trug einen durchweichten Wimpel, den Claire nicht erkennen konnte, aber der Reiter an der Spitze trug die Standarte des Königs. Die viereckige Fahne war fest in ihren Rahmen gespannt, und ihre goldenen Streifen leuchteten selbst in diesem trüben Licht.

Aber seltsam, die Reiter schienen nicht näher kommen zu wollen.

Claire war mittlerweile so verzweifelt, daß sie mit dem Gedanken spielte, hinaus in den Regen zu laufen, den knöcheltiefen Morast zu durchwaten und auf den Wehrgang hinaufzusteigen. Dann aber geschah endlich etwas.

Langsam führte ein Fußsoldat ein Pferd durch die tiefe Pfüt-

ze, die sich stets bei starkem Regen am anderen Ende der Brücke bildete.
Ein reiterloses Pferd.
Ein Packpferd? Da war etwas auf seinem Rücken.
Was hatte ihnen der König geschickt?
Hufe dröhnten dumpf und unheilverkündend auf der hölzernen Brücke. Dann rannten die Hunde ihres Vaters dem Pferd entgegen, stimmten ihr Klagegeheul an, und Claire liefen die Tränen übers Gesicht. Sie rannen und fielen auf ihr feuchtes Kleid, schienen beinahe ein Teil des nicht enden wollenden Regens zu sein.
Die ganze Welt weinte. Sie mußte weinen.
Ihr Vater, Lord Clarence von Summerbourne, war nach Hause zurückgekehrt. Von den heulenden Hunden umgeben, führte der Mann im Kapuzenmantel das Pferd bis zum Herrenhaus, bis auf einen Schritt an den Platz heran, wo Claire stand.
»Das sind die sterblichen Überreste von Clarence von Summerbourne«, sagte der Soldat und meldete, »Lord Renald von Summerbourne hat ihn so schnell wie möglich hierhergebracht. Er gestattet seiner Familie, bis zur Vesper zu trauern, bevor er einmarschiert.«
Er verbeugte sich, drehte sich um und kämpfte sich durch den Morast zurück aus dem Gutshof hinaus.
Claire schaute ihm nach. Sie stand unbeweglich und frierend da. Sie wollte das Bündel nicht berühren. Sie wollte die Verschnürung nicht öffnen, wollte es nicht auspacken. Sie wollte nicht die schreckliche Wahrheit sehen.
Aber da schrie ihre Mutter auf, rannte auf das Bündel zu, umarmte es und rief nach Bediensteten, die sich mit ihr um Lord Clarence kümmern sollten. Auch die Männer weinten, als sie das lederne Bündel vom Pferd hoben und vorsichtig in die Halle trugen. Die ganze Welt weinte.
Claire trottete wie betäubt hinterher und schaute zu, wie

sie das Bündel auf den Tisch legten und die Seile zerschnitten.
Sie ging fort, denn sie war nicht in der Lage, der Wahrheit ins Gesicht zu sehen. Sie schrak zusammen, als sie ein dumpfes Geräusch hörte.
Was war geschehen?
Was machten sie kaputt?
Dann begriff sie, daß nur der Sperrbalken des Tors wieder vorgeschoben wurde. Genau. Der neue Lord von Summerbourne würde bis zur Vesper vor den Toren bleiben, aber dann würde er kommen und ihr Zuhause in Besitz nehmen. Weil ihr Vater tot war.
Claire zwang sich zurückzukehren.
Die Männer schlugen vorsichtig den durchnäßten Kapuzenmantel zurück. Claire hatte bereits Tote gesehen. Sie hatte geholfen, Tote aufzubahren, ihren Großvater, einen Onkel, eine Tante, einen Bruder und eine Schwester, die noch Säuglinge gewesen waren.
Aber sie wollte nicht ihren Vater aufbahren.
Als das letzte Stück der Verpackung beiseite geschlagen wurde, erstarrte sie. Das war nicht ihr Vater! Dieser eisenbewehrte Mann war nicht Clarence von Summerbourne.
Aber er war es doch, obwohl sie Angst hatte, dem Bild vor ihren Augen zu trauen. Er war in ganz gewöhnlichen Kleidern fortgeritten. Claire hatte ihren Vater niemals in Rüstung gesehen. Nun bedeckte eine Kettenkapuze sein weiches, helles Haar. Er hatte den Schnurrbart und den Bart abrasiert, die er stets nach alter englischer Sitte getragen hatte. Ein Schwert und ein verbogener Schild lagen auf seinem Oberkörper, und seine Hände hielten den Griff umklammert.
Sie wollte »nein« rufen. Nein, das war alles nicht wahr. Er sollte sein geliebtes langes blaues Wollkleid tragen und die wärmende Kaninchenfelldecke über den Beinen. Anstelle

eines Schwertes sollte eines seiner Bücher geöffnet unter seiner zarten Hand liegen, als hätte er gerade beim Lesen eine kleine Pause gemacht.

Sie trat näher, machte einen großen Schritt über die Hunde, die sich auf dem Boden niedergelassen hatten, traurige Augen auf Pfoten.

Als Claire ins blasse Gesicht ihres Vaters schaute, glaubte sie beinahe, daß er schliefe.

Nein. Auch das war nicht wahr.

Er sah tot aus und auch älter. Nur fünfunddreißig Jahre alt, mit vollem Gesicht, über das oft ein Lächeln lief, war er ihr eher ein Freund als ein Vater gewesen. Nun waren die Wangen eingesunken, und der graue Tod hatte den fröhlichen Mann geraubt. Claire fiel auf die Knie.

Um sie herum liefen Leute, die mit gedämpften Stimmen sprachen. Sie wußte, daß sie irgend etwas tun sollte – sich um ihren Bruder kümmern oder ihrer Mutter helfen. Aber jetzt mußte sie auf dem Boden knien, die nasse Wange auf dem harten, kalten Eisen, und Abschied nehmen. Wie schrecklich mußte sich dieses harte Ringgewebe auf seiner Haut angefühlt haben. Wenn er doch bloß niemals dieses Kettenhemd angezogen hätte. Irgendwann führte man sie beiseite. Die Bediensteten hoben den Vater auf ein langes Brett, um ihn in die Kapelle zu tragen. Claire sah, wie der Leichenzug sich fortbewegte, und wußte, daß sie eigentlich mitgehen sollte.

Aber sie konnte nicht. Nicht jetzt.

Sie mußte wissen, warum es geschehen war.

Sie mußte wissen, wie es geschehen war.

Sie mußte wissen, wer die Schuld daran trug.

Nach dem, was Lord Lambert gesagt hatte, hatte ihr Vater die Schlacht überlebt. Warum war er nun in seinem Kettenhemd zurückgebracht worden, in diesem eisernen, blutigen Hemd?

Nach dem, was der Kesselflicker gesagt hatte, hatte man ihn im Tower festgehalten. Wie hatte er in einem Kettenpanzer im Tower sterben können?
Und wo war dieser Gott, der angeblich auf der Seite der Gerechtigkeit kämpfte?

3. Kapitel

Claire ging hinüber zum Feuer, an dem ihre Tanten zusammengekauert saßen. Amice' Tränen flossen beständig wie der Regen. Felice hatte einen Arm um sie gelegt; sie starrte aber abwesend vor sich hin, und ihr schönes Gesicht war eiskalt in ihrer Wut. »Clarence war so ein Narr.«
Amice schniefte. »Bitte Felice ... nicht jetzt ...«
»Ich sage nur die Wahrheit. Er hat uns alle in den Ruin getrieben. Zur Vesper werden wir alle nackt in den Sturm hinausgejagt.«
Amice jammerte auf, und ihre Tränen begannen wieder zu fließen.
Sie waren Zwillinge, sehr spät geboren, und waren nur zwei Jahre älter als Claire. Beide waren schön, hatten blondes Haar und den frischen Teint ihrer englischen Mutter; von dem Vater, der aus der Normandie stammte, hatten sie den zartgliedrigen Körperbau. Vom Charakter aber waren sie völlig verschieden, wie zwei unterschiedliche Seiten einer Münze. Felice war hochmütig wie ein Falke, ihre Klauen und ihr Mundwerk waren ebenso scharf. Amice war viel verschlossener und wirkte wie ein verängstigtes Häschen. Ständig regte sie sich über irgend etwas auf. Waren sie auch wie Falke und Hase, so waren sie doch unzertrennlich. Jede schien die andere zu brauchen. Amice brauchte Felice' stolze Kraft. Wahrscheinlich brauchte Felice jemanden, der sie abgöttisch liebte.
Claire konnte in diesem Moment weder Tränen noch Beschwerden gebrauchen. Sie ging weiter zu ihrer Großmut-

ter, die gekrümmt vor dem Feuer saß und in die Flammen starrte.

»Hat«, Claire mußte schlucken, »hat jemand gesagt, wie er gestorben ist?«

»Durch ein Schwert«, sagte Lady Agnes bitter. »Mitten in die Brust.«

»Aber wobei? In einer Schlacht?«

»Wie sonst?«

»Aber es gab doch gar keine Schlachten mehr –«

»Was ist daran noch so wichtig?« Lady Agnes schaute grimmig zu ihr hoch. »Sei vorsichtig.«

Claire zuckte zusammen. »Was?«

»Wir haben keine Wahl, wir alle nicht.« Die Großmutter starrte an den dreien vorbei. »Wir mußten sie hereinlassen. Wir haben gehofft, daß es unsere eigenen Männer waren, die siegreich heimkehrten – mein Vater, meine Brüder. Aber in der Tiefe unserer Herzen wußten wir, daß es nicht so war. Wir wußten, daß Fremde kommen, die Summerbourne in Besitz nehmen werden.«

Oh, heilige Jungfrau Maria. Der Tod ihres Sohnes hatte Lady Agnes völlig verwirrt. Sie weilte in dem Jahr, das schon beinahe vierzig Jahre zurücklag. Damals waren die Normannen nach England gekommen. Claire winkte einem Dienstboten, damit er ihr ein beruhigendes Getränk bringe.

»Sie sind uns noch fremder als die dort«, sagte Lady Agnes. »Paß auf, Claire!«

Claire gab dem Diener ein weiteres Handzeichen.

»Fremdländische Teufel auf riesigen Pferden, die kein Haar im Gesicht haben. Andere Rüstung. Andere Waffen. Andere Sprache.« Sie stieß mit ihrem Stock auf den Boden, um ihren Worten Nachdruck zu verleihen. »Fremde sind sie. Eindringlinge, die unsere Männer in Hastings getötet haben. Sie kommen, um dir dein Heim zu nehmen.«

Lady Agnes hatte niemals viel über diese Zeit gesprochen.

Die Ähnlichkeit war entmutigend, und Claire sank auf eine Bank neben ihrer Großmutter. »Hast du Widerstand geleistet?«

Die alte Frau wandte sich ihr zu. »Wir waren klüger. Unsere Mauern konnten die Schafe innen schützen und die Wölfe abhalten. Zweibeinige oder vierbeinige Wölfe. Aber nicht diese normannischen Wölfe.«

»Was ist passiert?«

»Kämpfen Hasen gegen Wölfe? Unsere stärksten Männer waren mit meinem Vater und meinen Brüdern gegangen, um gegen die Normannen zu kämpfen. Nur Frauen, Kinder und Greise waren zurückgeblieben. Wir haßten ihn alle – Thomas von Argentan, noch blutbesudelt von der Schlacht. Wir verfluchten ihn hinter seinem Rücken und unterstützten ihn so wenig wie möglich. Mein Thomas war klug genug, uns nicht zu bekämpfen. Ja natürlich, das erste, was er tat – er heiratete mich.«

Claire runzelte die Stirn. Sie hatte sich niemals Gedanken darüber gemacht, unter welchen Umständen ihre Großeltern geheiratet hatten. Ihre ersten Erinnerungen waren die an ein glückliches Ehepaar. »Aber du hast gelernt, ihn zu lieben?« sagte sie, um ihre Großmutter weitersprechen zu lassen.

»O ja.« Ein Lächeln flackerte auf und ließ sie für einen Moment wieder jung aussehen. »Weißt du, er hat kein Öl in die Flammen gegossen.« Sie schaute Claire an. »Mein Thomas war ein guter Mann. Er hat niemandem seine Art aufgezwängt. Er konnte zuhören. Er hat die Tradition der Menschen respektiert. Er hat uns geholfen, wieder zu Wohlstand zu kommen.«

»Ich wünschte, er hätte einen Teil des Geldes für steinerne Schutzwälle verwendet.«

Die Großmutter schüttelte den Kopf. »Steinwälle sind wie Mittel von Quacksalbern. Einen ernsten Gegner halten sie

nicht ab. Das Geheimnis ist, sich keine Feinde zu machen. Thomas hatte keine Feinde, deshalb wurden nie Mauern gebaut.«
Vielleicht hatte das große Leid sie verwirrt. »Aber jetzt wären sie sicher nützlich, nicht wahr? Nachdem Vater sich Feinde gemacht hat.«
Lady Agnes knurrte. »Der Schmerz macht dich töricht, Mädchen. Was sollten sie nützen? Heinrich Beauclerk ist der Sohn seines Vaters, der Sohn des Eroberers. Er hat sein Königreich fest im Griff. Wenn wir den Mann, den er uns geschickt hat, auch nur ignorieren, wird er uns eine ganze Armee auf den Hals jagen und es die gesamte Gegend büßen lassen. Hätten wir Mauern, würde er sie niederreißen und uns mit den Steinen die Knochen zerschmettern.«
»Also, was sollen wir tun? Warum erzählst du uns das?«
»Himmel, steh uns bei! Du benimmst dich, wie ich es damals getan habe, mein Kind.« Sie funkelte die drei Mädchen an. »Es sind drei junge Frauen in Summerbourne. Eine von euch wird den Mann heiraten, und wir werden hier leben wie vorher.«
»Wie vorher!« Claire sprang zornig auf. »Hast du vergessen, daß Vater tot ist?«
Die Großmutter schaute zu ihr hoch, und Claire sah ihre Tränen. »Ich habe ihn geboren und gestillt. Ich habe ihm geholfen, die ersten Schritte zu machen, und habe ihn gezüchtigt, damit er vernünftig wird.« Dann schaute sie wieder böse. »Aber ich habe ihn scheinbar nicht hart genug gezüchtigt. Und deshalb muß eine von euch diesen neuen Lord heiraten.«
»Ich werde das ganz gewiß nicht sein«, sagte Claire.
»Ich auch nicht«, schrie Amice mit weit aufgerissenen Augen.
»Ich auch nicht«, sagte Felice. »Komm, Schwester, wir müssen die Trauerkleidung anlegen.«

Aber Claire hatte ein kurzes Zögern gespürt, bevor Felice geantwortet hatte, und das gab ihr Hoffnung. Als ihre Tante ihre Zwillingsschwester zur Treppe schob, beruhigte Claire sich mit dem Gedanken, daß, wenn eine Heirat notwendig werden würde, Felice sicherlich Gefallen daran finden würde. Obwohl sie von großer Schönheit war, hatte Felice mit ihren zwanzig Jahren noch keinen Ehemann gefunden. Sie wollte heiraten, aber nur einen Mann, den sie auch als ihrer würdig erachtete. Sie wollte einen mächtigen Mann heiraten oder einen, der einmal mächtig werden würde. Bestimmt einen Mann, der reiche Güter besaß …

»Felice wird es nicht tun«, sagte Lady Agnes.

Claire drehte sich zu ihr. »Warum nicht? Als Mutter der Braut wirst du hier wohnen bleiben können.«

»Das hieße, in der Hölle zu wohnen. Sie könnte von morgens bis abends Honig essen, das würde ihr Mundwerk nicht weniger bissig machen.«

»Sie hätte bestimmt bessere Laune, wenn sie hätte, was sie will – einen wichtigen Mann in ihrem Bett.«

»Und warum hat sie keinen, obwohl sie doch so ein Engelsgesicht hat?«

Claire versuchte, taktvoll zu sein. »Die Familien, die in der Nähe leben, sind nicht gerade von großem Wohlstand. Und Vater hat lieber Wissenschaftler statt Edelleute nach Summerbourne eingeladen. Du weißte, wie oft Felice sich deshalb beschwert hat.«

»Das halbe Land weiß, daß sie sich deshalb beschwert hat! Aber wie kommst du darauf, daß ein Edelmann, der uns besucht, ihrem Charme verfällt?«

»Sie ist wunderschön.«

»Schön wie Glas und auch genauso hart. Es ist wahr, daß ihr keiner der Männer aus der Gegend gut genug war, aber hast du je gesehen, daß ihr ein Mann den Hof gemacht hat?«

»Sie hat immer angedeutet, daß sie kein Interesse hat –«

»Ein Mann kann durchaus eine Glasscherbe erkennen, wenn sie ihn anfunkelt.«
Claire schaute ihrer Großmutter in die Augen. »Wenn Felice kalt, hart und scharfzüngig ist, ist sie genau die richtige Frau für diesen Eindringling. Aber vielleicht ist dieser Mann schon verheiratet.«
»Männer ohne Land heiraten nicht, und dies ist vielleicht sein erster Grundbesitz. So ist das normalerweise. Man besiegelt seinen Besitz, indem man in die Familie einheiratet. Das ist mir passiert. Das wird einer von euch geschehen.«
»Mir nicht. Eher würde ich gehen.«
»Du wirst es sein.«
Claire versuchte, das Thema zu wechseln. »Soll ich dir helfen, in die Kapelle zu gehen, Großmutter?«
»Ich bleibe hier«, murrte die alte Frau, die beinahe wie ein beleidigtes Kind wirkte. »Ich habe genug gelitten, als ich ihn auf die Welt gebracht habe. Ich will nicht noch einmal leiden, wenn ich ihn nun da draußen sehe.« Aber sie wischte einige Tränen beiseite, und Claire konnte sehen, wie tief ihr Schmerz war. Claire hätte am liebsten auch geweint, aber wenn sie begann, würde sie nicht wieder aufhören können. Sie kniete sich neben den Stuhl der Großmutter. »Ich bestelle einen dieser Kräutertees für dich. Er wird gut gegen die Schmerzen sein, dann kannst du doch in die Kapelle gehen.«
Lady Agnes schaute sie mit ihren wäßrigen Augen an und tätschelte ihre Wange. »Du bist ein gutes Kind, Claire. Gutes Kind. Du erinnerst mich an mich selbst, als mein Thomas zu uns kam. Du wirst diesen Mann heiraten.«
»Nein!«
»Doch. Du hast die Stärke und das Aussehen. Ich war auch ein hübsches Mädel, so wie du, das hilft.«
»Hübsch? Felice ist hier die Schönheit.«
Lady Agnes schüttelte den Kopf. »Du hast das, was die

Männer wollen. Kurven und große Brüste. Du hast genauso blondes Haar und genauso feine Haut wie sie, aber die Formen und die Brüste entscheiden. Mit ihnen kannst du die Männer beherrschen.«

»Felice –«

»Ein Mann möchte in der Nacht etwas Weiches haben. Und die inneren Werte strahlen auch nach außen. Warum machen dir alle Männer der Gegend den Hof?«

»Den Hof machen? Es sind nur Freunde oder Freunde von Vater –«

»Freunde, die dich anhimmeln.« Lady Agnes schüttelte wieder den Kopf. »Du bist immer so vertieft ins Lesen und Schreiben, daß du kaum wahrnimmst, wenn sie hier sind. Du hast Macht über Männer. Und jetzt ist die Zeit gekommen, daß du das ausnutzt.«

»Ich würde niemals diesen Mann heiraten, um meine unsterbliche Seele zu retten.«

»Dann heirate ihn, um deine Familie zu retten. Willst du, daß wir alle hinausgeworfen werden? Vielleicht kümmerst du dich nicht um mich und meine närrischen Töchter, aber was ist mit deinem Bruder?«

Claire richtete sich auf. »Thomas wird nichts passieren. Es ist offensichtlich, daß dieser Mann nicht grausam ist.«

»Es gibt grausam und grausam, mein Kind. Was, glaubst du, wird passieren?«

»Wir werden alle nach St. Frideswide gehen –«

»Ich nicht!« sagte Lady Agnes. »Diese Frau wird nicht über mich herrschen. Und Thomas kann nicht dahin gehen.«

Claire drehte sich weg, um ihr plötzliches Entsetzen zu verstecken. »Einer von Vaters Freunden wird ihn aufnehmen.«

»Den Sohn eines Verräters? Aber dieser Mann, dieser Lord Renald, wird – wenn er mit einer gewinnenden jungen Frau verheiratet ist – dafür sorgen, daß ihr Bruder eine Chance im Leben haben wird.«

Claire wirbelte zu ihr herum. »Niemals! Niemals, niemals! Ich könnte niemals den Mann heiraten, der uns Summerbourne gestohlen hat!«
»Niemand will, daß du den König heiratest.«
»Den König?«
Lady Agnes klopfte mit ihrem Gehstock auf den Boden. »Wessen Schuld ist das alles? Warum konnte dieser Narr seinen Bruder nicht geschickter umbringen lassen, dann hätten andere Narren wie mein Sohn nicht opponiert.«
»Das ist Verrat, Großmutter!«
Lady Agnes schaute sie finster an. »Zu sagen, daß Heinrich Beauclerk seinen Bruder getötet hat? Oder zu sagen, daß er es klüger hätte anstellen sollen? Ich brauche nicht mehr vorsichtig zu sein. Aber wenn du aufpaßt, dann kannst du alles zusammenhalten.«
Claire strich sich über das Gesicht. Es brach ihr das Herz, an all das Leid zu denken, an das jetzige Leid und an das, was noch kommen würde. Aber sie konnte es nicht tun. Selbst wenn sie damit alles zusammenhalten würde, sie konnte es nicht tun.
»Es wird schon nicht so schlimm, Großmutter. Wirklich nicht. Ich bin sicher, daß wir einen angenehmen Platz für uns alle finden.«
Lady Agnes schaute grimmig. »Ich habe in den letzten zehn Jahren keinen angenehmen Tag mehr gehabt und werde es auch nicht haben, bis ich im Grab bin. Aber ich bin in Summerbourne Hall geboren, und hier will ich sterben.«
Der Wunsch der alten Frau zerriß Claire das Herz, aber sie blieb hart. »Ich kann es nicht tun, Großmutter.«
Lady Agnes saß auf ihrem Platz wie ein Felsen in der Brandung. »Du wirst es tun. Ich habe meine Eltern beerdigt, meine Brüder und fünf Kinder. Ich habe gelernt, daß die Menschen tun müssen, was sie zu tun haben. Und mit der Zeit läßt der Schreck nach, so wie der Schmerz in mei-

nen Gelenken nachläßt, wenn ich diese Kräuter zu mir nehme.«
»Ich gehe und hole deine Medizin.«
Sie rannte beinahe aus der Halle, aber sie war nicht so schnell, daß sie nicht mehr den Ruf ihrer Großmutter gehört hätte. »Du kannst davor nicht weglaufen, Claire!«
Vor dem Gang, der zur Küche führte, blieb sie stehen. »Oh, doch, das kann ich«, flüsterte sie.
Den Eindringling heiraten? Eher würde sie heimatlos die Straßen Englands entlangziehen.
Nachdem sie den Trank für die Großmutter bestellt hatte, hätte sie gehen sollen, um an der Bahre des Vaters zu beten. Aber ihre Füße wollten sie nicht dorthin tragen. Sie wollte der harten Tatsache nicht ins Auge sehen.
Vesper. Es war nicht mehr lange bis zur Vesper, nach der sie alle hinausgeworfen werden würden. Ob sie anfangen sollte, ihre Habe zusammenzusuchen? Was sie wohl mitnehmen durfte? Alles gehörte nun dem Eindringling!
Die kostbaren Bücher ihres Vaters! Der Gedanke, diesen Schatz in barbarischen Händen zurückzulassen, war beinahe noch schlimmer als der Gedanke an den kalten Körper in der Kapelle. Und was war mit ihren Arbeiten – den Aufzeichnungen über die Sitten und Gebräuche dieser Gegend, ihrem Buch über blutsaugende Tiere, den Geschichten des Vaters, die sie aufgeschrieben und mit viel Liebe illustriert hatte? Würde sie auch die zurücklassen müssen? Fröstelnd stand sie da und versuchte eine Entscheidung zu treffen.
»Lady Claire!« Maria, ihr Kammermädchen, nahm sie in die Arme. »Kommt hier entlang. Die anderen Ladys sind sauber und trocken gekleidet, und Ihr seid noch ganz durchnäßt. Ihr holt Euch den Tod, und davon hat niemand etwas. Und Euer Haar ist völlig aufgelöst ...«
Claire ließ sich von den verwirrenden Problemen forttragen, ließ sich nach oben führen zu dem Gemach, das sie mit ih-

ren Tanten teilte. Wenigstens waren diese schon wieder nach unten gegangen, so daß ihr Amice' Weinen und Felice' Nörgeleien erspart blieben. Sie stand da wie ein kleines Kind und ließ sich von Maria und Prissy, ihrem anderen Mädchen, die feuchten, schmutzigen Kleider ausziehen.
Die Worte ihrer Großmutter riefen praktische Gedanken und Sorgen in ihr wach. Es stimmte – Männer ohne Besitz waren selten verheiratet. Auch Heinrich Beauclerk war unverheiratet und ohne Grundbesitz gewesen, bevor er den Thron bestieg. Er hatte eine Menge ähnlicher Männer um sich, die darauf warteten, belohnt zu werden.
Aber sie konnte nicht ... Sie *konnte nicht* den Mann heiraten, der Land und Haus ihres Vaters gestohlen hatte.
Falls dieser Renald den Plan hatte, in ihre Familie einzuheiraten, wie würde er vorgehen? Würde er sie in einer Reihe aufstellen und sich dann eine herauspicken? Claire hielt sich nicht für anziehender als Felice, aber sie hielt es nicht für völlig ausgeschlossen, daß sie erwählt werden würde. Als Mary ihr kostbare, dunkle Kleider zum Anziehen brachte, schob Claire sie zur Seite. »Such irgend etwas Langweiliges heraus. Etwas Häßliches.«
»Etwas Häßliches? Warum?«
»Frag nicht, sondern mach schon.«
Das erschreckte Kammermädchen wich zurück. »Ihr habt diesen alten braunen Kittel. Den, bei dem die Farbe schon ganz verblichen ist. Aber ich weiß nicht, welches Kleid –«
»Das graue. Es ist nur mit ein wenig blauer Borte gesäumt.«
Als Mary ihr das Gewand gab, zog Claire ihr spitzes Messer heraus und begann wie besessen die Stiche aufzuschneiden, die die Verzierung hielten.
»Ihr seht aus wie eine Küchenmagd«, protestierte Prissy.
Während Mary langsam und freundlich war, war Prissy sehr lebhaft und hatte keine Scheu, ihre Meinung freiweg zu verkünden. »Aber wir machen noch etwas Hübsches aus

Euch«, sagte sie und begann Claires lange, blonde Zöpfe zu lösen.

Du hast, was Männern gefällt. Formen und große Brüste. Dein Haar ist wie Gold, deine Haut rein wie …

Plötzlich erschreckt, griff Claire nach einem der langen Zöpfe und schnitt ihn so dicht am Kopf wie möglich ab.

»Lady!« schrie Prissy.

Claire schnitt den zweiten Zopf ab. Sie konnte an ihren Formen und ihren Brüsten nichts ändern, aber was war eine Frau ohne ihre »krönende Pracht«?

Sie warf beide Zöpfe auf den Boden, auf dem sie lagen wie dicke, goldene Schlangen. »Sucht irgendeine unscheinbare Kopfbedeckung.«

Prissy schlug entsetzt die Hände zusammen. Mit weit aufgerissenen Augen lief sie davon und kehrte schließlich mit einem langen, grauen Tuch zurück. Nachdem Claire sich dieses um den sich seltsam leicht anfühlenden Kopf gebunden hatte, fühlte sie sich sicher genug, die Frauenkammer verlassen zu können und in die Kirche zu gehen.

Als sie an der Bahre kniete, kam sie sich schon etwas verrückt vor und fühlte sich schuldig. Sie konnte sich vorstellen, wie ihr Vater den Kopf schütteln und sagen würde: »Claire, Claire, ob das klug war? Und war das anständig?«

Als sie den Kopf senkte, tat sie es ebenso aus Kummer wie aus Scham. Sie konnte immerhin behaupten, daß sie sich das Haar aus Trauer abgeschnitten hatte, aber sie hatte es doch aus Angst heraus getan. Sie hatte es getan, um einem ungeliebten Schicksal zu entgehen. Sie hatte es in der Hoffnung getan, daß an ihrer Stelle eine ihrer Tanten leiden würde.

Sie verbarg ihr Gesicht in den Händen und vertiefte sich noch weiter in ihr Gebet. Es macht kaum einen Sinn, für die Seele ihres Vaters zu beten, der so gut gewesen war, deshalb betete sie für ihre eigene Seele. Sie bat Gott um Verzeihung, weil sie so selbstsüchtig war, und bat um den Mut, das zu tun, was zur Rettung ihrer Familie nötig war. Aber die heiligsten Worte konnte sie nicht sagen: Dein Wille geschehe. Statt dessen bat sie Gott, nicht das Letzte von ihr zu fordern. Die Heirat mit dem Mann, der Summerbourne gestohlen hatte.

Viel zu früh läutete in der Ferne die Glocke des Klosters zur Vesper. Und wieder schmetterte das Trompetensignal, Einlaß für den neuen Herrn und Meister dieses Gutes verlangend. Die Familie eilte schnell ins Haus zurück, stand eng gedrängt im Eingang und schaute zu, wie die beiden schweren Türflügel ein zweites Mal langsam aufschwangen.

Jenseits des Grabens war ein Lager errichtet worden. Zelte duckten sich auf dem Boden zwischen Rinnsalen, standen schützend um die Feuer, über die Männer gebeugt hockten, was sicherlich äußerst unbequem war. Warum hatten sie ein Lager aufgeschlagen, da sie doch gekommen waren, um sich Summerbourne anzueignen? Warum standen Männer am äußersten Ende der Brücke, machten aber keine Anstalten, sie zu betreten? Einer von ihnen rief etwas.

»Was ist los?« murmelte Claire. War dies eine ganz besondere Art der Folter, dieses wiederholte Verschieben und dieses Verhandeln?

Nach einem kurzen Wortwechsel trabte Niall auf das Haus zu. »Geiseln!« keuchte er. »Er will Geiseln!«

»*Was?*« rief Lady Murielle.

»Er ist ein kluger Mann«, kam eine brüchige Stimme aus dem Hintergrund.

Claire wirbelte herum, um ihre Großmutter anzusehen. »Es klingt, als wärest du auf seiner Seite.«

»Wenn wir schon einen neuen Herrn haben müssen, habe ich lieber einen klugen. Wie meinen Thomas.«

»Großvater war anders als andere Männer.«

»Ich hatte keine Möglichkeit, das herauszufinden. Du auch nicht.«
Claire wandte sich ab. Sie mußte aber zugeben, daß es wirklich ausgesprochen klug war, Geiseln zu nehmen. Während sie beim Leichnam ihres Vaters gesessen hatte, hatte sie über Rache nachgedacht. In der Bibel hatte Judith ihren Feind Holofernes getötet, indem sie ihm einen Spieß durch den Kopf gebohrt hatte ... Wenn Renald de Lisle sich nicht vollkommen sicher fühlte, so war das nicht verwunderlich.
»Was für Geiseln?« fragte ihre Mutter, die die Schulter ihres Sohnes Thomas fest umklammert hielt. An ihm hing sie am meisten.
Niall blickte vorsichtig an ihnen vorbei. »Er hat gesagt, daß drei Jungfrauen hier sind. Er will zwei als Geiseln.«
»Was?« Obwohl sie beinahe schrie, wirkte ihre Mutter schwach, aber auch erleichtert. Sie sprach energischer weiter: »Dieser Unmensch will, daß zwei junge Frauen aus gutem Haus bei seinen Männern in diesem schlammigen Lager wohnen?«
»Sie werden sicher sein, Murielle«, sagte Lady Agnes. »Zumindest so sicher, wie anderswo auch – im Moment. Entweder ist er ein Ehrenmann oder aber nicht. Wenn er es nicht ist, wird er sie sich hier im Haus nehmen und dann seinen Männern überlassen.«
Mit einem Laut des Jammers sank Amice zu Boden. Claire und Felice knieten sich neben sie, halfen ihr auf, als sie wieder zu sich kam, und rieben ihre Hände.
»Sieh nur, was du angerichtet hast«, rief Lady Murielle. »Du weißt doch, wie empfindlich sie ist!«
»Was nützt es, behutsam zu sein? Er will zwei Geiseln, nicht wahr? Und was ist mit der dritten?«
Alle schauten zu Niall, der unbehaglich von einem Bein auf das andere trat. »Er sagt, die dritte wird seine Braut.«
»Ich hab' es euch gesagt«, sagte Lady Agnes.

Amice fiel wieder in Ohnmacht. Claire und Felice schauten sich vorsichtig und abschätzend an.
»Braut?« wiederholte Lady Murielle. »Nein. Das ist zuviel. Claire, hilf Amice auf. – Gewürzten Met für die jungen Ladys«, befahl sie mit einer Handbewegung den umhereilenden Dienstboten. »Das werde ich nicht erlauben. Ich werde protestieren. Man bringe mir meinen Umhang. Ich werde hinausgehen und mit diesem Mann reden. So etwas kann er nicht verlangen.«
Felice und Claire halfen Amice auf und führten sie zu einer Bank, die am Feuer stand. Lady Murielle zog sich ihren Umhang über und eilte aus dem Haus. Sie sah entschlossen aus, aber Claire hatte das ganz sichere Gefühl, daß ein Mann, der die Standarte des Königs trug, alles fordern konnte. Felice war still. Ihr Gesicht war ausdruckslos, aber ganz sicher würde sie, wenn sie jetzt nachdachte, erkennen, was für eine Gelegenheit sich ihr bot. Ein Mann, dem ein solcher Besitz geschenkt wurde, mußte hoch in der Gunst des Königs stehen. Ganz genau, wie Felice es wollte. Amice würde hier bei ihrer Zwillingsschwester bleiben. Als Felice' Mutter würde auch Lady Agnes ihren Platz am Feuer behalten können. Wenn sie alle nett sein würden, würde der neue Herr vielleicht sogar etwas für Thomas tun. Dann mußte nur noch etwas für Claire und ihre Mutter gefunden werden. Claire hatte den Verdacht, daß ihre Mutter froh wäre, wenn sie nach St. Frideswide gehen könnte. Sie selbst wollte, sosehr sie Summerbourne auch liebte, auf jeden Fall fortgehen. Sie könnte in ein Kloster gehen. Vielleicht könnte sie auch die Freunde in der Umgebung mit neuen Augen betrachten und einen Ehemann finden.
Während sie an dem gewürzten Met nippte, von Amice' Weinen begleitet, ließ sie die Burschen in ihren Gedanken Revue passieren. Lambert von Vayne war möglicherweise ein Freier. Er hatte wenig in der Richtung unternommen,

war aber sehr häufig zu Besuch gekommen. Er war ein alberner Kerl und prahlte viel.
Es war möglich, daß Eudo, der Grafschaftsvogt, einiges Interesse hatte. Seine erste Ehe war kinderlos geblieben, und nachdem seine Frau gestorben war, sprach er davon, sich wieder zu vermählen. Seit Generationen hatten die Männer seiner Familie das Amt des Sheriffs innegehabt, und er wollte einen Sohn. Bildete Claire es sich ein, daß Eudo sie mit einigem Interesse angeschaut hatte? Ihm gefiel Summerbourne ganz sicher, und er strebte wahrscheinlich eine solche Verbindung an. Er war beinahe so alt wie ihr Vater, und sie schob ihm die Schuld an den Torheiten ihres Vaters zu.
Robert von Pulham? Liebenswürdig, aber geistlos.
John de Courtney? Claire hatte den Verdacht, daß er einen Hang zur Gewalt hatte –
Ihre Mutter kam naß und niedergeschlagen zurück. »Er ist ein gefühlloses Monster. Er sagt, das sei nicht seine Entscheidung. Der König habe befohlen, daß er sich mit einer von Lord Clarence' unverheirateten Edeldamen vermählt.«
»Und was passiert mit den anderen?« fragte Claire und biß sich auf die Zunge, als Felice' scharfer Blick sie traf.
»*Falls* er heiratet – er hat das ›falls‹ betont –, wird er für den Rest der Familie deines Vaters Sorgen tragen. Außer für Thomas.« Sie blickte traurig auf ihren Sohn. »Er wird an den Hof geschickt.«
»Oh, das ist nett«, preßte Amice zwischen Tränen hervor.
»Sei kein Dussel«, fuhr Felice sie an. »Sorge tragen. Was heißt das? Und der arme Thomas wird eine Geisel sein, die er je nach Laune verstümmeln oder blenden kann.«
Thomas fing an zu schreien und zu zittern. Claire rannte zu ihm und schloß ihn in ihre Arme. »Felice. Überleg, was du sagst.«

»Ich sage nur die Wahrheit.«
Lady Agnes mischte sich ein. »Dann ist die Wahrheit, daß niemandem etwas passiert, wenn sich jeder benimmt, wie man es von ihm erwartet. Selbst den Geiseln nicht.«
»Ich traue dem nicht«, sagte Claire. »Warum sollte sich der König der Familie eines Verräters annehmen?«
»Um alles unter Kontrolle zu haben.« Lady Agnes seufzte ungeduldig. »Herrgott, die Jahre des Nichtstuns haben euch verweichlicht. Dies ist die Art, nach der es normalerweise läuft! Männer kämpfen und sterben. Frauen werden wie ein Besitz weitergegeben. Will der König noch mehr Unruhe, indem er uns hinauswirft? Nein. Er will, daß es wie ein anständiger Handel aussieht.«
»Aber wir können uns widersetzen!«
Lady Agnes schlug mit dem Gehstock auf den Boden. »Und wie angenehm wird es sein, wenn du um Brot betteln mußt, Mädchen? *Denk nach.* Wenn wir uns dem König widersetzen, können wir froh sein, wenn uns jemand auch nur einen Brotkanten zuwirft.«
Amice jammerte nun laut, und selbst Felice sah erschrocken aus. Claires Mutter seufzte und schloß ihre beiden Kinder in ihre Arme. »Lady Agnes hat recht. Wir sind hilflos. Beim Herrgott, ich würde mich selbst diesem Mann schenken, aber er wird kaum Interesse an einer so verblühten Frau wie mir haben.«
»Also«, sagte Lady Agnes. »Wer von euch wird die Braut sein und wer die Geiseln?«
Schlagartig hörte Amice auf zu weinen.
»Keine von uns!« rief Felice grell. »Das ist grausam. Wir werden alle ins Kloster gehen. Selbst der König kann nicht verhindern, daß eine Frau die Braut Christi wird.«
»Vielleicht nicht«, sagte Lady Agnes. »Aber wird die Kirche euch nehmen wollen? Ihr besitzt nichts mehr. Nichts gehört uns. Unsere Kleider nicht und nicht das Essen auf den Ge-

decktabletts. Und ganz sicher nicht der Grundbesitz. Selbst von den Bräuten Christi wird erwartet, daß sie etwas mit in die Ehe bringen.«

»Das ist unmöglich«, sagte Felice, aber sie klang unsicher. Amice war scheinbar zu schockiert, um noch zu weinen.

Claire sah überrascht, wie ihre Mutter lächelte. Lady Murielle sagte mit ihrer überzeugendsten Stimme: »Er scheint kein übler Mann zu sein, Felice. Er ist rücksichtsvoll. Und wer von euch seine Braut wird, sie wird von hohem Rang sein. Sie wird Herrin von Summerbourne sein.«

Ihre Mutter versuchte, Felice zu überreden. Claire betete, daß sie Erfolg haben würde.

»Natürlich«, unterbrach sie ihre Großmutter, »müßte Felice ihre Zunge im Zaum halten. Ein solcher Mann würde bei einer widerspenstigen Frau seinen Gürtel zur Hilfe nehmen. Solange sie aber süß und ruhig ist ...«

Lady Murielle warf Lady Agnes einen feurigen Blick zu, um danach wieder ihre Schwägerin anzulächeln. »Du bist so schön, daß du einen Mann zufrieden stimmst, Felice. Und er wäre nicht hier, wenn er nicht in der *Gunst des Königs* stünde.«

Claire war zufrieden damit, wie geschickt ihre Mutter diesen Punkt eingeflochten hatte. Felice wollte unbedingt einen einflußreichen Mann heiraten oder einen, der einflußreich werden würde.

»Wer sagt, daß er in der Gunst des Königs steht?« fragte Lady Agnes.

»Er hat ihm Summerbourne zum Lehen gegeben, oder nicht?« Das war ein Argument, und Lady Agnes schwieg stirnrunzelnd.

»Er ist sicher ein sehr beschäftigter Mann«, fuhr Lady Murielle fort. »Seine Frau wird sicherlich das Gut alleine verwalten und die Kinder alleine aufziehen, während er in den Krieg zieht oder am Hof des Königs weilt.«

»Am Hof?« fragte Felice neugierig.
Lady Agnes spöttelte. »Am Hof. Dort wird er sein, während sie hier die Schweine zählt.«
»Ich bin sicher, daß er hin und wieder seine Frau mit an den Hof nehmen würde«, sagte Claires Mutter.
»Kaum. Schließlich wäre Felice, wenn sie ihn heiratet, seine Frau, aber alle wüßten, daß sie die Schwester eines Verräters ist. Er würde sie vor allen verbergen.«
»Dann hätte seine Frau hier ihre Unabhängigkeit.«
»Glaubst du, er würde der Schwester eines Verräters seine Geschäfte anvertrauen, ohne sie zu kontrollieren?«
Lady Murielle lächelte breit. »Dein Mann hat dir vertraut.«
»Erst nach ein oder zwei Jahren – tückischen Jahren – und auch nur, weil ich versucht habe, ihn zufrieden zu stimmen.«
Felice schaute ihre Mutter an. »Willst du sagen, daß ich keinen Mann zufrieden stimmen kann?«
»Bis jetzt hast du das noch nicht versucht, oder? Amice könnte es besser, wenn sie endlich aufhören würde zu heulen.«
»Hört endlich auf«, rief Claire und sprang auf. »Vater hätte diese Diskussion schrecklich gefunden.«
»Das ist alles seine Schuld«, sagte Felice bissig und schaute sie an. »Seine Dummheit hat uns so weit gebracht, und eigentlich sollte seine Tochter dafür bezahlen.«
»Sie ist die Jüngste«, wandte Lady Murielle dagegen ein.
Felice' elegantes Gesicht zeigte den hochmütigen Zug, den alle zur Genüge kannten. »Diese paar Jahre. Sie ist achtzehn, alt genug, um zu heiraten.«
Amice überraschte sie alle. »Nein«, flüsterte sie immer noch weinend. »Ich … ich werde es tun. Um Claire zu retten. Ich tue es.« Sie war hin- und hergerissen, und in ihrem Gesicht waren die unterschiedlichsten Gefühle zu lesen.
Claire sah den fragenden Blick ihrer Großmutter. Sie wußte,

was die alte Frau wollte – wie immer ihren Willen durchsetzen.
Claire hätte es Felice tun lassen. Selbst wenn er sie hin und wieder mit seinem Gürtel schlug, hätte Felice ihre Vorteile aus diesem Handel gezogen – Heirat mit einem mächtigen Mann und die Herrschaft über Summerbourne. Aber Lady Agnes glaubte, Felice würde eine harte Frau sein und ihren Ehemann eher erzürnen, als seine Stimmung verbessern. Amice würde es nicht können. Sie würde krank werden. Und wenn sie es überlebte, würde es ihr niemals gelingen, einen solchen Mann zu irgend etwas zu überreden.
Claire ging zu Amice und umarmte sie. »Ich glaube nicht, daß wir uns jetzt schon entscheiden müssen. Er kann nicht erwarten, daß eine von uns ihn heute heiratet.« Sie dachte an die Erzählung ihrer Großmutter, erschauderte und hoffte, daß sie stimmte. »Aber ich weiß, daß du dich besser fühlst, wenn Felice bei dir ist. Warum geht ihr beide nicht als Geisel zu ihm? Ich bleibe hier, und wenn er mich zu seiner Braut wählt, so soll er ruhig. Wenn wir ihn erst einmal gesehen haben, werden wir besser wissen, was zu tun ist.«
Ja, so würde es gehen. Wenn er auch nur halbwegs ein Mann wäre, würde er Felice nehmen, und alles wäre gut. Wenn er aber unmöglich sein würde, müßte sie ihn heiraten.
Amice schaute sie mit versiegenden Tränen an. »Oh, Claire. Bist du sicher? Bist du sicher, daß du ihm entgegentreten kannst?«
Wie hatte ihre Tante bloß glauben können, daß sie diesen Mann heiraten könnte, wenn es ihr schon zuviel war, ihm entgegenzutreten? Claire tätschelte Amice' zitternde Hand. »Mutter und Lady Agnes helfen mir. Mach dir keine Sorgen.«
Amice begann wieder zu weinen, dieses Mal aber vor Erleichterung, und Felice nahm sie bei der Hand, damit sie einige Habseligkeiten zusammensuchen konnten.

»Claire, warum hast du das getan?« jammerte ihre Mutter. »Du wirst ihn noch heiraten müssen. Eine Ehe gilt das ganze Leben, das weißt du doch, und grausame Ehemänner sind etwas Fürchterliches.«
»Dann sollten wir ihn nicht Felice wünschen, oder?«
»Halt mir keine Moralpredigt!«
»Das tue ich gar –«
»Du bist genauso wie Clarence. Niemals hörst du zu. Du glaubst immer, recht zu haben.«
Claire preßte sich die Hände an die schmerzenden Schläfen. »Mutter, dies ist doch erst der Anfang. Wir müssen ihm Geiseln stellen. Wie hätten wir es sonst anstellen sollen?«
Ihre Mutter starrte sie an. »Planst du irgendwas?«
»Nein.« Claire wünschte, sie hätte einen Plan. Sie konnte sich nicht vorstellen, diesen Mann zu heiraten, aber wenn Felice es nicht tun würde, müßte sie es tun. Wie könnte sie ihre ganze Familie leiden lassen?
»Oh«, sagte Lady Murielle mit feuchten Augen. »Ich könnte Clarence *erwürgen*!« Sie schlug die zitternde Hand vor den Mund. »Das hab' ich nicht so gemeint! Da er doch tot ist –«
»Murielle«, sagte Lady Agnes bissig. »Hör auf zu schnattern.«
Claires Mutter schaute sie starr an. Dann lächelte sie ihrer Tochter zu und sagte: »Dem Himmel sei Dank, daß du hübsch und nett bist. Dank dir werden wir alle in Sicherheit sein.«
Claire mußte sich beherrschen, um sich nicht das graue Tuch zu greifen, das ihre zerstörte Haarpracht verbarg.
Was würde geschehen, wenn sie ihn heiraten würde und er voller Wut wäre? Ob er seinen Zorn an der ganzen Familie auslassen würde?
Ihre Mutter fuhr fort: »Ich sage dir schon seit Jahren, daß du die jungen Männer beachten solltest –«
»Welche jungen Männer?«

»Du hast Verehrer. Das hast du niemals bemerkt! Das ist natürlich alles Clarence' Schuld. Er hat nie einen von ihnen ermutigt.«
»Er wußte, daß ich nicht interessiert bin.«
»Er wollte, daß du zu Hause mit ihm liest und singst.«
Der Ton in ihrer Stimme schockierte Claire. Konnte es sein, daß ihre Mutter *eifersüchtig* war? Lady Murielle hätte mehr Zeit mit ihrem Mann verbringen können. Aber sie hatte niemals viel Interesse an Bildung und Büchern gehabt. Sie wandte ihren Kopf zur Seite, damit niemand ihre zitternden Lippen sah. Alles brach zusammen. Alles.
Die Ehe ihrer Großeltern hatte so glücklich gewirkt, aber sie war die Folge einer Eroberung, vielleicht sogar einer Nötigung. Sie hatte gedacht, daß ihre Eltern sich liebten, jetzt aber hatte sie ihre Zweifel. Vielleicht war es nur ein bequemes Arrangement zwischen zwei Menschen gewesen, die einverstanden gewesen waren. Ihr Heim und alles, woran sie geglaubt hatte, wurde ihr unter den Füßen weggezogen.
Als sie eine Hand auf ihrer Schulter spürte, fuhr sie herum und sah, wie ihre Mutter sie ängstlich musterte. Hatte sie Angst vor ihren Gefühlen oder davor, daß sie die Rolle der geopferten Frau einnehmen würde? Claire war sich der Liebe ihrer Mutter immer sicher gewesen, nun aber begannen Zweifel an ihr zu nagen.
»Willst du nicht gehen und dir etwas Netteres anziehen, Claire?«
»Am Tag von Vaters Beerdigung?«
Lady Agnes klopfte mit ihrem Stock. »Laß den Tod hinter dir. Schau auf das Leben.«
»Hast du das etwa gekonnt? Am ersten Tag?«
»Ich weiß nicht mehr.« Das war eine Lüge. Auch sie wollte, daß Claire nachgab, damit sie hierbleiben konnte.
Claire schaute zu ihrem Bruder hinüber, der wie abwesend dastand. Aber er würde ganz sicher ihr Opfer brauchen, da-

mit er aus seinem Leben etwas machen konnte. Ihr Opfer oder das ihrer Tanten.
Amice und Felice kamen wieder in die Halle. Sie waren in Mäntel gehüllt, und Bedienstete, die ihnen folgten, trugen ihre Truhen. Amice schien nur durch Felice aufrecht gehalten zu werden, dann aber machte sie selbst einige Schritte. Felice blickte finster drein.
In der Hoffnung, daß dieser düstere Blick ein Zeichen von Unentschlossenheit war, fragte Claire: »Bist du sicher, Felice?«
Die Antwort war entmutigend. »Absolut! Lieber eine oder zwei Nächte draußen als ein Leben neben einem Monster!«
Claire gab für den Moment erst einmal Ruhe und küßte Amice. »Hast du deine Kräuter?«
Amice nickte. »Claire, ich wünschte –«
»Psst. Es ist besser so. Du kennst mich.« Es gelang ihr sogar zu lächeln. »Dinge perlen an mir ab.«
Felice runzelte wieder die Stirn. Da sie sie schon so lange kannte, wußte Claire, daß ihre Tante versuchte zu entscheiden, ob ihr eine kluge Flucht gelungen war oder ob sie betrogen wurde. Am Ende würde sie immer der Meinung sein, betrogen worden zu sein. Vielleicht hatte Claire sie diesmal falsch eingeschätzt, und das Stirnrunzeln war ein Zeichen von Betroffenheit. Denn als sie sich zum Abschied küßten, sagte Felice: »Gott sei mit dir, Claire. Wenn wir zurückkehren dürfen, werde ich versuchen, dich vor dem Schlimmsten zu bewahren.«
»Was ist, wenn er sich als wahrer Roland entpuppt, als jemand, der ein Held ist?«
Felice' Blick glitt zur Seite. »Dann wirst du ihn wohl behalten.«
»Nein. Versprochen. Egal, wie edel er von Gesinnung oder von Gestalt ist, ich will ihn nicht.«
Felice schaute sie wieder an. »Wir werden es sehen.«

Unglücklicherweise verrutschte gerade in diesem Moment ihr Kopftuch. Claire versuchte, es festzuhalten, aber Felice riß es ihr mit einem Ruck herunter.
»*Claire!*« Alle schrien wie aus einem Munde, aber Felice übertönte alle mit ihrer schrillen Stimme. »Jetzt habe ich dich durchschaut! Du tust so, als wärst du einverstanden, hast dich aber so entstellt, daß er dich zurückweisen wird. Das wird nicht funktionieren! Er wird dich nehmen, geschoren oder nicht!«
Sie zog die entsetzt blickende Amice mit sich fort.
Lady Agnes gackerte. »Im Dunkeln sind alle Katzen grau.«
Lady Murielle starrte sie an. »Du dummes Mädchen! Aber jetzt mußt du etwas Kleidsames anziehen.«
»Es wird keine Rolle spielen, Mutter«, sagte sie. »Ihm ist es offensichtlich egal, was für eine Braut er bekommt. Ich tue, was ich tun muß, werde also tun, als sei ich einverstanden. Dies ist ein Haus der Trauer, und dieser Eindringling kann nicht verlangen, daß wir etwas anderes behaupten.«
Claire tauchte ihre Finger in die Asche am Rand der Feuerstelle und wischte sie sich über das Gesicht und ihre Kleider. Mit diesen Zeichen der Trauer stellte sie sich an die Tür, um dem Unmenschen entgegenzusehen, den sie heiraten sollte.

4. Kapitel

Bruder Nils, der Schreiber von Renald de Lisle, dem neuen Herrn von Summerbourne, stand trotz seines dicken Umhangs zitternd im Regen. Er fühlte aufrichtiges Mitleid für die beiden Ladys, die ihr Heim hatten verlassen müssen. Er war erst ein paar Tage bei Lord Renald im Dienst – er war de Lisle vom König empfohlen worden –, und nach seinem ersten Eindruck war sein neuer Herr ein mitfühlender Mensch. Vielleicht unnahbar, aber nicht grausam. Und jetzt das. Die Leute von Summerbourne hatten ohne jeden Widerstand ihr Tor geöffnet. Warum verlangte er Geiseln und dann auch noch Edeldamen? Als er nach einem Grund fragte, hatte Lord Renald lediglich gesagt: »Ich will keine weiteren Torheiten mehr in dieser Familie. Ein Toter ist genug.« Als dann die Bediensteten ihre Ladys durch den Matsch und Schmutz trugen, versuchte Nils es noch einmal. »Mein Herr, das ist sicher unnötig.«

»Bruder Nils«, sagte der große Mann an seiner Seite, »du bist weder mein Gewissen noch mein taktischer Berater. Du kannst dir notieren, daß unbedingt Entwässerungsgräben gezogen werden müssen. Und der Graben ist so schmal, daß eine Brücke unnötig ist. Und die Holzwälle sollten mit Spitzen versehen werden. Mache ausfindig, wo hier in der Nähe ein Steinbruch ist. Hast du das?«

»Ja, mein Herr.«

»Ich habe nicht vor, ihnen etwas anzutun«, fügte er leicht erheitert hinzu. Nils hatte bereits entdeckt, daß Lord Renald einen Sinn für Humor hatte, der sich wie eine Goldader durch schwarzen Granit zog.

»Aber Ihr wollt sie hier bei den Männern lassen.«
»Glaubst du, meine Männer werden ihnen etwas antun?«
Nils sparte sich die Antwort. Lord Renald hatte seine Truppe um einen harten Kern von Männern gebildet, die Gefolgsleute seines Freundes FitzRoger von Cleeve waren. Da er lange Jahre Lord von Cleeves Stellvertreter gewesen war, kannten ihn diese Männer sehr gut. Die anderen waren genauso neu wie Nils. Es war interessant gewesen zu sehen, wie die Männer in diesen wenigen Tagen auf dieser zermürbenden, sturmgeplagten Reise zusammengewachsen waren. Diese Männer würden genau ausführen, was ihr Herr von ihnen verlangte, genauso wie Nils selbst, wenn auch aus anderen Gründen.
Er schaute wieder zu den Dienstboten, die die Ladys durch den kleinen Teich trugen, der sich am Ende der Brücke gebildet hatte. Es war unbedingt nötig, Entwässerungsgräben zu ziehen, und Nils war erstaunt, daß der vorherige Herr sich nicht darum gekümmert hatte. Nach dem, was er gehört hatte, war Lord Clarence ein reizender Mann und ein glänzender Geschichtenerzähler gewesen, der es liebte, Rätsel zu stellen. Aber ganz offensichtlich war er als Grundherr nicht allzu umsichtig gewesen.
Die Bediensteten hatten den felsigen Boden erreicht, wo die Zelte aufgeschlagen waren, und ließen ihre Last wieder auf die eigenen Beine gleiten. In Mäntel gehüllt und die Kleider zusammenraffend, machten die beiden Ladys sich auf den Weg zu dem großen Zelt, vor dem de Lisle wartete.
»Meine Fräulein«, sagte Lord Renald. »Dies ist mein Zelt. Ich hoffe, Ihr findet dort alles, was für Eure Bequemlichkeit notwendig ist.«
Auf seinen Wink hin öffnete einer seiner Männer den Eingang, die Frauen eilten ins Trockene und schlugen ihre Kapuzen zurück. Beide waren feingliedrige Schönheiten mit feuchtem, goldenem Haar.

»Mmmm«, sagte Josce zu Nils. »Nicht übel.«
»Vergiß nicht, daß das die beiden sind, die Lord Renald *nicht* heiraten wird.«
Sie waren sich wirklich sehr ähnlich, obwohl die eine hochmütig, die andere verängstigt aussah. Wahrscheinlich also die Zwillinge.
»Ich bin Renald de Lisle. Und Ihr?«
»Die Ladys Felice und Amice von Summerbourne.« Die Hochmütige schaute ihn an. »Es ist unmöglich, daß Ihr uns hierherschleppt, damit wir wie Schweine in einem Stall hausen.«
»Wir werden dafür sorgen, daß Ihr es so bequem wie –«
»Bequem! Nur Tiere können es hier bequem haben.«
»Es ist –«
»Es ist offensichtlich, von wie niederer Geburt Ihr seid!«
Nils zuckte zusammen. In gewisser Weise hatte sie recht. Lord Renald entstammte nur dem niederen Adel Frankreichs, einer Familie, die verarmt war. Das Lehen war völlig überraschend gekommen.
Die Frau fuhr mit ihrem Gezeter fort. »Was für eine Überheblichkeit läßt Euch glauben, daß irgendeine von uns es verdient, in Eure Familie einzuheiraten?«
»Oh, Felice, sei vorsichtig.« Die Augen der anderen waren rot und geschwollen vom Weinen, und sie zuckte zusammen, als erwarte sie, geschlagen zu werden.
»Laß dich nicht einschüchtern, Amice. Ich bestehe darauf, daß –«
Lord Renald drehte sich um, ging und gab Nils und Josce ein Zeichen, daß sie ihm folgen sollten. Sie gingen zu den Pferden, während hinter ihnen weitere Nörgeleien ertönten.
»Wenn das die Fröhlichkeit und die Liebe waren«, sagte Nils' Herr und ergriff die Zügel seines Pferdes, »wird das Licht wohl eine düstere und trübsinnige Person sein.«

Claire hatte vorgehabt, dem Eindringling voller Mut und Mißachtung entgegenzutreten, aber allmählich begannen sich ihre Nerven bemerkbar zu machen. Wenn sie auch nur ungefähr wüßte, was auf sie zukam!

Sie hatte zugeschaut, wie Felice und Amice in den dichten Regen hinausgetragen worden waren, und hatte ihnen nachgesehen, als sie zu dem Zelt gegangen waren. Einer der Männer in den Umhängen hatte ihre Tanten dorthin begleitet. Vermutlich Lord Renald.

Sie starrte durch den Regen hindurch, um einen Blick auf ihren Gegner zu werfen, dem sie bald entgegentreten mußte. Er sah groß aus. Natürlich war er groß, schließlich war er einer dieser Männer, die mit dem Schwert lebten. Blutbesudelte Schwerter, so hatte ihr Vater sie genannt. Kampfwölfe. Er hatte sie niemals in sein Haus eingeladen. Das war eine weitere von Felice' Quengeleien gewesen: Wo sollte sie einen mächtigen Mann finden, wenn nicht unter den Wölfen? So, wenn er ein solcher Mann war, dann würde er Felice gefallen.

Und wenn er es nicht war? Wenn er ihr zu groß war? Vernarbt? Schlecht gebaut? Schlechtriechend? Schlechte Manieren hatte? Dann würde Claire ihn heiraten müssen.

Sie versuchte sich zu beruhigen. Ihre Großmutter hatte unter den schlechtesten Voraussetzungen geheiratet und hatte ein schönes Leben gehabt. Claire dachte noch einmal über die Worte nach, die ihre Mutter zu Felice gesagt hatte. Wenn sie duldsam war, würde er nicht hart zu ihr sein. Er würde kaum hier sein, so daß sie an seiner Stelle über Summerbourne herrschen müßte. Sie würde ihr Zuhause so erleben, wie es immer gewesen war; ein wohlhabendes Haus, voll Kunst und Wissenschaft, voller Lachen und Musik. Aber wenn er da wäre, würde er das Bett mit ihr teilen und ihren Körper nehmen.

Claire hatte einige Männer kennengelernt, bei denen sie sicher war, daß sie lieber gestorben wäre, als mit einem von ihnen das Bett zu teilen. Baldwin von Biggin fiel ihr ein. Sir Baldwin hatte vor einigen Monaten die Gastfreundschaft dieses Hauses genossen und sich als ein abscheulicher Mann entpuppt. Er hatte zwar den großen, starken Körper eines Kämpfers, war aber dick. Sein Bauch quoll über den Gürtel, und seine Wangen waren so feist, daß sie seine Augen zu Schweinsäuglein zusammendrückten. Er aß auch wie ein Schwein, stopfte das Essen in sich hinein und betrank sich. Er hatte riesige Hände; die Finger sahen aus wie dicke, rote Würstchen, die mit dunklem Haar bewachsen waren, und mit diesen Händen hatte er in Hinterteile gekniffen und nach Brüsten gegriffen. Claire hatte eine Schüssel voller Suppe über ihn gegossen, als er es auch bei ihr versucht hatte. Er hatte daraufhin nur gelacht und gesagt, daß er muntere Frauen liebe. Dann hatte er sie angeschaut, als sei sie ein leckeres Gericht. Ihr Vater war ihn bald losgeworden, aber bei dem Gedanken an ihn mußte Claire sich immer noch schütteln. Jetzt schützte sie niemand mehr vor einem solchen Mann.

Sie schrak zusammen, als ihre Mutter ihr einen Becher mit warmem Met in die Hand drückte. »Trink, mein Schatz. Das wird dich beruhigen.«

Die Wärme tat ihr gut, der würzige Dampf war beruhigend, aber Claire mußte mit den Tränen kämpfen, als sie an dem Getränk nippte. Ihre Mutter konnte sie nicht retten, sie versuchte es nicht einmal mehr. Sie wollte, daß Claire ihr Opfer gefaßt annahm. Gab man nicht auch Männern, die zum Tode verurteilt waren, noch einen letzten Becher? Sie fühlte sich auf einmal fürchterlich einsam, zur Schau gestellt wie ein Schwerverbrecher auf dem Marktplatz, so verletzlich und den harten Winden der Trauer und der Angst ausgesetzt, während keiner den Mut hatte, sie vor ihrem Schicksal zu bewahren. Sie schaute wieder zum Lager hinunter und

sah, wie ihr Schicksal aus dem Zelt trat und auf die Pferde zuging. Sie trank den Met in einem Zug aus.
Schon bald erreichten vier Männer das Tor, aber zu ihrer Überraschung führten sie ihre Reittiere am Zügel. Sie wateten durch den Matsch und überquerten die Holzbrücke, die vom Hufschlag der Pferde dröhnte.
Thomas stellte sich neben sie. Claire konnte ihn nicht umarmen, aber er hätte es auch nicht gewollt. Das hätte den Eindruck erweckt, er sei ein Kind. Aber das konnte er nicht mehr sein. Doch sie legte ihre Hand auf seine Schulter und hoffte, daß er ihre Furcht nicht spüren konnte. Ihre Mutter hatte recht. Thomas war der verletzlichste von allen. Wenn die Heirat der Preis für seine Sicherheit war, dann würde sie es tun, egal, wie abstoßend der Mann auch sein würde.
Als die Männer das Tor durchquert hatten, nahm einer der Männer die Zügel aller Pferde und führte sie zum Stall. Claire schaute wieder zu den anderen dreien. Welcher war der neue Herr? Sie sahen alle gleich aus, groß, kräftig und trugen Kapuzenumhänge.
Und hatten ein großes Problem. Beinahe mußte Claire kichern bei dem seltsamen Anblick. Sie kämpften sich durch knöcheltiefen Morast auf das Gutshaus zu und schleppten ihre langen Reitmäntel wie Bleigewichte hinter sich her. Sicher wäre der mächtige Krieger lieber majestätisch über sein erobertes Land geschritten.
Sie rief sich selbst zur Ordnung. Nichts an dieser Situation war komisch. Ihr Vater lag tot in der Kapelle, und der Morast machte diese Männer nicht weniger gefährlich. Sie waren sicher an Schlachten auf schlammigem Boden gewohnt. Flüsternd schickte sie Thomas fort zu ihrer Mutter. In Sicherheit.
Die langen, vom Regen dunklen Ledermäntel verhüllten ihre Gestalten, die Kapuzen ihre Gesichter. Sie konnte einen kurzen Blick auf ein Kinn werfen, das in einem Kettenpan-

zer steckte, und auf einen eisernen Nasenschutz, der zum Helm gehören mußte. Warum waren sie so schwer bewaffnet? Wußten sie nicht, daß sie Wölfe unter Hasen waren? Ganz sicher war der Wolf in der Mitte ihr Feind.

Sehr, sehr breite Schultern. Wahrscheinlich ein dickbäuchiger Angeber mit dicken, behaarten Fingern. Es würde schlimm sein, einen solchen Mann an Vaters Platz zu sehen, aber vielleicht würde er ja Felice gefallen. Sie betete, daß er keine entstellende Narbe hatte, Warzen oder schlechte Zähne. Felice konnte das nicht ertragen.

Als die drei Männer näher kamen, verursachte allein die Größe von de Lisle ein Vibrieren in Claires Magengegend. Sie erinnerte sich daran, daß er doch nur ein Mann war, aber diese dunkle, massige Gestalt drängte alles andere in den Hintergrund. Claire bemerkte, wie sie zurückwich, anstatt ruhig stehenzubleiben. Sie bewegte sich mechanisch, konnte es nicht verhindern. Gegen ihren Willen zitterte sie am ganzen Körper; ihre Zähne schlugen aufeinander.

»Wenn du noch einen Schritt weitergehst«, rief Lady Agnes, »fängt dein Kleid Feuer.«

Claire blieb endlich stehen und brachte sich schnell aus der Gefahrenzone. Als sie sich umdrehte, war de Lisle auch schon bei der Feuerstelle angekommen. Er überragte sie, ragte mit Kopf und Schultern über sie hinaus und war mindestens doppelt so breit wie sie. Seine bloßen Hände schoben seine Kapuze zurück. Große, kräftige Hände. Aber keine Wurstfinger.

Sie schaute ihm ins Gesicht. Wie sie gedacht hatte, trug er eine Rüstung, sie konnte aber ein eckiges Kinn und feste Lippen erkennen. Er war nicht dick. Und überhaupt nicht schwammig. Die Form dieser Lippen ließ ihr Herz wie eine Alarmglocke schlagen.

Langsamen Schrittes durchmaß er den Raum, musterte die Familienmitglieder, die am Feuer saßen, und das Gesinde, das sich an die Wände drängte. Sie spürte, daß er auf der Hut war, bereit, jederzeit das Schwert zu ziehen und zuzuschlagen. Allein diese Bereitschaft zu töten erfüllte den Raum wie ein glühendheißer Wind. In ihrem friedvollen Leben hatte Claire so etwas noch nie erlebt. Dann entspannte er sich und öffnete den Helm. Er setzte ihn ab und warf ihn dem Mann zu seiner Linken zu. Auch dieser Mann hatte seine Kapuze zurückgeschlagen und sah aus, als sei er froh, sie endlich los zu sein. Er war noch sehr jung, hatte rötliches Haar und Sommersprossen. Zudem war er groß und kräftig. Auch ein Mann des Kampfes. Wahrscheinlich de Lisles Knappe.

Claire wandte ihre Aufmerksamkeit wieder ihrem Gegner zu und war fest entschlossen, ihre Angst in den Griff zu bekommen. Sie mußte ihn anschauen und beobachten, wenn sie überleben wollte. Er trug noch die Kettenkapuze. Sein Gesicht war hartkantig, hatte ausgeprägte Wangenknochen und dunkle Brauen. Claire bevorzugte feinere Züge, aber sie mußte zugeben, daß er auf seine Weise gutaussehend war. Keine offensichtlichen Mängel aufweisend.

Eine Hoffnung begann in ihr zu keimen. Bestimmt würde Felice ihn angemessen finden. Seine Augen waren auch dunkel, sahen aber müde aus. Rotgerändert. Wahrscheinlich das Ergebnis beständiger Ausschweifung. Er löste den Umhang und warf ihn dem Knappen zu. Die lässige Bewegung, mit der er den schweren, völlig durchnäßten Mantel fortwarf, zeigte, wie stark er war. *Natürlich ist er stark, Claire! Er ist ein Kämpfer durch und durch.*

Der Kettenpanzer ging ihm bis zu den Knien, bauschte sich wie eine Bluse über dem weiten, metallbeschlagenen Gürtel, den er um die Hüften trug. Diese Art, das Kettenhemd zu tragen, war das einzige an ihm, was nicht hart wirkte. Kein hervorquellender Bauch, keine schwammigen Wangen. Wahrscheinlich fühlte er sich genauso hart wie sein Panzer

an. Und auch genauso kalt? Sie verdrängte diese Gedanken. Er war aus Fleisch und Blut wie jeder Mann. Wie jedes Tier. Trotz der massigen Brust wirkte er nicht wie ein Ochse. Eher wie ein Hengst, beweglich und kraftvoll. Oh, Vater, armer Vater! Mußtest du Männern wie diesen gegenüberstehen?
Er suchte wieder den Raum ab und drehte sich dann zu ihr um. Claire hatte den Verdacht, daß er nach dem anderen Edelfräulein von Summerbourne Ausschau hielt und sie wegen ihrer Kleidung für eine Magd gehalten hatte. Aber da weder ihre Mutter noch ihre Großmutter seine Frau werden konnten, mußte sie es wohl sein.
Ihre Großmutter hatte recht gehabt. Er war kein Dummkopf. Er runzelte leicht die Stirn, als er die Kettenkapuze zurückschob, die braunes, welliges Haar freigab, das ihm auf die Schultern und über die Brauen fiel. Dann schüttelte er sich wie ein Hund, der aus dem Regen kommt, und ging näher ans wärmende Feuer, um die Hände darüber zu reiben. Die Selbstverständlichkeit seiner Bewegungen, das Besitzergreifende daran beleidigte sie eher, als daß es sie kränkte. Er hatte sie betrachtet, festgestellt, daß sie hilflose Häschen waren, und war überzeugt, daß er in Sicherheit war. Es würde unendlich befriedigend sein, ihn zu töten, um diesen süffisanten Gesichtsausdruck auszulöschen!
Er verbeugte sich vor ihrer Mutter. »Lady Murielle. Ich versichere Euch aufrichtig, daß ich die Umstände bedaure, die uns hier zusammengeführt haben.«
Aber natürlich, spottete Claire leise. *Umstände, die Euch zu diesem schönen Besitz geführt haben.*
Ihre Mutter schnatterte nervös und stellte ihm Lady Agnes vor. Wahrscheinlich hatte er sie für eine alte Magd gehalten. Nun verbeugte er sich auch formvollendet vor ihr und sprach ihr sein Beileid aus. Claire biß die Zähne aufeinander und wartete darauf, daß Lady Agnes sich bei dem Eindringling einschmeichelte. Aber ihre Großmutter blickte mit kal-

ten, müden Augen auf. »Hütet Euch, junger Mann. Ich habe kein Problem mit Euch. Aber wenn einem meiner Küken etwas passiert, mache ich Euch dafür verantwortlich. Es gibt nicht mehr viel, womit Ihr und der König mein Leben noch elender machen könnt.«

»Ich habe nicht die Absicht, irgend jemandem etwas anzutun, Lady Agnes. Aber wenn irgend jemand hier mir oder meinen Männern etwas antut, werden nicht nur die Geiseln darunter leiden. Ohne Zweifel wird dann auch der König seine Rache üben. Es ist immer das beste, sich klar über diese Sachen zu verständigen.« Bei den letzten Worten wandte er sich an Claire. »Stimmt Ihr mir zu, mein Fräulein?«

Diese direkte Herausforderung verschlug ihr den Atem. Sie zwang sich, ihm in die Augen zu schauen, und war erschreckt, wie schwer es ihr fiel. »Selbstverständlich, Sir Renald.« Mit Absicht sprach sie ihn nicht mit seinem rechtmäßigen Titel, Herr, an. »Ich möchte, daß Ihr Euch klar darüber seid, daß Ihr hier nicht willkommen seid.«

Er zwinkerte nicht einmal. Ohne den Blick abzuwenden, schnipste er mit den Fingern. »Ale.« Nur eine Sekunde später hielt er den Becher in der Hand. In seiner kräftigen Hand eines Kriegers. Sie zwang sich, wieder in sein Gesicht zu schauen.

»Da die Ladys Felice und Amice in meinem Lager sind, werdet Ihr wohl Lady Claire sein.«

Statt einer Antwort deutete sie einen Knicks an.

»Etwas schweigsam. Ebenso tugendhaft wie wohlgestaltet.« Er nahm einen herzhaften Schluck. »Wenn Ihr Euch etwas säubert, ist alles in Ordnung.«

Nachdem er noch einen Schluck genommen hatte, betrachtete er stirnrunzelnd ihr Haar. »Niemand von uns beiden hatte eine Wahl. Ist es nicht albern vorzugeben, man sei unglücklich?«

»Da ich vollkommen unglücklich bin, Sir Renald, stellt sich

diese Frage wohl kaum. Muß ich Euch daran erinnern, daß ich um meinen Vater trauere, den ich über alles geliebt habe?«
Für einen Augenblick schloß er die Augen, und Claire war heilfroh darüber. Zumindest hatte sie ihn treffen können. Aber er schaute sie schon wieder an. »Dies ist sicher nicht der rechte Moment, über unsere Zukunft zu reden. Es kann zumindest warten, bis er zur Ruhe gebettet ist.« Dann wandte er sich der Mutter zu. »Ich nehme an, Ihr habt ein Zimmer zum Süden?«
»Natürlich –«
»Meine Männer und ich werden dort schlafen. Meine Sachen werden bald gebracht werden.«
»Das ist der Wohn- und Schlafraum meiner Eltern!«
Beide drehten sich zu ihr um. Die Mutter schlug ihre Hände zusammen. »Psst, Claire. Alles hier gehört nun Lord Renald, er kann damit machen, was er will. Natürlich wird das sein Raum sein!«
»Und Eurer, Lady Claire, wenn wir verheiratet sind.«
Sie versuchte den Schauer zu unterdrücken. Dank an alle Heiligen im Himmel und an alle Engel, daß sie diesen Mann nicht heiraten mußte. Felice würde ihn nehmen. Für einen Wolf sah er sehr gut aus, und obwohl er unnahbar war, so schien er doch nicht böse zu sein. Claire war klar, daß ihre Mutter und ihre Großmutter recht hatten. Diese Situation war nicht seine Schuld. Er profitierte nur davon. Sie wollte, daß er ihre Tante heiratete, damit sie Summerbourne verlassen konnte. Sie wollte nicht ansehen, wie der Ort, den sie liebte, entweiht wurde.

An diesem Abend wurde Lord Clarence begraben. Alle Trauernden trugen Mäntel gegen den unaufhörlichen Regen. Sir Renald und seine Männer waren so taktvoll, außerhalb des Blickfeldes zu bleiben. Claire mußte weinen, als der Leichnam ihres Vaters in die mit kaltem schlammigem Wasser gefüllte Grube gelegt wurde, aber zumindest hatte sie durchsetzen können, daß er in seinem blauen Lieblingskleid auf dem Leichentuch lag. Sie wandte ihr Gesicht vom Grab ab und dem Himmel zu, so daß sich der Regen mit ihren Tränen vermischte. Irgendwo hinter diesen Wolken schien das goldene Licht des Paradieses. Sie hoffte, daß es dort Bücher gab, Pelze und gute Musik. Sie hoffte, daß Engel gute Geschichten und knifflige Rätsel liebten.

Leb wohl, Vater. Aber wache über uns.

Als die Männer das Grab zuschütteten, ging die Familie zurück ins Haus, jeder in seinen eigenen Raum, um zu trauern. Claire fühlte sich seltsam in ihrer Schlafkammer, die sie ihr gesamtes Leben lang mit ihren Tanten geteilt hatte. Der vereinsamte Raum erinnerte sie daran, daß ihr Leben zerstört war. Hätte sie irgend etwas tun können, um diese Katastrophe zu verhindern? Hätte sie ihren Vater überzeugen können, sich den Rebellen nicht anzuschließen? Obwohl sie sich so nahe gewesen waren, wäre es ihr wohl nicht gelungen. Wie sie zu Thomas gesagt hatte, wenn er sich zu etwas entschlossen hatte, war er unbeweglich wie ein Fels. Sie dachte voll Bitterkeit an Eudo, den Sheriff. Er hatte ihren Vater aufgehetzt, dem König die Gefolgschaft zu verweigern. Während sie still über ihren Illustrationen saß, hatte sie oft ihre Gespräche mitangehört. Sie hatte Eudo Mal um Mal von Königsmord und Pflichten reden hören. Bei jedem Besuch hatten sie stundenlang über dieses Thema gesprochen. Und am Ende hatte Eudo doch der Mut verlassen, und er hatte an der Rebellion nicht teilgenommen. Das letzte, was sie von ihm gehört hatte, war, daß er wie viele andere auch nach London zurückgekrochen war und dem Mann gehuldigt hatte, den er als Mörder bezeichnet hatte. Er hatte sicher noch das Amt des Grafschaftsvogts inne. Aber der Schaden war nun angerichtet. Ihr Vater hatte seine Entschei-

dung getroffen, und auch der Erzengel Gabriel mit seinem flammenden Schwert hatte ihn nicht zum Einlenken bewegen können.
Er hatte sie geküßt und ihr gesagt, daß sie sich um jeden in Summerbourne kümmern solle, bis er zurück sei. Und dann war er weggeritten, als wolle er zum Markt – abgesehen von den Waffen und der Rüstung auf dem Packpferd. Um jeden kümmern. Dieser Gedanke ließ sie erstarren. Hätte ihr Vater gewollt, daß sie sich um Summerbourne kümmerte, indem sie seinen Nachfolger heiratete? *Ja,* sagte eine innere Stimme.
»Nein«, sagte sie laut. Er hätte gewollt, daß sie einen Ausweg findet.
Um ihren Gedanken zu entfliehen, ergriff sie ihre Nadelarbeit und setzte sich ans Fenster, um Blumen auf ein langes Leinenband zu sticken. Dann fiel ihr ein, daß diese Borte für ein Hemd ihres Vaters bestimmt gewesen war. Beinahe hätte sie den Stoff entzweigerissen, doch sie zwang ihre Finger, weiter zu arbeiten. Man sollte nichts verschwenden, und irgend jemand könnte es verwenden. Aber könnte sie es ertragen, wenn jemand Kleider trüge, die für ihren Vater bestimmt gewesen waren? Nein, niemals. Es war noch schlimmer, als diesen dunklen, kalten Mann an der Stelle ihres Vaters zu sehen. Jungfrau Maria, das alles ist unerträglich.
Aber Felice, Felice würde ihn sicher heiraten wollen. Claire ließ die Nadel sinken. Wenn der Eindringling sie noch heute vor den Altar und in sein Bett schleppen würde, wie ihr erobernder Großvater es damals mit seiner Frau getan hatte?
Als ihr Kammermädchen Maria kam, um Claire zu sagen, daß sie unten in der Halle erwartet werde, erwartet von ihrer Mutter und Lord Renald, mußte sie schwer schlucken und hätte sich am liebsten unter ihrem Bett verkrochen. Ob er einen Priester dabeihatte? Nun, sie würde einfach nein sagen. Sie legte ihre Handarbeit zusammen und sagte sich,

daß selbst der König sie nicht tadeln könne, wenn sie nicht an dem Tag heiraten wollte, an dem ihr Vater beerdigt worden war. Mit diesem Gedanken, den sie wie einen Glücksbringer festhielt, stieg sie die Treppe hinunter. Erst als sie die Halle betrat, bemerkte sie, daß der Regen aufgehört hatte und die Sonne zwischen den Wolken hervortrat.

Der Eindringling kam jetzt aus dem Sonnenzimmer, gekleidet in einen knielangen tiefblauen Leinenrock, kaum heller als sein eisernes Hemd, aber nun trug er schwere Goldreifen an den Handgelenken und einen Gürtel mit einer Schnalle voller farbiger Steine. Ihm folgte ein geschorener Mönch mit Schriftstücken unter dem Arm. Das also war das dritte »Ungeheuer«, das nach Summerbourne gekommen war – de Lisles Schreiber. Er wirkte nicht besonders kriegerisch, eher sanft. Seine Augen waren fröhlich. Waren all ihre Reaktionen so unklar gewesen? Sie schaute de Lisle an – groß, hart und düster – und entschied, daß das nicht der Fall gewesen war. Claires Mutter saß schon auf ihrem Stuhl und klopfte mit der Hand auf die Bank neben sich, damit Claire sich dorthin setze. Lady Agnes saß wie angegossen auf ihrem angestammten Platz und starrte vor sich hin. De Lisle ließ sich auf den Stuhl ihres Vaters fallen. Sie haßte ihn.

»Myladys.« Seine Stimme war dunkel und fest. »Wir sollten die Fragen dieser Eheschließung unverzüglich regeln.«

Claire zwang sich, ihm in die Augen zu blicken. »Keine von uns will Euch heiraten, Sir Renald.«

Als ihre Mutter nach ihr griff, stand sie auf und entwand sich ihren Fingern.

»Und was hat das Wollen damit zu tun, Lady Claire?«

»Wir brauchen Zeit. Keine von uns kann an dem Tag heiraten, an dem mein Vater beerdigt wurde.«

Er zog die Augenbrauen hoch. »Aber kann ich jemals eine fröhliche Braut erwarten? Ich muß gestehen, daß das mehr ist, als ich erhofft habe.«

Blut schoß ihr in die Wangen. Sie durfte nicht vergessen, daß er kein Narr war. »Wenn Ihr uns etwas Zeit gebt, mein Herr. Vielleicht einen Monat –«
»Der König hat befohlen, daß die Zeremonie sofort durchgeführt werden soll, Lady Claire.«

5. Kapitel

Sofort?«

Sie wurde blaß, was Bruder Nils nicht überraschte. Hatte Lord Renald wirklich vor, die arme Frau vor den Altar und in sein Bett zu zerren, nur Stunden nachdem ihr Vater beerdigt worden war?

»Bruder Nils, die Dokumente.«

»Könnt Ihr lesen, Lady?« fragte Lord Renald.

Lady Claire drehte sich um, um ihm ins Gesicht zu sehen. Nils gefiel es, daß sie Mut und nicht den dümmlichen Stolz ihrer Tanten hatte. »Ja.«

»Englisch oder Lateinisch?«

»Beides.«

Lord Renald zog auf die ihm eigene Art die Brauen hoch. »Nils, gib Lady Claire die Dokumente. Sie kann sie selber lesen.«

Nils kam, um ihr die Schriftstücke zu überreichen. »Lady, hier habt Ihr die Verfügungen des Königs bezüglich Eurer Person und dieses Landes, Lord Renalds Besitzrecht und den Verlobungsvertrag. Letzterer bedarf nur noch der Unterschriften der Braut und der Zeugen.«

»Wie anmaßend.«

Lord Renald schaltete sich ein. »Der König hat das Recht, Gehorsam zu verlangen, Lady Claire. Wollt Ihr den verweigern?«

Als er ihre zusammengepreßten Lippen sah, dachte Nils, Claire von Summerbourne würde König Heinrich alles verweigern, was in ihrer Macht stünde, und er verstand, daß sein Herr von dieser Familie durchaus weiteres törichtes

Verhalten befürchten mußte. Aber schließlich senkte Claire den Blick und schwieg fürs erste. Nils sah, wie ihre Hände zitterten, als sie das weiche Pergament entrollte, und fühlte Mitleid für sie. Was das für ein Gefühl war, einen Fremden heiraten zu müssen, und dann auch noch so einen Fremden? Und das Schlimmste wußte sie ja noch gar nicht.

Sie las die Urkunden laut für ihre Mutter und ihre Großmutter vor, ihre Stimme war klar und fest. Claire von Summerbourne war eine bemerkenswerte Frau. Es war wirklich eine Schande. Claire mußte mit den Tränen kämpfen, als sie die erste Urkunde verlas, die ihren Vater zum Verräter erklärte und sein Eigentum konfiszierte. War das vor oder nach seinem Tod geschrieben worden? Sie hoffte, daß er diese Worte niemals gehört hatte. In der zweiten Urkunde wurde verfügt, daß Summerbourne und das dazugehörende Land sowie alle zugehörigen Rechte und Pflichten an »den aufrichtigsten Diener des Königs, Renald de Lisle, Ritter und Kämpe des Königs« gegeben wurden. Kämpe des Königs. Sie schaute auf und sah, daß auch Renald de Lisle sie musterte. Wenn Steine Augen hätten, sähen sie sicher wie seine aus.

Eilig blickte sie wieder auf den Text, während die Worte wie eine Alarmglocke in ihrem Kopf klingelten. Kämpe, Ritter des Königs bedeutete, daß er für den König in einem Zweikampf antrat. Das kündete von seiner außerordentlichen Leistung als Schwertkämpfer, machte aber auch deutlich, daß er ein *blutbesudeltes Schwert* war. In ihren Augen hatte er keine Seele. Sie begann am ganzen Körper zu zittern, als ihr klar wurde, daß Summerbourne einem solchen Mann gehören würde. Welch eine Entweihung.

Obwohl vor ihren Augen alles verschwamm, holte sie tief Luft und fuhr fort. »Wegen der einstigen Freundschaft zwischen Lord Clarence von Summerbourne und Heinrich, der nun König von England ist …« – *wie recht, falscher Freund* – »… verfügt der König in seiner Gnade, daß Lord Renald von Summerbourne für die Angehörigen von Lord Clarence sorgt, als wären es die Seinen. Zu diesem Zwecke darf und soll Lord Renald eine von den drei Jungfrauen von Summerbourne auswählen und unverzüglich zu seiner Frau machen.«

Das war alles. Claire schaute zu ihm auf. »Ihr dürft wählen, mein Herr! Warum habt Ihr vorgegeben, daß wir die Wahl hätten?«

»Summerbourne mag die Braut auswählen.«

»Nicht nach dieser Urkunde. Sie überträgt Euch die Wahl.«

»Und ich habe sie weitergereicht. Es spielt für mich keine Rolle.«

Claire rollte das Pergament wieder zusammen und versuchte, einen Funken von Unwahrheit in dieser knappen Aussage zu entdecken. Aber da gab es keinen. Für ihn war es wirklich egal, welche der drei Frauen er heiraten würde. Es war lächerlich, beleidigt zu sein, aber Claire war es doch. Ihr Opfer oder das einer ihrer Tanten bedeutete diesem Mann gar nichts.

Der Wille des Königs war klar. De Lisle mußte eine von ihnen heiraten, und zwar »unverzüglich«. Was bedeutete das? Sie glaubte nicht, daß eine Frist von einem Monat oder auch nur einer Woche möglich wäre. Aber von einem Tag? Man würde ihnen sicherlich einen Tag zugestehen. So lange müßte es gar nicht dauern, Felice zu überzeugen. Obwohl er unnahbar war, so war Renald de Lisle doch kein brutaler Mensch, und er mußte sehr hoch in der Gunst des Königs stehen. Ja, dachte Claire, der durchaus bewußt war, daß sie auch sich selbst überzeugte, er war für Felice ein Geschenk des Himmels. Sie müßte ihn nur einmal genauer betrachten und würde ihr zustimmen.

Felice war draußen im Lager, und Claire und de Lisle waren

hier im Gutshaus! Wenn er eine Heirat wollte, bevor die Geiseln zurückkämen? *Bewahr einen kühlen Kopf, Claire.*
Sie schaute ihn an und hoffte, daß ihr die Panik nicht anzusehen war. »Ich sehe, daß der König ein schnelles Handeln erwartet, mein Herr. Aber sicherlich wird uns noch etwas Zeit für unsere Trauer zugestanden.«
Was er wohl dachte? Sie hatte keine Ahnung. Sie wartete auf ein willkürliches Wort oder eine Geste, die ihn verraten würde, aber er war für sie undurchsichtig wie der Text in arabischer Schrift, den sie einmal gesehen hatte.
Undurchschaubar und ruhig betrachteten seine dunklen Augen sie. »Ja, Lady Claire, ein wenig. Aber versucht nicht, dem aus dem Weg zu gehen.«
Sie erschrak. Es war so, als könnte er ihre Gedanken lesen. Und wenn. Sie verheimlichte schließlich nichts. Claire stand auf und gab dem Schreiber die Urkunden zurück. Nur sein entsetzter Blick machte ihr deutlich, daß sie die Rollen in ihrer Wut zerdrückt hatte. Sie kämpfte darum, ruhig zu werden und ihr Ziel klar im Blick zu behalten. Sie mußte die Zeremonie aufschieben und Felice zurück nach Summerbourne Hall bringen. Sie mußte ihn milde stimmen.
Obwohl sie es haßte, sprach sie unterwürfig und benutzte die korrekte Anrede. »Ihr müßt sehen, Lord Renald, daß wir uns nicht widersetzen –«
»Muß ich das?«
Sie schluckte. »Nicht wirklich widersetzen. Ich bitte Euch, mein Herr, bringt meine Tanten zurück nach Summerbourne Hall. Es gibt keinen Grund, Geiseln zu nehmen, und sie werden dort draußen Schüttelfrost bekommen.«
Seine Augen ließen sie nicht eine Sekunde los. »Je eher wir heiraten, Lady Claire, desto eher können sie wieder in ihrem trockenen Bett schlafen. Wir können die Zeremonie jetzt durchführen, wenn Ihr wollt.«
»Nein!« Unwillkürlich machte sie einen Satz zurück.

»Ihr habt es also lieber, daß Eure Tanten in der Kälte bleiben.«
»Mir wäre es lieber, sie wären sicher und trocken hier drinnen.«
»Dann heiratet mich. Was bringt die Verzögerung?«
»Ich brauche Zeit, um mich damit abzu…«
»Claire«, fuhr ihre Großmutter dazwischen. »Dieser Mann hat ein überzeugendes Argument. Finde dich damit ab.«
Claire wirbelte zu ihr herum. »Er hat den Besitz meines Vaters *gestohlen* – den Besitz deines Sohnes!«
»Dessen Vater meinem Vater den Besitz gestohlen hat.«
»Das ist nicht das gleiche.«
»Für mich sieht es gleich aus.«
Claire wurde plötzlich bewußt, daß sie nicht für eine Sekunde duldsam gewesen war.
Lady Agnes gab ihr einen kleinen Stoß mit ihrem Stock. »Wenn du den Rat einer alten Frau annimmst, die das alles auch durchgemacht hat, dann heiratest du jetzt sofort oder weist das Gesinde an, ein ordentliches Mahl zuzubereiten. Wahrscheinlich stehen die Mägde und Knechte alle um einen Eintopf herum und schauen ihm beim Kochen zu. Schließlich tut einem Mann in der Blüte seiner Jahre nichts so gut wie ein anständiges Essen. Oder wenigstens«, sie zwinkerte, »nur eines.«
Claire spürte, wie ihre Wangen feuerrot wurden. Sie hätte am liebsten geschrien, daß sie den Eindringling lieber vergiftet hätte, als ihm etwas zu essen zu geben. Aber eher würde sie ihm etwas zu essen zubereiten lassen, als mit ihm das Bett zu teilen. Sie starrte ihn an und hoffte, daß er ihren Blick verstand.
Er schaute lediglich zurück mit diesem harten, undurchschaubaren und vieldeutigen Ausdruck. Er hatte vor, die ihm zugedachte Braut zu heiraten und damit seine Rechte an Summerbourne zu sichern. Welche Braut, war ihm

gleichgültig. Und auch die Gefühle der Braut waren ihm gleichgültig. Ihm waren auch ihr Aussehen oder ihr Charakter egal. Sie hatte ihr Haar umsonst geopfert. Ihre Tanten und sie, sie waren nur Figuren in einem Spiel, keine Menschen.

»Felice«, sagte sie verzweifelt, »Lady Felice wäre für diese Heirat sicher viel besser geeignet als ich, mein Herr.«

»Dann hätte sie hierbleiben sollen.«

»Wenn Ihr sie hierherbringen würdet –«

»Ich habe doch bereits gesagt, daß das unmöglich ist.«

»Lady Amice könnte als Geisel zurückbleiben …« Arme Amice. Sie würde vor Angst ohnmächtig werden. »Oder meine Mutter könnte als Geisel …«

»Die Wahl ist bereits getroffen worden, Lady Claire.«

Sie hörte einen Schluchzer und begriff, daß es ihr eigener war. Sie holte tief Luft. Zeit. Vielleicht würde er mit der Zeit anders darüber denken. Felice war wunderschön. Wenn sie neben Felice stehen würde, würde er es ganz bestimmt einsehen, ganz besonders jetzt, wo Claire mit Asche verunziert und mit zerstörter Haarpracht dastand. Sie brauchte Zeit, die für Felice wirken würde. Zeit. Eine Mahlzeit!

Plötzlich kamen ihr die Worte ihrer Großmutter wieder in den Sinn. Eine Mahlzeit würde ihn besänftigen. Sie gewann Zeit und hatte eine Ausrede, die Halle zu verlassen. Zu flüchten. »Ich muß nach dem Essen schauen, mein Herr.«

Sie hätte erwartet, daß er sie hinderte, aber er nickte nur.

Als sie zur Tür gehen wollte, sagte Lady Agnes: »Nimm den Jungen mit.«

Claire schaute auf Thomas, der in der Ecke stand und den Eindringling mit haßerfülltem Blick anstarrte. Bitte nicht. Das letzte, was sie nun gebrauchen konnte, war, daß ihr Bruder etwas Unbesonnenes tat. Sie ging zu ihm hinüber. »Komm mit mir in die Küche, Schatz.«

»Ich will hierbleiben.«

»Warum?«
»Ich beobachte ihn.«
»Warum?«
Sie durchbrach mit ihren Fragen die Angst, die ihn fesselte, und er schaute zu ihr auf. »Ich hasse ihn. Das ist Vaters Stuhl. Wir sollten –«
Sie packte ihn fest an der Schulter. »Nicht, Schatz. Nicht. Du kannst nichts tun.«
»Felice hat gesagt, daß ich nun der Mann im Haus bin. Daß ich euch alle beschützen muß. Das ist doch so, oder?«
Claire wünschte Felice ein oder besser noch zwei zusätzliche Jahrhunderte im Fegefeuer. »Thomas, niemand von uns kann hier etwas tun. Und das ist nicht seine Schuld.«
»Aber du wirst ihn heiraten, nicht wahr? Dann ergreifst du seine Partei. Wie Großmutter.«
»Das tut sie nicht. Sie sieht nur keinen Vorteil darin, sich ihm zu widersetzen.«
Er schüttelte verzweifelt seinen Kopf, und seine blonden Locken flogen umher. »Ich meine, früher, nach Hastings, als Großvater herkam. Kennst du Sigfrith von den Stallungen?«
Wovon sprach er bloß? »Ja.«
»Er ist Großmutters Cousin. Er gehörte zur Familie, und nun arbeitet er im Stall. Und Großmutter schert das nicht! Genau das wird auch mir passieren, nicht wahr?«
Claire zog ihn an sich und dämpfe seine immer lauter werdende Stimme. »Nein, mein Liebling. Ich werde dafür sorgen, daß das nicht passiert.« Sie schob ihn wieder von sich und schaute ihm in die wütenden Augen. »Aber Thomas, die einzige Möglichkeit, etwas zu erreichen, ist, vorsichtig zu sein. Und jetzt komm.«
Sie schob ihn vor sich her und aus der Halle hinaus und konnte nicht anders, als sich noch einmal umzudrehen. Renald de Lisle beobachtete sie. Er machte ein Handzei-

chen, und schon stand sein Knappe neben ihm. Nur einen Augenblick später folgte er ihr.
»Ich gehe nur in die Küche, um nach dem Essen zu sehen. Vermutlich wollt Ihr etwas essen.«
»Ich will keine Umstände machen.«
Nein, dachte sie. Ihr hindert uns nur daran fortzulaufen. In so kurzer Zeit war aus Summerbourne Hall, ihrem Zuhause, ein Gefängnis geworden.
Zu ihrer Überraschung war in der Küche kein heilloses Durcheinander. Die Stimmung war gedrückt, und einige Frauen tupften sich ihre Augen mit der Schürze ab, aber die Arbeit ging voran. Schon bald würde eine ordentliche Mahlzeit fertig sein. Als Claire mit einem Knecht über die Bierfässer sprach, lenkte sie ein Lachen ab. Sie schaute sich um und sah, wie ihr Bewacher entspannt am langen Tisch saß und die neugierigen Dienstboten unterhielt. Ob es Zufall oder Absicht war, jedenfalls erhellten seine Jugend, seine Sommersprossen und sein fröhliches Lachen in diesem Moment die ganze Küche. Sie ignorierte den Schmerz, den dieses Lachen verursachte. Sie konnte nicht bleiben und sich um jeden kümmern, aber sie wollte auch nicht, daß es ihnen schlechtging. Wenn der Knappe und sein Herr Fröhlichkeit mitbrachten, mußte sie das gutheißen. Es schmerzte sie auch zu sehen, daß Thomas neben dem Knappen saß und ruhiger wirkte, als er nun einer Geschichte aus London lauschte.
War das nicht genau das, was sie gewollt hatte – daß er seinen Zorn und seine Furcht vergaß und die Situation hinnahm? Claire wußte nicht mehr, was sie eigentlich wollte, außer zu fliehen. Warum versuchte sie nicht jetzt, zum Lager vor dem Tor zu kommen? Sie würde Felice von den Vorteilen dieser Partie überzeugen, und ihre Tante würde zurück ins Herrenhaus kommen, um die Hochzeit vorzubereiten. Und Claire würde an ihrer Stelle bei Amice bleiben. Sie

versuchte das Naheliegende und entfernte sich langsam aus der Küche. Sofort hörte sie den jungen Mann hinter sich. Sie hielt an, um ihn anzuschauen. »Werdet Ihr mir überallhin hinterherschleichen?«
»Ich werde hinter Euch herstapfen, wenn Euch das lieber ist, Lady.«
»Wo werde ich wohl schon hingehen?«
Er hatte ein ehrliches, offenes Gesicht und wirkte betroffen. »Nun, das weiß ich nicht, Lady. Aber Lord Renald hat befohlen, daß ich bei Euch bleibe, also bleibe ich in Eurer Nähe.«
»Ist er so ein furchteinflößender Herr?«
»Er erwartet, daß seine Befehle befolgt werden, Lady. Ohne Zweifel haltet Ihr es ganz genauso.«
Da hatte sie es. Der Knappe war genausowenig ein Narr wie sein Herr. Also wie würde sie ihm entkommen? »Ich gehe nach oben ins Frauengemach. Werdet Ihr mir dahin auch folgen?«
»Ist es oben?«
»Ja.«
»Ich versichere Euch, daß ich vor der Tür warten werde. Ich glaube nicht, daß Ihr fliegen könnt.«
Claire schnaufte genervt und ging davon. Innerlich aber war sie höchst zufrieden. Er dachte also, nur weil sie im oberen Stockwerk war, würde sie nicht fliehen können?
Die Große Halle, das Wohn- und Schlafgemach der Eltern sowie das Arbeitszimmer ihres Vaters lagen im Erdgeschoß. Darüber die Schlafräume der Söhne und Töchter des Hauses; und die Fenster des Holzhauses waren hoch oben, kein Wunder, daß er sich sicher war, daß sie nicht fliehen konnte.
Claire ging in ihren Schlafraum und schloß die Tür vor der Nase des Knappen. Dann riß sie eine Truhe auf und suchte das lange, aufgerollte Seil. Nachdem Menschen in

der Nachbarstadt im oberen Stockwerk eines Hauses verbrannt waren, hatte ihr Vater angeordnet, daß in jedem Raum ein Rettungsseil lag und Eisenringe an den Außenwänden befestigt wurden, um das Seil daran knüpfen zu können.

Claire schaffte das Seil zu einem der Fenster und warf einen Blick nach draußen. Sofort wurde ihr klar, daß das nicht funktionieren würde. Beide Fenster konnten schon von weitem eingesehen werden. Jetzt, wo es endlich nicht mehr regnete, eilten die Bediensteten hin und her, um die lange versäumten Arbeiten nachzuholen. Sie würden Claire kaum übersehen können, wenn sie an einem Seil herabrutschen würde. Vielleicht würden die Leute des Gutes sie nicht verraten, aber sie konnte sich nicht sicher sein. Obwohl sie fürchterlich ungeduldig war, würde sie bis zum Einbruch der Nacht warten müssen. Das würde auch reichen. Schließlich war für heute ja keine Hochzeit geplant. Sie verstaute das Seil wieder in der Truhe und verließ den Raum, wobei sie den Knappen ignorierte, der ihr wie ein geduldiger Hund nach unten folgte.

Die Halle war verlassen. Nur ihre Großmutter saß an ihrem üblichen Platz, und Mägde begannen den Tisch für das Abendessen zu decken.

»Wo sind die anderen?« fragte Claire Lady Agnes.

»Im Arbeitszimmer. Lord Renald und sein Schreiber gehen mit deiner Mutter und einigen anderen die Wirtschaftsbücher durch. Er hat schon alles in der Hand.«

»Mit festem Griff an sich gerissen, meinst du wohl?«

»Wenn du willst. Und was willst du?«

Ich wünschte, es wäre gestern. Oder vielmehr Monate früher, bevor das alles begonnen hatte, bevor es Tote gab. »Eine Wahl«, sagte sie.

»Eine Wahl? Das ist wahrer Luxus. Aber du hast doch die Wahl. Du kannst den Mann heiraten und Summerbourne behalten, wie es sein soll. Oder du kannst Felice überreden. Dann werden wir alle unter ihr leiden. Oder du kannst darauf bestehen, daß wir alle arm, aber ehrenvoll von hinnen ziehen.«

Claire schaute sie an. »Was ist an der Ehre verkehrt?«

»Es ist vieles verkehrt daran, daß man verhungert.« Dann schüttelte ihre Großmutter den Kopf. »Claire, Claire. Akzeptiere die Wirklichkeit. Ich gestehe, daß ich mir Sorgen gemacht habe, als ich dich dazu drängte, einen fremden Mann zu heiraten. Aber jetzt nicht mehr. Er wird einer vernünftigen Frau ein guter Ehemann sein.«

»Ich werde niemals vergessen, wie er in mein Leben getreten ist.«

»Es wird dich erstaunen, aber du wirst es vergessen. Ich habe die Namenstage meiner Kinder vergessen, was ich niemals geglaubt hätte, als ich ihnen unter Schmerzen das Leben schenkte.« Sie lächelte leicht. »Aber ich erinnere mich auch. Ich erinnere mich daran, daß meine Mutter zu mir sprach, wie ich jetzt zu dir rede. Und ich erinnere mich daran, daß ich sie für ein herzloses Ungeheuer hielt, weil sie einfach weiterging, während ihr Mann und ihre Söhne irgendwo in einer Grube lagen. Ob es dir gefällt oder nicht, Claire, ich weiß, was du durchmachst, und mir kommt es nicht so vor, als sei es schon so lange vorbei. Ich sag' dir, in zwanzig oder dreißig Jahren wird es fast nichts mehr sein. Also mach nichts Närrisches. Das ist es nicht wert.«

Claire drehte sich um. Felice zu überreden, diesen Mann zu heiraten, war nicht närrisch. Zugegeben, Felice hatte eine spitze Zunge, aber sie würde bestimmt sanfter werden, wenn sie zufrieden verheiratet war. Die Frage war nur, ob es für sie zufriedenstellend sein würde, Renald de Lisle zu heiraten. Natürlich würde es so sein. Sie würden sein wie zwei Eiszapfen unter einem Dachvorsprung.

Als ein Knecht kam, um zu melden, daß das Dach der Molkerei leckte, war sie froh, ihren Gedanken zu entkommen. Es war kein Notfall, aber trotzdem ging sie nach draußen. Sie schürzte das Kleid und ging vorsichtig über die Baumstämme, die die Gebäude miteinander verbanden. Trotzdem bekam sie nasse Füße.

Als sie sich umdrehte, sah sie, daß der Knappe ihr folgte und das Gesicht verzog, als er versuchte, in dem Matsch Halt zu finden. Mit einem Anflug von Schalk dachte sie, sie sollte als nächstes die Abfallgrube überprüfen.

Aber als sie die Bänke in der Molkerei aus der Gefahrenzone hatte bringen lassen und den Dachdecker bestellt hatte, der am nächsten Tag den Schaden reparieren sollte, war jeder Gedanke verschwunden, de Lisles Wachhund durch die stinkende Müllgrube zu schleppen. Der arme, junge Mann erfüllte nur seine Pflicht.

Auf dem Weg ins Gutshaus fiel ihr ein, daß die Sorge um Summerbourne nun ja nicht mehr ihre Sache oder die ihrer Mutter war. Sie hätte den Knecht auch zu de Lisle schicken können. Ha! Ein Kampfwolf würde ein Dach kaum von einem Wurf Schweine unterscheiden können! Da fiel ihr ein, daß es kurz vor dem Sturm einen neuen Wurf gegeben hatte, und sie schlug den Weg zu den Schweineställen ein. Sie sah, wie die Kleinen geradezu genußvoll im Schlamm schwammen, und bemerkte, wie sie über ihre Possen lächeln mußte. Es stimmte. Das Leben ging weiter.

»Schöne, gesunde Tiere.«

Claire drehte sich um und sah, daß anstelle des Knappen nun sein dunkler Herr hinter ihr stand.

Ihr Lächeln erstarb. »Warum sollte es anders sein?«

Er lehnte sich gegen einen Pfosten, der neben ihm wie ein Streichholz aussah. »Ich verstehe nicht viel von Landwirtschaft, Lady Claire, aber ich gehe einmal davon aus, daß gesundes Vieh kein Zufall ist.«

»Und wovon versteht Ihr viel?«

Er hatte dunkle Augen von einem tiefen dunklen Braun. Sie waren groß genug, um gefallen zu können. Aber sie waren rotgerändert und sahen müde aus. Er mußte eine lange und beschwerliche Reise hinter sich haben, wahrscheinlich war er die ganze Nacht geritten. Sie fragte sich, warum. Selbst daß er ihren toten Vater nach Hause bringen wollte, machte es nicht nötig, ohne Rast zu reiten, und das auch noch bei einem solchen Wetter. Wahrscheinlich hatte er es eilig gehabt, seinen Besitz zu sehen. Und seine Braut.

»Wovon ich viel verstehe?« wiederholte er. »Waffen, Verteidigungstechniken, Rüstungen, Kämpfen.«

»Vom Geschäft des Tötens.«

»Ja. Und ich bin sehr erfolgreich.«

»Erfolgreich!«

»Wenn Eure Zeit einmal kommen sollte, Mylady, wolltet Ihr dann lieber auf ungeschickte Art getötet werden?«

Claire hielt sich an einem Geländer fest. Drohte er ihr?

»Ich bitte um Entschuldigung. Ich wollte Euch nicht erschrecken. Das ist nur die Wahrheit. Wenn ein Mensch durch das Schwert sterben muß, hofft er, einen guten Kämpfer vor sich zu haben. Muß er durch das Beil sterben, hofft er, daß es scharf ist. Muß er an einer Krankheit sterben, hofft er, daß die Krankheit schnell verläuft.«

Claire starrte vor sich hin und fragte sich, ob er tatsächlich menschliche Gefühle hatte. Dann schmetterte die Trompete, die zum Essen rief, und sie ergriff die Möglichkeit zu entfliehen. Aber sie drehte sich zu schnell um und rutschte im Matsch aus. Eine starke Hand faßte sie am Arm und hielt sie fest. Dann spürte sie, wie er sie auf seinen Armen über die Baumstämme trug.

»Laßt mich runter!« Sie fühlte sich hilflos wie ein kleines Kind, dabei war sie weiß Gott nicht klein. Aber sie war voller Panik, weil er sie berührte.

Er blieb stehen. »In den Schlamm?«

»Ja.«
Sein Gesicht war ihr so nahe, daß sie seine dunklen Bartstoppeln und seine langen, dichten Wimpern betrachten konnte. »Lady Claire«, sagte er, »kein Mensch, der bei Verstand ist, würde freiwillig durch diesen Matsch gehen. Wenn Ihr mich tragen könntet, wäre ich froh, wenn Ihr es tun würdet.«
Beinahe hätte sie gelacht. Sie schaute schnell weg, denn sie hatte überrascht und verwirrt festgestellt, daß er nur wenige Jahre älter als sie war und daß er durchaus Scherze machen konnte. Aber vielleicht war es gar kein Scherz gewesen. Auf den glitschigen Stämmen entlangzugehen war selbst für ihn nicht einfach, aber Claires Gewicht machte ihm gar nichts aus. Niemals hatte sie sich so hilflos gefühlt. Felice. Es würde ganz gewiß sie sein. Es mußte Felice sein. Es entging ihr nicht, welche Wirkung sein Körper, der ihrem so nahe war, auf sie ausübte. Sie spürte, wie sich ihre Wangen röteten und wie schnell ihr Herz raste. Und es raste nicht vor Angst. Es war, das spürte sie ganz deutlich, die Reaktion einer Frau auf einen Mann. Sie erkannte die Gefahr. Unter diesem Zauber taten Frauen die verrücktesten Dinge. Als er wieder festen Boden unter den Füßen hatte, ließ er sie vorsichtig hinuntergleiten, aber sie verharrte in seinen Armen, spürte seinen Körper und betrachtete sein schönes Gesicht. Er berührte ihr Haar. »Das ist eine Schande.«
Sie kämpfte gegen ihre Schwäche an, gegen ihr Angezogensein, und benutzte ihre schärfste Waffe. »Der Tod meines Vaters ist eine Schande.«
»Das stimmt.« Aber es war, als trüge er eine Rüstung, die ihn gegen solche Worte schützte. Finger strichen durch ihr Haar und hinterließen ein Kribbeln. Sie drängte sich aus seinem Arm – ganz leicht, aber sie spürte schon, daß ihre ganze Kraft nicht reichen würde, sich von ihm zu befreien. Gegen ihren Willen begann sie zu zittern.

Plötzlich ließ er sie los. »Ganz sicher ist der Tod Eures Vaters eine Schande, Lady Claire. Er war ein guter und feiner Mensch.« Mit diesen Worten ging er ins Haus und setzte sich an die Hohe Tafel.
Claire wünschte, sie hätte an irgendeinem Platz in der Halle sitzen können, ganz weit weg von ihm und seinem beunruhigenden Körper, aber auch sie hatte ihren Platz an der Hohen Tafel. Und so saß sie zu seiner Rechten.

6. Kapitel

Von den Hofleuten begann jemand zu musizieren, und der Knappe brachte Wasser und eine Schale zum Händewaschen. Ale wurde serviert, und Lord Renald goß Claire und ihrer Großmutter ein, bevor er sich selbst nahm. Mit Erleichterung registrierte Claire seine ausgezeichneten Manieren. Sie mußte kein schlechtes Gewissen haben, wenn sie ihn an ihre Tante loswerden wollte. Wirklich nicht. Wie bald würde sie von Summerbourne fliehen können?

»Lady Claire«, sagte er, »versucht nicht, die Pläne des Königs zu vereiteln.«

Sie starrte ihn an. Konnte er tatsächlich Gedanken lesen?

»Ich bin immer noch der Ansicht ...«

»Es ist beschlossen. Wann sollen wir heiraten?«

Claire schaute sich um, als würde von irgendwo unerwartete Hilfe auftauchen. Engel vielleicht? »Mein Herr, meine Tanten sollten die Möglichkeit haben, Euch zu treffen.«

»Wir haben uns bereits getroffen.«

Sie lachte unsicher. »Im Regen. Zu einem ungünstigen Zeitpunkt. Sie sollten ...«

»Ihr seid meine Braut.«

Claire versuchte ein Lächeln. »Wir waren uns dessen so nicht bewußt, mein Herr.«

»So war die Vereinbarung.«

Vielleicht waren doch Engel im Raum. Der erste Gang unterbrach das Gespräch. Claire füllte ihm Suppe auf, dann nahm sie sich selbst, konzentrierte sich ganz auf das Essen und hoffte, daß das Thema nun beendet war.

Als sie wieder ganz ruhig war, betrachtete sie ihn aus den Augenwinkeln, um seine Vorzüge zusammenzustellen, die sie Felice präsentieren wollte. Er war der Kämpe des Königs – das zeigte, wie hoch er in Heinrichs Gunst stand. Er war schön, wenn einer Frau kantige Züge und kräftige Knochen gefielen. Er aß seine Suppe, ohne zu kleckern. In den verhängnisvollen Augenblicken in seinen Armen hatte sie zudem bemerkt, daß er nicht schlecht roch. Er hatte einen Geruch nach Pferden und Leder an sich, etwas ganz und gar nicht Schlechtes.

Er sah, wie sie ihn betrachtete, und zog die Brauen hoch. Schnell begann sie zu sprechen, bevor er wieder die Frage der Heirat anschneiden konnte. »Woher kommt Ihr, Lord Renald?« Sie glaubte einen Hauch von Erheiterung in seinen müden Augen zu sehen. »Aus Frankreich, Lady. Aus einer Gegend, die man Sauveterre nennt.«

»Das wilde Land?« Allzu passend, fand Claire.

»Es ist rauh und herb.«

Wie er. Aber er war nicht herb. Nicht …

»Und vermißt Ihr diese Gegend?« fragte sie schnell, als sie bemerkte, daß sie ihn musterte. Dieses Mal verzog er die Lippen in ganz offensichtlicher Erheiterung, und Claire schauderte es bei dem Gedanken, daß er sie lustig fand.

»Wahrscheinlich vermissen wir alle ein wenig den Ort, an dem wir unsere Kindheit verbracht haben. Aber nun ist England mein Zuhause, und es hat mich gut aufgenommen.«

Das Brot drohte Claire im Halse steckenzubleiben. Ja, das hatte England wirklich. Es hatte ein reiches und komfortables Gut gestellt. Claire war dankbar, daß er ihr nachschenkte, und nahm einen kräftigen Schluck Ale. Sie sah, wie de Lisle sie mit einer hochgezogenen Braue betrachtete.

»Wann seid Ihr nach England gekommen?« fragte sie schnell.

»Wir waren hin und wieder schon hier, aber hierhergezogen sind wir erst nach Heinrichs Krönung.«

»Wir?«

Er lächelte so, daß sie endlich das beklemmende Gefühl verlor, hilfloser Spielball in den Klauen eines Raubtieres zu sein. »Ich sprach von meinem Freund FitzRoger und mir. Wir sind seit langen Jahren wie Brüder.«

Wie Brüder. Waffenbrüder. Ihre Panik kehrte zurück. Sie hatte von dem Mann namens FitzRoger gehört – ganz England kannte ihn. Bastard FitzRoger nannte man ihn gewöhnlich wegen seiner unehelichen Abstammung und vielleicht auch wegen seines Charakters. Er war in den barbarischen Kriegszügen scheinbar unbesiegbar gewesen, so daß König Heinrich ihn zu seinem Kämpen gemacht hatte. Er war ohne Zweifel ein Mann wie Baldwin von Biggin.

»Mein Freund hat vor nicht allzu langer Zeit geheiratet«, fuhr er fort, brach ein Stück Brot und gab auch ihr ein Stück. »Eine Dame, die aus dem Norden stammt, aus Carrisford. Vielleicht habt Ihr davon gehört?«

»Ich war schon einmal dort«, sagte sie überrascht. »Carrisford ist eine riesige Burg aus Stein. Dort leben viele Gelehrte und Künstler. Lord Bernard ist wie mein Vater ein Forscher und schätzt schöne Dinge.«

»Lord Bernard ist tot, Lady.«

In dem Moment fiel es auch ihr wieder ein. »Ja, natürlich. Wir haben davon gehört. Eine traurige Geschichte.«

Ein zweites Mal drohte sie, an dem Brot zu ersticken. Es hatte sich herumgesprochen, daß Lord Bernard nach einer eher kleinen Verletzung, die er sich auf der Jagd zugezogen hatte, an einem Wundfieber gestorben war. Alle waren erschüttert und traurig, denn er war ein guter Mensch gewesen. Niemand hatte gedacht, daß es nicht mit rechten Dingen zugegangen sein könnte. Aber jetzt mußte Claire daran denken. Ein mächtiger Mann starb, und seine Tochter, die arme, gute Imogen, wurde mit einem Mann verheiratet, der beim König in Gunst stand. Ob auch sie sofort heiraten mußte, ob man sie wohl vor den Altar gezwungen hatte mit einem Mann, der noch größer und noch brutaler als dieser sein mochte? Sie schob ihre Suppenschale beiseite.

»Schmeckt Euch diese dicke Suppe nicht, Lady Claire?«

»Ich habe heute nur wenig Appetit.«

Sie befürchtete, er würde sie drängen weiterzuessen, aber er sagte kein Wort. Er drängte sie auch nicht zu einem weiteren Gespräch, sondern wandte sich zur Seite, um mit ihrer Großmutter zu sprechen, und Claire neigte sich seinem Schreiber zu, der an ihrer anderen Seite saß.

»Dient Ihr Lord Renald schon lange, Bruder?«

Er hatte ein liebenswürdiges und gewöhnliches Gesicht, farblose Haare, aber seine Augen waren wach und klug.

»Überhaupt nicht, Lady.«

Ihr fiel nichts mehr ein, was sie sonst noch sagen konnte. Zudem kreisten ihre Gedanken um Carrisford. »Was haltet Ihr von Summerbourne?« versuchte sie, ein Thema zu finden.

»Ein sehr freundlicher Ort – und wohlhabend, wie es scheint.« Er lächelte sie an. »Ich komme aus dem Norden, dort ist es viel karger.«

Sie unterhielten sich zwanglos, bis das Essen vorüber war. Dann konnte sie in ihre Schlafkammer flüchten, um über Lord Bernard von Carrisford und seinen Tod nachzudenken, der so gelegen gekommen war.

Erst Lord Bernard. Nun ihr Vater. Zwei Güter, die in die Hände von Männern gefallen waren, die zu den Lieblingen des Königs zählten. War der Tod ihres Vaters mehr als ein üblicher Todesfall? Sie mochte es kaum denken, war ihr Vater *ermordet* worden? Ihr Vater hatte fest daran geglaubt, daß Gott die Guten beschützt, aber konnte Gott einen auch vor einer Mordtat beschützen? Zu viele Beispiele zeigten, daß es nicht so war. Sie mußte nur die Straße entlangreiten und konnte jederzeit von flüchtigen Soldaten oder Gesetzlosen überfallen werden. Einer ihrer Onkel war auf diese Art gestorben, und er war ganz gewiß ein besserer Mensch gewesen als sein Mörder.

Nein. Gott konnte das Leben nicht beeinflussen und dafür sorgen, daß es gerecht verlief. Es gab Mißernten, und Menschen mußten hungern. Häuser brannten nieder. Erst vor ein paar Tagen war die süße, kleine Tochter des Böttchers ertrunken. Wenn es ein Mord gewesen war, was sollten sie nun unternehmen? Was konnten sie überhaupt tun?

Claire ging nach unten zum Zimmer ihrer Mutter – ihrem neuen Raum, einer kleinen Kammer neben dem großen Sonnenzimmer, das früher für die Babys benutzt worden war.

»Imogen ist also mit diesem FitzRoger verheiratet worden«, sagte ihre Mutter, die schon ihr Nachtgewand übergestreift hatte. »Nun, nach dem, was wir wissen, ist er ein ehrenwerter Mann.«

»*Bastard* FitzRoger? Mutter, Lord Bernards Tod kam so überraschend! Und nun Vater –«

»Clarence' Tod war nicht überraschend, Claire. Was reimst du dir bloß zusammen?«

»Weißt du genau, wie Vater gestorben ist?«

Ihre Mutter schlug die Hände vor die Brust. »Wie kannst du fragen –«

»Ich muß es wissen! Ich muß wissen, ob es … mit rechten Dingen zugegangen ist.«

Die Mutter seufzte tief. »Es war das Schwert. Mitten ins Herz. Von vorn. Er trug seinen Kettenpanzer. Er kann nur in einem Kampf getötet worden sein. Hör bitte auf, darüber nachzudenken.«

»Was für ein Kampf? Wir sollten fragen, wann und wo …«

Lady Murielle erhob die Hände gen Himmel. »Claire, ich will nicht wissen, wo und wann! Was soll das ändern?«
Claire drehte sich um, um zu schauen, ob jemand zum Lauschen in den Raum geschlichen war. Dann flüsterte sie: »Wenn der König es arrangiert hat, daß Vater stirbt ...«
Die Mutter packte sie ganz fest an den Schultern. »Claire, Claire! Willst auch du eine Verräterin werden? Es spielt keine Rolle, selbst wenn Heinrich Beauclerk deinen Vater mit seinen eigenen Händen getötet hätte! Clarence hat sich an der Rebellion beteiligt. Sie mißlang, und so waren alle verloren. Das einzige, was du nun tun kannst, ist, Lord Renald zu heiraten.«
»Aber ...«
»Claire, denk nach! Denk an die Ehre deines Bruders. Willst du, daß er ein Bettler wird?«
»Es geht um mein Leben. Um mein ganzes Leben.«
Lady Murielle lockerte ihren Griff und strich ihrer Tochter über die Wange. »Du hättest schon vor einigen Jahren heiraten sollen, meine Liebste, und nun ist hier ein guter, hübscher und junger Mann für dich da. Ich weiß, wie hart das besonders direkt nach Vaters Tod ist, aber abgesehen davon ist er eine ausgezeichnete Partie. Ich bin sicher, daß er ein sehr guter Ehemann sein wird.«
Claire starrte ihre Mutter an. »Er ist aus Granit und hat keine Seele. Er redet über den Tod wie du und ich über Handarbeiten.«
Das Lächeln der Mutter wurde starr, aber sie lächelte tapfer weiter. »Du machst dir zu viele Gedanken. Dieser Tag war für ihn genauso schwer wie für uns. Gib ihm Zeit, damit er seine guten Seiten zeigen kann.«
»*Welche guten Seiten?*« fragte Claire sich still. Davon war nichts zu entdecken, und ihre Mutter würde noch am Teufel irgendwelche Tugenden entdecken, wenn er ihr Sicherheit für ihren Sohn anbieten würde.

Claire ging in ihre Kammer zurück und kämpfte mit den Tränen, denn sie fühlte sich unendlich verloren. Es tröstete sie nur der Gedanke, daß es bald dunkel werden würde und daß sie bald entkommen konnte. Dann würde sie zu Felice gehen und sie davon überzeugen, Renald de Lisle zu heiraten.
Sie rief Prissy und Maria, damit sie ihr Bett fertigmachten. Nackt glitt sie zwischen die Laken, und ihre Kammermädchen legten sich auf ihre Strohsäcke. Nun mußte Claire nur noch darauf warten, daß sie, genauso wie alle auf Summerbourne, tief schliefen. Weinend schlief sie ein und erwachte, als es dunkel war. In der Ferne schlug die Glocke des Klosters Mitternacht. Sie schlüpfte aus dem Bett und in ihre Kleider. Dann öffnete sie die Truhe und nahm das Seil heraus. So leise wie möglich befestigte sie es am Ring am Fenster. Als sie in die Dunkelheit blickte, raste ihr Herz. Mitternacht war eine unheimliche Stunde – die Stunde der Ungeheuer, der Schwarzen Magie und des Teufels. Noch nie hatte sie Summerbourne bei Nacht verlassen. Aber ihr war klar, daß das Gutshaus für sie keine Sicherheit mehr bot, selbst dann nicht, wenn sie sich an den heimischen Herd verkroch. Die Mitternacht lastete wie der neue Herr über dem Haus. Bis auf die Wächter schliefen alle. Im Licht des Halbmondes konnte Claire die Männer auf den Befestigungen umhergehen sehen. Sie gehörten zwar zu Summerbourne, aber es war möglich, daß sie Alarm schlugen. Deshalb wartete sie, bis sie so weit wie möglich entfernt waren, und kletterte dann schnell über den Fenstersims und rutschte am Seil hinunter. Der Boden war mittlerweile etwas getrocknet, so hatte sie keine allzu große Mühe, als sie zum Nebentor ging. Sie war froh, daß sie den Weg kannte, denn das Mondlicht war nicht hell und ließ vieles trügerisch wirken. Claire stellte sich vor, wie de Lisle in seinem langen, dunklen Mantel in einer dunklen Ecke lauerte.

Sie bekreuzigte sich. *Jungfrau Maria, beschütze mich vor dem Bösen der Dunkelheit.*
Das Nebentor lag direkt gegenüber vom Haupttor hinter den Ställen. Es war eine hüfthohe Luke, die von der Innenseite fest verriegelt war, durch die man aber im Notfall fliehen konnte. Wahrscheinlich konnte man es auch bei Angriffen benutzen, aber es war nicht ganz einfach durchzukommen, da dies nur auf allen vieren möglich war.
Claire schob den Riegel zurück, öffnete die Tür und kroch hindurch. Dann schloß sie sie wieder ganz vorsichtig, schlidderte im Matsch zum Graben hinunter und hoffte, daß keiner der vor den Toren postierten und bewaffneten Wachen sie entdeckte. Der Geruch des Wassers war fürchterlich, und sie erkannte – leider zu spät –, daß der Regen den Graben mit stinkendem Abwasser gefüllt hatte. Sie versank bis zu den Knien in der Brühe und mußte einen Schrei des Ekels unterdrücken. Den Atem an- und die Nase zuhaltend, watete sie durch das Wasser. Als sie auf der anderen Seite wieder hochkletterte, hatte sie das Schlimmste überstanden.
Sie ließ sich ins Gras fallen. Ihr wurde klar, daß sie sich keine Gedanken darüber gemacht hatte, wie sie ein von Bewaffneten bewachtes Lager betreten und in ein Zelt gelangen wollte. Wieder traten ihr Tränen in die Augen, aber sie war nicht sicher, ob es an ihrer elenden Lage oder aber an den Gerüchen lag, die aus ihren Kleidern stiegen. Entschlossen riß sie sich zusammen. Es ging um ihr Leben. Sie war draußen. Das war schon ein Gewinn. Nun mußte sie zum Lager kommen, in dem ihre Tanten gefangengehalten wurden.
Sie kroch auf allen vieren durch das nasse Gras, wobei ihre Kleider sie behinderten. Sie betete, daß die Wachen sie für ein Schaf halten würden, wenn sie sie sähen. Sie biß sich auf die Lippen, denn sie mußte daran denken, daß sie alle Scha-

fe waren und de Lisle der Wolf. Und Mitternacht war seine Stunde. Nun betete sie darum, daß sie sich irrte und Summerbournes Wolf fest schlief.
Nachdem sie noch auf Schafkot gestoßen war, was ihre Verfassung noch verschlimmerte, erreichte sie endlich die Ecke der Palisade. Da hörte sie hinter sich Stimmen. Jemand hatte das geöffnete Nebentor entdeckt!
Sie sprang auf, um weiterzulaufen, aber dann wurde ihr klar, daß sie dann verloren war. Die Wachen auf dem Wehrgang antworteten bereits auf die Fragen. Claire legte sich flach auf den feuchten Boden, verharrte regungslos. Vielleicht wußten sie gar nicht, daß sie geflüchtet war, und würden glauben, daß das Tor immer unverschlossen war. Da fiel ihr ein, daß sie das Seil an der Wand hatte hängenlassen. Närrin! Wie gedankenlos und dumm.
Es wurde so still, als würde die Welt den Atem anhalten. Was war passiert? Waren sie fortgegangen und hatten sich wieder zur Ruhe gelegt? Ob sie weiterkriechen konnte?
Sie hörte ganz in der Nähe ein Rascheln. Nur Einbildung. Nein, da war es wieder. Ein Schaf. Oder ein Kaninchen. Würde ein Kaninchen ein glucksendes Geräusch von sich geben? Der schwarze Mann? Oder noch schlimmer …
Sie konnte es nicht mehr ertragen und hob langsam den Kopf, um zur Seite zu schauen. Ein großer, dunkler Umriß verstellte ihr den Blick, er beugte sich über sie –
Verzweifelt versuchte sie, davonzukommen, aber eine Hand packte sie an den Kleidern und hielt sie zurück. Bevor sie schreien konnte, wurde sie aus dem Schlamm gezerrt und wie ein Sack über eine breite Schulter geworfen.
Der Wolf!
Voller Angst trat und schlug sie auf seinen Rücken ein. Ein kräftiger Schlag auf ihr Hinterteil ließ sie damit aufhören. Voll Furcht dachte sie: Was er nun wohl mit ihr machen würde?

Am Nebentor ließ er sie einfach fallen. »Hindurch!«
Es war besser, nichts zu sagen, und Claire kroch hindurch, drehte sich um und sah zu, wie er sich hinter ihr durch die Öffnung zwängte. Zwei Bedienstete des Hauses standen mit Fackeln neben dem Eingang, aber die würden ihr nicht helfen. Sie starrten sie an, als wäre sie ein Ungeheuer auf dem Jahrmarkt.
Der Knappe – ihr Aufpasser – kroch nach de Lisle durch die Türöffnung und schaute sie angeekelt an. Ob er wohl auch geschlagen werden würde?
De Lisle packte sie am Arm und zerrte sie zum Haus. Sie wehrte sich nicht. Ihr war bewußt, daß er ihr das Fleisch von den Knochen reißen konnte. Was sie viel stärker beschäftigte, war, daß sie versagt hatte. Sie würde diesen Mann heiraten müssen, diesen Mann mit der mitternächtlichen Seele.
Er hielt inne, bevor sie das Gutshaus erreichten.
Als Claire sich umschaute, sah sie, daß sie am Brunnen standen.
Ob er sie ertränken wollte?
»Josce, zieh etwas Wasser herauf!«
Sie schaute ihn völlig verwirrt an. »Was habt Ihr vor?«
»Euch waschen, Dummerchen.«
»Ich werde ein Bad nehmen ...«
»Ihr seid doch viel zu verdreckt. Und ich jetzt natürlich auch, nachdem ich hinter Euch hergejagt bin.« Er nahm seinem Knappen den Eimer ab und goß den eisigen Inhalt über ihr aus.
Sie schrie auf und versuchte wegzulaufen, aber er hielt sie fest. Nur wenig später ergoß sich eine zweite Ladung über sie, und sie begann mit den Zähnen zu klappern.
»Das reicht«, japste sie. »Es tut mir leid.«
»Das soll keine Bestrafung sein.« Er drehte sie um und schüttelte den Kopf. »Dann geht. Eure Kammermädchen

warten auf Euch. Und faßt nichts an, bevor Ihr nicht diese Sachen ausgezogen habt und gewaschen seid.«
Prissy wartete auf sie. Sie hatte fest geschlafen, war aber wach genug, um bei Claires Anblick in Entsetzen auszubrechen. Dann wurde Claire in die Küche zum großen Waschzuber geschoben, die zerfetzten und verdreckten Kleider wurden ihr vom Leib gerissen, und sie sank in das warme, nach Kräutern duftende Wasser.
Als sie sich wusch, mußte sie weinen. Sie weinte, weil ihr Plan mißlungen war und weil ihr klar war, daß sie nie wieder eine Chance zur Flucht haben würde. Und sie weinte vor Angst, denn sie war sicher, daß sie bestraft werden würde. Im Haus ihres guten Vaters waren Strafen selten und milde gewesen. Aber sie kannte andere Geschichten, und der Gedanke an den Schlag, den sie auf ihr Hinterteil bekommen hatte, und an seinen Ledergürtel ließen sie zittern.
Diese Angst ließ sie im Wasser verweilen, bis es kalt war. Schließlich streckte Prissy ihr ein Handtuch entgegen. »Kommt, Lady Claire. Ihr werdet schrumpeln wie ein Apfel, wenn Ihr noch länger im Wasser bleibt.«
Claire hüllte sich in das große, warme Tuch, dann zog sie sich ein sauberes Hemd an. »Ich brauche eigentlich nur eine Decke, die ich um mich herumwickeln kann, wenn ich in mein Zimmer gehe, Prissy.«
Das Mädchen schaute sie seltsam an. »Wie Ihr wollt, Lady. Aber er will noch mit Euch sprechen.«
»Jetzt?« Ihre Stimme überschlug sich. Claire räusperte sich und wiederholte: »Jetzt?«
»Ja, jetzt. Und wenn Ihr mich fragt, er hat die Geduld eines Heiligen. Wie Ihr herumlauft. Ich weiß nicht, was Ihr von ...« Claire ließ die Moralpredigt über sich ergehen.
Jetzt. Er wartete jetzt auf sie und wurde sicherlich mit jeder Minute zorniger.

»Beeil dich, Prissy.«
Das Mädchen brachte ihr bestes Gewand – ein feines, cremeweißes, leinenes Unterkleid und ein blaßgrünes Überkleid, bestickt mit creme- und rosafarbenen Blumen. Claire war zu müde und ängstlich, um Prissy zu widersprechen. Und vielleicht würde ein etwas hübscherer Aufzug gar nicht schlecht sein. Vielleicht konnte das seinen Zorn mildern. Es tat ihr schrecklich leid, daß sie ihr Haar abgeschnitten hatte.

Claire nahm all ihren Mut zusammen und ging in Richtung Halle. Sie hoffte, daß er nicht hören konnte, wie sie vor Angst mit den Zähnen klapperte.

Er wartete in der Großen Halle auf sie. Die kräftigen Arme hatte er auf der breiten Brust verschränkt, während er stirnrunzelnd ins Leere starrte. Als sie ein Geräusch machte, fuhr er auf und war sofort gegenwärtig und kampfbereit. Claire zuckte entsetzt zusammen, schrie auf und trat zurück.

Er entspannte sich und musterte sie erst einmal flüchtig, dann ein zweites und ausführlicheres Mal. »Ich hatte also recht. Gewaschen seht Ihr um einiges besser aus.« Er wies mit dem Kinn in eine Richtung und sagte: »Ins Arbeitszimmer.«

Claire tat, was er befahl. Wenn sie erhobenen Hauptes gehen würde, würde er ihr ihre Angst nicht ansehen. Sie wollte ihm nicht das Vergnügen gönnen, sie vor Furcht zittern zu sehen. Sie hatte nicht damit gerechnet, wie sehr sie es berühren würde, im Zimmer ihres Vaters zu sein. Mit ihm hatte sie soviel Zeit hier verbracht.

Irgend jemand hatte die große Kerze angezündet. Dieser Mann war zwar schon hier gewesen und betrachtete das Arbeitszimmer als sein Eigentum, aber es war, als wäre ihr Vater gerade erst hinausgegangen. Sein Kaninchenpelz lag noch auf der Bank, um von ihm aufgehoben zu werden. Claire mußte daran denken, wie sie sich im Winter unter diesem Fell an ihn gekuschelt hatte, als er ihr das Lesen beigebracht hatte.

Die meisten seiner Bücher wurden in Truhen aufbewahrt, die Beispiele großer Handwerkskunst waren. Aber ein Buch lag geöffnet auf dem Pult. Er war von diesem Tisch aufgestanden und in den Kampf geritten. Claire hatte das Buch liegen lassen, damit er es bei seiner Rückkehr vorfinden würde. Claire schlug die Hand vor den Mund, um den Schmerz zurückzuhalten, der ihre Augen zum Brennen brachte …

Sie wollte nicht …

Sie konnte nicht …

Es brach aus ihr heraus.

Da war etwas Großes, Starkes, an dem sie sich ausweinen konnte, gegen das sie in ihrem Schmerz schlagen konnte, als die große Trauer ihres Verlustes aus ihr herausdrängte. Sie wütete gegen das Schicksal, gegen den Himmel und gegen den Usurpator, den König von England, der sich als ein so falscher Freund erwiesen hatte.

Als sie merkte, daß es Renald de Lisle war, an dessen Schulter sie weinte, wich sie zurück und wischte sich die Tränen aus dem Gesicht. Herrgott, das war der letzte Mann, der sie so sehen sollte!

Sie drehte sich um, preßte die Hände gegeneinander und atmete tief durch, um ihre Beherrschung wiederzufinden. Als sie sich ihrer wieder sicher fühlte, drehte sie sich zu ihm. »So …« Ihre Stimme klang heiser, und sie mußte sich räuspern. »So, was habt Ihr nun mit mir vor?«

Er betrachtete sie nachdenklich. »Es sieht so aus, als ob ich Euch heiraten werden, Lady Claire.«

Sie schüttelte den Kopf. »Das meine ich nicht. Wie werdet Ihr mich bestrafen?«

Schweigen breitete sich aus. Ihre Zähne begannen aufeinanderzuschlagen, und Claire konnte nichts dagegen tun. Da schüttelte er plötzlich den Kopf. »Ich halte nichts von kleinen Bestrafungen, Lady Claire. Ich werde warten, bis Ihr genug auf dem Kerbholz habt und sich eine Bestrafung lohnt.« Er schaute im Raum umher. »Euer Vater hatte viele Bücher. Lest Ihr auch gerne?«

Sie war verwirrt, begann aber allmählich zu begreifen, daß sie wohl ungeschoren davonkommen würde. »Ja.«

»Dann werde ich sie in das Sonnenzimmer bringen lassen, wenn wir verheiratet sind.«

»Aber Ihr …«

»Ich bekomme kaum ein Wort zusammen. Für mich ist Lesen kaum nützlich. Aber wenn Ihr lest«, fügte er mit merklicher Schärfe hinzu, »dann hätte ich ein wenig mehr Klugheit von Euch erwartet. Was habt Ihr um Gottes willen vorgehabt?«

Sie versuchte, sich eine Geschichte einfallen zu lassen, erzählte ihm dann aber doch die Wahrheit. »Ich wollte mit Felice sprechen.«

Er zog die Augenbrauen hoch. »Und dafür seid Ihr durch den Schlamm gekrochen?«

»Ich war verzweifelt.«

»Warum?«

Ihre Nerven begannen sich bemerkbar zu machen, und die Worte sprudelten aus ihr heraus. »Ich habe gehofft, ich könnte meine Tante überreden, Euch zu heiraten, Lord Renald. Sie ist verzweifelt genug …«

Sie verstummte, als sie merkte, wie beleidigend ihre Worte klangen. Aber sie hätte wissen können, daß sie sich um solche Empfindlichkeiten keine Gedanken zu machen brauchte. So etwas prallte an ihm ab. Claire hatte in der Tat den Eindruck, ein amüsiertes Flackern in seinen Augen zu sehen. »Eine begeisterte Ehefrau ist mit Sicherheit ziemlich selten. Wäre sie denn bereiter als Ihr?«

Bis jetzt hatte sie noch gar nicht daran gedacht, *ihn* zu überzeugen. »Ganz bestimmt! Sie will unbedingt heiraten, und sie möchte jemanden wie Euch – jemanden in einflußreicher Position, der vom König geschätzt wird.« Nun war der richtige Zeitpunkt, einige Bemerkungen über Felice' Vorzüge fallenzulassen. »Zuerst war sie verängstigt, mein Herr, und auf den ersten Blick seid Ihr wirklich etwas einschüchternd. Aber ich bin sicher, daß Ihr sie werdet überzeugen können ...«

Er zog die Augenbrauen hoch. »Vielleicht bin ich wirklich einschüchternd, Lady Claire.«

»Oh, nein. Ich bin sicher, daß –«, Claire zögerte, denn sie war sich überhaupt nicht sicher. »Ich bin sicher, daß Ihr nicht so schlecht seid, wie Ihr –« Das war noch schlimmer.

Seine Brauen wanderten wieder in die Höhe, aber ein verwegenes Lächeln umspielte seine Lippen.

Wie ein Wolf, der das Kaninchen in der Falle betrachtete.

Claire holte tief Luft. »Wenn Ihr Felice zeigt, wie gut und nett Ihr sein könnt, wird sie sicher einwilligen, da bin ich sicher.«

»Gut und nett.« Er fuhr sich mit der Hand über die zuckenden Lippen. »Ich verstehe. Warum sollte ich mir Lady Felice als Ehefrau wünschen?«

»Sie ist wunderschön. Vielleicht habt Ihr das im Regen nicht so gut wahrnehmen können.« Claire grub in ihrem Gedächtnis. »Und musikalisch. Sie kann ausgezeichnet organisieren. Sie ist ausgesprochen sparsam.«

Er zeigte ein breites Lächeln, und Claire fühlte erstaunt so etwas wie Bedauern, hatte den Verdacht, daß etwas Wertvolles an diesem Mann war, das es zu entdecken gab.

Auch seine dunklen Augen lächelten. »Überdenkt Ihr Eure Entscheidung noch einmal, Lady Claire?«

»Nein!« beharrte sie.

Er hatte zwar dieses Lächeln, aber er lebte im Schatten, war getränkt mit Blut. Er hatte für sein Leben die Gewalt gewählt. Er war ein Mörder, der keinen Blick für Künste und Schönheit hatte. Er war hierhergekommen, um den Besitz ihres Vaters an sich zu reißen, der von einem Wert war, den er gar nicht ermessen konnte.

Sein Lächeln verschwand. »Lady Felice wirkt hochnäsig und hat scheinbar eine ausgesprochen spitze Zunge. Man mag mich nicht schnell erzürnen können, aber ich nehme keine Unverschämtheiten hin.«

»Felice würde nie unverschämt sein wollen. Sie … sie sagt nur gerne, was sie denkt.«

»Und Ihr nicht?«

Selbst nach ihrer kurzen Bekanntschaft mußte er schon wissen, daß das nicht stimmte. »Meine Meinung ist nur etwas weniger grob, Lord Renald.«

»Tatsächlich? Und wenn wir heiraten würden, würdet Ihr dann duldsam und folgsam sein?«

Claire gefiel diese direkte Frage überhaupt nicht. »Felice ist viel besser geeignet. Sie ist die Älteste.«

»Aber Lady Felice hat nicht die Absicht, mich zu heiraten. Die wenigen Worte, die sie zu mir gesagt hat, waren noch weniger schmeichelhaft als die Euren. Ich erinnere mich an etwas wie niedere Herkunft und schlechte Manieren.«

»Sie hatte nur Angst, das ist alles. Die haben wir alle. Jetzt hatte sie Zeit, um nachzudenken, und wenn sie Euch wirklich kennenlernt …«

Wieder zog er die Augenbrauen nach oben. »Aber Ihr habt mich wirklich kennengelernt, mein Fräulein, und scheint wild entschlossen, zu fliehen.«

Wangen, auf denen sich jeder Anflug von Scham abzeichnete, waren wirklich eine Plage. Deshalb versuchte Claire es mit Aufrichtigkeit. »Ich habe eine besondere Einstellung zur Gewalt, das ist alles. Über Männer, die von Gewalt leben. Wenn ich heirate, möchte ich einen Mann des Friedens heiraten.«

»Es ist schwierig, einen Mönch zu heiraten.«
»Mein Vater war kein Mönch!«
»Euer Vater war eine Ausnahme«, sagte er entschieden. »Und er ist zu jung gestorben.«
»Er hätte nicht so jung sterben müssen, wenn –«
»Wenn er die Mühen auf sich genommen hätte, für den Kampf zu üben?« schlug de Lisle vor, aber in ihren Augen konnte er lesen, daß sie das nicht hatte sagen wollen. Er würde noch leben, wenn Heinrich Beauclerk nicht die Krone an sich gerissen hätte.
Claire drehte sich gequält fort. »Bitte, mein Herr, laßt mich zumindest einen Brief an Felice schreiben. Ich bin sicher, daß ich sie davon überzeugen kann, daß es von Vorteil ist, Eure Frau zu werden.«
»Dann schreibt jetzt.« Er zeigte auf das Pergament und auf die Tinte auf dem Tisch. »Ich werde den Brief ins Lager bringen und Eure Tante wecken lassen, damit sie ihn lesen kann.« Er stellte den hohen Kerzenständer an den Tisch, damit sie mehr Licht hatte. Dieser Handgriff entschied alles. Claire konnte den eisernen Kerzenständer kaum auch nur verrücken, den er mit einer Hand hochhob und ohne Schwierigkeiten an einen anderen Platz stellte. Dieser deutliche Beweis seiner kriegerischen Natur verdrängte den Eindruck, den sein faszinierendes Lächeln und sein geheimnisvolles Wesen hervorriefen.
Claire setzte sich an den Tisch, nahm ein Stück Pergament und dachte lange über ihre Worte nach. Dann schrieb sie alles nieder, was sie sich in Gedanken zurechtgelegt hatte. Als sie es dann noch einmal durchlas, fand sie es eigentlich wenig überzeugend. Es klang alles irgendwie viel zu negativ. Was wollte Felice Positives an ihrem »großen Mann« sehen?
Claire schrieb, daß er gut aussah und scheinbar von guter Gesundheit war. Um das Interesse ihrer Tante zu wecken,

verweilte sie bei diesen Punkten und erwähnte sein Lächeln. Das war aber noch nicht genug.
Claire wußte, daß Felice sehr stark an Bettgeschichten interessiert war, aber Angst vor großen Männern hatte. Männer, die in gewisser Weise groß waren. Die Geschichten einiger Frauen hatten sie überzeugt, daß schmal gebaute Frauen im Ehebett nahezu zerrissen würden. Oft hatte sie Claire zum Erröten gebracht, indem sie den Schritt von Männern beäugte und versuchte, deren Größe zu erraten. Ihr Wunsch nach einem »großen« Mann, der nicht »groß« war, hatte ihre Suche nach einem Ehemann erschwert. Claire haßte, es zugeben zu müssen, aber auch sie dachte über derlei Dinge nach.
Gott sei Dank konnte er nicht lesen!
Sie überflog noch einmal das Geschriebene und mußte sich eingestehen, daß sie nicht ganz aufrichtig war. Sie hatte keine Ahnung von seiner »Größe« oder seinem Verhalten im Bett. Ihre Feder schwebte in der Luft, als sie überlegte, ob sie diese Passage nun streichen sollte oder nicht. Dann legte sie die Feder nieder und reichte ihm den Brief.
Felice' Befürchtungen waren auf jeden Fall dummes Zeug. Frauen waren so gebaut, daß sie Männer in sich aufnehmen konnten, und außer dem Jungfernhäutchen würde nichts verletzt werden.
Er rollte das Pergament zusammen und steckte es in seinen Gürtel. »So, Lady Claire. Und was soll ich die restliche Nacht mit Euch machen?«
Sie rutschte vom Stuhl herunter. »Was meint Ihr? Ich wollte nun in mein Bett zurückgehen.«
»Aber werdet Ihr auch dort bleiben?«
»Ich habe keinen Grund fortzugehen.«
»Das hattet Ihr vorhin auch nicht.«
Sie schaute ihm ins Gesicht. »Ihr werdet mir vertrauen müssen, Lord Renald.«

»Warum?«
Er ging zur Tür und öffnete sie. Sein Knappe Josce stand dort und gähnte.
»Mylord!« Er versuchte, eine wachsame Haltung einzunehmen.
»Geh und such den Jungen – Thomas.« De Lisle wandte sich zu Claire. »Wo schläft er?«
»Mit ein paar männlichen Bediensteten im oberen Stockwerk. Aber Ihr könnt nicht –«
»Eine Geisel wird dafür sorgen, daß Ihr morgen früh noch hier seid.«
»Ihr habt doch schon meine Tanten!«
»Ich glaube, daß Euer Bruder Euch mehr bedeutet.« Er wandte sich wieder seinem Knappen zu.
»Nein. Bitte!«
Als er sich ihr wieder zuwandte, sagte sie: »Er wird Angst haben.«
»Ich habe nicht vor, ihn an seinen Daumen aufzuhängen – solange Ihr nicht fortlauft, zumindest. Er soll bei mir und meinen Männern schlafen. Das ist am günstigsten.«
»Am günstigsten!«
»Er soll seine Ausbildung als Page beginnen.«
»Aber …« Claire fiel kein wirklich vernünftiges Argument ein. Sie konnte immer nur daran denken, wie sehr ihr Bruder sich ängstigen würde, wenn er auf einmal mitten in der Nacht geweckt und gezwungen werden würde, mit diesen rauhen Kerlen den Raum zu teilen. »Nein, bitte! Ich verspreche, daß ich morgen früh hiersein werde.«
Er betrachtete sie so eingehend, daß sie sich am liebsten mit irgend etwas abgelenkt hätte. Sie ertappte sich dabei, daß sie an ihrer Lippe knabberte.
»Josce braucht seinen Schlaf«, sagte er plötzlich, »genauso wie ich. Also werde ich Euch vertrauen. Aber ich warne Euch, Mylady. Wenn Ihr wieder ein falsches Spiel mit mir

treibt, finde ich Euch garantiert, und dann habt Ihr genug auf dem Kerbholz.«

Bruder Nils schlug im Schlaf um sich, um den Teufel zu verjagen, der ihn an der Schulter gepackt hatte. Dann aber erkannte er Lord Renald in der Dunkelheit. Sein Herr bedeutete ihm, ihm nach draußen zu folgen, und knurrend verließ Nils sein Bett. Die vergangene Nacht waren sie ohne Unterlaß geritten. Was war dieser Mann für ein Mensch? Er rieb sich die Augen und trottete hinter seinem Herrn hinüber ins Arbeitszimmer, wo Lord Renald ihm einen Brief reichte. »Lies mir das vor!«

Jetzt in der Nacht? Renald de Lisle war ein anständiger Herr, aber niemand, mit dem zu handeln war. Also entrollte Nils das Stück Pergament, das das unregelmäßige Randstück einer Tierhaut war. Die Handschrift war ausgesprochen gut und schön. *»An Felice von Summerbourne von ihrer sie liebenden Nichte Claire.«* Nils schaute überrascht hoch. Zum einen war er erstaunt, daß die Lady so gut schreiben konnte, zum anderen wunderte ihn, daß er ein persönliches Schriftstück lesen sollte.

»Weiter.«

Nils zuckte mit den Schultern. Schließlich würde sie bald die Frau seines Herrn sein. *»Meine liebe Felice. Ich will Dir über Lord Renald de Lisle berichten, der wünscht, eine von uns drei Frauen auf Summerbourne zu heiraten …«*

Nils las, was ganz offensichtlich auf ein vorheriges Gespräch Bezug nahm. Der Brief legte große Betonung darauf, daß der ungeliebte Ehemann die meiste Zeit abwesend sein würde.

»Wie ein wildes Tier«, warf Lord Renald ein. »Man betrachte es am besten aus der Entfernung.« Nils mußte sich ein Lächeln verkneifen, denn genauso klang der Brief auch.

»Hat sie auch etwas Vorteilhaftes zu berichten?«

»Aber ja, mein Herr. Sie schreibt: *Ich glaube nicht, daß seine Frau ihn unerträglich finden wird, wenn er auf Summerbourne ist. Er brüllt oder schreit nicht und hat bis jetzt noch niemanden geschlagen. Auch hat er nichts durch Ungeschicklichkeit oder im Zorn zerschlagen, und er ißt ordentlich, ohne sich dabei die Hände zu beschmutzen.*«
Während er las, blinzelte Nils immer wieder zu seinem Herrn hinauf und überlegte, was dieser wohl mit diesem Brief anfangen wollte. Nicht viele Männer kamen in den Genuß, derart offene Kommentare zu ihren Vorzügen und Makeln zu lesen.
Renald sagte bloß: »Ist das das Beste, was sie sagen kann?«
»Oh ... nein, mein Herr. *In diesem kurzen Augenblick im Lager hast du sicher wegen der Mäntel und Kapuzen nicht sehen können, daß Lord Renald sehr gut aussieht ...*«
»Ah.«
Nils schaute zu ihm hinüber und beendete den Satz: »... *für einen so kräftigen Mann.*«
Nach einer kurzen Pause sagte Renald: »Sie sollte Luc de Gros kennenlernen.«
Nils mußte lachen, wandte sich aber schnell wieder dem außerordentlich interessanten Schreiben zu. »*Er scheint bei bester Gesundheit zu sein und hat noch alle Zähne, zumindest die vorderen. Seine Haut verrät seine Gesundheit, und sie ist ohne Narben oder sonstige Entstellungen. Er hat keinen unangenehmen Geruch, der gesundheitliche Probleme oder mangelnde Sauberkeit verriete ...*«
Nils konnte es sich nicht verkneifen aufzuschauen, um die Reaktion seines Herrn zu beobachten.
»Ein großes Loblied.«
Wie so oft war Nils nicht sicher, ob Lord Renald erheitert war oder nicht. Er selbst war kurz davor, die Kontrolle über seine Stimme zu verlieren: »... *obwohl er recht kräftig nach Pferden, Leder und ähnlichem riecht. Das ist bei einem solchen*

Mann nicht anders zu erwarten, und ich bin sicher, daß er dazu zu bringen ist, sich vor Intimitäten zu entkleiden, falls das Dein Wille ist.«

»Diese Lady Claire ist ja eine ausgezeichnete Menschenkennerin.«

Nils brach in Lachen aus und mußte sich die Augen mit seinem Ärmel trocknen.

»Gibt's noch mehr davon?«

»O ja.«

»Im selben Ton?«

»Ich glaube …« Nils überflog die folgenden Zeilen und schaute erschreckt auf.

»Lies weiter.«

Nils fühlte sich schlecht. Die Lady würde niemals wollen, daß Lord Renald dies vernahm.

»Zudem, Felice, bin ich überzeugt, daß Lord Renald ein lustvoller und befriedigender Liebhaber sein wird. An der Art, wie er hübsche Frauen betrachtet, ist zu sehen, daß er solchen Dingen ganz und gar nicht abgeneigt ist. Da er sie nicht belästigt, bin ich sicher, daß er auch beim Lieben beherrscht und zuvorkommend, also sicher ein guter Bettgenosse ist. Und obwohl er ein großer Mann ist, bin ich sicher, daß er in gewissen Bereichen eher …«

Nils überlegte, ob er es etwas anders formulieren könnte, aber ihm fiel nichts ein. »*… mäßig ausgestattet ist.*«

»Mäßig?«

»*Und ich glaube, daß er in der Lage ist, sein …* Sie hat etwas durchgestrichen und überschrieben. Ich weiß nicht, was sie meint.«

»Ich schon. Aber ich bin trotzdem neugierig, wie sie das genau schreibt.«

Nils ging dichter an die Kerze heran und blinzelte. »Aha … *in der Lage ist, sein Geschlecht …*«

Lord Renald schüttelte den Kopf, aber um seine Lippen war eindeutig ein Zucken zu erkennen.

»*… voller Rücksicht einzusetzen, und das …*«
»Ja?«
Nils schaute ihn an: »*… aufgrund seiner langen Erfahrung.*«
»Nun, da hat sie endlich mal recht. Ist das jetzt alles?«
Nils war etwas überrascht. In den wenigen Tagen, die er Lord Renald nun kannte, hatte dieser wenig Interesse an Frauen gezeigt. Er hatte nicht über Frauen gesprochen oder schmutzige Witze erzählt. Aber die Umstände waren ja auch nicht günstig gewesen.
»Nur noch der Schluß. *Deshalb bitte ich Dich, noch einmal über Deine Entscheidung nachzudenken. Wenn Du ihn heiraten willst, wird Lord Renald alles arrangieren und Dich nach Summerbourne Hall holen, während ich zu Amice gehe. Als Älteste hast Du das Vorrecht, und ich will es Dir nicht verwehren, nachdem endlich der richtige Mann für Dich gefunden wurde.*«
Lord Renald nickte. »Ein klugen Köpfchen. Ausgesprochen klug, Nils, auch wenn sie in mancherlei Hinsicht ebenso töricht ist.« Nachdem er einen Blick auf ihre intimsten Geheimnisse geworfen hatte, hatte Nils noch stärker das Bedürfnis, die arme Lady Claire zu beschützen. »Sie ist noch jung, mein Herr.«
»Kaum jünger als du.«
»Aber ich werde auch nicht gezwungen, einen Fremden zu heiraten.«
Die dunklen Augenbrauen wanderten nach oben. »Mich verwirrt allein der Gedanke, Euch in einer solchen Situation zu sehen.«
Renald stand auf und durchquerte den kleinen Raum. »Ich bin gespannt, ob dieser Brief die Tante umstimmt.«
Aber der Satz klang fragend, so daß Nils nicht anders konnte, als zu sagen: »Ich dachte, ich wäre nicht Euer Berater.«
»Werde nicht unverschämt.«
Aber der Ton war nicht drohend, und Nils lachte. »Es gibt

keine Möglichkeit, es herauszufinden, Mylord. Ihr werdet den Brief doch nicht weitergeben?«

»Ich habe mein Wort gegeben. Aber ich will nicht, daß Lady Felice versucht wird – nicht einmal für eine Sekunde.« Er stand gedankenverloren im Raum, dann nickte er. »Die reizende Lady Claire hat mir ganz genau verraten, wie ich dafür sorgen kann, daß ihre Tante nicht ihre Meinung ändert.«

7. Kapitel

Kummer und Angst waren keine guten Kopfkissen. Nach einer unruhigen Nacht war Claire erleichtert, als sie endlich die Sonne aufgehen sah, ganz besonders, weil mit ihr die Hoffnung kam, daß Felice die Braut des Eindringlings werden würde. Und dann würde sie Summerbourne verlassen können. Claire lag im Bett, betrachtete die Sonnenstrahlen, die in ihre Kammer fielen, und lauschte den Geräuschen, die sie schon ihr Leben lang kannte. Ihre Großmutter hatte recht. Sie hatte Freier und hätte heiraten können. Aber keiner der Männer war eine so große Versuchung gewesen, daß sie für ihn ihr Zuhause verlassen hätte. Ihre Mutter hatte gesagt, daß sie eines Tages fortgehen müsse, aber Claire hatte davon geträumt, daß das Leben einfach immer so weitergehen würde. Wie töricht.

Als ihre Kammermädchen sich rührten, sprang Claire aus dem Bett. In alter Gewohnheit griff sie nach ihren Zöpfen. Das kurze Haar fühlte sich an wie feines Garn, und sie spürte den Luftzug am freien Nacken. Sie bereute diese Tat nicht wirklich. Sie war nicht nur ein Akt des Zorns und des Protests gewesen, sondern auch einer von tiefer Trauer. Trotzdem würde ihr Vater sicher im Himmel den Kopf über ihre spontane Tat schütteln.

Aufsässig fragte sie sich, ob es irgend etwas gebracht hatte, daß er beinahe ein Jahr lang darüber nachgedacht hatte, ob er sich an der Rebellion beteiligen sollte. Es hatte trotzdem in einem Desaster geendet. Sie drängte die Gedanken beiseite, schlüpfte in die Kleider, die sie in der vergangenen Nacht getragen hatte. Da Felice de Lisles Frau werden wür-

de, mußte sie nicht mehr versuchen, unansehnlich zu wirken.
Ihre alte Haarpracht war trotzdem ruiniert. Alles, was sie tun konnte, war, das Haar zu verbergen. Das war gar nicht so einfach, da es wild und widerspenstig war. Es hatten sich immer vereinzelte Strähnen aus dem Zopf gestohlen und lockig ihr Gesicht umrahmt, jetzt aber stand ihr Haar in alle Richtungen vom Kopf ab. Es mußte aussehen wie eine Pusteblume. Da es unnötig war, über etwas zu jammern, das nicht mehr zu ändern war, legte sie einen langen Schleier über und befestigte ihn mit einem bestickten Haarreif. Dann ging sie nach unten, um ihre häuslichen Aufgaben zu erledigen. Zuerst besuchte sie ihre Mutter. Lady Murielle wirkte gelassen, hatte aber überhaupt kein Interesse daran, sich um Summerbourne zu kümmern. Es war nun der Besitz eines anderen, sollte der Neue sich kümmern. Claire aber war sich nicht sicher, ob er es wollte oder konnte, und sie war kein Mensch, der danebenstehen und zusehen konnte, wie Dinge kaputtgingen. Also machte sie sich seufzend auf den Weg, um die Arbeit von vier Leuten zu erledigen. Von fünfen, de Lisle mußte nun ja mitgezählt werden. Als sie zwischen Halle und Küche, zwischen Speisekammer und Vorratskammer hin und her eilte, schaute sie immer wieder nach Thomas. Sie konnte es nicht ausstehen, wenn sie sich Gedanken darüber machte, was er wohl gerade wieder anstellte. Ob sein Zorn verraucht war? Aber selbst dann war es nicht sicher, daß er Befehle von de Lisle entgegennahm. Was würde dieser Mann dann mit ihm machen?
In ihrer jetzigen Verfassung erschien ihr Summerbourne erschreckend normal. Das Gesinde ging seinen üblichen Tagespflichten nach. In der Küche duftete es nach backendem Brot und bratendem Fleisch. Als der Koch sich wieder wegen des Bieres beschwerte, ging Claire ins Brauhaus und hoffte, daß dort die Stimmung weniger fröhlich war.

Am Himmel stand die strahlende Morgensonne, der trübe Regen war bereits vergessen. Claire konnte nicht anders, als die Augen zu schließen, ihr Gesicht der Sonne entgegenzuhalten und die Wärme und Helligkeit zu genießen. Alles klang hell und freundlich – der Arbeitslärm, begleitet vom Trillern fröhlicher Vögel. An diesem Morgen war es einfacher, sich den Vater vorzustellen, wie er im goldenen Himmel weilte, um ihn herum singende Engel, und wie er wie die Sonne auf sein Zuhause herunterlächelte. Tränen stiegen in ihr auf, doch diesmal waren es süße Tränen. Claire zweifelte keine Sekunde daran, daß ihr Vater im Paradies war, also war er nun glücklich, glücklicher, als er jemals hätte sein können, wenn er die Stimme seines Gewissens unterdrückt hätte.

Sie verließ für einen Augenblick das Brauhaus, um in den von einem Lattenzaun umgebenen Garten zu gehen und Blumen zu pflücken, die sie auf die dunkle Erde des frischen Grabes legte. Mit der Zeit würde sich diese Wunde in der Erde schließen, so wie auch die Wunde in ihrem Herzen heilen würde. Hier würde wieder Gras wachsen, und sie würde Blumen für ihn pflanzen –

Aber sie würde gar nicht hiersein, um das Grab zu pflegen. Bei diesem Gedanken blieb sie betroffen stehen. Sie konnte nicht bleiben, und wenn Felice Herrin von Summerbourne war, würde sie auch nicht bleiben wollen. Aber sie wünschte, sie könnte sich um das Grab ihres Vaters kümmern. Wenn sie de Lisle heiraten würde …

Claire schüttelte den Kopf. Dieser Preis war zu hoch – den falschen Mann heiraten, um unter einem unwürdigen Herrn auf Summerbourne zu bleiben.

Sie konzentrierte sich schnell auf ihre Pflichten und eilte zum Brauhaus zurück. Vielleicht würde sie die Sorgen vergessen, wenn sie die dortigen Probleme zu lösen versuchte.

Als sie aus dem Garten kam, sah sie Renald de Lisle vor dem Herrenhaus stehen und sie beobachten. In dem dunkelroten, knielangen Gewand und den grauen Hosen sah er wie eine dunkle Wolke an einem Sommerhimmel aus. Sein Blick war wie ein eisiger Luftzug. Sie eilte weiter, drückte den Reif noch einmal fest auf den Schleier, damit er nicht verrutschte. Erst sah sie seinen Schatten, aber schon war Renald de Lisle neben ihr.

»Wo ist Euer Bruder, Lady Claire?«

Oh, nein. Sie blieb stehen, um ihm ins Gesicht zu sehen. »Das weiß ich nicht. Ich bin sicher ...«

»Habt Ihr ihn letzte Nacht aus Summerbourne fortgebracht? War das der Sinn Eurer verrückten Aktion?«

Claire starrte ihn mit offenem Mund an. »Nein! Natürlich nicht. Er muß irgendwo hier in der Nähe sein.« Sie blickte verzweifelt über den Hof. Wie konnte Thomas nur so dumm sein?

»Es ist Zeit, höchste Zeit, daß er lernt, was Disziplin ist.«

»Disziplin!« Sie dachte sofort an die Rute.

»Er muß arbeiten. Er muß sich auf seine Zukunft vorbereiten.«

»Das weiß ich. Es tut mir leid. Aber bitte, schlagt ihn nicht. Er ist das nicht gewohnt ...«

Sie sah, wie er die Zähne aufeinanderbiß. »Das sollte er aber. Nichts gedeiht anständig, wenn es wild wächst.« Dann holte er tief Luft und schaute sie entwaffnend an. »Ich werde ihn nicht schlagen, Lady Claire. Dieses Mal. Euretwegen. Aber bringt ihn dazu, daß er gehorcht.«

Sein »Euretwegen« machte sie nervös. Es klang wie eine Drohung. »Ich gehe ihn suchen«, sagte sie und drehte sich um.

Er packte sie am Arm, fest, jedoch nicht mit aller Kraft. »Warum führt Ihr mich nicht ein wenig herum? Wir können währenddessen nach ihm Ausschau halten.«

Sie konnte sich ihm jetzt nicht entziehen. Vielleicht war dies

die Gelegenheit, ihn von Thomas' Aufsässigkeit abzulenken. »Wie Ihr wollt, Mylord.«
Er ließ ihren Arm los, und sie gingen nebeneinander her. Duldsam und angenehm, dachte sie. Das ist der Schlüssel.
»Ich denke, Ihr werdet alles in guter Ordnung finden. Mylord, außer daß die letzten Fässer nachlässig hergestellt worden sind. Ich wollte gleich darüber mit Rolf, dem Böttcher, sprechen.«
Sie redete mit Rolf, ohne daß de Lisle sich einmischte, aber trotzdem machte sie seine Anwesenheit nervös. Daher sprach sie mit dem Böttcher schärfer als beabsichtigt. Als sie ihn verließ, seufzte sie.
»Seid Ihr verstimmt, weil Ihr einen Bauern zurechtweisen mußtet?«
»Ich bin verstimmt, weil ich härter war, als ich es sein wollte.« Sie hatte sich schon umgedreht, um zurückzugehen und die Wirkung ihrer Worte zu mildern, als er sie mit einem Griff zurückhielt. »War seine Arbeit denn nicht schlampig?«
Sie entwand sich seiner Hand, seiner sie störenden Hand. »Seine Tochter ist letzte Woche im Fluß ertrunken. So ist es kein Wunder …«
»Und was, wenn seine nachlässige Arbeit andere in Gefahr bringt?«
»Ich weiß. Ich weiß. Aber ich habe so scharf gesprochen, um Euch zu beeindrucken. Aus keinem anderen Grund.« O je. Das war nicht klug.
Er zog die Augenbrauen in die Höhe. »Habt Ihr nun beschlossen, doch meine Braut zu werden?«
»Nein!« Er schaute sie prüfend an, und sie gestand den Grund. »Ich will nicht, daß Ihr mich für ein Kind oder eine Närrin haltet. Nach der letzten Nacht …«
Seine Augen flackerten. »Nach der letzten Nacht ganz bestimmt nicht, Mylady.«
Sie wäre fortgelaufen, wenn ihre Würde es ihr erlaubt hätte.

Statt dessen wandte sie sich ab. »Kommt mit in die Molkerei, Mylord.«
Die Kühle des Steingebäudes war eine Wohltat für ihre glühenden Wangen. Es mußte aufhören, daß er sie so nervös machte! Bald würde sie ihn los sein. Sehr bald schon.
»Zum Schuppen, in dem gemolken wird, geht es dort entlang.« Sie zeigte auf eine Holztür. »Aber die Milchkühe und die Gänse sind jetzt auf der Weide. Wißt Ihr, was in einer Molkerei zu tun ist, Mylord?« Er schaute sich um, stand groß und dunkel da an diesem Ort, an dem nur Frauen arbeiteten. »Ich sehe, daß die Mägde schwer zu schaffen haben.« Die Mägde fegten den Boden und lächelten ihn an. Claire wußte, daß einige von ihnen glücklich darüber sein würden, wenn sie dem neuen Herrn das Bett wärmen könnten. Aber das würde Felice' Problem sein, nicht ihres.
»Die Hirten melken die Tiere«, sagte sie, »dann bringen sie die Milch hierher, damit die Mägde sie durchseihen. Dann ...«
»Dann schöpfen sie die Sahne ab.«
Er ging zu einem Mädchen hinüber, das flink der Milch die obere Schicht abschöpfte und sie in einen steinernen Krug füllte. Joan war eine der besten Milchmägde und verschüttete nicht einen Tropfen. Aber als Claire sah, wie das Mädchen de Lisle anschaute, hätte sie sie am liebsten rausgeworfen und auf den Feldern arbeiten gesehen.
Er erwiderte das Lächeln der Magd, während er mit dem Finger durch die Milch fuhr und ihn mit einem gelben Häubchen wieder heraushob. Er hob ihn an seine Lippen, drehte sich aber zu Claire um. »Gute Sahne.«
Claire spürte, wie sie errötete – zum Teil vor Wut, zum Teil wegen anderer Gefühle. »Gute Sahne wird zu feiner Butter – wenn sie nicht von irgendwelchen Schurken vorher gegessen wird.« Ihr Schleier löste sich, und sie drückte den Reif, der ihn halten sollte, energisch fest. Aber sogleich be-

gann er sich wieder zu lösen. Ach, wenn sie doch ihr würdevolles, langes Haar zurückhaben könnte!
Sie ging zum Butterfaß hinüber, an dem die feinfühlige, etwas ältere Freda arbeitete. Aber selbst Freda lächelte de Lisle an, als erhoffte sie sich einen Platz in seinem Bett.
Claire machte de Lisle auf einen großen Bottich aufmerksam. »Käse. Die Milch ist nicht von heute. Sie gerinnt schon zu Quark.« Dann reichte sie ihm eine Holzschale. »Buttermilch?«
Er nahm die Schale und trank. »Von gestern, natürlich.«
»Woher wißt Ihr das?«
»Ich weiß, daß es lange dauert, Butter zu machen. Außerdem ist die Milch in dem Bottich dort noch flüssig. Das kann man hören.«
Claire trank ihre Schale aus und stellte sie schwungvoll ab. »Ich bin nicht überrascht, daß Ihr so gut Bescheid über die Molkerei wißt, Mylord. Die Mägde sind es übrigens auch nicht.«
»Das ist wohl wahr«, sagte er amüsiert, während er ihr nach draußen folgte. Er versuchte gar nicht erst, ihrer Anspielung etwas entgegenzusetzen, daß Milchmägde oft schamlos waren.
»Und wohin nun?« fragte er.
»Zu den Webern.« Diesmal glitt ihr Schleier nach hinten. Trotzig zog sie ihn ganz herunter und zerknäulte ihn. Sie mußte wie eine Witzfigur aussehen, aber sie wollte sich nicht davon ablenken lassen, diesen Schleier in den Griff zu bekommen. Sie hatte lange genug gebraucht, ihre Zunge im Zaum zu halten. Und mit diesem Mann, das wußte sie, würde sie niemals zurechtkommen.
Sie betraten den Holzbau der Weberei, wo sie das Klacken der Schiffchen und das Knarren der Bäume begrüßte. Wollfäden tanzten in der Luft. Claire führte ihn zu einem der Webstühle, schlug sich ein Wollbüschel aus dem Gesicht. Sie

spürte irgend etwas hinter sich und fuhr herum. Er drehte zwischen seinen kräftigen Fingern ein paar Wollfäden. »Ist die hiesige Wolle gut?«

Er mußte die Fasern aus ihrem Haar gefischt haben. Sie hatte nicht gewußt, daß Haar so empfindsam sein konnte. »Eine der besten, mein Herr.«

»Und wird viel davon verkauft, oder ist alles für Summerbourne?«

»Wir verkaufen Wolle und Stoffe. Das ist eine unserer …«, sie verstummte, als ihr die veränderte Situation wieder in den Sinn kam, »eine *Eurer* besten Einnahmequellen.«

Er ließ die Wolle fallen. »Es könnte *unsere* sein, wenn Ihr wollt, Lady Claire.«

Plötzlich war die Versuchung sehr groß. Was immer geschehen war, dies war ihr Zuhause, und dieser heutige Gang durch die Wirtschaftsgebäude hatte ihr alles noch kostbarer erscheinen lassen. Dies hier waren ihre Leute, sie kannte sie alle seit ihrer Geburt. Aber niemals! Sie würde in der Gewalt dieses Mannes sein. Vollkommen in seiner Gewalt.

»Ich will *nicht*, mein Herr. Kommt und lernt Elfgyth kennen, *Eure* beste Weberin. Sie kann diese Muster herstellen, seht Ihr, und mit ganz feinem Faden arbeiten.« Sie lobte immer weiter den Stoff aus braunem und goldenen Garn, der unter den Händen dieser fleißigen Frau entstand.

»Das ist wahrhaftig ein ganz reizendes Tuch, Mistress Elfgyth«, sagte de Lisle.

Die alte Frau schaute kaum auf. »Sollte das Winterkleid für den Herrn werden.«

Ihr Schiffchen flog zur Seite, der Tuchbaum schlug, und der Stoff glitt zu Boden – eine stumme Anklage.

»Was habt Ihr erwartet?« fragte Claire, als sie seinen Gesichtsausdruck bemerkte. »Es tut mir leid, wenn mein Vater einen Schatten auf Euren Sieg wirft, aber er wird hier immer gegenwärtig sein.«

Wenn sie einen empfindsamen Zug in seinem Gesicht entdeckt hatte, so war er nun verschwunden. »Erinnerungen verblassen, Mylady, und manchmal sind wir deshalb auch sehr dankbar. Aus diesem Stoff kann ein Winterkleid für die Lady von Summerbourne gefertigt werden.«
»Felice mag diese Farben nicht«, erwiderte Claire, während sie wieder in den Sonnenschein hinaustraten.
»Euch würden sie ebenso gut kleiden, wie sie Eurem Vater gestanden hätten.«
Die Erinnerung raubte ihr den Atem, aber sie riß sich zusammen. »Wohin nun, Mylord?«
»Ich denke, das reicht für heute.«
»Aber das alles gehört Euch! Ihr solltet Euren Besitz kennen, Mylord. Bis in den letzten Winkel.«
Er lächelte nur. »Dann wird mir Lady Felice später das Gut zeigen, das wir zusammen verwalten werden. Aber jetzt ruft die Glocke uns zum Frühstück.«
Als Claire mit ihm das Herrenhaus betrat, fühlte sie sich aufgewühlt. Seine Worte hatten sie getroffen, das konnte sie nicht leugnen. Felice erfüllte ihre Pflichten, aber vieles auf Summerbourne war ihr gleichgültig. Was würde werden, wenn es in ihren Händen lag?
Und sie war in der Molkerei eifersüchtig gewesen. Sie war zu ehrlich, um es zu leugnen. Sie verstand nicht, warum sie eifersüchtig wegen eines Mannes war, den sie verabscheute, eines Mannes, den sie nicht wollte.
Auch war sie betrübt, wie ihr Vater aus seinem einstigen Zuhause verschwand. Elfgyth hatte an Lord Clarence erinnert, sonst niemand vom Gesinde. Die Mädchen in der Molkerei waren allzusehr damit beschäftigt, dem neuen Herrn schöne Augen zu machen!
Und es waren nicht nur die Bediensteten, die ihren Vater einfach hinter sich ließen. Ihre Mutter war zum Frühstück gekommen. Sie sah aus wie in den letzten Wochen auch. Sie

war nicht mehr die fröhliche Frau, die sie vor Monaten noch gewesen war, aber sie war auch nicht in tiefer Trauer. Die Trauer hatte an dem Tag begonnen, als ihr Gemahl fortgeritten war. Nun hatte sie ein Ende.

Lady Agnes war mürrisch wie immer. Man wußte nie, was sie wirklich fühlte.

Thomas war der einzige, der unglücklich aussah, aber vielleicht lag es daran, daß man ihn wieder eingefangen hatte und er nun bei Tisch bedienen mußte. Claire hoffte, daß sein häufiges Verschütten der Getränke und das Fallenlassen von Speisen nur Ungeschicklichkeit war und nicht Rebellion. Als Thomas ihr den Brotkorb reichte, zeigte seine Unterlippe deutlich seine rebellische Haltung. Claire lächelte ihm zu, um ihn aufzuheitern, aber er blickte noch finsterer. Beim Heiland. De Lisle hatte recht. Er war unerzogen. Thomas hätte schon längst für solche Dienste ausgebildet sein müssen. Ihr Vater hatte ihr alles bedeutet, aber er hatte die Ruhe und den Frieden geliebt. Er hatte nicht daran gedacht, Thomas zu einem Krieger zu erziehen, und was die geistige Bildung betraf, da war es für ihren Vater einfacher gewesen, nicht auf einer Ausbildung zu bestehen, weil Lady Murielle Thomas hatte glücklich sehen wollen. Claire war es gewesen, die Thomas angehalten hatte, lesen zu lernen. Sie hatte ihn in die Gebräuche eingewiesen und ihm die Umgangsformen beigebracht.

Nun hatte ihr Bruder keinen Besitz mehr, hatte nicht genug gelernt, um Priester werden zu können, und ihm fehlten die Fähigkeiten, ein Krieger zu werden. Was würde aus ihm werden, wenn er in die Welt hinausgestoßen würde?

»So«, Lady Agnes schaute hoch, »habt Ihr Euch nun entschieden, welches Fräulein Ihr heiraten werdet, junger Mann?«

»Die Entscheidung liegt bei den Damen.«

Thomas kehrte mit einem Brett Schinken zurück. De Lisle

legte Lady Agnes ein paar Scheiben auf ihre Gedecktablett.

»Gibt es nicht eine Geschichte von drei Göttinnen, die sich um die Gunst eines einzigen Mannes bemühen?«

»Um die Gunst?« krächzte Lady Agnes. »Diese drei versuchen, einem Monster zu entkommen.«

De Lisle schaute Claire an. »Einem Monster?«

Claire wünschte, ihre Großmutter würde augenblicklich für immer die Stimme verlieren. »Das waren ihre Worte, Mylord, nicht meine.«

»Aber Ihr versucht alles, um mich nicht heiraten zu müssen.«

Sie nahm das Fleisch entgegen, daß er ihr reichte, und war froh, daß sie einen Vorwand hatte, um seinen forschenden Augen zu entgehen. »Überrascht Euch das? Ihr kommt hierher als ein Fremder ...«

Sie streckte ihren Arm aus, um Schinken für de Lisle von dem Brett zu nehmen, aber mit einem Grinsen im Gesicht hielt Thomas es so schräg, daß zur Freude der Hunde das meiste auf den Boden fiel. De Lisle griff über den Tisch, packte beide Hände des Jungen und drehte das hölzerne Servierbrett wieder in die richtige Position. »Ich kenne viele interessante Betätigungen, um Geschicklichkeit zu üben, Thomas. Gib mir nur Bescheid, wenn du ihnen nachgehen willst.«

War es die Berührung, die Stimme, waren es die Worte, oder war es einfach nur der Blick, irgend etwas ließ ihren Bruder allen Trotz vergessen und tief schlucken. »Nein, mein Herr, ich meine, ja, mein Herr ...«

De Lisle ließ ihn gehen und drehte sich dann Claire wieder vollkommen ruhig zu. »Was hattet Ihr gesagt?«

Nervös wie Thomas nahm sie ein Stück Fleisch und versuchte sich daran zu erinnern, was sie gesagt hatte. Irgend etwas darüber, wer ihn heiraten würde. »Felice wird Euch mögen, mein Herr.«

»Ihr aber nicht.«
Sie hatte ihren Happen aufgespießt, konnte ihn aber nicht in ihren Mund schieben. Verzweifelt fragte sie: »Ist es nicht Zeit, nach meinen Tanten zu schicken oder hinzugehen, um mit ihnen zu reden?«
Er schluckte und schaute sie gedankenvoll an, als hätte sie irgend etwas Wichtiges gefragt. Dann gab er die Reste seines Frühstücks den Hunden, rieb seine Hände ab und stand auf. »Sehr gut. Also los.«
Als sie die Tafel verließen, hörte Claire, wie ihre Großmutter murmelte: »Dummes Kind.«
De Lisle reichte ihr seine Hand, und Claire fühlte sich genötigt, sie zu halten, als sie das Haus verließen. Er hielt ihre Hand fest umfaßt, als sie über den Hof und über die hölzerne Brücke gingen. Zumindest hatte er heute keinen Vorwand, sie in seine Arme zu nehmen und zu tragen, denn das Wasser am Ende der Brücke war versickert und der Schlamm eingetrocknet. Claire konnte vorsichtig am Rand entlanggehen.
Auch das Lager sah jetzt, nachdem der Boden getrocknet war, und bei Sonnenschein viel freundlicher aus. Die Männer räumten nach ihrem Frühstück auf und reparierten Kleider, Kettenpanzer und Gurte. Für rauhe Soldaten schienen sie ordentlich. Vor dem großen Zelt ihrer Tanten stand ein Wächter, aber der Mann war entspannt und plauderte mit Freunden. Er nahm in dem Moment Haltung ein, als er seinen Herrn kommen sah.
Claire ließ sich von de Lisle zum Zelt führen, das mit seinen leuchtenden Farben schön anzusehen war. Sie zitterte, denn sie fühlte sich plötzlich wie an einem gefährlichen Abgrund und hatte das Gefühl, sie sollte innehalten und sich noch einige Zeit zum Nachdenken ausbitten.
Der Wachtposten trat zur Seite, und de Lisle schaute sie an, als könnte er ihre Gedanken lesen. »Seid Ihr sicher?«

Statt einer Antwort schlug sie die Plane des Zeltes zurück und ging in das dämmerige Innere. »Felice? Amice?«
Das Zelt war groß und luxuriös ausgestattet, aber es war nicht so groß, daß sich zwei Personen darin verstecken konnten.
»Felice?«
Nachdem er einen Augenblick wie angewurzelt stehengeblieben war, ging de Lisle hinter ihr durchs Zelt bis zur Rückfront. Er zog den Riß auseinander, der in dem Stoff klaffte, und trat hindurch.
Claire lief hinter ihm her. Sie war wie betäubt. »Wohin sind sie gegangen? Wohin? Und wie?«
»Das *Wie* ist wohl mehr als deutlich. *Zu mir!*« Sein Brüllen ließ alle Männer zu ihm laufen. Sie schauten ihn an. »Nur weil wir in einer friedlichen, ländlichen Gegend sind, kommt ihr nicht auf die Idee, die Augen offenzuhalten?«
Mit beiden Händen zog er den zerschnittenen Stoff auseinander und zerriß ihn dabei noch mehr. »Oder habt ihr etwa gedacht, dies seien Steinwände? Wo sind die Frauen?«
Sein glühendheißer Zorn ließ Claires Herz voller Panik schlagen. Es überraschte sie nicht, daß die Soldaten zurücktraten.
Beim Heiland, dieser Mann mußte das Grauen sein, wenn man ihn reizte!
»Mein Herr!« Sie trat zwischen ihn und seine Männer. »Habt Mitleid. Ich bin sicher, daß meine Tanten sanftmütig und friedvoll wirkten. Ich kann mir nicht vorstellen, warum sie geflohen sind. Sie werden sicherlich meinen Brief nicht bekommen haben.«
Er zog sie zur Seite. »Du!« Er zeigte auf einen Mann. »Ist der Brief ausgehändigt worden?«
»Selbstverständlich, mein Herr. Ganz genau, wie Ihr befohlen habt, mein Herr.«
»Wann sind die Ladys zuletzt gesehen worden?«

Der Mann schluckte, als müßte er eine Todsünde beichten. »Letzte Nacht, mein Herr, als ihnen der Brief überreicht wurde. Sie sagten, daß sie nicht gestört werden wollten, bis man nach ihnen rufe. Sie hatten ja ihre eigenen Bediensteten bei sich ...«

Claire wartete zitternd auf eine Reaktion – eine Tracht Prügel, vielleicht sogar einen tödlichen Schlag – und überlegte, was sie tun könnte, um das zu verhindern. Aber de Lisle verzog sein Gesicht in einer verzweifelten Miene und sagte: »Die hübschen Gesichtchen haben euch getäuscht, nicht wahr?«

Claire atmete erleichtert auf. Für einen Moment hatte sie wirklich große Angst gehabt.

Dann bemerkte sie, wie die Männer sie beäugten. Sie berührte ihr Haar, denn sie dachte, daß es das war, was die Blicke auf sich gezogen hatte. Aber es waren andere Blicke. Schnell schaute sie an sich herab. Ihre Kleidung war in Ordnung. Dann begriff sie. Die Männer wußten, daß eine der drei Edelfräulein von Summerbourne ihren Herrn heiraten würde, und sie war nun die letzte, die noch übrig war. Die Männer dachten, die Braut würde vor ihnen stehen!

Sie ergriff seinen Ärmel. »Mein Herr! Wir müssen ihnen folgen. Sie können doch nicht glauben ...«

Er drehte sich zu ihr um. »Euer Brief scheint nicht sehr überzeugend gewesen zu sein, Lady Claire. Ich würde gerne wissen, was Ihr geschrieben habt.«

Sie zog ihre Hand zurück. »Ihr glaubt doch nicht ... Ich versichere Euch, daß ich Euch nicht heiraten will! Ich habe nur Gutes über Euch geschrieben!«

Er zog eine Braue hoch. »Ich muß Euch warnen, Mylady. Ich halte Lügen für ein sehr ernstes Vergehen.«

Sie fühlte sich ertappt und spürte, wie ihre Wangen rot wurden. »Ich habe wirklich nicht gelogen.«

»Ihr haltet mich also für ein Muster an Tugendhaftigkeit,

zieht es aber vor, mich nicht zu heiraten? Das erscheint mir doch sehr rätselhaft, aber ich denke, wir können das später noch entschlüsseln, Mylady. Jetzt sollten wir die anderen Anwärterinnen suchen. Wohin könnten sie gegangen sein?«

Claire dachte nach. Sie mußten Felice wiederfinden!

»St. Frideswide. Das ist die einzige Möglichkeit.«

»Wie weit ist das?«

»Keine Wegstunde.«

»Und sie sind zu Fuß. Ich hoffe doch« – nun sprach er laut mit bissigem Ton zu seinen Männern – »daß ihr euch von ihnen nicht eure Pferde habt stehlen lassen.«

»Nein, mein Herr!« Es klang wie ein Chor verschreckter Stimmen.

»Dann sattelt vier Pferde.«

»Lord Renald, bitte, ich sollte mit Euch gehen.«

Sein Blick war fürchterlich. »Das denke ich nicht. Eure Einmischung hat scheinbar nur die gegenteilige Wirkung.«

»Meine Einmischung? Vielleicht haben Eure Männer etwas getan, was ihnen Angst eingeflößt hat!«

»Und warum sollten sie so etwas getan haben?«

Claire war mit ihren Nerven am Ende. Sie stemmte die Hände in die Seiten und starrte ihn an. »Weil sie rauh und ungehobelt sind, genau wie ihr Herr!«

Er zog die Augenbrauen hoch. »Lady Claire, bin ich nun ein Musterbeispiel der Tugend oder ein Monster?« Ohne auf ihre Antwort zu warten, schüttelte er den Kopf und ging fort, um seine armen Männer auszufragen. Sie bemerkte, daß er mit ihnen auf die andere Seite des Lagers ging, damit Claire sie weder sehen noch hören konnte.

Sie legte die Arme um sich und zitterte trotz des schönen sonnigen Tages. Er war ein Monster. Sie hatte es mit eigenen Augen gesehen und mit den eigenen Ohren vernommen. Er hatte fürchterliche Launen, und seine Männer hatten Angst

vor ihm. Das Problem war bloß, daß, wenn de Lisle wirklich eine Bestie war, sie diejenige war, die ihn heiraten mußte. Sie konnte ihn nicht an Felice loswerden.
Und wenn er keine Bestie war?
Dann würde es funktionieren, ihn an ihre Tante weiterzureichen. Sie schüttelte den Kopf. Er hatte recht. Das war ein Rätsel, das dem Verstand ihres Vaters alle Ehre gemacht hätte.

8. Kapitel

Claire war erleichtert, daß sie kein weiteres Gebrüll mehr hörte, keine Handgreiflichkeiten, keine Schreie. Vielleicht waren seine Wutausbrüche wirklich nur von kurzer Dauer. Seine Ehefrau würde eben nur lernen müssen, wie sie ihm in diesem Moment am besten aus dem Weg gehen konnte.
Aber würde Felice das können? Natürlich. Schließlich war sie nicht dumm.
Er ging mit großen Schritten auf Summerbourne Hall zu, als Josce auch schon mit seinem Schwert und Schild herauskam. Männer führten vier Pferde.
De Lisle schaute sie an. »Wollt Ihr mit mir reiten?«
Normalerweise hätte sie in ihren besten Kleidern nicht im Herrensitz geritten, aber sie wollte keineswegs hinter ihm sitzen. »Ich kann selber reiten.«
Er ließ das kleinste Pferd kommen, und Claire stieg ohne Hilfe auf. Sie meinte etwas wie Anerkennung in seinen Augen zu lesen; das tat ihr gut. Sie wurde ungern für hilflos und ungeschickt gehalten.
Jetzt, als er nicht mehr böse war, sah er ganz anders aus. Er war wie Janus, der der Welt zwei verschiedene Gesichter zeigte. Woher sollte man wissen, welches das wahre Gesicht war?
Claire sagte: »Es gibt zwei Wege.«
Er zügelte sein Pferd und ließ auch seine Männer anhalten. »Zwei Wege?«
»Zum Kloster. Diese Straße oder einen Pfad durch den Wald. Ich weiß nicht, welchen Weg sie genommen haben.

Die Straße ist der einfachere Weg, wenn sie sich aber verstecken wollen, müssen sie den Wald nehmen.«
»Michael, Gerard, folgt weiter dieser Straße. Lady Claire«, er drehte sich zu ihr um, »führt mich durch den Wald. Aber ich hoffe, daß das kein Trick ist.«
Dieser Gedanke war ihr noch gar nicht gekommen, und sie schaute ihm in die Augen, um ihn zu überzeugen. »Ich will bloß meine Tante finden, Lord Renald, damit Ihr die angemessene Braut bekommt.«
»Dann haben wir ja dasselbe Ziel. Also los.«
Auf dem schmalen Pfad konnten sie nur hintereinander reiten. Sie ritt voran und hörte ihn sagen: »Wenn ich Eure Tante heirate, Lady Claire, was werdet Ihr dann machen?«
»Vielleicht heirate ich auch. Oder ich nehme den Schleier.«
»Werdet Ihr in dieses Kloster eintreten?«
»Nein, mein Herr. Mit Summerbourne sind für mich zu viele schmerzhafte Erinnerungen verbunden. Ich werde weit weggehen. Vielleicht nach Frankreich.«
Er schwieg, und Claire war ihm dafür dankbar, denn seine Fragen brachten sie durcheinander. Sie hatte niemals gedacht, in die Fremde zu gehen. Derartiges in Worte zu kleiden war furchterregend. Aber was sollte sie sonst tun?
Claire ertappte sich dabei, daß sie jeden Baum betrachtete, jede Knospe und jede Lichtung, um sie sich für immer einzuprägen. Sie wollte ihre Heimat nicht verlassen. Und sie wollte auch ganz und gar nicht übers Meer in ein fremdes Land fahren. Sie konnte nicht bleiben. Sie dachte über den Mann nach, der hinter ihr ritt ... Nein, sie konnte es nicht tun. Sie konnte keinen Wolf wie de Lisle heiraten. Zwischen den grünen Farben des sommerlichen Waldes fühlte Claire ein Kribbeln im Körper, als wäre sie von Feinden umzingelt. Aber das war doch ihr Land, in dem sie sich niemals vor einem Angriff hatte fürchten müssen, und zudem ritt ein bewaffneter Mann hinter ihr. Dann begriff sie, daß das Krib-

beln genau von diesem Mann verursacht wurde. Renald de Lisle machte sie nervös, und das nicht nur deshalb, weil er groß war und ein blutbesudeltes Schwert trug.

Erleichtert schüttelte sie sich, als sie zwischen den Bäumen das Kloster erkennen konnte. Neben dem Fluß liegend und in warmes Sonnenlicht getaucht, sah es aus wie ein sicherer Hafen. Einige Minuten später war auch Claire unter der gesegneten Sonne.

Ein Holzzaun umgab das strohgedeckte Gebäude von St. Frideswide, es ähnelte Summerbourne Hall bis auf den fehlenden Wachturm. Das Tor war geschlossen, doch nichts deutete auf einen Alarm hin.

Als sie sich dem Kloster näherten, kamen die beiden anderen Männer alleine auf sie zugaloppiert. Felice und Amice mußten schon drinnen bei Mutter Winifred sein, die mit krankhafter Eifersucht ihren Besitz bewachte.

De Lisle lehnte sich aus dem Sattel, um zu läuten. Claire stieg von ihrem Pferd und trat an das Guckloch an dem Tor.

Die Klappe ging auf. »Ja? Oh, Lady Claire!«

»Ich suche meine Tanten, Schwester. Die Ladys Felice und Amice.«

»Sie sind hier, aber ich weiß nicht, ob sie Euch zu sehen wünschen.« Die Augen der Nonne waren weit geöffnet. »Besonders, wenn bewaffnete Männer Euch begleiten.«

»Diese Männer wollen meinen Tanten nichts antun. Ich würde gerne hereinkommen und mit ihnen reden.«

»Ich werde die Mutter Oberin fragen.« Das Guckloch wurde mit einem lauten Geräusch wieder verschlossen.

Claire drehte sich um und schaute ihre Begleiter an. »Ihr könntet versuchen, weniger furchteinflößend auszusehen.«

»Aber das können wir am besten, Mylady.« Seine Männer grinsten, und auch de Lisles Augen schienen ein amüsiertes Funkeln zu zeigen. Seine Aussage war entwaffnend – abgesehen von der Tatsache, daß er recht hatte. Es war ihre Auf-

gabe, angst zu machen, und das nicht nur durch ihr Aussehen.
Sie hörte, wie das Tor entriegelt wurde, und drehte sich um. Mutter Winifred war rund wie ein Faß, aber in ihren harten Augen war nichts Weiches zu erkennen.
»Lady Claire. Warum bringt Ihr Bewaffnete her?«
Claire machte einen Knicks. »Dies ist Lord Renald, der neue Herr von Summerbourne, Mutter. Meine Tanten sind verschwunden, und wir hoffen, sie hier zu finden.«
»›Verschwinden‹ ist nicht das richtige Wort, meint Ihr nicht, junges Fräulein? ›Geflüchtet‹ ist wohl richtiger. Vor einem brutalen Mörder geflüchtet.« Sie starrte auf die Männer. »Wer von Euch ist Renald de Lisle?«
Claire drehte sich leicht zur Seite, um beide Parteien im Blick zu haben. Sie hatte erwartet, daß de Lisle hitzig und wütend sein würde, aber sie war entsetzt, welch kalte Drohung in seinen Zügen stand.
»Und wen habe ich umgebracht, Mutter?«
Himmel, *hatte* er jemanden umgebracht?
»Wahrscheinlich Hunderte«, sagte die Nonne bissig. »Ihr seid ein Soldritter und ein Turnierkämpfer, ein Mann, der vom Blutvergießen lebt. Oder wollt Ihr das etwa leugnen?«
»Nein.« Er lächelte kühl, reuelos.
Claire schauderte. Soldritter konnten aus der Kirche ausgestoßen werden. Turnierkampf galt als Sünde.
Mutter Winifred starrte ihn weiter an. »Wir sind hier an solche Menschen nicht gewöhnt, Mylord. Lord Clarence war kein Mann der Gewalt.«
»Was nur beweist, daß Gewalt zu vermeiden nicht bedeutet, sicher zu leben.«
»Gebete und ein gutes Leben führen zu Sicherheit.«
»Aber nur im nächsten Leben, Mutter. In diesem Leben ist es besser, von scharfen Klingen umgeben zu sein.«
Claire erinnerte sich wieder an ihre Absicht. »Mutter Obe-

rin«, warf sie ein. »Lord Renald hat sich seit seiner Ankunft in Summerbourne als gerechter und guter Herr gezeigt.«
Mutter Winifreds scharfe Augen ruhten nun auf ihr. »Tatsächlich. Dann wäret Ihr sicher froh, ihn heiraten zu dürfen, nicht wahr?«
»Mutter Oberin …«
»Ihr habt eine Verabredung mit Euren Tanten getroffen, nicht wahr, Lady Claire? Wenn dieser Mann sanftmütig und gut ist, warum wollt Ihr dann Eure Meinung ändern?«
»Ich habe nicht gesagt, daß … Ich denke nur …« Claire riß sich zusammen. »Felice und Amice waren nervös, Mutter. Das waren wir alle. Bevor es zu spät ist, sollten sie erfahren, daß Lord Renald nicht das Monster ist, wie wir gedacht haben.«
»Reizende Worte«, hörte sie ein Murmeln hinter sich.
Claire fuhr fort und spürte, wie ihr Gesicht dunkelrot wurde. »Ich weiß, daß Felice ihn sicher gerne heiraten würde …«
»Und Ihr glaubt, sie könnte auf einem anderen Weg keinen Ehemann finden?«
Claire spürte, daß ihre Wangen noch stärker glühten. »Das habe ich niemals gesagt.«
»Warum seid Ihr dann hier?«
Claire beschimpfte sich innerlich selbst. Sie hätte an die Rolle denken sollen, die Mutter Winifred in diesem Stück spielte. Diese Frau hatte sich immer eine oder zwei Töchter von Summerbourne in ihrer Gemeinschaft gewünscht. Nun hatte sie das Gefühl, zwei Vöglein in der Hand zu haben.
Die Nonne lächelte leicht triumphierend … »Vielleicht«, schlug sie vor, »vielleicht seid Ihr aber überzeugt, daß dieser Mann ein grauenhafter Ehemann sein wird und wollt deshalb ein anderes Opfer, das an Eure Stelle tritt.«
»Nein!« beharrte Claire, obwohl sie sich ihrer Unschuld keineswegs sicher war. »Mutter Oberin, ich muß darauf beste-

hen, daß ich meine Tanten spreche.« Da sie argwöhnte, daß Felice sicher eine Möglichkeit gefunden hatte, dieses Gespräch zu belauschen, fügte sie hinzu: »Amice und Felice sind beide älter als ich und haben deshalb Vortritt. Ich muß wissen, ob sie nicht doch ihre Meinung geändert haben, bevor ich zustimme, Lord Renald zu ehelichen.«

Sie hatte sich absichtlich so ausgedrückt, als würde sie den Wolf wirklich heiraten wollen, und in Mutter Winifreds Augen war ein Funken von Wertschätzung zu erkennen. Sie drehte sich einfach um und ging. »Kommt mit.«

Claire eilte hinter ihr her. Kaum hatte ihr Fuß die Schwelle berührt, hielt eine Hand, die ihren Gürtel packte, sie zurück. De Lisle mußte sich nahezu vom Pferd geworfen haben, um ihr so schnell folgen zu können.

»Was ist los? Ich will doch nur ...«

»Ich werde nicht die einzige mir noch verbliebene Braut über diese Schwelle treten lassen.« Er schaute die Äbtissin an, die sie beobachtete. »Bringt Lady Felice ans Tor, damit sie hier mit ihrer Nichte sprechen kann.«

Mutter Winifred ging, und das Tor schlug krachend zu. Claire blieb weiter an de Lisle gepreßt stehen. »Ich wäre zurückgekommen.«

»Verzeiht mir, aber ich kann mir dessen nicht sicher sein.«

Auch sie war sich nicht sicher. Mutter Winifred hätte sicherlich gerne alle drei Jungfern von Summerbourne hinter ihrer Pforte gehabt. Und wenn sie einmal in Sicherheit gewesen wäre, hätte sie vielleicht nicht mehr das Ehrgefühl und den Mut zusammengebracht, wieder zu ihm hinauszugehen.

Aber während sie eng an seinen Körper gepreßt dastand, wurde ihr wieder klar, warum sie entkommen mußte. Sie fühlte sich wie gegen eine Wand gequetscht – eine große, breite, harte Wand. Und auf der anderen Seite fühlte sie sich sehr verletzlich – weich, zart, beinahe konturenlos. Und das keineswegs vor Angst.

»Es ist gut, daß ich kein zartbesaiteter Mensch bin«, sagte er mit seiner tiefen Stimme, die Schauer über ihren Rücken laufen ließ. »Dieses ständige Weglaufen würde sonst meine Gefühle verletzen.«
»Wenn Ihr welche hättet.«
»Jeder Mensch hat Gefühle, Lady Claire. Es ist dumm, das zu vergessen.« Er drehte ganz leicht seinen Kopf, und sie spürte seinen Atem auf ihrer Wange. Sie drehte sich weg, fühlte sich atemlos und wie betäubt.
Die Tür öffnete sich wieder. Felice stand mit verschränkten Armen und verschlossenem Gesicht da. »Ich komme nicht heraus, Claire. Du hast dich entschieden.«
Claire versuchte zu lächeln und hoffte, daß ihre Nervosität sie wenigstens erfreut aussehen ließ. »Felice, ich will doch nur anständig sein. Wie ich in meinem Brief geschrieben habe. Lord Renald wird einen guten Ehemann abgeben.«
»Tatsächlich?« flüsterte er ihr ins Ohr.
Da sie spürte, wie ihr Lächeln verschwand, versuchte Claire, angetan von ihm auszusehen, hob eine Hand und legte sie auf seinen kräftigen Unterarm, der sie immer noch festhielt. Sofort merkte sie, daß es nicht besonders klug gewesen war. Er trug ein kurzärmeliges Gewand, und sie spürte seine warme, feste Haut. Sie spürte, daß sie errötete, und zwang sich, seinen Arm zu streicheln. »Ich werde sehr glücklich sein, ihn heiraten zu dürfen, Felice.«
Es funktionierte. Felice schaute von Claires Gesicht zu ihrer Hand und runzelte die Stirn. Sie schien zu überlegen. Claire zwang sich, ihn weiter zu streicheln, obwohl ihre Fingerspitzen glühten und brannten wie Pfeffer auf der Zunge. Sie fuhr sich mit der Zunge über die Lippen. »Ich hätte keine Ruhe, Felice, wenn ich wüßte, daß ich dir einen solchen Ehemann gestohlen habe.«
Felice schaute ihn an und strich sich ebenfalls über die Lippen. Claire hätte gerne sein Gesicht sehen mögen. *Lächelt,*

flehte sie ihn innerlich an. *Schaut nicht so böse. Sie ist wunderschön, und Ihr begehrt sie.*

Dann wandte sie sich in Gedanken ihrer Tante zu. *Bitte, Felice. Er ist kein Monster. Er ist schön und hat Macht, und er bringt mich dazu, daß meine Knie zittern. Du willst ihn, das weiß ich.*

Sie wußte, daß alles am seidenen Faden hing, und lehnte sich zurück, um ihren Körper an dem seinen zu spüren.

»Lady Claire«, flüsterte er, »seid vorsichtig. Im Sommer sollte man nicht mit Feuer spielen.« Und er drückte sich von hinten fest gegen sie, preßte sich mit einem ganz deutlich fühlbaren harten Körperteil gegen sie. Claire erstarrte und stieß sich abrupt von ihm ab.

Vielleicht lag es daran, vielleicht war sie auch nicht überzeugend genug gewesen, auf jeden Fall schwand Felice' Unentschlossenheit. Sie schaute noch finsterer als vorher. »Du gefällst ihm, Claire. Warte nur ab, bis du feststellst, wie er wirklich ist, dann wirst du nicht mehr so selbstzufrieden sein.«

»Felice!«

Aber das Tor fiel krachend ins Schloß.

Claire starrte auf das massive Eichenholz, das ihr Schicksal besiegelt hatte. Sie würde Renald de Lisle heiraten. Und das Knistern, das zwischen ihnen zu fühlen war, machte alles noch viel schlimmer. Hier im Freien und vollständig angezogen, gab er ihr das Gefühl, nackt zu sein.

Benommen ließ sie sich von ihm umdrehen. »Ich bin glücklich«, murmelte er und sog sie mit seinen dunklen Augen förmlich auf. »Lady Claire, Ihr versprecht mir den Himmel auf Erden.«

Er sprach vom Bett. Sie versuchte, sich aus seinen Armen zu befreien. Umsonst. »Ich sagte das nur, um meine Tante zu überzeugen?«

»Lügen?«

»Alles Lügen«, warf sie ihm entgegen. »Ihr könnt mich dafür schlagen, wenn Ihr wollt. Mehr könnte ich Euch auch nicht hassen.« Und immer noch zitterte sie, weil sie in seinen Armen lag.
Er lächelte. »Ich denke, ich sollte Eure Seele retten, indem ich Eure Worte wahr werden lasse.«
»Wie bitte?«
Er löste seine Arme von ihr. »Indem ich Euch vollkommen glücklich mache.«
Claire lachte auf und klopfte ihre Kleider ab. Sie wünschte sich, sie könnte ihre Gefühle wie den Staub abschütteln.
»Wir werden glücklich sein, Mylady, wenn Ihr Euer Schicksal akzeptiert.«
»Euch akzeptieren? Ihr seid ein Soldritter und ein Turnierkämpfer. Und Ihr habt es ohne Scham zugegeben?«
»Vielleicht habe ich schon gebüßt.«
Sie schaute ihn finster an und schreckte zurück. Das stimmte. Durch Buße konnte man von seinen Sünden gereinigt werden. »Habt Ihr?«
»Das ist nur eine Sache zwischen mir, meinem Beichtvater und Gott. Kommt«, sagte er und zeigte auf die Pferde, »wir wollen in unser Zuhause zurückreiten.«
Unser Zuhause.
Jetzt, wo ihre Tanten im sicheren Kloster waren, gab es niemanden mehr, der den Eindringling heiraten konnte. Claire kam es vor, als sei sie in einem Traum. Sie konnte noch nicht begreifen, daß es keine Ausflucht gab. Daß sie bald vollkommen in der Gewalt dieses Mannes sein würde.
Als sie Summerbourne Hall sah, erschien es ihr für eine Sekunde als ihre Zuflucht. Das war ihr vertrautes Heim in seiner ganzen Schönheit, mit dem starken Zaun aus Holzpfählen und den Strohdächern, eingepaßt in die sommerliche Landschaft, die es umgab, und strotzend vor Wachstum und Wohlstand.

Summerbourne erschien ihr so normal, daß sie ihre Eltern vor sich sah, die sie führten und beschützten. Dann kamen ihr die Tränen. Ihr Vater war tot, und ihre Mutter war bereit, sie den Wölfen vorzuwerfen.

Der Wolf, der neben ihr ritt, hatte sie bisher mit keinem Wort gestört. Nun aber sagte er: »Es ist ein schöner Ort, Lady Claire, und zusammen werden wir dafür sorgen, daß es so bleibt.«

Es gab keine Möglichkeit zu flüchten, ohne die Familie zu opfern. »Ja? Wird das so sein? Versprecht Ihr mir, daß Ihr Summerbourne lieben und ehren werdet?«

»Ich habe vor, sowohl meine Frau als auch Summerbourne zu lieben und zu ehren und später auch meine Kinder. Für einen Mann wie mich sind diese Dinge doppelt kostbar.«

Er gab seinem Pferd die Sporen, und während Claire ihm folgte, versuchte sie, Trost aus seinen Worten zu ziehen. Aber was würde solch ein landgieriger Mann tun, um seine Träume in Erfüllung gehen zu lassen? Was hatte er getan? Krieg. Turniere. Blut. Und er hatte es zugegeben.

Er gab Befehl, das Lager abzubrechen, und ritt dann auf das Tor zu. Claires Mutter hatte auf sie gewartet und eilte ihnen entgegen. »Ich habe gehört, daß Felice und Amice verschwunden sind. Sind sie in Sicherheit?«

Claire sprang vom Pferd, bevor de Lisle ihr behilflich sein konnte. »Sie sind in St. Frideswide. Ich habe versucht ...« Sie hielt inne, denn sie wollte weder gegen ihn noch gegen Felice hart sein. »Ich habe Felice versucht zu zeigen, daß Lord Renald ein angenehmer Ehemann sein wird, aber sie wollte nicht zuhören.«

»So ist es also beschlossen?« Lady Murielle schaute besorgt von ihr zu de Lisle und lächelte ihn sanft an. Claire wäre es lieber, sie würde nicht so lächeln. Auch wenn sie alle in seiner Gewalt sein würden, gab es keinen Grund, vor ihm zu

kriechen. Sie faßte plötzlich einen festen Entschluß. Sie würde niemals vor ihm kriechen.
»So ist es das beste«, sagte Lady Murielle, legte ihre Arme um Claire und führte sie ins Haus. »Wir werden alle in unserem Zuhause bleiben können …«
»Myladys.«
Seine Stimme ließ sie stehenbleiben. Sie drehten sich um.
»Der König wünscht, daß diese Angelegenheit schnell erledigt wird. Bitte gebt meinem Schreiber eine Liste mit den Personen, die Ihr bei der Zeremonie als Gäste wünscht. Aber bitte nur Personen, die morgen hiersein können.«
»Morgen!« rief die Mutter aus.
»Das ist zu früh«, sagte Claire mit erhobenem Kinn.
Er fegte ihre Einwände beiseite. »Wir haben die Zeremonie schon einmal verschoben. Wir werden uns morgen die Ehe versprechen. Ob Gäste dabeisein werden oder nicht, das liegt ganz bei Euch.«
Claire hätte noch nicht aufgegeben, aber ihre Mutter zog sie in die Halle. »Claire! Du hast es gehört. Es ist der Befehl des Königs. Verärger ihn nicht. Besonders nicht, da er dein Ehemann werden wird.«
»Er ist ein Tyrann!«
»Ein Grund mehr, zurückhaltend zu sein. Sei gefällig, und er wird freundlich sein.« Die Mutter tätschelte Claires Hand. »Er scheint ein vernünftiger Mann zu sein. Er hätte schließlich auf eine Verlobung am heutigen Tag bestehen können – ohne Zeremonie und Gäste.«
»Mir wäre das lieber. Es wäre so kurz nach Vaters Tod auch angemessener. Die Urkunden sind vorbereitet.«
»Nein!« rief Lady Murielle. »Claire, ich will nicht, daß meine einzige Tochter sich verlobt, ohne daß auch nur ein Nachbar als Zeuge dabei ist.«
Claire starrte sie an. »Aber Vater …«

»Halt mir keine Predigten, Claire! Clarence hätte dich als fröhliche Braut sehen wollen, das weißt du ganz genau.«
Das war die Wahrheit, aber Claire erschien das alles so falsch. »Dann ist vielleicht eine stille Verlobung das beste.«
»Nein.« Claire hatte nicht gewußt, daß ihre Mutter so starrköpfig sein konnte. »Wir werden anständig feiern. Komm. Wir werden Einladungen verschicken und dann das Fest vorbereiten. Das ist viel Arbeit, und Felice und Amice sind hinter verschlossenen Toren ...«
Sie zerrte Claire an Lady Agnes vorbei, und Claire konnte nur mit Mühe für eine Frage stehenbleiben. »Großmutter, gibt es gar keine andere Möglichkeit?«
»Wo ist Felice?«
Claire erklärte ihr, was vorgefallen war.
»Dann nicht«, sagte die Großmutter. »Es gibt keine andere Möglichkeit. Eine von euch muß er heiraten.«
»Du hast ganz genau das gewollt.«
Lady Agnes war genauso unempfindlich gegen ihre Angriffe wie de Lisle. »Ja. Und das ist das beste.«
Ihre Mutter legte einen Arm um sie. »Komm weiter, Schatz. Deine Großmutter hat recht. Das ist für uns alle das beste. Felice würde sich nicht so gut um alles kümmern wie du.«
Aber der Blick ihrer Mutter ruhte auf Thomas, der sich mit schmollender Miene auf dem Fußboden fläzte. Claire wäre es lieber gewesen, wenn er zumindest dankbar für ihr Opfer gewesen wäre. »Du solltest deine Aufgaben erledigen«, sagte sie und war erschrocken über die Schärfe ihrer Stimme.
»Mir hat niemand gesagt, was ich tun soll.«
»Und was war vorhin? Alle haben nach dir gesucht?«
»Ich muß doch nicht Tag und Nacht bereitstehen.«
»Doch. Ganz genau das sollst du.«
Er schaute sie verbissen an. »Das werde ich nicht.«
»Das wird er selbstverständlich nicht«, sagte Lady Murielle.

»Also wirklich, Claire. Er ist der Sohn eines Lords, kein Bediensteter.«
Claire schaute ihren Bruder an. »Wenn ich de Lisle heirate, tue ich das für meine Familie, ganz besonders für dich. Aber du mußt auch deinen Teil beitragen. Du mußt dich darauf vorbereiten, deinen eigenen Weg im Leben zu finden.«
»Das ist nicht gerecht.«
»Es ist auch nicht gerecht, daß ich diesen Mann heiraten muß. Ich bin für immer an ihn gefesselt, während du ein neues Leben beginnen kannst.«
Er schaute beinahe schuldbewußt. »Ich lerne alles über Schwerter und solche Dinge.«
»Du wirst lernen, was man dir aufträgt. Und das schließt das Bedienen und die Gesetze mit ein.«
»Das trockene Zeug.«
»Thomas, sie *schlagen* dich, wenn du nicht tust, was man dir sagt. Glaub nicht, daß ich sie daran hindern kann. Du hast Lord Renalds Geduld schon überaus stark strapaziert.«
»Das ist doch nur für eine kurze Zeit, mein Liebling«, sagte die Mutter zu ihrem Sohn. »Wenn Claire erst einmal mit Lord Renald verheiratet ist, wird sie ihn sicher überreden können, daß du Angenehmeres tun darfst.«
Claire hätte am liebsten voller Verzweiflung die Hände gen Himmel gestreckt. Jedermann schien zu glauben, daß sie diesen Mann nur heiratete, damit alles so blieb, wie es war.
»Wenn er einen von euch schlecht behandelt«, sagte Lady Agnes, »werden wir ihn uns vornehmen.«
»Ihn uns vornehmen?« Claire wirbelte zu ihrer Großmutter herum. Wurde jeder verrückt? »Damit werden wir uns den Zorn des Königs zuziehen.«
Lady Agnes kicherte. »Ihr seid alle verweichlicht unter Clarence, dem lieben, guten Jungen. Frauen hatten immer Möglichkeiten, ihre Männer zu beeinflussen, solange sie zusam-

menleben.« Sie schaute an Claire vorbei. »Das ist eine Warnung, Bursche.«
Claire schaute sich um und sah de Lisle hinter sich stehen.
»Ich habe nicht die Absicht, irgend jemanden schlecht zu behandeln«, sagte er knapp. »Lady Murielle, habt Ihr die Liste mit den Namen? Nein? Dann bereitet sie vor. Thomas.«
Claire zuckte beinahe genauso zusammen wie ihr Bruder, der sofort aufsprang.
»Geh mir zur Hand.« Mit diesem kurzen Befehl ging de Lisle ins Arbeitszimmer von Claires Vater. Lady Murielle streckte eine Hand aus, als wolle sie ihren Sohn aufhalten, dann aber ließ sie sie sinken. Thomas schaute hilfesuchend in die Runde und schlurfte dann hinter de Lisle her.
»Jungfrau Maria, steh ihm bei«, flüsterte Lady Murielle.
»Mutter! Thomas schaut immer so, wenn er etwas tun soll, was er nicht will.«
»Wenigstens ist mein Kind noch hier. Dann kann ich Thomas vor der Gewalt beschützen.«
Claire wünschte sich, ihre Mutter würde sich daran erinnern, daß sie noch ein Kind hatte.
»Die Welt ist gewalttätig, Murielle«, sagte Lady Agnes bissig. »Es wird Zeit, daß der Junge lernt, damit umzugehen.«
Lady Murielle schaute ihre Schwiegermutter an. »Ich nehme an, dir wäre es am liebsten, wenn der Junge fünfmal täglich eine Tracht Prügel bekommt.«
»Nur, wenn er sie verdient.« Lady Agnes wandte sich Claire zu. »Sie braucht auch eine anständige Tracht Prügel, weil sie so einen Aufstand um nichts macht. Steh nicht mit so einer Trauermiene da.«
»Aber ich trauere«, Claire schrie beinahe. »Hast du das etwa vergessen?«
»Nein. Aber Clarence' Tod ist nicht die Schuld dieses Mannes. Er ist gutaussehend und wohlerzogen – was willst du mehr?«

»Wärme. Ehre. Feinfühligkeit!« Claire vergrub ihr Gesicht in den Händen. »Ich will ihn einfach nicht heiraten.« Sie richtete sich an Lady Murielle. »Mutter, aber du verstehst mich, nicht wahr?«

»Natürlich, Liebste. Den Schmerz über Vaters Tod spüren wir alle sehr stark. Aber das Leben muß weitergehen, und ich bin einer Meinung mit Großmutter. Wenn dir schon ein Ehemann aufgedrängt wird, hätte das Schicksal dir einen viel, viel schlimmeren bescheren können.«

Innerlich fügte Claire hinzu: Und wenn der Preis von Thomas' Zukunft der ist, dich einem hungrigen Wolf vorzuwerfen, dann tu es.

Sie brauchte einen Moment, um sich zu sammeln, dann lächelte sie. »Ganz sicher scheint er kein schlechter Mann zu sein. Also, was tun wir nun?«

»Gutes Mädchen.« Ihre Mutter lächelte erleichtert. »Zuerst müssen wir ihm die Namen geben. Eine Feier ohne die Nachbarn ist unmöglich.«

»Ich habe Pergament und Feder in meiner Kammer.«

»Sehr gut.« Als sie die Treppe hinaufgingen, sagte ihr Mutter: »Wir müssen auch überlegen, was du anziehst.«

Claire dachte an triste Farben und Asche auf dem Haupt. Aber das wäre sinnlos. Aber sie war froh, daß sie ihr Haar abgeschnitten hatte. Niemand konnte etwas dagegen tun, daß die Braut ihr Haar der Tradition gemäß unbedeckt trug. Und dann würden die eilig versammelten Gäste ganz genau wissen, daß sie sich nicht leichten Herzens ihrem Schicksal fügte.

9. Kapitel

Kapaun«, sagte Lady Murielle später, als sie die Vorräte begutachtete. »Wir haben keine Zeit, einen Ochsen zu braten ... und Spanferkel.«
Claire schaute ihre Mutter an, die ihre Trauer mit der schweren Arbeit zu betäuben versuchte. Vielleicht war das das Geheimnis. Sie konzentrierte sich aufs Praktische und sorgte dafür, daß die Aufträge ausgeführt wurden. Dann sauste sie mit ihrer Mutter hin und her und schaute nach, ob die Hennen Eier legten und ob die Kühe und Ziegen genug Milch gaben. Der Imker versicherte ihnen, daß die Waben von Honig troffen.
»Wenn es genügend köstlichen Kuchen gibt«, sagte Lady Murielle, »wird jedermann zufrieden sein.«
»Bis ihre Mägen rebellieren«, bemerkte Claire ironisch, und sie lächelten sich an.
Als sie vom Imker zurück zum Gutshaus gingen, sah Claire de Lisle auf den Befestigungen stehen. Ihre Mutter folgte ihrem Blick. »Ich wundere mich, daß er nicht mit den anderen Männern jagt. Solche Typen schätzen den Wettkampf.«
»Er hat seine Männer auf die Jagd geschickt?« fragte Claire.
»Ja. Jeder Hirsch und jeder kleine Fasan, den sie mitbringen, ist uns von Nutzen. Seltsam, daß er nicht mitgegangen ist.«
»Er will nur sichergehen, daß ihm die einzig verbliebene Braut nicht auch noch ins Kloster verschwindet.«
Die Mutter warf ihr einen Blick von der Seite zu. »Claire ...«
»Keine Sorge, Mutter. Ich bin ein williges Opfer.«
Willig schien nicht das rechte Wort zu sein, aber was war das passende Wort, wenn sie nicht kämpfen wollte? Morgen

würde ihre Verlobung sein. Sie hatte noch Zeit, sich für das Ehebett zu wappnen.
Als sie sicher waren, daß sie genug Lebensmittel hatten, machten sie sich daran, die Vorbereitungen zu überwachen und Kuchen zu backen. Claire ging ins Backhaus und machte sich an ihre Spezialität, Mandelhonigkuchen.
Sie hielt beim Kneten inne. In den Einladungsschreiben hatten sie auch den Tod ihres Vaters erwähnt, deshalb würden die Gäste auch voll Trauer kommen. Claire schlug wieder ihre Fäuste in die süße, klebrige Masse. Das war die seltsamste Verlobung, von der sie jemals gehört hatte.
Sie hoffte, daß die Leute nicht soviel über den Tod ihres Vaters reden würden, aber wahrscheinlich würden sie es tun. Ihr wurde klar, wie wenig sie eigentlich wußte. Sie würde niemandem sagen können, wie oder wo er gestorben war, außer daß ein Schwert durch den Kettenpanzer hindurch sein Herz durchbohrt hatte. Mit gerunzelter Stirn grübelte sie darüber nach, was wohl aus Ulric geworden war. Sie wickelte den Teig in ein feuchtes Tuch und machte sich daran, weiteres Gebäck vorzubereiten. Ihr Vater hatte die Rebellion als eine persönliche Angelegenheit angesehen und deshalb keine bewaffneten Männer mitgenommen. Aber Ulric, seit seiner Geburt sein Diener, hatte sich geweigert, zu Hause zu bleiben. Er war sicherlich auch tot, der arme Mann. Er war sicher in derselben Schlacht gefallen, denn er war niemals von der Seite seines Herrn gewichen.
»Lady Claire!« Eine erhitzte, wütende Frau riß sie aus ihren Gedanken. »Die Männer mißhandeln die Hennen. Sie veranstalten eine riesige Schweinerei. Wenn Ihr mich fragt, sind sie alle betrunken.«
Claire seufzte. »Einen Moment, Heddy. Ich komme sofort.« Sie warf ein Tuch über das Gebäck und ging unwillig nach draußen.
Sie versuchte, sich so weit wie möglich vom Schlachtplatz

fernzuhalten. Sonst hatte Felice sich um solche Sachen gekümmert. Es war ein deutliches Zeichen, daß sich ihr Leben zum Schlechteren wandte, daß sie jetzt dabei zusehen mußte, wenn den Hühnern der Hals umgedreht wurde.
Es herrschte ein großes Durcheinander, aber das war normal. Hennen und Hähne rannten in alle Richtungen und gackerten aufgebracht. Lachende Männer packten jeden Vogel, der an ihnen vorbeikam, am Hals und schleuderten ihn zu Tode. Die toten Hühner wurden nachlässig den Mägden zugeworfen, die wartend am Rand standen und sofort anfingen, den Tieren die Köpfe abzuschlagen und die Federn zu rupfen, um dann die gerupften Tiere in Bottiche mit kaltem Wasser zu werfen. Andere Mägde fischten die kalten Hühner wieder heraus und begannen sie zu säubern. Der Geruch nach Eingeweiden und Blut machte sich überall breit.
Claire sah, wie ein Mann aus Vergnügen nach einer vorbeilaufenden Henne trat und rief: »Alby, halt sie auf!«
Als die Männer bemerkten, daß ihre Herrin ihnen zusah, wurden sie ruhiger und fingen die Tiere ohne Spielereien ein. Die Hennen wurden einfach nur getötet.
Mit unbeweglichem Gesicht sah Claire zu und dachte über den Tod nach. Sinnvoller Tod. Sinnloser Tod. Was für einen Tod wohl ihr Vater gehabt hatte? Vielleicht würde es jemand von denen wissen, die zu dem Fest kommen würden, aber sie bemerkte, daß sie anfing, wie ihre Mutter zu denken. Sie wollte es gar nicht wissen. Sie wollte auch nicht darüber reden. Sie wollte an ihren Vater als den friedvollen Mann denken, der er immer gewesen war, nicht an einen Mann in Waffen.
Claire wandte sich ab, konnte aber dem lauten Gegacker nicht entkommen, dem Schreien und dem immer wiederkehrenden Knacken der brechenden Hälse, die auf die Holztüren geschlagen wurden. Geräusche des Todes. Plötz-

lich hörte sie das hohe Quieken eines Ferkels. Beim Himmel, was für eine Art von Vergnügen fand dort statt? Obwohl sie wußte, wie kindisch es war – aß sie nicht jeden Tag Fleisch? –, zog sie sich schrittweise zurück.

»Mylady?«

Als sie de Lisles Stimme erkannte, schreckte sie zusammen und drehte sich zu ihm um.

»Geht es Euch nicht gut?« fragte er.

»Nein, natürlich nicht.«

Seine Augen betrachteten sie prüfend. »Ihr seht nicht so gesund und kräftig aus wie sonst.«

»Das liegt nur daran, daß wir viel zu tun haben.«

Er schaute an ihr vorbei. »Oder an der vielen Arbeit, die Euch nicht gefällt.«

Sie seufzte und gab es auf, die Wahrheit zu verbergen. »Woher wißt Ihr das?«

»Ihr schaut aus wie ein Bursche nach seiner ersten Schlacht. Allerdings ohne seinen Freudentaumel«, fügte er lächelnd hinzu, »daß er überlebt hat.« Wieder schaute er an ihr vorbei. »Ihr werdet doch aber schon vorher gesehen haben, wie Hühner getötet werden?«

Claire wünschte, er würde ihr nicht immer dann über den Weg laufen, wenn sie sich lächerlich benahm. »Es … das war sonst nicht meine Aufgabe. Felice oder Mutter haben sich sonst darum gekümmert.«

»Tiere müssen getötet werden, damit man sie essen kann.«

Sie schaute in seine kühlen Augen. »Das weiß ich auch! Ich weiß, wie albern das ist. Aber ich mag es nun einmal nicht.«

»Was bevorzugt Ihr?«

»Ich backe lieber Honigkuchen.«

Diesmal lächelte er breit. »Ich esse auch viel lieber Honigkuchen als gebratenes Geflügel. – Ich werde mich weiter um die Hühner kümmern.«

»Ihr?«

Er zog die Augenbrauen hoch. »Schließlich bin ich doch sehr gut darauf vorbereitet, Schlachten zu überwachen.«
Sie mußte schlucken, als er so kühl an seine Profession erinnerte, aber sie verstand, was er sagen wollte. Er war bereit, das zu übernehmen, was ihr zuwider war. »Da sind auch noch die Ferkel ...«
»Die sich so fröhlich im Schlamm gewälzt haben.« Er nahm ihre Hand und küßte sie. »Ich verstehe, *Demoiselle*.« Der Boden schwankte unter ihr, als sie seine Berührung an ihren Fingern spürte.
Beinahe in Gedanken versunken, küßte er wieder ihre Hand. »Ingwer und Honig. Würzig und süß.« Während er sie anschaute, fuhr er mit der Zunge über ihre Fingerspitzen. »Denkt nicht mehr über den Tod nach. Überlaßt das mir, denn das ist mein Bereich, und kehrt ins Land von Milch und Honig zurück.«
Claire blickte in seine Augen, die ihr erschreckend tief erschienen. Sie befreite sich aus seinem Griff und floh ins Backhaus.
Aber im Gang blieb sie stehen und blickte zurück. Was war das für ein Einfluß, den er auf sie ausübte? Gut oder schlecht? Was war er? Vielleicht, aber wirklich nur vielleicht hätte Claire sogar ein wenig das Gefühl von Verlust gehabt, wenn Felice ihre Meinung geändert hätte.
Abrupt drehte sie sich um und ging in das volle und heiße Backhaus. Sie hätte wirklich nur ganz, ganz leicht das Gefühl von Verlust gehabt. Sie wollte Renald de Lisle nicht heiraten.
Auch ihre Mutter war nun im Backhaus und überprüfte die Teige für die Kuchen und Torten. Sie schien glücklich unter den vielen Menschen zu sein. Ihr Gesicht war rot, und das braune Haar klebte an ihrer feuchten, verschwitzten Stirn. Claire befürchtete, daß sie genauso aussah. Sie mußte daran denken, warum Felice lieber beim Schlachten war. Draußen

war es kühler, und eine Lady sah dabei nicht so unordentlich aus.

»Oh, Claire, da bist du ja!« sagte ihre Mutter. »Wir haben Kirschen gepflückt, und die Kinder haben eine Menge Brombeeren und Himbeeren gefunden.«

»Ich kann damit einige Torten füllen.«

»Ja, tu das.«

Claire arbeitete weiter und machte diese köstlichen Kuchen, die ihre Gäste genießen würden. Aber ihre Gedanken gingen ihre eigenen Wege. Diese süßen Köstlichkeiten konnten einen Körper nicht bei Kräften halten, während es die Tiere, die geschlachtet wurden, durchaus taten. Sie dachte daran zurück, daß de Lisle Ähnliches zu Mutter Winifred gesagt hatte. Ihre Arbeit, das Schreiben und Illustrieren, das sie so sehr liebte, waren wirklich nicht nützlich, während die Gewalt der Kämpfer in dieser grausamen Welt notwendig war. Es war noch gar nicht lange her, da war England häufig von Wikingern überfallen worden. In solchen Zeiten waren die friedvollen Menschen wie sie und ihr Vater – oder die Männer und Frauen in den Klöstern – gestorben. Ihre Schätze waren gestohlen oder geraubt worden, bis ein Krieger sie beschützt hatte. Vielleicht waren Männer wie de Lisle doch nicht so schlecht ...

Diese Gedanken wurden völlig zunichte gemacht, als eine Magd mit einem Eimer voller Blut hereinkam. »Die Lebern, Lady!« sagte sie zu Claires Mutter.

»Oh, danke, Ilsa. Claire, warum machst du nicht dieses köstliche Gericht? Das mit den Gewürzen?«

Claire seufzte zwar, ging aber trotzdem in die Küche. Sie mochte es überhaupt nicht, die noch warmen Körper der geschlachteten Tiere zu berühren, aber es war nicht so schlimm, wie beim Töten zuzuschauen.

Sie schnitt die köstliche Leber der geschlachteten Ferkel klein, vermischte sie mit Eiern, Sahne und Gewürzen. Am

Schluß schob sie einen irdenen Topf in den glühenden Ofen. Diese Spezialität war nur für die Ehrengäste. Der Graf von Salisbury würde sicherlich kommen, wenn er nicht gerade am Hof war. Schließlich war er, auch wenn sie ihn nur selten sah, ihr Pate. Ein Koch bereitete das Ferkel vor, damit es morgen gebraten werden konnte. Claire entschloß sich, nicht so zimperlich zu sein, und widmete sich der Soße, die zum Spanferkel gereicht werden sollte.
Aber sie war doch froh, als sie endlich ihre Hände waschen und zurück ins *Land von Milch und Honig* zurückkehren konnte. Als sie Nüsse und Früchte vermischte, dachte sie über den Mann nach, der das gesagt hatte, und machte sich mit dem Gedanken vertraut, daß vielleicht sogar ein Mann mit blutbesudeltem Schwert, ein Kampfwolf, ein anständiger Mann sein konnte. Sie stellte ihr Blech mit Gebäck in den Ofen und wartete, daß es fertig wurde. Sie reckte sich und rieb ihren schmerzenden Rücken. Auch ihr Kopf begann weh zu tun, sicherlich wegen all der Gedanken. Sie schaute mit schlechtem Gewissen im heißen, vollen Backhaus umher und beschloß, sich einen Moment an der frischen Luft zu gönnen. Nur einen kurzen Moment.
Der Tag ging langsam zu Ende, und eine erfrischende Brise strich über ihre feuchte, erhitzte Haut. Claire seufzte überrascht auf, als sie spürte, wie angenehm der Wind sich in ihrem kurzen Haar und auf ihrem Nacken anfühlte, und bewegte Kopf und Schultern, um den Schmerz zu vertreiben.
»Das Leben im Land von Milch und Honig scheint ja ebenso hart zu sein wie in der grausamen Welt.«
Natürlich. Er hatte immer ein Auge auf sie. Sie schaute ihn an. »Ihr seid beneidenswert kühl, mein Herr. Und auch Felice gelingt es sicherlich immer, reizend und adrett zu bleiben, während sie beim Schlachten zuschaut.«
Er zog die Augenbrauen hoch. »Meint Ihr immer noch, daß Eure Tante und ich gut zusammenpassen würden?«

»Vielleicht. Aber einer muß in der Küche schwitzen.«
»Seht Ihr. Unser Bund ist sicherlich eine Bestimmung des Schicksals.«
»Der Gewalt, meint Ihr sicherlich.« Sie fragte sich, warum sie so ruhig blieb, während sie ihn zurechtwies. Vielleicht lag es an dem erschöpfend langen Tag.
»Schicksal oder Gewalt«, sagte er unbeirrt, »ich kann mich nicht beschweren. Weder über den Besitz noch über die Braut. Meine Braut kann Honigkuchen backen, und Summerbourne ist in einem ausgezeichneten Zustand – abgesehen von seiner Befestigung.«
»Befestigung?« fragte sie und versuchte, nicht allzu verletzt dadurch zu sein, wie er seinen unrechtmäßigen Gewinn einschätzte.
»Habt keine Sorge. Zur Zeit seid Ihr sicher genug, aber wir brauchen Steinwälle, Mauern.«
»Nein!« Er hatte ihr Erschrecken falsch verstanden. »Mauern sind kalt.«
»Kalt und robust. Gebt mir nur eine kleine Armee, und ich nehme dieses Anwesen innerhalb weniger Stunden ein.«
Sie hob ihr Kinn und schaute ihn an. »Ihr bräuchtet nicht einmal eine Armee, nicht wahr? Ein bißchen tricksen, ein bißchen töten, und schon gehörten wir alle Euch.«
»Was meint Ihr mit ›ein bißchen töten‹?« Sein plötzlicher Zorn erschreckte sie sehr, und sie trat einen Schritt zurück, aber nur einen. »Wessen beschuldigt Ihr mich denn, Mylady?«
Sie hatte darauf angespielt, daß der König seinen Bruder ermordet hatte, aber sie war klug genug, nicht davon zu reden. Sie ergriff die Flucht nach vorn. »Wofür schämt Ihr Euch denn?«
Er schob seine Hand unter seinen weiten Ledergürtel. Seine Wut ließ keineswegs nach. »Ich schäme mich für so manches. Und Ihr, habt Ihr ein reines Gewissen?«

»Zumindest habe ich nicht Hunderte von Menschen getötet!«
»Das habe ich auch nicht.« Er betrachtete sie düster, dann zuckte er die Schultern. »Bisher habe ich noch keine Pläne für die Befestigung gemacht. Wir können uns noch später darüber streiten.«
»Aber Ihr glaubt, Ihr werdet gewinnen.«
Sein trockener Humor kehrte zurück. »Was glaubt Ihr, Lady? Ich bin ein Kämpfer, ich kämpfe, um zu gewinnen.«
»Und ich bin ein Lamm, das nicht vor den Wölfen wegläuft.«
Er lächelte. »Außer vor mir.«
»Ich muß zurückgehen.«
Sie drehte sich um, aber er hielt sie zurück. »Ich denke, Ihr habt genug gearbeitet.«
»Nicht, wenn noch etwas zu tun ist.«
»Habt Ihr keine guten Dienstboten?«
»Man muß ein Auge auf sie haben. Ich kann meiner Mutter nicht alles überlassen.«
Er betrachtete sie einen Moment. »Ich werde ihr Nils und Josce zu ihrer Unterstützung schicken.«
»In der Küche?«
»Thomas kann auch helfen. Je mehr er zu tun hat, desto weniger Ärger kann er machen.« Er hielt einen vorbeikommenden Knecht an und entließ ihn mit seinen Anweisungen.
»Mein Herr«, protestierte Claire, »sie kennen sich doch nicht im Kochen und Backen aus. Es ist besser, wenn ich …«
Er faßte sie am Arm. Er tat ihr nicht weh, aber sie spürte deutlich, daß er es könnte. »Ihr wollt mich alleine lassen?«
Sie versuchte, sich aus seinem Griff zu befreien. »Glaubt nicht, ich weiß nicht, was Ihr tut! Ihr bewacht mich. Ihr habt Angst, daß auch ich nach St. Frideswide flüchte.«
»Keine Angst. Aber ich habe zusätzliche Wachen am Tor

und Nebentor aufgestellt. Meine Männer, selbstverständlich.«
Sie starrte ihn an und überlegte, ob das ein Scherz sein sollte. Aber Wölfe scherzten nicht. »Sehr gut, mein Herr, wenn Ihr mich bewachen müßt, dann kommt mit mir in die Küche. Dann könnt Ihr auch nützlich sein«, fügte sie hinzu und betrachtete seine Hand, die sie festhielt. »Es gibt immer Brotteig, der geknetet werden muß.«
Er lockerte seinen Griff etwas und bewegte die Hand, so daß der Stoff des Ärmels verwirrend über ihre Haut rieb. »Wie schön es sein muß, ein Brotteig zu sein«, murmelte er, »und von Euch geknetet zu werden.«
Claire schluckte und versuchte fortzukommen. »Ich sollte wirklich ...«
Er zog sie dichter an sich und ergriff auch ihre andere Hand.
»Mein Herr!«
»Geht mit mir in den Garten, Lady Claire. Schließlich werden wir uns morgen die Ehe versprechen.« Seine Stimme klang fragend, aber seine Berührung machten aus der Frage einen Befehl. Dann strich er mit dem Daumen ganz leicht über ihren Handrücken. Sie schaute ihn erschreckt an – erschreckt über sein Tun und ihre Reaktion. Wie rauh seine Hand auch war, das sanfte Reiben war liebevoll. Er lächelte. Er hatte ein ziemlich nettes Lächeln. Für einen Wolf. Das nächste, was sie bemerkte, war, daß sie einen Pfad zwischen hohen Stangen entlangging, die die Bohnen und Erbsen stützten, während er einen Arm um ihre Schulter gelegt hatte. An dieser Berührung war nichts Rauhes, und sie zitterte jetzt genauso, wie sie vor dem Kloster gezittert hatte. Es gefiel ihr gar nicht, daß er sie nur durch ein Lächeln und eine Berührung völlig schwindelig machen konnte. Was würde passieren, wenn er sie küßte? Sie war sicher, daß er mit ihr hierhergegangen war, um sie zu küssen.
Aber als sie stehenblieben, stellte er sich hinter sie. »Wo wir

doch gerade vom Kneten gesprochen haben ...« Seine großen Hände begannen ihre verspannten und schmerzenden Schultern zu massieren.
Sie erstarrte. »Ihr solltet nicht ...«
»Ist das eine Sünde?«
Nach dem ersten Schock empfand Claire die Berührung als sündhaft schön. »Nein, aber ...«
»Aber?« Seine Hände wanderten tiefer und massierten den Bereich zwischen ihren Schulterblättern, was sie genußvoll seufzen ließ.
»Aber?« erinnerte er sie.
»Aber das ist etwas, was eine Frau bei ihrem Mann machen sollte«, flüsterte sie. Ihre Stimme schien wie sie selbst unter seinen Händen dahinzuschmelzen. »Nicht andersherum.«
»Gibt es eine Regel dafür?« Sie glaubte, Erheiterung in seiner Stimme zu hören, was sie ebenso wie seine großen, starken Hände entspannte. »Es sollte davon abhängen, wer die schwerere Arbeit zu erledigen hat.«
»Ich habe mit Mandeln und Kirschen gekämpft. Ganz zu schweigen von Schweineleber.«
»Armes Mädchen ...«
Seine Finger massierten sie so stark, daß es sie entspannte, aber nicht so fest, daß es ihr weh tat. Claire erinnerte sich daran, daß sie Felice geschrieben hatte, daß er seine Größe und Kraft zu kontrollieren wußte.
Wie recht sie gehabt hatte. »Ihr macht das ausgezeichnet.«
»Ein Knappe lernt, wie er die verspannten Muskeln seines Herrn lockern kann«, sagte er. »Männer massieren sich auch gegenseitig.« Er strich wieder über ihre harten Schultern. »Ich bin froh, daß ich zumindest eine kriegerische Fertigkeit besitze, die Euch gefällt.«
Seine Daumen kreisten auf ihrem Nacken und ließen Feuer über ihren Rücken laufen. Claire ließ den Kopf nach vorne sinken, damit er sie besser massieren konnte, sagte aber

nichts darüber, wie recht er hatte. Seine kriegerischen Fertigkeiten würden ihr nie zusagen. Aber diese eine Fertigkeit gefiel ihr ausgesprochen gut. Eine andere Berührung erschreckte sie – seine Lippen fuhren sanft über ihren Nacken. Sie wollte sich ihm entziehen, aber er hielt sie an den Schultern fest und zog sie sanft zu sich.

»Dieser entblößte Nacken ist so unwiderstehlich.«

Dann spürte sie seine Zähne auf ihrer Haut, sanft, zart. Sie erschauerte und versuchte, sich gegen seinen Griff zu wehren. Ihr zitterten die Knie, und ihr Leib schmerzte vor einem rätselhaften Verlangen. Selbst ihre Fußspitzen durchrieselte es. Es war zuviel. Sie befreite sich und drehte sich zu ihm um.

»Vielen Dank, mein Herr, aber das reicht.«

Er zog auf die ihm eigene Art die Brauen hoch und neigte leicht den Kopf. »Es wird mir immer ein Vergnügen sein, Euch zur Verfügung zu stehen.« Er schien völlig gelassen zu sein, blickte sich im Garten um und runzelte dann die Stirn. »Dieser Ort scheint nicht sehr fruchtbar zu sein.«

»Wie bitte?« Sie sammelte ihre fünf Sinne zusammen und schaute sich um. Hier standen nur gesunde Pflanzen.

»Die Erbsen und Bohnen. Sie tragen nicht.«

»Wir haben alles für das Fest abgeerntet.«

»Ist das klug?«

Sie ging zu den Erbsen, hob ein Blatt und brachte eine kleine, zarte Schote zum Vorschein. »Und hier sind auch noch Blüten. In nur wenigen Tagen wird Mutter Erde neue hervorbringen.«

»Ich bin erleichtert. Ich lege keinen Wert darauf, nur Wurzeln zu essen.«

»Das alte Sprichwort stimmt also doch. Eines Mannes Hauptthema sei sein Magen.«

»Nein. Ich würde nicht sagen, daß mein Hauptthema mein *Magen* ist.«

Claire dachte daran, wie er sich vor dem Kloster hart und fest von hinten an sie gepreßt hatte, und plötzlich schien ihr trotz des Vogelgezwitschers, des Summens der Insekten und der Geräusche, die aus dem Gutshaus kamen, der Garten doch sehr abgelegen zu sein, das Laub schien tiefe Schatten zu werfen. Sie rückte etwas von ihm ab. »Euer *Magen* wird nichts vermissen, mein Herr. Morgen feiern wir, und von den Resten des Festessens werden wir sicherlich noch tagelang leben können. Ihr werdet mit Früchten gefülltes Schwein und Safranhuhn bald satt haben.«
Er schien ihre Lippen zu betrachten. »Ich werde auch das ertragen, Mylady, wenn Eure Hand mir zu essen gibt.«
Obwohl er sich nicht bewegte, hatte Claire das Gefühl, als würde er sie einkreisen und gefangensetzen. Sie wußte, daß sie ihm niemals entkommen konnte.
»Mein Herr …«
Er kam näher. »Ja?«
Sie verharrte wie ein Kaninchen, und schon lagen seine Hände auf ihren Schultern. Sie schaute nur auf seine Lippen, als sie sich auf die ihren senkten. Sie erwartete, daß er grob über sie herfallen würde, aber seine festen Lippen streiften die ihren nur ganz leicht, die Berührung eines Schmetterlings, nicht mehr, doch innig. Als er einen Schritt zurücktrat, fühlte sie sich seltsam unbefriedigt, doch entwaffnet. Nur eine Sekunde später wußte sie, was er vorhatte.
»Spielt Ihr Schach?« fragte sie stirnrunzelnd.
»Ja. Warum?«
»Das dachte ich mir.«
Er lachte, und Claire glaubte voll Stolz, einen Hauch Bewunderung darin zu entdecken. Er ging mit ihr um wie mit einem Falken, der für die Jagd vorbereitet wird, oder wie mit einem Pferd, das an die Zügel gewöhnt werden sollte, und am Schluß würde sie nachgeben. Aber sie war eine

Frau, kein Tier, und auch wenn sie ihn heiraten mußte, so würde sie nicht so einfach zu bändigen sein.
Er versuchte nicht, sie noch einmal zu berühren. »Claire. Ich habe zwei Bitten.«
»Ja?« Mißtrauisch schaute sie ihn an.
»Nichts sehr Schweres. Zuerst möchte ich, daß Ihr heute und auch morgen nicht mehr arbeitet.«
»Ihr wollt, daß ich ein Faulpelz bin, mein Herr? Ihr werdet es eines Tages bereuen.«
Er lächelte ganz leicht. »Nur wenn Eure Faulheit Euch dazu anhält, nicht mehr aus unserem Bett zu kommen.«
»Und die zweite Bitte?« fragte sie schnell.
»Ich möchte, daß Ihr eine Sitte meines Landes befolgt. Ich möchte, daß Ihr, wenn die ersten Gäste eintreffen, auf Euer Zimmer geht und daß Ihr nur Eure Familie und Eure Mädchen seht, bis die Zeremonie beginnt.«
»Nicht einmal meine Freunde?«
»Das gilt nur bis zur Zeremonie. Danach wird noch genug Zeit zum Plaudern sein.«
Als sie seinen nachsichtigen Ton hörte, mußte sie die Zähne aufeinanderbeißen. »Es wird zuviel zu tun sein.«
»Es wird auch ohne Euch geschehen.«
»Nein. Habt Ihr vergessen, daß meine Tanten nicht mehr zur Verfügung stehen?«
»Das ist doch keine so große Bitte.«
Sie schüttelte den Kopf. Eigentlich war es das nicht, aber es würde sich sehr seltsam anfühlen, sich wie ein Nichtsnutz abzusondern, während die anderen beinahe in Arbeit ertranken. »Ich werde es tun, mein Herr. Ich nehme an, Ihr wünscht Euch eine fette und faule Frau.«
»Ich will nur Euch als Frau, Lady Claire. Das ist alles.«
Es war seltsam, daß er jetzt so etwas sagte, und das auch noch so deutlich. Hatte er, was die Anordnung des Königs anging, gelogen? War ihm präzise befohlen worden, sie zu

heiraten, um seinen Besitzanspruch auf Summerbourne zu besiegeln? Hatte ihr Vater vielleicht ein dahingehendes Testament gemacht?

Aber nein. Sie hatte ja selbst die Dokumente gelesen, in denen Clarence von Summerbourne der Besitz entzogen wurde.

De Lisle reichte ihr seinen Arm. »Kommt, Mylady. Ich geleite Euch ins Haus.«

Claire ging alleine. »Ich werde mich schon nicht davonschleichen.« Trotzdem begleitete er sie. Aber er berührte sie nicht wieder.

Bis sie die Tür des Herrenhauses erreichten. Er strich nur ganz leicht mit den Fingern über ihre Wange. »Ich sehne mich dem morgigen Tag entgegen«, sagte er sanft. »Wenn Ihr die meine werdet.«

Sehnen! Claire wollte kühl etwas Passendes erwidern, etwas, das das Netz durchreißen würde, das er um sie spann. Aber statt dessen lächelte sie ihn hilflos an und lief fort. Die Haut, die er berührt hatte, prickelte.

Sie rannte in ihre Kammer, um sich zum Abendessen umzuziehen. Aber sie wußte, daß sie in Wirklichkeit vor einem hungrigen Wolf geflüchtet war.

10. Kapitel

Nils rannte Lord Renald am Fuße der Treppe beinahe um. Er konnte gerade noch sehen, wie Lady Claire davonlief, als würde der Leibhaftige hinter ihr hersein. Besorgt fragte er sich, wie sein Herr wohl mit seiner Braut umging.

»Mein Herr?«

Lord Renald drehte sich um und schnitt eine Grimasse, als er das Schriftstück in Nils' Händen sah. »Noch mehr Dokumente?«

»Besitz zu haben bedeutet, mit vielen Dokumenten zu tun zu haben, mein Herr.«

»Das scheint mir auch so. Dann komm mit.«

»Hat Lady Claire Euch verärgert?« fragte Nils, während sie ins Arbeitszimmer gingen.

»Ganz und gar nicht.«

Nils verstand deutlich, wenn jemand ein Thema nicht fortsetzen wollte, aber er hakte trotzdem nach. Die Lady schien eine wirklich gute Frau zu sein, warmherzig und pflichtbewußt. Ihre Leute liebten sie. Und Lord Renald war ... so dunkel. »Ihr scheint zu grübeln, mein Herr. Weil die Lady sich widersetzt?«

»Weil die Lady sich nicht mehr widersetzt. Komm, Bruder«, er warf sich auf den Stuhl mit der hohen Lehne. »Was quält dich?«

Die Tatsache, daß der Stuhl dem Vater Eurer Braut gehört, dem Mann, den Ihr getötet habt. Nils wußte, daß er selbst hier am besten kein Wort darüber verlieren sollte. Die Befehle waren eindeutig. Aber was würde passieren, wenn

Lady Claire die Wahrheit erfuhr? Immer wieder überkam ihn die Versuchung, ihr trotz aller Konsequenzen davon zu erzählen, aber er wußte auch, daß das Wissen nicht half. Die Heirat mußte zustande kommen.

»Nils?« Lord Renald gab ihm mit hochgezogenen Brauen sein Stichwort. »Angelegenheiten des Gutes?«

»Es geht um die Salzsteuer an der Küste.« Aber Nils ging der Gedanke nicht aus dem Kopf. »Glaubt Ihr, daß sie leichtfertig ist?«

»Wer? Claire? Keineswegs. Du und Josce macht ein Theater, als ob ich ihr etwas antun wollte.«

»Wollt Ihr das nicht?«

Zu seiner Überraschung zuckte sein Herr zusammen. »Doch. Aber es gibt gar nichts, was ihr oder ich tun können, um das zu verhindern? Was ist nun mit der Salzsteuer?«

Der kurz angebundene Ton machte Nils klar, daß er zu weit gegangen war. Schnell breitete er die Unterlagen auf dem Tisch aus.

Claire wäre am liebsten in ihrem Zimmer geblieben, aber ihre Pflichten trieben sie nach unten – die Pflicht, die Dienstboten bei der Zubereitung des Abendessens zu beaufsichtigen, und die Pflicht, die ungeliebte Rolle als Braut zu spielen. Sie hatte das Gefühl, als ob jeder, selbst ihre Kammermädchen, sie ansahen und sich fragten, wie erfolgreich sie wohl bei der Zähmung des bösen Wolfes sein würde.

Vorsichtig betrat sie die Große Halle, wappnete sich für einen weiteren Zusammenstoß mit de Lisle, aber statt dessen lief sie ihrem Bruder in die Arme.

»Ich hab' gehört, daß du im Garten warst und dich dort mit ihm herumgewälzt hast!«

»Thomas!«

»Du verliebst dich in ihn, nicht wahr?« Seine Stimme war

schrill, und alle starrten zu ihnen herüber. »In ihn, den Mann, der mir mein Zuhause gestohlen hat.«
»Nein!« Sie zog ihn in eine ruhige Ecke. »Thomas, ich will ihn *nicht* heiraten. Ich tue es für dich. Für dich, Großmutter und Mutter, für alle. Ich habe doch keine Wahl.«
Er starrte sie an, und sie wußte, daß er, nachdem die Betäubung durch den Schock nachgelassen hatte, große Schmerzen litt. Sie hätte ihn am liebsten umarmt, aber er war dafür zu alt. »Sei folgsam«, sagte sie ihm. »Ich werde mich sofort um dich kümmern, wenn ich die Gelegenheit bekomme. Aber bis dahin solltest du ihn nicht verärgern.«
»Er kommt hierher, macht alles kaputt ...«
»Nein«, sagte sie fest. »Man hat Lord Renald Vaters Besitz zu Lehen gegeben. Nichts von dem, was passiert, ist seine Schuld, und uns hätte Schlimmeres widerfahren können. Erinnerst du dich an Baldwin von Biggin?«
Er schnitt eine Grimasse, und Claire strich ihm durchs Haar. »Geh nun. Geh und tu, was man dir aufgetragen hat.«
Er ging, aber nur langsam und widerwillig.
»Claire!« Sie drehte sich um und sah, wie ihre Mutter sie anstrahlte. Sie ergriff Claires Hand und streichelte sie. »Ich habe gehört, daß ihr zusammen im Garten wart. Gutes Mädchen.«
Claire hätte am liebsten geknurrt. Renald de Lisle brauchte sie nicht bewachen zu lassen. Sie konnte keinen Schritt tun, ohne daß jeder davon erfuhr. »Wir haben uns unterhalten, das war alles«, log sie. Es stimmte doch – fast.
»Wenn ihr miteinander gesprochen habt, hast du sicher bemerkt, daß er kein furchteinflößender Mann ist.«
»Ich nehme alles zurück, Mutter. Reicht das?«
Lady Murielle erblaßte. Ihr Mund begann zu zittern. »Warum bist du nur so schwierig? Ich will doch nur, daß meine beiden Kinder glücklich sind.«
Claire seufzte und umarmte ihre Mutter. »Es tut mir leid.

Ich weiß, daß ich es tun muß. Es wird schon nicht so schlimm werden. Aber bitte versuch nicht, aus uns Turteltäubchen zu machen.«
Die Mutter hatte feuchte Augen und strich Claire über die Wange. »Aber ich will, daß du verliebt bist. Ich will, daß du glücklich bist.«
Die Wünsche ihrer Mutter lasteten auf ihr wie ein Joch. Sie versuchte, gelassen auszusehen. »Ich bin sicher, ich werde irgendwann glücklich sein. Er ist, wie du gesagt hast, kein schlechter Mann. Aber für Liebe ist es viel zu früh, Mutter. Das mußt du doch auch wissen.«
De Lisle kam aus dem Arbeitszimmer. Er sprach immer noch mit seinem Schreiber. Er überflog die Große Halle mit einem Blick. Wie es seine Art war, hielt er nach einer Gefahr Ausschau, dann blieb sein gedankenvoller Blick an Claire und ihrer Mutter hängen. Es kam Claire so vor, als würde jeder in der Halle zuschauen, wie sie beide sich betrachteten. Sie seufzte innerlich und beschloß, die Rolle zu spielen – die Rolle der frohen Braut. Sie ging zu ihm hinüber und nahm ihren Platz an der Hohen Tafel ein.
Lady Agnes saß schon dort, schaute auf und sagte: »Ich habe gehört, daß du eingewilligt hast. Wurde aber auch Zeit.«
»Hat hier auf Summerbourne niemand irgend etwas anderes zu tun, als mich zu beobachten.«
»Du hältst unser aller Schicksal in Händen, Kind. Natürlich beobachten wir dich.«
Von der anderen Seite des Saals, wo er mit einer Schüssel und einem Tuch bereitstand, starrte Thomas mürrisch herüber. Das Problem war, daß es ihm immer schlechter gehen würde, je glücklicher sie erschien. Am liebsten wäre sie ganz, ganz weit weg.
De Lisle schlenderte zu ihr herüber und setzte sich neben sie. Claire sah, wie Josce ihren Bruder zur Hohen Tafel

schob, und sie betete, daß er sich ordentlich benahm. Thomas erledigte seine Pflichten auch anständig, aber er schaute nirgendwohin außer auf die Schüssel, und sein Mund zeigte Mißmut. Claire aß von dem einfachen Mahl und war dankbar, daß de Lisle nur das Notwendigste zu ihr sagte. Aber als sie nach dem Essen aufstand, hielt er ihre Hand fest. »Bleibt, Lady Claire.« Seine Stimme war freundlich, aber sein Griff fest. »Seht, ein paar Gaukler sind schon da und wollen uns einen kleinen Vorgeschmack auf morgen geben.«

Claire schaute zu dem Mann und der Frau hinüber, die sich aufstellten, um mit Pokalen zu jonglieren. »Ich bin aber in keiner fröhlichen Stimmung.«

»Unsere Leute sollen aber ihren Spaß haben. Sie haben den ganzen Tag hart gearbeitet und werden auch morgen schuften müssen.«

Sie wußte, daß *unser* eine Waffe war, die er sehr geschickt einsetzte. »Aber müssen wir auch bleiben? Ich brauche Ruhe.«

»Zumindest eine Zeitlang sollten wir bleiben.«

Eine weitere beschwerliche Pflicht. Claire setzte sich der Hofleute zuliebe hin und lächelte sogar. Auch er lächelte und applaudierte den geschickten Spielereien, aber Claire vermutete, daß ihm die Jongleure ebensowenig Spaß machten wie ihr. Tatsächlich klopfte er einmal, während eine lustige Melodie gespielt wurde, in einem ganz anderen Rhythmus mit den Fingerspitzen auf die Tischplatte.

Er neigte sich ihr zu. »Ich weiß, daß das nicht leicht für Euch ist, Claire. Aber der König möchte nun einmal, daß die Verlobung bald stattfindet.«

Sie erinnerte sich daran, daß er in gewisser Weise ganz genau wie sie ein Opfer war. Sie dachte erstmals daran, daß er vielleicht eine ganz andere Frau zu heiraten wünschte, als ihm der König befahl, eine der Fräulein von Summer-

bourne zu ehelichen. Und er hatte ihnen freie Wahl gelassen. Es war nicht seine Schuld, daß die anderen zwei geflüchtet waren.
»Das verstehe ich, mein Herr. Ich werde mich damit abfinden.«
Sie schauten einigen Tänzern zu, aber die Stille zwischen ihnen begann bedrückend zu werden. Worüber konnten sie reden, ohne daß das Gespräch in unangenehme Bahnen geriet? Als sie den Tänzern applaudierten, sagte Claire: »Erzählt mir mehr über das rauhe Land, in dem Ihr aufgewachsen seid, mein Herr.«
Er schaute sie an, als würde er glauben, in dieser Frage sei eine Falle verborgen, dann aber sagte er: »Mein Vater war kein Edelmann. Er war ein niederer Ritter, weil er ein Pferd besaß. Sein Besitz war aber nicht mehr als ein kleiner Hof, dessen Wände in einen Berg geschlagen waren.«
Also war es für ihn ein großer Aufstieg, Herr von Summerbourne zu sein. Sicherlich war das ein aufregendes Gefühl, aber das würde Claire ihm nicht vorwerfen können. »Ich bin niemals in einem wirklich bergigen Land gewesen«, sagte sie. »Ob es mir dort gefallen würde?«
»Vielleicht nicht. Es ist ein rauhes Land, das rauhe Leute hervorbringt.«
»Ich finde nicht, daß Ihr rauh seid.« Sie sagte es aus Höflichkeit, aber sofort wurde ihr klar, daß es auch stimmte. Hart, das war er. Kühl, auch ein wenig. Düster in einer Art und Weise, die sie nicht verstand. Aber rauh? Nein.
Seine dunklen Augen trafen die ihren. »Vielleicht kennt Ihr mich einfach noch nicht gut genug.«
Sie hatte das seltsame Gefühl, dieses leugnen zu wollen, ein lächerliches Gefühl, schließlich kannten sie sich erst so gut wie einen Tag und hatten nur ein paar unpersönliche Worte gewechselt. Wie konnte sie das Gefühl haben, ihn schon wirklich zu kennen? Vielleicht, weil sie seine Männ-

lichkeit gespürt hatte. Ein Schauer durchrieselte sie. »Das klingt, als wolltet Ihr vorgeben, etwas zu sein, was Ihr nicht seid.«

Er schaute sie beinahe erschrocken an, dann hatte er sich wieder in der Gewalt. »Wir sind beide mehr oder weniger so, wie wir auf den ersten Blick erscheinen.«

Claire wandte sich ab, um einem Zauberer zuzuschauen. Sie wollte ihr Gesicht vor ihm verbergen. Er täuschte irgend etwas vor. Aber was? Ihre überreizten Gedanken begannen zu wandern. Vielleicht war er ein Betrüger. Vielleicht war er gar nicht Renald de Lisle. Oder die Dokumente, die ihm Summerbourne zuwiesen, waren Fälschungen. Oder er hatte schon eine Ehefrau – sie machte ihrem Gedankenspiel schließlich ein Ende. Das war doch alles lächerlich. Das Leben war schwer genug, auch ohne wilde Phantasien. Claire brachte das Gespräch wieder auf das relativ unverfängliche Ausgangsthema, sein Zuhause. »Ihr seid also der jüngste Sohn? Ihr habt also nicht erben können.«

Er nahm seinen Becher, trank und schaute einer Bodenakrobatin zu, die unter ihrem Gewand sehr männlich aussah. »Keiner von uns erbt etwas. Mein Vater ist bei seinem Herrn in Ungnade gefallen, und wir mußten das Land verlassen.«

»Wie wir«, sagte sie leise. »Wie alt wart Ihr?«

»Zehn.«

»Seid Ihr deshalb so geduldig mit Thomas?«

»Zum Teil.« Er schaute sie an. »Aber überwiegend, um meiner Braut einen Gefallen zu tun.«

Konnte sie einer solch trockenen Feststellung glauben? Aber sie dankte ihm höflich und fügte hinzu: »Ich versuche, Thomas begreiflich zu machen, daß er in all dem hier einen Sinn sehen muß, damit es ihn nicht mehr so schmerzt.« Sie warf einen Blick zu ihrem Bruder hinüber, der, allerdings mit düsterer Miene, den Gauklern zuschaute. »Er hofft immer noch, daß bald wieder alles beim alten ist.«

»An das Gefühl kann ich mich sehr gut erinnern.« Verdrossen nahm er noch einen Schluck Ale.
Claire schaute der radschlagenden Akrobatin zu. »Die Geschichte scheint sich immer wieder im Kreise zu drehen«, sagte sie.
»Aber im Gegensatz zu den Akrobaten niemals zurück.« Er schaute sie an. »Die Vergangenheit ist vorbei, Lady Claire, und kann nicht ungeschehen gemacht werden, egal, wie sehr wir uns das wünschen. Das Rad des Schicksals läuft immer nach vorn. Und wir müssen aus der Zukunft etwas formen.«
Sie hatte nicht gerade das Gefühl, ihre Zukunft bestimmen zu können, aber im Grunde hatte er recht. Ihr Vater war tot. Summerbourne war verloren. In gewisser Weise war sie wie Thomas und hoffte in ihrem tiefsten Inneren, daß irgend etwas all diesem hier ein Ende setzen würde und sie wieder dahin zurückbrachte, wo sie gewesen war, glücklich mit ihrem Vater auf Summerbourne. Ohne diese Hochzeit.
Er legte seine Hände sanft auf die ihren. »Lady Claire, mit Gottes Willen und gutem Herzen kann es uns gelingen. Tut Ihr etwas für die Zukunft, und überzeugt Euren Bruder, es auch zu tun.«
Sie fühlte seine warme Haut auf der ihren und schaute hinüber zu Thomas, der wütend vor sich hin starrte. »Er kann fürchterlich dickköpfig sein.«
»Das müssen wir ändern, bevor er an den königlichen Hof kommt.«
Claire mußte sich auf die Lippen beißen, als sie an die Konsequenzen der Rebellion dort dachte. »Er ist hier sicher besser aufgehoben.«
»Unter meinem Segen?« Er drückte leicht ihre Hand. »Oder habt Ihr vor, mich zu kontrollieren?«
Sie schaute ihn an, weil er genau aussprach, was sie gerade

gedacht hatte. »Sicherlich hat eine Ehefrau das Recht, um etwas zu bitten ...«

»Nicht um Unmögliches oder Verheerendes.«

»Es wäre doch nicht *verheerend*, Thomas eine Weile hierzubehalten.«

»Es wäre aber verheerend, die Pläne des Königs zu durchkreuzen.«

»Aber ...«

»Nein.«

Es war ein endgültiges und bestimmendes *Nein*.

Sie zog ihre Hand weg. »Blinder Gehorsam ist keineswegs meine Sache.«

»Dann schlage ich Euch vor, das zu lernen.«

»Wollt Ihr mich etwa schlagen, bis ich mich füge?«

Er zog die Augenbraue hoch, als erstaunte ihn die Frage. »Wenn es nötig ist, ja.«

Claire bemerkte, daß sie ihre Hände zu Fäusten geballt hatte. Er ergriff eine ihrer Fäuste mit seiner großen, dunklen Hand. Nun war keinerlei Sachtheit in seiner Berührung. »Wir gehorchen den Befehlen des Königs. Immer.«

»Und wenn seine Befehle *falsch* sind?«

»Darüber entscheidet Gott.«

Sie versuchte, ihre Hand zu befreien, aber es war vergeblich. »Einige von uns müssen als Vorbilder dienen, Mylord.«

»Wie Euer Vater? Schaut doch, wohin ihn sein Gewissen geführt hat!«

Sie neigte sich ihm zu und zischte: »Letztendlich in den Himmel!«

»Während ich für die Hölle vorgesehen bin?«

Sie biß sich auf die Zunge, als sie schon zustimmen wollte. Das wäre wirklich unchristlich. »Ihr sagt, Ihr hättet Buße getan.«

»Ich sagte, ich könnte gebüßt haben.«

»Wenn das nicht so ist, solltet Ihr es tun. Jede Sünde kann

vergeben werden, wenn sie ernsthaft bereut wird. Selbst Eure.«
»Ihr spendet mir großen Trost, Mylady«, sagte er staubtrocken.
Ein rundlicher Mann in mittleren Jahren stellte sich in die Mitte der Großen Halle auf und bat mit einer Handbewegung um Ruhe. Mit Erleichterung ergriff Claire diese Gelegenheit, dieser gespannten Unterhaltung zu entkommen. Was war, wenn er nicht gebeichtet hatte? Wenn es ihm nicht um die vielen Leben leid tat, die er beendet hatte? Was würde das für ihre gemeinsame Zukunft bedeuten?
Aus ihrer Erleichterung wurde Verdrossenheit, als sie feststellte, daß der Mann, der dort mitten im Saal stand, kein Geschichtenerzähler, sondern ein Rätselsteller war. Sie war noch nicht bereit, Rätsel hier in der Großen Halle des Mannes zu hören, der Meister in dieser Kunst gewesen war. Aber sie zwang sich zum Bleiben und zu einem Lächeln, doch sie mußte einen großen Schluck aus ihrem Becher nehmen, um sich zu beruhigen. Der rotgesichtige Mann war ziemlich gut. Obwohl Claire schon in der Wiege Rätsel gehört hatte und nun auch alle erraten konnte, genoß sie doch die Art und Weise, in der dieser Mann sie präsentierte. Es war gut, daß sein Vortrag völlig verschieden von dem ihres Vaters war. Er gestikulierte viel mehr, durchwanderte den ganzen Saal, spielte für sein Publikum. Er liebte pikante Verwicklungen, etwas, was ihr Vater vermieden hatte.
»Ein Rätsel für Euch, junger Herr«, rief er Josce zu, der zwischen Claires Kammermädchen saß. Der Knappe zwinkerte und reckte seinen Kopf. Ihm stand der Sinn gerade nicht nach Rätseln, und alle um ihn herum mußten kichern.
»Ich richte mich im Bett auf, junger Herr«, sagte der Mann grinsend, »steil und stolz bin ich, aber dicht behaart in den schattigen Regionen darunter.«
Josces sommersprossiges Gesicht wurde dunkelrot, und

schallendes Gelächter wogte durch den Raum. Claire konnte deutlich sehen, daß der Knappe dieses Rätsel noch nie gehört hatte, und murmelte: »Lord Renald, meint Ihr …«
Er schüttelte den Kopf. »Das ist eine der vielen Lektionen, die man lernen muß.«
»Frauen gefallen mir«, fuhr der Rätselsteller fort. »Einige sagen sogar, daß das Leben ohne mich recht freudlos wäre. Die Kühnen, junger Herr, ergreifen mich, um mich zu ihrem Genuß an einen besonderen, dunklen Ort zu bringen. Aber ich habe Gelegenheit, Rache zu üben, wenn ich junge Maiden zum Weinen bringe. Nun, junger Herr, was bin ich?«
Josce holte tief Luft und schaute zu den beiden jungen Frauen an seiner Seite. Prissy, die das Rätsel scheinbar gelöst hatte, kicherte. Maria hatte ein ebenso rotes Gesicht wie der Knappe.
»Nun, Josce?« fragte Lord Renald. »Ein guter Krieger sieht nicht nur die offensichtlichen Möglichkeiten. Und das, was du für des Rätsels Lösung hältst, sollte Jungfern nicht zum Weinen bringen.«
Die ruhige Stimme seines Herrn gab Josce seinen kühlen Kopf zurück, sein Gesicht nahm wieder die normale Farbe an, und er runzelte leicht die Stirn. Dann lachte er. »Sehr gut, Sir. Ich denke, das ist eine Zwiebel!«
Die ganze Halle applaudierte. »Sehr gut, junger Mann! Wie Euer weiser Herr sagt, sollte man niemals auf das Naheliegende schauen. Und das ist unsere Kunst, die Menschen zu lehren, hinter die Dinge zu schauen.« Er verbeugte sich und ging zu seinem Platz zurück, damit ein Musikant auftreten konnte.
Weiser Herr. Claire hatte noch niemals daran gedacht, Renald de Lisle als weise zu bezeichnen. Sie schaute ihn an. »Habt Ihr das bereits vorher schon gehört, mein Herr, oder seid Ihr nur geübt darin, die weniger offensichtlichen Möglichkeiten zu suchen?«

»Beides.« Er stand auf und reichte ihr seine Hand. »Ich denke, wir können uns nun zurückziehen.« Er geleitete sie zur Treppe, die zu ihrem Schlafgemach führte, und blieb vor der Tür zum Arbeitszimmer ihres Vaters stehen.
»Hier gibt es viele Bücher. Möchtet Ihr einige davon mit hinauf in Euer Zimmer nehmen?«
Diese Freundlichkeit überraschte sie. »Vielen Dank, aber es ist bereits zu dunkel, um gut lesen zu können. Zudem bin ich schon etwas müde.«
Er lehnte an der Mauer, er sah auch recht erschöpft aus. »Bruder Nils hat mir gesagt, daß einige ungebundene Schriften Eures Vaters darunter sind. Geschichten und Illustrationen. Möchtet Ihr, daß ich sie für Euch binden lasse?«
Claire hatte gehofft, nicht so früh mit diesen Dingen konfrontiert zu werden. »Das ist meine Arbeit«, gestand sie. »Mein Vater hat mit Worten wunderschöne Geschichten gesponnen, aber er hatte nicht die Geduld, sie ordentlich aufzuschreiben. Zum Illustrieren hatte er auch kein Talent. Wir haben die Sammlung seiner Geschichten und Rätsel zusammen gemacht.«
»Ich verstehe.«
Claire versuchte, sein Gesicht zu erkennen, das im Dunklen lag. »Werdet Ihr wollen, daß ich mit der Arbeit aufhöre?«
Er richtete sich auf. »Nein. Natürlich nicht. Bruder Nils hat mir die Illustrationen gezeigt. Sie sind sehr gut. Ihr müßt weiterarbeiten.«
Sie wollte ihm aus tiefstem Herzen danken, als er fortfuhr: »Dann werden wir das Werk binden und eine Kopie für den König anfertigen lassen.«
»Unter keinen Umständen! Heinrich Beauclerk verdient nicht …«
Er preßte sie gegen die harte Holzwand und verschloß ihren Mund mit seiner Hand. »Hütet Eure Zunge!«

Sie starrte ihn entsetzt an. Aber als er seine Hand fortnahm, zischte sie: »So! Also selbst Ihr habt Angst vor ihm!«
»Jedermann, der bei Verstand ist, fürchtet den König. Und Ihr habt keinen Grund, undankbar zu sein.«
»*Habe ich nicht?*« Er drückte sie immer noch an die Wand. »Der König hat behauptet, ein Freund meines Vaters zu sein, und er hat nichts getan, um ihn zu schützen. Nichts! Und dann hat er meinem Bruder Summerbourne gestohlen, um es Euch zu geben.«
»Das Eigentum eines Verräters ist für immer verloren.«
Sie schlug gegen seine steinharte Brust. »Mein Vater war *kein* Verräter!«
Er packte ihre Fäuste. »Lady Claire, er hat öffentlich rebelliert.«
Jetzt konnte sie sich kaum noch bewegen. Sie schaute ihm in die Augen. »Dann war das möglicherweise eine gerechtfertigte Rebellion.«
Er schaute zu ihr herunter, und sie begriff, daß sie zu weit gegangen war. Das war Verrat. Ganz plötzlich trat er einen Schritt zurück. »Geht auf Euer Zimmer, und hört mit diesen Dummheiten auf.«
Entlassen wie ein Kind, rannte Claire davon, froh, entkommen zu sein. Aber ihre Gedanken waren noch dieselben aufrührerischen. Ihr Vater hatte recht gehabt. Heinrich Beauclerk hatte seinen Bruder getötet, und deshalb durfte er nicht König sein. Wie konnte Renald de Lisle es wagen, vor ihr den König zu loben? Wie konnte er vorschlagen, die kostbaren Geschichten ihres Vaters dem Mann zu schicken, der seinen Tod zu verantworten hatte? Eher würde sie jede einzelne Seite verbrennen.
Anstatt sich von ihren erstaunten Mädchen für die Nacht zurechtmachen zu lassen, schritt sie wütend durch den Raum und wischte sich die Tränen aus dem Gesicht. Was war sie doch für eine Närrin. Wie hatte sie nur beginnen

können, den Usurpator zu akzeptieren? Wie hatte sie vergessen können, daß er ein Mann des Königs war? Ihr Vater hatte mit dem Leben bezahlt, weil er gesagt hatte, Heinrich Beauclerk habe keinen Anspruch auf die Krone, und sie wurde welk wie ein gepflücktes Gänseblümchen unter den Händen des Kämpen des Königs! Natürlich nahm man nicht an, daß Frauen sich um solche Angelegenheiten kümmerten. Sie mußten keine Treueide leisten – außer ihrem Ehemann. Aber indem sie das taten, akzeptierten sie die Bindungen ihres Mannes. Morgen würde sie Heinrich Beauclerk durch Renald de Lisle die Treue schwören! Sie erstarrte. Welche Wahl hatte sie?
Claire preßte die Fäuste an die Schläfen. Wenn sie nein sagte, würde ihre Familie hinausgeworfen werden, und ihr Bruder würde ein niederer Bediensteter werden. Aber wie sollte sie ihr Versprechen ehrlich geben können?
Sie griff nach ihrem Umhang. »Ich gehe, um am Grab meines Vaters zu beten.«
Leichtfüßig lief sie die Stufen hinunter und aus dem Haus, die ganze Zeit gespannt, einer erneuten Begegnung mit ihrem Feind, ihrem zukünftigen Ehemann, aus dem Weg zu gehen. In dem verschwommenen Mondlicht grub sie einige kleine Pflanzen aus und setzte sie vorsichtig auf dem Grab des Vaters wieder ein, wässerte sie und drückte die Erde fest. »War dein Tod sinnlos, Vater?« flüsterte sie. »Heinrich Beauclerk ist noch auf dem Thron, und Herzog Robert ist zurück in die Normandie. War also alles umsonst?«
Es kam keine Antwort.
»Mache ich das Richtige, Vater?« flüsterte sie. »Ich heirate ihn, um die Familie in Sicherheit zu bringen und um mich um Summerbourne kümmern zu können. Aber er ist ein Mann des Königs, und du hast geglaubt, daß Heinrich Beauclerk keinen Anspruch auf die Krone hat.« Sie ließ sich

mit gebeugten Knien am Grab nieder. »Ich habe scheinbar keine Wahl. Du würdest auch nicht wollen, daß wir alle wegen dieser Angelegenheit leiden, nicht wahr?«

Wie erwartet kam vom Grab keine Antwort.

Der Wind strich durch die Blätter, und von der anderen Seite des Hofes war ein Ruf zu hören, aber kein alarmierender. Eine Tür schlug zu. Ein Hund bellte. Der leichte Wind wirbelte einige Blätter auf, die noch am Boden lagen, aber das Grab blieb stumm.

Claire sammelte einige der vertrockneten Blätter zusammen, arme, verdorrte Veilchen, und roch an ihnen. »Er sagte, daß ihr euch getroffen habt. Ich möchte wissen, wo und wie es war.« Sie lehnte sich zurück, blickte zum Halbmond und fragte sich, wo der Himmel, wo ihr Vater war.

Ein Stern fiel ihr auf, ein heller, flackernder Stern. Sie stellte sich vor, daß das ihr Vater war, der durch den Nachthimmel tanzte und das Universum erkundete. Das hätte ihm gefallen. Er hatte sich immer gefragt, wie der Mond wohl war, und hatte die Sterne und ihre Stellung beobachtet. Er hatte gesagt, daß sie viel, viel mehr seien als nur Lichter am Himmel. Es war lindernd, daran zu denken, daß für ihn der Tod eine Befreiung für die guten Seelen war, daß für ihn der Himmel die Freiheit bedeutete, zu erforschen, was hinter den Grenzen des menschlichen Seins lag. Er war nun frei, ganz im Gegensatz zu ihr. Sie hatte keine vernünftige Wahl. Sie konnte nichts außer dieser Heirat wählen. Claire stand auf und klopfte sich ihre Kleider ab.

Als sie ins Haus zurückging, dachte sie an all die Aufständischen, die wahrscheinlich wie ihr Vater gedacht hatten, aber trotzdem Heinrich Treue geschworen und sich nach Hause verdrückt hatten. Sie waren dankbar gewesen, daß sie noch lebten und ihren Grundbesitz behalten durften. Was war falsch daran, so zu handeln? Vor ihr bewegte sich ein großer Schatten.

Sie konnte gerade noch ihren Schrei unterdrücken, als sie Renald de Lisle erkannte. »Ihr erschreckt mich!«
»Warum seid Ihr aus dem Haus gegangen?«
Sein Ton ließ ihre Angst in Zorn umschlagen. »Ihr könnt scheinbar nicht aufhören zu glauben, daß ich weglaufen will!«
»Ich passe deshalb auf.«
»Aufpassen. Aufpassen.« Von ihm war kaum mehr als sein dunkler Schatten zu erkennen. Vielleicht hatte sie deshalb den Mut, ihn herauszufordern. »Mir wäre es lieber, Ihr würdet meinen Worten trauen, mein Herr.«
»Bis jetzt habt Ihr mir noch nicht Euer Wort gegeben, außer daß Ihr letzte Nacht versprochen habt, heute morgen hierzusein.«
Er hatte recht. Es ärgerte sie, daß er ihr nicht traute, aber sie verstand, daß er glauben mußte, auch sie würde nach St. Frideswide gehen wollen. Würde sie es tun, wenn sich die Möglichkeit böte?
Nein. Genauso wie er an seinen König gebunden war, war sie in ihren Pflichten der Familie gegenüber gefangen. »Ihr habt mein Wort«, sagte sie. »Ich werde hiersein, um Euch morgen die Ehe zu versprechen.«
»Vielen Dank.« Er nahm ihre Hand. Weiche Lippen berührten wieder ihre Knöchel, sein warmer Atem strich erregend über ihre Haut. Diese Küsse begannen ihr zu gefallen.
»Mein Herr ...« Sie spürte, daß sie ihm in gewisser Weise nicht widerstehen konnte.
Er drehte ihre Hand um, um ihre Handfläche zu küssen. Claire versuchte, sie wegzuziehen, aber er hielt sie gefangen und liebkoste sie. Sie hörte und spürte, wie er tief einatmete.
»Veilchen«, murmelte er. »Erst Gewürze, nun Blumen. Ihr kämpft mit gefährlichen Waffen, Lady Claire.«
»Ich habe mich nur um das Grab meines Vaters gekümmert.«

Seine Hand legte sich fester um die ihre, aber nur ein wenig, so daß sie es kaum bemerkte. Es mußte an der Dunkelheit liegen, daß sie solche Dinge wahrnahm – die leichte Spannung seiner Hand und daß er regungslos verharrte.
»Ich weiß, daß mein Vater zwischen uns steht ...«
»Ein sehr unangenehmes Bild.«
Sie befreite sich. »Ihr seid unanständig! Ich meine, daß die Art und Weise, wie Ihr in mein Leben getreten seid, zwischen uns steht. Der Tod meines Vaters raubt mir jede Freude. Daß Ihr Heinrich Beauclerk verbunden seid, macht mir großen Kummer. Aber ich kann das vergessen und verzeihen. Aber ich werde nicht meinen Vater vergessen. Ich werde mich um sein Grab kümmern und ihn bis ans Ende meiner Tage lieben!«
Die Stille lastete zu lange auf ihnen. Ihre Nerven spielten verrückt. Aber sie würde nicht noch einmal dahinschmelzen.
»Natürlich werdet Ihr das«, sagte er schließlich so unbeteiligt, daß es schon fast eine Beleidigung war. »Vielleicht werdet Ihr eines Tages ähnlich für mich empfinden. Ich hoffe, Ihr habt Euer Versprechen für morgen nicht vergessen.«
Es kümmerte ihn nicht. Das durfte sie nicht vergessen. Er spielte aus Höflichkeit den Freier, aber alles, was ihn interessierte, war, nach dem Willen des Königs eine Braut vor den Altar zu führen. Sie sollte dankbar sein. Sie war dankbar, denn sie wollte keine verwirrenden Gefühle um sich herum. Wenn alle einen kühlen Kopf behielten, würde jeder in Sicherheit sein.
»Das vergesse ich nicht, mein Herr. Und wenn die ersten Gäste ankommen, werde ich mich wie eine Nonne in meine Räume zurückziehen, bis die Zeremonie beginnt.«
»Ihr klingt bedrückt.«
Sie dachte einen Moment daran, es ihm zu erklären – daß noch soviel zu tun war und daß sie früh aufstehen mußte –,

aber es schien der Mühe nicht wert. »Es wird sicher sehr angenehm für mich sein, etwas Zeit für mich allein zu haben. Gute Nacht, mein Herr.«
Mit diesen Worten drehte sich Claire dem Herrenhaus zu und ging in ihr Zimmer zurück.

Renald de Lisle lauschte ihren Fußtritten und dem Klappen der Tür. Dann hob er langsam seine Hände, sog den Duft der Veilchen, atmete die Erinnerung an Claire ein. In nur zwei Tagen hatte die Braut, die ihm das Schicksal beschert hatte, ihm die Sinne, ja sogar beinahe den Verstand geraubt. Ihr Mut, ihre Hingabe für ihre Familie, selbst ihre impulsiven Dummheiten waren wie Juwelen in einer Krone auf ihren witzigen, bezaubernden und verführerischen kurzen Locken.
Wie lange würde es dauern, bis sie erfuhr, wie ihr geliebter Vater tatsächlich starb? Hoffentlich erfuhr sie es nicht, bevor sie mit ihm verheiratet war.
Wie ein Mann, der nach einer nackten Klinge langte, war er sich ständig des kommenden entsetzlichen Schmerzes bewußt. Wenn er gekonnt hätte, hätte er es verhindert. Um ihn Claire von Summerbourne zu ersparen, würde er jeden Preis zahlen. Aber nicht den Preis, sie zu verlieren.
Um sie zu behalten, würde er nach der Klinge langen und würde auch sie dazu zwingen.

11. Kapitel

Als die Trompete die Ankunft der ersten Gäste meldete, war Claire herzlich froh über de Lisles Wunsch. Sie war zerknittert, erhitzt und hatte einen leichten Kopfschmerz. Deshalb war sie dankbar, auf ihr Zimmer gehen zu können. Als sie aber ihre Großmutter in ihrem Stuhl am Fenster und die Sonne genießen sah, ging sie zu ihr. »Nun passiert alles so, wie du es gewünscht hast, Großmutter.«

Lady Agnes schaute auf. »Schau nicht so böse, als sei das meine Schuld.«

»Wessen Schuld ist es denn?«

Lady Agnes zögerte einen Moment. »Die von Clarence.«

Claire trat einen Schritt zurück. »Ist es nicht! Es ist«, jetzt flüsterte sie nur noch, »es ist die Schuld des *Königs*!«

»Wenn du meinst, daß das hilft, dann glaub das ruhig. Nur versuch nicht, dich an ihm zu rächen. Und paß auf deinen Bruder auf. Er war vor kurzem hier. Er hat geheult.«

»Er heult nicht. Er ist erschüttert. Und dazu hat er guten Grund.«

»Dadurch ändert sich auch nichts. Ihr müßt weitergehen.«

»Das tue ich. Oder etwa nicht?«

Lady Agnes schaute auf. »Doch. Du bist sehr stark. Wie ich. Ich hatte, wie du weißt, eine Schwester. Sie ist vor langer Zeit am Fieber gestorben. Sie nahm alles tragisch. Ich heiratete den Mann, weil es nötig war.«

»Ich wünschte, Thomas könnte das verstehen.«

»Ich habe es ihm gesagt, sehr deutlich sogar. Vielleicht hilft es.«

Das Geklirr von Geschirr und Stimmen auf dem Hof künde-

ten die ersten Gäste an. »Hattest du einen jüngeren Bruder?«
»Ich? Nein.«
»Was ist mit Sigfrith?«
Lady Agnes starrte sie an. »Sigfrith von den Stallungen? Er ist der Sohn eines Cousins, den mein Vater aufgezogen hatte.«
»Hättest du nicht mehr für ihn erreichen können?«
»Wie? Er wollte den Treueid nicht leisten, also konnte er kein Krieger werden. Deshalb mußte er all die Jahre hierbleiben.«
Claires Kopfschmerz wurde schlimmer. Was würde passieren, wenn Thomas den Treueid nicht leisten würde, wenn er älter war?
»Wo gehst du hin?« fragte Lady Agnes. »Ist schon alle Arbeit erledigt?«
»Ich habe versprochen, mich bis zur Zeremonie zurückzuziehen. Das ist eine französische Sitte.«
»Davon habe ich noch nie gehört, ist aber sehr aufmerksam. Dann geh nun.«
Claire machte zwei Schritte, drehte sich dann aber wieder um. »War es für dich genauso?«
Ihre Großmutter verzog nachdenklich den Mund. »Es war schlimmer. Die Zeiten waren gefährlicher, es war in den Tagen von Hastings. Dein Großvater hatte den Priester bestellt, der die Trauung vollzog, bevor wir noch zu weinen aufgehört hatten. Keine Hochzeitsfeier. Keine Zeugen außer dem Gesinde.«
»Wie schrecklich.«
Lady Agnes zuckte die Schultern. »Um ehrlich zu sein, ich erinnere mich kaum noch. Ich war wie betäubt. Aber danach war er sehr nett zu mir. Machte mir den Hof – genau zur rechten Zeit. So kann es dir auch passieren.«
Ihre Großmutter schaute an ihr vorbei, und Claire drehte

sich um. Claires zukünftiger Ehemann stand im Hauseingang, und vor der Tür tauchten die ersten Gäste auf.
Er sagte kein Wort, aber allein seine Gegenwart erinnerte sie an ihr Versprechen. Sie konnte gerade noch den Drang unterdrücken, eine unhöfliche Miene aufzusetzen, und eilte in die Abgeschiedenheit ihres Zimmer hinauf.
Ihre Kammermädchen hatten einen Zuber mit heißem Wasser bereitet, und Claire legte erleichtert ihre Arbeitskleidung ab. »Bitte gib etwas Lavendel und Rosmarin in das Wasser, Maria.«
»Kopfschmerzen?« fragte das Mädchen, während es das Kästchen mit den Kräutern öffnete.
»Ja. Von der Küchenhitze«, log Claire. Kurz darauf lag sie in dem warmen, duftenden Wasser, und der Schmerz begann sich aufzulösen. Normalerweise badete sie in der warmen Küche, aber wegen ihres Versprechens nahm sie ihr Bad jetzt hier oben. Der Geruch der Kräuter und die Ruhe und Stille wirkten Wunder. Als sie die Spuren der Arbeit von sich wusch, atmete sie einen Hauch Zimt ein und mußte daran denken, was Lord Renald über Gewürze und Veilchen gesagt hatte.
Es war nicht ihre Art, Dinge widerwillig oder halbherzig zu machen. Wenn sie schon Renald de Lisle ihr Versprechen gab, wollte sie alles geben, damit es gut wurde.
Also würde sie ihn ohne Groll hinnehmen und das Beste aus dieser Heirat machen. Um dies deutlich zu machen, schickte sie Maria, ihre Gewürzkiste zu holen, und bat Prissy, wilde Veilchen zu pflücken.
Er war also ein Soldritter und Turnierkämpfer gewesen. Ihr Leben war bisher einfach gewesen. Was für ein Recht hatte sie, auf jemanden herabzuschauen, der sich durch Dornen hatte kämpfen müssen, um dahin zu kommen, wo er jetzt war? Ohne Zweifel war er gereizt worden und hatte gebeichtet, wie viele Männer er getötet hatte.

Claire dachte daran, wie er von Besitz, Frauen und Kindern gesprochen hatte. Was für ein seltener Mann! Er klang aufrichtig, als würde er sein Eigentum und seine Familie schätzen und ehren. Das war gut. Sehr gut.
Ein Bild, das ihr plötzlich vor Augen stand, schreckte sie auf. Sie sah Lord Renald, groß und dunkel, der ein winziges, blondes Baby in seinen Armen wiegte. So ein Unsinn – Männer kümmerten sich normalerweise nicht um Säuglinge –, aber es erschien ihr so wahrhaftig, daß sie sich dem Bild nicht entziehen konnte. Es wurde stärker. Bald sah sie ihn inmitten gesunder, glücklicher Kinder lachen, ältere auf dem Arm, jüngere an seinen Beinen, ein ganz kleines Kind auf seinen breiten Schultern …
Mit einem trockenen Lachen verscheuchte Claire das Bild und setzte sich auf, um diesen Unsinn von sich abzuschrubben. Stellte sie sich den Wolf nun als Schoßhund vor? Sie mußte praktisch denken. Selbst wenn er in der Lage war, sie nur durch eine Berührung dahinschmelzen zu lassen …
Als sich die Tür öffnete und ihre Mutter eintrat, war Claire froh über diese Ablenkung. Ihre Mutter setzte sich auf einen Hocker, der neben dem Waschzuber stand, und paßte auf, daß ihre kostbaren Gewänder keine Wasserflecken bekamen. »Dies ist ein ganz besonderer Tag, Claire.«
»Das nehme ich an.«
»Er wird dir ein guter Ehemann sein.«
Claire unterdrückte eine Grimasse. Das mochte wohl stimmen, aber woher wollte ihre Mutter das wissen?
»Lord Renald ist ein guter Mann, der es gut mit dir meint«, fuhr ihre Mutter unbeirrt fort.
Überrascht schaute Claire auf. »Hat er mit dir gesprochen?«
»Aber natürlich.«
»Ich meine, über mich.«
»Natürlich hat er das, Claire. Würde er ein Mädchen zu sei-

ner Frau nehmen, ohne vorher mit ihrer Mutter gesprochen zu haben?«

»Da es ja nun der Befehl des Königs ist …«

»Selbst dann gibt es Formen der Höflichkeit. Ich habe bemerkt, daß er ein Mann ist, der diese Formen beherrscht und beachtet.«

Claire dachte darüber nach. »Ja. Das tut er.« Höflichkeiten, die eine nervöse Jungfer im Garten besänftigen sollten.

Sie zog den Beutel mit den Kräutern im Wasser hin und her, damit sich der Duft noch besser verteilte. Sie versuchte zu widerstehen, aber schließlich fragte sie doch: »Und? Was hat er über mich gesagt?«

Erleichtert lachte Lady Murielle auf. Das befreite auch Claire. »Er hat mir gesagt, daß er dich wunderschön findet und liebreizend und daß er sehr froh ist, daß schließlich du seine Braut geworden bist. Ich habe ihm gesagt, daß es mit dir etwas schwierig sein kann, wenn du verärgert bist, aber er schien sich das nicht vorstellen zu können.«

Claire spürte, wie sie errötete. »Und was sonst noch?«

»Er hat mir versichert, daß er ein guter und zärtlicher Ehemann sein wird, und ich glaube ihm.«

»Zärtlich? Ich bin nicht sicher, daß er weiß, was das heißt.«

»Er ist ein ganz anderer Mensch als dein Vater, Claire«, sagte Lady Murielle. »Das kannst du nur schwer beurteilen. Ich kenne diese Menschen gut, denn mein Vater und meine Brüder waren ebenso. Diese Männer schätzen Mut und Tatkraft und beschützen ihre Ehre. Manchmal toben und wüten sie, aber sie tun niemandem etwas zuleide, es sei denn, man greift sie an oder macht sie wirklich zornig.«

»Wie Hengste oder Bullen.«

»Aber mit mehr Verstand. Versuch ihn nicht wütend zu machen, Claire. Honig richtet mehr aus als Essig.«

Claire war sich nicht sicher, ob sie immer honigsüß sein

konnte, aber als sie sah, wie besorgt ihre Mutter die Hände verschränkte, sagte sie: »Ich versuche es, Mutter.«
Lady Murielle strich ihr anerkennend über die Schulter und sagte: »Gutes Mädchen.« Aber dann errötete sie leicht. »Ich denke, ich sollte mit dir noch über andere Dinge sprechen … Dies hier ist nur die Verlobung. Ich sollte mit dir über Ehepflichten reden …«
Verlegen rutschte Claire tiefer ins Badewasser. »Du meinst Pflichten wie die, seine Kleider in gutem Zustand zu halten?«
Ihr Mutter lachte und schüttelte den Kopf. »Auch das, natürlich, aber … Hast du keine Angst vor dem Ehebett?«
Claire ließ wieder das Säckchen mit den Kräutern kreisen und dachte daran, wie sie sich in seinen Armen gefühlt hatte, wie sie sich selbst bei einer leichten Berührung fühlte oder dann, wenn sein Körper leicht an dem ihren vorüberstrich. Sie hatte vor solchen Gefühlen keine Angst, aber sie wollte sich ihnen noch nicht öffnen, noch nicht.
»Es wird einige Zeit nach der Verlobung sein.«
»Hast du einen Termin festgesetzt?«
»Nein.« Sie schaute ihre Mutter an. »Aber er wird warten. Oder nicht?«
»Vielleicht will der König auch, daß die Ehe schnell vollzogen wird. Es ist nicht üblich, das lange aufzuschieben.«
Claire lag im Badewasser, und ihr wurde zum ersten Mal bewußt, daß dieser Tag sie in das Ehebett führen würde. Sie verdrängte die Tatsachen nicht. Sie würde sich von ihm berühren lassen, wenn er es wollte. Sie würde ihn in sich eindringen und ihr die Unschuld nehmen lassen. Sie würde ihn seinen Samen verstreuen lassen, damit sie Kinder haben konnten. Sie würde ihn das wiederholen lassen, wann immer er wollte, solange es den Regeln der Kirche entsprach. Die Fastenzeit, der Advent und die Feiertage würden wahrscheinlich willkommene Ruhepausen sein. Sie würde das

alles hinnehmen können. Es ging um das andere. Dieser Schwindel, der sie sich so schwach fühlen ließ, so verletzlich, so bedürftig ...
Ganz sicher gab es noch mehr. Aber wahrscheinlich wollte ihre Mutter ihr das gerade erklären. »Gut Mutter, raus damit. Erzähl mir alles.«
Lady Murielle quälte sich stockend durch eine Erklärung, die sie ebenso verlegen machte wie ihre Tochter, ohne daß sie Claire irgend etwas verständlich machen konnte.
»Aber was soll ich denn nun eigentlich *tun*?« fragte Claire schließlich.
»Nichts. Das ist das beste. Du sollst nichts tun außer dem, was er dir sagt.«
Aus verschiedenen Gründen erschien das Claire nicht gerade richtig, aber sie nahm das so hin und stieg aus der Bütte. Eines war sicher: Was immer zu tun war, Renald de Lisle wußte darüber Bescheid.
»Du warst immer so ein vernünftiges Mädchen«, sagte ihre Mutter, wobei es beinahe wie eine Vorhaltung klang. Aber schnell fügte sie hinzu: »Und er ist ein glücklicher Mann, so einen Schatz zu bekommen. Aber dein Haar!«
Claire rieb es mit einem Tuch trocken. »Vernünftig«, sagte sie mit einem trockenen Lächeln. Ihre Mutter lachte leise. »Aber du mußt zugeben, Mutter, daß das Haar nun viel leichter zu trocknen ist.«
Prissy und Maria platzten herein. Sie redeten aufgeregt über die Gäste, die kostbaren Gewänder, die edlen Pferde und das Fest, das mittlerweile das ganze Gutshaus erfaßt hatte.
Claire ließ sich kämmen, mit einer wohlduftenden Salbe einreiben und sich ein frisches Unterhemd anziehen. Dann stand sie auf, um aus dem Fenster zu schauen. Es sah so aus, als ob jeder der Umgebung gekommen war. Leute begrüßten sich schon von weitem, fremde Dienstboten eilten

hin und her, und viele Hunde und Pferde standen jedermann im Weg. Die Pferde wurden mit klirrendem Geschirr auf die Weide geführt, damit sie dort auf ihre Besitzer warteten.

»Komm vom Fenster fort, Claire«, sagte ihre Mutter. »Du solltest dich zu Ende anziehen. Es ist bald soweit.«

Claire sah, wie ihre Freundin Lady Margret mit ihrem Ehemann Lord Alaine und ihren Bediensteten herangeritten kamen. Wenn sie nur einige Momente Zeit allein mit Margret verbringen könnte, würde sie sicherlich die Wahrheit über das Ehebett erfahren. Aber sie hatte versprochen, bis zur Zeremonie hier oben zu bleiben und mit niemandem zu sprechen.

Später würde sicherlich noch Zeit genug sein. Heute war ja nur die Verlobung. Da ihr Vater erst seit kurzem unter der Erde lag, konnte sie die Hochzeit sicherlich noch um Wochen hinausschieben, vielleicht sogar um ein oder zwei Monate. Beruhigt ließ sie sich von ihren Mädchen in ihr feinstes Unterkleid, ein creme- und rosafarbenes Wollkleid und in einen mit Gold und Perlen bestickten seidenen Überrock kleiden. Lady Murielle legte ihr einen edelsteinbesetzten Gürtel um die Hüften.

»Du siehst so hübsch aus, Claire«, sagte sie, küßte ihre Tochter und ging dann hinunter in die Große Halle.

»Das mit Eurem Haar ist eine Schande«, sagte Prissy. »Wenn es noch bis zu Euren Hüften fallen würde, sähet Ihr aus wie ein Engel.«

Claire seufzte ob ihrer geopferten Haare und schaute in ihren silbernen Spiegel, um sich zu begutachten. Das Metall zeigte nicht jedes Detail, das das Auge wahrnehmen konnte, aber es verriet ihr, daß ihr ein Haufen Locken vom Kopf abstanden. Sie versuchte, sie runterzudrücken, aber das hatte überhaupt keinen Erfolg. Wie lange würde es brauchen, bis sie wieder lang waren? Wahrscheinlich Jahre.

Claire legte den Spiegel zurück. Eitelkeit war eine Sünde, aber sie wünschte, die Tradition würde nicht verlangen, daß die Braut ihr Haar offen und unbedeckt trüge. Ein Schleier wäre eine ideale Lösung gewesen.

Jemand klopfte an die Tür. Trotz ihres Vorsatzes ergriff sie Panik. »Ist es schon soweit?« Maria öffnete die Tür einen Spalt. Nach einem leisen Wortwechsel drehte sie sich um, lächelte Claire an und gab ihr einen Kranz von Vergißmeinnicht, Rosen und Veilchen. »Wie wunderschön!« sagte Claire und nahm den Blütenkranz entgegen. »Wie die Krone der Mai-Königin. Von wem ist er?«

»Von Eurem Bräutigam, Lady«, sagte das strahlende Mädchen. »In seinem Land sei es Sitte, daß die Braut Blumen und Schleier trägt.«

Während Claire über eine wunderschöne, hellrote Rose strich, überfielen sie plötzlich Zweifel. Konnte es sein, daß Lord Renald diese Sitte nur erfunden hatte, um ihr eine Möglichkeit zu geben, ihr kurzes Haar zu verbergen? Würde er so etwas tun?

Dann verstand sie ihn und mußte trotzdem lächeln. Seine Beweggründe waren ohne Zweifel recht egoistisch – er wollte nicht, daß sie bei einer solchen Gelegenheit widerwillig schaute –, aber das Ergebnis seiner Gedanken war ihr äußerst willkommen. Der Blütenkranz konnte ihr Haar nicht verbergen, aber er konnte die störrischen Locken in Form drücken.

»Maria«, sagte Claire, »bitte, gib mir meinen seidenen Schleier.« Ihr Vater hatte ihr diese zarte Kopfbedeckung vor nicht einmal einem Jahr gekauft, und Tränen traten Claire in die Augen, weil er sie heute nicht sehen würde. Sie unterdrückte den Drang zu weinen. Prissy zupfte ihr den Schleier so über dem Haar zurecht, daß er die Stirn bedeckte. Dann setzte Maria ihr ganz vorsichtig den Kranz auf. »Ich will die Seide nicht zerreißen.«

»Natürlich nicht.« Claire mochte sich kaum bewegen. »Er ist etwas schwer, aber dadurch wird er nicht verrutschen. Wie sehe ich aus?«

Die Gesichter der Zofen hatten es ihr bereits verraten, aber sie mußte trotzdem fragen. »Wunderschön.«

»Vollkommen.«

»Wie eine Fee.«

Sie schaute erneut in den Spiegel. Und als es wieder an der Tür klopfte, durchrieselte sie wieder ein Angstschauer, aber diesmal war er nicht so heftig. Sie hatte mittlerweile das sichere Gefühl, aus dieser erzwungenen Verbindung etwas Gutes zu machen.

Maria sagte: »Alles ist fertig, Lady.«

Claire dachte daran, daß sie das Beste aus ihrem Schicksal machen wollte, und griff noch einmal in ihr Gewürzkästchen, nahm eine Prise Zimt, um ihn unter dem Oberkleid zu verteilen, rieb sich etwas Kardamom und Ingwer ins Haar und ergriff schließlich einige Veilchen, zerrieb sie zwischen den Handflächen und verrieb sie dann auf Handrücken und Nacken. All dies waren Zeichen für ihren aufrichtigen Willen, Renald de Lisle eine gute Ehefrau sein zu wollen. Langsam, auf den Blütenkranz achtgebend, ging sie hinaus, um ihrer Zukunft entgegenzusehen.

Musik und Stimmengewirr wurden lauter, als sie die Treppen herunterkam und die Große Halle betrat. Sie fürchtete, Verachtung in den Augen ihrer Nachbarn zu sehen, Verachtung, wie sie auch in Thomas' Augen zu lesen war. Aber jedermann lächelte. Das Lächeln war etwas verhalten, aber das war ob des Todes ihres Vaters zu erwarten. Sie las aber auch Neugierde in den Gesichtern und war sicher, daß die Geschehnisse auf Summerbourne in der Gegend in aller Munde waren. Sie entdeckte auch Überraschung, aber das lag wahrscheinlich an ihrem fremden Kopfschmuck und dem kurzen Haar.

Einem Mann wollte das Lächeln nicht so recht gelingen. Wahrscheinlich war Eudo, der Sheriff, völlig niedergeschlagen. Schließlich war er ein sehr gefühlsbetonter Mann. Obwohl Claire ihm viel Schuld an der Entscheidung ihres Vaters gab, lächelte sie ihn beruhigend an und wandte den Blick dann ihrem Schicksal zu.

Lord Renald war der Mittelpunkt. Sein Schreiber stand an seiner einen, Bischof Geoffrey an der anderen Seite. Beide Männer waren einen Kopf kleiner und längst nicht so stattlich wie er. Die Anwesenheit des Bischofs war eine große Ehre und erinnerte Claire – als hätte sie das nötig gehabt – daran, daß diese Ehe der Wunsch des Königs war.

Ihr Pate, Graf Salisbury, war auch da. Er stand groß, schmal und hochmütig anstelle ihres Vaters neben ihrer Mutter. Claire war beruhigt, daß ihre Mutter einen Mann an ihrer Seite hatte, der sie stützen konnte.

Sie ging weiter, schaute auf ihren zukünftigen Ehemann und versuchte, ihn als das anzunehmen, was er war – ein Kämpe des Königs, aber vernünftig und manchmal sogar liebenswert. Sie war aber abgelenkt, der Gesichtsausdruck ihres Paten, des Grafen, gab ihr zu denken. War es Wut? Nein, das nicht. Vielleicht Verachtung. Oder Mißbilligung. Zumindest Vorbehalte. Aber das war kein Wunder, schließlich war er einer der Rebellen gewesen. Er war zweifelsohne nicht froh darüber, daß sie und Summerbourne in die Hände von Heinrichs Gefolgsmann übergingen. Wahrscheinlich war er sogar vom König gezwungen worden, auf dieser Feier zu erscheinen. Als Lord Renald sie prüfend anblickte, wurde ihr klar, daß sie mitten in der Halle wie angewurzelt stehengeblieben war. Schnell ging sie weiter. Seine Züge entspannten sich. »Ihr seid schön wie nie, Mylady.«

»Vielen Dank, Mylord.« Sie hätte ähnliches zu ihm sagen können. Bisher hatte sie ihn in Rüstung oder in Alltagskleidung gesehen. Jetzt aber trug er einen kostbaren Überrock

aus rotem Tuch, der von sehr geschickten Händen mit schwarzen und goldenen Stickereien verziert war. Armreifen und Gürtelschnalle waren aus Gold. Von Kopf bis Fuß ein mächtiger Herr.
Als sie sich an die Seite ihrer Mutter begab, sah sie ihren Bruder hinter Lord Renald stehen, gekleidet in sein bestes, blaues Gewand, still und mit verschlossenem Gesicht. Er schien durch sie hindurchzuschauen.
Ihre Mutter lächelte ihr besorgt zu und drückte ihre Hand. Claire versuchte, ruhig und zufrieden auszusehen, und erwiderte den Händedruck. Von ihrem Paten verneigte sie sich leicht und drehte sich dann ihrem dunklen Schicksal zu. Sie erschrak. Lord Renald schaute, als befände er sich mitten in einer Schlacht. Seine flinken Augen überflogen jeden Millimeter der Halle, als ob er sicher war, daß dort Angreifer und Gefahren lauerten. Wenn er ein Schwert getragen hätte, hätte er es jede Sekunde ziehen und damit töten können. Auch sie schaute umher und suchte nach einem Unheil, aber sie sah nur lächelnde und sie neugierig anblickende Nachbarn.
»Wir haben uns hier versammelt«, hob der Bischof an, »um das Gelübde zu bezeugen ...«
Claire konzentrierte sich auf die Zeremonie, als der Bischof nun die Verlobungsurkunden verlas, damit jeder die Vereinbarung kannte und sie bezeugen konnte, falls die Urkunden verlorengehen sollten.
Alles war wie abgesprochen. Sie bekam drei Pachtgüter von ihrem zukünftigen Ehemann. Das war während ihrer Ehe ihre Sicherheit und ihr Zuhause, wenn sie Witwe wurde. Ländereien und Witwenhaus kamen eher von ihrem Vater als von ihrem Ehemann – sah man von der Tatsache ab, daß die Besitzungen ihres Vaters nun ihm gehörten. Ihrer Mutter und ihrer Großmutter wurde der Witwenbesitz bestätigt, ebenso Felice und Amice ihre Mitgift. Thomas wurde nicht

erwähnt. Claire schaute ihn an, war sich aber nicht sicher, ob er überhaupt zuhörte. Niemand erwartete, daß Thomas Land erhielt; auch wenn diese Versorgungen großzügig waren, war es eine Schande, daß er leer ausgehen mußte. Es wurde erwartet, daß, wenn diese Ehe harmonisch verlief, der liebende Ehemann der Schwester den Bruder unterstützte. Claire wurde unangenehm bewußt, daß Thomas in gewisser Hinsicht Garant für ihr Wohlverhalten war und sie für seinen Gehorsam. Claire überlegte, ob man ihm das gesagt hatte und dies der Grund für sein nun lammfrommes Verhalten war. So hatte sie sich ihre Ehe niemals vorgestellt!

Nun sollten die Gelübde abgelegt werden. Ihre Mutter und ihr Pate legten ihre Hand in die von de Lisle. Der Bischof segnete sie beide mit Weihwasser und rief Gott als Zeugen dieses Bundes an. Dann erhob ein Mönch sein Kruzifix, und der Bischof fragte sie, ob sie die Vereinbarungen akzeptieren und ob sie Renald de Lisle zu ihrem Ehemanne nehmen wolle.

Sie hatte keine Wahl. Sie legte eine Hand auf das Kreuz und sagte: »Das will ich.«

Dann wurde Lord Renald dieselbe Frage gestellt. Seine Stimme war tief und fest, als er antwortete: »Das will ich.«

Dann neigte er sich ihr zu und steckte ihr einen Ring an den dritten Finger ihrer rechten Hand.

Der Bischof legte ihre rechten Hände ineinander. »Damit seid ihr nun ein Paar. Möge Gott Euch in Eurem gemeinsamen Leben leiten.«

Die Gäste antworteten mit einem lauten: »Amen.«

Die unvertrauten Ringe, die ihnen beide in die Haut schnitten, waren das passende Zeichen für diese Heirat. Tränen brannten in ihren Augen, als sie die Urkunde unterzeichnete. Sie würde heute nicht weinen! Es gelang ihr sogar, leicht zu lächeln, als Lord Renald sein Zeichen unter das Doku-

ment setzte, auch wenn es ihr wieder einmal vor Augen führte, wie anders er als ihr Vater war.
Sie wollte nicht länger nachdenken. Nur wenige Laien waren so gebildet wie ihr Vater. Die meisten Krieger konnten überhaupt nicht lesen oder schreiben. Solche Fertigkeiten galten als Ausdruck von Schwäche, waren ein Zeichen dafür, daß ein Mann seine Zeit sinnlos vergeudet hatte, in der er sich körperlich in Form bringen und seine Kampftechniken hätte vervollkommnen können.
De Lisle wandte sich ihr zu, ergriff wieder ihre Hand, aber diesmal ganz zart mit seiner Linken, und drehte Claire den versammelten Gästen zu, um zu erklären: »Unser Bund ist besiegelt.«
Die Hurrarufe ließen die Balken erzittern. Die Männer drängten nach vorn, um ihre Unterschrift oder ihr Zeichen unter die Urkunde zu setzen. Die Frauen gratulierten ihnen. Und kommentierten Claires Haare. »Welch eine Schande!«
Und den Schleier. »Was für ein zartes Gewebe!«
Und die Blüten. »Wie schön! Wie ungewöhnlich!«
Inmitten der vertrauten Gesichter mußte Claire doch ein wenig weinen. Aber es waren Tränen der Freude. Es tat so gut, unter lachenden Gesichtern zu sein, unter Leuten, die sie zu nichts zwangen. Egal, nun war es geschehen. Sie hatte für ihr ganzes Leben entschieden, und dies war der Tag ihres Versprechens. Sie würde wahrscheinlich nie einen anderen haben.
Also war nun die Zeit für Glück und Fröhlichkeit.

12. Kapitel

Die Männer zogen Renald mit sich fort, und Claire war ihnen dankbar. Bei den Frauen konnte sie entspannen, besonders als diese ihr Wein einschenkten. Das gehörte mit zur Tradition, um die Braut lustig zu stimmen.
Die Männer standen den Frauen in nichts nach. Als Claire Gelächter und Jubelrufe hörte, schaute sie hinüber, um zu sehen, wie Renald ein riesiges Horn Ale leerte. Sie hoffte zumindest, daß es Ale war, was er in dieser riesigen Menge in einem Zug hinunterschüttete. Claire befürchtete schon, er würde ertrinken, da nahm er das Horn endlich von den Lippen und schüttelte es triumphierend, um zu zeigen, daß es leer getrunken war. Heilige Jungfrau, es mußte einen Liter enthalten haben! Die Männer und Renald tobten vor Begeisterung.
Als er sah, wie sie ihn betrachtete, lächelte er ihr zu. Sie hatte ihn noch nie so glücklich gesehen. Sie mußte zurücklächeln. Er nahm seinen Becher vom Tisch, erhob ihn und grüßte zu ihr hinüber. Sie ergriff ihren, um den Gruß zu erwidern, aber dann traf das Sonnenlicht auf das Gold und die Juwelen des Pokals. Claire erstarrte. Er hielt den Pokal ihres Vaters in Händen, ein Geschenk des Königs!
»Claire?« fragte Lady Huguette, die neben ihr saß. »Was ist los mit Euch?«
»Nichts.« Claire zwang sich zu lächeln, nahm ihren Becher und toastete Renald zu. Aber irgendwas hatte auch er gesehen, denn er schaute sie nun prüfend an.
Sonst schien es keiner zu bemerken. Alle lachten und gratulierten, als das Paar sich zutrank, klatschten in die Hände

und trampelten mit den Füßen. Einige Männer grölten derbe Kommentare durch die Halle. Die Frauen kicherten.
Claire lächelte so strahlend wie möglich und wandte sich dann wieder den freundlichen, derben Frauen zu.
Er hatte nicht wissen können, daß der Pokal den Verrat seines Herrn symbolisierte. Und wie alles andere hier gehörte er jetzt Renald. Aber Claire wünschte, er hätte nicht gerade aus diesem Pokal getrunken.
»Das ist ein echter Mann, den ihr Euch ausgesucht habt, Claire«, sagte eine ältere Matrone und leckte sich Himbeersaft von den Fingern. »Was für ein Brustkorb!«
»Und sicherlich auch anderswo ebenso gut gebaut!« zwinkerte ihr eine andere zu.
»Wie soll ich das wissen?« konterte Claire und knabberte an einer der Naschereien, an denen sie so lange gearbeitet hatte. »Jetzt schon?«
Die Frauen lachten. »Wollen wir hoffen, daß er weiß, was er mit seiner Größe anfängt«, sagte die alte Lady Huguette und stieß Claire ihren Ellenbogen in die Seite.
Lady Margret zwinkerte. »Wenn er es nicht weiß, schickt ihn zu mir, Claire. Ich werde es ihm schon beibringen.«
Alle lachten, aber Claire sagte: »Wenn Ihr meinen Mann berührt, dann reiß ich Euch die Haare mitsamt den Wurzeln aus, Lady Margret.«
Auch darüber lachten die Frauen, denn es gehörte zum Spiel, zum altvertrauten Spiel, bei dem die Braut von ihrer Kindheit Abschied nahm. Selbst bei einer erzwungenen Heirat war dieser Ritus von großer Hilfe. Diese Frauen, jung und alt, hatten das alles schon vor ihr erlebt und hatten es überlebt. Sie bildeten eine Gemeinschaft, der sie nun auch angehören würde. Die verheirateten Frauen trafen sich so oft wie möglich, tauschten Geschichten und Ratschläge aus und waren immer bereit zu helfen. Claire erinnerte sich daran, wie ihre Großmutter darüber gesprochen hatte, wie man

mit brutalen Ehemännern zurechtkam. Sie hatte recht. Frauen hatten ihre Möglichkeiten.
Sie hatten auch ihre Art, mit Tod und mit Sorgen zurechtzukommen. Während Lady Agnes von Freunden umgeben in ihrem gepolsterten Stuhl sitzen blieb, hatte sich Claires Mutter von der Feier zurückgezogen. Frauen gingen in ihrem Zimmer ein und aus, damit sie Gesellschaft und Trost hatte. Schließlich setzte Lady Margret sich neben Claire. Ihre Hände ruhten auf ihrem gewölbten Unterleib. »Ihr seht traurig aus, Claire. Euer Vater, nicht wahr?«
Claire hatte gar nicht bemerkt, daß ihr Lächeln verschwunden war. Margret mußte sie nichts vormachen. »Ich kann jetzt noch nicht vollkommen glücklich sein.«
»Das erwartet auch niemand von Euch.« Margret nahm sich einen gefüllten Pilz von einem Servierbrett. »Aber er scheint im siebenten Himmel zu sein.«
»Ja, das erscheint mir auch so.« Sein ganz persönlicher Himmel, von dem aus er das Universum erforschen konnte. »Was macht das Baby? Geht es Euch wieder schlecht?«
»Jeden Morgen.« Margret seufzte und ging vergnügt dazu über, ausführlich die Symptome zu beschreiben.
Das gehörte auch zum Ritual, dieses Weitergeben von Wissen. Schon bald würde auch Claire das Kind ihres Ehemannes tragen, würde die Veränderungen spüren, das Würgen trotz eines leeren Magens. Trotz der Übelkeit war es ein weiteres Geschenk, das ihr diese Heirat machen würde. Claire liebte Kinder und würde gerne ein paar bekommen.
Sie schaute wieder zu ihrem Verlobten hinüber, der zwischen den vielen Männern verschwand, von ihnen aufgenommen wie sie von den Frauen, obwohl er ein Fremder war. Er paßte hierher. Es würde gutgehen.
Ob er wohl mit seinen großen Händen ihren schmerzenden Rücken streicheln würde, wie Alaine es bei Margret tat? Claire dachte an ihre Begegnung im Garten und wußte, daß

er es tun würde. Ihr eisiger Widerstand schmolz immer weiter. Er war in so vielem ein guter Mann, ihn überschattete nur die Art und Weise seines Auftritts.
Claire überlegte sich, wie sie ihn wohl gesehen hätte, wenn er als Fremder gekommen wäre und ohne den Leichnam ihres Vaters. Er hätte sie sicherlich aufgrund seiner Größe verwirrt, dadurch, daß er ein Krieger war, aber sie hätte ihn sicherlich gemocht. Wie es nun auch geschehen war. Er sah gut aus. Claire hatte das schon vorher gewußt, aber erst jetzt wurde ihr klar, daß er ein wirklich gut aussehender Mann war, ganz besonders, wenn er fröhlich war. Seine dunklen Augen waren besonders schön, wenn sie lachten. Er bewegte sich anmutig, wie es nur ein gesunder und kräftiger Mensch kann.
Es war kein Wunder, daß die Frauen deftige Kommentare abgaben und mit Neid auf sie blickten. Das hatte Claire niemals erwartet. Sie hatte gedacht, jede würde sie bemitleiden. Nun wurde ihr klar, daß ihr Schicksal kein Mitleid hervorrief.
Sie beobachtete Renald weiterhin verstohlen, bemerkte, wie leicht er sich in der Menge bewegte und wie sehr die Männer ihn schätzten. Ein solcher Mann – ein Kämpfer, ein dem König nahestehender Mann – könnte versuchen, alle zu dominieren, könnte laut, herrisch und überheblich sein. Aber Renald de Lisle fügte sich in die Gemeinschaft ein und verschmolz mit ihr. Es war beunruhigend, aber sie konnte nichts dagegen tun. Es war, als hätte ein Riese das Haus gepackt und an einer Seite angehoben. Vielleicht waren es nur die Getränke.
Als sie etwas an ihrem Knie spürte, schaute sie nach unten. Lady Margrets zweijährige kleine Tochter wollte auf den Arm genommen werden. Froh, sich mit etwas Einfacherem beschäftigen zu können, hob Claire sie auf den Schoß. »Geht es dir gut, Ouisa?«

Das braunhaarige Kind nickte und zeigte auf Claires Blütenkranz. »Schön.«
»Ja, nicht wahr? Den hat Lord Renald für mich gemacht. Ich werde ihn bitten, einen für dich zu machen, wenn du uns das nächste Mal besuchen kommst.«
Das war ein schöner Gedanke, Margret, Alaine und Ouisa würden nach Summerbourne kommen, um einige mußevolle Stunden mit Claire und Renald zu verbringen. Auch das Kind fand die Idee gut, warf den Kopf zurück und rief aus vollen Lungen: »Lordenald!«
Claire lachte und beruhigte sie. Lady Margret rief: »Ouisa, benimm dich!«
Aber Renald kam herüber. »Mylady haben gerufen?« sagte er und streckte die Hände aus. Claire war gespannt, denn sie dachte, Ouisa würde sich an sie klammern. Das Mädchen warf sich ihm aber förmlich in die Arme.
»Sie ist schrecklich kokett«, sagte Lady Margret. »Und ausgesprochen raffgierig. Seid auf der Hut, Mylord, sonst seid Ihr das Gold von Eurem Gewand schneller los, als ihr schauen könnt.«
Und tatsächlich zupfte Ouisa bereits an der Stickerei seines Ärmels.
»Jede hübsche Lady ist Gold wert.« Er nahm einen seiner Armreifen ab und gab ihn dem kleinen Mädchen.
»Meiner?« fragte Ouisa.
Das hatte Claire befürchtet. Was würde er jetzt tun?
»Nein. Aber ich werde ihn dir für einen oder zwei Augenblicke leihen.« Er lächelte Lady Margret zu und gratulierte ihr zu dem prächtigen Kind.
Während die beiden sich unterhielten und Ouisa den glitzernden Armreif ausführlich betrachtete, hatte Claire ein Bild vor Augen, daß ihren albernen Träumen ausgesprochen ähnlich war. Wider Erwarten würde Renald de Lisle – Kampfwolf mit blutbesudeltem Schwert – ein gu-

ter Vater sein. Warum es sie so beunruhigte, wußte Claire nicht.
Ouisa versuchte, den Armreif auf ihrem Kopf wie eine Krone zu tragen, und er half ihr dabei, ohne ihr Geplapper dabei zu unterbrechen. Dann nahm sie den Reif wieder herunter, zog ihn über ihren dünnen Arm und schaukelte ihn hin und her, schaute dann Renald mit gerunzelter Stirn an. »Pipi«, sagte sie.
»Oh, Gott«, lachte Margret errötend. »Am besten gebt Ihr sie mir, Mylord, bevor Eure feinen Kleider naß werden.«
Er reichte ihr das Kind und sagte: »Ich brauche meinen Reif nun zurück, Lady Ouisa. Legt Ihr ihn wieder um mein Handgelenk?«
Ouisa betrachtete die Hand und das Schmuckstück und versuchte dann mit roher Gewalt, die beiden zusammenzubringen. Es mußte weh getan haben, aber Renald bewegte die Hand nur ganz leicht, um in den Reif zu schlüpfen.
»Vielen Dank, schönes Kind.« Galant küßte er ihr Patschhändchen. Lächelnd eilte Lady Margret hinaus, während Ouisa ihn die ganze Zeit über die Schulter ihrer Mutter hinweg anschaute.
»Ihr mögt Kinder.«
Er neigte sich ihr zu und zog die Augenbrauen hoch. »Stört Euch das, Lady Claire?«
Claire errötete wegen seiner scharfen Erwiderung. So hatte sie es nicht gemeint. Es war nur so, daß der Riese wieder die Halle hin und her schleuderte.
»Natürlich nicht, mein Herr. Ich bin erfreut, daß der Vater meiner Kinder gut mit ihnen umgehen wird.«
Er schaute sie an, und eine seiner Brauen zuckte. Sie wußte, daß es nicht so nett geklungen hatte, wie sie es gemeint hatte. Bevor sie es mildern konnte, sagte er: »Ich mag Mädchen lieber. Kleine Jungen sind Ungeheuer.«

Als ob dies unter Beweis gestellt werden sollte, rief eine Jungenstimme: »Lord Renald! Kommt hierher!«
Seine Lippen zuckten. »Ich habe dem Haufen versprochen, ihnen einen Trick zu zeigen.«
Er verneigte sich, um ihre Hand zu küssen, und murmelte: »Schenkt mir viele kleine Mädchen, meine Braut.«
Mit rotem Gesicht schaute Claire zu, wie er sich unter eine Meute wartender Jungen mischte, die noch jünger als Thomas waren. Einige schauten voller Verehrung zu ihm empor, was nicht überraschend war.
Claire bemerkte, daß sie ihn genauso wie Ouisa mit den Augen verfolgte, und wandte sich schnell wieder den Frauen zu. Alle lächelten sie warm und verständnisvoll an.
Der Riese schaukelte die Halle nun wie ein Boot hin und her. Sie war hergekommen, um geopfert zu werden, und nun wußte sie nicht mehr, was sie tat – außer betrunken zu werden. Obwohl sie wußte, daß der Wein nicht Schuld an ihrem Taumel war, stellte sie den halbvollen Becher beiseite.
Ein Trompetenstoß, der die Halle erschütterte, kündigte das Essen an. Erleichtert, sich nun mit anderem beschäftigen zu können, stand Claire auf. Ein Ziehen an ihrem Kopf erinnerte sie an den Kranz und ermahnte sie zur Vorsicht. Sie drückte die Blüten fest und ging dann zu Renald, der darauf wartete, sie zu ihren Plätzen an der langen Tafel zu führen.
Er nahm ihre Hände. »Geht es Euch gut?«
»Natürlich!« Aber Claire mußte sich an ihm festhalten, um das Gleichgewicht zu halten. »Es ist der Wein.«
Sie wußte, daß es nicht so war. Sie begann ihren baldigen Ehemann zu lieben, und das ließ sie taumeln. Das war zu neu, zu ungewohnt. Das hatte sie von diesem Tag nicht erwartet.
Er führte sie zu ihrem Stuhl. »Es wird Euch guttun, etwas zu essen, Lady Claire.«
Das bezweifelte sie. Als er seine Hand hob, kam Thomas mit

der Schale zum Händewaschen. Claire hatte den Eindruck, daß ihr Bruder etwas entspannter war. Viele der jüngeren Gäste waren seine Freunde, und da Renald so bewundert wurde, taute Thomas vielleicht auf. Sie betete, daß es so war. Dann gäbe es eine Sorge weniger, die sie krank machen würde.

Natürlich war es nicht schlecht, den Ehemann zu lieben. Noch war es ein seltsames Gefühl. Unsicher. Als ob sie auf einem glitschigen Stein mitten in einem reißenden Fluß stehen würde und dabei ins Taumeln geriete.

Jedermann setzte sich nun an die Tafel, und der Lärm verwandelte sich in gedämpfte Tischgespräche. Nun konnte man auch die Musik wieder hören. Als Thomas mit dem Aufwarten fertig war, sagte Renald: »Ich danke dir, Thomas. Nun geh und genieß das Fest gemeinsam mit deinen Freunden.«

Claire konnte sehen, wie in ihrem Bruder Lust auf Streit und Freude über das Angebot miteinander rangen. Die Freude siegte. »Vielen Dank, mein Herr.« Und schon entschwand er in die fernste Ecke der Halle, wo die jüngeren Gäste wahrscheinlich jeden nur möglichen Unsinn ausheckten.

»Vielen Dank«, sagte Claire, obwohl die Welt immer weiter ins Schwanken geriet.

»Ich habe auch Josce freigegeben.« Er neigte sich ihr zu. »So habe ich eine Ausrede dafür, mich selber um Euch zu kümmern.« Solche Sachen sagten Verlobte immer, aber Claire wünschte, Renald würde das nicht tun. Nicht jetzt. Sie mußte so sehr um ihr Gleichgewicht ringen.

Diener trugen Platten mit Leckereien herein, und Claire konzentrierte sich auf die praktischen Angelegenheiten. Beide paßten auf, daß es nicht zu Störungen kam und warteten darauf, daß sie mit etwas zu essen dem Wein die Wirkung nehmen konnten.

Aber als das gegrillte Schwein auf einem Bett von Kresse

vor ihr hingestellt wurde, sagte Claire: »Oh, das arme, kleine Ferkel.«
Sofort ließ Renald die Platte weiterreichen, aber sie packte seinen Arm. »Ich würde trotzdem gern etwas davon nehmen.«
Sie erstarrte, als sie seine Haut unter ihrer Hand glühen spürte, auch fühlte sie die kräftigen Muskeln und die festen, dunklen Haare – ihr Kopf schien zu schweben. Vorsichtig zog sie ihre Hand fort. »Ihr solltet auch das Schlimmste erfahren«, sagte sie scheinbar ruhig und nahm einen tiefen Schluck Wein, bevor ihr klar wurde, wie wenig klug das war. »Ich habe keine sehr einfühlsame Seele. Ich esse für mein Leben gerne Spanferkel.«
»Wenn das das Schlimmste ist, bin ich ein ausgesprochen glücklicher Mann.« Er nahm ein Stück des zarten Fleisches und führte es an ihren Mund. »Dann soll dieses Opfer nicht umsonst gewesen sein.«
Errötend biß sie zu. Sie fühlte an seltsamen Orten Hitze in sich aufsteigen. Als sie sich die süße Soße von den Lippen leckte, mußte sie einen Finger zur Hilfe nehmen, weil ein Tropfen ihr Kinn hinunterzulaufen drohte. Sein Blick war fest auf sie geheftet. Unter ihren Füßen bebte der Boden, und Claire spürte, daß sie das nicht mehr lange ertragen konnte.
Wie die Sitte es verlangte, nahm auch sie ein Stück Fleisch und führte es an seinen Mund. Sie spürte, wie ihnen jeder zuschaute. Zuschaute, wie er ihr Handgelenk festhielt, um die Soße von ihren Fingern zu lecken. Aber nur sie spürte, daß er ihren Finger für Sekunden mit seinen Zähnen festhielt. Und nur sie wußte, welch ein Gefühl das in ihr hervorrief. Dann sah sie in seinen Augen, daß er es auch wußte.
Er ließ sie los, gab die Spezialität an die anderen Gäste weiter und legte Hühnchen auf ihrer beider Gedecktabletts. Claire begann zu essen, da es ihr in diesem Moment als das

Einfachste erschien. Wenn das Liebe war, wenn das keine Folge des Weins war, dann würde sie damit leben müssen. Mit der Zeit würde es bestimmt angenehmer werden. Weniger schmerzhaft. Weniger verwirrend.
Sie plauderte mit dem Grafen, der an ihrer anderen Seite saß, und war dankbar für dieses ungefährlichere Gewässer. Doch Graf Salisbury schien noch verstimmt wegen des ganzen Ereignisses zu sein. Er sagte nichts. Aber sein Gesichtsausdruck verriet es.
Ein Funkeln zu ihrer Linken ließ sie zu Renald schauen, der seinen Becher erhob. Es war wieder dieser Pokal.
Er bemerkte ihren Blick. »Mylady, was quält Euch?«
»Der Pokal. Er gehörte meinem Vater.«
»Hier hat alles ihm gehört. Warum stört Euch dieser Pokal?«
»Er war ein Geschenk des Königs.«
»Aha. Und es schmerzt Euch, daß ich daraus trinke?«
»Vielleicht, weil er ihn niemals benutzt hat. Er bekam ihn nach… nachdem König Heinrich die Krone erlangt hatte.«
»Nachdem er zum König gewählt worden war«, stellte er kühl richtig.
Sie biß sich auf die Lippen. Sie hatte nicht vor, an dieses Thema zu rühren. »Mein Vater hat ihn niemals benutzt. Er hat ihn wie ein Schmuckstück behandelt.«
Er schwieg für einen Moment, nahm ihren Silberbecher und stellte den goldenen, juwelenbesetzten an seine Stelle. »Er gehört Euch. Ein Verlobungsgeschenk. Macht damit, was Ihr wünscht.«
Sie durfte ihn zerschlagen oder einschmelzen lassen? Sie würde es jedenfalls nicht tun. Wie ihr Vater war sie nicht fähig, ein Kunstwerk zu zerstören. Während sie mit dem Finger über die Gravur strich, sagte sie: »Vielen Dank.«
»Was steht da?«
»Dem Herrn des Paradieses vom König der Engel.«
Er zog die Brauen hoch. »Seltsam.«

»Heinrich Beauclerk hat Summerbourne immer als ein Stück vom Himmel bezeichnet, als das Paradies auf Erden.«
»Aber der König der Engel?«
Sie lächelte, obwohl die Gedanken sie mit Trauer erfüllten. »Das war ein Scherz zwischen ihnen. Ihr wißt ja, daß sie Freunde waren. Früher.«
»Ja«, sagte er sanft. »Das weiß ich. Aber was war der Scherz?«
Sie fuhr langsam mit dem Finger den goldenen Rand entlang. »Kennt Ihr die Geschichte von Papst Gregor und den englischen Sklaven?«
Ein Diener kam vorbei, und Renald legte ihr in Honig gebackenes Kaninchen aufs Gedecktablett. »Erzählt sie mir.«
Claire bemerkte, daß sie das Hühnchen kaum angerührt hatte, und nahm schnell einen Bissen. »Papst Gregor sah in Rom ein paar Sklaven, es war vor vielen Jahren, als die Römer noch Sklaven hielten, er war bezaubert von ihrer Schönheit, denn er kannte so zarte, weiße Haut nicht ...«
»Und goldenes Haar«, sagte er und schaute sie bewundernd an. »Und Augen«, fügte er hinzu, »die blau sind wie der Sommerhimmel. Ich kann mir sehr gut vorstellen, wie er sich gefühlt hat.«
Claire fuhr fort: »Der Papst fragte: ›Was sind das für Menschen?‹ Der Sklavenhändler sagte: ›Angeln.‹ Darauf erwiderte der Papst: *Non Angli sed angeli.* Keine Angeln, sondern Engel. Und deshalb neckte mein Vater Prinz Heinrich, daß er der König der Engel werden wollte ...«
Sie schwieg, als sie daran dachte, was Heinrich Beauclerk getan hatte, um der König der Engel zu werden, und daß er nichts getan hatte, um dem Herrn des Paradieses zu helfen. Sie hatte sich darum bemüht, daß der Tod ihres Vaters diesen Tag nicht überschattete, aber nun konnte es scheinbar nicht mehr abgewendet werden.

Sie sah, daß Renald finster blickte, allerdings nicht zu ihr. Sein Blick lag auf dem Grafen.
»Salisbury hat mir vorgeschlagen, den Pokal zu benutzen.«
Claire schaute zu ihrem Paten hinüber, der sich mit ihrer Mutter unterhielt. »Er muß das doch wissen. Ich denke, daß er auch weiß ...«
»Daß das alles andere als angenehm ist. Interessant, nicht wahr?«
Irgend etwas lag in der Luft, eine unbekannte Bedrohung, deshalb suchte Claire nach einer Erklärung. »Er war einer der Köpfe der Rebellion.«
»Ich weiß.«
Das hatte sie schon geahnt. Und sie befürchtete, daß es nicht sehr klug war, einen königstreuen Mann daran zu erinnern.
Er zuckte die Schultern und lächelte. »Heute wollen wir nicht über Rebellion sprechen – egal welcher Art.« Er schaute ihr in die Augen. »Ich befehle Euch, Mylady, mir etwas zu essen zu geben.«
Claire schaute ihn mit stockendem Atem an. »Und wenn ich mich weigere, mein Herr?«
»Dann bin ich gezwungen, Euch zu bestrafen.«
Sie schaute ihn unerschrocken an. »Und wie?«
»Mit Küssen.«
Sie kicherte. Sie hörte sich. Sie kicherte wirklich. »Küsse? Für einige Frauen wäre das sicherlich ein Grund zum Widerstand.«
»Tatsächlich?« Seine Hand legte sich langsam heiß und rauh um ihren Nacken. »Und Ihr, Mylady? Werdet Ihr Euch widersetzen?«
Der Wein ließ sie sagen: »Aber sicher.«
Dann fühlte sie seinen Körper ganz nah an dem ihren und spürte seinen Kuß. Keinen neckischen, einen feurigen Kuß. Hier in der Halle, vor allen Leuten spürte sie seine Glut,

schmeckte ihn und fühlte seine Leidenschaft. Verschwommen nahm Claire wahr, daß Trommeln zu hören waren. Dann, immer noch in dem Kuß gefangen, begriff sie, daß die Gäste auf den Tisch schlugen und mit den Füßen trampelten. Als der Kuß nicht endete, begannen sie zu rufen und zu schreien …

Oder war der Aufruhr in ihrem Kopfe? Sie hätte sich gewehrt, wenn sie die Kraft gehabt hätte. Hätte …

Ihre Arme hatte sie um ihn geschlungen, sie war durch diesen fordernden, erobernden Kuß wie mit ihm verschmolzen.

Er ließ sie langsam los. Seine Augen blickten leidenschaftlich. Leidenschaftlich und besitzergreifend. »Also, Ihr aufsässiges Frauenzimmer. Werdet Ihr mir nun zu essen geben?«

Alle Gäste verfolgten mit angehaltenem Atem ihren Dialog. Das forderte Claire heraus. »Das kommt darauf an, worauf Ihr Hunger habt.«

Die Halle tobte vor Lachen.

»Und wenn es keine Frage des Magens ist?«

»Dann werdet Ihr bis zur Hochzeitsnacht warten müssen.«

Die Frauen lachten.

»Und wann wird die sein?«

Claire schaute sich gut gelaunt um. »Oh, ich denke, so ungefähr in einem Jahr.«

Die Frauen lachten, die Männer stöhnten entsetzt auf.

Renald ergriff ihre Hand und küßte jeden einzelnen ihrer Finger. »Habt Mitleid. Ich werde verhungern.«

Um ihr Publikum zu unterhalten, musterte Claire ihn von oben bis unten. »Ein wenig könntet Ihr ruhig abnehmen.«

Er lächelte sie an. »Wenn Ihr mich so hungern laßt, werde ich dort abnehmen, wo es Euch am wenigsten gefällt.«

Der Saal hallte vom Gelächter und Jubel wider.

»Oh, tatsächlich«, erwiderte Claire. »Es schrumpelt, wenn es nicht benutzt wird? Das kann einem Mädchen so manche Träne ersparen.« Wieder kreischten die Frauen vor Lachen.
»Eher wird sie vor Enttäuschung weinen.« Applaus von seiten der Männer.
Wieder küßte er ihre Hand, diesmal ihre offene Hand. »Werdet früher meine Frau, damit uns dieses Schicksal erspart bleibt.«
Sie tat so, als würde sie darüber nachdenken, und grinste ihre Freundinnen an. »Sechs Monate.«
»Mitten im Winter? Habt Mitleid mit unseren Nachbarn!«
»Genau, Lady Claire«, rief jemand. »Und auch nicht zur Erntezeit. Wir wollen das Bettlaken zu sehen bekommen.«
»Dann in einem Monat«, sagte Claire, bevor ihr klar wurde, daß sie in diesem Geplänkel eine Zustimmung gab, zu der sie noch gar nicht bereit war.
Ja, es war viel zu früh, aber er sagte: »Einen Monat? Dafür brauchen wir unsere Gäste erst gar nicht wieder heimzuschicken.«
»Wann dann?«
Er grinste, und sie merkte, daß sie ihm in die Falle gegangen war. »Morgen.«
Schlagartig wurde es in der Halle still. Alle schauten sie an und grinsten. Er ließ ihre Hand los und zeigte in die Runde. »All unsere Freunde sind hier versammelt. Das Fest kann ruhig zwei Tage dauern. Warum sollten wir zögern?«
Betroffen flüsterte sie: »Mein Vater …«
»Das ist Vergangenheit«, sagte er weich. »Die Zeit bleibt nicht stehen. Warum nicht, Lady Claire? Wenn wir Mann und Frau sind, können wir der Zukunft entgegensehen, den Frieden wiederherstellen und uns um Summerbourne kümmern.«
Claire brummte der Kopf – vom Kuß, vom Wein und von dem Zauber, mit dem er sie fesselte. Sie konnte kaum nach-

denken. Aber er hatte recht. Was brachte es, wenn sie es aufschoben?
»Warum nicht, Claire?« wiederholte er, legte seine Hand auf ihre Schulter und streichelte ihren Nacken, während seine Augen die ihren suchten.
Die Gäste warteten. Man hätte eine Stecknadel fallen hören können ...
»Ja, warum nicht«, sagte sie zurückhaltend.
Bevor sie ihre halbherzigen Worte zurücknehmen konnte, sprang er auf die Füße. »Meine Freunde. Meine gute Frau will nicht, daß mir irgend etwas abhanden kommt. Morgen werden wir Mann und Frau!«
Lachen und Jubelrufe erfüllten den Raum. Claires Wangen glühten. Renald setzte sich wieder neben sie und küßte sie ebenso leidenschaftlich wie das erste Mal. Ein glühendes Versprechen für die morgige Nacht.
Die Lippen auf den ihren, sagte er: »So ist es besser, glaubt mir, Claire. Vertraut mir dieses eine Mal. Ihr werdet so glücklich werden, wie ich Euch nur machen kann.« Dann sprach er zu allen. »Lady Claire wird diesen Tag nicht bereuen. Das schwöre ich bei meinem Schwert.«
Es klang nicht viel anders als die Verlobungs- und Ehegelübde, aber irgendwie besaßen diese Worte, gerade vor allen Nachbarn ausgesprochen, viel mehr Gewicht. Claire begann ruhig zu werden. Er hatte recht. Es war besser, der Zukunft entgegenzugehen.
»Und ein Schwur, der auf dieses Schwert geleistet wird, ist wahrhaftig machtvoll.« Claire sah, daß der Graf aufgestanden war und seinen Becher erhob. »Ein Toast auf das dunkle Schwert und auf die Ehe, die im Paradies geschlossen wurde.«
»Das dunkle Schwert ...«, sagte sie.
»Habt Ihr noch nie davon gehört?« fragte Salisbury, als er sich wieder setzte. »Lord Renalds Schwert ist aus germani-

schem Stahl von besonders dunkler Farbe. Das einzig helle Stück an ihm ist der Stein im Knauf. Ein Stein vom Grab Christi in Jerusalem.«
Claire drehte sich voll Ehrfurcht zu Renald. »Ihr wart mit auf den Kreuzzügen, Mylord?«
»Nein.« Vielleicht war er deshalb plötzlich so nüchtern und wütend, weil er das eingestehen mußte. »Der Stein ist das Geschenk eines Kreuzritters.«
»Und ein Geschenk des Königs«, sagte der Graf.
»Was für eine heilige Reliquie.« Claire war aufrichtig beeindruckt. So wenige waren in das Heilige Land gezogen, und die Gegenstände, die sie zurückgebracht hatten, waren sehr wertvoll. »Ihr müßt diesem Kreuzritter einen großen Dienst erwiesen haben, daß Ihr so belohnt wurdet.«
»Das Schwert ist vom König«, sagte Renald kurz.
»Dann müßt Ihr dem König einen großen Dienst erwiesen haben.« Und als er schwieg, fuhr sie fort: »Und ich bewundere Eure Bescheidenheit, mein Herr. Aber eine Frau sollte die Leistungen ihres Mannes feiern dürfen.«
»Es gibt nichts zu feiern.«
Sie mußte ein Lächeln unterdrücken. Glaubte er wirklich, sein Licht unter den Scheffel stellen zu können? »Das könnt Ihr niemandem weismachen. Nicht als Kämpe des Königs. Eure Männer erzählen sich von Euren Taten. Ich werde sie fragen …«
»Ja, erzählt doch, Lord Renald. Erzählt uns von Euren Taten.«
Der Graf hatte sich vorgelehnt. Claire schaute von dem einen Mann zum anderen. Bildete sie sich nur ein, daß die beiden sich wie wütende Hunde beäugten? Auf ihre vom Wein benebelten Augen wollte sie sich nicht ganz verlassen.
Bevor sie weiter darüber nachdenken konnte, begann Renald zu sprechen. »Der Kreuzritter hat dem König den

Stein geschenkt. Und Heinrich hat ihn mir zum Dank in den Knauf des Schwertes einpassen lassen.«

»Aber was habt Ihr getan?«

»Nichts Ruhmreiches.«

Sie schüttelte den Kopf. »Ich werde es herausfinden und werde einen Bänkelsänger beauftragen, davon zu künden.«

»Ihr werdet nichts finden, was eine Ballade verdient, Lady Claire«, sagte er und ergriff den vor ihm stehenden Krug. »Darf ich Euch noch Wein einschenken?«

Wenn sie noch mehr trinken würde, würde sie lallen. Aber sie war noch nüchtern genug, um ein Ablenkungsmanöver zu erkennen.

»Ich würde es gerne sehen.«

»Den Wein?«

»Euer Schwert! Und den Stein aus Jerusalem.«

Er goß ihr trotzdem Wein ein und drückte ihr den juwelenbesetzten Pokal in die Hand. »Ein anderes Mal. Schwerter gehören nicht auf eine Feier.«

»Es ist eine Reliquie. Sie spendet uns Kraft.«

»Nein.«

Sie blinzelte. Da war es wieder, dieses entwaffnende *Nein*, aber diesmal klang Bescheidenheit mit, nicht Ärger.

Der Graf, der unbeobachtet mitgehört hatte, sprach plötzlich so laut, daß jeder im Saal mithören konnte. »Ich bin sicher, daß es für alle hier eine große Ehre wäre, dieses Schwert zu sehen, Lord Renald. Gerüchte behaupten, daß es selbst das härteste Holz durchstößt. Vielleicht sogar Eisen.«

Nun hörten auch die anderen Männer zu. »Eisen?«

»Das gibt's doch gar nicht!«

»Es soll Eisen durchstoßen!«

Immer lauter wurden die Rufe nach dem Schwert. Mit unbewegter Miene befahl Renald Josce, die Waffe zu holen. Als der Knappe zurückkehrte, legte er das Schwert in Claires Schoß. Es war schwer. Schwer, hart und dunkel, wie ihr Verlobter. Claire bemerkte, daß sie nicht klug gehandelt hatte. Er mochte wegen seiner Taten bescheiden sein, jetzt aber war er sehr, sehr zornig. Es war nun zu spät. Sie begann das Geschenk ausführlich zu betrachten. Niemals vorher war sie einem Schwert so nahe gewesen, und das Gefühl behagte ihr überhaupt nicht. Ein Todeswerkzeug hatte auf einer Feier nichts zu suchen, ganz besonders nicht auf einer solchen.

Schwertscheiden waren meist geschmückt, waren bemalt und verziert, manchmal auch mit Metall beschlagen oder Steinen besetzt. Diese Holzscheide war mit schwarzem Leder überzogen und nur mit ein paar kleinen Silbernägeln und Medaillons aus tiefschwarzem, samtigem Gagat geschmückt. Es erinnerte sie an die Hölle oder an eine mondlose Mitternacht. Claire wußte, daß er in ihrem Gesicht lesen konnte. »Es sieht todbringend aus.«

»Wozu gibt es Schwerter, wenn nicht dazu?«

Sie schluckte, weil seine Frage zu ihm paßte wie seine Waffe. Er säte nicht und erntete nicht. Er machte keine Musik oder stellte Kunstwerke her. Er hatte gelernt zu töten und tat es, wenn man ihn dazu aufforderte.

Sie betrachtete den Griff. Er war auch ein Teil des Todeswerkzeugs, hatte aber die Form eines Kreuzes. An seinem Knauf fand sich der einzige Farbtupfer – ein Sandstein. Die Reliquie, durch die Gott diesem Instrument des Todes Kraft spendete. Ungläubige zu töten war ein heiliger Akt, sagte die Kirche. Konnte Töten etwas Gutes sein? Irgend jemand mußte die Schuldigen richten. Und die menschlichen Wölfe töten, die über friedvolle Völker herfielen.

Der Stein lag in einer eisernen Reliquienhülle. Claire schob ihre Fingerspitze durch das kalte Gitter, um den darunterliegenden Stein zu spüren. »Hat er Wunder vollbracht?«

»Nicht soviel ich weiß.«

»Aber er könnte es bestimmt. Er ist vom Grab Christi.« Sie küßte den Stein und betete um Gesundheit und Reichtum für Summerbourne, betete, daß ihre Ehe wider Erwarten glücken würde. Manchmal bedurfte es der Wunder. »Ihr seid gesegnet, daß Ihr dieses Schwert besitzt.«

»Dann sollten wir es in der Halle herumgehen lassen. Josce!«

Der Knappe trat vor, und Claire schob beide Hände unter das Schwert, um es dem jungen Mann zu reichen.

Sie erstarrte.

Sie hatte Blut an ihren Händen.

13. Kapitel

Lord Renald nahm ihr das Schwert ab. »Habt Ihr Euch geschnitten?«

Claire wischte ihre Hände ab, konnte aber keine Wunde finden. »Nein.«

Renald zog das Schwert aus der Scheide und entdeckte eine dunkelrote Spur an der Klinge und am unteren Ende des Griffs.

»Josce?«

Der Knappe erblaßte. »Ich habe es nur aus Eurem Raum geholt.«

Lord Renald befühlte das Blut. »Nun, es ist nicht frisch, aber auch nicht eingetrocknet.« Es war totenstill in der Großen Halle. Unter aller Augen reinigte er die Waffe. Obwohl Fackeln und Kerzen sie beleuchteten, blieb die Klinge dunkel, schimmerte nur wie ein tiefes, dunkles Wasser. Ein Wasser mit Blutspuren.

»Wann habt Ihr das letzte Mal getötet, Mylord?« flüsterte Claire.

»Dafür ist es zu lange her. Und ich hätte Josce das Fell über die Ohren gezogen, wenn er das Schwert in diesem Zustand gelassen hätte.«

Claire leerte ihren Becher mit einem Zug. Natürlich hatte er nicht in der letzten Zeit getötet. Nicht, seitdem er auf Summerbourne war. Aber nun war sie wieder einmal deutlich daran erinnert worden, was er war. Ein blutbeschmiertes Schwert. Es schrie vom Himmel! Konnte sie sich in einen solchen Mann verlieben?

Er steckte das Schwert zurück in seine Scheide. »Wahrscheinlich wollte jemand einen Witz machen.« Er blickte kurz zum Grafen hinüber, und Claire dachte daran, wie sehr er es darauf angelegt hatte, daß das Schwert vorgeführt wurde. Aber warum sollte ein so einflußreicher Mann wie Salisbury zu solchen Methoden greifen? Nur weil er mit dieser Verbindung nicht einverstanden war?

Renald warf die Waffe seinem Knappen zu. »Säubert es. Und dann bringt es zurück, damit es jeder ansehen kann, der will.« Er setzte sich und rief nach Wasser, mit dem er dann Claires Hände reinigte. »Es tut mir sehr leid. Solche Dinge sollten Euch nicht beunruhigen.«

»Wir können nicht mit Lügen leben. Eine Frau muß an dem Leben ihres Mannes teilhaben.«

Er küßte ihre nun wieder weißen, reinen Hände. »Ich will alles tun, damit Ihr so glücklich seid, wie Summerbourne es verdient.«

»Aber Ihr werdet weggehen, um zu töten.«

Er warf das blutbefleckte Tuch zu Boden und ließ ihre Hände los. »Das ist meine Pflicht, wenn nach mir gerufen wird.«

»Das weiß ich. Aber ...«

Bevor sie weitersprechen konnte, hatte er ihr eine in Honig eingelegte Pflaume zwischen die Lippen geschoben. Sie konnte nichts mehr sagen, aber ihre Gedanken konnte er nicht zum Verstummen bringen. Sie war glücklich gewesen. Sie hatte vor ihren Gefühlen der Liebe kapituliert. Aber nun wirkten ihr Taumel und ihre Glückseligkeit wie schaler Schaum, der auf einem Schlamm von Gewalt und Tod schwamm.

Sie schaute zum Grafen. Er hatte ein immenses Strafgeld für seine Beteiligung an der Rebellion zahlen müssen, aber er hatte immer noch sein Leben und seine Ländereien. Seine Kinder besaßen noch ihr Geburtsrecht. Was hatte er für ein Recht, an ihrem glücklichsten Tag im dunklen Wasser herumzustochern?

Renald nahm ihr Gesicht in seine Hände, seine Augen suchten die ihren. »Schaut nicht so finster, gute Frau.« Er küßte sie zart auf die Stirn, hinter der ihre Sorgen verborgen waren. »Im Paradies sollte das Lächeln herrschen, Engel schauen niemals finster.«
Claire ließ sich gerne von ihm aufheitern. Sie war müde, *müde* des Denkens und Sichsorgens. Als er sie wieder für einen Kuß an sich zog, ließ sie sich in seine Arme fallen. Als ihr Kuß endete, spendete wieder jeder Beifall, und Claire hatte den Verdacht, daß alle froh waren, Schwerter und Blut hinter sich lassen zu können.
Dann rief jemand: »Der Tanz! Wir wollen mit dem Tanzen beginnen!« Die Musikanten begannen, Holly Berry, den traditionellen Brauttanz, anzustimmen.
Claire mußte die Gruppe der Jungfrauen anführen. Als sie aufstand, kam ihr alles etwas unwirklich vor, aber sie merkte, daß sie tanzen und sprechen konnte, ohne sich in Verlegenheit zu bringen. Der Druck auf ihrem Kopf erinnerte sie an ihren Kranz und den Schleier, und sie nahm beides vorsichtig ab.
Lord Renald erhob sich, um ihr zu helfen. Während sie seine Hände spürte, dankte sie ihm für den Kranz.
»Er steht Euch ausgesprochen gut«, sagte er lächelnd und winkte die Jungfrauen zu Claire. Bald, sehr bald schon würde sie keine Jungfrau mehr sein. Sehr bald schon würde er ihr sehr nahe kommen. Das war ein seltsamer Gedanke.
Die Musik rief, und Claire führte die Jungfrauen an, während sie alle für ihren Erwählten tanzten.
Claire tanzte sehr gerne, aber niemals hatte sie für einen bestimmten Mann getanzt. Als sie ihre Füße in seine Richtung hob, den Rock schürzte und ihm herausfordernde Blicke zuwarf, fühlte sie, wie etwas in ihr wachgerufen wurde. Etwas, das sie auch in seinen glühenden, dunklen und gefährlichen Augen entdeckte.

Er saß zurückgelehnt in seinem hohen Stuhl, hatte eine Hand um den Becher gelegt, aber seine Augen ruhten unverwandt auf ihr. Voller Begehren. Heißes Begehren, und diese Hitze war Schuld daran, daß sich ihr Mund ganz trocken anfühlte und sie sich immer freier und ausgelassener beim Tanz bewegte.

Als sie sich umdrehte, entdeckte sie auch den Blick eines anderen Mannes. Lambert von Vayne – jung und hübsch – lehnte sich vor und lächelte ihr anerkennend zu.

Sie tanzte absichtlich einige Minuten nur für ihn, schwang die Hüften und warf ihre Beine, während all ihre Aufmerksamkeit doch bei dem dunklen Mann an der Tafel war.

Als sie sich wieder ihrem Verlobten zuwandte, lehnte er zwar immer noch in seinem Stuhl, aber nun umklammerten seine Hände den Becher, und seine Augen blickten sie warnend an. Aber sie wurde nicht vorsichtiger. Statt dessen durchrieselte sie Erregung. Was er wohl tun würde, wenn sie wirklich mit einem anderen Mann flirten würde? Aus irgendwelchen Gründen suchte sie diese Gefahr, sie hungerte förmlich danach. Claire wünschte, sie hätte noch ihr langes, offenes Haar, damit es ihre Hüften umspielen und sie den dunklen Wolf noch mehr quälen könnte.

Als der Tanz endete, taumelte sie ein wenig und hielt sich an ihren Freundinnen fest, die ebenso wie sie nach Luft schnappten und hin und her schwankten, so daß sie in Lachen ausbrachen. Renald trat an ihre Seite und legte seine Arme ganz fest um sie.

»Ihr seid ein kühnes Frauenzimmer«, flüsterte er, während er ihren erhitzten Nacken küßte. Dann spürte sie seine scharfen Zähne auf ihrer Haut. Obwohl sie leicht aufschreien mußte, wußte sie doch, daß er sie nur spielerisch bestrafen wollte. Sie schaute ihn an und wünschte plötzlich, daß diese Nacht schon ihre Hochzeitsnacht sein würde.

»Oh, Lady Claire, wenn Ihr im Ehebett ebenso heißblütig tanzt, werde ich ein sehr glücklicher Mann sein.«

»Ist es nicht die Aufgabe des Bräutigams, die Braut tanzen zu lassen?«

Er lächelte mit glühenden Augen. »Ich werde selbstverständlich mein Bestes versuchen. Aber nun«, sagte er, während er sie zu ihrem Platz zurückführte und ihr wieder den Schleier und den Kranz aufsetzte, »setzt Ihr Euch und seht mir zu.«

Er rief nach dem Schwerttanz, und die meisten der jungen Männer stürmten vor, um mitzumachen, erpicht darauf, sich den Frauen präsentieren zu können. Sie benutzten Holzwaffen – obwohl Claire gehört hatte, daß der Schwerttanz manchmal auch mit echter Klinge zum besten gegeben wurde. Als die Musik, mehr Takt als Melodie, anhob, traten immer zwei Männer gegeneinander an. Es war die Simulation eines Schwertkampfs, wobei der Takt zu Musik wurde. Während sie sich drehten, aufstampften und Holz gegen Holz schlug, schauten die Männer auf ihre Auserwählten. Seine Augen ruhten nur auf ihr.

Claire hatte diesen Tanz noch nie gesehen, weil ihr Vater ihn nicht gemocht und sie ihn für primitiv gehalten, die Aura der Gewalt, die er schuf, gehaßt hatte. Aber jetzt war alles anders. Nun, als sie die Leichtigkeit von Renalds Bewegungen sah, seine Eleganz und Grazie, sah sie etwas gefährlich Schönes. Er beherrschte den Tanz perfekt. Obwohl Claire noch nie einen Schwertkampf gesehen hatte, konnte sie sehen, daß Renald von allen über die beste Körperbeherrschung verfügte. Wie die übrigen Zuschauer begann auch sie, den Takt mitzuklatschen. Sie klatschte nur für ihn und fühlte jeden einzelnen Schlag in ihrem Körper pulsen.

Dann stand er Lambert gegenüber. Vielleicht forderte er ihn heraus, vielleicht war es Renald, der durch Claires Verhalten gereizt war. Die beiden hielten zwar den Takt, aber jeder versuchte auch, die Abwehr des anderen zu durchbrechen. Lambert war hoffnungslos unterlegen. Selbst Claire konnte es erkennen. Er übte sich an den Waffen, aber nur aus Pflichtbewußtsein. Er war kein Gegner für den Kämpen des Königs, für einen Mann, dessen Leben der Kampf war.

Während Claire zusah, wie Renald mit seinem Gegner spielte, dachte sie daran, wie er davon gesprochen hatte, daß ein geschickter Kämpfer den Verlauf der Auseinandersetzung bestimmte. Nun sah sie es mit eigenen Augen. Er wehrte Lamberts Angriffe nur ab und griff ihn hin und wieder, aber immer nur leicht an, damit Lambert die Hiebe parieren konnte. Es war offensichtlich, daß der Ausgang ganz allein in seiner Hand lag.

Plötzlich stellte sich Claire fröstelnd ihren Vater im Angesicht eines solchen Mannes vor, hilflos dem Tod ausgeliefert. Lambert war jünger, durchtrainierter und viel geschickter als ihr Vater, aber auch er war hoffnungslos unterlegen. Claire griff mit zitternden Händen nach ihrem Becher und hoffte, daß der makabre Tanz bald zu Ende war. Natürlich war der Tod ihres Vaters ganz anders gewesen. Er war in irgendeinem Schlachtgetümmel umgekommen und hatte nicht einmal die Klinge gesehen, die ihn getötet hatte.

Beendet das, dachte sie verzweifelt, während die Musik in ihrem Kopf hämmerte. *Tötet ihn endlich. Aber hört auf, mit ihm zu spielen!*

Sie trank Wein, um ihre Gedanken zu beruhigen. Sie fochten mit Holzwaffen. Niemand würde getötet werden. Es würde auch nicht einmal jemand verletzt werden, denn das war nur ein Tanz. Ein Tanz.

Sie bemerkte, wie Renald sie anschaute und sich seine Stirn sofort bewölkte. Aber er tanzte weiter im Takt mit den anderen Männern und der Musik. Er sah unbeteiligt aus, während Lambert mittlerweile nach Luft rang und ihm der Schweiß herunterrann. Wer von beiden auch den Zweikampf begonnen hatte, nun war Lambert froh, die angebotene Flucht ergreifen zu können. Die anderen Männer nahmen das auf und machten dem Tanz ein Ende.

Es war beeindruckend, das mußte Claire zugeben. Sie hatte zweifelsohne dumm auf eine harmlose Unterhaltung reagiert. Aber sobald der Tanz beendet war und noch bevor Renald zu ihr zurückkehren konnte, verschwand Claire aus der Halle. Sie ging an die kühle, frische Luft, um wieder einen klaren Gedanken fassen zu können.

Als sie Schritte hinter sich hörte, drehte sie sich um und wappnete sich gegen seinen Unmut. Aber es war nicht Renald, es war der Graf von Salisbury.

»Mylord.«

»Lady Claire.« Er war ein großer, sehr schmaler Mann, der aber sehnig und keineswegs schwächlich war. »Ja, es ist seltsam, so Kriegerisches auf Summerbourne zu sehen.«

»Es ist doch nur ein Tanz, Mylord.«

»Natürlich. Aber ein Todestanz.«

»Der niemanden in Gefahr bringt.« Sie wünschte, er würde sie alleine lassen.

»De Lisle auf jeden Fall nicht.«

»Keiner von ihnen war in Gefahr. Sie haben mit Holz gefochten.«

»Männer wie de Lisle können auch damit töten. Oder mit der bloßen Hand.« Was wollte er? Wenn er etwas gegen ihre Verbindung einwenden wollte, war das schon lange zu spät. Er betrachtete sie, als ob er die Antwort für ein Rätsel suchte. »Ihr seid sicher nach all dem Kummer froh über einen solchen Tag.«

Sein Ton reizte sie zu Widerspruch. »Ich hatte keine Wahl, Mylord. Ich versuche nur, das Beste daraus zu machen.«

»Dann seid Ihr dabei sehr geschickt.«

Dann begriff sie. Kein Wunder, daß er so ungläubig klang. Ihr offenherziges Verhalten und ihre scheinbare Versessenheit darauf, morgen nacht bereits die Ehe zu vollziehen, mußten sie als eine herzlose Tochter erscheinen lassen. Sie entfernte sich etwas vom Haus und hoffte, daß er ihr nicht folgen würde. Er aber blieb dicht hinter ihr. »Euer Vater hat Heinrich Beauclerk nicht als König gewollt.«

Seufzend drehte sie sich um. »Das weiß die ganze Welt.«

»Und nun habt Ihr es so eilig, einen Mann zu heiraten, der Heinrich so nahe steht?«

»Was wollt ihr? Der König hat Lord Renald unseren Besitz als Lehen gegeben und ihm befohlen, eine von uns zu heiraten. Soll ich das alles noch schlimmer machen, indem ich mich widersetze?«

Ein scharfer Zug zeigte sich um seinen Mund. »Vielleicht bin ich nur unangenehm überrascht von Eurer Begeisterung, Lady Claire.«

Ihre Wangen waren glutrot vor Scham, aber sie wollte nicht feige sein. »Euch wäre es also lieber, wenn ich mich weinend durch diesen Tag quälen würde.«

»Ja.«

»Nun, das ist aber nun einmal nicht meine Art.«

»Als ich gesehen habe, wie ihr das Schwert geküßt habt ....«

»Das Schwert! Das Schwert, das Ihr mit Blut beschmiert habt?«

Er erstarrte. »Ich? Warum beschuldigt Ihr mich?«

»Weil Ihr wolltet, daß es vorgeführt wurde. Ja, Ihr habt immer wieder darauf bestanden.«

»Dazu hatte ich meine Gründe.« Er schaute noch finsterer.

»Und was war mit dem Pokal? Warum habt Ihr Lord Renald ermuntert, den Pokal zu benutzen, der mich nur an Unangenehmes erinnern konnte?«

»Lady Claire, ich glaubte, Ihr solltet wissen ...«

»Lady Claire?«

Sie drehte sich um, eilte zu Renald und fühlte große Erleichterung. Es war ihr egal, ob er verärgert darüber war, daß sie die Große Halle verlassen hatte. Sie wollte nur den Anschuldigungen entkommen und der Mißbilligung und wieder eine glückliche Braut werden. Sie hatte überhaupt keine andere Wahl. Wenn sie nicht ihre ganze Familie ins Unglück stürzen wollte, blieb ihr nichts anderes übrig.

Renald schaute von ihr zum Grafen, nahm dann aber ihre Hand und lächelte. »Es ist zu heiß in der Halle, nicht wahr? Wollen wir im Garten spazierengehen?«

»Das wäre wundervoll.« Sie knickste vor dem Grafen. »Vielen Dank für Euren Ratschlag, Mylord.«

Sie hatte den Eindruck, daß Salisbury erst noch seinen Satz zu Ende sprechen wollte. Dann aber drehte er sich auf dem Absatz um und ging davon.

Als das Getöse in der Halle nur noch schwach zu hören war, fragte Renald: »Ratschlag?«

In einem Busch trillerte eine Drossel, ein Laut, der ihre Sorgen auf einmal nicht mehr so schmerzhaft erscheinen ließ. Die frische Luft kühlte ihre vom Wein glühenden Wangen.

»Er meint, ich hätte es verhindern sollen, Euch heiraten zu müssen. Und wenn es nicht möglich gewesen wäre, hätte ich mich leidend und weinend durch diesen Tag quälen sollen.«

»Gott sei Dank habt Ihr das nicht getan, Mylady.« Er küßte ihre Hand und betrachtete sie. »Was war eben? Ihr schient durcheinander?«

Sie konnte keine Worte für die seltsamen Dinge finden, die ihr durch den Kopf geschossen waren. Deshalb sagte sie: »Ihr habt Lambert beschämt.«

»Er hat Euch viel zu sehnsüchtig angeschaut.«

Er hatte es also absichtlich getan. »Werdet Ihr jeden Mann angreifen, der mich so anschaut?«

»Wäre es Euch lieber, ich würde es nicht tun?«

Sie überlegte und mußte feststellen, daß sie diese Frage verneinen mußte. Irgend etwas daran, wie er sie glühend für

sich in Besitz nahm, sprach einen unmoralischen Teil in ihr an. Es war unmoralisch. »Ich möchte nicht schuld am Tod irgendeines Mannes sein.«
»Dann werde ich niemanden bestrafen, es sei denn, Ihr befehlt es mir.« Er lächelte leicht. »Ein Vorteil meines Ranges ist, daß ich nur böse schauen muß. Genauso, wie ihr mich nur böse anschauen müßt.«
»Das bezweifele ich doch sehr.« Aber tief in ihr wärmten seine angenehmen Worte eine Region, die bisher immer kalt vor Angst gewesen war.
»Das solltet Ihr nicht tun. Zweifelt nicht an der Macht, die Ihr über mich habt, paradiesische Lady Claire.«
Er nahm ihre Hand und führte sie, die immer noch unsicher auf den Beinen war, in den Garten. Wie anders war alles als am gestrigen Abend, als alle ihre Sinne wachsam angespannt gewesen waren. Nun fühlte sie sich weich und sicher in seiner Gegenwart, obwohl die Hoffnung auf seine Küsse sie erzittern ließ. Er blieb neben einem Birnbaum stehen, der an der Mauer wuchs. Die Blätter und Äste verdeckten die untergehende Sonne und bildeten tiefe Schatten. De Lisle führte sie zu einer Bank, die an diesem dunklen Plätzchen stand. Claire wußte, daß er sie noch einmal küssen würde, und ganz anders als am Abend vorher war sie nun voller ungeduldiger Erwartung. Aber er nahm sie nicht gleich in die Arme. »Ich habe es vorhin in der Halle ganz ehrlich gemeint. Ich möchte Euch glücklich machen und hoffe aus ganzem Herzen, daß es mir gelingt.«
»Ich möchte Euch ebenso glücklich machen.« Sie sagte das nicht nur aus Höflichkeit. Die Glückseligkeit, die sie schon für immer verloren geglaubt hatte, schien ihr plötzlich wieder in greifbare Nähe zu rücken.
»Ich weiß, daß mein Wesen Euch bedrückt. Ich bin ein Krieger. Das ist mein Leben, und das ist meine Natur. Ich muß mich auf Kriege vorbereiten und meine Männer schulen.«

»In Summerbourne?« Claire hoffte, daß ihre Bestürzung nicht allzu offensichtlich war. Sie riß sich zusammen und fügte hinzu: »Könnt Ihr das außerhalb der Befestigungen machen?«

»Meistens schon. Auch ich möchte das Paradies unberührt lassen.« Er blickte sich lächelnd um. »Vielleicht ist dies der Garten Eden. Ich habe noch nie einen Ort kennengelernt, der solch einen Frieden ausstrahlt.«

»Gott sei Dank, ein Garten Eden ohne Schlangen«, sagte Claire, »abgesehen von harmlosen, gewöhnlichen Nattern.«

»Es ist der Himmel auf Erden.«

Plötzlich war Claire unendlich dankbar dafür, daß sie niemals diesen Ort verlassen mußte. Und das lag an diesem Mann. Sie neigte sich zu ihm und streckte mutig die Hände nach seinem Gesicht aus. Dann küßte sie dankbar und vorsichtig seine Lippen.

Ruhig nahm er diesen Kuß entgegen. »Wofür war das?«

»Darf eine Braut nicht die Lippen ihres Mannes küssen?«

»Aber natürlich. Und dem Mann gefällt das sehr gut. Aber es wirkte wie ein Kuß des Dankes.«

»Ich bin dankbar, daß ich hier bin und hier bleiben kann.«

Er hob ihr Kinn an und küßte sie ebenso sanft. »Dann sind wir beide reich beschenkt. Erinnert mich daran, daß ich niemals wieder einen Apfel essen werde. Ich möchte nicht aus dem Paradies hinausgeworfen werden.«

Jetzt würde er sie wahrscheinlich richtig küssen, dachte sie. Aber er lehnte sich entspannt zurück und sah sich um. »Ist das alles Euer Werk?«

Na gut. Er würde sie schon noch küssen. Sie sollte nicht so gierig sein. »Ganz und gar nicht. Ich arbeite in diesem Garten, aber er ist schon sehr alt und ist von einer Frau an die nächste übergeben worden.« Sie lächelte. »Ihr solltet mehr über meine Fehler wissen. Es ist nicht nur so, daß ich nicht besonders vernünftig bin. Ich bin viel zu impulsiv, um eine

gute Gärtnerin zu sein, und auch viel zu verträumt. Ich mag nicht Jahre vorausplanen und vergesse manchmal, die jungen Pflanzen zu gießen.«
Er blinzelte. »Irgendwie habe ich mir das schon gedacht. Aber eine impulsive Träumerin – das klingt doch sehr reizend. Was sind das für Blumen mit den roten Blüten?«
»Fingerhut.«
»Ihr baut Hüte für Eure Finger an?«
Sie lächelte. »Wenn Ihr alt seid und Eurer Herz schwächer wird, werdet Ihr dankbar dafür sein.«
Sein Lächeln verschwand. »Ich werde vielleicht lieber nicht alt. Wozu taugt denn noch ein alter Wolf?«
Claire wollte ihm widersprechen, aber sie verstand, was er meinte. Sie hatte alte Kämpen gesehen, die das Alter gebeugt hatte, die Gicht in allen Gelenken hatten, zerbrechlich waren und keuchend atmeten. Da ihr Vermögen – ihre Kraft und ihre Stärke – verschwunden war, waren sie beinahe Bettler.
Aber schon der Gedanke an seinen noch fernen Tod war für sie mit Schmerz verbunden. Es war ihre Aufgabe als seine Ehefrau, für seine Gesundheit zu sorgen. Und da er nun dieses Land besaß, war er vor dem Schlimmsten geschützt.
Ein Rotkehlchen setzte sich vor ihre Füße und begann ein Liedchen zu trällern.
»Es will uns sagen, daß dieses Fleckchen Erde ihm gehört«, sagte Claire. »Und wir sollen ordentlich umgraben, damit es die Würmer einfacher erwischt.«
»Fauler Vogel. Du tust nichts, außer dich um dein Fressen zu kümmern.«
Als hätte das Rotkehlchen ihn verstanden, verstummte es und drehte das Köpfchen zu ihnen. Dann hüpfte es weg. Bald schon fand es einen Wurm, zog ihn aus der Erde und flog mit der Beute davon.

»Und wieder der Tod«, seufzte Claire. »Warum kümmern wir uns nicht um das Schicksal der Würmer?«
»Wahrscheinlich, weil sie uns am Ende verspeisen.« Er erstarrte, weil ihm klar wurde, wie wenig glücklich er seine Worte gewählt hatte. Claire berührte seine Hand. »Wir können es nicht verhindern, vom Tod zu sprechen.«
Er nahm ihre Hand in die seine. »Ihr seid eine Perle von unschätzbarem Wert, Lady Claire. Darf ich Euch um etwas bitten?«
Ohne Sorge sagte sie sofort: »Aber natürlich.«
»Ich möchte gern, daß du mich mit meinem Namen ansprichst. Renald.«
Sie lächelte, denn sie hatte ihn in den letzten Stunden schon in Gedanken so angesprochen. »Gerne, Renald.«
Er nahm sie behutsam in die Arme und beugte sich hinunter, um sie vorsichtig zu küssen. Dann fuhr er mit einer Hand ihren Nacken entlang und zog sie dichter zu sich. Er küßte sie wie in der Halle, aber in der dunklen Abgeschiedenheit war der Kuß noch zärtlicher und tiefer, als sie sich es jemals vorgestellt hatte.
All ihre Sinne waren hellwach, und Claire spürte mit Genuß selbst das leichte Kratzen seiner Bartstoppeln. Und wie stark er war! Sie lag fast auf seinen kräftigen Oberschenkeln und hatte die Arme um seine breiten Schultern geschlungen, die so hart wie Holz waren und glühend ...
Und sie genoß es.
Sie, die geglaubt hatte, daß ihr niemals ein Krieger gefallen könnte, war völlig ergriffen von dieser dunklen Macht, die sie unter ihren Händen spürte.
Schließlich lösten sich ihre Münder, aber Renald hielt sie weiter eng umschlugen. Claire streichelte seine breiten Schultern und seine muskulösen Arme. Plötzlich sah sie ihn in ihren Gedanken nackt vor sich, sich ihren neugierigen Berührungen hingebend.

Als ob er ihre Gedanken lesen konnte, zog er sie noch fester an seine Brust und vergrub das Gesicht in ihrem Haar.
Claire wußte, daß sie sich niemals aus seinem Griff würde befreien können, aber sie fühlte sich nicht gefangen. Sie fühlte sich einen kurzen Moment lang sicher und geborgen wie ein Kind – wie an einem Ort, an dem es den Tod nur in Geschichten gab und an dem die Sonne jeden Tag schien.
Sie spürte, wie sich seine Brust hob und senkte. Sie fing an, im selben Rhythmus wie er zu atmen. Ihr Duft begann sich mit dem seinen – Schweiß, Wolle und Pferde – zu vermischen. Sie dachte daran, daß sie Felice darüber etwas geschrieben hatte. Daß er nicht schlecht roch, nach Schweiß und nach Pferden. Damals hatte sie gedacht, daß sie das erklären müsse. Nun gehörte es einfach zu ihm.
Claire bemerkte, daß sie die Augen geschlossen hatte und tief einatmete, um ihn zu riechen, so wie sie sonst an einer Blume, einem Gewürz oder ofenfrischem Brot schnupperte. Ihr lief das Wasser im Mund zusammen, als würde sie an einer reich gedeckten Tafel mit köstlichen Gerichten sitzen. Aber neben dieser wohligen Erwartung spürte sie etwas Dunkles, etwas Störendes wie einen Stein im Schuh. Was war das?
Die letzten Worte des Grafen. *Ich dachte, Ihr wüßtet …*
Warum gingen ihr diese Worte nicht aus dem Kopf? Weil sie an etwas anderes erinnerten. Felice' Worte am Tor des Klosters! *Warte, bis du herausfindest, daß …*
Wenn sie den Gedanken an Felice beiseite schieben konnte, der an Salisbury ließ sich nicht verdrängen. Aber was konnten die beiden wissen, was sonst niemand auf Summerbourne wußte?
Renald schaute sie an. Sie hatte vergessen, daß Zweifel immer zu spüren waren.
»Was liegt dir auf der Seele, Claire? Etwas, was Salisbury gesagt hat?«

»Nein. Nicht wirklich.« Aber bevor sie sich diesem Mann völlig hingeben konnte, mußte sie diese bohrenden Zweifel aus der Welt schaffen. »Mutter Winifred hat gesagt, daß du ein Mörder bist. Hast du jemals getötet?«

Er schaute sie an. »Ich bin ein Kämpe.«

»Ich meine außerhalb des Schlachtfeldes.«

»Nein. Doch. Auf dem Turnierplatz.«

»Das ist eine Sünde, nicht wahr?«

»Die meisten sehen das anders. Und beide Male waren es Unfälle. Wir versuchen, bei solchen Kämpfen nicht zu töten.« Er betrachtete sie, als wollte er etwas erraten. »Ich habe immer Räuber und Schurken umgebracht.«

Aber das waren keine Morde. Das waren rechtmäßige Hinrichtungen. Soweit zu Mutter Winifred.

Das Schwert. Es hatte den Eindruck gehabt, daß der Graf nahezu besessen von der heiligen Waffe gewesen war.

»Warum hat der König dir das Schwert geschenkt?«

»Für ehrenvolle Verdienste. Das schwöre ich bei meiner Seele.«

Das war keine direkte Antwort. Aber einem solchen Schwur mußte sie glauben. Aber er verhielt sich jetzt irgendwie anders, und das ließ sie weiterbohren. »Es war schwarz. Ich wußte gar nicht, daß Schwerter schwarz sind.«

»Es ist nur dunkel, Claire. Das liegt an der Schmiedekunst. Mach dir darüber keine Gedanken.« Er strich ihr über den Rücken. Entspannte sie. Erregte sie. Und lenkte sie ab.

»Entschuldige bitte, daß ich mich wegen solcher Dinge aufrege, Renald. Aber ich bin nicht an Gewalt gewöhnt.«

Er küßte ihre Augenbraue. »Das ist ein wunderschöner Zustand, und ich will alles versuchen, damit es so bleibt. Das verspreche ich dir.«

Aber ein Stachel war immer noch da. »Der Graf ...«

»Ist ein Rebell«, sagte er, während er mit den Fingern über ihre Lippen fuhr. »Claire, ihm kann unsere Ehe nicht zusagen. Laß dich nicht von ihm quälen.«

Ihre schemenhaften Zweifel lösten sich immer mehr, und Claire fegte sie beiseite. Das reichte. Sie kannte diesen Mann mittlerweile. »Wirst du das Töten nun seinlassen?« Als sie aufblickte, sah sie, wie er das Gesicht verzog.
»Ich bin ein Krieger«, sagte er. »Wenn der König mich ruft, muß ich für ihn kämpfen.«
»Das verstehe ich. Ich meine Turniere.«
»Ich kann auch gerufen werden, um den König in einem Turnierkampf zu vertreten.« Seine Finger spielten in ihrem Haar. »Aber Turniere sind in England kaum üblich. Die vernünftigen Könige sind der Ansicht, daß das zu viele Menschenleben kostet.«
Sie lächelte. »Also wirst du nicht mehr so kämpfen müssen. Das macht mich froh.«
Seine zarten Berührungen an ihrem Nacken ließen sie genießerisch lächeln. Dann blieb seine Hand still liegen. »Ich weiß, daß ich mir damit das Genick breche, Claire, aber: Mir gefällt das.«
Sie rückte von ihm ab. »Dir gefällt das Töten?«
Renald hielt sie fest. »Nein, das nicht. Aber mir gefällt der Kampf. In einem Turnier kämpfen wir um Siege und Belohnungen. Töten steht nicht auf dem Plan.« Er zuckte mit den Schultern, blickte aber etwas erheitert. »Das legt immer eine dunkle Wolke über das Ereignis.«
»Wie kannst du nur über so etwas Witze machen?«
Sein Lächeln verschwand, aber etwas in seinem Gesichtsausdruck gab ihr das Gefühl, sich töricht zu benehmen. War es albern zu wollen, daß die Menschen nicht mit der Gewalt spielten? Zu wollen, daß Menschen nicht um des Spaßes Willen mit ihrem Leben spielten?
»Nun bin ich ein Baron und im Besitz von Ländereien, um die ich mich kümmern muß«, sagte er. »Nun habe ich nicht mehr soviel Zeit für Spiele. Solange wir nicht angegriffen werden, werde ich nichts tun, außer gewöhnliche Banditen

aus dem Weg zu räumen. Ich nehme an, du hast nichts dagegen, wenn ich hin und wieder einen erledige.«
Sein trockener Ton verletzte sie, und sie murmelte: »Ich denke, nicht.«
Renald strich über ihre Lippen und brachte sie zum Lächeln. »Aber ich muß mit den Waffen vertraut bleiben, Claire, sonst – was nützte ich sonst dir oder dem König?«
»Das verstehe ich. Es tut mir leid, wenn ich dir so dumm vorkomme. Aber es ist alles so ganz anders …«
»Ich erscheine dir wie eine Schlange im Paradies«, sagte er. »Aber das bin ich nicht, Claire. Ich möchte wie du, daß der Ort so bleibt, wie er ist.«
Dann spürte sie seinen Mund auf ihren Lippen. Er umfing sie mit seinem ganzen Körper und zog sie auf sich, so daß sie mit offenen Beinen auf seinem Schoß saß. Sie sehnte sich nach ihm und schmiegte sich eng an ihn. Sie spürte ihn ganz fest und hart an ihren Schenkeln, getrennt nur durch den Stoff ihrer Kleider. Viele Lagen von Stoff …
Das erste Mal in ihrem Leben verstand Claire, warum einige leichtsinnige Mädchen nicht warten konnten …
Viel, viel später lehnte er sich etwas zurück. Er holte tief Luft und schmiegte seinen Kopf wieder an den ihren. »Dieser Duft. Du köstliche, leckere Lady.«
»Du kannst nicht mehr hungrig sein …«
»Hungrig! Ich bin ausgehungert.« Er biß ihr in den Nacken. Claire schrie leise auf und versuchte, sich ihm zu entwinden. Aber sie lachte. Lachte das erste Mal seit so langer Zeit. Er saß entspannt auf der Bank, sah zerzaust, jung und unwiderstehlich aus. Und er wußte das. Er grinste.
Da fiel ihr Blick auf einen Eimer voller Wasser, der hier zum Blumengießen stand. Ohne nachzudenken packte sie den Eimer und goß ihm das Wasser über den Kopf.
Sie verharrte einen Moment entsetzt, dann rannte sie weg.
Renald unterdrückte einen Fluch, griff nach ihr und ob-

wohl er kaum etwas sehen konnte, erwischte er sie am Kleid. Als Claire versuchte, sich zu befreien, stieß sie gegen die Bank, konnte sich zwar mit den Armen abstützen, landete aber trotzdem bäuchlings auf der Steinbank. Und schrie auf.
»Claire?«
Sie kam hoch und stieß mit ihrem Kopf gegen sein Kinn.
»Zum Teufel, Claire …«
Aber dann sah er, als er sich das nasse Haar aus dem Gesicht strich, was Claire gesehen hatte. Hinter der Bank lag, nur ganz nachlässig mit Laub zugedeckt, ein Mann.
Renald umarmte sie und zog sie fort. »Ganz ruhig, meine Liebe.«
Claire versuchte sich zu beruhigen. »Er sieht aus … er sieht aus … wie mein … Vater!«
Er drückte sie fester an sich. »Ist es vielleicht ein Verwandter?«
Sie schüttelte ungeduldig den Kopf. »Er ist tot!«
Ihr Kopf lag an seiner nassen Brust. »Ganz ruhig, meine Liebste. Er kann dir nichts tun.«
Der Schauder ließ langsam nach. Claire schluckte.
»Es tut mir leid. Normalerweise bin ich nicht so zimperlich. Ich habe schon Tote gesehen. Aber …«
»Du hast dich erschrocken.« Er strich ihr beruhigend über den Rücken. »Es hat dich wieder an den Tod deines Vaters erinnert. Das verstehe ich. Komm, ich bringe dich in die Halle zurück.«
Sie riß sich zusammen. »Nein. Ich bin jetzt ganz ruhig. Ich habe ihn nicht erkannt, weil ich nicht versucht habe, ihn genau anzusehen. Aber es muß einer unserer Leute sein.«
»Oder der Bedienstete eines Gasts.«
Sie hatte völlig vergessen, daß die Halle voller Menschen war. »Wir müssen nur nachsehen, wer er ist. Wir können ihn nicht dort liegenlassen.«

Er schaute sie prüfend an. Dann nickte er. »Also gut.«
Er legte den Arm um sie und führte sie zur Bank zurück. Es war schon dämmerig. Durch das trockene Laub schimmerte das schaurige, starre Gesicht eines Mannes. Claire biß die Zähne zusammen, bückte sich, um etwas davon beiseite zu räumen. Sie hielt die Luft an. »Aber ... Das ist Ulric, der Diener meines Vaters.«
Renalds Griff wurde fester.
»Ich habe mich schon gefragt, wo er ist. Warum er nicht auch zurückgekommen ist ... zusammen mit meinem toten Vater. Er ist nie von der Seite seines Herrn gewichen.« Sie schaute Renald an. »Ist er in derselben Schlacht gefallen?«
Renald ließ sie los, kniete nieder und befreite den Leichnam von Blättern und Unrat. »Nein. Er ist später gestorben.« Dann hob er langsam seine Hände. Sie waren dunkel.
»Blut?« flüsterte Claire.
»Blut.«
Sie erstarrte, als sie an das Blut an der dunklen Klinge dachte. Sie trat einen Schritt zurück.
»Claire. Ich habe damit nichts zu tun.«
Sie starrte ihn an. Sie versuchte, trotz ihrer Panik die Wahrheit zu erkennen.
»Dieses Blut ist noch ganz frisch«, sagte er ruhig und schaute sie unverwandt an. »Er kann erst ganz kurz, bevor wir hier angekommen sind, getötet worden sein. Lange nachdem du das Blut auf meinem Schwert gesehen hast.«
Das war sicher richtig. Claire fuhr sich mit den Händen übers Gesicht. »Es tut mir leid. Was solltest du auch für einen Grund haben, den armen Ulric umzubringen?«
»Welchen Grund könnten andere haben?«
Sie machte einen Schritt nach vorn. »Könnte es ein Unfall gewesen sein?«
Renald stand auf und wischte sich seine Hände mit Laub ab. »Ich wüßte nicht, wie. Er ist scheinbar sehr schnell ge-

storben, und ich sehe kein Messer. Nein, Claire, ich befürchte, es gibt eine Schlange im Paradies. Heute abend ist hier ein Mord geschehen.«

Er sah genauso betroffen aus wie sie. Und er hatte gute Gründe. Er hatte von einer Schlange gesprochen, einer, die das zerbrechliche Paradies geraubt hatte, das sie erst gerade gefunden hatten.

»Wir können morgen nicht heiraten«, sagte Claire, ohne nachzudenken.

Renald ging zu ihr. »Weil ein Bediensteter gestorben ist? Claire, wir haben es schon angekündigt.«

»Wir können unsere Meinung ändern. Die Leute werden das verstehen.«

»Werden sie das? Ich nicht. Kurz nach dem Tod deines Vaters zeigst du dich als glückliche Braut, aber wegen des Todes eines Bediensteten soll die Hochzeit verschoben werden? Wo ist da der Sinn?«

Es gibt keinen, dachte sie. »Aber es ist hier passiert. Hier, auf Summerbourne.«

»Ja, das ist beunruhigend.« Er nahm sie in die Arme. »Aber wir werden herausfinden, wer es war. Vielleicht war es ein Streit unter den Hofleuten.«

»Aber Ulric war nicht hier! Ich meine, niemand wußte, daß er hier war. Wann ist er angekommen? Wo war er die ganze Zeit?«

»Sei ganz ruhig.« Er streichelte sie. »Wir werden das alles herausfinden, und es wird sich alles als ganz harmlos herausstellen. Es wird sich nicht auf unsere Hochzeit auswirken.« Er hob ihr Kinn an. »Hab Mitleid mit mir, Claire. Ich möchte nicht warten.«

Ein Stück vom Paradies kehrte zurück und mit ihm auch ihr Hunger. Auch sie wollte nicht warten. Es erschien ihr herzlos, während Ulric tot zu ihren Füßen lag, aber sie wollte sich morgen mit diesem Mann vereinen.

»Also gut.«
Er küßte sie. »Laß uns gehen und diese Angelegenheit in die Hände Eures melancholischen Sheriffs legen. Er ist dafür zuständig. Und das paßt auch viel besser zu ihm als Verlobungsfeiern.«
Sie mußte lächeln, weil seine Worte so wahr waren. Es würde Eudos Stimmung keineswegs heben, wenn man ihn zu einem Mordfall rief, aber vielleicht wäre er ganz erleichtert, sich die Festlichkeiten nicht noch länger anschauen zu müssen.
Lady Margret kam auf sie zu und schüttelte den Kopf. »Ein Mord. Ihr habt sicherlich nicht gedacht, daß Eure Verlobung so ungewöhnlich sein wird.«
Claire verdrehte die Augen. »Zumindest nicht so.«

Renald betrachtete Claire, während sie mit ihrer Freundin sprach, und widerstand der Versuchung, sich in ihre Nähe zu begeben und zuzuhören, worüber die beiden sprachen. Lady Margret konnte es nicht wissen. Soweit er wußte, konnte es niemand außer dem Grafen wissen. Und der hatte viel zuviel Angst vor dem Zorn des Königs, als daß er sein Wissen preisgeben würde.
Aber es war noch gerade gutgegangen. Renald hatte den Grafen von Salisbury noch einmal daran erinnert, daß der König sehr verärgert sein würde, wenn irgend etwas diese Heirat verhindern würde. Aber Renald hatte Verständnis für den Grafen. Er konnte nicht böse auf jemanden sein, der sich um Claire sorgte.
Aber bald hatte er sie ganz fest im Griff, und er würde sich durch nichts aufhalten lassen.
Nur noch das Ehegelübde und die Hochzeitsnacht, dann würden sie in alle Ewigkeit miteinander verbunden sein.
Gott sei Dank hatte Ulric nicht mehr mit ihr sprechen können.

14. Kapitel

Claire wachte am nächsten Morgen, dem Tag ihrer Hochzeit, nervös auf. Aber wahrscheinlich war jede Braut an diesem Tag nervös. Als sie am Abend zu Bett gegangen war, hatte man noch nichts über Ulrics seltsamen Tod herausgefunden. Claire war entschlossen, sich davon nicht den Tag verderben zu lassen. Es wäre ihr lieber gewesen, man hätte den Schuldigen bereits gefunden und die Angelegenheit abgeschlossen. Soweit sie wußte, hatte Eudo nur herausgefunden, daß Ulric während des Festes angekommen und wahrscheinlich in die Große Halle geschlüpft war, um etwas zu essen. Niemand schien zu wissen, wo er gesessen oder mit wem er gesprochen hatte. Und niemand konnte sich vorstellen, wer ihn im Garten umgebracht hatte.

Eudo machte den Eindruck, als ob er nicht glaubte, daß dieser Mord jemals aufgeklärt werden würde.

Claire fiel fast aus dem Bett. Als sie zur Seite schaute, sah sie Margret, die tief schlafend fast den ganzen Mittelteil des Bettes in Beschlag nahm. Nachdem das Haus so viele Menschen beherbergen mußte, konnte sie dieses große Bett nicht für sich alleine beanspruchen. Lady Huguette schnarchte leise auf der anderen Seite vor sich hin.

Es war ein schönes Gefühl. Als wäre es immer in ihrem Leben so gewesen. Drei in einem Bett.

Heute nacht würde es anders sein. Zwei in einem Bett. Nackt und ineinander verschlungen.

Claire hörte vor dem Fenster Stimmen und Pferdegetrappel. Sie schlüpfte aus dem Bett, um zu sehen, was draußen vor sich ging. Erst dachte sie, daß alle gingen! Aber dann entspannte sie sich. Die Männer gingen nur auf die Jagd. Eine gute Idee. Frische Luft und Bewegung vor einem weiteren Festessen. Und wenn sie frisches Fleisch mitbringen würden, wäre das auch nicht schlecht.

Auf dem Boden schliefen die Kammermädchen. Prissy bewegte sich und setzte sich auf. »Oh, Lady. Ihr seid schon wach?«

»Nein. Ich schlafwandle.«

Prissy kicherte und stand auf, um Claire beim Anziehen zu helfen. Bald waren alle auf den Beinen, und der Tag konnte beginnen. Renald hatte für diesen Tag keine Wünsche geäußert, so fühlte Claire sich frei, überall hinzugehen und bei den Vorbereitungen für das nächste Festessen zu helfen. Glücklicherweise war schon fast alles zubereitet. Es mußte nur noch neues Brot gebacken werden.

Alle Frauen wollten helfen, und so war bald alles gerichtet, und sie konnten sich hinsetzen und miteinander plaudern, bis die Männer von der Jagd zurückkamen und die Zeremonie weitergehen konnte.

»Ihr wirkt sehr ruhig«, sagte Lady Margret. »Ich war damals völlig aufgelöst.«

»Ich erinnere mich. Ihr seid rauf und runter gelaufen, habt Euch immer wieder umgezogen. Ihr hattet Angst, daß Lord Alaine nicht kommen würde.«

»Zumindest darüber müßt Ihr Euch keine Gedanken machen.«

»Nein.« Es versetzte ihr einen leichten Stich, daß es Renalds Zuhause war und nicht das ihres Vaters. Aber dann dachte sie an den Vorteil: Sie konnte ihr ganzes Leben hierbleiben, und es gab noch andere Vorteile. Ihre Großmutter war hier geborgen und ihre Mutter beinahe wieder so zufrieden wie früher, getröstet durch die Gegenwart ihrer Nachbarn und Freunde und befreit von Sorgen. Claire wußte nicht, wie

Thomas sich fühlte, da er mit zur Jagd geritten war, aber sie war sicher, daß es ihm schon viel besser ging. Ganz sicher, sie hatte Glück gehabt.

Als sie aus der Ferne Trompetenstöße hörten, sprangen die meisten Frauen auf und liefen in den Hof, um die Männer zu begrüßen und zu sehen, was sie von der Jagd mitbrachten.

Lachend und triumphierend ritten sie durch das Tor, an ihren Sätteln hingen kleinere Tiere, und ein Hirsch lag über einem Packpferd. Claire schaute in seine traurigen toten Augen, und für einen Moment schienen Wolken heraufzuziehen. Aber sie schob sie beiseite. Genug der Albereien. Sie aß gerne Wild.

Renald sprang von seinem Pferd und gab ihr einen herzhaften Kuß. »Hast du mich vermißt?«

»Wegen dieser wenigen Stunden?« Aber sie hatte ihn vermißt, das wurde ihr jetzt bewußt. Summerbourne wirkte leer ohne ihn. »Ich nehme an, daß du oft unterwegs sein wirst. Für den König.«

»Nicht öfter als hier sein, da kannst du ganz sicher sein.« Er schaute sich um. »Erwartet man nicht von uns, daß wir heute heiraten?«

Sie rümpfte die Nase. »Nicht bevor du gebadet hast.«

»Ich stürze mich sofort in den Fluß.«

»Wenn Ihr sauber seid, bin ich auch fertig, Mylord.« Claire rief nach ihren Mädchen und Freundinnen und lief nach oben, um sich umzukleiden.

Sie war schnell für die Kirche umgezogen, wartete mit Prissy und Maria darauf, daß sie hinuntergehen durfte, als die Tür plötzlich aufging und ihre Tanten hereinkamen. Claires erster Gedanke war, daß Felice gekommen war, um Renald als Ehemann für sich zu beanspruchen, aber sie zwang sich zu einem Lächeln. »Felice! Amice! Wie schön. Ihr seid wieder zu Hause.«

»Warum nicht?« Felice warf ihren Umhang mitten in den Raum. »Wir haben von der Verlobung gehört. Jetzt sind wir in Sicherheit. Wir sind gekommen, um bei deiner Hochzeit dabeizusein.«
Claire war sicher, daß ihre Tanten auch von dem blutigen Schwert und dem Toten gehört hatten und daß sie auf weitere Ereignisse gespannt waren. Trotzdem küßte sie beide zur Begrüßung. Sie waren wie Geschwister, und erst ihre Anwesenheit machte das Fest vollkommen.
Amice legte ihre Lagen von Schleiern ab. »Das Kloster ist kein sehr netter Ort. Die Betten sind hart, und das Essen ist eher bescheiden. Ich bin so froh, daß wir nicht dorthin müssen. Oh, Claire, wie kommst du zurecht?«
»Gut, danke.« Claire half ihr beim Auskleiden. »Ich bin sehr froh, euch beide zu sehen.«
»Kein Wunder.« Felice hob Claires Schleier auf und steckte einen Finger durch eines der Löcher. »Es sieht so aus, als ob er schon sein gewalttätiges Wesen gezeigt hat.«
Claire brachte die zarte Seide schnell in Sicherheit. »Ganz und gar nicht.«
»Dann hast du ihn bei Laune gehalten? Seine Männer sagen, er ist ganz fürchterlich, wenn er wütend ist.«
»Dann wird er nicht schnell wütend. Felice, hör auf damit!«
»Ich bin sicher, daß niemand grausam zu Claire sein kann«, sagte Amice. Aber dann fügte sie hinzu: »Seine Männer haben schreckliche Geschichten erzählt, Claire. Wir haben sie hören können.« Sie errötete und flüsterte: »Nicht nur über seine Zornausbrüche. Auch über seine Lust.«
Claire wußte, daß sie beide zum Schweigen bringen sollte, aber sie wollte mehr wissen. »Lust?«
»Zwei- oder dreimal in einer Nacht«, sagte Felice.
»Und das schreckt dich ab?«
Felice errötete. »Ich habe nicht die Absicht, mich auch nur einmal aufreißen zu lassen. Erst recht nicht dreimal!«

»Aufreißen?«
»Hast du das noch nicht bemerkt? Er ist riesig. Nur wenige Frauen können das aushalten. Aber ihm ist das sicher egal.«
»Das kann nicht sein.«
»Seine Männer haben mit seinen außerordentlichen Qualitäten geprahlt. Sie haben von den Schreien seiner Opfer erzählt.«
»Oh, Claire!« Amice betupfte ihre feuchten Augen. »Was wirst du nur tun?«
Obwohl sie erschüttert war, wollte Claire Felice diese Genugtuung nicht gönnen. »Ihn heiraten. Ich glaube solch einen Blödsinn nicht. Aber ich wäre jetzt gerne alleine.«
»Natürlich«, sagte Felice, blieb aber unbeweglich stehen. »Ich dachte, du würdest gerne Neuigkeiten über Imogen von Carrisford hören.«
»Das weiß ich schon. Sie hat FitzRoger von Cleeve geheiratet.«
»Bastard FitzRoger. Ein schreckliches Schicksal für ein so süßes und reizendes Mädchen.«
»Felice, das will ich nicht wissen!«
»Er hält sie auf seinem Schloß gefangen.«
»Warum? Was ist mit ihr passiert?«
»Warum? Weil sie versucht hat, vor seiner Grausamkeit zu flüchten. Und weißt du, wer ihr Gefängniswärter war?« Bevor Claire auch nur ein Wort sagen konnte, fügte Felice hinzu: »Renald de Lisle.«
Als Claire einfach nur dastand, sagte Felice: »Ich nehme an, daß sie jetzt einige Freiheiten hat, aber erst, nachdem sie einige Hiebe bekommen hat.« Sie tätschelte Claires Wange. »Es ist sicher das beste, wenn du brav und zurückhaltend bist, Claire, und deinem Ehemann keinen Wunsch abschlägst, egal, wie schmerzvoll es für dich sein wird. Komm, Amice, wir müssen nach unten gehen. Claire möchte alleine sein.«

»Dummes Zeug«, sagte Prissy, die an Claires Kleid herumzupfte. »Ihr solltet nicht ein Wort davon glauben, Lady.«
»Das über Imogen muß stimmen«, flüsterte Claire. »Das kann Felice sich nicht ausgedacht haben.«
»Gerüchte sind eine seltsame Angelegenheit, Lady«, sagte Maria. »Vielleicht hatten sie einen Streit, und die Tratschereien haben das daraus gemacht.«
»Zudem solltet Ihr nur das glauben«, sagte Prissy, »was Ihr selbst über einen Menschen wißt. Würdet Ihr behaupten, daß Lord Renald ein harter, grausamer Mensch ist?«
Claire konnte ihre Zukunft wieder rosiger sehen.
»Nehmt nur einmal die Sache mit dem Dreimal-pro-Nacht«, fuhr Prissy fort. »Lord Renald hatte noch keine Frau, seitdem er hier ist. Habe ich gehört.«
»Aber er ist erst drei Tage hier.«
»Aber wenn er so gierig danach wäre und ebenso rücksichtslos, würde er hier genügend bereite Frauen finden. Es haben schon eine Menge ein Auge auf ihn geworfen. Das stimmt.«
Claire lachte erleichtert auf. Schlangen im Paradies. Sie hatte selbst gesehen, wie die Mägde in der Molkerei ihn angeschaut hatten. Und wenn er eine dieser Aufforderungen angenommen hätte, hätte sie bestimmt davon gehört, und ganz sicher hätte sie erfahren, wenn er die Frauen dabei verletzt hätte.
»Ich sollte eigentlich mittlerweile wissen, daß ich Felice kein Wort glauben kann.«
Prissy klopfte ihr auf die Schulter. »Es ist ganz normal, daß Ihr nervös seid. Denkt daran«, fügte sie zwinkernd hinzu, »wenn Ihr ihn nicht in Eurem Bett haben wollt, gibt es genügend Frauen, die gerne Euren Platz einnehmen werden.«
Ihre Mutter kam herein und lächelte. »Es ist soweit, mein Schatz.« Sie nahm Claire in die Arme und küßte sie. »Ich

glaube, heute ist der schönste Tag meines Lebens. Alles scheint vollkommen zu sein.«

Claire erwiderte mit zitternden Lippen die Umarmung. Ja, erstaunlicherweise schien alles vollkommen zu sein. Sie brauchte einen Moment, um sich zu sammeln, dann nahm sie ihren Seidenschleier und steckte ihn mit einem juwelenbesetzten Reif fest. Daraufhin ging sie mit ihrer Mutter in die Große Halle, in der ihre Tanten warteten, um sie in die kleine Hofkirche zu begleiten.

Wie es die Sitte verlangte, hatten sich alle versammelt, um ihr Ehegelübde zu bezeugen. Claire nahm ihren Platz vor dem Bischof ein und lächelte Renald de Lisle an. Mit fester Stimme versprach sie, ihn zu ehren und ihm zu folgen und sich um sein körperliches und geistiges Wohlergehen zu kümmern. Wie schön es war, diese Worte aufrichtig sprechen zu können. Dann gab er ihr sein Versprechen und steckte ihr den Verlobungsring von der rechten auf die linke Hand. Er küßte den Ring und lächelte. Alle jubelten, aber Claire hörte es kaum, denn sie war ganz in den Anblick seiner warmen Augen versunken.

Nein, das hatte sie niemals erwartet. Aber es war wunderbar.

Und es waren nur noch einige Stunden hin bis zur Nacht.

Sie liefen Hand in Hand ins Herrenhaus, während sie von einer fröhlichen Menschenmenge mit Blumen und Korn beworfen wurden. Dann wurden sie zu einem Tanz genötigt, dem Hochzeitstanz für sie ganz alleine, einem Tanz zwischen Jäger und Gejagter. Der Tanz endete, als er sie fing, sie in seinen Armen herumwirbelte und sie zu ihrem Platz an der Tafel trug.

Er steckte ihr immer wieder Häppchen zu und wollte, daß sie den Wein mit Wasser vermischt trank. »Ich möchte, daß du heute nacht alle Sinne beisammenhast, meine Liebe.«

Aber Claire taumelte auch ohne Wein. Sie gab ihm zu essen und küßte die Reste von seinen Lippen. Bodenakrobaten sprangen herum, Feuerschlucker und Zauberer traten auf, die Sachen verschwinden und wieder auftauchen ließen, aber Claire und Renald nahmen kaum Notiz von ihnen.

Schließlich endete das Mahl, alle gingen nach draußen in den Sonnenschein hinaus vors Tor, um im Gras zu tanzen und sich in sportlichen Wettkämpfen miteinander zu messen.

Renald war an Claires Seite, aber dann verwickelte man ihn in einen Ringkampf. Eine der Frauen rief: »Zerrt Euch nichts vor einer solchen Nacht!«

Er lachte und warf seinen Gegner mit Leichtigkeit zu Boden. Dann wollten alle Männer mit ihm trinken. Renald schaute sehnsüchtig zu Claire zurück, ließ sich aber von den Männern anstecken. Es war ja nur für kurze Zeit. Der Tag war noch lang.

Claire setzte sich mit ein paar Frauen in den Schatten eines Baumes und plauderte vergnügt über Babys und andere Alltäglichkeiten. Dann schlenderte sie in die Nähe des Platzes, wo Renald und ein paar Männer mit einem Stoffball ein Ziel zu treffen versuchten. Er war nicht besonders gut. Es machte ihn liebenswert, zu sehen, daß er nicht in allen Dingen perfekt war.

»Ein gutaussehender, junger Mann.«

Claire drehte sich um und sah Sheriff Eudo an ihre Seite treten. Sie war nicht in der Stimmung, um über Mordtaten zu sprechen, aber sie lächelte und schob den Groll beiseite, den sie, was seinen Beitrag am Tod ihres Vaters anging, gegen ihn hegte. Es war nicht recht, Eudo die Schuld zu geben. Lord Clarence war von Anfang an darüber erbost gewesen, daß Heinrich Beauclerk die Krone an sich gerissen hatte. Eudo war zweifelsohne ebenso betroffen gewesen wie jeder

andere auch, als ihr sanftmütiger Vater ihre theoretischen Erörterungen in die Tat umgesetzt hatte, in eine katastrophale Tat.
Er sprach mit ihr über Literatur.
»Ich sehe, daß Euch heute nicht der Sinn nach geistigen Dingen steht.«
Claire errötete, als sie bemerkte, daß ihre Aufmerksamkeit Renald galt, der etwas mit einem Schwert zum besten gab.
»Es tut mir leid ...«
»Aber nein. Ich muß mich entschuldigen, daß ich Euch mit solch trockenen Dingen langweile, während Euch ganz anderes durch den Kopf geht. Er scheint auf seine Art ein guter Mann zu sein. Ich freue mich zu sehen, daß es trotz des Schmerzes Freude gibt.«
»Übrigens«, fügte er hinzu, »ich habe ein paar Dienstboten gefunden, die Ulric in der Großen Halle gesehen haben. Er saß allein.«
Claire runzelte die Stirn. »Wie seltsam. Schließlich hätte er doch zumindest uns mitteilen müssen, daß er wieder zu Hause ist.« Und dann hätte sie mit ihm reden können. Und hätte etwas über die letzten Tage ihres Vaters erfahren können.
»Es schien ihm wohl nicht der rechte Augenblick zu sein. Schließlich konnte er nicht wissen, daß er sterben würde.«
»Das stimmt.« Niemand kannte die Stunde seines Todes, und deshalb sollte man den Augenblick genießen. Sie war drauf und dran, zu Renald zu gehen, um die Freude ihres Augenblicks mit ihm zu genießen, als ein Bewaffneter angelaufen kam und vor Eudo niederkniete. »Ich bitte um Verzeihung, Lord Sheriff. Aber ich habe etwas, das Ihr erfahren solltet.«
»Ja? Was?«
»Wir haben Ulrics Gepäck gefunden, Mylord. In einer Ecke des Hauses, bei der Treppe. Zumindest haben wir gedacht,

daß es seins ist.« Er hielt ihm einen ramponierten Ledersack hin.

»Ja, er gehört ihm«, sagte Claire und wollte ihn an sich nehmen. Sie mußte mit feuchten Augen lächeln, als sie etwas sah, das so eng mit ihrem Vater verbunden gewesen war. »Er hatte die persönlichen Sachen meines Vaters in ...«

Eudo ergriff den Sack, bevor sie ihn nehmen konnte.

»Eudo! Wir sollten ihn meiner Mutter geben.«

Der Sheriff hielt ihn in der Hand, als wollte er sein Gewicht abschätzen. »Lady Claire, ich muß erst einen Blick hineinwerfen, um zu sehen, ob sich darin etwas befindet, was Aufschluß über Ulrics Tod geben kann.«

»Wie ...«

Aber er kniete schon und zog bereits Unterwäsche heraus, ein Paar Schuhe, ein paar Münzen und ein Buch. Ihr Vater hatte immer ein Buch bei sich.

Nein, es war kein Buch!

Claire bückte sich, um es in die Hand zu nehmen. Ihre Hände trafen sich auf Holzdeckeln, die die losen Pergamentblätter zusammenhielten. »Es ist das Tagebuch meines Vaters«, sagte sie mit klopfendem Herzen. »Es hat nichts mit Ulric zu tun. Er konnte nicht lesen und schreiben.« Sie umschloß das Tagebuch mit ihren Fingern und schaute Eudo an. »Es bedeutet mir und meiner Familie sehr viel.«

Er schaute weg, aber umklammerte immer noch das Tagebuch, als würde er es mit seinem Leben verteidigen. »Seine täglichen Aufzeichnungen, die über jede Kleinigkeit Auskunft geben? Ich erinnere mich daran. Ich sollte es wirklich ...«

»Nein.« Erstaunt hörte Claire, daß sie denselben bestimmten Ton anschlug wie Renald. Und Eudo ließ das Buch los. Claire stand auf und preßte das Tagebuch fest an ihre Brust. »Es ist etwas sehr Besonderes. Es enthält seine letzten Worte und Gedanken. Das müßt ihr verstehen.«

Und wahrscheinlich – wurde ihr plötzlich klar – enthielt es auch die Erklärung für seinen Tod. Bald würde sie es wissen, mitgeteilt durch die eigenen Worte ihre Vaters.
Eudo starrte das Buch immer noch an, als würde es für ihn ebenso kostbar sein wie für sie. Am liebsten hätte er es ihr entrissen. »Ihr seid närrisch. Es enthält möglicherweise sehr Wichtiges.«
»Nur ...«
»Ich bestehe darauf ...«
»Nein.« Sie ging außer Reichweite. »Der erste, der diese Worte hört, soll meine Mutter sein.«
Claire eilte davon, bevor er weiterreden konnte. Was glaubte er denn, was sie mit dem Tagebuch tun würde? Es etwa vernichten?
Sie fand ihre Mutter mit zwei Freundinnen im Garten. Sie ging direkt auf sie zu und drückte ihr das Tagebuch in die Hände. »Es ist Vaters. Ulric hatte es bei sich.«
»Sein Reisetagebuch?« Ihre Mutter strich über die Holzdeckel. »Was kann es uns schon Gutes mitteilen?«
Diese Reaktion hatte Claire nicht erwartet. »Du kennst Vater. Er hat aus allem eine gute Geschichte gemacht.«
»Aus Verlust und Tod?«
Claire nahm das Buch zurück.
»Es tut mir leid ...«
»Nein.« Lady Murielle versuchte zu lächeln. »Warum liest du uns nicht ein wenig vom Anfang vor?«
Ihre Mutter hatte recht. Das Tagebuch würde sie nur betrüben, und dafür war es nicht der richtige Tag. Sie öffnete die Schließe und schlug die erste Seite auf. Es berührte sie freudig und auch sehr schmerzhaft, als sie die Kleckse auf den Seiten sah. Er war immer viel zu ungeduldig gewesen, wenn er seine Gedanken niederschrieb, so daß seine Seiten niemals ordentlich aussahen. Claire hatte es geliebt, seine Aufzeichnungen säuberlich ins reine zu schreiben.

»Wenn es zu schwer für dich ist, Claire, mache dir keine Gedanken darüber«, sagte ihre Mutter. »Schließlich ist heute dein Hochzeitstag.«
Claire schluckte, schüttelte den Kopf und begann, im schwächer werdenden Abendlicht die vertraute Schrift zu entziffern. *»Die Gnade … des Sommers wurde auch dem Heim unseres einfachen Helden geschenkt und brachte seinem Herzen – oh – große Freude …«* Sie hielt inne. »Das scheint eher eine Geschichte und kein Eintrag zu sein.«
»Eine neue Geschichte«, sagte ihre Mutter erleichtert. »Das ist wirklich eine Kostbarkeit. Lies weiter.«
»… große Freude, aber auch Sorge, denn er wußte, daß ihn sein – da kann ich ein Wort nicht lesen – *Unternehmen fortführen würde, so weit, daß er vielleicht niemals* den was? *den Weg zurückfinden würde zu denen, die er liebte und die ihn stärker liebten, als er es verdiente. Aber entschlossen betete das unerschrockene Kind Sebastian* – oh.«
»Oh«, sagte auch ihre Mutter. »Wieder eine Geschichte von ihm. Das ist eine schöne Geschichte, aber wir kennen sie alle bereits auswendig.«
Claire überkam das Gefühl von einem ungeheuren Verlust. Sie würde doch nicht durch ihren Vater erfahren, wie seine letzten Tage gewesen waren. Und da Ulric auch nicht mehr lebte, würde sie es wohl niemals erfahren. Sie fürchtete, ihre Stimme würde zittern, schlug das Büchlein zu und verschloß es wieder. »Das können wir ein anderes Mal lesen, Mutter. Ich lege es zu den anderen Büchern.«
»Ja, mein Schatz, tu das. Und dann geh und genieß deinen Hochzeitstag.«
Claire kämpfte gegen die aufsteigenden Tränen an, als sie davoneilte – und gegen eine kräftige Brust prallte.
»Was?« sagte sie bissig zu Renald. »Was ist jetzt schon wieder los? Läufst du mir immer hinterher?«
»Wie sollte ich dir widerstehen, meine Liebste?« Er zog sie

von den neugierig Zuhörenden fort, legte den Arm um sie und fragte: »Was hat dich so verwirrt, Claire?«
»Nichts.«
»Das bezweifle ich.«
»Nichts Wichtiges.« Sie versuchte, sich von ihm zu befreien, aber er hielt sie fest.
»Für dich ist es wichtig, daher also auch für mich. Geht es um dieses Buch?«
»In gewisser Weise.«
»Was ist das?«
Sie seufzte. »Es gehört Vater. Ulric hatte es bei sich. Ich dachte, es wäre Vaters Tagebuch, in dem er alle Ereignisse festhält. Aber er erzählt darin nur noch einmal eine seiner Geschichten.«
»Ist das nicht wertvoll?«
»Doch. Es ist das erste Mal, daß er selber versucht hat, eine Geschichte aufzuschreiben. Wir können sie alle auswendig. Mir wäre es lieber gewesen, wenn ich seine Gedanken und die Ereignisse seiner letzten Tage lesen könnte.«
»Das verstehe ich.«
Claire spürte, wie wohl ihr sein warmer Körper in ihrer Trauer tat. Wie kostbar war es, einen solchen Zufluchtsort zu haben. Er senkte den Kopf und küßte ihre Lippen, nicht leidenschaftlich, sondern voller Zärtlichkeit und Anteilnahme. Ein wohlbringender Kuß. Dann aber wurde er heißer als nötig.
Als er seinen Mund von ihr löste, schaute er mit seinen dunklen Augen zu ihr hinunter. »Meine Frau.«
»Ja.«
Er lachte etwas unsicher. »Bald. Es ist bald soweit, daß die Frauen dich zu Bett bringen werden. Und dann werden die Männer mich zu dir bringen.« Seine Lippen zuckten. »Es muß irgend jemand einmal gedacht haben, daß ein Ehepaar nicht den Weg zueinander finden würde.« Er

nahm ihre Hand. »Ich glaube, das geht auf die Römer zurück.«
Nicht nur die Hände ineinander verschlungen, gingen sie zurück zur Halle. »Damals haben die Eheleute ihren Weg nicht gefunden?«
»Nein, der Ehemann hat so getan, als würde er seine Frau entführen. Die Männer ihrer Familie haben versucht, sie zu beschützen, während die Männer seiner Familie sie abwehrten.«
Er schaute sie an. »Vielleicht war das nicht immer nur ein Spiel. Auch heute noch werden Bräute einfach genommen.«
»Erbfolgerinnen.« Sie spürte, daß ihr Glück durch einen Stachel, einen kleinen, aber spürbaren Stachel getrübt wurde. »Hat dein Freund FitzRoger Imogen von Carrisford so genommen?«
Er zog die Brauen hoch. »Ganz und gar nicht. Sie ist zu ihm gegangen, weil sie seine Hilfe brauchte.«
»Aber wollte sie ihn heiraten?«
»Sie ist aus freiem Willen durch die Kirchentür gegangen.«
Es war schwer zu glauben, aber es war wohl die Wahrheit. Vielleicht war Imogen genauso wie sie gedrängt worden.
»Ich habe gehört, daß er sie geschlagen und sie gefangen gehalten hat. Mit dir als Aufpasser.«
»Hast du auch gehört, daß sie ihn zu Boden geschlagen hat?«
»Imogen?« Claire blieb stehen und starrte ihn an. Sie hatte das Mädchen als reizend und hübsch in Erinnerung und als eine Person, die sich für nichts anderes als den Schnitt ihrer Kleider interessierte.
»Imogen. Die zarte Blume des Westens. Weißt du, es ist Verrat, seinen Ehemann anzugreifen, ganz besonders, wenn er ein Vasall des Königs ist.«
Claire schlug ein Kreuz. »Was ist mit ihr passiert?«
»Das ist zu kompliziert, als daß ich es dir jetzt erzählen

kann. Aber glaub mir – Imogen ist auf Carrisford sicher und auch nicht unglücklich mit ihrem Schicksal. Ich hoffe, wir werden sie bald besuchen. Dann kannst du sie selber fragen.«

Sie betrachtete ihn. Er schien die Wahrheit zu sagen. »Aber FitzRoger ist ein furchteinflößender Krieger.«

»Wie ich. Bist du unglücklich mit deinem Schicksal?«

Sie mußte nein sagen.

»Wir mußten beide kämpfen, um zu überleben, Claire, um aus den Abgründen herauszukommen, in die das Schicksal uns gestoßen hatte. Vielleicht werden unsere Seelen eines Tages dafür zur Rechenschaft gezogen. Aber keiner von uns hat grundlos getötet oder nur aus Freude Schmerzen zugefügt.«

»Aus Freude?«

Er streichelte ihre Wange. »Ach, Claire. Du lebst ein behütetes Leben hier, aber draußen sind Wölfe.«

»Drinnen auch.« Die Worte entschlüpften ihr, bevor sie etwas dagegen tun konnte.

Er nahm sie wieder in die Arme und schaute ihr tief in die Augen. »Hast du denn Angst vor der Gefahr?«

Sie mußte die Wahrheit sagen und flüsterte: »Nein.«

Er küßte sie – eine glühende Verheißung dessen, was sie Gefährliches erwarten würde. Dann schob er sie in die mit Trubel erfüllte Halle. »Geh. Such jemanden, der uns in unser Bett trägt.«

15. Kapitel

Mit zitternden Knien ging Claire weiter. Als sie noch einmal nach draußen schaute, sah sie, daß die Sonne bereits fast untergegangen war und die Welt in Gold, Rot und Schwarz tauchte, Farben, die die verwirrende Hitze widerspiegelten, die in ihr tobte. Das gefährliche Bett ...

Sie hielt irgend etwas fest in der Hand. Als sie hinschaute, sah sie das Buch ihres Vaters. Sie hatte versprochen, es zu den anderen Büchern zu legen, aber sie konnte jetzt nicht in das Sonnenzimmer gehen – ins Hochzeitszimmer –, ohne gegen die Sitten zu verstoßen. Sie mußte warten, bis man sie dorthin führte. Sie sollte unwillig wirken, nicht lüstern.

Sie entdeckte Thomas und ergriff die Gelegenheit, auf andere Gedanken zu kommen. Sie ging zu ihm und zeigte ihm das Tagebuch. Er zeigte ebensowenig Begeisterung wie ihre Mutter, aber aus anderen Gründen. Er mochte keine Bücher. Er wollte unbedingt zu seinen Freunden zurück, die gerade ein Murmelspiel machten.

Claire hielt ihn zurück. »Bist du mir jetzt nicht mehr so böse?«

Er verzog das Gesicht. »Ich sehe, daß das nicht deine Schuld ist. Und er kann auch nichts dafür, was passiert ist.«

Claire schickte ein erleichtertes Gebet zum Himmel. »Ich werde niemals aufhören, dich zu lieben, Thomas.«

Er war sichtlich verlegen, dann aber schaute er sie besorgt an. »Ich will hier nicht weg, Claire.«

Sie seufzte, konnte ihm aber nichts außer der Wahrheit sagen. »Ich wünschte, ich könnte dir versprechen, daß du das auch niemals mußt, mein Schatz. Aber es geht nicht. Ich werde alles für dich tun. Das ist alles, was ich dir versprechen kann.«

»Josce sagt, es wäre das beste, wegzugehen. Und daß es mir beim König gefallen wird.«

Guter Knappe! »War Josce beim König?«

Ein Bursche schrie herüber: »Thomas, du bist dran! Komm schon!«

Ihr Bruder ging. »Ja. Und Josce ist in Ordnung.« Mit diesem hohen Lob auf den Lippen rannte er davon.

Claire lächelte. ›In Ordnung‹ bedeutete, daß Josce in Thomas' Hierarchie gleich hinter dem lieben Gott kam. Ihr Bruder machte Fortschritte. Er war noch nicht glücklich, und die Veränderungen waren schmerzhaft für ihn – und würden es vielleicht auch immer bleiben –, aber sein Schmerz begann zu vergehen.

So. Es war soweit. Lady Margret würde sie in ihr Bett bringen. Claire schaute sich in der vollen Halle um, um ihre Freundin zu suchen. Dann wurde ihr klar, daß Margret sie wahrscheinlich auch schon suchte, und kehrte deshalb zu ihrem Platz an der Tafel zurück, wo sie sicher schon erwartet wurde. Dort sah sie Renald sitzen, der fragend die Augenbrauen hochzog, als suche er eine Antwort auf ihre Verspätung.

Claire nahm einen Schluck Wein, um sich zu beruhigen. *Kommt endlich, Lady Margret!*

Als sie ihren Blick durch die Halle wandern ließ, nahm der Sheriff das Buch an sich, das sie vor sich hingelegt hatte.

»Lord Eudo!«

Er löste die Schließe mit ungeduldigen Fingern. »Eure Mutter hat sicherlich ihre Lektüre für heute beendet.«

»Da steht nichts drin.«

Er hielt inne. »Die Blätter sind leer?«

»Nein. Aber es ist nicht das Tagebuch. Er hat diesmal scheinbar keines geführt. Statt dessen hat er eine seiner Geschichten niedergeschrieben. Über das unerschrockene Kind Sebastian.«
Er öffnete das Buch und schaute die erste Seite finster an. »Das ist ja eine fürchterliche Schrift.«
»Vater hat sich nie Zeit gelassen, ordentlich zu schreiben.«
Eudo ging näher an ein Fenster und schnitt eine Grimasse, während er versuchte, sich einen Überblick zu verschaffen. Dann schlug er die letzten Seiten auf. Claire wollte protestieren, denn sie wollte nicht, daß er Stellen las, die sie noch nicht kannte, aber er war schon dabei. Offensichtlich fand er nichts Spannendes. Er klappte das Buch zu und verschloß es. »Wie Ihr gesagt habt, Lady Claire. Nichts. Aber es ist etwas, was Ihr aufbewahren solltet.«
Sie nahm das Buch an sich und rückte die Schließe noch einmal ordentlich zurecht, um zu zeigen, daß das Buch ihr gehörte, ihr und ihrer Familie. »Ich werde es ordentlich abschreiben. Vielleicht wollt Ihr es dann lesen.«
»Aber selbstverständlich. Lord Clarence war mir ein teurer Freund.«
Als er fortging, wirkte er auf Claire sehr heiter und unbekümmert. Sie betrachtete das Buch und fragte sich, was Eudo befürchtet hatte, darin lesen zu müssen.
Er hatte die letzte Seite gelesen. Sie glaubte nicht, daß sie etwas Wichtiges finden würde, öffnete aber das Büchlein. Die Schrift war beinahe ordentlich, so als hätte ihr Vater Zeit und eine gute Unterlage gehabt.
Und da stand das unerschrockene Kind über der Leiche des mächtigen Gegners, strahlend in der Kraft, die ihm Gott der Herr verliehen hatte. Aber es rannen Tränen aus den Augen des Helden. Tränen der Trauer, weil er gezwungen worden war zu töten, und Tränen, weil er einen solchen Mann hatte töten müssen.
Sie las die Worte noch einmal. So hatte die Geschichte bisher

niemals aufgehört. Sebastian hatte niemals über den Tod des Tyrannen geweint ...
Wieder wurde ihr das Buch entwendet. »O nein, das tut Ihr nicht«, sagte Lady Margret. »Bräute vertiefen sich in ihrer Hochzeitsnacht nicht in Bücher. Und man erwartet nicht, daß sie so finster dreinschauen.«
»Margret! Seid vorsichtig.«
Ihre Freundin gab ihr lachend das Buch zurück. »Was ist das denn?«
Claire erzählte es ihr und gestand ihr auch, wie enttäuscht sie darüber war, daß es eine Geschichte und kein Bericht über die Rebellion war.
»Nun, Ihr wißt«, sagte Margret, während sie nach einer Leckerei griff und davon naschte, »daß Euer Vater davor noch nie gekämpft hat, zumindest nicht, seit er ein Jüngling war. Wenn Lord Alaine Waffen tragen muß, kann ihn eine ganz seltsame Stimmung überkommen. Manchmal kommt er strahlend nach Hause – das, was Männern gefällt, ist schon eigenartig. Aber manchmal hat er so einen Blick ... Vielleicht sah Euer Vater die andere Seite der Helden.«
Claire schaute ihre Freundin überrascht wegen ihres Verständnisses an. »Das würde erklären, warum er eine neue Fassung schrieb. Um das zu verarbeiten, was er über den Kampf und die Kämpfer erfahren hatte.« Sie strich über das Buch. »Das macht es viel wertvoller, denn es zeigt, wie diese Erfahrungen Vater verändert haben.« Sie begann das Büchlein wieder zu öffnen.
Margret griff wieder danach. »O nein, nicht! Nicht heute abend.«
Claire versuchte, es wieder zu ergattern, und während sie spielerisch miteinander rangen, fielen einige Seiten zu Boden. Graf Salisbury hob sie auf.
»Reizende Damen streiten sich um ein Buch«, sagte der

Graf, während er Claire die Seiten reichte. »Das scheint ein interessanter Band zu sein.«
Sie klopfte die Seiten ab und legte sie wieder an die richtige Stelle. »Es ist ein ganz besonderer. Die letzten Aufzeichnungen meines Vaters.«
»Sein Tagebuch?«
Sie schaute ihn erstaunt an. »Ihr wißt davon?«
»Als wir uns versammelten, um Herzog Robert zu unterstützen, sah ich ihn jeden Tag in das Buch schreiben. Es muß interessante Aspekte dieser traurigen Affäre enthalten.«
Claire schloß das Büchlein sorgsam. »Interessant, ja. Aber es ist kein Tagebuch. Aus irgendwelchen Gründen hat er sich entschlossen, seine Lieblingsgeschichte niederzuschreiben, die vom unerschrockenen Kind Sebastian.«
»Ja, ich erinnere mich, daß er sie eines Abends erzählt hat. Eine verrückte Geschichte.« Er schaute das Buch stirnrunzelnd an. »Wo habt Ihr es her?«
»Es war im Gepäck von Ulric. Das einzige von Interesse.«
»Und das Buch kann keinen Hinweis auf Ulrics Mörder geben? Das ist ein seltsames Rätsel, das vielleicht niemals gelöst werden wird. Sheriff Eudo hat vor gar nicht langer Zeit auch einen Diener verloren. Und die Mörder sind auch nicht gefunden worden.«
»Das scheint nicht so ungewöhnlich zu sein, Mylord.«
»Ungewöhnlich genug. Die meisten Mörder sind offensichtliche Verbrecher, die sich in Momenten der Angst oder Eile verraten. Aber im Falle des Sheriffs ist der Mann von Gaunern umgebracht worden, die ins Hinterland entkommen sind. Eine Lehre, nicht ohne Begleitschutz zu reisen.«
Claire wußte nicht, warum er ihr das erzählte, aber es kümmerte sie auch nicht. Es war jetzt ganz dunkel, und Lady Margret war gegangen, um die jungen Frauen zu sammeln. Ihr Schicksal war in verführerischer Nähe.
»Ulric muß gewußt haben, wie Euer Vater gestorben ist.«

Claire schaute den Grafen wieder an. »Ja, er ist ihm nie von der Seite gewichen.« Sie seufzte, obwohl sie fast völlig erfüllt von der Sehnsucht nach dem Ehebett war. »Ich wünschte, ich hätte ihn die Geschichte erzählen hören.«

»Ich bin sicher, Ihr hättet sie sehr erhellend gefunden.«

Claire stutzte wegen seines seltsamen Tons. »Erhellend?« Wo war Margret?

»Lord Renald hat Euren Vater hierhergebracht. In der Panzerung, so, wie er gestorben ist.«

»Mylord, ich bitte Euch. Das ist nicht die rechte Zeit für ein solches Gespräch. Ich versuche, an meinem Hochzeitstag fröhlich zu sein.«

»Ich sehe, wie wild Ihr nach dem Ehebett seid.« Nach einer Weile fügte Salisbury hinzu: »Einige Menschen sind feige.«

Sie starrte ihn an und fragte sich, was er von ihr dachte. Aber glücklicherweise kam Margret wieder und mit ihr ein Trupp laut lachender junger Frauen.

Auch der Graf schaute sie an, und Claire meinte ihn seufzen zu hören. »Ich werde für Euch beten, Lady Claire.« Er beugte sich plötzlich zu ihr hinunter und zwang sie so, ihm genau zuzuhören. »Bevor Ihr in Eurem Ehebett feiert, Claire, denkt noch etwas mehr über den *Tod* nach. Denkt über Euren Vater nach. Über Kettenhemden. Und Schwerter.«

Sie schaute ihm nach, als er die Tafel verließ. Hatte er zuviel getrunken? An den Tod denken. Jetzt? Gut, er hatte gewollt, daß sie an ihrem Hochzeitstag weinte und jammerte. Als ob sie nicht selbst wußte, daß ihr Vater niemals gewollt hätte, daß sie einen Mann heiratete, der seinen Kettenpanzer und sein Schwert liebte. Aber als ihr Vater in die Welt der Ringpanzer und Schwerter hinausgezogen war, hatte er das alles über sie gebracht. Sie versuchte nur, die Dinge wieder in ihre alte Ordnung zu fügen.

Als die Frauen sie umringten, verdrängte sie die Worte des Grafen und wandte sich dem Lachen um sie herum zu.

Bald hatte man sie, die Nervosität und Widerwillen vorspielte, in das Sonnenzimmer gezerrt. Sie hatte es nicht nur gespielt. Trotz ihres Verlangens war das Ehebett für sie doch das tiefe, große Unbekannte. Und dann gab es noch diese Geschichten von den schreienden Opfern … Unsinn. Geschichten einer Schlange.

Dann war sie, betörend nach Blumen und Gewürzen duftend, in ihrem Brautzimmer. Scharlachrote Rosenblätter, gemischt mit Blüten aller Farben, lagen auf der Tagesdecke und dem Boden.

Eifrige Hände kleideten sie aus, und irgend jemand sagte: »Oje. Ohne Euer Haar seht Ihr unanständig aus.«

»Ins Bett«, sagte Margret. Claire war froh, unter die wohlduftenden Decken kriechen zu können, und zog sie sich bis zum Kinn. Wieder überkam sie Reue, daß sie ihr Haar so unüberlegt abgeschnitten hatte.

Margret berührte das kurze Haar. »Ich weiß wirklich nicht, wie du das tun konntest.«

»Es erschien mir damals eine gute Idee zu sein.«

»Typisch.«

Claire bewegte sich im Bett hin und her und schluckte nervös. »Die Rosenblätter auf dem Laken fühlen sich seltsam an.«

»Aber riechen tun sie sehr gut.« Margret verstreute einige Weizenkörner als Zeichen der Fruchtbarkeit. Dann steckte sie einige Kräuter unter das Kopfkissen. »Hier, damit du eine schöne Nacht hast und in neun Monaten ein Baby bekommst.«

»Das klappt sicher. Zumindest«, fügte Claire hinzu, »das zweite Mal.«

»Das erste Mal auch«, sagte Margret mit einem Zwinkern.

»Beim ersten Mal? War es bei dir das erste Mal schön?«

»Es wurde schöner, aber – ja«, sagte Margret. »Es war beim ersten Mal schön.«

Claire schaute die anderen Frauen an, die an der Tür standen und nach den Männern lauschten. Sie hatte noch Zeit für eine schnelle Frage. »Margret«, flüsterte sie, »gibt es irgend etwas, das ich wissen sollte? Etwas, was ich tun sollte? Irgend etwas anderes, als nur dazuliegen?«

Die Männer kamen lachend und singend heran.

Margret errötete leicht. »Oh. Nun, sag ihm, wenn dir etwas gefällt. Oder wenn es dir nicht gefällt.«

»Wird ihm das nichts ausmachen?«

»Lord Alaine stört es nicht.«

Nun hämmerten sie gegen die Tür, während die lachenden Frauen sie zuhielten.

»Sonst noch etwas?«

»Hab keine Angst, ihn zu berühren. Überall.« Die Tür öffnete sich einen Spalt. »Wenn es dir gefällt, kannst du es mit dem Mund machen.«

»Mit dem Mund? Was?«

»Du weißt schon. Küssen. Saugen. Ihn verrückt machen.«

Claire starrte ihre Freundin an. »Willst du mich veräppeln?«

»Nein. Ich schwöre.« Die Tür flog auf.

»Daran saugen,« sagte Claire, als die Männer hereinplatzten.

»Nicht sofort«, sagte Margret ganz leise. »Ich kenn' dich doch. Er denkt sonst, du seist allzu kühn.«

Die meisten Männer waren fast vollkommen betrunken, aber sie hielten Renald fest in ihrer Mitte, als hätte er die Orientierung verloren und müßte zu Claire geschleppt werden. Er befreite sich von ihnen und schaute sie an. Ihre Zehen kribbelten, und das Atmen fiel ihr schwer.

»Hey, kriegen wir die Braut nicht zu sehen?« fragte einer der Männer.

»Nein.« Renald war schon fast entkleidet. Immer noch löste sich sein Blick nicht von ihr. »Nur ich.« Nackt drehte er sich zu ihnen um. »Oder will jemand gegen mich kämpfen?«

Claire überraschte es nicht, daß die Männer lachend zurückwichen. Auch überraschten sie die deftigen Kommentare der Frauen nicht. Sie wußte, daß Renald groß und kräftig war. Jetzt sah sie, daß jeder Millimeter an ihm aus Muskeln bestand – die Schultern, der Rücken, sein Hinterteil, die Beine. Als er sich ihr wieder zuwandte, fühlte sich ihr Mund so trocken an, daß sie kaum schlucken und erst recht nicht sprechen konnte.

Undeutlich nahm sie wahr, daß die Männer und Frauen hinausgingen. Sie sah nur, wie er auf das Bett zukam. Auch von vorne sah er beeindruckend aus, und sein Geschlecht streckte sich ihr sehnsüchtig entgegen. Er sah ziemlich groß aus. Erstaunlich groß. Endlich gelang es ihr, zu schlucken. »Tu mir nicht weh, bitte.«

Er blieb stehen und setzte sich dann aufs Bett. »Natürlich nicht, Claire. Wovor hast du Angst?«

»Du bist so groß.«

Seine Lippen zuckten. »Nicht so groß, das versichere ich dir. Ich werde dich nicht verletzen.«

»Und meine Unschuld?«

Er zuckte mit den Schultern. »Vielleicht wird das ein bißchen schmerzen. Aber mit etwas Glück wird es nicht allzu schlimm.« Er glitt unter die Decke und nahm sie in die Arme. »Besser?«

Nach dem ersten Schreck mußte Claire feststellen, daß alles viel besser war. Seinen festen, heißen Körper zu spüren ließ alle Angst dahinschmelzen. Sie legte ein Bein über seines, legte einen Arm um seinen breiten Oberkörper und kuschelte den Kopf in die Kissen. »Ich habe mich albern angestellt.«

Seine Hand strich ihren Rücken entlang. Das war noch erregender als das Streicheln ihres Nackens. »Ich werde dich nicht zerquetschen. Aber wenn du möchtest, kannst du oben liegen.«

»Oben?« Aber er drehte sie schon, so daß sie auf ihm lag. Sie fühlte sich, als würde sie auf einem sonnendurchglühten, glatten Felsen liegen. Seine Erektion spürte sie fest und hart an ihren Schenkeln und erinnerte sie an gewisse Probleme.
»In bezug auf groß«, sagte sie, während sie spürte, daß sie errötete, »meinte ich deine ... deine Männlichkeit.«
Sie hatte das Gefühl, daß sein Geschlecht noch größer wurde. War das möglich? Wie groß konnte es noch werden?
»Felice ...«, sagte sie und wand sich verlegen, »Felice hat im Lager deine Männer reden hören. Über deine Größe – dort unten. Daß du ... daß du Frauen damit kaputtmachst.«
Er schloß die Augen und murmelte »Verflucht ...« und irgend etwas, was sie nicht verstand. Dann schaute er sie an. »Claire, ich schwöre dir, ich habe niemals einer Frau auf diese Weise weh getan. Ich bin nicht so groß, und ich bin vorsichtig. Darf ich dich ansehen?«
Sie nickte, obwohl sie sich plötzlich schämte. Er schob sie behutsam von sich zur Seite und schlug die Decke zurück. Er schaute sie an. »So weiß. So schön geformt.« Dann strich er mit der Hand ihre Hüfte entlang, ihren Bauch hinauf und streichelte eine Brust. »Du fühlst dich an wie Seide. Meine rauhen Hände zerreißen vielleicht Seide, aber dich werde ich nicht verletzen.«
Als sie dort gestreichelt wurde, wo sie noch niemals vorher berührt worden war, konnte sie kaum atmen. Sie legte eine Hand vorsichtig auf seine Brust, um die Hitze und Samtigkeit seiner Haut zu spüren, und entdeckte hier und da rauhe und vernarbte Stellen.
Sie hatte einmal Angst vor seiner Größe und seiner Stärke gehabt. Früher einmal hätten sie die Spuren des Krieges abgestoßen. Aber jetzt entzündete jede Kleinigkeit an ihm heißes Begehren und glühendes Verlangen.
Plötzlich ergriff sie seine wandernde Hand und schaute seine Schwielen an. »Ich kann dich annehmen«, sagte sie und

küßte die Hornhaut, die seine Handfläche überzog. »Ich kann das Schwert akzeptieren.«
Ein beinahe gequälter Ausdruck zeigte sich auf seinem Gesicht. »Ach, Claire. Du Liebe ...« Dann küßte er sie leidenschaftlich, berührte sie, wie es ihr schien, mit jedem Millimeter seines heißen Körpers und flüsterte: »Ich wünschte, ich wäre dir ein besserer Mann. Aber ich werde dir mein Bestes schenken.«
Dann berührte er mit seinen Lippen ihre Brust.

Als Renald ihre Haut spürte und ihre kleine Brustwarze schmeckte, durchrieselte ihn ein Schauer des Verlangens und ließ ihn beinahe schmerzhaft anschwellen. Aber damit konnte er umgehen. Aber sie hatte ihn beinahe vernichtet, als sie voller Vertrauen die Hand geküßt hatte, die ihren Vater getötet hatte.
Aber daran wollte er nicht denken, sondern sich um sein Verlangen kümmern. Er mußte es. Die Neuigkeiten würden nicht mehr lange zurückgehalten werden können. Dies war seine letzte Chance, seine allerletzte Chance, Claire im Feuer der Leidenschaft an sich zu binden, so daß sie sich niemals von ihm würde befreien können. Nicht einmal dann, wenn die Wahrheit ans Licht käme.
Er hörte, wie sie die Luft anhielt, spürte, wie sie sich anspannte, und setzte all seine Fertigkeiten ein. Er konnte Frauen lesen – ihren Atem, ihre Bewegungen –, so wie Claire Bücher lesen konnte. Er würde all seine Fertigkeiten einsetzen, um sie an sich zu binden.
Zweifel überkamen ihn. Während er sie mit seiner Zunge streichelte, um herauszufinden, was sie am meisten genoß, versuchte er, diese Gedanken zu verdrängen. Es gab keinen anderen Weg. Er hatte keine andere Wahl.
Du kannst es ihr sagen, flüsterte ihm sein Gewissen zu. *Du könntest es ihr jetzt erzählen, anstatt sie an dich zu fesseln und*

darauf zu warten, daß es, wenn es bekannt wird, alles zerstört. Sie zerstört.

Er strich mit seiner rauhen Handfläche über ihre andere Brust, hörte sie »Renald!« flüstern, spürte, wie sie seine Hand berührte, als wollte sie ihn zurückhalten, dann schlug sie ihn zart und unentschlossen.

Claire. Schöne Claire. Entgegenkommende Claire mit einer Haut wie Seide und mit unerschrockenem, mutigem Herzen.

Wir sind verheiratet. Es ist sowieso zu spät. Aber dies kann ich ihr schenken.

Du schenkst nicht. Du nimmst.

Er brachte seine innere Stimme zum Schweigen und schaute Claire in die Augen, in das lächelnde, erstaunte Gesicht. Sie war schon leicht errötet. Sie war beinahe soweit. Sie würde eine wunderbare Liebhaberin sein.

Er schob einen Finger in sie, die sich heiß und feucht nach ihm sehnte. Ihre Augen öffneten sich weit, als er sie so berührte, aber sie lächelte lustvoll und öffnete entgegenkommend die Beine.

»Noch nicht«, sagte er, während er sie weiter streichelte. »Jetzt noch nicht. Selbst bei allem guten Willen ist das erste Mal selten vollkommen für eine Frau. Laß mir dir erst den schönen Teil zeigen.«

Er spielte mit seiner Hand auf ihrem Körper, setzte sein Geschick ein, das er bei so vielen Frauen erworben hatte, damit sie in das Meer der Lust segelte. Er ignorierte sein eigenes Begehren und streichelte und trieb sie dahin, bis ihr Körper ihm mitteilte, daß sie sich ihrem Höhepunkt näherte.

Sie war still. So waren manche Frauen. Das machte ihm nichts aus. Ihr Gesicht sprach zu ihm mit seinem Stirnrunzeln und seinem leicht geöffneten Mund, und ihr Körper, die Bewegung ihrer Hüften verrieten ihm alles. Er zog es in die Länge, kostete es aus und führte sie einen langen,

schmalen Pfad sehnsuchtsvoller Lust entlang, bis sie ihn flehend anschaute.
Da trieb er sie weiter, ließ sie den Schrei ausstoßen, auf den er so lange hingearbeitet hatte wie auf ihre wonnevollen Zuckungen und ihr Schluchzen, das erstrebenswerter war als jeder Turniersieg. Er legte seine Lippen auf die ihren, und sie schenkte ihm den heftigen Kuß der totalen Erfüllung.
Was sie für die totale Erfüllung hielt. Bis jetzt.
Ihre Lider flatterten, und sie lachte. Sie sah frisch aus, süß und rosig. »Ich habe gar nicht gewußt ... daß es so ist.« Bei diesem Geständnis wurde sie rot.
Er grinste. »Jetzt weißt du, warum zwei besser sind als einer.«
»Aber wir haben doch noch nicht ... Haben wir?«
»Nein. Aber das werden wir. Laß dir Zeit.«
»Warum warten?«
»Weil ich es möchte.«
Sie schaute auf seine Erektion. »Soll ich das glauben?«
Er mußte wegen ihrer Offenheit leise lachen. »Ja, der Mann will dich jetzt. Aber mein Kopf möchte einen ganz neuen Tanz.«
»Warum?« Sie wollte ihn berühren, aber er hielt sie fest.
»Nicht.« Sein Körper stellte dieselbe Frage. Warum? Vorher war es ihm doch als eine gute Idee erschienen.
Aber er mußte sehr vorsichtig sein, wenn er sie nehmen würde.
Er mußte die Kontrolle behalten, die ihm zu entgleiten drohte.
Er biß die Zähne zusammen und dachte an eiskaltes Wasser anstatt an ihre rosige Haut, den süßen Duft ihres Körpers und die Krönung, die nun auf ihn wartete ...
»Lady Margret hat gesagt, daß Männer es mögen, wenn man sie berührt, küßt. An ihnen sogar saugt.«

Sein Körper wollte der Erfüllung entgegengehen.
»Ist er so heiß, wie er aussieht?«
Bevor er etwas tun und sie zurückhalten konnte, umfaßte sie ihn und streichelte ihn …
Glühendheiße Wellen durchströmten seinen Körper, während er seinen Samen ergoß. Nach einigen Momenten der Wonne packte ihn große Wut.
Auf ihn, weil er so schwach war.
Auf sie, weil sie so impulsiv war. Weil sie leichtfertig und lüstern war und ihm nicht gehorchte.
Er rollte sich auf die Seite und setzte sich dann auf. Er vergrub das Gesicht in den Händen. Er mußte sich zu ihr umdrehen. Sie saß mit gekreuzten Beinen zwischen den roten Blütenblättern und schaute, als sei vor ihr ein Faß Bier explodiert. Was ja auch fast stimmte. »Es tut mir leid«, sagte sie. »Hat das weh getan?«
»Auf die allerschönste Art und Weise. Aber ich wollte es für dich aufbewahren.« Zumindest war sie nicht schockiert.
Er stand auf und reinigte sich mit einem feuchten Tuch. Dann brachte er auch ihr eines.
»Bist du darüber entsetzt?« fragte er vorsichtig, während er ihr das Tuch reichte. Claire von Summerbourne war keine leicht einzuschätzende Frau.
»Nein.« Aber sie sah nachdenklich aus. »Aber ist es das? Können wir nun nicht mehr …?«
»Schau mich an. Dann kannst du dir die Antwort selbst geben.«
Sie schaute und errötete. »Da bin ich aber froh. Ich möchte heute nacht deine Frau werden.«
Er lachte erleichtert und voller Freude, was für ein Schatz sie war. »Das wirst du, Claire. Da habe keine Angst.«
»Keine Angst«, wiederholte sie und lächelte so reizend, daß es ihm das Herz zerriß. »Vorher hatte ich Angst vor dir. Davor.«

Er hatte bisher nicht gewußt, daß man ihm das Herz brechen konnte. Aber der Schmerz, den er in seiner Brust spürte, konnte nur daher kommen. »Du hast gesehen, wie einfach ich zu erobern bin …«, neckte er sie. Er mußte all seine Kraft aufwenden, um nicht zu weinen.

In alter Gewohnheit griff er neben das Bett nach seinem Schwert und schaute nach, ob es Tropfen abbekommen hatte. Als er sich ihr wieder zuwandte, sah er Claire die Waffe anstarren.

»Ich schlafe immer mit dem Schwert in Griffnähe, Claire.«

»Es ist eine heilige Waffe. Es wird uns beschützen.« Aber sie sah ernst aus.

»Es tut mir leid. Ich lege es außer Sichtweite.« Da er an den vorherigen Abend dachte, zog er das Schwert etwas aus der Scheide, um sich zu vergewissern, daß alles in Ordnung war. Die Klinge war dunkel und sauber, also steckte er sie zurück und legte die Waffe in eine dunkle Ecke, um eine neue Sitte für sein Leben zu finden. Sein Leben, in dem er Claire von Summerbourne liebte. Claire – seine Ehefrau, die Frau, die er täuschte und hinterging, weil sie bald, sehr bald schon guten Grund hatte, ihn zu hassen. Er hatte sie eingefangen, festgehalten, ausgetrickst und gereizt, weil er sie wollte. Und was er wollte, dafür kämpfte er. Und wo war der Unterschied zwischen wollen und lieben? Er wußte es nicht, aber er spürte, daß es ihn gab und daß er alles veränderte. Vielleicht hätte er, wenn er sie früher geliebt hätte, die Stärke gehabt, sie gehen zu lassen.

Aber das Rad der Geschichte hatte sich weitergedreht. Nun konnte er nichts mehr tun, außer weiterzugehen und zu beten.

Er prüfte die Laken. Er sah, daß sie immer noch finster blickte. »Claire, es wäre dumm, das Schwert außer Reichweite zu legen. Was ist, wenn wir in der Nacht angegriffen werden?«

»Warum sollten wir?« fragte sie leise. »Irgend jemand hat gesagt, daß es sogar Eisen durchstoßen kann. Kettenhemden.«
Irgend etwas in ihrer Stimme und ihr ernster Blick ließen etwas in ihm zu Eis gefrieren. Bei allen Heiligen, bitte nicht jetzt. »Laß uns jetzt nicht über Schwerter reden, meine Liebste.«
»Können die meisten Schwerter das nicht?«
»Claire. Wir haben erfreulichere Themen …«
Sie wich seiner Hand aus. »Können sie es nicht?«
Er ließ seine Hand sinken.
»Nein. Die meisten Schwerter können Eisen nicht durchstoßen.«
»Aber es muß noch andere Schwerter wie dieses geben.«
»Natürlich.« Er versuchte nicht mehr, sie zu berühren.
»Warum war dann jedermann so beeindruckt von diesem Schwert?«
»Weil es einen Stein aus Jerusalem trägt.«
Er zwang sich, ihr in die fragenden, ängstlichen Augen zu schauen.
»Es hat sie deutlich mehr beeindruckt, daß es Eisen durchstoßen kann.« Ihre Augen schauten ihn flehend an. »Wie viele Schwerter in England können das?«
Er wußte, daß es keine Wahl mehr gab. Es lag ihm wie ein schwerer Stein auf der Brust. Könnte er nur für sie lügen – für sich –, aber das wollte er nicht tun. »Nur dieses eine, das ich so gut kenne.«
Sie zog sich ein kleines Stückchen weiter zurück. »Mein Vater ist in seinem Kettenhemd getötet worden. Von einem Schwert, mitten ins Herz. Die Glieder waren durchtrennt.«
Sie saß jetzt am äußersten Rand des Bettes. »Hat dieses Schwert meinen Vater getötet?« Nach einem Augenblick flüsterte sie: »Hast du … Nein, das kann nicht sein!«
Ihm lag verführerisch leicht eine Lüge auf den Lippen. Eine

Versuchung im Paradies. Er wußte nicht, ob er aus Aufrichtigkeit schwieg oder einfach deshalb, weil die Wahrheit sich nicht aufhalten lassen würde. Eine solche Lüge würde nicht lange halten.

Blaß und entsetzt sprang sie aus dem Bett. »Jesus Christus, natürlich hast du es getan! Warum sonst hast du seinen Besitz bekommen und eine der Frauen zur Gemahlin?«

»Claire …«

»Warum sonst hast du dieses Schwert bekommen! Eine Belohnung … Nein.« Sie starrte ihn an. »Du hattest das Schwert ja schon vorher. Kettenhemden sollen ja vor Schwertern schützen. Du hast ihn *betrogen*!« Sie ging ums Bett herum, um mit den Fäusten auf ihn loszugehen. »Du hast ihn *ermordet*!«

Renald wich mit erhobenen Händen zurück. »Claire, bitte hör mir zu …«

»Wie konntest du nur?« Sie nahm das Schwert in beide Hände. »Wie konntest du das hierherbringen? Wie konntest du uns in die Augen sehen mit seinem Blut an deinen Händen? Wie *konntest* du …!«

Als sie das Schwert am Griff packte, als wollte sie es aus der Scheide ziehen, nahm er es ihr fort und warf es hinüber auf die andere Seite des Bettes.

Sie wirbelte herum, um ihm nachzuschauen, und Renald sah, was auch sie sah – befleckte Laken, das Rot zerdrückter Rosenblätter und das Schwarz einer Schwertscheide. Das Zimmer roch nach Sex und Rosen und nicht dazugehörenden Kräutern und Gewürzen.

Es war kein Wunder, daß sie sich übergab.

Er stand wie angewurzelt da. Das erste Mal in seinem Leben wußte er nicht, wie er mit einer Frau umgehen sollte, ganz besonders mit dieser Frau, die er für immer gegen alle Grausamkeit der Welt schützen wollte. Er hatte immer gewußt, daß er sie zwingen würde, eine offene Klinge zu umfassen. Nun war die Wunde geschlagen. Sein eigenes Blut strömte herab.

Es gab nichts, was er tun konnte. Genauso wie er nichts hatte tun können, um ihren Vater zu schützen.

Du hättest ihr die Wahrheit sagen sollen.

Du hättest sie gehen lassen können.

Hilf uns, Herrgott, denn dafür war es nun zu spät.

16. Kapitel

Das Würgen ließ nach, und Claire wischte sich das Gesicht mit einem Zipfel des Lakens ab. Die Worte des Grafen waren der Auslöser. Denk an deinen Vater, das Kettenhemd, denk über Schwerter nach, bevor du dich des Ehebettes erfreust. Graf Salisbury hatte nicht gewollt, daß sie Renald heiratete, hatte nicht gewollt, daß sie mit ihm glücklich wird, denn er hatte gewußt, welch eine Sünde es war.

Sie hatte den Mörder ihres Vaters geheiratet! Nicht nur einen Mann, der ihn in der Hitze einer Schlacht umgebracht hatte, sondern einen Mann, der eine betrügerische Waffe benutzt hatte. Einen Mörder!

Warum, in Gottes Namen, hatte der Graf sich nicht deutlicher ausgedrückt? Warum hatte er diese Angelegenheit nicht vorher beendet? Ein Geräusch ließ sie zu ihrem Ehemann herumfahren – zu ihrem Feind –, aber er zog sich nur an.

»Ich will die Ehe annullieren lassen«, sagte sie.

»Nein.«

»Ihr könnt mich nicht daran hindern.«

Er war wieder kalt und hart. »Natürlich kann ich das.«

»Wollt Ihr mich vergewaltigen?« Obwohl sie innerlich zitterte, hob sie das Kinn. »Warum sollte ich etwas anderes denken? Alles, was Ihr mir gesagt habt, war eine Lüge.«

»Alles, was ich gesagt habe, war die Wahrheit. Nicht die ganze Wahrheit. Ich werde Euch niemals vergewaltigen.«

Claire griff nach ihrem Unterhemd, zog es an, zog das Unterkleid darüber, dann schlüpfte sie ins Überkleid. Sie

wünschte, sie hätte einen dicken, wärmenden Umhang, in den sie sich schützend hüllen könnte. »Dann werde ich mich selbst aus dieser Ehe befreien.«
»Und Eure Familie ins Elend stoßen?«
Sie schaute ihn fest an. »Das würdet Ihr tun?«
»Warum nicht, wenn Ihr mir nicht gebt, was ich will?«
»Wie könnt Ihr eine Frau wollen, die Euch haßt?«
»Glaubt einfach, daß es so ist.«
»Eine Frau, deren Körper Ihr niemals nehmen könnt, ohne sie dazu zu nötigen.«
Seine Züge waren unbeweglich, aber seine Augen verrieten ihn.
Sie dachte an ihn, wie er vorher gelacht hatte. Sie dachte mit dem schmerzhaften Gefühl des Verlustes daran, wie er sie behutsam in die Genüsse des Frauseins eingeführt hatte, und an die glühende Spirale, die das alles krönte.
Claire befürchtete, daß die Tragödie darin lag, daß er sie wirklich wollte, und mehr als das. Sie schloß kurz die Augen, bevor sie anfing zu sprechen. »Lord Renald, ich weiß, daß es in einer Schlacht geschehen sein muß. Ich gebe nicht Euch die Schuld. Ihr könnt es nicht vorgehabt haben, ihn zu töten. Aber Ihr müßt einsehen, daß ich nicht …«
»Nicht in einer Schlacht, Lady Claire. Zumindest nicht so, wie Ihr es Euch vorstellt. Und ich hatte vor, ihn zu töten. Es war ein Zweikampf. Mann gegen Mann.«
Sie starrte ihn an. »Ein Zweikampf?«
»Durch den ein Mann seinen Anspruch …«
»Ich weiß, was das ist! Wie konnte mein Vater da hineingeraten?«
»Indem er den Anspruch des Königs auf die Krone bestritt.«
Claire schüttelte den Kopf, als ob sie so das grausame Bild vertreiben könnte. »Und Ihr wart der Kämpe des Königs. Ihr und er. Welche Kampfart war es?«
»Gar keine.«

Claire hielt die Hände vors Gesicht und versuchte verzweifelt, irgendeinen Sinn in ihrer zerstörten Welt zu sehen. »Und dieses Schwert! Es hat nicht gereicht, daß Ihr jünger, größer und stärker wart. Daß Ihr geübt seid, geübt habt seit dem Tag, an dem Ihr entwöhnt wurdet. Dazu hattet Ihr auch noch ein Schwert, das Eisen durchstößt. Ihr hattet die Aufgabe, ihn zu töten!«

Sie wartete auf seinen Widerspruch. Auf Entschuldigungen. Aber er sagte: »Ja. Er mußte sterben.«

Sie wich zurück bis an die Wand. Dann vergrub sie das Gesicht in den Händen. Heilige Jungfrau Maria, warum wurde ihr das alles zugemutet? Als sie ihn des Mordes beschuldigt hatte, hatte sie die Welt für grausam gehalten. Sie war sicher gewesen, daß es ein Todesfall, das Ergebnis eines ehrlichen Kampfes war, niemandes wirkliche Schuld.

Aber es war ein *Mord* gewesen. Ihr Vater war zu einem Kampf, einem Kampf Mann gegen Mann, mit einem Gegner gezwungen worden, den er niemals besiegen konnte.

Als sie wieder zu Renald aufschaute, zog er sich gerade sein Gewand über den Kopf. Claire lief zur Tür. Sie war schon draußen, als er sie mit seinen eisenharten Armen packte.

Die Hochzeitsgäste verstummten sofort.

Renald flüsterte ihr zu: »Sagt kein Wort, sonst wird Eure Familie darunter zu leiden haben.«

Die Anklage in ihr wurde immer größer. *Dieser Mann hatte kaltblütig ihren Vater umgebracht, und das auch noch auf unfaire Weise. Ich werde nein zu ihm sagen.* Aber seine Drohung und sein unerbittlicher Griff ließen sie schweigen.

»Meine Freunde«, sagte er zu der erschreckten Menge und legte seinen Arm um Claire, daß es wie eine Umarmung aussah, »in meiner Eile, die Braut besitzen zu wollen, habe ich ihre tiefe Trauer um ihren Vater übersehen.«

Claire wand sich, aber sein Griff wurde erbarmungslos fester.

»Obwohl sie versucht hat, eine pflichtbewußte Gemahlin zu sein, ist ihre Trauer zwischen uns und das Vergnügen dieser Nacht getreten. Deshalb haben wir beschlossen, unsere Vereinigung aufzuschieben. Wir werden, wie die Kirche es empfiehlt, einen Monat in Enthaltsamkeit leben. Für die Seele von Lord Clarence.«

»Mein Vater ist bereits im Himmel«, sagte Claire, aber sie murmelte es nur gegen seine Brust.

»Vielleicht«, sagte er sanft. »Nehmt dies hin, Claire. Zumindest habt Ihr einen Monat, um nachzudenken, bevor Ihr alles zerstört.«

Er hielt sie weiter gefangen, während sich unter den Gästen ein Murmeln erhob. Claire meinte Zustimmung zu hören. Es war wahr, daß die Kirche diese Einschränkung empfahl, aber nur wenige hatten die Stärke dazu, mit ihr zu leben. Es stieß sie ab, daß er sein Verbrechen mit gottesfürchtigem Verhalten verbrämte, aber sie erkannte, daß es Aufschub gewährte. Sie mußte sich nicht entscheiden, während sie noch ganz von Entsetzen erfüllt war. Sie hatten einen Monat lang Zeit, einen Weg aus dieser Ehe herauszufinden, der ihre Familie nicht ruinierte.

»Ihr könnt mich ruhig loslassen«, sagte sie leise. »Ich werde meine Rolle schon spielen.« Als er vorsichtig seinen Griff lockerte, schaute sie ihm in die Augen. »Auch ich lüge nie.« Dann ging sie zu ihren Freundinnen hinüber, die ihr Mitleid und Bewunderung entgegenbrachten.

Sie sah, wie verwirrt Thomas war, und wußte, daß sie ihm bald die Wahrheit sagen mußte. Heilige Jungfrau, was würde er bloß tun? Und wie würden sich ihre Mutter und ihre Großmutter fühlen, wenn sie erführen, wie sie den Mörder von Lord Clarence willkommen geheißen hatten? Bitter dachte sie, daß ihre Mutter wahrscheinlich nur Sorge hatte, was Thomas drohen würde. Wann würde sie es ihnen sagen?

Dann wurde ihr klar, daß die Geschichte ohnehin bekannt werden würde, ob sie nun sprechen würde oder nicht. Sie schaute Salisbury an, der düster vor sich hin blickte. Warum hatte er es ihr nicht früher gesagt?

Sie dachte an das, was er über Feiglinge gesagt hatte. Er hatte nicht von ihr gesprochen, sondern von sich. Er hatte es ihr sagen wollen, war aber davor zurückgeschreckt, den Plan des Königs zu durchkreuzen. Also hatte er es nur angedeutet. Und hatte dafür gesorgt, daß das furchtbare Schwert blutbefleckt herumgezeigt wurde, Offenbarung erhoffend. Sie zürnte dem Grafen nicht mehr. Er hatte geschwiegen, um sich und seine Familie zu schützen. Sie schwieg aus demselben Grund.

Aber es würde ans Tageslicht kommen. Claire behielt den Gedanken für sich. Selbst wenn sie schwieg, konnte jederzeit ein Reisender oder ein Kesselflicker die Geschichte des Todes von Lord Clarence nach Summerbourne tragen.

Dann, als ihre Freundinnen sich liebevoll um sie scharten, kam ihr Ulric wieder in den Sinn.

»So eine Schande«, sagte Lady Margret.

»Was für eine reizende Geste«, sagte Lady Huguette mit feuchten Augen.

»Wirklich ein guter Mann, daß er seinem Herrn bis dahin gefolgt ist«, fügte Lady Katherine hinzu, die größte Klatschbase der Umgebung. Was für ein Erlebnis mußte dieser Abend für sie sein.

Claire ließ die Worte an sich abperlen. Ihr wurde klar, daß Renald durchaus ein Motiv hatte, Ulric zu töten. Er hatte ihn getötet, damit seine Nachricht nicht die Verlobung und die Hochzeit zunichte machen konnte. Claire begann zu weinen. Dagegen konnte sie nichts tun. Sie ließ sich von Margret zurück in das Sonnenzimmer bringen. »Hier. Sei ganz ruhig. Du sollst dich nicht mit Tränen das erste Mal ins Ehebett legen.«

Sie verstummte, und Claire wischte ihre Tränen fort, um besser sehen zu können. Das zerwühlte Bett, auf dem das schwarze Schwert inmitten zerdrückter Blütenblätter lag, erzählte eine seltsame Geschichte.
Aber Margret zog das Laken ohne einen Kommentar ab und streute dabei die Blüten auf den Boden. Das Schwert legte sie aber vorsichtig beiseite. Der Geruch von Rosen erfüllte den Raum – zusammen mit dem anderen. Claire befürchtete, daß sie niemals wieder den Duft von Rosen genießen könnte.
»Du wirst ein Opfer bringen müssen«, bemerkte Margret.
»Nicht wirklich.«
»Nun ja, so wie ich das sehe, wird er die Wände hinauflaufen, bevor der Monat vorbei ist. Er hat dich den ganzen Tag schon mit den Augen verschlungen. Meinst du, daß du fair bist?«
»Fair!« Aber dann fiel Claire ein, daß Margret ja gar nicht Bescheid wußte. Niemand wußte Bescheid, außer dem Grafen.
Margret streichelte ihre Schulter. »Ist ja alles gut. Ich werde dir deine Mädchen schicken.«
Prissy und Maria kamen herein und bezogen ohne ein Wort das Bett neu. Aber sie würden sich schon ihre Gedanken darüber machen, was hier genau passiert war. Sollten sie nur.
Claire sah, wie Maria das Schwert beiseite legte, damit sie neue saubere Laken aus der großen Truhe holen konnte. Sie wünschte, daß sie die Waffe einfach aus dem Fenster und das Schwert ins Feuer werfen könnte. Es sollte zerschmelzen. Dieser dunkle Gegenstand hatte brutal das Herz ihres Vaters durchbohrt, geführt von der kühlen Hand Renald de Lisles.
Sie bemerkte, daß all seine Habe hier war. Seine Truhen. Sein Soldatengespräch. Sein Kettenhemd auf seinem Bügel.

Dies war sein Zimmer. Erwartete er, daß er hier schlief? Mit ihr?

Ihre Sachen waren aus der Jungfernkammer heruntergebracht worden. Wie er ihr versprochen hatte, stand die Büchertruhe ihres Vaters an der Wand. Sie ging hinüber und fuhr mit einer Hand über das Holz und hoffte, Trost zu finden. »Oh, Vater, was nun?«

Obwohl sie so voller Weisheit waren, schwiegen die Bücher.

»Sollen wir Euch auskleiden?« fragte Prissy.

Sie konnte nicht ewig in ihren Kleidern bleiben, deshalb ließ sie sich ausziehen, behielt das Unterhemd aber an. Wenn er kam, würde er sie zumindest nicht nackt finden.

Was würden die Gäste von einem enthaltsamen Ehepaar erwarten? Daß sie ein Zimmer teilten, um dem Opfer mehr Bedeutung zu verleihen? Oder daß sie getrennt schliefen, um zu zeigen, daß sie ihr Wort hielten? Obwohl die Priester die Enthaltsamkeit nach der Hochzeit priesen, hatte Claire noch nie jemanden kennengelernt, der diese Vorstellung schätzte.

Sie schlang die Arme um sich. Seine Gesellschaft hatte ihr gefallen, ihr hatten seine Umarmungen gutgetan. Auch die Freude, die er ihr geschenkt hatte, hatte sie genossen.

Es war nicht ihre Schuld, daß sie nicht gewußt hatte, wer er war, aber sie fühlte sich immer noch beschmutzt.

»Geht es Euch gut, Herrin?« fragte Maria, die um sie herumstrich. »Braucht Ihr irgend etwas? Soll ich etwas mit Mohn zubereiten, damit Ihr schlafen könnt?«

»Nein.«

»Wollt Ihr, daß wir bei Euch bleiben?«

»Nein. Geht ruhig.«

Als sie alleine war, ging sie durch das Zimmer. Sie wußte nicht, was sie tun sollte. Sie dachte an die Tochter des Müllers, die Steine zählte. Die arme Aldreth hatte ihren Ehemann durch einen Unfall verloren. Ein Jahr später waren ihre beiden kleinen Kinder an Fieber gestorben. Sie hatte den ersten Verlust noch ertragen können, aber nachdem sie ihre Kleinen begraben hatte, hatte sie begonnen, Steine zu zählen. Sie hatte nie mehr damit aufgehört. Nun konnte Claire sie verstehen. Sie konnte begreifen, wie befreiend es war, einfach nur Steine zu zählen.

Seufzend schaute sie sich um. Es war der Wohn- und Schlafraum ihrer Eltern gewesen und war für sie erfüllt mit schönen Erinnerungen. Kurz war er eine Liebeslaube gewesen. Nun war alles zerstört durch den Mann, der ihr ihren Vater und alle Freude geraubt hatte. Den Mann, der – verflucht sollte er sein – Fäden zu ihrem Herzen gesponnen hatte, so daß sie sich nicht mehr befreien konnte.

Das Schwert störte sie. Sie zog ein Umschlagtuch aus einer ihrer Truhen und warf es über die schwarze Waffe.

Jemand klopfte an der Tür. Renald? Nein. Er würde nicht anklopfen. Sie öffnete die Tür und sah Josce, der sie vorsichtig und forschend anschaute.

»Als Ihr gegangen seid, hat Lord Renald gebeten, daß ich sein Schwert ins Arbeitszimmer bringe, in dem er wie gewöhnlich schlafen wird.«

Claire wußte nicht, was sie sagen sollte, also trat sie einfach zurück. Der Knappe trat ein, blieb stehen und schaute sich suchend um.

»Es ist unter dem Umschlagtuch dort.«

Er schaute sie seltsam an und deckte dann die Waffe auf. Er zog sich zurück, als würde er einen Angriff von ihr erwarten, und Claire schloß die Tür hinter ihm.

Renalds Kettenhemd hing immer noch auf seinem Bügel am Haken, die Ärmel ausgebreitet, sein materialisierter Geist. Eckig, hart und kalt, ein Symbol für all das, was er war – ein Mann, der ohne seine Waffe nichts war. Ein Mann, der auf Befehl tötete und der täuschte, wenn sein Herr es anordnete. Warum brach ihr Herz wegen eines so kaltherzigen Wolfes?

Sie stand da und betrachtete seinen abscheulichen Kettenpanzer, als ihre Mutter hereingestürzt kam. »Claire? Was für Verrücktheiten sind dir schon wieder in den Sinn gekommen?«
Claire überlegte, wie sie ihr die Wahrheit sagen sollte, aber ihr fehlte der Mut. »Vater«, murmelte sie.
Ihre Mutter umarmte sie fest. »Ach, mein armes Kind. Du kannst so stark wirken, daß ich manchmal vergesse ... Natürlich ist es zu früh, und es ist gut von Lord Renald, daß er deine Trauer respektiert.«
Claire zuckte zusammen. Sie haßte ihre Feigheit.
»Und ein Monat ist ja nicht so lang«, sagte Lady Murielle, während sie ihre Schulter streichelte. »So könnt ihr euch besser kennenlernen, das ist gar nicht schlecht. Dann wird die Wunde verheilt sein, die der Tod deines Vaters geschlagen hat.«
Claire seufzte. Es ging nicht. Sie konnte nicht mit einer Lüge leben. »Er hat Vater getötet.«
»Was?«
Claire befreite sich aus den Armen ihrer Mutter. »Renald de Lisle, der Kämpe des Königs, hat Vater in einem Zweikampf getötet. Mit dem dunklen Schwert. Das ihm der König gegeben hat, damit er auf jeden Fall gewinnt. Schau mich nicht so an. Er hat es gestanden. Es war nicht genug, daß de Lisle zehn Jahre jünger und doppelt so stark ist, sie haben sich abgesichert und ihm ein Schwert gegeben, das Eisen durchtrennt wie Zwirn.«
Lady Murielle ließ sich aufs Bett sinken. »Lord Renald hat Lord Clarence getötet?«
»Ja.«
»Aber warum?« klagte ihre Mutter.
Claire hatte sich das bisher noch nicht gefragt, aber die Antwort war offensichtlich. »Um einen weiteren hungrigen Gefolgsmann zu belohnen. Der Bastard FitzRoger hat Imogen

und Carrisford bekommen, und sein Freund hat nun mich und Summerbourne. Ich bin sicher, daß auch andere Männer zu einem günstigen Zeitpunkt sterben werden.«
Ihre Mutter schlug ihre zitternde Hand vor den Mund. »Nein. Nein. Das kann nicht sein!«
»Und Ulric«, ließ Claire ihren Gedanken freien Lauf. »Er hat es noch nicht zugegeben, aber er hat auch Ulric getötet. Ich dachte, er hätte kein Motiv, aber er hat eins.«
»Ulric war für niemanden eine Bedrohung. Claire, das bildest du dir ...«
»Nein. Ulric wird dabeigewesen sein, als Vater starb. Er wußte alles. Renald wußte, wenn ich erst einmal die Wahrheit kannte, würde ich ihn nicht heiraten. Deshalb hat er ihn getötet.«
Ihre Mutter starrte sie mit bebenden Lippen an. »Bist du sicher, Claire?«
»Laß ihn herrufen. Frag ihn. Er wird es zugeben. Es scheint ihm egal zu sein. Das einzige, was ihn kümmert, ist die Hochzeit. Jetzt hat er Summerbourne, sonst ist ihm .... alles egal.« Ihre erkämpfte Ruhe zerbrach, und sie schlug wie ihre Mutter vor Entsetzen die Hand vor den Mund. »Jesus. Ich muß diese Verbindung lösen, Mutter.«
Lady Murielle war wie betäubt. »Ich kann es nicht glauben ...«
Claire begann auf und ab zu gehen. »Er sagt, er wird uns alle hinauswerfen, wenn ich es tue. Aber ich muß es tun.« Sie fiel neben ihrer Mutter auf die Knie. »Das verstehst du doch, nicht wahr? Ich muß es tun. Ich kann nicht das Bett mit dem Mörder meines Vaters teilen.«
Ihre Mutter streichelte ihre Wange. »Ich weiß nicht, Claire. Ich weiß nicht. Mann gegen Mann ... Oh, armer Clarence. Armer, guter Clarence ...«
Sie begann am ganzen Körper zu zittern, und Claire sprang auf, um sie in die Arme zu schließen. »Mutter. Nicht ...«

Aber Lady Murielle begann zu wehklagen, und Claire mußte ihre Kammerfrauen rufen. Dienstboten und Freundinnen rannten herbei, man holte beruhigende Getränke, und Lady Murielle wurde am ganzen Leibe zitternd und vor sich hin starrend in das große Bett gesteckt. Alle dachten, daß auch sie plötzlich die Trauer überwältigt hatte, und die Worte, die sie hin und wieder von sich gab, verrieten die Wahrheit nicht.
Die Mittel wirkten schnell, und bald sank Claires Mutter in ruhigen Schlaf. Ihre beiden Kammerfrauen legten sich auf Strohsäcke neben Prissy und Maria auf den Boden. Die Freundinnen gingen, und bald nahm auch der Lärm in der Halle ab. Das Fest war vorbei. Ihr Hochzeitstag war vorüber.
Claire war allein. Was würde passieren, wenn sie einfach fortging? Aber das war nicht ihre Art, auch wenn das sicher eine große Erleichterung wäre. Aber sie brauchte jemanden, der ihr einen Halt gab. Jemanden, der auf sie achtgab.
Sie hüllte sich in einen Umhang und ging hinaus, um ihre Großmutter zu suchen. Lady Agnes hatte ein kleines Zimmer im Erdgeschoß, aber als Claire die Tür öffnete, hörte sie Geschniefe und Schnarchen. Natürlich. Fast alle Räume waren mit den Gästen belegt, und alle schliefen.
Nur ein Ort lud sie ein. Niemand in dieser Welt konnte ihr helfen, aber vielleicht bekam sie Hilfe von der nächsten. Sie ging hinaus und zum Friedhof.
Als sie um die Ecke der hölzernen Kapelle bog, blieb sie stehen. Am Grab ihres Vaters stand ein Mann mit gebeugtem Haupt, die Hände am Griff eines gezogenen Schwertes, dessen Spitze im Boden steckte.
Einen Moment lang dachte sie, er sei dabei, in das Grab zu stechen, um ihren armen Vater ein zweites Mal zu töten. Aber dann erkannte sie die traditionelle Haltung trauernder Kämpfer. Trauerte er um ihren Vater? Nein. Um wen dann?

Sie wußte es nicht und wollte es auch nicht wissen. Sie haßte ihn noch mehr dafür, daß er dort stand, wo sie sein wollte. Claire betete aus der Entfernung und hoffte, daß er gehen würde. Als er es nicht tat – er bewegte sich nicht einen Millimeter –, überkam sie die Müdigkeit, und sie ging ins große Sonnenzimmer zurück, während ihr die Tränen über die Wangen liefen.

Es waren Tränen der Trauer – um ihren Vater, um ihr Leben und um etwas, das kurz aufgeflackert und nun für immer zerstört war. Aber es waren auch Tränen der Angst und der Einsamkeit. Sie hatte sich schon einmal gefühlt, als würde sie einsam und für jeden sichtbar mitten auf einem Marktplatz stehen, aber bis jetzt hatte sie nicht gewußt, wie verlassen man sich fühlen konnte.

Im Zimmer, in dem immer noch der Duft der gespenstischen Hochzeitslaube hing, fand sie noch einen Rest vom Schlaftrunk ihrer Mutter. Als sie neben ihrer Mutter lag und auf seine Wirkung wartete, betete sie zu ihrem Vater, daß er ihr beistehen möge.

Wie könnte sie aus dieser Ehe entkommen? Wie konnte sie den Mörder zur Rechenschaft ziehen? Wie konnte sie beides erreichen, ohne ihrer Familie weiteres Unglück zu bringen? Sie bat nicht um Hilfe wegen ihres anderen Schmerzes. Ihr törichtes Herz verdiente sein Leid.

17. Kapitel

Der Schlaftrunk und ihre elende Lage waren schuld daran, daß Claire am nächsten Morgen schwer aus dem Bett kam. Das Wetter war auch umgeschlagen. Es regnete nicht, aber es war trüb und grau. Ihre Mutter und die Mädchen waren schon aufgestanden und hatten sie weiterschlafen lassen.

Sie saß am Fenster und sah zu, wie die Diener alles für die Heimfahrt ihrer Herren vorbereiteten. Sie lauschte ihrem Geplauder und fragte sich, was die Leute wohl über die seltsamen Geschehnisse sagten. Hatte sich die Neuigkeit von Renalds Mordtat bereits herumgesprochen? Alles, was sie hörte, drehte sich um das Keuschheitsgelübde.

Sie würde beweisen, daß Renald auch Ulric getötet hatte. Das war Mord, und selbst ein Lord konnte für Mord belangt werden. Heinrich Beauclerk hatte viel darüber gesprochen, daß er die Gesetze des Landes aufrechterhalten, das Recht wahren würde. Sollte er dieses eine Gesetz aufrechterhalten!

»Lady?« Prissy klang ungewöhnlich sanft.

»Ja?« sagte Claire, ohne sich umzudrehen.

»Lord Renald bittet Euch, mit ihm zusammen die Gäste zu verabschieden.«

Claire dachte daran, sich zu weigern, aber dann entschied sie sich, vorsichtiger zu kämpfen. Aber sie setzte mit ihrer Kleidung ein deutliches Zeichen. Sie hüllte sich nicht in Sack und Asche, aber trug auch keineswegs feine Gewänder.

Er wartete mitten im Trubel in der Großen Halle auf sie. Er sagte nur »Guten Morgen, Lady« und führte sie mit zur Tür.

Ein kurzer Blick zeigte ihr, daß er so fürchterlich aussah, wie sie sich fühlte.
Sollte er ruhig, schließlich trug sein Gewissen eine enorme Last, aber Claire geriet ins Wanken. Wollte sie wirklich seinen Tod?
Vielleicht mußte es auch gar nicht so schlimm kommen. Vielleicht könnte aufgrund seiner Schuld der König dazu bewegt werden, einer Annullierung ihrer Ehe zuzustimmen und Summerbourne ihrem Bruder zurückzugeben. Ja, so wäre es besser. Nicht so hart. Aber besser.
Die Gäste eilten umher, prüften, ob sie all ihre Sachen eingepackt hatten, und riefen Glückwünsche und Grüße in die Runde. Die Nachricht über den Tod ihres Vaters konnte sich noch nicht herumgesprochen haben. Die Nachbarn verabschiedeten sich warmherzig von Lord Clarence' Mörder und luden ihn zu sich nach Hause ein. Einige gratulierten Claire sogar zu ihrem großen Glück, daß sie einen solchen Ehemann bekommen hatte.
Sie stand an seiner Seite, und nur ihr Mund lächelte. Sie fragte: »Warum hat der Graf nicht jedem von Eurem Verbrechen erzählt?«
»Ich habe kein Verbrechen begangen, Mylady.«
»Gute Seele!« höhnte sie, während sie Margret hinterherwinkte. »Nur wenige können das von sich behaupten.«
»Habt Ihr Verbrechen begangen?«
»Ich habe Euch geheiratet.«
Er neigte sich ihr zu und zog die Augenbrauen hoch. »Oh, Ihr habt schon einen Ehemann? Gott im Himmel, gut, daß wir uns nicht weiter miteinander vergnügt haben.«
»Es war ein Verbrechen gegen himmlische, nicht gegen irdische Gesetze.«
»Ihr glaubt, daß der Himmel über Bigamie hinwegsieht?«
Sie hatte nicht daran gedacht, wie klug er war. Sie ersparte sich eine Antwort und winkte weiterhin Margret und ihrem

Ehemann zu, die durch das Tor ritten. »Ich kann nicht verstehen, warum der Graf Euer Geheimnis für sich behalten hat.«
»Salisbury weiß, daß seine Zukunft unsicher ist. Ich habe ihn nur daran erinnert, daß der König sehr wenig erfreut sein würde, wenn diese Ehe nicht zustande käme. Aber er wußte das bereits.«
»Auch ein Feigling.«
»Ist es feige, das Mißfallen des Königs zu fürchten? Er kann einem Mann und seiner Familie alles nehmen, auch das Leben.«
Dann kann der König Euch auch Summerbourne wieder wegnehmen, dachte Claire. »So?« fragte sie, während sie mit zusammengebissenen Zähnen lächelte. »Wie konnte mein guter Vater dem König so mißfallen?«
»Indem er ihn des Brudermordes beschuldigt hat.«
Sie drehte sich zu ihm um. »Wessen er auch schuldig ist.«
»Seid ruhig.«
»Habt Ihr Angst vor der Wahrheit?«
»Ich habe die Verantwortung für Euch. Ich will nicht, daß auch Ihr noch durch diese Sache vernichtet werdet.«
Er winkte den letzten davonziehenden Gästen lächelnd zu. Dann packte er sie am Arm und zog sie durchs Haus ins Sonnenzimmer. Die Hofleute starrten ihn an, aber niemand hinderte ihn. Schließlich war er ihr Herr und Gebieter, ihr Ehemann.
Als die Tür zufiel, rieb sie sich ihren Arm. »Wird Euch die Enthaltsamkeit schon jetzt zuviel, mein Herr?«
Er packte sie an den Schultern und zwang sie, sich aufs Bett zu setzen. »Hört mir zu. Ich kann Euren Zorn und Euren Kummer verstehen. Aber nichts ist so einfach, gut oder schlecht, schwarz oder weiß.« Plötzlich kniete er sich nieder und nahm ihre Hände. »Claire, niemand hat etwas von einem weiteren Märtyrer.«

Sie entzog ihm ihre Hände. »Es gibt Gut und Böse. Es ist nur angenehmer für Euch, anderes zu behaupten, weil Ihr sonst in den Händen des Teufels wäret.«
»Spricht in einem Gottesgericht nicht Gott?«
Das wollte sie nicht gelten lassen. »Vielleicht in einem echten Zweikampf. Nicht, wenn ein Mann wie Ihr gegen einen Mann wie meinen Vater antritt. Ein Krieger wie Ihr, ausgestattet mit einem ganz besonderen Schwert.«
»Und was ist mit dem unerschrockenen Kind Sebastian?«
Sie beugte sich zurück und wünschte, daß sie noch weiter von ihm wegrücken könnte. Bis ans Ende des Zimmers. Bis ans Ende der Welt. »Woher kennt Ihr das?«
»Es ist eine bekannte Geschichte. Aber Euer Vater hat sie auch in seinem Büchlein niedergelegt.«
»Woher wißt Ihr das?«
»Lord Eudo hat davon gesprochen, also habe ich Bruder Nils gebeten, mir Teile daraus vorzulesen.«
Sie biß die Zähne zusammen. »Ich nehme an, daß ich kein Recht habe, Euch darum zu bitten, nicht in den persönlichen Aufzeichnungen meines Vaters zu lesen.«
»Nein. Überhaupt kein Recht.«
Sie kletterte über das Bett auf die andere Seite, damit er ihre Tränen nicht sehen konnte.
Er erhob sich. »Warum dieser Zorn? Jeder hätte geglaubt, daß solche Aufzeichnungen irgendwelche Geheimnisse enthalten.«
»Es sind die letzten Worte meines Vaters. Ich bin erstaunt, daß Ihr sie nicht vernichtet habt, nachdem Ihr auch meinen Vater vernichtet habt!«
»Claire, Ihr habt guten Grund, böse auf mich zu sein. Aber werdet nicht kindisch.«
Sie wirbelte zu ihm herum. »Ist es kindisch, den Mörder seines Vaters zu hassen?«
Nach einem Augenblick sagte er: »Nein. Aber es ist kin-

disch, nicht hinter die Fassade zu schauen. Ich hätte gedacht, daß die Tochter eines Rätselstellers das wüßte. Das Gottesgericht war ein rechtmäßiger Prozeß. Nehmt das so hin. Euer Vater ist für schuldig befunden worden und ist gestorben.«

»Für schuldig befunden worden vom falschen König! Und umgebracht worden von seinem Lakaien!«

Renalds Mund zuckte. »Claire …«

»Der König hat seinen Bruder getötet«, fuhr sie fort. »Die Rebellen hatten *recht,* als sie sagten, daß ihm die Krone nicht zusteht. Und deshalb kann dieses Gottesurteil *kein* Urteil Gottes sein.«

»Was für eine interessante Logik.«

Sie hörte nicht auf und spürte, wie gut es tat, allen Groll herauszulassen. »Ihr seid Falschspieler, Ihr und der König! Glaubt nicht, ich würde das Spiel nicht begreifen, das Ihr spielt. Ihr habt behauptet, wir hätten freie Wahl, aber dann habt Ihr Eure Männer schaurige Geschichten erzählen lassen, um meine Tanten einzuschüchtern.«

»Was das betrifft: Das gebe ich zu.«

»Und in Frankreich gibt es auch nicht die Sitte, die Braut von den Gästen fernzuhalten.«

»Irgendwann müssen Sitten eingeführt werden.«

»Und Ihr seid ein Dieb.«

»Ein Dieb?« Er zog die Brauen hoch. Jetzt aber, als er kühl und gelassen war, wirkte diese Geste beleidigend.

»War es keine Diebestat, mich zu heiraten? Ihr wußtet, wie ich mich fühlen würde, wenn die Wahrheit herauskommt.«

»Und was habe ich gestohlen?«

Mein Herz, dachte sie, schlug diese Tür aber zu. »Mein Vertrauen.«

Er nickte. »Das tut mir leid. Aber wenn ich Euch die Wahrheit gesagt hätte, hättet Ihr mich nicht geheiratet.«

»Ganz richtig.«

»Eine von Euch mußte mich heiraten.«
»Es hätte Felice sein können, wenn Ihr sie nicht so verschreckt hättet.«
»Das bezweifle ich. Ich glaube nicht, daß sie sich jemals geopfert hätte.«
Sie konnte ihn nicht begreifen, und, schlimmer noch, sie wurde schwach. Obwohl sie wußte, was für ein Mensch er war, gab es etwas an ihm, das ihr die Kraft raubte, ihn zu hassen. »Wollt Ihr sagen, daß Ihr Felice geheiratet hättet, wenn sie gewollt hätte?«
Er strich sich mit den Fingern über die Lippen und betrachtete sie. »Ja. Aber als ich Euch kennengelernt habe, Lady Claire, wollte ich Euch, und ich gestehe, daß ich mein Bestes gegeben habe, um zu gewinnen.«
»Mit Tricks.«
»Mit allem, was sich bot.« Er schaute sie traurig aus seinen dunklen Augen an. »Erinnert Euch. Ich kämpfe, um zu gewinnen.«
Plötzlich schüttelte er den Kopf. »Es ist alles noch viel zu frisch. Wir haben einen ganzen Monat.« Er blickte sich um. »Dieser Raum gehört Euch. Ich verspreche, daß ich Euch hier nicht stören werde. Zumindest einen Monat lang.«
»Und was ist nach diesem Monat?«
»Wir brauchen mehr Platz«, sagte er, ohne auf ihre Frage einzugehen. »Ich werde Euer Schreibpult hierherbringen lassen.«
Mit einer Sache hatte er recht. Es war alles noch viel zu frisch. Claire konnte kaum denken, konnte keine Entscheidungen fällen. Aber sie wünschte, sie könnte ihn treffen. Sie würde gerne die Hände nach seiner Seele ausstrecken und ihr all ihren Schmerz, den Betrug und den Kummer mitteilen.
Dann erinnerte sie sich daran, daß sie ihn nicht treffen wollte, sondern zerstören. Sie wollte beweisen, daß er Ulric ge-

tötet hatte, und damit alles wieder in die alte Ordnung zurückversetzen. Daran klammerte sie sich jetzt fest, denn das war momentan ihr einziger Grund, noch leben zu wollen.

Alles, was sie sagte, war: »Ich danke Euch, mein Herr.«

»Gibt es noch irgend etwas, was Ihr wünscht?«

»Nur, daß Ihr den Raum verlaßt.«

Er ging ohne ein Wort.

Als Renald die Tür hinter sich schloß, holte er tief Luft, um sich zu fassen. Er würde weder bitten noch flehen.

Er würde nicht versuchen, Claire mit Gewalt zu nehmen. Damit würde er sie mit Sicherheit für immer verlieren.

Sie war zu Recht zornig, aber ihre Wut würde sich bestimmt mit der Zeit legen. Wenn Gott es wollte, würde er sie später noch einmal umwerben können, würde er in der Lage sein, ihr alles zu erzählen, was passiert war, und auch erklären, wie es so weit hatte kommen können. Vielleicht.

Manche Wunden waren zu tief, um heilen zu können.

Langsam hob er die Hände vors Gesicht, seine Hände, die vor noch gar nicht so langer Zeit die ihren berührt hatten. Kein Zimt heute, keine Veilchen. Aber vielleicht würde er noch einen Hauch von ihr erschnuppern können, von ihr, dem lachenden jungen Mädchen, daß in glücklicher Eintracht neben ihm gelegen hatte.

Nur wenig später klopfte es an der Tür, und Claire ließ zwei Männer herein, die ihren hölzernen Klapptisch mit seinem Pult und ihre Bank hereinschleppten. Auf ihren Wunsch hin stellten sie die Möbel an das Fenster, wo das Licht am besten war.

Als die Männer gegangen waren, rückte sie das Pult noch ein bißchen hin und her. Es tat ihr gut, sich mit diesem Gegenstand aus ihrer Vergangenheit zu beschäftigen, einem Gegenstand aus besseren Tagen. Solche Tage würden sie alle

wieder haben können, wenn sie geschickt und entschlossen handelte.
Die Männer kamen noch einmal. Der eine trug den Kasten mit den Tinten und die Kästchen mit den Pinseln und Federn, der andere ihre Mappe mit dem Pergament.
Claire war klar, daß sie ihr ganzes Augenmerk auf ihr Vorhaben richten und beginnen sollte, Renalds Schuld zu beweisen, aber sie wollte nicht den ersten Schritt auf das Ende zu machen. Statt dessen nahm sie die Geschichte des unerschrockenen Kindes zur Hand.
Sie wußte, wie schwächlich das war, aber die Wirklichkeit bedrückte und beengte sie, sie erschien ihr wie ein dichter, knorriger Wald voller Raubtiere, ein Ort der Zerstörung und völligen Einsamkeit. Lieber wollte sie jetzt hier bei ihren Bildern verweilen und bei Geschichten, die immer so endeten, wie es sein sollte.
Dies war Thomas' glückliche Geschichte. Wenn sie erst … wenn der Tod von Ulric geklärt war, würde alles hier – wie es sein sollte – ihrem Bruder gehören. Claire saß da und strich die noch unvollendete Seite glatt. Jetzt fiel ihr ein, daß sie ihrem Bruder noch gar nicht die Wahrheit gesagt hatte.
Sie stand auf, setzte sich aber gleich wieder hin. Das hatte Zeit. Niemand außer ihr kannte sie. Sie konnte sich ruhig etwas Zeit lassen.
Ihre Hände zitterten und waren seltsam kalt. Sie rieb sie aneinander und mußte leise lächeln, als sie sah, daß letztendlich die Kuh doch das richtige Gesicht bekommen hatte. Doch dann sah sie die Kleckse auf dem Rand. Sie nahm ein scharfes Messer zur Hand, um die Tinte vom Pergament zu kratzen, legte es dann aber wieder beiseite.
Die Kleckse sollten bleiben, die Aufzeichnungen für immer beschädigt bleiben, so wie ihr Leben an dem Tag zerstört worden war, als Renald de Lisle auf Summerbourne erschienen war.

Und ihr Leben würde so bleiben, auch wenn sie die Dinge wieder richtigstellen konnte, das wußte sie. Ihr Herz würde für immer gebrochen sein.

Claire rührte die Tinte um und griff zur Feder. Sie hoffte auf die Ruhe, die sie immer bei dieser Arbeit fand. Aber als sie die Feder zurechtschneiden wollte, schnitt sie sich beinahe in die Finger. Also legte sie Feder und Messer weg, wischte ihre Hände an ihrem Kleid ab und wußte, daß dieser Versuch vergeblich war.

Renald de Lisle hatte ihr keine Möglichkeit der Flucht gelassen.

Sie kämpfte mit ihren Tränen und legte alles wieder zurück. Um ein größeres Buch auf den Tisch legen zu können, mußte sie das Büchlein ihres Vaters weglegen, und sie strich zärtlich über seinen Einband. Sie kannte ihren Vater. Seinen letzten Eintrag hatte er sicher an seinem Todestag gemacht, damit die Geschichte ein Ende hatte.

Claire wünschte, er hätte etwas anderes als eine Geschichte geschrieben. Wenn sie nur die Meinung ihres Vaters über die Rebellion kennen würde, könnte sie sich eher einen Reim auf alles machen. Plötzlich kam ihr der Gedanke, ob Meinung und Geschichte nicht miteinander verwoben waren. Ihr Vater hatte oft ein Thema mit einem anderen verbunden. Sie öffnete das Büchlein mit ungeschickten Fingern und blätterte schnell die ersten Seiten durch, aber alles klang vertraut. Es war die Geschichte von Sebastian, allerdings gab es neue Elemente. Sebastian hatte anscheinend auf einer langwierigen Reise zu Count Tancred ein paar Leute kennengelernt. In der alten Version war diese Passage kurz gehalten.

Aber dann fesselte sie ein Wort. »Salisbury«. Normalerweise spielte die Geschichte von Sebastian im Ausland. Hatte ihr Vater diesmal England als Schauplatz gewählt? Aber als sie den ganzen Satz las, stellte sie fest, daß der Graf, daß Salis-

bury gemeint war. Die Passage erzählte von einem Abend auf einem Gut namens Ickworth und einer Diskussion dort über die Rechtmäßigkeit von Sebastians Vorhaben.
Nein, von der Rebellion! Er *hatte* das reale Geschehen mit der Geschichte verwoben. Aufgeregt setzte Claire sich hin, um zu lesen.
Einige waren unsicher, aber Sebastian, unschuldig, obwohl er in weltlichen Diensten stand, stand auf, um sie zu ermahnen, auf ihrem Weg zu bleiben. Er erzählte die Geschichte eines alten Königs, der den Thron durch Sünde und Tücke an sich gerissen und dann Verderben über sein Land gebracht hatte.
Die Seite fiel zu Boden. Dies war keine Nacherzählung von der Geschichte des unerschrockenen Kindes Sebastian. Das war die Darstellung der Rebellion, mit ihm in der Rolle des Kindes! Claire schlug die Hand vor den Mund. Er hatte sich als das unerschrockene Kind gesehen, schon von Anfang an. Vielleicht hatte er an den Mythos geglaubt – und daran, daß Gott ihm kräftige Arme verleihen würde.
Ihre Hände zitterten, als sie sich bückte, um die heruntergefallene Seite aufzuheben. Was bedeutete das alles für das Ende der Geschichte?
Sie blätterte bis zur letzten Seite um, die sie bereits gelesen hatte. *Und so stand das unerschrockene Kind über dem Leichnam des mächtigen Gegners, siegreich mit Gottes Hilfe. Tränen rannen aus den Augen des Helden, Tränen der Trauer, weil er gezwungen worden war zu töten, und Tränen, weil er einen solchen Mann hatte töten müssen.*
Eine Träne fiel auf die Seite, und hastig wischte Claire sie fort. Ihr Vater hatte das Ende beschrieben, ergriffen von der Trauer, weil er Renald de Lisle mit Gottes Hilfe töten würde. Er hatte wirklich an die Geschichte geglaubt. Er war in vielen Dingen wie ein Kind gewesen.
Einen solchen Mann. Claire las die Worte noch einmal. Also war er Renald schon einmal vorher begegnet. Ob er darüber

geschrieben hatte? Sie blätterte zurück und fand zufällig die Stelle.

In der Hoffnung, es durch Freundlichkeit zum Einlenken zu bewegen, ließ der Tyrann das Kind gut unterbringen und ihm köstliche Speisen zubereiten. Er wollte sich seine Zuneigung durch gute Gesellschaft und seinen Verstand mit schönen, gelehrten Dingen gewinnen, denn er hoffte, es an die Freuden dieses Lebens zu erinnern. Das Kind aber hatte keine Angst, sie zu verlieren, wenn dies Gottes Wille war, aber es würde niemals wegen der irdischen Verführungen schwach werden.

Count Tancred kam zu ihm. Er versuchte, es mit seinem herzlichen Wesen zu überreden, quälte es, indem er ihm verdrehte Fakten vorführte. Das unerschrockene Kind wäre beinahe schwach geworden, aber mit Gottes Hilfe blieb es standhaft.

Dann benutzten sie ihre schärfste Waffe. Sie schickten seinen Gegner zu ihm. Sebastian mußte feststellen, daß er gar nicht gegen den Tyrannen kämpfen würde, sondern gegen einen Stellvertreter, einen wohlgestalteten Mann, noch jung und mit heiterem Wesen.

Heiteres Wesen, dachte Claire. Selbst wenn sie von ihm bezaubert war, würde sie Renald de Lisle nicht mit diesen Worten beschreiben. Aber dann dachte sie daran, wie er zu den Nachbarn gewesen war, wie er mit Ouisa geplaudert hatte, die er in seinen Armen hielt. Ja, dachte Claire, er war heiter gewesen …

Sie blickte wieder in das Buch. *Sebastian erkannte, welche Prüfung Gott ihm schickte. Seine wahre Probe war nicht, sich dem Tyrannen gegenüberzustellen und ihn niederzustrecken. Statt dessen mußte er einen Mann töten, den er gemocht hätte, ein bloßes Werkzeug des Unrechts, als ob er einem Freund sein eigenes Übel bewußtmachen mußte.*

Er weinte und betete, aber der Kelch würde an ihm nicht vorübergehen.

Auch Claire weinte. *Ein Mann, den er gemocht hätte.* Sie schloß das Buch, denn sie war zu erschüttert, um weiterlesen zu können. Ihr Vater hatte den König immer noch als seinen Freund betrachtet. Er hatte das Gute in Renald gesehen. Aber er war nicht von seinem Weg abgewichen. Er hatte getan, was er für richtig hielt.

Und das sollte ihr ein Leitbild sein. Obwohl ein Teil ihres Herzens sich närrischerweise an Träume klammerte, mußte sie dem wahren Weg folgen. Sie mußte den Mörder bestrafen und ihre Familie retten.

Aufsässig dachte sie, daß Gottes Wege nicht einfach zu verstehen waren. Böse Leute sollten offensichtlich böse sein. Sie sollten weder Tugenden noch Charme besitzen. Und was Gott letztendlich tun könnte, war, seinen Pakt mit den Seinen einzuhalten und das Gute über das Böse siegen zu lassen!

Dann bekreuzigte sie sich und bat Gott um Verzeihung wegen dieser Gedanken. Sie hatte doch gelernt, daß Gottes Wege den Menschen nicht immer verständlich waren.

Als sie das Buch abschloß, dachte sie darüber nach, daß Renald in einem Punkt tatsächlich die Wahrheit gesagt hatte. Er und der König hatten alles versucht, um ihren Vater von seinem Vorhaben abzubringen. Aber sie hatten ihn trotzdem getötet. Das würde sie niemals vergessen.

Sie sollte sich nicht vor den Grausamkeiten verschließen, die geschehen waren.

Sie versuchte, es sich vorzustellen. Ihr Vater wurde im Tower gefangengehalten. Claire war nie in London gewesen, aber sie stellte sich den Weißen Tower groß, schwer und aus kaltem Stein gebaut vor. Er war ein Gefangener gewesen, auch wenn man ihn mit Luxus umgeben hatte.

Er, diese sanfte Seele, war gezwungen, gegen einen Ritter zu kämpfen, der doppelt so breit war und viel geschickter als er. Ihr Vater hatte ohne Zweifel wie Lambert beim Schwerttanz ausgesehen, hatte geschwitzt und nach Luft gerungen, als er versuchte, den Unbesiegbaren zu besiegen.

Sie zuckte zurück, zwang sich aber, sich klarzumachen, daß Renald, anmutig und geschickt mit seinem furchtbaren Schwert, mit ihrem Vater gespielt hatte, wie er mit Lambert gespielt hatte. Dann hatte er sich seiner tödlichen Aufgabe angenommen und das dunkle, trügerische Schwert durch das Kettenhemd in das geliebte Herz ihres Vaters gestoßen. Sie weinte, aber klammerte sich an diesem grausamen Bild fest, um ihr eigenes schwaches, törichtes Herz zu rüsten.

Renald war in diesen Tag gegangen, um zu töten. Das hatte er zugegeben. Kaltblütig zu töten, wie ein Kuhhirte Rinder tötete. Er behauptete, keinen Spaß am Töten zu haben, und vielleicht war das auch wahr. Auch Kuhhirten töteten nicht gerne. Er hatte sein Gewissen ignoriert, die Gerechtigkeit, und hatte einen schwächeren Mann auf Befehl seines Herrn getötet und behauptet – und behauptete es immer noch –, daß dies der Wille Gottes gewesen sei. Keine ehrenvolle Frau würde das hinnehmen können.

Claire sehnte sich nach Rat und Geborgenheit, deshalb ging sie zu ihrer Mutter. Sie fand Lady Murielle in ihrem kleinen Zimmer, wo sie seltsam still am Fenster saß.

»Wie geht es dir, Mutter?«

Lady Murielle seufzte. »Es ist eine traurige Situation, aber wir werden ihn hinhalten.«

»Wen hinhalten?«

»De Lisle!« Ihre Mutter ergriff Claires Handgelenk. »Du mußt ihn nicht heiraten. Jetzt nicht. Ich habe gesehen, wie du ihn angeschaut hast, aber du mußt Vaters Mörder nicht heiraten!«

Claire schaute zu einem Mädchen, das herbeigeeilt kam, um ihre Herrin zu beruhigen. Bald starrte Lady Murielle wieder aus dem Fenster.

Claire ging fort und rieb ihr Handgelenk, das immer noch rot und weiß von dem festen Druck war. »Ist sie schon den ganzen Tag so?«

»Oh, ja, Lady. Sie sorgt sich, daß Ihr in die Ehe einwilligt.«
Claire bekreuzigte sich. »Heiliger Erlöser, steh ihr bei.«
Auch die Frau schlug ein Kreuz. »Das wird er tun, Lady, keine Sorge. Ich bin sicher, wenn sie etwas Ruhe hat, ist sie bald wieder gesund.«
Claire bat Gott darum, aber sie mußte an die Tochter des Müllers denken, die nun Steine zählte.
Was nun? Sie war gekommen, weil sie einen Rat erhofft hatte und vielleicht auch eine Schulter, an der sie sich ausweinen konnte. Alles, was sie fand, war eine weitere Qual. Ein weiterer Grund, Renald zu vernichten.
Sie ging ins Sonnenzimmer und sah, daß Prissy ihren seidenen Schal flickte. »Laß das«, sagte Claire scharf.
»Aber Lady ...«
»Laß das. Es soll so bleiben.«
Prissy legte den Schleier zurück und ging hinaus, als fürchtete sie, Schläge zu bekommen. Claire verbarg ihr Gesicht in den Händen. Das sollte sie nicht tun. Sie konnte ihren Schmerz nicht an Unschuldigen abreagieren. Renald war der einzige, der leiden sollte.
Sie brauchte eine Beschäftigung, eine, die keine Gefühle aufwühlte, aber sie wollte auch nicht im Haus umhergehen. Sie könnte Renald über den Weg laufen, und darauf war sie gar nicht vorbereitet. Noch war sie nicht stark genug dafür. Wieder versuchte sie, Ruhe beim Schreiben zu finden. Sie nahm einige Lagen Pergament heraus, die wie das Büchlein ihres Vaters zwischen Holzdeckel gebunden waren. Das war das Buch für ihre eigenen Aufzeichnungen. Sie machte keine täglichen Eintragungen, weil ihr ihre Tage selten interessant erschienen, aber ihr Vater hatte sie ermutigt, Sitten und Gebräuche des Gutshofes niederzuschreiben, Dinge wie magische Rituale und Rezepte für Speisen und Heilmittel.
Sie wußte zwar nicht, wozu dies gut sein sollte, da doch jeder diese Dinge kannte, aber sie fuhr in ihrer Arbeit fort.

Claire blätterte die Seiten durch, um eine leere zu finden, als ihr plötzlich klar wurde, daß ihre Tage, wie sie auch sein mochten, nicht mehr uninteressant waren. Sollte sie die jüngsten Ereignisse aufschreiben? Sie könnte es versuchen. Vielleicht fiel ihr dabei etwas auf, womit sie Renalds Schuld beweisen könnte.
Sie tauchte ihre Feder in die Tinte und begann mit dem Trompetenstoß, der das Heranrücken von Männern bei Sturm und Regen meldete …
Claire war gerade bei ihrer Verlobung angelangt, als die Tür mit einem Krachen aufflog und Felice hereinkam. »Claire! Du bist jetzt die Herrin, hast du das etwa vergessen?«
Claire seufzte und wischte ihre Feder ab. Sie hatte nichts entdeckt, was sie für ihren Plan verwenden könnte, aber das Schreiben war doch in gewisser Weise heilsam gewesen. Felice trat näher und ergriff eine Ecke des Pergaments. »Du kannst deine Tage nun nicht mehr damit verbringen, solche Dummheiten zu machen.«
Claire brachte das Blatt in Sicherheit. »Ist deine Musik eine Dummheit?«
»Meine Musik unterhält andere.«
»Vielleicht werden meine Aufzeichnungen auch andere unterhalten.«
»Zumal nur so wenige sie lesen können? Wir hätten mehr davon, wenn du wie Clarence Geschichten erzähltest.«
»Aber dafür habe ich kein Geschick.«
»Dann tu etwas Nützliches. Lady Murielle steht völlig neben sich, weißt du.«
Claire stand auf. »Sie hat einen Schock.«
»Wenn dir das lieber ist. Egal, sie kann warten. Wir müssen wissen, wieviel von den Resten des Festessens den Armen gegeben werden soll und wieviel wir für uns behalten.«
»Frag Renald. Es ist sein Gut.«
Als Felice ihre Augenbrauen hochzog, wurde Claire klar,

daß ihre Antwort nicht klug gewesen war. Sie hatte vergessen, daß jeder dachte, sie lebten in trauter Eintracht und würden nur wegen des Eids in Keuschheit leben. Bevor sie noch nicht wußte, was sie tun sollte, hielt sie es für das beste, zu tun, als entspräche dies der Wahrheit.
Sie legte ihre Seiten zusammen. »Es tut mir leid. Ich habe gestern ein Schlafmittel genommen und habe heute Kopfschmerzen. Ich kümmere mich um die Lebensmittel. Vielleicht könntest du nachsehen, wieviel Hühner und Gänse und anderes Vieh wir noch haben. Wir werden wohl am nächsten Markttag einiges kaufen müssen.«
»Du gibst mir jetzt Befehle, nicht wahr?«
»Wie du vorhin gesagt hast, ich bin die Herrin von Summerbourne.«
Felice biß die Lippen zusammen, dann aber sagte sie böse: »Wie die Herrin befiehlt!« und rauschte ab. Claire konnte sich den Gedanken nicht verkneifen, daß Renald, wenn er Felice geheiratet hätte, mindestens schon die Hälfte seiner Strafe erhalten hätte.
Als sie zur Tür ging, zog der goldene Pokal, der wieder auf seinem Bord stand, ihre Aufmerksamkeit auf sich. Der Pokal des Königs. Der Pokal, den ihr Vater von Heinrich Beauclerk geschenkt bekommen hatte, kurz nachdem er König geworden war. Ein Geschenk der Freundschaft und als Dank für die schönen Zeiten, die er an dem Ort verbracht hatte, den er Paradies genannt hatte.

18. Kapitel

In der Speisekammer prüfte Claire die Reste vom Festessen und teilte sie auf. Vom Schwein war nichts mehr übrig, aber das überraschte sie nicht. Thomas hätte es alleine gegessen, wenn er die Möglichkeit dazu gehabt hätte. Das erinnerte sie an ihren Bruder. Sie konnte es nicht mehr länger aufschieben. Niemand außer ihr, ihrer Mutter und de Lisle schien die Wahrheit zu wissen, und aus dem Verhalten ihrer Mutter wurde man nicht schlau. Aber trotzdem konnte das schreckliche Geheimnis jeden Moment gelüftet werden, und Thomas sollte die Wahrheit nicht auf diesem Weg erfahren. Sie fragte nach ihrem Bruder.

»Er ist bei Lord Renald«, sagte ein Dienstbote. Als Claire zum Arbeitszimmer strebte, fügte er hinzu: »Ich glaube, sie sind draußen vor dem Tor und üben Schwertkampf und solche Dinge.«

Natürlich, dachte Claire. Was auch sonst.

Sie hörte die Geräusche schon, bevor sie durch das Tor ging – Krachen, Geklirr und rauhe Stimmen. Sogar einen Schrei. Es klang nach ihrem Bruder. Claire begann zu laufen, lief über die Brücke und sah Kampfgewimmel. Nach einer Weile löste es sich in Renald und seine Männer auf, die beim Abschlachtenspielen waren – Mann gegen Mann. Einige schwangen Stäbe, einige kämpften mit bloßen Händen, einige mit Schwert und Schild. Sie hatten aus dem Wald einen riesigen Baumstamm geholt und ihn in den Boden gerammt. Ein Mann schlug mit dem Schwert auf den Stamm ein, daß die Späne flogen. Er übte, so auf Männer einzuschlagen.

Männer zu töten. Auf *effektvolle* Weise.
Ihr kam die Unterhaltung wieder in den Sinn, die sie am ersten Tag geführt hatten, als Renald davon gesprochen hatte, auf effektvolle Weise zu töten. Sie schlug die Hand vor den Mund. Verflucht sei er dafür, was er war!
Wo war Thomas? In dem Gewimmel der Kämpfenden konnte sie ihn nicht entdecken. Wo? Wo?
Da sah sie blonde Locken. Er kämpfte gegen de Lisle! Claire blieb wie angewurzelt stehen. Was sie sah, war die vollkommene Wiedergabe der Geschichte vom unerschrockenen Sebastian und Count Tancred. Einen Herzschlag später rannte sie weiter, um diesen ungleichen Kampf zu stoppen.
Ein Arm packte sie und riß sie fort. »Nein, Lady«, keuchte Josce. »Ihr richtet mehr Schaden an, wenn Ihr Euch dazwischensteckt.«
Claire strampelte, dann hörte sie auf und schaute auf die Kämpfenden. »Aber ... aber Thomas hat ein echtes Schwert!«
»Natürlich.«
»Er könnte verletzt werden. Er könnte jemanden verletzen.«
»Lord Renald paßt auf ihn auf, Lady. Habt keine Angst.«
Sie kämpfte gegen seinen Griff an. »Lord Renald hat unseren Vater getötet. Warum sollte er nicht weitermachen! Laß mich gehen!«
Er gehorchte, aber es war klar, daß er es nicht zulassen würde, daß sie eingriff.
»Thomas' Schwert ist viel kleiner«, sagte sie bitter, während sie die Arme auf der Brust verschränkte. »Kämpft Lord Renald auch manchmal fair?«
»Es ist gut so«, sagte Josce sanft. »Thomas könnte niemals ein großes Schwert unter Kontrolle halten. Mit diesem Schwert hat er viel bessere Chancen.«
»Aber trotzdem so gut wie keine.« Nachdem sie sich etwas beruhigt hatte, konnte sie sehen, daß Thomas nicht in Ge-

fahr war. Es sah aus wie beim Schwerttanz, und Renald hatte alles unter Kontrolle.

Also fragte sie: »Ihm wird also nichts passieren?«

Josce zuckte die Schultern. »Nichts Schlimmes.«

Wieder begann ihr Herz zu rasen. Würde er einen Finger verlieren oder zwei, oder würde er für immer hinken? Renalds großes Schwert würde seine Knochen brechen wie Holz.

Sie hätte sich am liebsten dazwischengestellt, wußte aber, daß ihr das nicht gelingen würde. Deshalb beobachtete sie den ungleichen Kampf, als ob ihr Blick ihren Bruder schützen könnte. Thomas' Schwert langte kaum zu Renald hinüber, aber es war ein echtes Schwert. Renald fing jeden Schlag mit seinem Schwert oder Schild ab, wobei Holz absprang, Späne flogen. Renald griff nicht an. Es sah aus, als würde er die ganze Zeit reden.

Claire ging näher, während Josce ihr auf dem Fuß folgte. Sie konnte die ruhige Stimme ihres Ehemannes hören. »Du kannst einen Kampf gewinnen, indem du deinen Gegner ermüdest, Thomas, aber ich glaube nicht, daß das in diesem Fall funktioniert.«

»Ich finde eine Möglichkeit, Euch zu töten.«

»Vielleicht. Eines Tages.«

Es folgte eine kleine Pause. Sein Mund war fest verschlossen, die Augen funkelten, während seine Brust sich hob und senkte. Claire begriff, daß er die Wahrheit kannte, und begann schnell und verzweifelt, für seine Sicherheit zu beten. Ihr Bruder ging noch einige Male in blinder Verzweiflung auf ihn los, hielt dann wieder inne. Danach führte er das Schwert wie eine Lanze und stach wild schreiend zu. Auch Claire schrie, zu ihrer Schande mußte sie feststellen, daß sie auch de Lisle warnen wollte. Renald sprang zurück, sein Gesicht zeigte Erstaunen, während er den Angriff mit seinem Schwert abwehrte, und mit derselben Bewegung

schlug er Thomas das Schwert aus der Hand, der dann zu Boden fiel.
Renald trat zurück und stieß das Schwert in den Boden. Thomas saß da, schnappte nach Luft und blickte zu Boden. Claire nutzte die Chance und rannte zu den beiden hinüber.
»Was habt Ihr ihm getan?« fragte sie, als sie ihren Bruder in den Arm nahm. »Wolltet Ihr auch ihn töten?«
»Er hat versucht, mich zu töten.«
Thomas schüttelte Claire ab und stand auf. »Er hat Vater getötet.«
»Ich weiß.«
»Es ist meine Pflicht, ihn zu töten!«
Claire schloß kurz die Augen. »Thomas, du weißt, daß du das nicht kannst. Noch nicht. Warte ein paar Jahre. Rache kennt keine Grenzen.«
Thomas stand da und keuchte mit weit aufgerissenem Mund. Manchmal konnte er genauso kopflos wie Felice sein.
Auch Claire stand auf und schaute ihren Ehemann an, während sie sprach. »Wenn du willst, Thomas, daß er bezahlt, dann laß dich von ihm in den Fertigkeiten unterweisen, mit denen du ihn eines Tages töten wirst.«
Renald zog die Brauen hoch. »Ich dachte immer, Ihr mögt keine Männer der Gewalt.«
»Das Leben hat uns Unannehmlichkeiten aufgezwungen.«
Er schaute weg, als wäre das Wäldchen in der Ferne ausgesprochen interessant. »Das ist wahr. Thomas, geh zu Harry, und kämpfe mit den Stäben. Aber zuerst«, er schaute Thomas an, als er an ihm vorbeiging, »reinigst du das Schwert.«
Thomas starrte ihn an, nahm dann aber sein Schwert und wischte es vorsichtig ab, bevor er es in die Scheide steckte, die auf dem Boden lag. Dann ging er zu Harry hinüber.
»Woher ist dieses Schwert?« fragte Claire.
»Ich habe den Schmied eines für ihn kleiner und kürzer ma-

chen lassen.« Renald reinigte seine Waffe – ein ganz normales Schwert, nicht das dunkle, mit dem er ihren Vater ermordet hatte. »Bisher hat sich noch niemand um eine Übungswaffe für ihn gekümmert.«
Sie verschränkte wieder die Arme auf ihrem Körper. »Summerbourne war niemals ein Ort der Gewalt.«
»Aber selbst Euer Vater hat einst geübt. Es ist die Pflicht eines jeden Mannes. Wollt Ihr irgend etwas, Lady Claire?«
Er tat so, als läge nichts zwischen ihnen! Nein, das war nicht ganz richtig. Aber er tat so, als hätte die abscheuliche Tat nicht alles verändert.
»Ich wollte nach Thomas schauen«, sagte sie und überlegte, wie sie sich verhalten sollte. »Ich wußte nicht, daß er es schon weiß.«
»Eure Mutter hat es ihm gesagt.« Und wahrscheinlich auf eine Art und Weise, die schlimmer nicht sein konnte. Sie hätte es selbst tun sollen, anstatt sich feige zurückzuhalten. Sie betrachtete den Übungskampf mit den Stäben und zuckte jedesmal zusammen, wenn Thomas getroffen wurde.
»Er ist nun unter meiner Obhut«, sagte Renald. »Ich werde für ihn sorgen.« Als sie protestieren wollte, fügte er hinzu: »Ich werde mich weder von ihm noch von Euch töten lassen.«
»Wie gut es ist, wenn man allmächtig ist.« Aber es gab viele Möglichkeiten, jemanden auch ohne Schwert zu vernichten.
»Es ist keine Leistung, ein Kind zu schlagen.« Er steckte sein Schwert in eine Scheide.
»Aber wer kann Euch schlagen?« fragte sie. »Wieviel Mut gehört dazu, gegen Euch zu kämpfen, da doch gegen Euch jeder Mann ein Kind ist?«
»Das stimmt nicht. Und glaubt Ihr nicht, daß Gott gerecht ist?«
»Nicht mehr.« Sie schaute weg und sah, wie Thomas von seinem Gegner zu Fall gebracht wurde. »Er ist verletzt!«

Diesmal hielt de Lisle sie zurück, indem er einen Arm um ihre Taille legte. »Es ist eine Wunde von Gott, Claire, er verletzt sich nicht ernsthaft. Ihr habt ihn halb zu Tode gehätschelt.«
Sie befreite sich aus seinem Arm. »Ihr wißt gar nicht, was Liebe ist, nicht wahr? Ihr begreift das überhaupt nicht! Ich nehme an, ich sollte Mitleid mit Euch haben, da Ihr so früh aus dem Schoß der Familie gerissen und zu diesem grausamen Spiel gezwungen wurdet. Aber nicht, wenn Ihr dieses auch zu uns bringt.«
Er packte sie bei den Schultern und hielt sie fest, so daß sie ihn anschauen mußte. »Liebe hüllt Menschen nicht in Seide.« Roh drehte er sie um. »Schaut ihn an! Er ist nicht mehr Euer kleiner Bruder. Er ist fast so groß wie Ihr und sicherlich stärker. Eines Tages, wenn ich es nicht kann, wird er Euch vor der Welt beschützen, Euch und Eure Familie. Er muß stark und ausgebildet sein.«
Sie kämpfte mit den Tränen und gegen das Gefühl an, das die Hand auf ihrer Schulter auslöste. »Er war für die Kirche bestimmt.«
»Dann hätte er schon dort sein sollen. Statt dessen durfte er machen, was er wollte, weil Euer Vater der Wahrheit nicht ins Auge sehen konnte ...«
Sie wirbelte zu ihm herum. »Wagt nicht ...«
»Aber sicher wage ich es. Euer Vater war ein guter und netter Mann, der der Welt viel Freude geschenkt hat. Aber als Bruder und Vater hat er versagt. Eure Tanten sollten längst gut verheiratet sein. Kein Wunder, daß Felice so verbittert ist.«
»Sie ist verbittert *geboren*!«
»Wie wollt Ihr das wissen? Damals habt Ihr gar nicht gelebt. Auch Ihr hättet bei einem Mann untergebracht sein sollen, besonders, als er sich auf so ein riskantes Vorhaben einließ.«
Claire setzte zu einer Antwort an, aber er ließ sie keine Silbe

sagen. »Und Thomas hätte entweder im Kloster oder für den Krieg ausgebildet sein sollen. Er hätte nicht verwildern dürfen. Ihr habt hier in einer Illusion gelebt und habt so getan, als gäbe es nicht die große, kalte Welt. Das einzige, was Euer Vater tun konnte, war, sie nicht durch dieses Tor hineinzulassen.«
Claire trat näher an ihn heran. Vor Zorn konnte sie kaum Atem finden. »Ihr versteht offensichtlich nicht, was ein ruhiges Gewissen verlangt.«
»Das verstehe ich sehr gut.«
Sie lachte. »Ihr habt meinen Vater getötet und hattet nicht auch nur die leisesten Bedenken. Was für ein Gewissen ist das? Aber ich werde es Euch fühlen lassen.« Das hatte sie nicht sagen wollen, aber sie konnte sich nicht zurückhalten. »Ihr habt Ulric getötet, um Eure Schuld vor mir zu verheimlichen. Ich werde Euch nicht dafür zur Rechenschaft ziehen können, daß Ihr meinen Vater getötet habt, aber Ulric zu töten war gemeiner Mord, und ich werde es beweisen.«
Er stand vor ihr, unzugänglich wie ein Granitblock. »Ihr könnt die Unwahrheit nicht beweisen.«
»Das brauche ich auch nicht.«
Sie drehte sich um und ging. Aber als sie innerhalb der Holzeinfriedung und außerhalb seines Blickfeldes war, brach sie zusammen. Wie hatte er ihren Vater so angreifen können, versuchen, auch noch die Erinnerung an ihn zu vernichten, nachdem er schon seinen Körper vernichtet hatte? Um sich zu verteidigen, dachte sie. Je mehr er sich davon überzeugte, daß Lord Clarence kein tüchtiger Mann gewesen war, desto einfacher konnte er damit leben, daß er ihn getötet hatte.
Ihr war klar, daß sie ihn für diesen Mord nicht zur Verantwortung ziehen konnte, solange ihn der König und die Kirche unterstützten. Statt dessen würde sie ihn wegen Ulrics Tod vernichten.
»Gut«, sagte sie zu sich. »Wo fange ich an?«

Am Anfang. Mit dem Griffel und den Wachstafeln in der Hand ging sie auf die Suche nach den Wächtern, die in der Nacht, als Ulric zurückgekommen war, Dienst gehabt hatten. Einer von ihnen war in der Baracke und reparierte etwas. »Ich war oben auf dem Wehrgang«, sagte er und stach eine Nadel durch dickes Leder. »Osric hatte Torwache und hat mit ihm gesprochen. Er ist jetzt oben auf Wache.«
Claire kletterte die steile Leiter empor, die zum Wehrgang hinter der Holzeinfriedung führte. Dort oben war der Wind frisch und angenehm, denn es war ein sehr heißer Tag. Claire blieb stehen, um die Umgebung anzuschauen, die wie ein schöner Teppich vor ihnen lag. Wie ergiebig und friedvoll sie war – mit Ausnahme des lauten, klirrenden Waffentrainings direkt unter ihnen.
Sie wendete sich dem Wachmann zu.
Der Mann verbeugte sich. »Lady Claire?«
»Ihr habt mit Ulric gesprochen, als er letzte Nacht ankam?«
»Ja, Herrin. Ich war in der Nacht unten am Tor.«
»Was hat er genau gesagt?«
Der Mann verzog das Gesicht. »Wenig, wenn ich mich recht erinnere. Ich glaube, ich sagte etwas wie: ›He, Ulric! Wie geht's? Wir haben gedacht, du wärst tot.‹«
»Und was hat er dann gesagt?«
Der Mann dachte etwas nach, dann nickte er. »Er sagte etwas davon, daß er übriggeblieben sei.«
Claire ritzte die Worte in ihre Wachstafeln ein. »Hat ihn jemand angegriffen?«
»Weiß nicht, Herrin.«
»War er verletzt?«
»Nein. Todmüde, vielleicht hatte er wunde Füße. Er war aber nicht verletzt.«
Claire löschte die Passage über einen Angriff wieder aus. »Wohin ist er gegangen, nachdem er durch das Tor gegangen ist?«

»Er ist dort stehengeblieben, als wüßte er nicht recht, wohin er gehen sollte. Aber Ralph – er weiß immer sofort, wenn irgend etwas passiert – kam aus der Baracke und erzählte ihm, daß ein Fest gefeiert wurde und daß es in der Halle gut zu essen und trinken gab. Ulric schaute sehr erstaunt.«

»Erstaunt?« Sie ritzte noch etwas ein.

Der Mann schaute unsicher weg. »Nun, Lady, er wußte bestimmt über den Tod von Lord Clarence Bescheid ...«

»Ich verstehe. Also was tat Ulric dann?«

Der Wächter grub weiter in seiner Erinnerung. »Ich glaube, er sagte: ›Sie feiern den Tod des Herrn?‹ Irgend so etwas. ›Nicht den Tod, die Verlobung. Lady Claire wird den neuen Lord heiraten, diesen Renald de Lisle, den der König hergeschickt hat.‹«

»Und was hat er dazu gesagt?« Claire konnte sich gut vorstellen, was für ein Schock das für den Diener ihres Vaters gewesen sein mußte.

Der Mann schüttelte den Kopf. »Nichts. Er starrte uns nur an, dann drehte er sich um und ging ins Haus.«

Claire machte sich noch einige Notizen und schaute dann nachdenklich über die Felder. Sie nahm an, daß Ulric über de Lisle Bescheid wußte, aber vielleicht war er auch schon vor seinem Tod von ihrem Vater getrennt worden. Aber das war kaum vorstellbar. Ulric war Lord Clarence treu ergeben. Aber warum war er nicht in die Halle gestürzt und hatte auf den Mörder gezeigt? Er hatte Renald de Lisle ebenso hassen müssen, wie sie es nun tat. So sehr, wie sie ihn hassen sollte.

Der Lärm vor dem Tor war ein anderer geworden, und Claire schaute zu den Exerzierenden hinunter. Das lärmende Nebeneinander der verschiedenen Waffenübungen war verstummt, es war nur noch ein gleichmäßiges Schlagen zu hören, das beinahe wie Musik klang, wie eine Trommel.

Mit nacktem Oberkörper stand Renald de Lisle da und schlug auf den Pfahl ein. Kräftige Muskeln zeichneten sich an seinem Rücken ab, während er – von vorne, dann von hinten, von oben, dann von unten – mit dem dunklen Schwert auf das Holz einhieb. Leichtfüßig tanzte er in seinem makabren Tun um den Pfahl herum, jeder Schlag wäre tödlich gewesen, wäre das Ziel ein Mann gewesen.

Wie beim Schwerttanz auf ihrer Verlobungsfeier war Claire gefangen von der Schönheit seiner todbringenden Fertigkeiten. Schließlich hörte er auf – den anderen etwas Holz übriglassend, aber nicht zuviel – und drehte sich um, strich sein schweißnasses Haar zurück. Während er versuchte, wieder zu Atem zu kommen, schaute er nach oben und erstarrte, als er sie erblickte. Abrupt drehte er sich um und rammte das Schwert tief in den Pfahl.

Claire hastete die schmale Leiter hinunter. Seine Geste hatte ihr Angst eingejagt, denn sie konnte sie überhaupt nicht verstehen.

Sie brauchte Zeit, um sich wieder zu beruhigen. Dann nahm sie ihr Vorhaben mit noch mehr Entschlossenheit auf. Sie mußte Renald de Lisle vernichten, bevor er sie vernichten konnte. Während sie ihre Notizen überflog, stellte sie fest, daß sie nicht viel weitergekommen war. Es war vielleicht seltsam, daß Ulric nicht hereingestürmt war, um gegen die Verbindung zu protestieren, aber schließlich war er immer wortkarg und langsam gewesen.

Ulric mußte so alt wie Thomas gewesen sein, als er der Diener von Lord Clarence, seinerzeit ein Säugling, geworden war. Trotz des Altersunterschieds und seiner lebenslangen Zuneigung hatte er niemals versucht, sich in die Entscheidung ihres Vaters einzumischen. Er hatte ganz sicher nichts zu den Plänen ihres Vaters gesagt, sich den Rebellen anzuschließen, sondern einfach die ledernen Säcke gepackt und die Waffen poliert. Er war ein ergebener Diener gewesen, und sein Tod mußte gerächt werden. Wo konnte sie jetzt nachforschen? Er mußte mit jemandem gesprochen haben.

Sie fragte in der Küche nach. Einige Leute erinnerten sich daran, daß er in der Halle in der Nähe der Tür gesessen hatte, aber niemand konnte sich erinnern, bei wem. Da er spät gekommen war, war er wahrscheinlich zwischen den niederen Bediensteten irgendeines Gastes zu sitzen gekommen. Und die Gäste und ihre Diener waren jetzt fort.

Claire ging weiter durch Summerbourne und stellte ihre Fragen nach allem, was Ulrics Verhalten und seinen Aufenthaltsort am Abend betraf.

Als sie aus dem warmen Backhaus kam, waren ihre Wachstafeln, auf denen nichts Nützliches stand, aufgeweicht. Sie sah Renald auf sich zukommen. Er trug ein frisches Gewand, und sein Haar war feucht, sicherlich vom Wasser und nicht mehr vom Schweiß. Er blickte sie kühl, sogar kalt an.

»Ich höre, Ihr stellt Nachforschungen wegen Ulric an.«

»Wollt Ihr mir das verbieten?«

»Nein. Aber ich werde Euch begleiten.«

Sie schloß ihre Tafeln mit einem lauten Schlag. »Ich verstehe. Ihr wollt mich daran hindern, die Wahrheit herauszufinden. Niemand außer Euch hatte einen Grund, Ulric zu töten.«

»Nein?« Er ging neben ihr her. »Was ist mit Lady Agnes? Sie wollte, daß Ihr heiratet, und hätte wahrscheinlich nicht gewollt, daß etwas dazwischenkommt.«

»Großmutter?« Sie blieb stehen und blickte ihn an. »Ihr seid verrückt! Sie kann sich gar nicht aus ihrem Stuhl erheben, ohne die fürchterlichsten Schmerzen zu haben.«

»Sie war einmal die Herrin hier und wird Leute kennen, die ihr helfen würden. Sie hat indirekt gedroht, daß sie mich töten lassen würde.«

»Warum sollte meine Großmutter Ulric töten lassen? Selbst wenn sie gewußt hätte, was er sagen würde, hätte sie ihn einfach nur bis nach der Verlobung zum Schweigen bringen müssen.«

Er zog die Augenbrauen hoch. »Das ist ein gutes Argument. Ich nehme an, daß Ihr das schriftlich festhalten werdet.«
»Warum?«
»Das wird noch wichtig werden. Nun, erzählt, was Ihr bis jetzt herausgefunden habt.«
Sie wollte sich weigern, aber es gab keinen Grund. Sie steckte den Griffel in seine Hülle. »Nichts. Einige Leute haben ihn in der Halle gesehen, wo er etwas gegessen und getrunken hat. Die, die ich bis jetzt gefunden habe, waren Bedienstete, die auftrugen, also hatten sie keine Zeit, ihn nach seiner Reise zu fragen. Niemand scheint sich daran zu erinnern, wer neben ihm gesessen oder mit wem er gesprochen hat.«
»Wo hat er gesessen?«
»Am Eingang. Ganz dicht an der Tür. Er kam spät und nahm daher den nächsten Platz.« Ihr fiel auf, daß seine Stimme seltsam geklungen hatte. »Warum?«
Er schwieg und wirkte wie benommen.
»Geht es Euch gut?«
Er schaute immer noch ins Leere und sagte: »Ein älterer Mann mit etwas ergrautem, blondem Haar und einer großen Nase ...«
»Was ist mit ihm?«
»Kennt Ihr einen solchen Mann?«
»Warum?« Wenn noch jemand verrückt wurde, war sie ganz auf sich alleine gestellt.
Er schien sie nicht zu hören. »Und ich glaube ... ein Frauenzimmer mit etwas hervorstehenden Augen und roten Wangen.«
»Das klingt wie Dora aus der Färberei. Aber was ...«
Er schüttelte sich und drehte sich mit einem Achselzucken zu ihr um. »Ich habe so eine Gabe. Ich kann mich an Bilder erinnern. Ich kann mich an einige Bilder aus der Halle wäh-

rend des Essens erinnern, und ich meine mich daran zu erinnern, wie Ulric zwischen diesen Leuten saß.«
»Aber Ihr kennt ihn nicht!«
»Ich habe ihn bei Eurem Vater gesehen.«
Natürlich hatte er das. Sie fühlte sich, als würde ihr eiskaltes Wasser den Rücken herunterlaufen. »Könnt Ihr nicht darüber sprechen?«
»Warum sollte ich?«
Sie wollte ihn treffen, tief in seiner Seele. »Mein Vater hat geschrieben, daß Ihr ihn im Tower besucht habt.«
»Geschrieben? Wo?« Er war überrascht, aber nicht schuldbewußt. Wenn sie nur glauben könnte, daß er sich schuldig fühlte, könnte sie ihm vielleicht verzeihen, aber sie begann zu zweifeln, daß er überhaupt eine Seele hatte.
Sie drehte sich um, um wegzugehen, aber er hielt sie am Arm fest. »Wo hat er das geschrieben?«
Es hatte keinen Sinn, darüber zu streiten. »In seinem Buch. Er hat die Geschichte vom unerschrockenen Kind niedergeschrieben. Er erzählt die Geschichte der Rebellion, und er ist Sebastian.«
»Das habe ich mir schon gedacht.« Er ließ sie los, aber sein Gesicht zeigte Zorn. »Er hatte die ganze Zeit geplant, es zu einem Gottesurteil kommen zu lassen.«
Sie brauchte einen Augenblick, um ihn zu verstehen. »Wollt Ihr etwa andeuten, daß mein Vater seinen eigenen Tod geplant hat?«
Er lachte kurz und bitter auf. »Oh, nein. Er hatte mehr Gottvertrauen als Ihr. Er dachte, er könnte gewinnen.«
»Und das hätte er auch, hättet Ihr nicht dieses Schwert gehabt.«
»Seid nicht albern.«
»Albern!« Claire merkte, daß sie schrie. Dienstboten drehten sich zu ihnen um. Sie holte tief Luft und sagte: »Mein Vater war ein guter und rechtschaffener Mann ...«

»...der in seiner Vorstellung von richtig und falsch völlig vom Weg abgekommen war.«
Claire hatte bisher nicht gewußt, daß Zorn einen Menschen sprachlos machen konnte. Als sie ihre Stimme wiederfand, sagte sie: »Mein Vater ist nie von irgend etwas abgekommen, außer das eine Mal, als er einen Freund falsch eingeschätzt hat.«
Sie ließ ihn stehen. »Wollt Ihr nicht herausfinden, wer Ulric getötet hat?« hörte sie ihn noch sagen.
Sie wollte ihn angreifen. Genauso wie Thomas wünschte sie sich eine Waffe, um ihn verletzen zu können. Aber die einzige Waffe, die sie hatte, war die Wahrheit über Ulrics Tod. Wenn er die Wahrheit gesprochen hatte, als er von seiner Fähigkeit, sich Bilder in Erinnerung zu rufen, erzählt hatte, dann hatte er vielleicht die beiden Menschen identifiziert, die mit Ulric gesprochen hatten. Sie konnte ihm nicht die Möglichkeit lassen, als erster mit ihnen zu reden – entweder um sie einzuschüchtern oder um durch eine neue Mordtat für Ruhe zu sorgen.
»Stimmt«, sagte sie und drehte sich um. »Dora wird in der Färberei sein. Sie ist außerhalb, unten am Fluß.« Sie ging Richtung Tor, ohne zu schauen, ob er ihr folgte.
»Erzählt mir«, er ging hinter ihr, »was Euer Vater über mich geschrieben hat.«
Entsetzt blieb sie stehen. »Was für ein Monster seid Ihr eigentlich? Habt Ihr überhaupt keine Seele?«
»Jeder Mensch hat eine. Ich kann Nils bitten, mir vorzulesen.«
Sie wollte nicht, daß er oder sein Schreiber das Büchlein berührten. Sie sagte das, von dem sie hoffte, daß es ihn am meisten verletzen würde. »Er mochte Euch.«
»Das könntet Ihr als väterlichen Rat befolgen.«
»Ihr seid so einfühlsam wie der Pfahl, den ihr zerschlagen habt. Er hat gedacht, Ihr würdet über seinen Tod weinen.«

»Claire, ich habe über seinen Tod geweint.«
Wie mit einem Schlag wurde ihr klar, daß das stimmte. Diese müden, rotgeränderten Augen, die er hatte, als er nach Summerbourne kam, hatte er vom Weinen gehabt.
»Aber Ihr habt ihn trotzdem getötet«, sagte sie.
»Ja, ich habe ihn trotzdem getötet.«
Es stand zwischen ihnen wie ein Felsen. Kalt und unüberwindbar.
»Mag Gott Euch vergeben, ich kann es nicht.«
Schweigend gingen sie nebeneinander her zum Fluß hinunter. Getrennt.
Färberei und Gerberei lagen draußen, unterhalb des Hügels. Dieses Handwerk brauchte Wasser, außerdem mochte niemand den Geruch um sich haben. Als ihnen der Gestank entgegenkam, zögerte Claire. Er legte eine Hand auf ihren Arm. »Soll ich vorgehen und die Frau herausbitten?«
Sie entwand sich ihm. »Um Euch die Möglichkeit zu geben, sie zum Schweigen zu bringen? Nein danke.«
Er mußte den Kopf einziehen, um durch die niedrige Tür zu kommen. Stechender Geruch, beißender Dampf schlugen ihnen aus den Bottichen entgegen. Frisch gefärbter Stoff und Garn hingen an Haken und Sparren und Wänden. In den Bottichen kochte es, Farben sprenkelten den gestampften Boden. Claire entdeckte Dora, die über einem Bottich gebeugt dastand, die Ärmel aufgerollt, den Kittel hoch geschürzt, während sie Stoffe in die blaue, siedende Flüssigkeit tauchte.
»Dora!«
Die Frau schaute auf und strich sich einige feuchte braune Locken aus dem roten Gesicht. »Herrin?«
»Ich muß mit dir reden. Suche jemanden, der für dich weiterarbeitet, und komm nach draußen.«
Die Vorarbeiterin kümmerte sich, und Claire konnte mit der jungen Frau an die kühle, frische Luft gehen.

»Ja, Herrin?« fragte Dora und schaute nervös von Claire zu de Lisle, obwohl der Eindruck von Nervosität auch nur aufgrund ihrer hervorstehenden Augen entstehen mochte.
»Ihr habt keine Schwierigkeiten«, beruhigte Claire sie. »Wir versuchen nur herauszufinden, was Ulric, der Diener von Lord Clarence, an dem Abend gemacht hat, an dem er starb. Wir dachten, er hätte vielleicht bei dir am Tisch gesessen.«
»O ja, das hat er, Herrin. Allerdings nicht so lange. Er kam spät, und ich mußte gehen und in der Küche helfen.«
Claire versuchte, sich ihre Aufregung nicht anmerken zu lassen. Das hätte die Frau vielleicht noch nervöser gemacht. »Hat er mit dir gesprochen?«
Dora grübelte, als sei dies eine sehr schwierige Frage. »Er hat gegrüßt, als er sich hinsetzte.«
»Meinst du, daß er gerade angekommen war?«
»Ich glaube schon. Er hatte einen Stab und Gepäck bei sich.«
Claire hätte die Informationen am liebsten aus der Frau herausgeschüttelt, aber nur Geduld würde zu einem Ergebnis führen. »Weißt du, daß er der Diener meines Vaters war?«
»Ja, Herrin.«
»Warst du nicht neugierig? Wolltest du nichts über den Tod von Lord Clarence erfahren?«
Die großen Augen blieben leer. »Nein, Herrin. Ich habe den Bodenakrobaten zugeschaut. Sie waren sehr gut.«
Claire warf Renald einen verzweifelten Blick zu und schaute dann schnell wieder zu der Frau. Er war der Feind.
»So. Und die ganze Zeit, während er dort gesessen hat, hat er nichts mehr gesagt?«
Dora kratzte sich faul an ihrer üppigen Brust. »Er sagte mir, ich solle die Klappe halten.«
»Die Klappe halten?« Claire mußte wieder ihren Ehemann anschauen und verzog überrascht die Lippen. Ein Mörder

sollte kein so gewinnendes Lächeln haben. Er sollte überhaupt nicht lächeln.
»Ich war nur freundlich. Habe über die Kunststücke geredet. Habe ihn gefragt, ob er so etwas schon mal gesehen hätte. Und er hat mir gesagt, ich solle die Klappe halten.«
»Also hat er mit niemandem gesprochen?« Obwohl sie wußte, wie wortkarg Ulric war, mußte er doch noch irgend etwas gesagt haben, bevor er gestorben war.
Als ob sie ihre Gedanken gelesen hätte, schlug Dora vor: »Vielleicht hat er etwas mehr mit Sigfrith geredet.«
»Sigfrith?«
»Der saß auf der anderen Seite.«
Claire machte eine Pause, weil sie den Namen aufschreiben wollte: »Sigfrith von den Stallungen?«
»Ja, Herrin.«
Sie hatte sich das notiert. »Danke, Dora. Du kannst jetzt zurück an deine Arbeit gehen.«
Aber Renald sagte: »Einen Moment noch, Dora. Hast du, als du neben Ulric saßest, noch jemanden mit Ulric reden sehen?«
Die Frau dachte nach, wobei ihre Augen besorgniserregend weit hervortraten. »Ich glaube, ein paar Leute standen kurz bei ihm, um mit ihm zu sprechen. Aber sie blieben nicht lange. Warum sollten sie mit ihm plaudern, wenn er keine Lust hatte?«
»Kannst du dich an diese Leute erinnern oder an das, was sie gesagt haben?«
»Ich habe den Akrobaten zugesehen, mein Herr.« Sie dachte etwas nach und schien zu glauben, daß Kratzen ihr helfen könnte. »Ich glaube, ich erinnere mich an einen ..., einer sagte etwas wie: ›Ulric, ich dachte, ihr wäret tot.‹ Ja, das ist mir im Gedächtnis geblieben. Etwas über ihn. Und über den Tod des Herrn. Es hat mich einen Moment lang traurig gemacht ...«

»Aber du weißt nicht, wer diese Leute waren?«
Dora schaute sie beide an und rieb ihre rotblauen Hände an ihrer grauen Schürze ab. »Nein, Herr. Nein, Herrin.«
Er nickte, dankte ihr und zog Claire zur Seite.
»Wollen wir hoffen, daß Sigfrith uns weiterhelfen kann. Ich nehme an, daß er der Mann mit den grauen Haaren und der großen Nase ist.«
»Ja.«
»Ihr seid bei seinem Namen zusammengezuckt.«
Er war in der Tat viel zu scharfsinnig, aber sie hatte nicht vor, ihm zu sagen, daß Sigfrith ein Verwandter war. Das würde ihm nur einen Grund mehr geben, das Verbrechen auf ihre Großmutter abzuwälzen.
»Wir gehen am besten zu den Stallungen«, sagte sie und machte sich auf den Weg Richtung Tor. »Ich nehme nicht an, daß Eure Bilder Euch zeigen, wer sich zu ihm gesetzt hatte, um mit ihm zu sprechen?«
»Ich habe keine Gewalt darüber, was haftenbleibt und was nicht.«
»Aber Ihr würdet mir nicht sagen, wenn Ihr es wart.«
Er hielt sie am Gürtel zurück. »Claire. Wenn ich ihn getötet hätte, gäbe das keinen Sinn. Und wenn ich ihn nicht getötet habe, will ich, daß Ihr das wißt, damit ich freigesprochen bin.«
Sie schaute ihn an. »Keinen Sinn? Ich glaube nicht, daß Ihr die Klinge geführt habt. Dafür hattet Ihr gar keine Zeit. Aber Ihr brauchtet nur einen Eurer Männer zu beauftragen. Ich nehme an, daß sie wie ihr auf Befehl töten. So, was ist, wenn Sigfrith sich daran erinnert, daß es einer Eurer Männer war, der bei Ulric gestanden hatte?«
»Gehen wir und fragen ihn«, sagte er kurz angebunden und ging energischen Schrittes Richtung Tor.

19. Kapitel

Sie fanden Sigfrith in einem der Ställe, als er gerade die Hufe eines Pferdes auskratzte.

»Lord Renald, Lady Claire.«

»Sigfrith«, sagte Claire, »wir hoffen, daß du uns einiges über den armen Ulric sagen kannst.«

Er schaute wieder auf den Huf des Pferdes. »Ulric? Der gestorben ist?«

»Du hast während seiner letzten Mahlzeit neben ihm gesessen.«

Er schaute mit einem Blick auf, der verriet, daß er Ärger befürchtete. »So? Er kam spät und saß da. Was sonst?«

»Wir möchten wissen, was er dir gesagt hat.«

»Nichts.«

»Nicht einmal ›Guten Abend‹?« fragte Renald. »Steh auf und schau uns an.«

Für einen Moment dachte Claire, der Stallknecht würde den eisigen Befehl ignorieren, und zitterte für ihn. Aber dann ließ er den Huf los und stand auf. Er verbeugte sich sogar.

»Ja, gut, Herr, vielleicht sagte er so etwas.«

»Und hast du auch ›Guten Abend› gesagt?«

»Ja, ich nehme an, daß ich es tat, Herr. Ich kann mich nicht mehr erinnern.«

Claire fragte sich, ob Sigfrith immer so mürrisch war. Oder war das nun ein Zeichen für seine Schuld?

»Und hat er sonst noch etwas gesagt?« fragte Renald geduldig.

»Zum Beispiel etwas über die Bodenakrobaten. Oder über Dora, die über die Akrobaten plauderte.«

Der Mann schaute finster, aber eher in Gedanken versunken als zornig. »Ja, Herr. Er hat sie eine Schnattergans genannt, was ja auch stimmt. Aber Ulric hat niemals viel geredet.«
»Kanntest du ihn gut?« fragte Claire.
Er schaute sie mit Augen an, die so blau waren wie die ihres Vaters. »Natürlich. Wir hatten dasselbe Alter und haben unser ganzes Leben lang hier gelebt.« Seine Bemerkung enthielt eine unüberhörbare Spitze, und Claire machte sich Sorgen um ihn.
»Aber wenn du ihn so gut kanntest«, fragte Renald, »warum hast du dann nicht einige Worte mit ihm gewechselt? Ihn zum Beispiel über die Reise ausgefragt? Oder über Lord Clarence' Tod?«
Sigfrith sah aus, als würde er abwägen, wie gefährlich ihm seine Aussagen werden könnten. Dann sagte er: »Ich nehme an, wir haben ein wenig geredet. Ich nehme an, daß ich mich gefragt habe, wo er gesteckt hat. Und ich habe gefragt, was Lord Clarence' Pferd zugestoßen ist. Es war ein gutes.«
Claire schaute Renald an. »Was ist mit Aidan passiert?«
Seine dunklen Augen blitzten. »Weiter«, befahl er, »was hat er dazu gesagt?«
»Daß es nicht meine Sache ist. Was nicht stimmt. Die Stallungen sind mein Bereich.«
»Hat er irgend etwas dazu gesagt, wie Lord Clarence gestorben ist, oder etwas über meine Verlobung mit Lady Claire?«
Die Frage überraschte den Mann. »Nein, Herr.«
»Nichts?« fragte Claire. »Meine Verlobung hätte ihn interessieren müssen.«
»Dazu kann ich nichts sagen, Herrin. Er hat zu beidem nichts gesagt.«
Renald fragte weiter. »Einige Leute sind zu ihm gekommen, um mit ihm zu reden. Kannst du dich an jemanden von ihnen erinnern?«
Sigfrith zuckte die Schultern. »Big Gregory. Er ist mit Ulrics

Schwester verheiratet. Hat ihm sein Beileid ausgesprochen, wenn ich mich recht entsinne. Lord Eudo hat ähnliches gesagt. Und Britha – Ihr kennt Britha, Herr – fragte, ob er Trost bräuchte.«

Claire ritzte die Namen in ihre Wachstafeln und fragte: »Und das sind die einzigen, an die du dich erinnerst?«

»Und an den Knappen des Herrn, Josce.«

Claires Griffel schien im Wachs steckenzubleiben, und sie schaute Renald an. Er ließ sich nichts anmerken, aber das – das hatte sie inzwischen begriffen – sagte eine ganze Menge.

»Hast du gehört, was Josce zu Ulric gesagt hat?« fragte sie. Etwas wie: ›Trefft mich im Garten ...‹

Aber Josce? Josce mit seinem offenen Gesicht, den Sommersprossen und dem breiten Lächeln? Aber was sollte ein Knappe tun, wenn man ihm zu töten befahl? Dasselbe wie sein Herr. Gehorchen.

»Nein, Herrin«, sagte Sigfrith. »Der junge Mann hat leise gesprochen. Anscheinend vertraulich.« Sigfriths schlaues Gesicht verriet, daß er wußte, nun Ärger angerichtet zu haben.

Sie notierte weiter, dankte dem Stallknecht und ging in den Sonnenschein hinaus. Als sie außer Hörweite waren, schaute sie Renald de Lisle an und fragte: »Nun, Mylord?«

Sein Mund verriet seinen Ärger. Er war aber nicht verärgert über sie. »Nun, wir sollten mit Josce reden.«

Er war so schnell unterwegs, daß Claire laufen mußte, um ihn einzuholen. »Behauptet Ihr immer noch, unschuldig zu sein?«

»Ich *bin* immer noch unschuldig. Wie Josce sicherlich beweisen wird.«

»Versucht nicht, alle Schuld auf ihn abzuwälzen. Er ist doch noch so jung.«

»Ich werde ihm genausoviel Schuld zuweisen, wie er verdient.« Er ballte die Fäuste. Claire packte seinen Arm mit beiden Händen. Er blieb stehen und drehte sich so schnell um, daß sie Angst bekam.

Nach einem beklemmenden Moment sagte er: »Was?«

Claire zwang sich, laut zu sprechen. »Wenn Josce ihn getötet hat, war das sicherlich auf Euren Befehl.«

Renald ließ sie stehen. Claire lief erschöpft hinter ihm her. Sie hatte Angst, daß er bald wieder Blut vergoß. Ob er seinen Knappen töten würde, damit seine Schuld unentdeckt bliebe?

Josce stand in einer Gruppe lachender, junger Männer, aber auf Renalds scharfen Befehl hin erblaßte er und kam pflichtbewußt angelaufen.

»Ja, Herr. Was befehlt Ihr?«

»Worüber hast du mit Ulric, Lord Clarence' Diener, in der Nacht gesprochen, in der er ermordet wurde?«

Josces blasses Gesicht wurde so rot vor Scham, daß seine Sommersprossen nicht mehr zu sehen waren. Claire wurde übel. Sie wartete auf ein Geständnis und wollte ihn irgendwie zum Schweigen bringen.

Der Knappe befeuchtete seine Lippen. »Ich ... ich wollte ihm nur sagen, wie leid es mir tut.«

»Leid!«

Renald klang ebenso überrascht, wie Claire sich fühlte. Leid? Für einen Mord, der überhaupt noch nicht begangen war? Wenn nicht dafür, wofür denn dann? Josce schaute Claire an, als hoffte er, sie würde ihn unterbrechen. Dann schaute er wieder seinen Herrn an. »Ihr habt ihn nicht mit Lord Clarence heimkehren lassen, Herr. Das hat sein Herz gebrochen. Ich weiß, daß er gerne beim Begräbnis dabeigewesen wäre.«

Renald schob seine Hand unter den Gürtel, während ein Finger gegen das Leder trommelte. Sein Mund zuckte. Er war immer noch wütend, aber Claire wußte nicht, warum.

War ein weiches Herz zu haben für diesen Mann ein Verbrechen?
Renald sagte: »Er hatte in seinem Gepäck zwei Schillinge und einige Pennys.«
Zu Claires Überraschung wurde Josce nun – bis auf seine Sommersprossen – schneeweiß. »Ich habe ihm das Geld gegeben«, flüsterte er.
Renald hatte nun seine Hand fest um seinen Gürtel geschlossen. Josce begann zu zittern. Claire schaute hilflos zwischen den beiden hin und her.
»Morgen kehrst du zu deinem Vater zurück«, sagte Renald. »Zu Fuß. Natürlich werde ich einige Männer mitschicken, damit du auch wirklich ankommst.«
Josces Lippen zitterten. »Jawohl, Herr.«
»Du weißt, warum?«
Der Adamsapfel des Jungen hüpfte auf und ab. »Ja, mein Herr.«
Renald nickte. »Geh mir aus den Augen. Verbring die Nacht in der Kapelle und bete.«
Claire dachte, Josce würde handeln oder bitten, aber er drehte sich um und ging fort. Er sah aus, als ob er am liebsten gerannt wäre. Was war passiert? Hatte Josce ein Unrecht begangen, indem er Ulric einige Schillinge gegeben hatte? »Was? Was ist schlecht daran …«
»Ich nehme an, Ihr seid beruhigt, daß er den Mann nicht umgebracht hat.« Renalds Augen waren stumpf wie Steine.
Claire versuchte sich vorzustellen, daß Josce Ulric auf Renalds Befehl umgebracht hatte, aber nach dieser Szene war das unmöglich. »Mag sein. Aber dann … aber warum? Warum wolltet Ihr nicht, daß Ulric Geld hat? Wolltet Ihr, daß er den Hungertod stirbt?«
»Wir hatten ihm genug Proviant für eine Woche und noch länger mitgegeben.« Er ging, drehte sich aber wieder um. »Keine Geheimnisse mehr. Ich wollte nicht, daß Ulric hier

ist und jedem die Geschichte erzählt, bevor nicht alles arrangiert war. Deshalb habe ich dafür gesorgt, daß er nur langsam zurückkommen konnte. Hätte Josce mich nicht betrogen, wäre er nicht angekommen, bevor hier alles erledigt war.«

»Betrogen? Ich würde nicht sagen ...«

Mit einer Handbewegung brachte er sie zum Schweigen. »Sprecht nie wieder davon.«

Claires Mund wurde trocken. Er war kurz davor, fuchsteufelswild zu werden. Wegen Josce? Oder wegen etwas, das der Junge möglicherweise gestehen könnte?

Sie sagte: »Ihr wolltet also, daß Ulric nicht dabei war, und als er auftauchte, habt Ihr ihn getötet.«

»Zum Teufel, wenn ich gewollt hätte, daß er tot ist, hätte ich ihn in London getötet!« Er strich sich mit einer Hand über das Gesicht. »Mein Wort, Lady Claire.« Er schaute ihr fest in die Augen. »Bei meiner Seele und meiner Hoffnung auf den Himmel, ich habe Ulric nicht getötet. Ich habe auch nicht angeordnet, ihn zu töten. Ich würde so etwas niemals tun. Wie Ihr in bezug auf Eure Großmutter gesagt habt, es war unnötig. Ich konnte das Geheimnis nicht für immer bewahren. Und aus solchen Motiven zu töten, das wäre Mord. Und meine unsterbliche Seele ist mir noch bedeutend mehr wert als Summerbourne. Und Ihr.«

Er marschierte Richtung Haus, und Claire steckte ihren Griffel weg. Sie war völlig verwirrt. Nicht zuletzt wegen des *Und Ihr.*

War es ihm möglich, sie zu lieben, obwohl er ihren Vater umgebracht hatte?

Ja, so war es. Das war eine Tragödie.

Sie erkannte das, weil dieses schwarze Elend auch in ihr selbst war. Das erste Mal gestand sie es sich selbst ein. Tief in ihrem Herzen und für alle Ewigkeit liebte sie den Mörder ihres Vaters.

Wie betäubt eilte sie in den Garten, zu den Heilpflanzen, und versuchte, die Angelegenheit zu durchdenken.
Renald war ein Ritter, ein Mann mit einem blutbesudelten Schwert, aber in ihrem Herzen war sie sicher, daß er auf seine Art ein ehrenwerter Mensch war. Sie wußte, daß er freundlich war, wenn die Situation es erlaubte. Aber sie wußte auch, daß Summerbourne ein Preis war, den er schätzte. Besitzlos seit Geburt, hatte er nach eigenem Land gedürstet, nach einem Ort, an dem er eine Familie gründen, eine Dynastie aufbauen konnte. Und das erklärte seine Beteiligung am Tod ihres Vaters. Als der König ihm befahl zu töten, war die Versuchung zu groß gewesen, und er hatte gehorcht, um das zu erlangen, was er sich von ganzem Herzen wünschte. Weil ihr Vater ein Rebell gewesen war, würde niemand diese Tat verurteilen, nur sie.
Vielleicht hatte Renald sich selbst davon überzeugt, daß der Tod ihres Vaters ein Akt der Gerechtigkeit oder sogar höhere Gewalt war, aber das stimmte nicht. Der König hatte keinen Grund gehabt, Clarence von Summerbourne zu töten, nachdem er viele Lehnsmänner ungestraft hatte davonkommen lassen.
Er hatte den Stachel in seinem Gewissen loswerden wollen und hatte gesehen, daß er einen treuen Gefolgsmann belohnen konnte. Er hatte beides geschafft, indem er gegen einen ungeübten Mann einen Kämpen antreten ließ.
Diese Ungerechtigkeit machte daraus Mord – Mord aus Schuld und Gier. Um es noch schlimmer zu machen, hatte Renald noch einmal getötet, und das noch feiger, damit die Kunde vom Tod ihres Vaters ihre Hochzeit nicht verhindern konnte.
Selbst wenn Renald gesehen hätte, wie Ulric angekommen war, und gewollt hätte, daß die Wahrheit bis nach der Hochzeit unentdeckt bliebe, hätte er einen seiner Männer bitten können, den Diener unauffällig wegzubringen. Das wäre

vernünftig gewesen, und sie wußte nur zu gut, daß Renald nicht dumm war.
Claire ließ sich auf einer Bank nieder.
Alles, was er gewollt hatte, war, daß die Nachricht eine Zeitlang zurückgehalten wurde.
Deshalb hatte er Ulrics Heimweg verlangsamt. Hatte sie bewacht und dafür gesorgt, daß sie nicht mit den Gästen reden konnte, hatte dem Grafen gedroht.
Daher, falls es nicht irgendwelche unentdeckten Motive gab, hatte Renald Ulric weder töten lassen, noch hatte er ihn selbst getötet.
Eine Woge der Erleichterung erfaßte ihr Herz, aber das Hauptproblem blieb bestehen. Er hatte ihren Vater getötet, und das war unabänderbar.
Und entsetzt stellte sie fest, daß ihr die einzige Möglichkeit genommen war, dieser Ehe zu entfliehen, ohne ihre Familie zu vernichten. Was nun? Sie hatte nicht die leiseste Ahnung.
Sie saß wie betäubt da. Dann beschloß sie, irgend etwas zu tun, weil sie sonst verrückt werden würde. Sie grub ein paar besondere Pflanzen aus, trug sie auf den Friedhof und pflanzte sie um das Grab ihres Vaters herum, Levkoje, Ringelblume und Akelei.
Als sie mit dem Eimer in der Hand dastand, kehrten ihre Gedanken wieder zu dem alten Dilemma zurück. Sie konnte das Grab nur als Frau von Renald de Lisle weiterpflegen.
»Claire?«
Sie erschrak und drehte sich um. Ihr Bruder stand neben ihr, andächtig, aber unerwartet gefaßt, trotz eines bösen Blutergusses an der Schläfe.
»Ein Stab?« fragte sie und zwang sich, sich nicht allzusehr darum zu sorgen.
»Ich war langsam wie eine Schnecke. Claire, sollten wir Lord Renald hassen?«
Auf dieses Thema war sie nicht vorbereitet, aber sie wußte,

wie es war, wenn man niemanden zum Sprechen hatte. Sie zog ihn zu einer Bank. »In den Augen der Welt hat Lord Renald nichts Unrechtes getan. Aber er hat unseren Vater getötet. Das verändert unsere Gefühle ihm gegenüber.«

Er saß auf dem Stein, in sich zusammengesunken. »Ich habe ihn erst gehaßt, als ich es erfahren habe. Nun weiß ich nicht weiter. Aber ich glaube, ich sollte es tun.«

Er sprach Claire so sehr aus dem Herzen, daß sie nur die Schultern zucken konnte.

»Josce sagte – vorher –, daß die Gründe, aus denen du jemanden magst, sich nicht ändern.«

»Aber andere Gründe können das dämpfen.«

Er schaute sie an und strich sich eine Locke aus den Augen. »Ich habe ihm gesagt, daß ich ihn hasse. Auch, daß ich ihn töten will. Also haben wir gekämpft.«

Das hatte sie mit angesehen.

»Ich habe zu Gott gebetet, daß ich stark wie das unerschrockene Kind Sebastian bin.« Bekümmert ließ er die Schultern hängen. »Aber eines Tages werde ich stärker sein.«

Claire legte ihm ihre Hand auf seine. »Mein Schatz, tu das nicht. Klammere dich nicht daran, daß du hassen willst.«

»Aber du haßt ihn. Ich habe gesehen, wie ihr gestritten habt.«

»Streiten ist nicht hassen.«

»Du haßt ihn nicht?« Er schaute sie an. »Du wirst also mit ihm verheiratet bleiben?«

Hoffnung schwang in seiner Stimme. Hoffnung, die sie zerstören mußte. »Nein, mein Liebster. Das kann ich nicht.«

»Warum nicht?«

»Weil er Vater getötet hat.«

»Aber das war nicht seine Schuld.«

Oh, Thomas. Sie wußte nicht, ob er sich nach Sicherheit sehnte, oder ob er Renald de Lisle einfach mochte, aber er wollte, daß sie ihre Meinung änderte, und sie wünschte, sie könnte ihm nachgeben.

»Niemand sonst denkt, daß Vaters Tod unrecht war«, protestierte er. »In solchen Zweikämpfen entscheidet Gott.«

»Es war kein fairer Kampf. Nicht, wenn Lord Renald gegen Vater kämpft.«

»Ein Gottesgericht ist ein Kampf auf Leben und Tod. Wenn Vater gewonnen hätte, wäre Lord Renald nun tot.«

Das wußte sie, aber sie hatte niemals ernsthaft darüber nachgedacht. Sie unterdrückte einen Schauder. »Er war niemals in wirklicher Gefahr. Im Gegensatz zu Vater. Thomas, hast du einmal darüber nachgedacht? Niemand anders hat sich einem Gottesurteil im Kampf gestellt. Lambert nicht. Salisbury nicht. Nicht einmal der Teufel Bellême!«

»Willst du sagen, daß es eine List war?« Er schaute so verwirrt, daß sie sich ärgerte, überhaupt ein Wort gesagt zu haben.

»Du darfst darüber mit niemandem sprechen«, sagte sie, während sie ihm fest in die Augen schaute. »Es ist gefährlich. Hast du das verstanden?«

»Ja. Aber ...«

»Ich versuche, einen Ausweg zu finden, der uns erlaubt, ein gutes Leben zu führen. Aber wir können nicht hierbleiben. Nicht nach alldem, was passiert ist. Das siehst du doch ein.«

Er seufzte. »Ich denke schon. Aber wie soll das gehen? Was sollen wir tun?«

Das erste Mal sprach sie es aus. »Ich will die Ehe annullieren lassen.«

»Und dann? Heißt das nicht, daß wir dann arm sein werden?«

Sie seufzte. »Vielleicht nimmt Mutters Familie uns auf.«

Das war nicht sehr angenehm, und sie war nicht erstaunt, daß Thomas erblaßte. »Nach Frankreich!«

»Es ist besser als nichts. Aber jetzt einmal geht alles weiter wie bisher. Mußt du nicht arbeiten?«
»Nein. Josce ist in der Kirche. Er weint. Weiß er nicht, was Lord Renald getan hat?«
»Das ist es nicht.« Claire schaute zur Kirche hinüber und überlegte, ob sie irgend etwas tun konnte.
»Er sollte mir eigentlich zeigen, wie sein Kettenhemd geputzt wird. Also bin ich zu Lord Renald gegangen, um ihn zu fragen, aber er hat gesagt, ich kann jetzt machen, was ich will.«
Das zeigte Claire, wie sehr Josces Handeln Renald getroffen hatte. Gab es heute auch nur einen fröhliche Menschen auf Summerbourne? »Wenn du jetzt frei hast«, sagte sie. »Warum spielst du nicht mit ein paar Freunden?«
Vor einigen Tagen noch wäre er voller Freude davongesprungen. Nun dachte er nach und ging dann gedankenverloren davon. Claire hätte weinen können über das, was sich alles verändert hatte.
Konnte sie nicht einfach ihre Skrupel über Bord werfen und damit jedermanns Leben einfacher machen? Nein. Das würde nicht funktionieren. Wenn sie mit Lord Renald im Bett liegen würde, würde der Tod ihres Vaters immer zwischen ihnen stehen, und sie glaubte nicht, daß etwas anderes als Verderben die Folge sein würde. Sie versenkte sich in den Anblick der stillespendenden kleinen Holzkirche.
Josce hatte die Wahl gehabt zwischen seinem Gewissen und dem Gehorsam gegenüber seinem Herrn. Wie sie. Wie ihr Vater. Wie Renald.
Nur Renald hatte den Gehorsam gewählt.
Die, die sich widersetzten, litten.
Ohne Pferd nach Hause geschickt zu werden war eine große Schande. Sie wußte, daß Josce sich eher bis aufs Blut peitschen lassen würde. Sie war versucht einzugreifen, um noch eine Tragödie zu verhindern, aber sie hielt sich zurück, weil

sie ihrem Ehemann aus dem Weg gehen wollte. Sie wollte ihn um keinen Gefallen bitten.
Sie ging in der Weberei vorbei, sorgte dafür, daß die leeren Getreidebehälter ordentlich gescheuert wurden. Sie sprach mit dem Imker über den Honig und mit dem Kaninchenzüchter über seine Tiere. Sie ging aus Summerbourne hinaus – obwohl es dazu überhaupt keinen Grund gab –, um zu schauen, ob bei den Fischteichen alles in Ordnung war. Sie schaute einige Zeit einem großen Karpfen zu, der durch das Wasser glitt.
Es brachte nichts. Sie konnte dem Ruf nicht entfliehen. Seufzend ging sie zurück zum Gutshaus, um ihrem Ehemann gegenüberzutreten, ihrem Feind, um ihn um Nachsicht zu bitten.
Er war nicht im Sonnenzimmer. Sie ging ins Arbeitszimmer, wo sie ihn mit Bruder Nils und Peter, dem Holzfäller, fand.
»Ja, Mylady?« Renalds Gesichtsausdruck war wenig einladend. Die Atmosphäre in dem kleinen Raum war eisig.
Claire kämpfte gegen das Verlangen an, einfach wieder wegzugehen. »Ich möchte Euch sprechen. In einer privaten Angelegenheit.«
»Ich bin im Augenblick beschäftigt. Ich werde zu Euch kommen, wenn ich kann.«
In zwei Wochen? »Es ist sehr dringend, Mylord.«
Er hatte einen harten Zug um den Mund, sagte aber: »Bruder Nils, geh mit Peter, und prüf den Zustand des Holzes im Wald.«
Der Schreiber und der Holzfäller schienen sehr froh zu sein, den Raum verlassen zu können.
»Ja?«
Er saß auf einer Bank neben dem Fenster, groß und dunkel vor dem hellen Wandbehang.
»Ich möchte mit Euch über Josce sprechen.«

»Nein.«
Dieses Mal würde sie dieses Nein nicht gelten lassen. »Doch.«
Er starrte sie an. »Ihr seid eine sehr törichte Frau.«
Sie begann zu zittern, zwang sich aber, nicht darauf zu achten. »Ich tue, was ich für richtig halte. Wie mein Vater. Wie Josce.«
»Wohl kaum. Ihr brecht Euren Schwur wegen einer völlig unwichtigen Sache. Für die Ihr eigentlich dankbar sein solltet.«
Claire holte tief Luft. »Ich möchte, daß Ihr ihn nicht so hart bestraft.«
»Hat er Euch gebeten, das zu tun?«
»Nein. Soweit ich weiß, hat er Euch gehorcht und ist in der Kapelle.«
»Das ist auch gut für ihn. Ich hätte das Recht, ihn auspeitschen zu lassen, bevor ich ihn nach Hause schicke. Wie Ihr seht«, fügte er hinzu, »bin ich schon gnädig.«
»Renald«, sagte sie und sprach ihn bewußt mit seinem Namen an, »bitte laßt Euren Ärger sein, und hört mir zu.«
Er schüttelte den Kopf, verfiel aber in einen etwas weicheren Ton. »Ihr seid eine Frau, Lady Claire, mit dem weichen Herzen einer Frau und einem seltsamen Sinn für richtig und falsch, Recht und Unrecht. Josce weiß, daß das, was er getan hat, unverzeihlich ist.«
»Er hat Eurem Befehl nicht Folge geleistet. Sind Eure Befehle immer richtig?«
»Sie sind immer zu befolgen. Wie ich die Befehle meines Lehnsherrn befolge.«
Wie den Befehl zu töten. »Befehle sind nicht immer richtig«, sagte sie und sprach nicht mehr von Josce.
»Dann lastet die Schuld auf dem, der befohlen hat.«
»Schon auf Erden?«
»Schon auf Erden.«

War das seine Entschuldigung, seine Rettung? Daß der Herr die Schuld seiner Gefolgsleute auf sich lud, wenn sie seinem Befehl folgten, so wie ein Mann die Sünden seiner Frau auf sich nahm?

Sie wollte ihn fragen, ob er meinte, daß das einen Mord rechtfertige, aber sie erinnerte sich daran, daß sie wegen Josce gekommen war. »Vergebung gehört zu unserem Glauben, Lord Renald. Könnt Ihr nicht vergeben?«

»Vielleicht habe ich es schon. Aber ich kann niemanden in meiner Nähe haben, der meinem Wort nicht gehorcht.«

»Also würdet Ihr alles tun, was der König befiehlt?« Sie sprach, ohne nachzudenken, denn sie konnte sich die Antwort auch selbst geben. Der Tod ihres Vaters war die Antwort. Natürlich würde er es tun. Ärgerlich warf sie ihm entgegen: »Würdet Ihr mich töten, wenn er es befehlen würde?«

Er schaute sie an, sein Blick war völlig undurchschaubar. »Nein«, sagte er schließlich. »Aber ich würde deshalb meinen Tod erwarten.«

»Bitte«, sagte sie, während sie spürte, wie ihr Tränen in die Augen traten. »Ihr sollt ihn schulen, nicht vernichten. Gibt es keine andere Möglichkeit?«

»Ich dachte, Ihr wolltet keine Gewalt auf Summerbourne.«

Claire erschauderte und hoffte, daß sie Josces Wünsche richtig deutete. »Ich bin nicht töricht. Manchmal ist Strafe notwendig.«

Plötzlich stand Renald auf und ging zur Tür, um einem Mann zu befehlen, Josce zu ihm zu bringen.

Hierher, dachte Claire, während sie schlucken mußte.

Renald würde sie Zeugin der Bestrafung werden lassen, denn er wußte, daß er sie damit auch bestrafen konnte.

20. Kapitel

Nach einem Klopfen trat Josce blaß und mit geröteten Augen ein. »Mein Herr?«

Renald zeigte mit einem Finger auf den Boden vor sich. »Knie nieder.«

Entsetzt gehorchte Josce.

»Meine gute Frau hat um Nachsicht für dich gebeten. Nein, du kannst ihr später danken, wenn du das dann noch willst. Wie sie betont hat, bin ich nicht unfehlbar. Das ist niemand. Was tun wir also, wenn wir meinen, daß die Befehle unseres Herrn falsch sind?«

Nach einem Augenblick sagte Josce: »Mit ihm darüber sprechen?«

»Bei einigen Herren kann das nur bedeuten, daß du über deinen Tod sprichst. Hast du mit mir über Ulric gesprochen?«

»Nein, mein Herr.«

»Schau mich an.«

Josce hob seinen Kopf. Claire konnte nur seinen Hinterkopf sehen, aber sie glaubte, daß er wieder mit den Tränen kämpfte.

»Warum nicht?« fragte Renald.

Selbst von hinten konnte Claire sehen, daß Josce schluckte.

»Ich glaubte nicht, daß Ihr Eure Meinung ändern würdet, mein Herr.«

»Und du glaubst, daß ich dumm bin?«

»Nein, mein Herr!«

»Dann hatte ich also einen guten Grund für meinen Befehl. Hältst du mich für grausam?«

»Nein, mein Herr.« Josces Stimme war leise, und er senkte wieder den Kopf.
»Und du dachtest, Ulric könnte mit dem Proviant, den wir ihm zugeteilt hatten, nicht nach Hause kommen?«
»Er ist ein alter Mann … Nein, mein Herr.«
»Schau mir ins Gesicht. Warum dachtest du dann, daß du so viel klüger und besser bist als ich?«
Claire kämpfte mit den Tränen, als sie diese Befragung mit ansehen mußte. Wie sie die körperliche Züchtigung ertragen sollte, die sicherlich folgen würde, wußte sie nicht.
»Nun?«
Josce straffte seinen Rücken. »Ich sehe nun, daß ich unrecht hatte, mein Herr. Ich bitte Euch um Verzeihung und nehme Eure Bestrafung an.«
»Hast du eine andere Wahl?«
»Nein, mein Herr.«
Renald lehnte sich gegen die Wand. »Meine Frau glaubt, ich könnte dich auspeitschen und in meinem Dienst behalten. Was sagst du dazu?«
Claire sah das Zittern, das durch den Jungen lief. Ihr lagen Bitten um Gnade auf den Lippen, aber sie hielt sie zurück. Sie hatte getan, was sie konnte.
»Mir wäre lieber, Ihr züchtigtet mich, als daß ihr mich entlaßt.«
Renald musterte ihn prüfend. Dann setzte er sich auf und streckte seine Hände aus. »Leg deine Hände in die meinen.«
Zögernd gehorchte der junge Mann.
»Du wirst mir noch einmal deinen Treueid leisten. Du wirst über jedes Wort nachdenken und die Worte nur sprechen, wenn du überzeugt bist. Hast du mich verstanden?«
Josce nickte. »Ja, mein Herr.« Claire glaubte, ihn zittern zu sehen, und fragte sich, ob er an diesem Punkt noch widersprechen würde. Aber er sagte mit fester Stimme: »Ich, Josce von Gillingsford, Sohn des Ralph von Gillingsford, schwö-

re, meinen Herren, Renald de Lisle, Lord von Summerbourne, zu ehren und ihm zu dienen, seinen Rat zu befolgen und seinem Wort zu gehorchen.«
Renald schaute ihn ruhig an. Dann sagte er: »Es wird keine weitere Bestrafung geben. Aber wenn du den Schwur noch einmal brichst, Josce, werde ich keine Gnade walten lassen. Hast du das verstanden?«
»Ja, mein Herr.« Seine Stimme zitterte.
»Wenn wir nicht gerade in einer ernsten Lage sind, kannst du immer meine Befehle mit mir besprechen, aber stets ist mein Wort für dich Gesetz. Ja?«
»Ja, mein Herr!«
»Nun« – Claire meinte, eine Braue in die Höhe wandern zu sehen – »was würdest du tun, wenn ich dir den Befehl gäbe, Lady Claire zu töten.«
Selbst die Locken des Jungen zeigten sein Entsetzen. »Ich … Mein Herr!«
»Nun?«
Josces Kopf sank nieder, und Tränen erstickten seine Stimme, als er sagte: »Ich würde es nicht tun. Ich bin es nicht wert …«
»Nein.« Renald hob das Kinn des Knappen in die Höhe. »Das ist richtig, wenn dein Gewissen zu dir spricht. Aber dann müßtest du deinen Tod würdevoll hinnehmen.«
»Das verstehe ich, mein Herr … glaube ich.«
»Ganz einfach, Josce. Am Ende gehört unsere Seele nur uns allein, und niemand, nicht einmal der König, kann sie uns nehmen. Aber wir werden von irdischen Kräften wie von himmlischen geleitet, und manchmal kostet unsere Entscheidung uns das Leben. Vor einem solchen Tod muß man sich nicht fürchten. Er bringt uns nur eher in den Himmel. Böses auf Erden zu tun bringt einen nur in die Hölle.«
»Das sehe ich ein, mein Herr.« Josces Stimme war tränenerstickt, als er hinzufügte: »Ich bin dankbar, Euch dienen zu

dürfen, mein Herr, der Ihr mir niemals etwas Unrechtes befehlen würdet.«
Renald knuffte ihn. »Selbst dann nicht, wenn ich erwarte, daß du einen Mann ohne einen Penny in der Tasche nach Hause ziehen läßt. Aber das ist eine andere Lektion. Paß auf, wem du Treue schwörst, Junge. Nun geh und suche Thomas, diesen Schlingel, und zeig ihm, wie man mein Kettenhemd reinigt.«
Josce stand auf. Claire sah Tränen auf seinen Wangen und wußte, daß auch ihr einige über das Gesicht liefen.
»Ich danke Euch, mein Herr, für Eure Nachsicht«, sagte der Junge, »und für die Dinge, die ich heute gelernt habe.« Dann drehte er sich um, beugte vor Claire das Knie und küßte ihre Hand. »Und ich danke Euch, Herrin, aus ganzem Herzen, daß Ihr meinen Herrn erweicht habt.«
Obwohl sie ebenso jung wie er war, strich Claire ihm übers Haar. »Gott behüte euch, Josce. Und möge er dafür sorgen, daß Ihr eines Tages ebenso weise sein werdet.«
Der Knappe errötete, stand auf und verließ mit energischem Schritt den Raum.
»Es war Eure Weisheit«, sagte Renald mit ruhiger Stimme.
»Ich weiß nichts über Treueide und Schwüre.«
»Aber etwas über Erziehen und Lehren.« Er stand auf und schaute aus dem Fenster, während er seinen Nacken rieb. »Josce ist mein erster Knappe. Bevor ich Lord von Summerbourne wurde, hatte ich nicht den entsprechenden Rang. Und aufgrund meiner Herkunft besitze ich keine entsprechende Ausbildung. Ihr habt mir beigebracht, was ich wissen muß.«
Es war gefährlich, hier mit ihm zu sitzen und über derartiges zu sprechen. Verhängnisvoll. Aber sie blieb. »Dann lernt Ihr aber sehr schnell, Mylord, und überflügelt Euren Lehrer.«
Er drehte sich um und schaute sie an. »Seid vorsichtig, Lady

Claire, sonst haltet Ihr mich bald nicht mehr für einen Unmenschen.«
»Ich halte Euch nicht …« Aber sie mußte es.
»Glaubt Ihr immer noch, daß ich Ulric getötet habe?«
Sie schüttelte den Kopf und war dankbar, daß sie auf ein weniger verfängliches Thema kamen. »Nein. Ich sehe ein, daß Ihr keinen Grund hattet.«
»Zumindest dafür kann ich Euch danken.«
»Aber Ihr habt meinen Vater getötet.« Sie schob den Satz wie einen Schild zwischen sie.
»Ja.« Er schaute sie fest an.
»Und ihr fühlt Euch nicht schuldig.«
»Und ich fühle mich nicht schuldig.«
»Könnt Ihr mich diese Sache nicht so sehen lassen, wie Ihr sie seht? Eben sagtet Ihr, daß ein Ehrenmann sich entscheiden muß, auch wenn seine Wahl seinen Tod bedeuten kann. Wie könnt Ihr Euch nicht schuldig fühlen, nachdem Ihr Euch *entschieden* habt, meinen Vater zu töten und Summerbourne dafür zu bekommen?«
Claire versuchte, keine Bitterkeit in ihre Worte zu legen, konnte es aber nicht verhindern. Es hatte keinen Sinn. Sie stand auf, er streckte seine Hand aus, berührte sie aber nicht – er war zu weit weg –, aber seine Bewegung ließ sie verharren.
»Bleibt, Lady Claire. Sprecht mit mir. Wir wollen versuchen, zusammen darüber hinwegzukommen.«
»Können wir das denn?«
»Wir können es versuchen.«
Langsam ging sie zu ihm hinüber und setzte sich wieder auf die Bank.
»Lady Claire, ich habe Euren Vater getötet. Bei Gott, nichts kann das jemals ändern. Aber ich habe es nicht für Summerbourne getan, und deshalb gibt es nichts, was meine Seele belastet.«

«Das begreife ich nicht«, sagte sie. »Ich begreife nicht, daß es Euch nichts ausmacht.«
»Das habe ich nicht gesagt. Es war das Schmerzhafteste, das ich je in meinem Leben getan habe. Diesen Schmerz werde ich mein ganzes Leben mit mir herumtragen. Aber ich will trotzdem leben, und ich kann trotzdem Freude finden. Denn es ist mein Schmerz. Ich will nicht, daß sein Schatten auf andere fällt. Ihr habt Euren eigenen Schmerz, dessen Schatten auf Eurem Leben liegt.«
Genauso fühlte es sich an. Ein Schatten, der all ihre Tage verdunkeln würde. »Er könnte so leicht beiseite geschafft werden.« Sie rieb ihre Schläfen. »Ich liebe Euch ...«
Sie schaute zu ihm empor. Sie hatte einfach ihre Situation erklären wollen, begriff jetzt aber, welche Bedeutung diese Worte trugen.
Seine Augen verdunkelten sich, aber er bewegte sich nicht. »Aber warum habt Ihr ihn dann nicht beiseite geschafft?«
»Weil es so einfach auch wieder nicht ist«, sagte sie seufzend. Sie schaute zu seinem Schwert, das auf einer ramponierten Truhe lag, wie immer in seiner Reichweite. »Das macht mich krank.«
Er stand auf, nahm das Schwert in beide Hände, hielt es wie eine Gabe, die er überreichen wollte. »Es ist ein Geschenk des Königs. Es trägt eine heilige Reliquie. Wollt Ihr, daß ich es einschmelzen lasse? Es hat nichts Unrechtes getan, wenn aber doch, dann nur als mein Werkzeug. Ein Werkzeug trifft nie die Schuld.«
»*Ihr* seid der Mörder.«
»Ja.«
Claire stand auf. »Wie gut es tut, daß das niemals zu ändern ist!«
»Ich bin ein Ritter und kämpfe für das, was ich haben will. Lady Claire, bleibt. Bleibt und kämpft an meiner Seite.«
Auf seine Bitte hin setzte sie sich wieder. Sie wollte es ver-

suchen. »Ihr wart das Werkzeug des Königs«, bot sie als eine Entschuldigung an.
»Nein. Denkt daran, was ich Josce gesagt habe. Ich bin ein Werkzeug, das Verstand und Gefühl hat. Selbst auf Heinrichs ausdrücklichen Befehl hin würde ich nicht töten, wenn ich das für falsch hielte.«
»Aber ...«
»Aber ich habe Euren Vater getötet. Das ist niemals zu ändern. Niemals.« Er zog das Schwert aus der Scheide. In dem kleinen Raum wirkte die Klinge riesig und unheilverkündend dunkel.
»Wir wollen aufrichtig sein«, sagte er mit unversöhnlicher Stimme und richtete die Spitze des Schwertes auf sie, so daß die Klinge wie ein dunkler Fluß zwischen ihnen lag. »Ich habe mit diesem Schwert Euren Vater getötet, habe seine Seele von seinem Körper getrennt. Wenn Ihr dieses Schwert nicht annehmen könnt, könnt ihr mich nicht annehmen.«
Claire schaute mit klopfendem Herzen auf die Waffe. Sie wollte etwas sagen, etwas, was Hoffnung ausdrückte, aber sie brachte keinen Ton heraus.
Obwohl das Schwert sehr schwer war, zitterte es überhaupt nicht in seiner Hand. »Ich werde wieder töten«, fuhr er fort. »Es ist mein Handwerk. Ich werde niemals töten, wenn ich es für unrecht halte, aber ich werde töten. Wenn Ihr dieses Schwert nicht annehmen könnt, könnt Ihr mich nicht annehmen.«
Claire schluckte. »Ich habe den Mörder angenommen. Das wißt Ihr. Es ist dieser eine Tod, mit dem ich nicht leben kann, und das wird sich niemals ändern.«
Er steckte das Schwert wieder in die Scheide. Er legte es auf die Truhe und blieb dort stehen. »Ihr habt recht. Es kann niemals geändert werden. Und Ihr müßt mich annehmen, den Mörder Eures Vaters. Ich will nicht mit einer Lüge leben. Das wäre schlimmer, als gar nicht zu leben.«

Er drehte sich ruckartig um und blickte sie an. »Ihr haltet mich für kalt, aber mir ist Liebe nicht unbekannt, auch nicht Vertrauen oder Lachen. Wenn wir etwas aus unserer Situation machen wollen, darf es kein Opfer sein. Ihr müßt mich ohne Einschränkung als der annehmen, der ich bin.«

»Ohne Einschränkungen? Aber ...«

»Aber ich habe Euren Vater getötet. Ja. Solange das zwischen uns steht, haben wir keine Chance.«

Sie schaute ihn an. »Wie sollte das nicht zwischen uns stehen?«

Er setzte sich wieder. Setzte sich in den Stuhl ihres Vater. Claire wußte, daß er es absichtlich tat. »Hört mir zu«, sagte er. »Hört mir zu, und ich werde Euch erzählen, warum Euer Vater gestorben ist. Ich weiß nicht, ob das hilft. Ich befürchte, daß es das nicht tut, aber ich kann so nicht leben, und Ihr könnt es auch nicht.«

Auch Claire wußte nicht, wie das helfen sollte. Trotzdem sagte sie: »Dann erzählt es mir.«

Er rieb seine Hände aneinander, dachte nach und begann zu sprechen. »Euer Vater hat die Krone verraten.«

Claire öffnete den Mund, und er sagte: »Unterbrecht mich nicht. Er hat sich gegen Heinrich Beauclerks Recht gestellt, die Krone Englands zu tragen, und das ist Verrat. Nur wenige Männer sind bei dieser Rebellion gestorben, und der König hatte keinesfalls den Wunsch, durch harte Strafen die Angelegenheit noch zu verschlimmern. Wie jedem anderen auch hat man Eurem Vater die Gelegenheit geboten, Heinrich den Treueid zu leisten und nach Hause zurückzukehren, belastet mit nichts anderem als einem Strafgeld.«

Claire runzelte die Stirn. »Es ist ihm wie jedem anderen auch angeboten worden?«

»Meint Ihr, er hätte keine andere Wahl gehabt, außer gegen mich anzutreten?«

Sie nickte. »Aber warum hat er dann nicht ...«

»Er wollte den Treueid nicht leisten.«
Sie erinnerte sich daran, wie sie einst mit Thomas darüber gesprochen hatte. »Es müssen viele Lehnsmänner in derselben Situation gewesen sein. Wie kann man dem König den Treueid leisten, wenn man seinen Kronanspruch für unrechtmäßig hält?«
Er zog ironisch eine Braue hoch. »Jeder andere scheint auf wundersame Art und Weise seine Meinung geändert zu haben.«
»*Jeder andere?* Nur mein Vater hat Widerstand geleistet?«
»Außer denen, die ins Exil gegangen sind.«
»Warum durfte mein Vater nicht gehen? Dann wäre er zumindest für uns am Leben geblieben!«
Renald beugte sich etwas vor. »Er wollte nicht. Er beharrte darauf hierzubleiben und beharrte auf seinem Standpunkt, daß der König keinen Anspruch auf die Krone habe. Freunde, Priester, selbst der König, alle haben versucht, ihn von seinem Starrsinn abzubringen.«
Claire schüttelte den Kopf. »Man kann einem Menschen nicht ausreden, was richtig ist.«
Sie sah, daß seine Fingerknöchel weiß wurden. »Ihr seid genau wie er, außer daß er mehr gelächelt hat.«
Claire schlug die Hand auf ihren zitternden Mund. »Und hat Scherze und Rätsel zum besten gegeben, nehme ich an.«
»Ja.«
»Aber er hätte nicht sterben müssen. Was hätte mein Vater noch anrichten können, wenn der König ihn im Tower gefangengehalten hätte?«
Renald ließ die Hände sinken und lachte bitter auf. »Was er hätte anrichten können? Er hätte versuchen können, das Königreich ganz allein zu zerstören. Der König hat einen Fehler gemacht. Er hatte Euren Vater mit zu einem Bankett genommen. Er hatte gehofft, wenn er ihn mit so vielen Men-

schen zusammenkommen läßt, die willens sind, die Situation hinzunehmen – gute Menschen, ehrenwerte Leute …«
»Feige Leute!« schleuderte Claire ihm entgegen. Sie hatte Angst, daß jetzt etwas kam, das all ihre Schutzwälle niederreißen würde.
»Feige Leute, zum Teil auch das. Euer Vater war kein Feigling. Aber der König hatte gehofft, daß er unter dem Einfluß so vieler Menschen seinen Irrtum einsehen würde.« Renald schaute weg. »Er hat die ganze Gesellschaft mit seinen Geschichten und Rätseln gefesselt. Er hatte wirklich eine ganz besondere Gabe.«
»Also *warum* …«
Er schaute ihr in die Augen. »Weil er klug und entschlossen war, und er hatte sich nun einmal entschlossen, einen falschen König zu Fall zu bringen. Am Ende des Abends – des ausgelassensten Abends, an den man sich am Hof erinnern kann – schaute er Heinrich an und bat um das Recht, die Frage nach seiner Schuld durch ein Gottesurteil zu beantworten.«
Claire starrte ihn an. »Er hat darum *gebeten*?«
»Bei meinem Wort. Heinrich konnte das nicht ablehnen. Er konnte nicht einmal den Versuch wagen, ihm das auszureden, denn das hätte den Anschein gehabt, daß er nicht an die Billigkeit seiner Sache geglaubt hätte.«
»Und Euch hat man zu seinem Gegner gewählt.« Claires Herz begann zu rasen, als sie Hoffnung aufkeimen fühlte. Ihr Vater hatte den Zweikampf gefordert, und Renald, der Kämpe des Königs, hatte diese Aufgabe übernehmen müssen …
»Ich habe um die Ehre gebeten.«
»Darum gebeten!« Beinahe wäre sie aufgesprungen und fortgerannt, sie zwang sich aber sitzen zu bleiben. Wenn sie ihn liebte, konnte sie ihm dann nicht zumindest zuhören? »Warum?«

Sie sah, daß er ihren Schrecken bemerkt hatte und daß sie sich sehr beherrschte. »Claire, Ihr seid wunderbar, kostbarer als Rubine, als Perlen, als das Leben. Ich war damals noch nicht der Kämpe. FitzRoger war es. Aber er wollte diese Aufgabe nicht übernehmen, nicht zuletzt, weil Imogen Euren Vater sehr verehrte.« Seine Lippen zuckten. »Ich konnte nicht verstehen, wie Liebe das Leben eines Menschen so sehr verändern kann.«

»Liebe?« flüsterte sie, als sie über Imogen und ihren Ehemann nachdachte. Und über ihren eigenen Ehemann.

»Oh, ja. Ich liebe Euch. Ich hätte nie gedacht, daß man so lieben kann, wie ich Euch liebe.«

Die Worte glitten wie ein Sonnenstrahl durch den Raum, aber außerhalb ihrer Reichweite.

»Also habt Ihr die *Aufgabe* übernommen«, sagte sie. Sie konnte nicht verhindern, daß sie mit einiger Schärfe sprach.

»Aber nein. Ihr habt darum gebeten. Warum, wenn nicht wegen des Gewinns? Wer will einen unschuldigen Mann aus edler Gesinnung töten?«

»Er war nicht unschuldig«, sagte er gelassen. »Er war ein Rebell, der das offen bekannte.«

»Aber die Rebellion war gerecht«, konterte sie.

Renald schloß die Augen und seufzte. Dann schaute er sie wieder an und sprach weiter. »FitzRoger hatte Probleme mit einer alten Wunde – zumindest sagte man das. Sofort haben Männer lautstark die Forderung erhoben, gegen Euren Vater kämpfen zu dürfen, obwohl es bei einem Gottesurteil um Leben und Tod geht. Wißt ihr das?« fragte er.

»Ja. Aber niemand hatte ernsthaft geglaubt, daß es ein Risiko war, gegen meinen Vater zu kämpfen. Das schien der leicht gangbare Weg zu sein, um eine Belohnung zu erlangen. Eine *Aufgabe*.«

»Und ein Weg, um zu beweisen, daß wir recht haben, wir, die Getreuen des Königs. Eine ganze Anzahl von Rebellen baten auf Knien darum, kämpfen zu dürfen. Aber nach allem, was geschehen war, lehnte der König es ab, denen Ehre und Schenkungen zukommen zu lassen, von denen er annahm, daß sie im stillen noch immer gegen ihn sind.«

»Geht es immer nur darum? Um Ehre und Schenkungen? Was ist mit dem Recht?«

»Bei einem Gottesurteil pflegt Gott zu urteilen.«

Diesmal versuchte Claire gar nicht, ihre Bitterkeit zu verbergen. »Wenn das wahr wäre, würde mein Vater jetzt noch leben. Also, warum seid Ihr für diese gewichtige Aufgabe ausgewählt worden?«

Er schien in dem großen Stuhl ganz entspannt zu sitzen, aber Claire war sich sicher, daß jede Faser seines Körpers zum Reißen angespannt war. »Der König wollte den Besten.«

»Und Ihr seid der Beste?«

»Nach FitzRoger.«

»Natürlich, bei einem Gottesurteil spielt das ja keine Rolle.«

»Glaubt Ihr nicht an die Macht Gottes?«

Sie stand auf, beunruhigt durch ihr eigenes Gedankenverwirrspiel. »Ich glaube, Ihr alle habt einen Pakt mit dem Teufel!«

»Glaubt Ihr, daß Satan stärker ist als Gott?«

Claire wandte sich ab. »Ich weiß nicht, was ich glaube! Berichtet weiter. Erklärt mir, wie edel Ihr wart, als Ihr einen Mann abgeschlachtet habt, der kaum ein Schwert halten konnte.«

Seine Stimme klang so ruhig, so unberührt. »Der König wollte den besten Mann auch, damit Euer Vater einen leichten Tod hat.«

Sie drehte sich zu ihm um. »Soll das eine Entschuldigung sein? Daß Ihr meinen Vater schnell getötet habt?«

»Nein, nicht schnell. Das wäre eine Beleidigung gewesen.

Aber sauber. Wißt Ihr, wie Männer normalerweise bei einem Gottesgericht zu Tode gequält werden?«

»Nein«, flüsterte sie.

»Sie werden zu Tode geprügelt. Die Kettenglieder einer Rüstung kann ein Schwert nicht durchbohren, aber Schutz vor Prellungen oder schweren Knochenverletzungen bieten sie nicht. Wer sich ergibt, wird hingerichtet, also taumeln die Kämpfenden so lange, bis einer sich nicht mehr auf den Beinen halten kann. Und dann kann der Sieger, falls er noch die Kraft dazu hat, dem Schwächeren den Hals durchbohren und töten.«

Claire vergrub ihr Gesicht in den Händen. Sie dachte an Sebastian und den bösen Count Tancred. »Und das ist Euer Handwerk?«

»Ich habe mich vorher noch nie einem solchen Kampf gestellt, und ich hoffe, daß ich es auch nie wieder muß. Aber ich hatte das Geschick und die Stärke, und mit diesem Schwert konnte ich ihm den Todesstoß durch den Kettenpanzer geben.«

Sie schaute ihn an. »Aber wenn mein Vater ein solches Schwert gehabt hätte, hätte er Euch töten können.«

»Nein!« Renald schüttelte den Kopf. »Ebensowenig, wie Thomas mich mit einem solchen Schwert töten könnte. Euer Vater wußte nicht, wie man kämpft, er hatte nicht mehr an der Waffe geübt, um Kraft und Beweglichkeit zu erhalten, und er besaß kein Durchhaltevermögen. Ich mußte mich sehr bemühen, es wie einen echten Kampf aussehen zu lassen. Und das hätte beinahe zu einer Katastrophe geführt.«

»Hätte er beinahe gewonnen?«

Er schaute zu seinem Schwert hinüber. »Ich hatte nicht gewußt, wie gut die Klinge wirklich ist. Ich hatte sie ausprobiert und wußte, daß sie, ob mit Spitze oder Schneiden, ein Kettenhemd durchstoßen kann, aber ein Hieb, der auf seinem Schild landete, durchbohrte Eisen und Holz, und die

Klinge blieb stecken. Euer Vater war klug genug, diesen Vorteil zu nutzen. Aber er war nicht kräftig genug.« Er drehte sich ihr wieder zu. »Ja, wenn Euer Vater kräftig, stark und ausgebildet gewesen wäre, hätte er die Nation vernichten können. Aber er war es nicht. Warum üben wir Tag für Tag, Woche für Woche, und das seit Kindheit an? Um Kraft und Geschicklichkeit zu erwerben und sie zu erhalten. Das ist nichts, was ein Mensch durch Willenskraft allein erreicht!«

Claire biß sich auf die Lippen. »Er dachte, er sei das unerschrockene Kind Sebastian. Er dachte, Gott würde ihn schützen.«

»So. Und was schließt Ihr aus dem Ergebnis?«

»Daß es in diesem Land keinen Gott mehr gibt.«

Er stand auf und ging zu ihr hinüber. »Claire, kämpft! Könnt Ihr nicht sehen, daß Gott gesprochen hat? Der Kampf war gerecht!«

Sie wich vor ihm zurück. »Weil Ihr wegen Eurer Stärke ausgewählt worden seid. Weil Ihr dieses Schwert hattet. Wenn der König wirkliches Vertrauen gehabt hätte, hätte er selber gekämpft!«

»Und sowohl der König als auch Euer Vater, beide hätten fürchterlich leiden müssen.«

Sie stand mittlerweile mit dem Rücken an der Wand, er hautnah vor ihr.

»Seht Ihr nicht«, flüsterte sie, »daß es wie die Schlange im Garten ist, die flüsterte, wie einfach es ist, das Richtige als falsch anzunehmen und Lügen als wahr ...«

Er senkte den Kopf und berührte mit den Lippen ihren Hals. »Ich habe Euch die Wahrheit gesagt.«

»So, wie Ihr sie seht.« Aber anstatt ihn wegzustoßen oder sich gegen ihn zu wehren, lehnte Claire den Kopf nach hinten, um sich seiner Berührung zu öffnen. Seine Lippen strichen sanft über ihre Halsbeuge und ließen sie erzittern. »Ich

weiß nichts mehr zu sagen«, murmelte er, »aber ich bin ein Kämpfer. Ich kämpfe.«
Zunge und Lippen an ihrem Nacken, Gedanken, die durcheinanderstoben wie Federn im Wind, betäubtes Gewissen. Geöffnete Lippen. »Wenn ich Euch hier nehme«, sagte er, und sein Atem vermischte sich mit dem ihren, »dann habe ich Euch bezwungen.«
Sie fühlte nur Lippen, Hitze, Begehren.
»Bekämpft mich, Claire«, stöhnte er, »kämpft. Stoppt mich.«
Aber seine Lippen fanden die ihren, sein Körper gewann die Oberhand, und Claire spürte nichts als sehnsuchtsvollen Hunger nach ihm. Nicht aber ihr Gewissen. Schwach, wie aus weiter Ferne, machte es sich bemerkbar.
Sie befreite ihren Mund. »Hört auf.« Es war ein leises Flüstern, auch ihre Hände an seiner Brust waren federleicht. »Wir sollten nicht ...«
Er verharrte, lehnte immer noch an der Wand. Dann stieß er sich ab und trat zurück.
»Kämpft, Claire«, sagte er wieder. »Ich kann die Vergangenheit nicht ändern, deshalb müßt Ihr versuchen, die Wahrheit zu sehen. Ansonsten ... möge Gott uns gnädig sein.«

21. Kapitel

Sie lief, rannte hinaus und in das Sonnenzimmer, ihrem Zufluchtsort. Tränen liefen ihr übers Gesicht. Das Paradies war zum Greifen nahe und doch außerhalb der Reichweite. Die Schlange war ihr eigenes Bewußtsein für richtig und falsch, unrecht und recht.

Nein! Nicht die Schlange. Die Schlange war diese böse Versuchung ihrer Liebe.

Er hatte ihr alles gesagt. Es brach ihr das Herz, aber es half nichts, denn die Sache ihres Vaters war gerecht gewesen. Renald hatte zugegeben, daß die Rebellen aus Angst ihre Meinung geändert hatten, nicht weil sie plötzlich erkannt hatten, daß Heinrich Beauclerk ein guter und ehrenwerter König war. Allein ihr Vater hatte für das Recht gekämpft und war dafür getötet worden. Das mußte ein ungerechter Tod sein. Sie bekreuzigte sich und kniete zum Gebet nieder. Sie bat um Stärke, damit sie der verführerischen Schlange widerstehen konnte. Dann erhob sie sich, klappte ihre zusammengebundene Wachstafel auf und notierte alle Möglichkeiten, die es gab, um aus dieser Situation zu entkommen.

Annullierung, schrieb sie. Notwendig. Bischof.

Gründe? Nichtvollzug der Ehe und möglicherweise auch Täuschung. Sie würde den Bischof fragen, ob es noch andere Gründe gab. Die Erinnerung ließ sie zittern, und sie wußte, daß sie nie wieder mit Renald alleine sein durfte, sonst würde sie, wie er gesagt hatte, gefangen sein.

Aber wenn sie die Heirat aufgehoben hatten, was würde dann mit ihr und ihrer Familie geschehen? St. Frides-

wide, ritzte sie ins Wachs ein. Aber das war nichts für Thomas.
Frankreich, fügte sie hinzu. Die Familie ihrer Mutter.
Sie dachte daran, was Renald über seine Kindheit erzählt hatte. Das wollte sie Thomas nicht antun, und ihre Großmutter würde niemals eine so lange Reise machen können.
Sie biß sich auf die Lippen. Sie hatten noch andere Verwandte. Aber alle waren in England, alle dem König untertan.
Claire überflog ihre Liste und tilgte die unnützen Worte aus. Was in Gottes Namen sollte sie tun?
Sie erinnerte sich daran, daß sie einen Bericht über die letzten Tage verfaßt hatte. Den würde sie beenden. Vielleicht würde sie dabei den richtigen Schlüssel finden. Die Aufzeichnungen mußten noch auf ihrem Schreibplatz liegen, aber die Notizen waren nicht mehr da. Sie schaute sich um, suchte, aber das Buch war nicht zu finden. Sie schloß die Truhe auf, in der sie ihre Arbeiten aufbewahrte, und nahm die großen Tafeln heraus, auf denen sie die Geschichte vom Kind Sebastian festgehalten hatte. Darunter lagen einige Blätter und auch das Tagebuch ihres Vaters, aber nicht ihre Aufzeichnungen. Was war mit den anderen Büchertruhen? Aber die waren verschlossen und enthielten ohnehin nur gebundene Bücher. Ihr Buch war auch nicht in der Kleidertruhe. Wo war es?
»Prissy!« Sie riß die Tür auf. »Maria!«
»Herrin?« Prissy sprang sofort herbei, in der Hand einen von Claires Strümpfen, an dem eine lange Stopfnadel baumelte.
»Ist jemand außer euch heute morgen hier in diesem Zimmer gewesen?«
»Nein, Herrin, ich glaube nicht.«
»Komm rein.«

Wieder im Zimmer, fragte sie, ob ein Dieb an diesem Tag hier hätte eindringen können.
»Ein Dieb? Fehlt etwas?«
»Das Buch mit meinen Aufzeichnungen.« Claire begann wieder, in Truhen und Schränkchen nachzuschauen, und Prissy wies sie an, hinter und unter Bänken und Tischen zu suchen, obwohl es kaum vorstellbar war, wie das Buch dahin gelangt sein sollte. Claire schaute sogar unter dem Bett und zwischen den Laken nach. Sie fand noch einige zerdrückte Rosenblätter, aber kein einziges Blatt Pergament.
»Es ist nicht hier«, sagte Prissy. »Seid Ihr sicher ...«
»Es war hier! Warum sollte jemand es stehlen wollen? Bücher sind kostbar, aber doch nicht mein Geschreibsel auf irgendwelchen Fetzen Pergament.«
Es war nicht wichtig, aber inmitten dieses Durcheinanders führte dieser Verlust bei ihr zu Panik.
»Vielleicht ist jemand durchs Fenster gekommen, Herrin.«
Claire schaute zum Fenster, das auf den Hof hinausging. »Summerbournes Leute stehlen nicht.« Aber sie hatte auch niemals geglaubt, daß sie töten würden. Vielleicht war es einer von Lord Renalds Männern, der beides war, Mörder und Dieb, die Schlange im Garten ...
»Wollt Ihr es Lord Eudo sagen? Er ist der Sheriff.«
Claire schüttelte den Kopf. »Es lohnt nicht, wegen ein Paar Blatt Pergament nach ihm zu schicken.«
»Aber er ist immer noch hier, Herrin.«
»Lord Eudo? Hier?«
»Er untersucht Ulrics Tod. So was hat er gesagt. Ich kann nicht sagen, daß er viel mehr tut als essen und trinken.«
»Dann ja. Geh und bitte ihn, zu mir zu kommen, Prissy. Und ich möchte, daß die Sachen seiner Männer durchsucht werden, bevor er weggeht.«
Aber Prissy kehrte schon wenig später zurück und meldete: »Er ist vor kurzem weggeritten, Herrin.«

»Holt einen Boten! Ich werde ihn bitten, seine Männer überprüfen zu lassen. Es ist eine seltsame Vorstellung, daß jemand meine ungeordneten Notizen verkaufen möchte. Aber ich will sie zurück.«

Das Buch mit den Aufzeichnungen tauchte nicht auf, und nachdem sie Renald zwei Tage aus dem Weg gegangen war, war Claire immer noch keine Lösung eingefallen. Aber Eudo kehrte nach Summerbourne zurück. Sein erster Gang führte ihn zu Claires Mutter. Kopfschüttelnd verließ er ihr Zimmer.

Das konnte Claire gut verstehen. Lady Murielle war in tiefe Trauer versunken, und in ihrer Vorstellung war Lord Clarence schon ein Heiliger. Obwohl Claire ihren Vater innig geliebt hatte, wußte sie genau, daß er kein Heiliger gewesen war.

»Arme Lady Murielle«, sagte Eudo. »Sie ist völlig durcheinander.«

Claire schenkte ihm Ale ein. »Wir hoffen, daß sie mit der Zeit und mit viel Ruhe bald wieder die alte sein wird.«

Er schaute sie an. »Sie scheint vergessen zu haben, daß Eure Hochzeit bereits stattgefunden hat.«

Das beunruhigte Claire sehr, aber sie sagte: »Das ist nicht ungewöhnlich, wenn jemand einen solchen Schlag erhält. Mit etwas Ruhe wird alles besser werden.«

»Ich bete dafür.« Eudo nahm einen Schluck Ale. »Sie hat einige andere Dinge gesagt. Daß Euer Vater bei einem Gottesurteil getötet wurde. Und daß sein Gegner Renald de Lisle war.«

Claire war versucht zu leugnen, aber sie sagte: »Ja, das stimmt.«

»Heiliges Kreuz!« Er erblaßte, als hätte er das nicht wirklich glauben können. »Es kann nichts anderes als ein Gemetzel gewesen sein.«

Renalds Bericht über diese Zweikämpfe war ihr im Gedächtnis haften geblieben wie seine Bilder. »Ja.«
Er setzte den Becher ab und ergriff ihre Hand. »Oh, meine Liebe. Was für eine Last bedeutet das für Euch.«
Claire spürte brennende Tränen, weil ein älterer Mensch sie stützte. »Ja, das ist nicht einfach.«
»Was wollt Ihr tun?«
»Ich weiß nicht. Ich denke, wir sollten uns um eine Annullierung bemühen. Kennt Ihr Euch damit aus?«
»Ich weiß nur, daß man sich an den Bischof wenden muß. Ist die Ehe noch nicht vollzogen …?«
»Wir haben unser Wort gehalten. Aber der Wille des Königs muß bedacht werden. Er hat diese Hochzeit angeordnet.«
»Die Kirche ist vom König unabhängig.«
Claire schaute ihn an. »Stimmt das?«
Gereizt preßte er die Lippen zusammen. »Das ist unrecht! Niemand kann erwarten, daß Ihr an einer so gottlosen Verbindung festhaltet!«
Claire dachte gereizt daran, daß Eudo nicht sachlich dachte und sein Eifern ihren Vater ins Verderben geführt hatte. Er war groß mit Worten, aber nicht mit Taten.
»Vielleicht wird sich ein Weg finden lassen«, sagte sie unbestimmt und befreite ihre Hand.
»Ihr habt nur einen Monat. Jetzt weniger.«
Als ob sie das nicht wußte. »Bitte, Lord Eudo, laßt uns von anderen Dingen sprechen.« Sie schnitt das erste Thema an, das ihr in den Sinn kam. »Habt Ihr Neuigkeiten über Ulrics Tod?«
Eudo bewegte einen Moment lang seine weichen Lippen, dann sagte er: »Nichts. Es muß eine spontane Tat gewesen sein, vielleicht im Rausch. Solche Verbrechen sind schwer aufzuklären.« Er trank sein Ale aus und zog die Handschuhe an. »Ich bin nur gekommen, um Euch wegen Eurer Auf-

zeichnungen zu beruhigen. Natürlich hatte sie keiner meiner Männer. Ich habe sorgfältig ihr Gepäck durchsucht.«
»Vielen Dank für Eure Bemühungen. Es war albern von mir, das anzunehmen.«
»Ihr habt es einfach verlegt, da bin ich sicher.«
»Ihr habt sicher recht.« Claire begleitete ihn bis zu seinem Pferd. Sie war erleichtert, daß er wieder fortritt. »Es ist für niemanden von Wert außer für mich.«
Er zögerte, die Zügel bereits in Händen. »Ihr solltet besser aufpassen. Ich hoffe, daß Ihr das Tagebuch Eures Vaters gut verwahrt habt. Das andere habt Ihr offen liegenlassen, so daß es durch das Fenster zu sehen war.«
»Oh, ja. Das Werk meines Vaters habe ich eingeschlossen.«
»Und habt Ihr schon angefangen, es abzuschreiben?«
»Das kann ich noch nicht.«
Er wollte aufsteigen, drehte sich dann aber wieder zu ihr um. »Ich reite jetzt zum Kloster St. Stephan. Wollt Ihr, daß ich es mitnehme? Die Mönche können diese Arbeit für Euch erledigen.«
Das war ein vernünftiger Vorschlag, aber Claire schüttelte den Kopf. »Nein, vielen Dank. Das ist etwas, was ich selber machen muß.«
»Ihr werdet jetzt wenig Zeit haben.«
»Ich finde die Zeit. Solche Arbeit tut mir gut.«
Sie dachte schon, er würde noch einen Einwand vorbringen, aber statt dessen sagte er: »Soll ich dann vielleicht einen Brief an den Bischof mitnehmen, in dem Ihr um Annullierung bittet?«
Sie zögerte und bemerkte voller Verzweiflung, daß sie diesen Schritt nicht wirklich machen wollte. »Würdet Ihr das tun?«
»Ich habe dort zu tun. Aber ich muß bald aufbrechen.«
»Es dauert nur einen Augenblick!« Claire rannte zurück ins Haus und schrieb eilig einen Brief. Er war nicht so elegant

formuliert und auch nicht so schön geschrieben, wie sie es gewünscht hatte, aber der Inhalt war ganz deutlich. Sie rannte wieder hinaus und übergab den Brief, bevor ihre Entschlossenheit nachließ.

»Es tut mir leid. Was Ihr alles durchmachen müßt«, sagte Eudo, während er den Brief verstaute, »ich hätte niemals gedacht ...«

Beinahe hätte sie laut aufgelacht. Das könnte seine Grabinschrift sein. Er dachte niemals nach und hatte sicherlich noch nie die Konsequenzen seiner schnellen Worte bedacht.

Er seufzte und küßte ihre Stirn. »Gott schütze und behüte Euch, Lady Claire. Ich befördere Euren Brief und hoffe, daß er Euch befreit.«

Befreien. Sie wußte, daß sie niemals frei sein würde.

Claire sah ihm nach. Als sie sich umdrehte, sah sie Renald im Hof stehen und sie beobachten.

Er mußte gesehen haben, daß sie Eudo ein Dokument ausgehändigt hatte, aber er hatte nicht eingegriffen. Er ließ sie wirklich ihren Kampf führen. Wußte er, daß sie verlieren würde?

Er hatte gesagt, daß er sie nicht nötigen würde, aber er war kurz davor gewesen. Nein. Es war keine Nötigung gewesen.

Wenn dieser Monat vorbei war, hatte er ein Recht auf ihren Körper. Würde er dieses Recht für sich beanspruchen? Würde sie die Kraft haben, ihm zu widerstehen? Mit jeder Stunde wurde es schwerer, wurde die Schlange überzeugender.

Um ihren Willen irgendwie zu stärken, ging Claire in die Halle, in der ihre Mutter und Großmutter beieinandersaßen. Lady Murielle besserte ein Gewand von Lord Clarence aus. Sie hatte den Saum gelöst, als ob sie etwas zum Nähen haben wollte. Lady Agnes sah sie ungeduldig und nicht sehr mitfühlend an. »Ich möchte wissen, was Lord Eudo glaubt, hier zu tun? Er ringt immer nur mit den Händen wie eine alte Frau.«

»Nicht wie jede alte Frau, die ich kenne.«

Als Lady Agnes kicherte, schaute Lady Murielle auf. »Ist der Mann gegangen?«

Claire wußte, daß sie nicht von Eudo sprach. »Summerbourne gehört nun ihm, Mutter.«

Lady Murielle griff nach ihrem Handgelenk. »Du mußt ihn nicht heiraten, Claire, nicht einmal wegen Thomas. Versprich mir, daß du es nicht tust. Wir werden schon zurechtkommen.«

Claire tätschelte ihre Hand und kämpfte mit den Tränen, als sie die Worte hörte, die sie lieber einige Tage früher gehört hätte. Worte, die jetzt so sinnlos waren. »Ich werde mein Bestes tun.«

Ihre Mutter ließ sie los und tupfte ihre Tränen ab. »Du bist so eine gute Tochter, Claire. Du weißt, wie sehr ich dich liebe, nicht wahr? So, nun muß ich das hier flicken. Clarence braucht das Kleid im kommenden Winter.«

Claire konnte es nicht ertragen. »Vater ist *tot,* Mutter.«

Lady Murielle schaute auf. »Das weiß ich. Wir haben ihn begraben. In Wollkleidern. Ich muß dies hier fertigmachen.« Sie nähte weiter am Saum.

Lady Agnes schüttelte den Kopf. »Erwarte nicht, daß sie jetzt etwas Vernünftiges sagt. Es sind ihr Schuldgefühl und ihre Trauer. Sie hat dich dazu getrieben, ihn zu heiraten, und möchte es nicht wahrhaben. Sie gibt vor, daß sie alles getan hat, um dich zu beschützen.«

»Du hast mich auch dazu getrieben.«

»Ja, aber mich belastet das nicht. Und wenn du meinen Rat willst, dann halte an dieser Heirat fest.«

Deshalb war Lady Agnes keine gute Ratgeberin. Sie sagte immer wieder dasselbe.

»Das wäre falsch.«

»Falsch«, schnaubte ihre Großmutter. »Es spielt keine Rolle, wie sie sterben. Im Kampf, durch ein Gottesurteil oder durch einen Pfeil im Wald. Sie sind einfach tot. Es ist die Aufgabe der Frauen, die Sachen weiterzuführen.«
»Manche Arbeit ist einfach zu schwer.«
Die Großmutter betrachtete Claire mit Stirnrunzeln. »Was findest du so erschreckend daran? Er sieht gut aus, hat Manieren. Er ist charmant, wenn er will. Und er schaut dich so an, wie jede Frau angeschaut werden möchte.«
Worte einer Schlange. »Vielleicht ist es genau das. Wenn er unangenehm wäre, konnte ich es hinnehmen als das Kreuz, das ich zu tragen habe. Es erscheint mir falsch, sich weich in die Freuden fallen zu lassen.«
Lady Agnes schüttelte den Kopf. »Weißt du, was dein Problem ist? Du bist achtzehn. Bald wirst du ein dickeres Fell haben, was dein Gewissen betrifft, aber dann ist es zu spät.«
Claire mußte lachen und beugte sich vor, um die Wange ihrer Großmutter zu küssen. »Es tut mir leid. Ich versuche, einen Weg zu finden. Dann bist du die Sorge los.«

Claire nahm einen Teil des Ratschlags ihrer Großmutter an und ließ ab, sich unentwegt Sorgen zu machen. Sie hatte noch fast einen ganzen Monat. Bis sie eine Nachricht vom Bischof bekam, konnte sie ohnehin nichts unternehmen. Aber der alltägliche Trott dieser Sommertage machte ihr die Entscheidung nicht leichter. Renald wurde ein Teil von Summerbourne. Claire konnte sich ihr Zuhause schon gar nicht mehr ohne ihn und seine fröhlichen Männer vorstellen. Selbst ihre derben Lieder, ihr lautes Lachen und die rauhen Spiele wurden zu einem Teil ihres Tages.
Die Nachricht, daß Renald Lord Clarence getötet hatte, war ein Schock gewesen, aber Summerbourne hatte sich schnell davon erholt. Die Bediensteten hatten es hingenommen wie andere Dinge auch, die in ihrem Leben stattfanden. Schließ-

lich war es so, wie ein Mann zu Claire sagte, daß Lord Renald »ein guter Mann« war.
Sie wußte, daß es zu seinem Plan gehörte hatte, von den Menschen auf Summerbourne akzeptiert zu werden. Er war bei Regen und Sturm hierher gekommen, so daß die Hofleute ihn kennen- und schätzen lernten, bevor sie die Wahrheit erfuhren. Das hatte funktioniert, aber das bedeutete nicht, daß er kein guter Mensch war. Sie suchte nach Lastern, suchte nach etwas, womit sie ihr schwach werdendes Herz verbarrikadieren konnte. Claire fand nur Tugenden. Er war jedem gegenüber rücksichtsvoll. Er verlangte nichts Unvernünftiges. Er erhob selten die Stimme, tat es nie ohne Grund. Er hatte sogar sein Versprechen gehalten und bewahrte Summerbourne, abgesehen von den Dingen, die sich nicht verhindern ließen, als einen Ort des Friedens. Sie sah ihn niemals Gewalt anwenden. Sie sah ihn nie in einer Rüstung oder mit seinem Schwert. Claire nahm an, daß er seine Männer trainierte, aber er machte es vor den Toren.
Und selbst Veränderungen vollzogen sich ohne Gewalt und Geschrei, vielleicht sogar zum Besseren. Leute kamen von weither nach Summerbourne, um Hilfe gegen Räuber – Menschen wie Tiere – zu ersuchen. Claire war es bisher nie aufgefallen, wie unnatürlich es war, daß die Leute nicht kamen.
Als Raubritter in der Nähe von Sherborn wüteten, baten die Bürger der Stadt Renald um Hilfe.
Er kam zu ihr, um ihr davon zu berichten. »Diese Angelegenheit sollte nicht länger als einen Tag dauern, Mylady.«
»Ihr geht jetzt?«
»Ich muß, bevor noch mehr Menschen belästigt werden.«
»Was werdet Ihr tun?«
»Was getan werden muß.«
Diese Worte gaben ihr ein Rätsel auf, denn er trug Wollkleider. Dann begriff sie, daß er sich erst außerhalb ihres Blick-

feldes das Waffenkleid überziehen würde. Die Furcht traf sie wie ein Dolch. Er ging, um zu kämpfen. »Paßt auf, mein Herr.«
Er schaute sie an. »Wollt Ihr, daß ich wohlbehalten zurückkehre?«
»Natürlich!«
Er bewegte erst die Hand, als wollte er sie berühren, aber er sagte nur: »Das ist unsere Tragödie, nicht wahr?« Er verbeugte sich und ging.
Sie schaute zu, wie er fortging ohne den Kuß, den ein Mann bekommen sollte, wenn er zu einem gefährlichen Unternehmen aufbrach. Ohne ein zärtliches Lebewohl. Sie schickte es ihm lautlos nach.
Claire glaubte nicht wirklich, daß er bei einer solchen Unternehmung verletzt werden könnte, aber sie lebte in ständiger Angst, bis er und seine Männer endlich zurückkehrten. Sie beobachtete heimlich durch ein Fenster, wie er und seine Männer in den Hof ritten, und sah, wie sie vor Erregung übersprudelten. Renald strahlte so, wie sie ihn noch nie gesehen hatte. Außer vielleicht in ihrer Hochzeitsnacht.
Zum ersten Mal begriff sie, was er ihr im Garten gesagt hatte – vor Ewigkeiten. Er genoß wirklich das Kämpfen, und sie zwang ihn dazu, alle Spuren davon zu beseitigen.
Später kam er zu ihr, unbewaffnet und frisch gebadet. Ihm war keine Spur des Kampfes anzusehen, kein Blut, keine Wunde, kein Strahlen. »Die Angelegenheit ist erledigt, Mylady.«
»Was ist passiert?« fragte sie entschlossen, um ihm zu zeigen, daß sie zumindest sein kriegerisches Wesen annehmen konnte.
»Nicht viel. Es war gar nichts.« Dann sprach er von einigen alltäglichen Angelegenheiten, die Summerbourne betrafen, und ging. Früher hätte sie auf einer Antwort bestanden.

Nun war sie sich nicht mehr sicher, wie sie sich verhalten sollte.
Natürlich erfuhr sie alles. Die Leute von Summerbourne waren unendlich stolz auf ihren Herrn und sprachen gerne darüber, wie tapfer er gewesen war, wie angsteinflößend und wie er den Anführer getötet hatte, einen Bewaffneten, der viel größer als er gewesen war. Sie erzählten auch davon, wie dessen Gefolgsmänner flohen oder gefangengenommen wurden.
»Nun?« fragte Claires Großmutter an der Hohen Tafel, bevor Renald dazukam. »Verdient es ein solcher Mann nicht, daß man ihn behält?«
»Doch«, sagte Claire. »Wenn ich nur wüßte, wie.«
Sie verbrachte ruhelose Nächte damit, ihr Gewissen zu durchforsten, aber sie konnte der schlichten Wahrheit nicht entkommen. Ihr Vater hatte gegen Heinrich Beauclerks unrechtmäßigen Kronanspruch gekämpft und war auf unfaire Weise gestoppt worden. Etwas daran war sehr falsch.
So konnte es nicht weitergehen. Sie ging, um einen neuen Brief an den Bischof zu verfassen. Zwei Wochen waren seit dem letzten Brief vergangen, und der Monat raste dahin. Dieses Mal wußte sie nicht, wie sie das Schriftstück befördern sollte, und ging schließlich zu Bruder Nils.
Der Mönch wirkte sehr niedergeschlagen. »Seid ihr sicher, Mylady?«
»Ich habe keine zwei Wochen mehr.«
»Er ist ein guter Mensch.«
»Ich weiß. Befördert meinen Brief.«
Nils schaute auf die Pergamentrolle, nahm sie und ging, um seinen Herrn zu suchen. Er fand Lord Renald auf den Befestigungen, den Kopf in den Händen vergraben.
Nils räusperte sich. Anstatt sofort wieder in die Rolle des Herrn und Kämpfers zu schlüpfen, erhob sich Renald langsam und holte tief Luft. »Was nun?«

Nils wünschte, er wäre nicht hier heraufgekommen. »Lady Claire hat mich gebeten, dem Bischof einen Brief zu übergeben.«
»Ich verstehe.« Das tat er wirklich.
Nach einer Weile fragte Nils: »Soll ich ihn übergeben?«
»Ja, selbstverständlich.«
Warum kämpft Ihr nicht? hätte Nils am liebsten gefragt. Warum wollt Ihr nicht Euren Charme einsetzen und sie umwerben? Er hatte die ganze Zeit beobachten müssen, wie beide durch Summerbourne streiften wie Blätter, die von verschiedenen Winden erfaßt wurden, nahe aneinander vorbeistrichen, sich aber niemals berührten.
Er hatte auch gesehen, wie die beiden sich anschauten. Niemals hatte er solchen Schmerz in den Augen gesunder Menschen gesehen. Es mußte doch etwas zu machen sein.
Er räusperte sich. »Wollt Ihr, daß ich ihn Euch erst vorlese, mein Herr?«
»Nein.« Jetzt war er wieder der Herr und Kämpfer. »Bring ihn weg, Nils, und dann such die Aufzeichnungen über den Wollhändler aus Dorchester. Du sagtest, er würde uns vielleicht bessere Preise anbieten.«

22. Kapitel

Nachdem Claire dem Bischof geschrieben hatte, mußte sie sich um die Sicherheit ihrer Familie kümmern. Sie ritt zum Kloster St. Frideswide und mußte bedauernd feststellen, daß Renald nicht mehr versuchte, etwas über ihre Unternehmungen zu erfahren.

Manchmal, in schwachen Momenten, wünschte sie, er würde es tun. Viele Nächte lag sie in dem großen Bett und wünschte sich, er würde zu ihr kommen, würde sie berühren, sie betören und übermannen, damit sie ihm entgegen ihrem Willen für immer verbunden war. In der dunklen, geheimnisvollen Nacht wußte sie, daß sie ihm niemals widerstehen könnte.

Als sie das Kloster erreichte, verdrängte sie jeden Gedanken an ihren letzten Besuch und bat darum, mit Mutter Winifred sprechen zu dürfen. Man brachte sie zu ihrem Arbeitszimmer.

»Mutter Oberin«, sagte Claire, als sie Platz nahm, »ich möchte Euch fragen, ob Ihr meine Mutter, meine Großmutter und meine Tanten aufnehmen wollt.«

Die Nonne schaute sie über ihren Schreibplatz hinweg an. »Aus Nächstenliebe gewähren wir selbstverständlich Zuflucht.«

»Sie werden ohne Besitz kommen. Was ist dann?«

»Nun, das ist etwas schwierig. Unsere Mittel sind beschränkt, und die Bedürfnisse der Armen sind zahlreich. Wir können uns nicht um untätige Hände kümmern.«

»Ich bin sicher, daß sie arbeiten werden, wenn es sich um angemessene Tätigkeiten handelt.«

»Wir haben hier wenig Verwendung für Tätigkeiten, die von Edeldamen verrichtet werden.«
Das hatte Claire befürchtet. »Sie könnten einen edelsteinbesetzten Becher von beachtlichem Wert mitbringen.«
»Tatsächlich? Gehört er auch Euch? Wenn Ihr Zuflucht für Eure Familie sucht, Lady Claire, wollt Ihr scheinbar Eure Ehe aufkündigen. In dem Fall werdet Ihr, wenn ich das richtig sehe, überhaupt nichts besitzen.«
»Lord Renald hat mir diesen Pokal ohne jede Bedingung überlassen. Falls es nötig ist, wird er es bezeugen.«
Die Nonne verschränkte die Hände auf der Tischplatte. »Scheinbar ein großzügiger Mann. Ihr denkt nicht darüber nach, diese Ehe fortzuführen?«
Diese Haltung hätte Claire gerade hier nicht erwartet. »Ihr habt ihn einen Mörder genannt.«
»Das sind die meisten Männer. Wenn eine Frau heiratet, hat sie kaum eine Wahl.«
»Wenig Frauen müssen den Mörder ihres Vaters heiraten.«
»Wie wahr. Und Ihr wollt auch zu uns kommen?«
Claire erhob sich. »Nein, Mutter Oberin. Ich kann nicht in der Nähe von Summerbourne bleiben. Ich werde Zuflucht bei der Familie meiner Mutter in Frankreich suchen und meinen Bruder mit mir nehmen. Ich werde dort in ein Kloster eintreten, wenn alles geregelt ist. Wenn meine Mutter und meine Tanten uns begleiten wollen, werde ich auch sie mitnehmen. Aber Lady Agnes kann niemals eine so lange Reise machen.«
Ein Lächeln huschte über das Gesicht der Nonne. »Lady Agnes wird auch nicht bei uns sein wollen, aber seid versichert, daß sie hier wohlbehütet sein wird, wenn das nötig sein wird.«
Claire nickte. »Ich danke Euch. Es ist eine große Erleichterung zu wissen, daß sie hier eine Zuflucht finden kann.«
Auch die Klosterfrau stand auf und steckte ihre Hände in

die Ärmel ihres Gewandes. »Ihr betretet einen harten Pfad, mein Kind. Ich werde für Euch beten.«
Eine Baronie wie Summerbourne wurde nicht von einer Frau oder einem Mann allein verwaltet. Es gab ein feinmaschiges Netz von Verantwortlichkeiten für Äcker, Tiere und Menschen. Viele Abende mußte Claire mit Renald und dem Hofmeister und anderen Beamten zusammensitzen und Belange des Gutes besprechen. Sie studierten Grundstückskarten, und Claire las Auflistungen vor, während sie Entscheidungen über eine Zukunft trafen, der sie entfliehen wollte.
Manchmal, wenn sie bei der Arbeit dicht nebeneinander saßen – ganz nah, ohne sich zu berühren –, schaute Claire auf und sah, daß er sie anschaute.
Hungrig. Und die Begierde erwachte auch in ihr. Hungrig.
Wie lange konnten die Hungernden vor einem Mahl sitzen, ohne der Versuchung nachzugeben?
An diesem Abend sagte Renald zu ihr: »Ich höre, Ihr habt an den Bischof geschrieben.«
Sie schaute ihn an, sein Blick war aber undurchschaubar für sie. »Zweimal. Lord Eudo hat vor Wochen einen Brief mitgenommen.«
Sie sah, daß er schockiert war. Schockiert, wie man ist, wenn einem ein Messer an die Kehle gesetzt wird.
»Und Ihr habt keine Antwort erhalten?«
»Bis jetzt noch nicht. Deshalb habe ich noch einmal geschrieben.«
»Und wenn er Euch Hoffnung macht?«
Sie zwang sich, ruhig zu sprechen. »Dann ist die Angelegenheit erledigt.«
»Und wenn er ablehnt?«
Claire schaute zur Seite. Damit hatte sie schon lange gerungen und war immer noch zu keiner Lösung gekommen.
»Dann«, sagte Renald, »dann müßt Ihr den König bitten.«
Erstaunt schaute sie ihn an. »Worum bitten?«

»Um eine Annullierung.«
»Glaubt Ihr, daß er das kann? Würde er das tun?«
»Natürlich kann er das. Und Gründe gibt es genug. Und er würde es tun, weil ich mich Eurer Bitte anschließen würde.«
Seltsamerweise schmerzte das. »Ihr wollt …«
»Nein.« Er lächelte sogar leicht. »Niemals. Aber wir können hier nichts erwarten, wenn es nicht Eurem freien Willen entspringt.«
»Nachts …«, sagte sie, unterdrückte aber die Worte, die nicht gesagt werden mußten.
»Ich weiß.«
Nebeneinander saßen sie da. Getrennt.

Am nächsten Tag kam der Bote vom Bischof zurück. Langsam rollte Claire das Pergament auf. Sie wußte nicht, was sie lesen wollte.
Er lehnte ab. Gegen ihren Willen war sie erleichtert.
»Wollt Ihr mir verraten, was darin steht?«
Erschrocken drehte sie sich um, denn sie war im Sonnenzimmer, in das er sonst nie kam. »Wir haben das Ehebett miteinander geteilt.« Sie verbannte alle Gedanken an das Bett, dem sie so nahe war. »Der Bischof betrachtet die Ehe als vollzogen.«
»Das ist sehr weltfremd von ihm. Ihr könnt auf einer Untersuchung bestehen.«
Nervös rollte sie das Pergament wieder zusammen. »Das hat er erwähnt. Er schreibt, wie bei einer Fernhochzeit ersetzt die Berührung der Haut die Vereinigung. Ist das wahr?«
»Der König kann ihn möglicherweise von einer anderen Ansicht überzeugen. Der Monat ist fast vorbei.«
»Dann muß ich also dem König schreiben?«
Als er nicht antwortete, schaute sie ihn an. »Man hat uns an

den Hof befohlen«, sagte er. »Ich habe gerade die Nachricht erhalten.«
»Nach London? Warum?«
»Nach Carrisford. Dort hält der König hof. Er hat von unserem Schwur erfahren und möchte über den Vollzug der Ehe wachen.«
Claire schlug die Hand vor den Mund. »Was werden wir tun?«
»Ich werde wie immer gehorchen. Ihr solltet es auch tun. Könnt Ihr Heinrich ansehen und nichts Verräterisches sagen?«
Bitterkeit überkam sie. »Nein, und warum sollte ich auch? Er hat seinen Bruder getötet. Er hat die Krone gestohlen. Er hat meinen Vater getötet, weil er das gesagt hat, und das führte ...«
Wie im Kampf sprang er sie beinahe an, als sie sagte: »... hierher.« Er zwang sie auf die Knie, obwohl sie sich wehrte.
Verängstigt und erschüttert von seiner glühenden Berührung schaute Claire zu ihm auf.
»So«, sagte er, »endlich habt Ihr Angst. Es ist Zeit, daß Ihr begreift, wie klug es sein kann, Angst zu haben. Heinrich Beauclerk ist König von England, von den großen Lords anerkannt, von der Kirche zum König gesalbt. Er kann über Euer Leben und Euren Tod bestimmen, über mich, über jeden in diesem Land.«
»Nach dem Gesetz«, sagte sie, denn sie wollte nicht völlig feige erscheinen.
»Nach dem Gesetz kann er Euch für das bestrafen, was ihr gerade gesagt habt. Er kann Euch einsperren, Euch auspeitschen oder die Augen ausstechen lassen. Oder Euch die unvorsichtige Zunge herausreißen lassen.« Er legte ihr seine Hände um den Hals. Sie zitterten. »Ich will nicht, daß Ihr den Weg geht, den Euer Vater gegangen ist.«
Sie schluckte, als sie den glühenden Ring seiner zitternden

Hände spürte. Sie war ebensosehr von ihrer sie schwächenden Liebe und ihrem Mitleid ergriffen wie von Furcht. »Ich kann mich nicht vor ihm verbeugen. Ich kann nicht. Ich werde zu Hause bleiben.«
»Sich dem Befehl des Königs zu widersetzen ist auch Verrat.«
Sie schnaubte leicht. »Dann sieht es aus, als sei ich verloren.«
Renald schloß einen Moment lang die Augen. »Wenn Ihr mir nicht schwört, Euch am Hof untertänig zu zeigen, werde ich dafür sorgen, daß Ihr nicht gehen könnt.«
»Wollt Ihr mich einsperren?« Auch das war irgendwie eine Erleichterung. Das würde ihre Probleme lösen, aber vielleicht könnte nur Renald den König davon überzeugen, daß …
Er ließ ihren Hals los und half ihr vorsichtig auf die Füße. »Eure Leute würden Euch sicherlich freilassen.«
»Wie denn?«
Er trat einen Schritt zurück. »Ein gebrochenes Bein.«
Sie starrte ihn an. »Man kann daran sterben.«
»Eure Überlebenschancen sind größer, als wenn Ihr Heinrich herausfordern würdet.«
Claire mußte lachen. »Ihr meint es ernst.«
Ihm war ganz und gar nicht zum Lachen zumute. »Ich habe gelernt, das Undenkbare zu wagen. Also?«
Sie hob eine Hand an den Hals, der immer noch prickelte. »Ihr wollt, daß ich jetzt entscheide?«
»Wenn wir gehen, müssen wir im Morgengrauen aufbrechen. Wir können in einem Tag dort sein.«
»Habe ich es richtig verstanden? Ich muß versprechen, nicht Heinrich Beauclerks Anspruch auf die Krone in Frage zu stellen?«
»Und ihn nicht zu beschuldigen, daß er Euren Vater ermordet hat. Nicht versprechen, sondern schwören.« Er zeigte

auf das Schwert, das er noch immer trug. Ein weiterer Beweis, wie nahe ihm das alles ging. »Ihr sollt bei diesem Schwert schwören. Beim Kreuz, beim Stein aus Jerusalem.«
Claire warf einen Blick auf das Schwert. »Oder Ihr werdet mir das Bein brechen? Wie?«
»Bezweifelt Ihr, daß ich das kann?«
Sie bezweifelte nicht eine Sekunde, daß er es konnte, und auch nicht, daß er es wollte. Claire schaute auf den Stein, das einfache Stückchen Stein, das aus dem Heiligen Land kam. Dann blickte sie in sein versteinertes, entschlossenes Gesicht. Was hatte sie so weit kommen lassen?
Liebe. Ihre Liebe zu ihrem Vater, die ihr verbot, beim Mörder ihres Vaters zu liegen. Ihre Liebe zu Renald, die ihr die Hingabe als viel zu verlockend erscheinen ließ. Seine Liebe zu ihr, die ihn sie verletzen ließ, um sie zu beschützen. Ein unlösbarer Knoten.
Er sah sie hart und bestimmt an, aber sie wußte, daß es eine Maske war, die Maske, hinter der er seine tiefsten Gefühle verbergen wollte. Was mochte es ihn kosten, ihr so zu drohen? Was mochte es ihn kosten, es in die Tat umzusetzen?
Zuviel. Er hatte von dem Schatten gesprochen, der seit dem Tod ihres Vaters auf ihm lag. Sie konnte nicht noch einen Schatten auf ihn werfen. Sie legte die Hand auf den Stein.
»Ich verspreche, daß ich während unseres Aufenthalts am Königshof in keiner Form Heinrich Beauclerks Rechtsanspruch auf die Krone von England in Zweifel ziehen und auch keine Klage darüber führen werde, wie mein Vater gestorben ist.«
Er schloß die Augen. Als er sie wieder öffnete, waren sie feucht. Tränen? Tränen eines Wolfs?
Aber er war kein Wolf. Er war ein Mann, der Mann, den sie liebte. Sie sehnte sich danach, ihn zu umarmen und seinen Schmerz wegzustreicheln, aber noch hing ihre Beherrschung an einem – wenn auch seidenen – Faden.

»Ich danke Euch«, sagte er und steckte das Schwert zurück. »Ich werde trotzdem um die Annullierung bitten.«
»Ihr habt zwei Tage Zeit, Euch zu entscheiden.«
»Was soll sich in zwei Tagen ändern?«
Er lächelte ironisch. »Wir können noch um ein Wunder beten.«
Claire verließ den Raum und dehnte ihre Schultern, die er so fest angepackt hatte. Sie dachte über seine Worte nach. Beten. Beteten Mörder? Und er empfing an den Sonntagen die heilige Kommunion. Warum hatte sie niemals daran gedacht?
Er empfand *wirklich* keine Schuld. Das hatte sie wirklich niemals vorher geglaubt. Bedeutete das nichts, egal, wie unredlich sein Herr war? Vielleicht konnte sie in den zwei kurzen Tagen darauf aufbauen ...
»Claire!«
Sie drehte sich zu ihren Tanten um. »Hier«, sagte Felice und streckte ihr etwas entgegen. »Du bist so nachlässig!«
Claire nahm das Buch entgegen. Dann erst sah sie, daß es das Buch war, in dem sie ihre Aufzeichnungen machte. »Wo hast du das gefunden?« fragte sie und öffnete die Verschlüsse, um die Seiten durchzublättern.
»In einem Stapel Tranchierbretter. Wahrscheinlich hast du es in einer Anwandlung von Geistesabwesenheit dorthin gelegt. Du solltest anfangen, das wirkliche Leben ernst zu nehmen, Claire, obwohl ich annehme, daß es schwierig ist, während dein Verstand zwischen deinen Schenkeln sitzt.«
»Felice ...«, murmelte Amice.
Claire achtete nicht auf ihre Tanten und zählte die Seiten. Sie waren vollständig, was sie nicht überraschte. Außer für sie hatten diese Aufzeichnungen keinerlei Bedeutung. »Ich bin nicht nachlässig, was Bücher angeht, Felice. Ganz sicher hat Eudo es bei seinem letzten Besuch dorthin gelegt.«

Felice grinste. »Also hast du offensichtlich noch genug Verstand, das zu bemerken. Weißt du denn auch, warum er das getan hat?«

»Wahrscheinlich, um nicht zugeben zu müssen, daß einer seiner Männer es genommen hat. Danke, daß du es gefunden hast, Felice. Meine Arbeit hätte da noch bis zum nächsten Festessen liegen können.«

»Arbeit«, ihre Tante rümpfte die Nase. »Aber wenn es dir so wichtig ist, dann paß besser darauf auf.«

Claire wollte nicht weiter darüber streiten. »Scheinbar hat der König uns an seinen Hof nach Carrisford befohlen.«

»Uns?« Felice saß plötzlich aufrecht.

»Renald und mich«, sagte Claire und schalt sich innerlich wegen ihrer unvorsichtigen Worte. »Ich möchte Euch bitten, Euch um Summerbourne zu kümmern, während wir weg sind.«

»Warum sollten wir?« fragte Felice pikiert. »Während du dich herumtreibst?«

Renald, der plötzlich hinter Claire stand, gab die Antwort. »Aus Liebenswürdigkeit, Lady Felice. Wenn wir das nächste Mal am Hof sind, können wir Euch möglicherweise mitnehmen.«

»Nur, wenn Ihr und Claire dann noch verheiratet seid.« Felice blickte zwischen den beiden hin und her. »Ist es beschlossen? Hat sie schließlich beschlossen, daß der Tod eines Vaters nicht von Bedeutung ist?«

»Felice!«

»Ich nehme an, du wolltest ihn die ganze Zeit schon.«

»Das ist nicht wahr.«

»Nicht? Ich habe noch den Brief, den du mir geschrieben hast, der sehr ausführlich auf seinen Charme eingeht. Und ich erinnere mich daran, wie du dich vor dem Kloster an ihm gerieben hast.«

»Ich habe versucht, dich zu überzeugen, ihn zu heiraten.«

»Aber du hast die Gelegenheit ergriffen, ihn selbst zu heiraten, nicht wahr? Bevor ich genau nachdenken konnte.«
Amice begann zu weinen. »Und Claire ... du weißt, daß ich ... ich ...ich angeboten habe ...«
Claire öffnete den Mund, um etwas zu erwidern, aber ließ es sein. Es war sinnlos. In dieser Verfassung wollte Felice nichts Vernünftiges hören. Und Amice hatte recht. Sie hatte sich angeboten.
Renald durchbrach das Schweigen. »Wie köstlich es auch ist, ein Knochen zwischen geifernden ... Hunden zu sein, Lady Claire muß noch die Reise vorbereiten. Wir werden beim ersten Tageslicht aufbrechen. Kommt, Mylady.«
Claire war dankbar, ihm folgen zu können. Als sie außer Hörweite waren, sagte er leise: »Falls ich es jemals vergessen sollte, erinnert mich daran, daß Ihr mich vor Euren Tanten bewahrt habt.«
Sein Scherz zerriß ihr das Herz. Felice' Worte hatten ihre Hoffnung zerstört. Sie war nicht sicher, ob sie in ihren Gedanken alles in Einklang bringen könnte. Wie er ihr einmal gesagt hatte, reichte es nicht aus, daß sie ihm nur erlag. Sie mußte ihn ganz und gar annehmen, so wie er wirklich war. Sie mußte das dunkle, mörderische Schwert annehmen.
Aber eine neue Lösung schien nahe. »Lord Renald, Felice hat offenbar ihre Meinung geändert. Wenn ich nicht weiter mit Euch verheiratet sein kann, wollt Ihr sie statt meiner nehmen?«
Er schaute sie an. »Ich liebe Euch.«
Sie schloß die Augen, so sehr schmerzte es.
»Vielleicht verdiene ich doch eine Strafe. Ich bin ein Kämpfer, Lady Claire, und immer kämpfe ich, um zu gewinnen. Heinrich nennt Summerbourne eine Art Paradies, und genauso sehe ich es auch. Und Ihr seid der Engel darin. Ich habe mich so gut wie auf den ersten Blick in Euch verliebt,

aber die Liebe macht mich nicht edelmütig. Sie macht mich habgierig.«
»Habgierig?«
Er legte einen Finger auf ihre Lippen. »Hört mir bis zum Ende zu. Dies ist ein Bekenntnis. Wie immer Ihr Euch entscheidet, ich möchte, daß Ihr es in vollem Wissen tut. Ja, ich trage Schuld. Ich habe alles getan, um Euch an mich zu fesseln. Wenn ich ein besserer Mensch wäre, hätte ich Euch die Wahrheit gesagt. Und hätte Euch gehen lassen.«
»Aber Ihr mußtet hier heiraten, und Felice und Amice waren im Kloster.«
Er lächelte. »Eine Nachricht von Heinrich hätte sie in meine Arme getrieben. Und sie sind geflohen, weil sie die Lügen hörten, die ich meine Männer in ihrer Gegenwart erzählen ließ.«
Claire wußte, daß sie böse sein sollte, aber sie konnte nur daran denken, daß sie ohne seine List niemals dort wären, wo sie nun standen. Wenn sie nichts haben würden als diesen einen Monat, sie würde ihn niemals missen wollen mit all seinen Schmerzen.
»Ich vergebe Euch. Aber Ihr habt recht. Ihr verdient eine Strafe. Wenn ich feststelle, daß ich diese Ehe nicht aufrechterhalten kann, nehmt Ihr dann Felice?«
Er seufzte. »Eine lebenslängliche Strafe … Aber ja, wenn es Euch die Wahl einfacher macht. Und ich verspreche sogar, nett zu sein. Ich habe Geschick im Umgang mit reizenden Frauen.«
»Lord Renald …« Aber Claire wußte nicht, was sie sagen sollte. Sie konnte nicht das sagen, was ihr auf den Lippen lag. Das war Freiheit, nicht wahr? Nein.
»Das führt mich zu einem anderen Geständnis«, sagte er. »Ich habe Euch im Ehebett nicht meine aufrichtige Liebe geschenkt.«
»Ich verstehe nicht …«

»Ich weiß nicht, ob Ihr das verstehen könnt. Ich habe in dieser Nacht eine Gabe Gottes als Waffe gegen einen Gegner eingesetzt, der hilflos wie ein Kind war.«
Claire legte den Kopf schief. »War ich hilflos?«
Er mußte lachen, und Claire dachte daran, daß vielleicht wahr war, was die Priester sagten – daß Bekenntnisse heilsam waren. »Nein, als alles herauskam, wart Ihr überhaupt nicht mehr hilflos. Aber meine Absicht war falsch. Laßt Euch bei Eurer Entscheidung nicht von der Lust beeinflussen, die ich Euch geschenkt habe. Ein anderer Mann wird Euch ebensoviel Freude schenken können.«
»Aber Ihr seid der Mann, den ich liebe.« Claire wußte, wie wenig klug diese Worte waren. Aber sie waren aufrichtig.
Seine Hände zitterten, als er sie berührte, er legte ganz zart die Finger an ihre Wange und küßte ihre Stirn. »Gott möge Euch leiten.« Er trat einen Schritt zurück. »Ich muß Euch noch um eine Sache bitten. Wenn ich Felice heirate, werde ich mich um Eure ganze Familie kümmern, aber Ihr müßt von hier fortgehen. Ich will es nicht schwer für Euch machen, aber ich könnte nicht gerecht zu ihr sein, solange Ihr im Hause seid.«
Er ging ins Arbeitszimmer und schloß die Tür zwischen ihnen.
Claire lehnte sich gegen den Pfosten.
Es war also alles geordnet. Sie konnte ihrem Gewissen folgen und würde ihrer Familie nicht schaden.
Sie hätte sich etwas beruhigter fühlen sollen.

23. Kapitel

Die dringenden Vorbereitungen für die Reise boten eine gute Ablenkungsmöglichkeit. Als sie im Morgennebel fortritten, hatte Claire kaum Zeit gehabt, über ihre Probleme näher nachzudenken, und darüber war sie eigentlich sehr froh. Wenn es möglich gewesen wäre, wäre sie einfach von ihnen fort-, mit Renald in den Nebel hineingeritten und hätte niemals wieder über richtig oder falsch nachgedacht.

Kurz vor ihrer Abreise hatte sie ihre Mutter besucht. Ihr Zustand hatte sich bedeutend gebessert, was sogar schlimmer war. Es hatte den Anschein, als hätte Felice sich bei Lady Murielle beschwert, daß man sie zurückließ. Das hatte Claires Mutter aus ihrer Melancholie gerissen und in Wut versetzt. Felice schien sie davon überzeugt zu haben, daß Claire heiß auf Renald war und daß sie klaglos die Ehe vollziehen wollte.

»Gefühlloses Kind«, hatte ihre Mutter ihr entgegengeschrien. »Undankbare Tochter! Wie kannst du daran denken, jemals diesen Mann mit seinen blutbesudelten Händen zu berühren!«

»Mutter, ich ...«

»Ich habe gesehen, wie du ihn anschaust. Jeder hat das.«

»Nein.«

»Geradezu nach dem Mann schmachtend, der kaltblütig deinen guten Vater ermordet hat.«

Das ließ Claire verstummen, denn es war die Wahrheit.

Als die Tirade ihrer Mutter in ein Gemurmel überging, sagte Claire: »Wenn ich mich aus dieser Ehe befreien kann,

wird Felice meinen Platz einnehmen. Wirst du sie auch anschreien?«
Lady Murielle drehte sich weg. »Sie ist nicht meine Tochter. Nicht Clarence' Tochter. Egal, ich werde dann nicht mehr hiersein. Ich gehe nach St. Frideswide. Ich habe gehört, daß du den Pokal des Königs als Bezahlung angeboten hast. Du kannst dich mir anschließen, wenn du willst«, fügte ihre Mutter hinzu. »Wenn du unbefleckt bleibst. Schick nun Thomas zu mir.«
Claire küßte ihre Mutter auf die kalte Wange und ging. Sie schickte nicht nach Thomas, denn er ging mit ihnen zur Erziehung und Ausbildung an den königlichen Hof. Trotz des Abschiedsschmerzes wußte Claire, daß er es dort besser haben würde. Solange er sich nicht auflehnte. Claire hatte den Eindruck, daß er resigniert hatte, aber sie war sich nicht ganz sicher.
Renald ritt in Kettenpanzer und Helm neben ihr. »Wie geht es Thomas?« fragte er.
Sie war nicht überrascht, daß ihm ihre Gedanken vertraut waren. »Wenn ihn das alles mitnimmt, liegt es daran, daß er sich bald von Josce zu trennen hat. Ihr seid sehr freundlich zu ihm gewesen.«
»Ich bin ein freundlicher Mensch.«
Sie wußte, daß er die Wahrheit sagte.
»Er ist ein guter Bursche und sehr einfallsreich«, fuhr Renald fort. »Er tut gut daran, sich nicht allzusehr von seiner Pfiffigkeit verleiten zu lassen.«
»Ich mache mir Sorgen …«
»Das braucht Ihr nicht. Er wird sicherlich einige Male die Rute zu spüren bekommen, das wird ihm aber nicht schaden. Und ob Ihr es glauben wollt oder nicht, der König wird sich gut um ihn kümmern.«
»Aus schlechtem Gewissen, nehme ich an.«
Er schaute ihr fest in die Augen. »Ebensowenig wie ich.«

Er ritt weg, um die lange Reihe der Reiter und Packtiere zu kontrollieren, und ließ sie kopfschüttelnd zurück. Die einzige Erklärung dafür schien zu sein, daß sie eine völlig andere Ansicht über richtig und falsch, Recht und Unrecht hatte als der Rest der Welt. Vielleicht war das ihr Erbe, denn genau diese andere Sichtweise hatte ihren Vater in sein Verderben geführt. Claire überlegte, ob Renald Thomas angewiesen hatte, sich nicht gegen den König aufzulehnen. Dafür würde er mehr zu spüren bekommen als nur die Rute. Sie glaubte nicht, daß ihr Bruder sich für Politik interessierte, aber er konnte genauso impulsiv sein wie sie. Sie bat ihn, an ihrer Seite zu reiten.

»Meinst du, daß dir das Leben am Hof gefallen wird?«

»Ich weiß nicht.«

»Es wird dir keine Probleme bereiten, dem König zu dienen?«

Er schaute sie an. »Sollte es das?«

»Beim heiligen Kreuz, nein. Aber nach Vaters ...«

»Ich glaube, ich bin zu jung, um diese Dinge zu verstehen. Also werde ich ihm dienen, wie es mir meine Ehre gebietet.«

Claire lächelte. Sie war überzeugt, gehört zu haben, was Renald ihm gesagt hatte. »Gut. Auch ich möchte keinen Ärger machen.« Ihr Schwur verpflichtete sie dazu, aber eine plötzliche Einsicht ließ sie hinzufügen: »Wenn irgendein Unrecht geschehen ist, wird Gott es wiedergutmachen.«

Thomas strahlte. »Das hat Josce auch gesagt.«

»Und es ist wahr. Wir müssen uns nicht darum kümmern, solche Ungerechtigkeiten zu korrigieren.« Natürlich würde Thomas eines Tages entscheiden müssen, ob er dem König den Treueid leisten könnte, aber das lag noch in weiter Ferne.

Nun begann er zu plappern. »Josce sagte, daß der König Dutzende von Pagen hat und sie alles mögliche anstellen!

Es ist bestimmt lustig, mit so vielen Gleichaltrigen und Gleichgestellten zusammen zu sein. Und er hat gesagt, daß ich meiner Größe entsprechend Waffen und Rüstung für die Ausbildung bekomme. Und ...«

Claire hörte ihm lächelnd zu. Sie dankte Gott, daß zumindest dieser Teil zu klappen schien. Ihre Mutter würde zufrieden sein, im Kloster leben zu können. Und was immer auch passierte, Lady Agnes hatte ihren Platz auf Summerbourne. Und Felice würde genau den Ehemann bekommen, den sie immer gewollt hatte.

Die einzigen Leidtragenden wären Renald und sie. Und damit es nicht dazu kam, mußte sie nur einsehen, daß der Tod ihres Vaters rechtmäßig und gerecht gewesen war. Sie seufzte.

Sollte sie auch das Gott überlassen? Sie hatte den Eindruck, daß die Menschen durchaus ihre moralischen Entscheidungen selbst treffen mußten.

Die meiste Zeit ritten sie im Schritt, um die Pferde zu schonen, und die Reisenden sangen und plauderten. Dann begann ein Mann, eine Geschichte zu erzählen, und Claire mußte wieder an das Tagebuch ihres Vaters denken. Sie hatte es bei sich, denn sie hoffte, darin lesen zu können und etwas zu finden, das den unlösbaren Knoten ihres Dilemmas zerschlagen würde. Sie zog das Buch aus ihrer Tasche und begann zu lesen.

Sie legten Meilen zurück, und Claire war tief in die Geschichte versunken, als Renald neben sie ritt. »Das Buch Eures Vaters? Könnt Ihr mir erzählen, was er schreibt?«

Die Gelassenheit, die nun zwischen ihnen herrschte, zerriß ihr das Herz. »Es ist irgendwie zum Verrücktwerden«, sagte sie. »Ich glaube, er war die meiste Zeit genauso durcheinander wie ich. Er hielt nicht viel von den Rebellen. Er war der Ansicht, daß die meisten Befürworter von Herzog Robert nur an sich selber dachten.«

Renald nickte. »Getrieben durch Hoffnungen auf einflußreiche Positionen im Königreich.«
»Er hat Robert de Bellême und seine Brüder verachtet.«
»Das überrascht mich nicht.«
»Stimmt es, daß Bellême seine arme Frau derart mißbraucht hat, daß sie daran gestorben ist?«
»Es gibt Gerüchte darüber.«
Sie seufzte. »Vater – wohl eher das unerschrockene Kind Sebastian – quälen all diese Fragen. Er hinterfragt auch die Rechtmäßigkeit der Rebellion.«
»Bei Gott, hätte er sie doch weiter hinterfragt.«
Sie konnte nicht anders, sie sagte: »Amen. Er *war* sehr bekümmert wegen einiger Männer in seiner Gesellschaft. Er schreibt davon, daß man einen Baum an den Früchten erkennt, die er trägt.«
Renald zuckte die Schultern. »Was das betrifft, auf unserer Seite waren zweifelsohne ebenso viele Halunken.« Er drehte sich hin und her, um einen Blick auf die Kolonne zu werfen. »Wir sollten die Pferde bald ausruhen lassen.«
Er ritt davon, um seinen Männern den Befehl zu erteilen, und ließ Claire in völliger Verzweiflung zurück.
War denn niemals eine Seite wirklich gut und die andere *wirklich* schlecht?
Als sie die Pferde fütterten und tränkten, ruhten sich auch die Männer aus. Sie gingen umher, streckten und dehnten ihre Beine. Claire las im Gehen, immer noch auf der Suche nach einer Botschaft in der Niederschrift ihres Vaters. Zweifelsohne als Gegengewicht zu den »bösen Früchten« listete ihr Vater die guten Männer auf, die Herzog Robert unterstützt hatten, samt dem Grafen von Salisbury und Eudo von Peel. Eudo? Claire schaute noch einmal hin, aber genau das stand dort. Ihr Vater mußte sich auf Eudos glühende Verteidigung dieser Sache verlassen haben.
Es sah so aus, als ob viele der Männer ›unsicher‹ gewesen

waren. Obwohl ›unsicher‹ kaum die richtige Beschreibung für die Haltung ihres Vaters zu sein schien. Er war besorgt, aber nicht unsicher. Claire kam zu der Stelle, die sie schon einmal gelesen hatte, wo das unerschrockene Kind Sebastian vor die Versammlung trat, um von der Berechtigung ihrer Sache zu sprechen und um die Geschichte vom schlechten König zu erzählen, der Verderben über sein Land gebracht hatte.

Sie schaute über die friedliche, grüne Landschaft. Der starke Regen hatte, obwohl er nicht zur günstigsten Zeit eingesetzt hatte, neues Leben sprießen lassen. England machte eher den Eindruck zu gedeihen, nicht den, daß es verkam. War das ein Zeichen?

Jedermann wußte, daß Heinrich Beauclerk versprochen hatte, zu Recht und Ordnung zurückzukehren. Die Straßen waren jetzt sicherer als je zuvor. Gut, einige harte Bestrafungen von Banditen und von Gesetzlosen waren notwendig gewesen, aber die waren in einem solchen Fall gerecht.

Sie versuchte, Verbindungen zwischen der Idylle um sie herum und dem Anspruch des Königs auf die Krone herzustellen, als eines der Pferde sich unter schrillem Wiehern aufbäumte. Ein Huf traf einen Kornschlauch und richtete ein Durcheinander von Pferden, Männern und verstreutem Futter an. In jeder Idylle gab es auch eine Wespe, dachte sie trocken.

Ein spitzer Schrei zu ihrer Rechten ließ sie erstarren. Es klang, als hätte sich jemand verletzt. Sie ging hinter das Gebüsch und schaute, ob sie helfen konnte.

Jemand packte sie, und eine Hand über ihrem Mund verhinderte, daß sie schreien konnte. Ein starker Arm hielt sie fest umklammert, und obwohl sie sich wand, um sich trat und sich drehte, wurde sie vom Lager fortgezerrt. Das Buch – das kostbare Buch – entglitt ihren Händen, sie stöhnte verzweifelt auf und wehrte sich verbissen.

»Claire?«

Als sie Renalds Stimme hörte, versuchte sie mit aller Kraft, die Hand über ihrem Mund abzuschütteln, aber es gelang ihr nicht. Ihr Kleid verfing sich in einer Ranke, zerriß, als sie ihr Entführer – ihre Entführer, denn es waren einige Männer – weiterzerrte.

Dann brüllte Renald: »Hierher! Zu mir, zu eurer Herrin!«, und Claire hörte ihn sich hinter ihr durchs Unterholz schlagen. Sie wehrte sich so verbissen sie konnte, versuchte alles, um Zeit zu gewinnen.

»Bringt sie um«, sagte jemand mit leiser Stimme.

Der Mann, der Claire gepackt hatte, blieb stehen. Ein anderer Mann trat auf sie zu und zog ein scharfes Messer. Entsetzt sah Claire ihn mit grinsendem Gesicht auf sich zukommen. Sie hatte einmal gedacht, Renald hätte keine Seele. Nun wußte sie, was das wirklich bedeutete.

Sein Grinsen erstarrte, als ein Messer sich in seine Brust bohrte. Der Griff ihres Entführers lockerte sich für einen Moment, Claire konnte einen Arm befreien. Sie schlug mit der Faust zu. Mehr durch Glück als Geschick traf sie ihn am Hals, und er ging nach Luft ringend zu Boden.

Claire wirbelte herum, um nach weiteren Gefahren zu schauen. Wo war der Mann, der ihren Tod angeordnet hatte? Sie konnte nur das Knacken des Holzes unter seinen fliehenden Füßen hören. Dann zogen andere Geräusche ihre Aufmerksamkeit auf sich.

Drei Männer griffen Renald an. Das Messer, das er geworfen hatte, hatte ihr das Leben gerettet. Nun kämpfte er um das eigene Leben gegen Schwert, Axt und Knüppel.

Seine Männer hörte man sich brüllend durch das Gehölz schlagen, aber noch waren sie nicht da. Ein Knüppel traf Renalds Bein, als er das Schwert zur Seite schlug und der Axt auswich. Bei seiner nächsten Bewegung gab sein Bein fast unter ihm nach.

Ein Schlag seines Schwertes, seines besonderen Schwertes,

und der Knüppel war nur noch halb so lang wie vorher. Claire rannte los, um das Stück zu holen. Mit aller Kraft schlug sie dem Axtschwinger den Stock auf den Kopf. Der stämmige Rotkopf schwankte bedenklich, ging aber nicht zu Boden. Brüllend drehte er sich zu ihr um, die Augen voller Wut. Dann schrie er auf, als ihn ein Schwert durchbohrte. Blut sprudelte aus seinem Mund, als er vor Claires Füßen zusammensackte. Claire stand wie angewurzelt da, dann aber wurde ihr plötzlich klar, daß Renald nun ohne Schwert war!

Gnädige Jungfrau Maria! Er wich einem wilden Angriff des Schwertkämpfers aus, aber auch der ausgefranste Knüppel stieß nach ihm. Er schlug ihn mit der Faust zur Seite.

Josce tauchte zwischen den Bäumen auf. Er würde zu spät kommen. Renald wehrte einen erneuten Schwerthieb mit dem Arm ab. Gott sein Dank konnte das Schwert Metall nicht durchstoßen!

Claire lief los und trat dem Schwertkämpfer von hinten in die Kniekehlen, ein Trick unter Kindern, um jemanden zu Fall zu bringen. Er knickte ein. Der Mann mit dem ausgefransten Knüppel wollte weglaufen, aber Claire stellte ihm ein Bein. Um sicherzugehen, schlug sie mit ihrem Stück Holz auf das Handgelenk des Schwertkämpfers und nahm ihm die Waffe ab. Bewaffnet mit Schwert und Stock funkelte sie die Männer an, die gewagt hatten, ihren Geliebten zu bedrohen. »Da!«

Als sie aufschaute, sah sie, daß Renald und seine Männer sie anstarrten. Und ihr Herr und Gebieter lehnte hilflos vor Lachen und Erschöpfung gegen einen Baum. Er öffnete die Arme. Claire ließ die Waffen fallen und rannte zu ihm. »Ihr haltet mich sicher für komisch«, sagte sie. Der Schock und die Erleichterung ließen sie zittern.

Er strich ihr über das Haar. »Ich halte Euch für großartig.«

Claire schaute zu ihm empor. »Ihr hättet tot sein können.«

Er stieß hervor: »Ihr auch. Das nächste Mal bleibt dem Kampf fern, Frau!«
»Ihr wart in Schwierigkeiten. Das könnt Ihr nicht leugnen.«
»Ich hatte größere Schwierigkeiten, nachdem ich mein Schwert los war.«
»Ihr hättet es festhalten sollen.«
»Beim heiligen Kreuz, Claire, ich mußte es werfen.« Aber er nahm ihr Gesicht in die Hände. »Mein Herz hat ausgesetzt, das schwöre ich!« Dann küßte er sie verzweifelt und zärtlich. Sie erwiderte seinen Kuß.
Beinahe wäre er gestorben. Jungfrau Maria, beinahe wäre er gestorben. Das wischte wie ein kalter Guß Wasser all ihre Zweifel beiseite. »Ich möchte, daß wir morgen unsere Ehe vollziehen.«
Anstatt sich zu freuen, seufzte er. »Auch wenn es mich sehr schmerzt, das zu sagen, Ihr seid vom Feuer des Kampfes erhitzt, meine Liebe.«
»Ihr behauptet, ich sei verrückt?«
»Ich sage, daß ich mich auf nichts verlassen kann, was Ihr in diesem Moment sagt.«
»Ich werde morgen dasselbe sagen. Ich kann nicht ohne Euch leben.«
»Ich bete darum, aber ich werde Euch nicht bei Eurem Wort nehmen.«
Claire schnaubte. »Ich habe langsam den Eindruck, daß es Euch egal ist.«
»Das dürft Ihr niemals denken. Niemals.« Seine Hände packten sie fest an ihrer Taille. »Mein Herz gehört Euch, Claire, jetzt und in alle Ewigkeit.«
Genau das fühlte sie auch, aber es erschütterte sie. »Wenn das wahr ist, wäre es ungerecht, Lady Felice an Euch zu binden.«
Er küßte ihre Stirn und schob sie zurück. »Ich habe gehofft, daß Ihr das so seht.«

Sie verdrehte die Augen, mußte aber lächeln.
Renalds Lächeln verschwand, als er die beiden Strolche am Boden musterte, die von seinen Männern bewacht wurden. Josce hatte das dunkle Schwert geholt und reinigte es, während er zu ihnen herüberkam. Renald stellte sich mit gespreizten Beinen über den Schwertkämpfer, der ihn aus großen Augen anstarrte, setzte ihm die Spitze seines Schwerts auf die Brust und drückte es leicht, so daß die Augen des Mannes noch größer wurden. »Warum habt ihr meine Herrin entführt?«
Die Augen des Mannes wanderten hin und her, als würde er verzweifelt nach Hilfe suchen. Dann aber ergab er sich seinem Schicksal. »Wir wurden dafür bezahlt, mein Herr. Habt Erbarmen, Herr.«
»Erbarmen? Nur in der Form, daß du schnell oder langsam sterben wirst. Wer hat euch bezahlt?«
»Ein Mann, mein Herr. Erbarmen ...«
»Wer?« Renald verstärkte den Druck, und der Mann schrie auf.
»Ich weiß nicht! Ich weiß nicht! Er hat uns Gold gegeben, damit wir die Pferde erschrecken und dann die Herrin rauben.«
»Um sie zu töten.«
»Darüber wußten wir nichts, Herr, bis er es uns befohlen hat!«
»Renald«, sagte Claire, »der Mann, der mich gepackt hatte, ist abgehauen. Auch der Mann, der bezahlt hat.«
»Eine Schande.« Renald schaute auf den anderen Mann, der knurrte wie ein in die Enge getriebenes Tier. Er verließ den Ort und steckte sein Schwert zurück. »Kommt, Claire. Wir müssen schauen, ob wir noch Pferde haben.«
Sie ging mit ihm einige Schritte, blieb dann aber stehen und schaute zurück. »Was wird mit ihnen passieren?«
»Sie werden schnell sterben.«

»Können wir nicht ...«
Er zwang sie, weiterzugehen. »Was denn? Sollen wir sie freilassen, damit sie die nächsten Reisenden überfallen? Sollen wir sie nach Carrisford mitnehmen und vor Gericht stellen? Was bedeutet das, außer ihre Leidenszeit zu verlängern?«
Claire vernahm keinen Laut, und als Josce und die Männer kamen, konnte sie nichts entdecken, außer daß der Knappe etwas blasser war als sonst. Sie nahm an, daß er bisher noch nicht viele Tote gesehen hatte. Claire war dankbar, daß Thomas bei den Männern geblieben war, die auf die Pferde aufpaßten.
Die Pferde waren alle noch da, waren gefüttert und getränkt. Erst in dem Moment, als sie aufsteigen wollte, stellte Claire fest, daß ihr das Buch fehlte. »Ich muß mein Buch suchen«, und sie kehrte um.
Renald und drei Männer mit gezogener Klinge begleiteten sie. Sie folgten den Spuren, dem aufgewühlten Boden und den zerbrochenen Ästen, die verrieten, wo sie entlanggezerrt worden war. Claire hielt inne, um einen Fetzen ihres Kleides von einer Brombeerranke zu zupfen. »Ich denke, ich habe das Buch hier verloren.«
Der Boden war weich und von Blättern und Zweigen bedeckt. Unter den kleinen Bäumchen und Büschen sammelte sich Laub, in dem ein braunes Buch sich verbergen konnte. Irgendwann gaben sie die Suche auf. Claire hatte das Gefühl, daß sie schon überall gesucht hatten.
»Vielleicht war es doch nicht hier. Ich bin mir nicht mehr sicher.«
Sie gingen weiter, und die Männer stöberten mit ihren Schwertern überall dort herum, wo das Buch versteckt liegen konnte. »Braune Holzdeckel sind hier leicht zu übersehen«, sagte Renald und schob mit dem Fuß einen verrotteten Holzstumpf beiseite. »Es tut mir leid, Claire. Es ist ein schmerzhafter Verlust.«

»Ich hoffe, daß diese Banditen ihre Zeit im Fegefeuer verbringen werden. Was wollten sie nur mit mir?«
»Ich glaube nicht, daß sie eingeweiht waren. Wer war der Mann, der sie bezahlt hat? Ist das nicht interessant? Ihr seid keine reiche Erbin, die man wegen Lösegeld entführt.«
»Er wollte meinen Tod.« Sie erschauderte. »Das hat mich sehr erschreckt.«
Ein letztes Mal suchte er den Boden um die Brombeerranken ab. »Mich auch. Wir müssen uns beeilen, oder wir müssen auf der Straße übernachten. Ich kann nicht riskieren, daß wir in der Nacht weiterreiten.« Er legte den Arm um sie. »Ich passe auf Euch auf, Claire, solange ich atme.«
Seine Kraft und seine Geschicklichkeit beruhigten sie ebenso wie der einst gehaßte Kettenpanzer, den sie an ihrem Körper spürte. Aber sie zu beschützen hatte ihn beinahe das Leben gekostet. Er war nicht unsterblich oder unbesiegbar.
Sie hatte sich entschlossen, ihn nicht zu verlassen, aber sie konnte ihn an dieses Böse verlieren.
Wer war das? Wer wollte ihren Tod?
Stunden später, als Carrisford Castle mit seinem massiven und steinernen Verteidigungswall und Steinturm vor ihnen aufragte, wußte Claire, warum Renald Holz nicht ganz vertraute. Dicke, hohe Wände aus Stein waren sehr beruhigend, wenn Wölfe herumstreunten. Als sie durch den Tordurchgang, einem langen, leicht zu verteidigenden Durchgang mit Mordlöchern in der gewölbten Decke, ritten, spürte sie, daß sie hier in Sicherheit war, solange sie sicher sein konnte, daß der Feind sich draußen befand.
»Hier werdet Ihr in Sicherheit sein«, sagte Renald, und Claire spürte seine Erleichterung.
Sie sprach ihre Befürchtung aus. »Was ist, wenn der Mann, der mich umbringen wollte, hier hereinkommen kann?«
Er schaute sie an. »War er ein Normanne?«

Claire überlegte. »Ich bin nicht sicher. Er hat englisch gesprochen, aber – ja, ich glaube, ja. Leben Normannen mit Räubern in den Wäldern?«

»Sehr wenige. Und eindeutig der Mann, der sie angeheuert hat. Beim heiligen Kreuz, Claire. Ihr dürft nicht alleine sein. Niemals.«

»Will ich auch nicht. Aber mir wäre lieber, ich wüßte, wen ich zu fürchten habe.«

Auf dem großen viereckigen Keep, dem Wohnturm, wehten drei Banner. Eines gehörte dem Lord von Carrisford, eines trug die goldenen Löwen des Königs. Das dritte zeigte breite grüne und schwarze Streifen.

»Wem gehört das dritte Banner?«

»FitzRoger. Es weht aber nur, wenn er hier ist. Er hat Imogen die Herrschaft über Carrisford überlassen.«

»Die Herrschaft?«

»Macht Euch keine falschen Vorstellungen. Carrisford steht ihr nach dem Recht zu, und sie hat mit ihm hart verhandelt, bevor sie ihn geheiratet hat.«

»Imogen?« Claire versuchte, nicht so überrascht zu klingen, wie sie wirklich war. Die Blume des Westens, Lord Bernards schöne, verwöhnte Tochter, hatte mit Bastard FitzRoger von Cleeve hart verhandelt?

Dann sah sie Herr und Herrin von Carrisford, die sie begrüßen wollten, und stellte fest, daß Imogen sich verändert hatte. Jeder Zug verriet, daß sie nicht länger ein Mädchen war, sondern eine Frau.

Und ihr Haar.

Claire mußte ein Lachen unterdrücken. Sie paßten schon gut zusammen. Lady Imogens berühmtes Haar, das ihr in honigfarbenen Wellen bis zu den Knien gereicht hatte, reichte ihr gerade noch bis zu den Schultern.

»Hat sie es auch aus Protest abgeschnitten?« fragte sie Renald.

»Was?«
»Ihr Haar.«
»Oh. Nein, ganz und gar nicht. Sie hat einen Zopf abgeschnitten, um zu fliehen. Dann mußte sie den anderen auch abschneiden.«
»Sie wollte fliehen?« Claire erinnerte sich daran, daß dies kein Märchen war. »War das, bevor er sie geschlagen hat?«
Renald warf ihr einen Blick zu. »Sie hat nicht versucht, vor FitzRoger zu fliehen. Aber jetzt ist keine Zeit dafür. Fragt Imogen, sie wird Euch die ganze Geschichte erzählen.«
Ihr Schreck ließ nach. Wenn Imogen ihr die Geschichte erzählen würde, konnte sie kein schlechtes Licht auf ihren Ehemann werfen, schließlich war Imogen keine geschlagene, verängstigte Ehefrau. Sie neigte den Kopf zur Seite, um dem Mann an ihrer Seite mit strahlendem Lächeln etwas zu sagen.
Das war also der mächtige und gefürchtete FitzRoger von Cleeve. Claire hatte einen größeren Mann erwartet, jemanden, der eher aussah wie Baldwin von Biggin. Sie hätte wissen sollen, daß Renalds Freund nicht so ein Typ sein würde. Er stand neben seiner Frau, aber einen Schritt hinter ihr, eindeutig ihr die Herrschaft überlassend und dieses ausdrückend. Aber er beherrschte das Geschehen. Er war kein Ungeheuer, aber Claire war nicht sicher, ob sie mit ihm hätte verhandeln können.
Etwas an der Art, wie er dort stand, sein Gesicht und seine Haltung verrieten, daß er hart war, schonungslos. Er erinnerte sie an den ersten Eindruck, den sie von Renald gehabt hatte – den Kampfwolf, bereit zum Töten. Aber sie bezweifelte, daß Bastard FitzRoger eine weichere, nette Seite hatte. Sie glaubte sofort, daß er seine aufsässige Frau auspeitschen ließ. Claire hatte Mitleid mit Imogen, obwohl die junge Frau glücklich über ihr Schicksal zu sein schien.
Hatte Imogen ihn wirklich zu Boden geschlagen? Der Mann

sah so unverwundbar aus wie der steinerne Turm von Carrisford.
Aber dann, als sie ihre Pferde halten ließen und Claire wartete, daß Renald ihr herunterhalf, dachte sie daran, wie leicht selbst ihr eigener Ehemann in Gefahr kommen konnte. Obwohl sie zweifelsohne starke Männer und gute Kämpfer waren – wahrscheinlich zwei der besten –, waren sie doch nur aus Fleisch und Blut und verwundbar. Also konnte ihn eine entschlossene junge Frau mit einem Stein verletzen. Oder mit einem Stock. Ihr Schlag in die Knie würde selbst FitzRoger zu Fall bringen, wenn sie die Gelegenheit zu diesem Schachzug hätte.
Selbst überrascht, wurde ihr klar, was heute alles passiert war.
Renald ließ sie zu Boden gleiten. »Ihr seht bekümmert aus.«
»Mir ist gerade erst klargeworden, daß ich geholfen habe, jemanden zu töten.«
»Ich bin froh, daß Ihr es getan habt.« Dann führte er sie zu ihren Gastgebern.
Er hatte gesagt, daß sie das Schwert akzeptieren mußte, und nun hatte sie es getan. Zumindest hatte sie akzeptiert, daß selbst sie, wenn ihr Geliebter bedroht wurde, zu einem Wolf werden konnte.

24. Kapitel

Claire versuchte herauszufinden, ob sie FitzRoger gutaussehend fand oder nicht. Etwas in seinen eleganten Zügen und sein dunkles Haar sagten ja, aber das Harte an ihm und ein oder zwei Narben sagten etwas anderes. Wenn Renald aus Granit war, dann war FitzRoger aus schwarzem Marmor.

Aber er lächelte freundlich, als er sie begrüßte, und begann zu strahlen, als er mit Renald sprach. Claire erschrak wegen ihrer Fehleinschätzung. Wie Brüder. Sie erinnerte sich wieder an seine Worte, als sie sah, wie die beiden sich umarmten.

Dann zog Imogen Claire an sich, um sie zur Begrüßung zu küssen. »Ist nun alles gut? Es muß schlimm gewesen sein.« Sie schlang einen Arm um Claires Taille und führte sie die hölzerne Treppe, die an der Außenwand des steinernen Wohnturms nach oben in die Große Halle führte, hoch. »Wir waren alle bestürzt wegen Eures Vaters. Und Euer Haar! Ist es nicht seltsam? Ich lasse meines natürlich wieder wachsen, aber ich muß zugeben, daß es viel einfacher ist, kürzeres Haar zu tragen. Die Königin ist ganz aufgeregt.«

»Wegen Eures Haars?« Imogen hatte sich doch nicht völlig verändert. Sie war immer eine Schnattergans gewesen.

Imogen kicherte. »Nein! Wegen Eurer Hochzeit! Und Eurer Hochzeitsnacht. Sie liebt Hochzeiten. Kommt herein, und begrüßt das Königspaar.«

In all dem Durcheinander hatte Claire ganz vergessen, sich auf die bevorstehende Konfrontation mit Heinrich Beauclerk vorzubereiten. Sie war froh, daß sie sich von ihrem Renald geleisteten Schwur leiten lassen konnte. Vor dem hohen Stuhl des Königs machte sie einen tiefen Knicks, dann hob sie den Kopf, um ihn anzuschauen. Äußerlich hatte er sich nicht verändert. Dunkles Haar rahmte ein wohlgestaltetes Gesicht mit strahlenden Augen ein, auf dem sich auch Züge der Rücksichtslosigkeit abzeichneten.

»Lady Claire, wir sind sehr erfreut, Euch zu sehen. Erhebt Euch, und setzt Euch neben mich.«

Claire gehorchte ihm und setzte sich auf einen Hocker, der neben seinem Stuhl stand. Der König begrüßte Renald. »Wie sieht es auf Summerbourne aus, Mylord?«

»Sehr gut, Sire. Hier ist Thomas, der Sohn von Lord Clarence.«

Thomas' Wangen waren errötet, ob vor Aufregung oder aus Nervosität. Claire wußte es nicht. Sie war besorgt, daß er unbesonnen handeln könnte, aber er kniete brav nieder.

Der König beugte sich vor, um sein Kinn anzuheben. »Thomas, mein Junge. Du bist ein prächtiger Bursche geworden. Wird es dir gefallen, mein Page zu werden?« Claire bemerkte den forschenden Blick des Königs und wußte, wonach er suchte. Nach Zeichen des Widerstands.

Thomas runzelte die Stirn und zögerte. Claires Herz setzte aus. Dann sagte Thomas: »Das weiß ich nicht, Sire. Ich weiß nicht, was mich erwartet.«

Heinrich lachte. »Eine kluge Antwort. Magst du Pferde und Falken? Schwerter und Kampf?«

»Oh, ja, Sire.«

»Dann wird es dir bei mir gefallen, solange du gehorchst und hart arbeitest.« Der König machte eine kleine Handbewegung, ein Bursche in Thomas' Alter eilte herbei und beugte das Knie.

»Bruno, dies ist Thomas von Summerbourne. Paß auf ihn auf.«

Augenblicke später war Thomas verschwunden – verschluckt von Heinrichs enormem Hofstaat.
»Ich werde mich gut um ihn kümmern«, sagte der König, der Claires Besorgtheit bemerkte. Sie schaute ihn an und dachte an Renalds Worte. Wahrscheinlich meinte er, was er sagte, aber sie war immer noch sicher, daß er ein schlechtes Gewissen haben mußte wegen der Dinge, die er getan hatte, um den Sieg von Claires Vater zu verhindern.
»Die Engel von Summerbourne«, sagte Heinrich und betrachtete sie. »Ich habe Euch beide immer so genannt, müßt Ihr wissen.«
»Ja, Sire. Wie in der Geschichte von Papst Gregor.«
»Ganz genau. Genauso fühlte ich mich, als ich Euch auf den Knien Eures Vaters sah. So hübsche Kinder, so englisch. Ich bin in England geboren und habe auch eine engelgleiche Gemahlin.« Er streichelte die Hand seiner blonden Frau. »Vielleicht werden unsere Kinder auch wie Engel aussehen.«
Bevor Claire sich eine Antwort zurechtlegen konnte, runzelte er die Stirn. »Aber ich bin gar nicht erfreut über diese neue Art und Weise, in der die jungen Frauen ihre Haare schneiden.«
Claire mußte Imogen einen Blick zuwerfen.
»Auch nicht über eine gewisse Dreistigkeit«, fuhr der König fort, »die wir bei den jungen Frauen im Königreich entdecken mußten. Zumindest Lady Imogen wird ihre Lehre daraus gezogen haben.«
Zu Claires Überraschung lächelte Imogen nur, als der König auf ihre Züchtigung anspielte. Heinrich schüttelte den Kopf und führte die Hand der Königin an seine Lippen. »Ihr würdet beide gut daran tun, dem Beispiel meiner süßen Gemahlin zu folgen.«
Mit ihren weichen, blonden Haaren – die schön lang waren – und großen sanften Augen sah Königin Edith sehr

brav aus. »Es ist eine Schande«, sagte sie, »daß Euer Haar so kurz ist, Lady Claire. Aber zumindest Haar wächst wieder nach. Die arme Imogen ist für immer gezeichnet.«

Claire war es bisher nicht aufgefallen, aber jetzt entdeckte sie eine blasse Narbe auf Imogens Wange. Ihr Mund wurde trocken. Eine weitere Gewalttätigkeit ihres Ehemanns?

Plötzlich überkamen sie wieder Zweifel. Diese Welt war so unreal wie ihre Illustrationen auf ihrem Pergament. Der König wirkte nett und gütig, aber jeder wußte, daß er schonungslos sein konnte. Er hatte es bewiesen, als er den Tod eines alten Freundes arrangiert hatte.

Die Königin wirkte zufrieden, aber auch sie war zu ihrer Heirat gezwungen worden. Der einzige Grund dieser Verbindung war ihr adeliges und schottisches Blut, das in ihren Adern floß.

Imogen wirkte wie eine glückliche Braut, aber sie konnte es nicht sein. Wie konnte sie, wenn man sie geschlagen und Narben hinterlassen hatte und sie hatte fliehen wollen. Vielleicht versuchte sie, glücklich zu wirken, weil sie Angst vor weiteren Züchtigungen hatte. Was bedeutete das für ihr Schicksal und das von Thomas?

»Mit Eurer Erlaubnis, Sire«, sagte Imogen, »Lady Claire muß nach einer so langen Reise erschöpft sein. Darf ich ihr vor dem Mahl etwas Ruhe gönnen?«

Claire wurde klar, daß sie schon viel zu lange wie benommen dagesessen hatte. Die Königin lehnte sich vor und tätschelte ihr die Hand, als ob sie ein Hund wäre. »Natürlich. Wir wollen doch, daß die Braut morgen nacht gut erholt ist.«

Claire stand auf, knickste und war froh, entkommen zu können.

Morgen nacht. Und wieder kamen die Zweifel zurück und quälten sie.

Imogen führte Claire und ihre Kammermädchen über eine

breite Treppe im Haus ins obere Stockwerk, dann durch zahlreiche Räume bis zu einem kleinen Gemach in einer Ecke des Wohnturms. Hier war nur Platz für ein großes Bett, ein hohes Gestell, von dem Stoffbahnen herunterhingen, und eine Bank unter einem schmalen Fenster. Kleine Kräutersäckchen erfrischten die Luft, und die Vorhänge waren kostbar.
»Da der König und sein Hof hier sind, haben wir leider nur wenig Platz. Wenn Euch das nicht als Liebeslaube reicht, müßt Ihr wie wir alle anderen auch zu fünft in einem Bett schlafen.«
Claire setzte sich auf die Bank. Plötzlich war sie erschöpft. »Ich bin nicht sicher ...«
»Nicht?« Imogen schaute sie scharf an. O ja, sie hatte sich vollkommen verändert. »Der König erwartet es.« Lag Angst in ihrer Stimme?
Claire entließ ihre Mädchen. »Lady Imogen, was ist zwischen Euch und Eurem Ehemann vorgefallen?«
Imogen setzte sich auf die Bettkante. »Vorgefallen?«
»Eure Ehe. Wurde sie erzwungen?«
»Das nicht ... Oh, Ihr denkt, daß ich schreiend vor den Traualtar gezerrt worden bin? Nein. Ich brauchte einen Mann, der mich beschützt, und FitzRoger war eine ausgezeichnete Wahl.«
»Also hättet Ihr auch nein sagen können?«
Imogen grinste. »Nein. Aber ich wollte auch nicht wirklich.«
»Ihr liebt ihn?«
»Natürlich.«
»Aber er hat Euch züchtigen lassen!«
Imogen rutschte zurück und setzte sich mit gekreuzten Beinen auf das Bett. Das war eine kindliche Haltung, aber in ihrem Verhalten war nichts Kindliches. »Wer hat Euch das erzählt?«
»Stimmt es?«

»Ja und nein. Ich möchte nur wissen, wie die Geschichte weitererzählt wird.«
»Mir hat man gesagt, daß Ihr ihn niedergeschlagen habt, und dafür hat er Euch eingesperrt und peitschen lassen.«
»Interessant. Und zum größten Teil richtig.« Sie sah erstaunlich erfreut über diese Angelegenheit aus. »Der ausführliche Bericht muß warten, aber die Kurzfassung ist die, daß wir von Arnulf von Warbrick gefangengehalten wurden. Ihr kennt ihn, Bellêmes Bruder?«
Claire nickte und schüttelte sich. Sie hatte gehört, daß Warbrick ebenso schrecklich war wie sein scheußlicher Bruder.
»Es war grausam. Aber FitzRoger wurde geschickt, um ihn umzubringen. Eine Männerangelegenheit. Niemand hätte ihn stoppen können, also habe ich ihn niedergeschlagen.«
Claire blinzelte, als sie die schlichten Worte hörte. »Hattet Ihr keine Angst, daß er stärker ist? Renald sagt, er verliert niemals.«
»Normalerweise nicht. Aber er war verletzt. Als wir Warbrick in unserer Gewalt hatten, schien es uns falsch, ihm auch nur die kleinste Chance zu geben. Aber Ihr kennt ja die Männer ...« Sie zuckte die Schultern.
Claire war nicht sicher, ob sie die Männer kannte, zumindest nicht die kriegerischen, aber sie konnte sehen, daß Imogens Eingreifen nicht gut geendet hatte. »Was passierte?«
»Nun, nachdem ich Warbrick getötet hatte ...«
»Was?«
Imogen winkte mit einer Hand ab. »Ich habe einfach unseren Männern befohlen, ihn mit Pfeilen zu spicken. Danach brachte Renald mich nach Cleeve. Das ist die Burg von FitzRoger ...«
»Er hat Euch gefangengenommen, meint Ihr.«
Imogen lachte. »Oh, der arme Renald. Wie kommt Ihr nur darauf? Er wollte mich nur vor FitzRogers Wut in Sicherheit

bringen. Das war wahrscheinlich ganz gut, obwohl ich mich auch gerne um ihn gekümmert hätte.«
Claire strich sich übers Gesicht. Sie fühlte sich ganz benommen. »Aber als FitzRoger sich erholt hat, hat er über Euch gerichtet und Euch auspeitschen lassen.«
»Nein. Der König hat mich vor Gericht gestellt, die anderen Lords zwangen ihn dazu. Sie wollten meine Haut. Aus irgendwelchen Gründen«, fügte sie mit funkelnden Augen hinzu. »Männer mögen es nicht, wenn Frauen ihre Männer schlagen, damit sie klarsehen.«
Claire mußte lachen. »Aber Lord FitzRoger hätte Euch nicht züchtigen lassen müssen.«
»Das ist ein schwerwiegender Angriff. Seinen Ehemann anzugreifen ist schlimm genug, aber einen Getreuen des Königs anzugreifen ist, als würde man den König selbst angreifen.«
Claire bekreuzigte sich. »Aber selbst ...«
»Aber selbst so hat er es nur symbolisch getan. Nur einen Streich und den auch nur auf die Kleidung.« Sie verdrehte die Augen. »Er war so wütend! Er hätte es nicht tun müssen, wenn ich den Eid geleistet hätte.«
»Den Eid?«
»So etwas niemals wieder zu tun. Heinrich und er hatten es beschlossen. Das war ein Ausweg. Aber ich wollte es noch einmal tun. Lieber ausgepeitscht werden als ihn tot sehen. Ich konnte doch keinen Meineid leisten.«
»Nein. Natürlich nicht.« Claire schaute auf den Vorhang. Wie sehr das dem Fall ihres Vaters ähnelte. Auch er hatte keinen Meineid leisten können, aber Heinrich hatte keine symbolische Bestrafung angeordnet. Plötzlich begriff sie, daß Heinrich wieder auf jemanden gestoßen war, der nicht den einfachen Weg wählen wollte. Heinrich und Renald. Nun begriff sie, warum Renald wütend auf ihren Vater war. Genauso, wie FitzRoger wütend auf seine Frau gewesen

war, weil sie ihn zwang, sie auspeitschen zu lassen, war Renald auf ihren Vater wütend, weil er ihn dazu gezwungen hatte, ihn hinzurichten. Und zudem, wenn Claire daran gedacht hätte, ihren Vater zurückzuhalten, ihn körperlich zurückzuhalten, so wie Imogen es mit ihrem Ehemann getan hatte, wäre das alles nie passiert.

Imogen sprang auf die Füße. »Ich habe zuviel erzählt und Euch mehr ermüdet … Ich werde Euch Eure Mädchen schicken.«

»Nein.« Claire streckte eine Hand aus, um sie zurückzuhalten. »Es ist nur, daß Eure Geschichte mich zum Nachdenken bringt. Über meinen Vater.« Aber sie war noch nicht bereit, ihre unterbrochenen Gedanken offen weiterzuspinnen. Deshalb sprach sie von etwas anderem. »Ich liebe Renald, aber ich fühle mich nicht gut bei dem Gedanken, daß er meinen Vater getötet hat.«

»Mir ginge es genauso. Aber es war ein Gottesurteil, ein Zweikampf.«

»Aber ein sehr ungleicher.«

»Vor Gott spielt das keine Rolle.«

Claire versuchte, eine Spur des Zweifels bei Imogen zu erkennen. »Glaubt Ihr das wirklich?«

»Natürlich. Ihr nicht?«

»Doch. Deshalb kann ich nicht verstehen, warum mein Vater verloren hat.«

Claire wußte, daß sie ihre Meinung besser für sich behalten sollte, aber sie mußte mit jemandem sprechen, und Imogen schien einen scharfen Verstand zu haben. Sie senkte ihre Stimme zu einem Flüstern. »Ich glaube immer noch, daß der König seinen Bruder umgebracht hat. Wenn Gott also über den Anspruch durch den Zweikampf entschieden hätte, hätte mein Vater gewinnen müssen.«

Imogen strich sich eine Locke aus den Augen. »Aber darum ging es bei der Probe gar nicht.«

Claire starrte sie an. »Was? Worum dann?«
»Um den Verrat Eures Vaters. Und folglich um das Kronrecht.«
»Das ist doch dasselbe.«
»Nicht ganz. Das hat mit Wahl zu tun, mit Zustimmung und so. Ich kümmere mich nicht darum. Aber wäre es Euch lieber, Herzog Robert würde England durch Bellême und seinesgleichen regieren?« Als Claire nicht antwortete, schüttelte Imogen den Kopf. »Ich plappere schon wieder. Jetzt werde ich Eure Mädchen rufen.«
Benommen von dem neuen Gedanken, hoffnungsvoll wie die Morgendämmerung, mußte Claire nur noch eine Sache wissen. »Wartet noch einen Augenblick! Woher habt Ihr die Narbe auf der Wange, Lady Imogen?«
Imogen blieb an der Tür stehen und berührte die lange, blasse Linie. »Ihr denkt, FitzRoger hat es getan, nicht wahr? Der arme Mann. Jeder glaubt, er sei hart, aber das ist er in Wirklichkeit gar nicht. Zumindest nicht, wenn er keinen Grund dazu hat.« Oh, ja, Imogen hatte sich verändert. »Er hat mich niemals absichtlich verletzt«, fuhr sie ohne einen Funken des Zweifels in der Stimme fort. »Das ist passiert, als ich Warbricks Männern entkommen wollte. Ich habe eine Laterne zerschlagen und mich dabei verletzt.« Sie lächelte, während sie weiter über die Narbe strich. »Ich hatte Angst, daß er von mir abgestoßen sein würde. Der Schnitt sah so fürchterlich aus, während er langsam heilte, und da war auch noch mein Haar. Er hat mir dann seine Narben gezeigt. Er ist ein guter Mann. Wie Renald. Und Renald ist noch eine Portion süßer.«
Sie verschwand und rief nach den Kammermädchen. Claire setzte sich aufs Bett, erschlagen von einem Dutzend neuer Gedanken, ein jeder hoffnungsvoll.

Renald und FitzRoger waren auf den Mauern – einer der ganz wenigen ungestörten Plätze in der überfüllten Burg. Wächter machten ihre Runde, in solch ruhigen Zeiten waren es nicht sehr viele, und sie wußten Abstand zu wahren.
Renald gab seinem Freund einen kurzen Lagebericht über die Ereignisse der letzten Monate.
FitzRoger lehnte mit dem Rücken an den Zinnen und fragte: »Bereust du, die Aufgabe für mich übernommen zu haben?«
»Nein.« Nach einem Augenblick sagte er: »Ich liebe sie.«
»Selbstverständlich.«
»Ist das so offensichtlich?«
»Vielleicht nur für einen Freund. Was macht dir Sorgen?«
Renald schnitt eine Grimasse. »Angst wäre besser. Ich habe sie schwören lassen, aber … Sie glaubt, daß der König seinen Bruder umgebracht hat.«
»Das denken die meisten hier in England.«
»Aber sie glaubt, daß das bedeutet, daß ihr Vater recht hatte und der Kampf deshalb ungerecht war. Sie haßt alles, was damit zu tun hat.« Er berichtete dem Freund von dem Vorfall während des Verlobungsbanketts und dem Schwert.
»Salisbury hat es also indirekt angedeutet.«
»Und Claire hat mir das Versprechen abgenommen, ihn deshalb nicht zur Rechenschaft zu ziehen. Er ist ihr Pate.«
»Das ist vielleicht auch ganz gut. Heinrich möchte, daß sich die Dinge beruhigen. Es soll nicht noch mehr Unruhe geben.«
»Zumindest hat sie der Überfall unterwegs davon überzeugt, daß Kampfgeschick nichts Böses ist. Aber was ist, wenn ihr Gewissen über ihr Versprechen Oberhand gewinnt und sie Heinrich direkt beschuldigt?«
FitzRoger zuckte zusammen. »Sie hat geschworen, es nicht zu tun?«
»Ich habe sie gezwungen.« Renald verzog das Gesicht. »Ich

habe gedroht, ihr ein Bein zu brechen, wenn sie nicht schwört.«

»Wie brutal.«

»Was sollte ich sonst tun? Die ›Einladung‹ des Königs ablehnen? Behaupten, sie sei krank, und sie einsperren? Selbst wenn die Täuschung funktioniert hätte, ihre Leute hätten sie befreit.«

»Hättest du es tun können? Sie verletzen?«

»Könntest du das?« konterte Renald.

Nach einem Augenblick des Nachdenkens zuckte FitzRoger die Schultern. »Ja. Genauso, wie Imogen mich wieder bewußtlos schlagen würde. Die Liebe läßt uns seltsame Dinge tun. Wo wir von Liebe reden ...«

Nur wenig in seinem Gesicht verriet seine Gefühle, als Imogen die Holztreppe zu ihnen hinaufstieg. Sie hielt ihr Umschlagtuch fest, um es vor dem Wind zu schützen. »Oh, was für eine Plage«, sagte sie und legte den Haarreif und den Schleier ab, damit ihre Locken im Wind wehen konnten. »Lord Renald, ich glaube, Ihr werdet froh sein zu hören, daß ich Eurer Braut alles über meine Dummheit und die Bestrafung gesagt habe und dabei einige ihrer Ängste aus der Welt schaffen konnte. Sie dachte, daß der arme FitzRoger mein Gesicht zerkratzt hätte.« Sie ging zu Renald hinüber, um ihn zu umarmen und zu küssen. »Aber Ihr seht bekümmert aus, mein Freund.«

»Während Ihr blühend ausseht, kleine Blume.«

Sie lächelte und ging zu FitzRoger hinüber. »Drei Monate schon, obwohl es noch kaum zu sehen ist.«

»Herzlichen Glückwunsch.«

FitzRoger strich durch ihr Haar, und sie lächelte. Renald schaute ihnen zu und fragte sich, ob er und Claire wohl jemals eine so friedvolle Verbindung haben würden. Diese beiden hatten mit erbitterter Schärfe begonnen, aber nicht mit einem toten Vater, der zwischen ihm und Claire stand.

»Ich glaube, daß sie morgen die Ehe vollziehen will«, sagte er.
FitzRoger zog die Brauen hoch. »Du scheinst nicht besonders glücklich darüber zu sein.«
»Es würde nicht viel bedeuten, wenn sie immer noch glaubt, daß es falsch ist.« Er lachte ironisch auf. »Wenn es irgendeinen Sinn haben würde, hätte ich sie in die Büsche gezerrt, als sie noch völlig von der Kampfesglut erhitzt war.«
»Mit einem Mörder nebenan? Sehr unklug. Wer, meinst du, steckt dahinter?«
»Ich habe keine Ahnung. Niemand hat irgendeinen Grund, Claires Tod zu wünschen. Aber wenn es so wäre, hätte ein Pfeil es auch getan. Warum wurde sie weggezerrt?«
»Eine Vergewaltigung?« fragte Imogen, gab sich dann aber selbst die Antwort. »Nein. Sie konnten nicht glauben, dazu genügend Zeit zu haben. Könnten sie sie für jemand anderes gehalten haben?«
»Ich wüßte nicht, wie.«
»Zumindest jetzt ist sie in Sicherheit.«
»Ist sie das? Sie sagte, daß der Mann, der bezahlt hat, wie ein Normanne klang. Er könnte herkommen.«
»Wir werden sie bewachen lassen, wenn du nicht an ihrer Seite weilst«, sagte FitzRoger.
»Was nicht oft vorkommen wird, wenn es nach mir geht.«
»Ach, wie schön zu sehen, daß auch ein anderer Mann das Opfer weiblicher Macht wird.«
Imogen stieß ihm einen Ellenbogen in die Seite. »Und hier bin ich, sanft und schwach vor lauter Liebe.«
FitzRoger schaute sie an. »Ist das eine verführerische Bitte, meine Frau?«
Sie errötete. »Wir schlafen nun schon seit drei Tagen in getrennten Betten ...«
»Wie wahr. Und haben kaum eine Minute des Tages, die wir uns stehlen können. Renald, verschwinde.«

»Aber ich habe noch so viel, was ich mit dir besprechen muß«, neckte Renald ihn.

FitzRoger wandte die lächelnden Augen nicht von seiner Frau. »Verschwinde, oder ich bring dich um.«

Als Renald lächelnd fortging, hörte er sie sagen: »Hier sind auch viel zu viele Leute. Wir können nicht …«

Er grinste. Sein Freund würde bestimmt eine Möglichkeit finden. Und wenn alles andere nicht klappte, so bargen die dicken Wände von Carrisford versteckte Geheimgänge. Renald würde später in den Haaren seines Freundes nach Spinnweben schauen.

Claire wachte in einem dunklen, fremden Raum auf. Sie brauchte einen Moment, um sich daran zu erinnern, wo sie sich befand. Aber *Dunkelheit?* Ein etwas helleres Rechteck verriet ihr, wo das Fenster war. Es war Nacht. Sie hatte sich auf das Bett gelegt, um nachzudenken, und mußte eingeschlafen sein. Sie hatte immer noch ihre Kleider an.

Es lagen noch andere Personen mit ihr im Bett, und sie nahm an, daß es ihre Mädchen waren, es waren Prissy und Maria.

Sie setzte sich auf: Imogen. Das Gespräch. Sie erinnerte sich. Vielleicht hatte sie im Schlaf einiges verarbeitet, denn nun erschien ihr alles so klar. Ihr Vater hatte gekämpft, um seine Unschuld am Verrat zu beweisen – woraus die Frage folgerte, ob Heinrich rechtmäßiger König von England war oder nicht. Wäre es um die Frage gegangen, ob der König seinen Bruder getötet hatte oder nicht, hätte er vielleicht – mit Gottes Hilfe – gewonnen. Aber der Anspruch des Königs auf die englische Krone hing nicht davon ab, ob er den ehemaligen König getötet hatte oder nicht. Warum hatte sie das vorher nicht gesehen?

Häufig schon hatten Herrscher die Macht durch Eroberung und Mord an sich gerissen. Claire kannte sich in den Gesetzen und im englischen Königtum ein wenig besser aus als Imogen. Der König wurde von den großen Lords gewählt. Der Wunsch des ehemaligen Königs wurde in Betracht gezogen, und die Krone ging im allgemeinen vom Vater auf den ältesten legitimen Sohn über, was aber durch Wahl bestätigt werden mußte. Hatte Heinrich Beauclerk so gesehen Anspruch auf die Krone? Wie Renald gesagt hatte, war er vom Adel proklamiert und von der Kirche gesalbt worden. Und Imogen hatte auch recht. Wer wollte, daß Robert von der Normandie England regierte, besonders wenn unter seinen Gefolgsleuten solche Teufel wie Bellême waren?

Daher war es sehr gut möglich, daß ihr Vater die Frage gestellt hatte – ob Heinrich einen Rechtsanspruch auf den Thron von England hatte –, deren Antwort ja lautete. Heinrich besaß den Anspruch, weil er von der Mehrheit gewählt worden war. Und er der Geeignetste war, Englands Wohl zu mehren. Und folglich war ihr Vater gestorben, ohne daß es irgendeines Betruges bedurft hätte.

Claire wünschte, sie hätte dies schon vor Monaten so sehen können. Dann hätte sie vielleicht den Mut gehabt, den Imogen bewiesen hatte, und hätte ihren Vater mit Gewalt daran gehindert, den Weg in den Tod zu wählen. Aber nun brauchte sie keine Bedenken mehr zu haben, etwas Unrechtes zu tun. Sie würde niemals vergessen, daß Renald ihrem Vater den Todesstoß versetzt hatte, aber sie verstand nun, warum er sich nicht schuldig fühlte. Endlich hatte sie das Rätsel gelöst.

Vielleicht fiel das Leben, so wie Renald gesagt hatte, nicht in eine gute und eine schlechte Hälfte auseinander, in Tugend und Laster. Wenn ihr Vater das so gesehen hätte, wenn er sich mehr in das Durcheinander des wirklichen Lebens gewagt hätte, wäre er vielleicht nicht gestorben.

Claire seufzte. Wenn sie mehr wirkliches Leben kennengelernt hätte, hätte sie die Gefahr vielleicht früh genug erkannt, um sie abwenden zu können. Renald hatte gedroht, sie zu verletzen, damit sie nicht an den Hof kommen konnte. Und er hätte sie nur verletzt, um sie vor noch größerer Gefahr zu bewahren. Claire wußte, daß sie dasselbe für ihn tun würde, wenn die Situation es erforderte. Wie Imogen würde sie lieber Schmerz und Bestrafungen auf sich nehmen, als zuzusehen, wie ein Mensch stirbt, den sie liebte.

Nicht weit entfernt lag Renald schlaflos auf einem Strohsack auf dem Boden eines überfüllten Raumes. Umgeben von Schnarchen, Schniefen und den Ausdünstungen eines Dutzends schlafender Männer. Es war etwas mehr Platz da, als sein sollte, denn FitzRoger war nicht da.

Natürlich waren Gastgeber und Gastgeberin die Geheimgänge eingefallen und hatten sich dorthin zurückgezogen. Was störten Feuchtigkeit und Ratten, wenn Liebende beisammensein wollten?

Genauso wollte er bei Claire sein.

Genauso würde er morgen mit ihr zusammensein, wenn Gott es wollte.

Aber er machte sich Sorgen.

Es gab nun kein Geheimnis mehr zwischen ihnen, aber sein Charakter stand zwischen ihnen. Trotz des Hinterhalts unterwegs, ihrer Rettung und ihrer eigenen Gewalttätigkeit fragte Renald sich, ob Claire immer würde damit leben können, daß er kämpfen und töten mußte.

Er hatte keine Freude an Gewalt, aber er ging ihr auch nicht aus dem Weg. Er kämpfte gut und genoß die Hitze des Gefechts. Und zu oft war es notwendig, die Dinge mit Gewalt zu beschützen, die ihm am Herzen lagen.

Claire lag ihm am Herzen – der Ausdruck war viel zu schwach für die Leidenschaft, die nun sein Leben bestimmte. Aber wenn sie seinetwegen bekümmert war, würde ihre Liebe unter dieser Belastung zusammenbrechen.

Er wollte sie lieber verlieren als die Ursache für ihren Schmerz sein.
Plötzlich hatte er eine Idee, wie er die Klinge ausprobieren konnte, bevor sie zustechen mußte. Er zögerte, denn jede getestete Klinge konnte versagen – aber besser jetzt als später. Er schob die Hände unter seinen Kopf und durchdachte die ganze Sache noch einmal.

25. Kapitel

Zu ihrer Überraschung war Claire doch wieder eingeschlafen. Prissy rüttelte sie wach. Hinter ihr stand Maria mit dem Frühstückstablett. Claire setzte sich auf, es war bereits Tag, und sie hörte im Schloß geschäftiges Treiben.

»Wie spät ist es?«

»Es ist schon spät, Herrin. Und man fragt nach Euch.«

Claire kletterte aus dem Bett. Sie zuckte unter ihren Kopfschmerzen zusammen, die sie dem langen Schlaf zu verdanken hatte. »Der König?«

»Und die Königin. Und Euer Gemahl.« Prissy goß warmes Wasser in eine Schüssel. Claire wusch sich und bat um die Kleider, die sie an ihrem Hochzeitstag getragen hatte.

Ihre zweite Hochzeitsnacht war nicht mehr fern.

»Es wird gekämpft«, sagte Maria.

»Was?« Claire schaute zu dem Mädchen hinüber, das aus dem langen Fenster lugte. »Werden wir angegriffen?« fragte sie, von plötzlicher Panik erfaßt. Vielleicht verfolgte ihr rätselhafter Angreifer sie noch.

»Nein, Lady«, sagte Maria lachend. »Sie kämpfen nur aus Spaß! Zur Feier Eurer Hochzeit. Sie bauen eine Tribüne, auf der Ihr mit dem König und der Königin sitzen sollt.«

Claire nahm das Schlagen der Hämmer wahr. »Aus Spaß«, murmelte sie und fuhr fort, sich zu waschen. Obwohl sie Zeuge davon geworden war, daß es nötig ist, daß Wölfe andere Wölfe abwehren können, und mittlerweile auch den Wolf in sich entdeckt hatte, gefiel ihr der Gedanke überhaupt nicht, daß irgend jemand aus Spaß kämpfte. Sie erinnerte sich daran, wie Renald gestanden hatte, welchen Spaß er am Kämpfen hatte. Sie erinnerte sich daran, wie er vor Freude strahlte, als er die Raubritter getötet hatte. Sie erinnerte sich daran, wie er das Schwert zwischen sie gehalten und sie aufgefordert hatte, das Schwert genauso zu akzeptieren wie ihn.

»Wird mein Gemahl kämpfen?« fragte sie und kannte die Antwort.

»Oh, ja, Herrin. Er wird gegen Lord FitzRoger antreten. Jeder sagt, daß das ein Wunder sei. Denn sie sagen«, sagte sie und schaute Claire vorsichtig an, »daß Lord FitzRoger besser ist.«

»Lord Renald sagt dasselbe, also wird es wohl stimmen.« Claire konnte keinen Geschmack daran finden, einem Kampf zuzusehen. Ganz gewiß konnte sie sich nicht darauf freuen, Renald verlieren zu sehen. »Zumindest ihnen sollte etwas Besseres einfallen, als sich gegenseitig zu verletzen.«

Sie trocknete sich ab und legte ihre Kleider an. Sie hoffte, daß sie ruhiger wirkte, als sie sich fühlte. Es war nicht der Gedanke an eine Verletzung, der sie entsetzte. Sie argwöhnte, daß Renald diesen Kampf absichtlich angesetzt hatte. Er wollte ihr die wahre Natur des blutbesudelten Schwertes zeigen – wollte sie zwingen, es zu akzeptieren –, bevor sie sich entschied.

Er verdiente es, von Flöhen zu Tode gequält zu werden. Wie konnte er an ihr zweifeln? Wie konnte er, wenn er an ihr zweifelte, sie zu so etwas zwingen? Während sie sich einen Reif auf das störrische Haar setzte, machte sie sich große Sorgen. Was war, wenn er verlor?

Sie wollte vernünftig sein und beruhigte sich selbst damit, daß Renald nichts wirklich Falsches getan hatte, als er ihren Vater getötet hatte. Aber es plagte sie, daß sie das Schwert nicht aus vollem Herzen befürworten konnte.

»Aale sollen an ihm saugen, bis er tot ist!« murmelte sie und erschreckte damit ihre Mädchen.
In ihre besten Kleider gewandet und den Schleier auf dem Kopf, der sich schon wieder selbständig machen wollte, verließ Claire den Raum und traf auf Josce, der sie bereits erwartete. Sie erschrak, denn sie mußte unweigerlich daran denken, wie er sie einst bewacht hatte. Dann wurde ihr aber schnell klar, daß er jetzt ein behütender Bewacher war, der sie vor einem erneuten Anschlag ihres möglichen Mörders schützte.
Claire wurde wütend auf diesen unbekannten Schurken und ging in die Große Halle hinunter. Überall hingen Banner, glänzend silberne Platten prunkten auf den Anrichten. Carrisfords Halle war erfüllt von Lärm, Schweiß und kostbar gekleideten Menschen. An langen Tischen brachen Edelmänner, Ladys und Hofbeamte ihr Fasten. Diener liefen eilfertig mit Krügen und Servierbrettern umher. Überall waren Hunde und junge Pagen, die ebenso lästig wie die Tiere und ebenso erpicht darauf waren, hier und da einen Bissen zu erhaschen. Claire erblickte Thomas, der sich mit zwei anderen Jungen durch die Menge schob. Sie hatten scheinbar nichts zu tun. Claire hatte den Eindruck, daß die drei Unsinn im Kopf hatten. Instinktiv folgte sie ihnen, um auf sie aufzupassen, zwang sich aber, zurückzubleiben. Wenn Thomas Unsinn anstellte und dafür zurechtgewiesen wurde, würde es ihm nur guttun.
Summerbourne war für ihn ohnehin verloren, und er sollte unter Männern sein. Die wenigen Wochen unter Renalds strengem Regime hatten Wunder bei ihm gewirkt. Er mochte aussehen wie ein Engel von Summerbourne, aber wenn er einer war, dann glich er eher dem Erzengel Michael, dem Krieger des Herrn des Himmels. Das war kaum eine Überraschung, schließlich floß Kämpferblut, mütterlicher- und väterlicherseits, in seinen Adern. Claire betete, daß dieses

Blut heute auch in ihren floß, wenn sie ihren Geliebten kämpfen sah. Wo war er?
Für den Fall, daß ihr Ehemann, König und Königin nach ihr schickten, wußte sie nicht, wo sie die drei finden sollte.
Claire dachte daran, sich in den ruhigen Garten zurückzuziehen, als ein Page auf sie zutrat und sie ins Sonnenzimmer führte. Die Wände dieses schönen Raumes zierten prächtige Behänge. Selbst auf dem Boden lag ein gewebter Teppich. Carrisford war reich. Die Königin saß umgeben von einem Dutzend Hofdamen am Fenster. Sie winkte Claire zu sich und forderte sie auf, eine genaue Schilderung ihrer Verlobung und Hochzeit zu geben.
Claire übersprang das blutige Schwert, mußte aber die Leiche erwähnen und von der erfolglosen Suche nach dem Mörder berichten.
»Wir alle waren sehr erschüttert über den Tod Eures Vaters«, sagte die Königin. »Es war so unhöflich von ihm.«
Claire verkniff sich ihren scharfen Protest. Aufgrund ihrer neuen Einsicht konnte sie verstehen, was die Königin meinte. Aber der Frau fehlte Taktgefühl.
»Lord Clarence hat immer so wunderschöne Geschichten erzählt«, sagte die Königin. »Und die Rätsel. So gewitzt! Unterhaltet uns mit einer Geschichte, Lady Claire.«
Claire schaute sie an. »Hoheit, ich besitze nicht die Gabe meines Vaters.«
Die Königin blickte finster. »Sicherlich könnt Ihr Euch an einige seiner Geschichten erinnern. Ihr habt sie sicher oft gehört.«
»Ja, Hoheit, aber ich besitze nicht die Gabe des Erzählens.«
Die Züge der Königin wurden noch finsterer.
»Vielleicht kann ich mich an einige seiner Rätsel erinnern.«
Die königlichen Züge entspannten sich. »Ja, tut das.«
Claire fragte sich, wie die Hofleute, die täglich dieser Tyrannei ausgesetzt waren, es aushielten. Sie grub in ihrem Ge-

dächtnis, fürchtete aber, daß die Königin alle Rätsel schon gehört hatte. Dann versuchte sie, ein eigenes Rätsel zusammenzubekommen und es auch richtig zu erzählen. »Den Angriff erwidere ich scharf, habe mächtige Anhänger, bin entschlossen, alles in meinem Schlepptau zu verändern. Niemand kann meinem mächtigen Stoß trotzen, und trotzdem bin ich so sanft wie möglich und bemüht, zu verbessern, nicht zu zerstören. Oft vergieße ich Blut, aber nie willentlich, und wenn ich meinen gewaltigen Weg hinter mir habe, lasse ich die Welt verbessert zurück. Was bin ich?«
Als Claire sah, wie die Ladys sich ratlos ansahen, wußte sie zumindest, daß sie ihnen etwas Neues erzählt hatte.
»Klingt wie mein Ehemann«, sagte eine Frau lächelnd. »Er glaubt immer, daß die Welt besser wird, wenn er herumbrüllt und kämpft.« Ein zustimmendes Kichern lief durch den Raum.
»Aber«, sagte die Königin, »Lady Claire hat gesagt, ›was‹ bin ich, nicht ›wer‹. Mir fällt kein Gegenstand ein, der so brutal und doch liebenswürdig ist. Könnte es ein eroberndes Heer sein? Vielleicht die Armee des Vaters meines Herrn Gemahls, der England erobert und zu seinem Wohl verändert hat?«
Claire fiel nichts Diplomatisches ein, was sie dazu sagen konnte. Edith entstammte einem königlichen schottischen Geschlecht, und Claire hätte nicht gedacht, daß sie so begeistert von den normannischen Eroberern sein würde.
»Wenn Ihr erlaubt, Hoheit«, sagte eine ältere Lady. »Ich bezweifle, daß eine Armee jemals behaupten würde, sanft zu sein oder kein Blut vergießen zu wollen.«
Die Ladys warfen Vermutungen in den Raum, einige kluge, einige auch sehr alberne.
»Ein Pflug.«
»Ein Schiff.«
»Ein Penis.«

»Mächtige Anhänger?« fragte eine.
»Die Eier!« rief eine junge Frau, und alle lachten. Alle schauten zu Claire, waren sicher, das Rätsel gelöst zu haben.
Claire mußte zugeben, daß es in gewisser Weise paßte. Aber sie war auch verlegen wegen der fröhlichen Derbheit. »Ich weiß nicht, ob das die Welt verbessert zurückläßt, meine Ladys.«
»Versucht, das irgendeinem Mann zu sagen«, sagte eine der Matronen mit einem Augenzwinkern. »So, wenn es das nicht ist, dann gebt uns einen Hinweis, Lady Claire.«
»Es ist etwas für Frauen ...«
Sie wurde von der kühnen jungen Frau unterbrochen. »Das sind Schwänze und Eier!«
»Tatsächlich«, fügte Claire schnell hinzu, »ist es etwas, womit Ihr gerade beschäftigt seid.«
»Nicht etwas, womit wir jetzt gerne beschäftigt *wären*, Alida«, sagte die Königin, woraufhin die junge Edelfrau lachte.
»Also, was machen wir, was darauf zutreffen würde?«
Alle sahen sich um. Die Königin klatschte in die Hände. »Nähen! Nein, es ist die Nadel! Die Nadel sticht durch den Stoff und zieht den Faden – die Anhänger. Sie will kein Blut vergießen, aber sticht uns doch oft in die Finger. Und sie läßt die Welt verbessert zurück. Wie pfiffig!«
Als alle sich ihrem Lob anschlossen, sagte die Königin: »Stellt uns noch ein Rätsel, Lady Claire.«
Claire hoffte, daß man ihr ihre Meinung nicht ansehen konnte, und erzählte noch ein Rätsel. Und noch eins. Und noch eins. Als der König hereinkam und sie unterbrach, hätte sie ihm vor die Füße fallen und seine Stiefel küssen können.
Natürlich erzählte die Königin ihm sofort die Rätsel, die ihr am besten gefallen hatten – die sie aber alle durcheinanderbrachte, so daß die Lösung viel zu offensichtlich war. Nach einigen Rätseln kam der König zu Claire herüber. »Ich dan-

ke Euch, daß Ihr die Königin so gut unterhalten habt, Lady Claire.«
»Die meisten Rätsel waren von meinem Vater, Sire, und ich befürchte, daß ich sie nicht so gut erzählt habe wie er.« Sie konnte einen Hauch von Verbitterung in ihrer Stimme nicht unterdrücken. Immer noch konnte sie nicht glauben, daß dieser mächtige Mann das Schicksal nicht hatte wenden können.
»Wahrlich, er war sehr begnadet.« Der König schien ihren Ton nicht bemerkt zu haben. »Was ist mit dem Tagebuch Eures Vaters?« fragte der König. »Er hatte immer Schreibutensilien bei sich. Gerade zum Schluß hat er viel geschrieben. Wo ist das Büchlein? Ich hätte gerne seine Meinung über die Rebellion erfahren.«
Claire mußte ihm vom Verlust des Buches berichten.
Ein weiterer finsterer königlicher Blick. »Ihr werdet nicht gut genug gesucht haben! Renald wird mir den genauen Ort nennen, und dann werde ich weitere Männer hinschicken. Ihr solltet achtsamer mit solchen Kostbarkeiten umgehen.« Er klang wie Felice, so daß Claire lächeln mußte.
»Ihr lacht?« fragte er scharf.
»Nein, Sire.« Claire suchte nach einer annehmbaren Erklärung. »Oder doch, aber nur, weil mir bereits jemand genau dasselbe gesagt hat. Es ist ein ärgerlicher Fehler. Ich habe vor nicht allzu langer Zeit meine eigenen Aufzeichnungen auf Summerbourne verloren. Und jemand hat mich dafür gescholten, daß ich sie in der Fensternische liegengelassen hatte …« Sie verstummte und versuchte sich daran zu erinnern, wer ihr das gesagt hatte. Felice? Wahrscheinlich nicht, aber es erschien ihr wichtig, sich daran zu erinnern …
»Lady Claire!« Die Stimme des Königs schrillte in ihren Ohren, und Claire spürte, daß der König sie zu einer Bank führte. Sie blinzelte ihn an. »Habe ich Euch solchen Kummer gemacht, daß Ihr ohnmächtig geworden seid?«

Nun war auch die Königin bei ihr, übertrieben besorgt, und all ihre Hofdamen standen um sie herum. »Nein, Sire. Entschuldigt bitte. Ich muß noch erschöpft von der Reise sein.«
»Und sicherlich hat die Königin viel zu viele Rätsel von Euch verlangt. Ich war gekommen, um die Königin zu den Wettkämpfen zu geleiten. Ich hoffe, Ihr seid nicht zu schwach, denn Euch erwartet ein Ehrenplatz.«
Das war mehr oder weniger ein Befehl, also sagte Claire: »Gar nicht, Sire«, und erhob sich, um seine Hand zu ergreifen. Die andere reichte er der Königin und führte beide Frauen hinaus auf den Hof. Zumindest auf dem Weg zur Tribüne hatte Claire die Gelegenheit nachzudenken, denn die Königin schnatterte ununterbrochen.
Wer hatte ihr vorgeworfen, achtlos mit Büchern umzugehen? Und warum hatte sie das Gefühl, daß die Antwort wichtig war? Man konnte ihr wirklich nicht vorwerfen, nicht sorgsam mit dem Buch ihres Vaters umgegangen zu sein, außer daß sie es mit auf die Reise genommen hatte.
Claire saß zur Rechten der Königin und war das Opfer von Ediths dummem Geschwätz. Sie dankte Gott, daß sie keine Hofdame war, die das Tag für Tag ertragen mußte.
Aber Claire konnte wirklich Interesse an den sportlichen Wettkämpfen gewinnen. Reiten und Bogenschießen waren auf gewisse Weise schön, und das Fechten mit dem Stab erinnerte an den Schwerttanz. Obwohl sie wußte, daß die Steinschleuder tödlich sein sollte, konnte sie kein Mißfallen an den Zielübungen finden.
Es machte ihr Freude, den jungen Männern zuzusehen, die in ihren Kettenhemden Kunststücke vorführten, um ihre Kraft und Schnelligkeit zu beweisen. Als sie Josce unter ihnen entdeckte, feuerte sie ihn an. Aber als es zum Schwertkampf kam, überfiel sie Traurigkeit. Diese Männer waren gestärkt und geschliffen wie eine Waffe. Sie konnte nicht

vergessen, daß ihr Vater seine Bücher und seine Kaninchenfelldecke verlassen hatte, um diese Welt herauszufordern.
Als sie das Geklirr und Ächzen hörte, begann sie zu zittern. Dies alles würde in Renalds Kampf gipfeln, und sie mußte das akzeptieren. Sie durfte nicht versagen. Sie *durfte nicht!* Aber schon jetzt wurde sie von einer Panik erfaßt, die sie nicht kontrollieren konnte.
Als er und FitzRoger auf den Kampfplatz traten, wünschte sie, daß Frettchen ihn zu Tode quälen würden. Dann könnte er verstehen, wie sie sich fühlte.
Sie betraten die Fläche, die für sie hergerichtet worden war, zwei Männer in Eisen. Trotz ihres unterschiedlichen Körperbaus ähnelten sie sich doch in einem – in der Leichtigkeit, mit der sie sich in ihren Kettenpanzern bewegten. Sie waren wie Fische im Wasser oder Vögel in der Luft in ihrem Element – und schön.
Die Tribüne war besetzt mit Edelmännern. Viele Mitglieder des Hofs hatten sich zum Burgvolk unten am Rand des Ringes gesellt, in dem die beiden Männer kämpfen würden. In der ersten Reihe standen die Kinder.
Wie sehr sie es auch versuchte, Claire konnte in Renald nichts anderes sehen als den dunklen Krieger, der gekommen war, um Summerbourne zu beanspruchen. Brust, Bauch und Arme umhüllte ein knielanger Panzer aus eisernen Kettengliedern, ein breiter Ledergürtel lag um seine Taille. Die Kettenkapuzen hatten sie übergezogen, der Helm war festgeschnürt. Er war bereit zu töten.
Aber dann erkannte sie, daß er sich heute anders gab. Es lag nicht daran, daß sie ihn nun kannte und liebte. Heute war er entspannt und gewaltig unbesonnen. Er lächelte, während er mit seinem Gegner plauderte, und lachte dann breit über etwas, das FitzRoger erwiderte.
Sie musterte FitzRoger, den sein Kettenhemd aussehen ließ wie einen grauen Wolf auf Streifzug.

Claires Panik steigerte sich, als ihr klar wurde, wie gefährlich dieser Mann war. Er war besser als Renald, wie er selbst fröhlich eingestanden hatte. Wenn dies ein echter Kampf wurde, würde FitzRoger gewinnen und Renald sterben.
Sie wollte es nicht sehen.
»Geht es Euch gut, Lady Claire?« Die Stimme der Königin schien von weither zu kommen. Claire schaute die Königin an und lächelte.
»Aber ja, Hoheit.«
»Ihr seht etwas blaß aus. Vielleicht liegt es an der Hitze. Wein!« befahl sie scharf, und schon hatte Claire einen Becher in Händen. Der Wein schwappte in ihren zitternden Händen hin und her.
Sie hob den Becher an die Lippen und schaffte es, zu trinken, ohne etwas zu verschütten. Der kräftige Wein beruhigte sie. Ihr Anflug von Furcht erschien ihr lächerlich. Die beiden Kämpfer plauderten nun mit dem König.
Dann sagte der König: »Los, meine Freunde, und kämpft gut.«
Renald wandte sich Claire zu und reichte ihr seine Hände. Sie legte ihre hinein und hoffte, daß sie sich nicht kalt und zittrig anfühlten. Vielleicht war es so, denn sein Lächeln verschwand.
»Leider«, sagte er und küßte ihre Finger, »kann ich nicht versprechen, für Euren Ruhm zu siegen, meine werte Frau. Ich kann nur versprechen, mein Bestes zu geben.«
Sie legte ihre Finger auf seine Hand. »Paßt auf. Seid vorsichtig.«
»Aber das ist langweilig!« Er lächelte und küßte ihre Hand. »Wünscht mir alles Gute.«
Sie hob ihrer beider Hände und küßte seine Finger. »Natürlich tue ich das.« Sie dachte daran, wie er aus Summerbourne ohne ihren Segen in den Kampf gezogen war.
»Gott sei mit Euch«, sagte sie.

Vielleicht dachte er daran, denn einen Moment lang verdunkelten sich seine Augen. Dann drehte er sich um und ging. FitzRoger küßte Imogen auf die Lippen und folgte dann seinem Freund. Imogen lächelte beruhigend. »Macht Euch keine Sorgen, Lady Claire. Das haben sie schon oft getan.«
Claire machte sich keine Sorgen über ihre Sicherheit. Sie war besorgt, daß sie falsch reagieren würde und Renald dadurch veranlassen könnte, die Hochzeit abzusagen. Ihm war durchaus ein solches Opfer zuzutrauen.
Also gut. Sie war die Braut eines Wolfes. So würde sie sich auch benehmen.
Beide deckten ihren linken Arm mit ihrem Langschild und führten mit der Rechten das Schwert, kein spezielles Schwert, aber eines, das Knochen brechen konnte. Die ersten Hiebe waren noch zurückhaltend gewesen, aber nun verkündete das Geklirr die Wildheit ihres Schlagabtausches. Sie hielten sich nicht zurück. Schwungvolle Schwertschläge krachten, und Claire konnte förmlich ihre Wucht *spüren*, mit der sie auf die Schilde auftrafen. Sie sah den Ruck, der durch sie hindurchging, die Kerben und Splitter, sah, wie unmöglich es war, sie zu halten. Ein Ausrutscher, und das Schwert würde auf Fleisch und Knochen treffen.
Hin und wieder kam einer der Männer unter der Wucht eines nur ein kleines bißchen verkehrt abgewehrten Schlages ins Schwanken. Das ließ ihn nicht eine Sekunde innehalten.
Claire sah Renald grinsen. Es war keine Grimasse der Anstrengung. Er grinste!
Hunde sollen Euch zu Tode quälen, während Ihr Euch in Nesseln windet und Wespen Euch zerstechen …
Als ihre Angst verflog, sah Claire, daß die Heftigkeit des Kampfes trügerisch war, die Kontrolle absolut. Claire konnte den Kampf sogar – erschreckend fasziniert – schätzen wie den Schwerttanz.
Beide Männer standen mit leicht gebeugten Knien wie in

den Boden gerammt. Nur die härtesten Schläge ließen sie schwanken. Sie handelten und reagierten nahezu fehlerlos. Aus jahrelanger Erfahrung wußten beide sicher sehr gut, was der andere tun würde. Aber es war kein Tanz. Beide lauerten auf den kleinsten Fehler, auf irgend etwas, was sie zum Sieg führen würde. Schaukampf oder nicht, beide kämpften sie, um zu gewinnen.

Claire kam zu dem Schluß, daß die beiden sich ebenbürtig waren und daher bis zur völligen Erschöpfung sich an der Nase herumführen würden. Dann machte FitzRoger eine unerwartete Bewegung und hätte Renald beinahe das Schwert aus der Hand geschlagen. Renald fing sich sofort, ging zum Gegenangriff über, traf mit seinem Schild den Helm des Freundes, der auf die Knie fiel. Alle hielten die Luft an.

Renald stach nach dem Hals des Freundes. FitzRoger konnte ihn nicht abwehren! Umgeben von nach Luft schnappenden und schreienden Leuten schlug Claire ihre Hände vors Gesicht, guckte aber verstohlen nach dem Kampfgeschehen. Anstatt den Stich abzuwehren, ließ FitzRoger sich fallen, rollte zur Seite und sprang außerhalb von Renalds Reichweite auf die Füße wie eine Katze. Erstaunlicherweise lachten beide Männer und erholten sich kurz, während die Menge ihnen Applaus spendete. Schaukampf oder nicht, jedermann war gefesselt. Claire sah, daß ein paar ihrer Nachbarn Wetten abschlossen. FitzRoger war der klare Favorit.

Ein Page goß ihr weiteren Wein ein, und Claire trank ihn gierig.

»Ein interessanter Zug«, sagte der König. »Er muß allerdings noch etwas ausgefeilt werden.«

»Lord FitzRoger wird sich den Kopf verletzt haben«, sagte die Königin. »Und sie werden beide immer müder. Solltet Ihr sie vielleicht unterbrechen, Mylord? Wir wollen doch nicht, daß der Bräutigam zu müde für die Nacht ist.«

Claire wurde feuerrot, aber sie hoffte inständig, daß der König seiner Frau zustimmen würde. Ihre Nerven würden das nicht mehr lange ertragen.

Aber der König sagte kein Wort, und der Kampf ging weiter. In dem Moment sah Claire, saß sich alles änderte. FitzRoger übernahm die Kontrolle.

Der Kampf erinnerte sie wieder an den Schwerttanz und an die Art und Weise, in der Renald Lambert von Vayne dominiert hatte. Zuerst war es eine ganz leichte Veränderung – Renald hatte mehr Mühe, die Schläge abzuwehren. Claire dachte zuerst, es läge an der Position, aus der FitzRoger angriff, oder am Rhythmus. Was immer es auch war, Renald konnte nur mit Mühe parieren und selbst zu keinem Angriff ansetzen.

Claire bemerkte, daß sie vornübergebeugt dasaß, die Hände vor den Mund, und um ein Wunder bat, das Renald eine Chance bieten würde. Sie hatte keine Angst mehr. Sie fieberte vor Aufregung. Sie wollte, daß ihr Mann gewann.

Es gelang ihm aber nicht. FitzRoger brachte Renald aus dem Gleichgewicht und schlug ihm mit seinem Schild das Schwert in hohem Bogen aus der Hand. Im selben Augenblick stieß er Renalds Schild so weit zur Seite, daß er seine Klinge auf dessen Brust setzen konnte. Renald breitete seine Arme aus, er ergab sich.

Dieses Mal blieb es auf der Tribüne totenstill. Dann begann unten das Volk hurra zu rufen, Hüte hochzuwerfen, und ein allgemeines Geschnatter entstand. Aber Claire bemerkte, daß der König die Armlehnen seines Throns fest umklammert hielt. Hatte eine wirkliche Gefahr bestanden? Hinter ihr sagte jemand: »Diese Geste. Aber ...«

Vielleicht hatten sie Regeln für ihre tödlichen Spiele, und dieses Verhalten war unangemessen gewesen. Aber Claire wollte lieber Renald beobachten, wollte sichergehen, daß er unverletzt war.

Er und FitzRoger wirkten völlig entspannt. Sie öffneten ihre Helme und warfen sie ihren wartenden Knappen zu. Als sie zur Tribüne gingen, schoben sie ihre Kettenkapuzen zurück, damit der Wind durch ihr feuchtes Haar streichen konnte. Sie plauderten miteinander, sicherlich über die Einzelheiten des Kampfes, und es schien, als hätte es ihnen großen Spaß gemacht. Was es ja auch gewesen war. Für sie.

»Ein seltsames Ende«, sagte die Königin, die an einer Mandel knabberte. »Es wäre kein tödlicher Hieb gewesen.«

»Wenn das Schwert das Kettenhemd nicht durchstoßen kann«, sagte der König.

»Das können Schwerter doch nicht, oder?«

Claire verschlug es den Atem. Natürlich. Es war kein Wunder, daß die Leute über den Stoß auf Renalds Brust überrascht waren, aber einige – unter ihnen der König – hatten die Bedeutung verstanden. Wenn FitzRoger Renalds dunkles Schwert gehabt hätte, wäre der Hieb tödlich gewesen. Die letzte Geste war eine Wiederholung des Schlages gewesen, der ihren Vater getötet hatte!

Claire fiel kein Nagetier ein, das schrecklich genug war.

Sie war sicher, daß der Kampf – zumindest der Schluß – nach dem Schema des Kampfes verlaufen war, in dem ihr Vater den Tod gefunden hatte. Renald hatte ihr vorgeführt, was er war und was er getan hatte. Er hatte ihren Vater dargestellt, während FitzRoger der Vollstrecker gewesen war. Ihr kämpferischer Niveauunterschied war nicht so groß, aber da Renald keine wirkliche Chance hatte, FitzRoger zu besiegen, war der Kampf genauso wie der andere ausgegangen.

Wenn sie wollte, konnte sie ihren Vater an Renalds Stelle setzen, konnte ihn kämpfen sehen, anfänglich in gewisser Weise kontrolliert, sehen, wie er am Ende nichts mehr ausrichten konnte und Renald zum Töten angesetzt hatte.

Zum schnellen, gekonnten Todesstoß.

Renald und FitzRoger standen nun vor dem König. Heinrichs Hände waren jetzt entspannt, aber er sah nicht zufrieden aus. »Ich nehme an, Ihr habt erreicht, was Ihr wolltet, Lord Renald.«
»Das hoffe ich, Sire.«
»Ich nehme an, Ihr hättet ihn schlagen können, als er zu Boden ging.«
»Vielleicht. Wenn ich für Euch gekämpft hätte, Sire, hätte ich nachgesetzt.«
»Sicher. Und ihr, FitzRoger, dieser Zug war noch nicht ganz reif für einen Kampf.«
»Wo kann ich ihn besser üben als im Kampf gegen einen guten Gegner, Sire? Ich werde ihn sicher eines Tages in Euren Diensten anwenden können.«
»Aber warum macht Ihr Euch Sorgen«, fragte die Königin, »wenn Gott doch entscheidet?«
Claire sah die Männer sich einen Blick zuwerfen, der wohl mit »Frauen!« zu übersetzen war.
Der König sagte: »Aber meine Liebe, genauso wie ich von meinen Männern erwarte, daß sie sich in Form bringen, damit sie mir wirksam dienen, erwartet Gott dasselbe von uns allen. Sollen wir ihm minderwertiges Werkzeug zur Verfügung stellen?«
»Gott ist allmächtig, Heinrich.«
»Aber er bevorzugt, daß sein Volk auf Erden auf sich selbst aufpaßt. Kommt, meine Liebe. Keine theologischen Themen mehr. Seht, sie bereiten weiteres Bogenschießen vor.« Er wandte sich wieder den zwei Kämpfern zu. »Ruht Euch aus, meine Freunde, und entspannt Eure Muskeln. Vor allem Ihr, Lord Renald, solltet Euch nicht verausgaben.«
Claire wußte, daß sie wieder errötete, und als Imogen sich wieder neben sie setzte, verzog sie das Gesicht.
»Ist es nicht seltsam, wie jeder darüber spricht?« fragte Imo-

gen. »Ich bin sehr froh, daß ich in aller Stille und schlicht geheiratet habe.«
»Ich hatte ein Fest mit meiner ganzen Familie und vielen Freunden. Es war wunderschön, bis ich dann die Wahrheit erfuhr.«
Imogen drückte ihre Hand. »Fühlt Ihr Euch nun besser? Wenn nicht, können wir vielleicht etwas arrangieren …«
»Renald«, Claire unterbrach sie und schaute ihrem Ehemann nach. »Renald hat Euch darum gebeten.«
»Er möchte nicht, daß Ihr Euch gezwungen fühlt.«
»Daher dieser makabre Schwertkampf! Ich könnte ihm einen Stein auf den Kopf hauen, und nicht gerade zu seinem Besten!«
Imogen kicherte. »Ihr liebt ihn offensichtlich wie verrückt!«
Claire mußte lachen. »Natürlich. Aber ich habe genug von seiner *Gerechtigkeit,* nein danke. Das ist zuviel für meine Nerven. Ich wünschte, ich könnte mit ihm reden und ihm sagen, daß ich meine Meinung geändert habe.«
»Ich glaube nicht, daß Ihr ihm ins Bad folgen dürft.«
»Es ist verführerisch, glaubt mir. Ich möchte das abgeschlossen haben, bevor wir zu anderen Dingen übergehen.«
»Bettspiele.« Imogen zwinkerte ihr zu.
Claire schaute sie an. Sie war keine Freundin wie Margret, aber sie war eine junge Frau und noch nicht lange verheiratet. Nach einem schnellen Blick aus dem Augenwinkel fragte sie: »Gefallen sie Euch?«
»Bettspiele? Aber ja. Seid Ihr nervös?«
»Ein bißchen.« Sie konnte nicht von ihrer ersten Hochzeitsnacht berichten, aber sie sagte: »Ich weiß nicht, was ich tun soll.«
»Macht Euch keine Sorgen. Renald weiß es.« Sie stand auf. »Die Königin will gehen.«
Königin Edith wandte sich ihnen zu. »Mein Herr Gemahl möchte auf die Jagd gehen«, sagte sie. »Wir armen Frauen

bleiben uns selbst überlassen. Lady Imogen, Ihr könntet für uns spielen.«
Claire schaute nach einer Möglichkeit zu gehen, um mit Renald sprechen zu können, aber sie fand keine. Der Hof, mußte sie feststellen, bot ebensowenig Freiraum wie ein Kloster. Aber sie erfuhr, daß Renald und FitzRoger aus ihrem Bad gezerrt worden waren, damit sie sich der Jagdgesellschaft anschlossen. Sie hoffte, daß ihr Ehemann so kräftig war, wie er aussah.
Zumindest mußte Claire nicht weiter für Unterhaltung sorgen, denn Imogen und einige andere mußten musizieren. Sie konnte endlich über Aufzeichnungen nachdenken, die sie am Fenster liegengelassen hatte. Wer hatte das gesagt, und warum war das so wichtig?
Aber die Musik war ausgezeichnet, und ihre Gedanken waren viel zu sehr mit der kommenden Nacht beschäftigt. Anstatt nachzudenken, verlor sie sich den ganzen Nachmittag lang in köstliche Träume.

26. Kapitel

Die Männer kehrten heiser und triumphierend von der Jagd zurück. Der König stürmte noch voller Blut und Dreck in das Sonnenzimmer. Die errötende Königin entließ alle. Als Claire hinausging, fand sie ein Chaos vor. Das ganze Schloß stand im Zeichen der Vorbereitung des abendlichen Banketts und war voller verdreckter Hunde und ebenso schmutziger Männer, die Wein, Essen und ein Bad verlangten. Man hatte drei Hirsche und zahlreiche kleinere Tiere mitgebracht, die nun den hin und her rennenden Dienstboten übergeben wurden.

Irgendwo in dem Getriebe sah sie Thomas. Claire betete zum Himmel, daß der Hof niemals Summerbourne besuchen möge.

Sie wollte Renald finden, gab diese Suche aber bald auf. Sie würden beim Bankett nebeneinandersitzen, und vielleicht würde sie dann mit ihm reden können.

Claire ging, um sich für den Abend zurechtzumachen, und kehrte dann in die Halle zurück. Sie hielt Ausschau nach Renald, weil sie ihn vermißte, aber er erschien erst, als der Trompetenstoß zum Essen rief. Sie nahm an, daß er noch ein Bad genommen hatte. Er betrat die Halle, umringt von Männern, die alle sauber waren und von den Aufregungen des Tages strahlten. Aber er lächelte nur für sie, kam zu ihr, um sie zur Hohen Tafel zu führen.

»Unser Hochzeitsbankett«, sagte er, als sie Platz nahm.

»Wieder«, bemerkte sie.

»Und frisch. Keine Reste.«

Sie schaute ihn erschreckt an, aber er schüttelte den Kopf.

»Ich bin nicht klug genug, um so etwas mit Absicht zu sagen – keine Reste?«
»Keine«, sagte sie lächelnd und sah ein, daß dies nicht der Ort für eine lange, ernste Unterhaltung war. »Ich erkläre es Euch später.«
Renald nahm ihre Hand und küßte sie. »Ich bin entzückt. Aber ich glaube nicht, daß ich dann in der Stimmung für eine Unterhaltung bin. Später.«
Er biß ihr in den Daumen, und sie merkte, wie ihr Herz zu rasen begann. Sie wuschen ihre Hände, und Diener servierten Fisch.
Claire schaute das köstliche Essen ohne Appetit an. Diesen Appetit. »Ich wünschte ...«
»Ich weiß. Aber wir müssen warten.«
»Warum?«
»Sitten und Gebräuche, erinnert Ihr Euch?« Er schob ihr einen Bissen Fisch zwischen die Lippen. Es war kräftig gewürzter Aal.
»Ich frage mich, ob es sehr qualvoll ist, wenn Aale an einem saugen, bis man endlich stirbt.«
Er zog die Brauen hoch. »Kennt Ihr jemanden, dem das passiert ist?«
»Nein, aber einem Mensch, der mir sehr nahe ist, wäre das beinahe widerfahren.«
Er schüttelte den Kopf wegen dieses scheinbaren Unsinns. Claire lächelte und wählte das Essen von dem nächsten Servierbrett, einem mit Fleisch. Sie gaben sich gegenseitig zu essen während der nicht enden wollenden Gänge und warteten auf ihre Nacht. Aber als sie ihm ein Stück Honigkuchen in den Mund schob, hielt Renald ihre Hand fest und leckte ihre Finger sauber. »Honig, Ingwer, Zimt ...«
»Nicht«, hauchte sie. »Wir müssen noch Ewigkeiten hier warten, und ich kann es nicht mehr ertragen ...«
»Ihr glaubt nicht, was ein Mensch alles ertragen kann.«

»Ich möchte Euch aus der Halle zerren. Jetzt.«
»Ich würde mich widersetzen. Warten erhöht die Lust.«
»Wir haben schon einen Monat gewartet.«
»Wie wahr.« Er nahm ihre Hand, führte sie unter das Tischtuch und legte sie auf sein festes, langes und hartes Glied.
»Seid Ihr sicher, daß Ihr warten wollt?« Durchtrieben lächelnd rieb sie ihn und genoß, wie er kaum atmen konnte und wie er sie anschaute. Als er nach ihrer Hand packte, schmerzte es sie.
Claire biß sich auf die Lippen. Sie hatte das letzte Mal vergessen. »Ihr habt damit angefangen«, zischte sie.
»Mag sein. Jetzt beginne ich etwas anderes.«
Während er mit der Linken seinen Becher zum Mund führte und trank, ließ seine rechte Hand die ihre los und glitt zwischen ihre Schenkel, machte sich Platz zwischen der Wäsche. Einen Moment dachte Claire daran, sich zu widersetzen, aber dann entspannte sie sich. Sie spreizte sogar ihre Beine und schaute ihn an. Sie wußte, daß er hier am Tisch nicht sehr weit gehen konnte. Das lange Tischtuch verdeckte ihre Beine, aber tailleaufwärts waren sie jedermanns Blick ausgesetzt.
Er verzog warnend die Lippen. Dann nahm er seinen Becher, hielt ihn ihr an die Lippen, während seine andere Hand sich weiterbewegte und Claire so erzittern ließ, daß sie plötzlich ihre Sitzhaltung ändern mußte. Hastig ergriff sie mit der rechten Hand den Becher und hoffte, daß diese Bewegung die andere überspielte.
Dann fühlte sie, wie er langsam ihren Rock hochschob und wie seine Finger über ihre nackten Oberschenkel strichen. Wieder nahm sie einen Schluck aus dem Becher. Sie versuchte, sich nicht anmerken zu lassen, daß sich ihr Atemzug verändert hatte. Auch sorgte sie sich, daß sie errötete. Es würde sicherlich jemandem auffallen, was hier vor sich ging. Paßte er nicht auf?

Als sie ihn anschaute, wurde sein Lächeln breiter. Er nahm den Becher zurück, nahm einen Schluck und küßte sie. Zumindest überdröhnten die Musik und das Geschnatter ihr Stöhnen.

Seine Hand blieb regungslos auf ihrem Oberschenkel liegen. Sie wollte sofort protestieren.

Während die eine Hand immer noch quälend untätig blieb, stellte Renald mit der anderen den Becher ab und nahm ein Stück Fleisch. Er strich ihr damit über die Lippen, neckte sie und schob ihr soviel in den Mund, bis er voll war. Sie fühlte sich, als ob er sie mit der anderen Hand weiterstreicheln würde, obwohl er es immer noch nicht tat.

Nachdem sie das zarte Fleisch heruntergeschluckt hatte, spielte er mit den Fingern an ihren Lippen, ermunterte sie, an ihnen zu lecken und zu saugen. Sie war sich seiner anderen, ruhenden Finger sehr bewußt und nahm einen seiner Finger in den Mund, um ihn genußvoll mit der Zunge zu umspielen. Er litt sicherlich genauso wie sie!

Offensichtlich nicht. Beinahe atemlos wand sie sich, um seiner Hand zu entkommen. Es war unmöglich. Verzweifelt wünschte sie, er würde irgend etwas tun – wie unanständig es auch sein mochte – oder sie in Ruhe lassen. Sie nahm einen Löffel und schob ihm einige Mundvoll gewürzte Gerste und danach Kressekompott in den Mund.

Er schluckte. »Ihr meint also, daß ich etwas zu essen brauche.«

»Ich habe Sorge, daß Ihr an wichtigen Stellen abnehmt.«

»Wenn überhaupt, dann wachse ich. Fühlt und seht her.«

»Ich kann es mir vorstellen.«

»Dann stellt Euch vor, wie ich in Euch bin, groß und heiß.«

Sie schaute ihn an. Das Begehren packte sie so sehr, daß sie ihn beinahe schon dort fühlen konnte oder zumindest fühlen konnte, wo er sein sollte. Sie ließ den Löffel fallen, und das weiße Tischtuch bekam grüne Flecken.

»Bitte ...«
»Wartet.«
»Wartet! Ich warte schon ewig.« Sie schob ihre Hand unter das Tischtuch und versuchte, seine Hand zu führen, während sie ihn anlächelte. Aber natürlich war er viel zu stark für sie. Er beugte sich vor, küßte sie und sagte: »Wartet. Nur noch ein wenig.«
»Es werden noch etliche Vergnügungen präsentiert werden, bevor sie uns gehen lassen«, sagte sie unruhig. »Ihr seid ein Tyrann.«
»Erinnert Ihr Euch an unsere erste Hochzeitsnacht? Ich wollte, daß Ihr erst die Freuden spürt und dann den Schmerz, aber als wir alleine waren, konnte ich nicht warten.«
»Dann, was ...«
»Oh, die Akrobaten. Sehr gut.«
Die Unterhaltung der Festgesellschaft wurde von Bodenakrobaten eröffnet, die radschlagend in die Mitte des Saales sprangen. Sie waren sehr gut, und Claire hätte sich beinahe von ihnen fesseln lassen, wenn da nicht diese Finger auf ihren Schenkeln gewesen wären, die sie hin und wieder leicht streichelten, aber sich niemals genug bewegten. Wovon hatte er gesprochen? Von den Freuden? Hier? Das *konnte* er nicht tun!
Sie hörte sich stöhnen und trank schnell einen Becher Wein. Als der Mundschenk nachfüllte, sagte Renald: »Gebt mir zu trinken, Frau. Ich werde mich derweil anderweitig beschäftigen.«
»Es geschähe Euch wirlich ganz recht, wenn ich Euch den Becher hier augenblicklich über den Kopf schütten würde.«
»Ich würde eine Abkühlung sehr erfrischend finden.«
»Wenn Ihr glüht, so ist es Eure Schuld. Wenn wir warten müssen ...«

»Ihr werdet doch nicht den Mann versäumen wollen, der mit dem Feuer spielt.«
Sie schaute ihn an. »Nichts ist mir unwichtiger.«
»Ich glaube, Ihr werdet Eure Meinung noch ändern. Wein, meine Frau. Ich verdurste.«
Mit einem gespielt mürrischen Gesicht hob sie den Becher an seine Lippen und neigte ihn so, daß Renald ihn bis zum letzten Tropfen austrinken mußte. Damit er seine Beherrschung verlor, beugte sie sich vor und leckte den letzten Tropfen von seinen Lippen.
Und da sie sich in dieser Haltung gegen seine sie quälende Hand pressen konnte, neigte sie sich noch weiter zu ihm hinüber. In Erinnerung an frühere Gelegenheiten knabberte sie an seinem Nacken, seinem Ohr …
»Edith, seht nur, wie ungeduldig unser verliebtes Pärchen sich der Nacht entgegensehnt«, sagte der König, der auf Renalds anderer Seite sah. Claire stellte mit Entsetzen fest, daß sie so gut wie auf Renald lag – und das in der Öffentlichkeit!
»Allerdings, Sire«, sagte er scheinbar ruhig und hinderte Claire daran, sich zu weit von ihm zu entfernen. »Ein Monat ist eine lange Wartezeit.«
»Aber eine heilige«, sagte die Königin. »Das wird Euch großen Segen bringen. Wir können den Ablauf des Festes nicht beschleunigen.« Sie hob mahnend den Zeigefinger. »Ein wenig Geduld in dieser Hinsicht wird Euren Seelen guttun wie auch Euer fleischliches Verlangen noch steigern. Außerdem bin ich sicher, daß Lady Claire den Mann, der mit dem Feuer spielt, nicht würde versäumen wollen. Er beherrscht diese Fertigkeit in bewundernswerter Weise.«
»Das ist richtig, Hoheit«, sagte Renald. »Tatsächlich wartet Claire schon sehnsüchtig darauf. Nicht wahr, Liebste?« Seine Finger bewegten sich und raubten Claire fast den Atem, aber es gelang ihr dennoch, angemessen zu antworten.

»Vertraut mir«, raunte Renald. »Ihr werdet Abdul auf keinen Fall versäumen wollen. Ah, da kommt er.«
»Ich kenne Feuerschlucker.«
»Aber Abdul ist so gut, daß der König ihn in seinen Dienst genommen hat.«
»Selbst so ...«
Er brachte sie mit einem Kuß zum Schweigen. »Schaut. Ich verspreche Euch, daß Ihr das niemals vergessen werdet.«
»Können wir danach gehen?«
»Ja. Ich denke, danach werden wir entlassen.«
Der Feuerschlucker war ein Schwarzer, was die Dramatik noch erhöhte. Claire hatte bisher nur einen Mohren gesehen, und unter normalen Umständen hätte sie mit ihm über seine Heimat reden wollen. Aber nun wollte sie, daß er seine Vorstellung gab, beendete und ging.
Der Artist verschluckte zuerst das Feuer, löschte es mit seinem Mund oder spie Feuer wie ein Drache. Er war gut, aber nicht gut genug, um Claire von Renalds ruhender Hand und ihrem eigenen, ungelöschten Feuer ablenken zu können.
Dann begann sich Renalds Hand wieder zu bewegen.
Claire hielt die Luft an. Sie genoß die Berührung, der sie sich entgegensehnte, war aber entsetzt, weil sich so viele Blicke auf sie richteten. Natürlich waren die meisten von der Vorführung gefesselt, aber nicht jeder. Sie schloß ihre Oberschenkel. Das konnte er doch nicht tun!
Dann verdunkelte sich die Halle. Während Frauen aufschrien und Männer tief Luft holten, stellte Claire fest, daß Diener mit großen Brettern die Fenster verdunkelten. In der tiefen Düsterkeit zeichneten Abduls glühende Fackeln wilde Muster, die von den geschickten Händen des Artisten zum Tanzen gebracht wurden. Geschickten Händen.
Renalds geschickte Hand wanderte weiter, geradewegs in sie hinein. »Halt!«

»Niemand kann etwas sehen«, flüsterte er, »niemand kann etwas hören. Laß dich gehen.«
Die Musiker begannen, zu dem Feuerwerk eine wilde, rauhe Melodie zu spielen, eine schrille Mohrenweise, die von harten Trommelschlägen begleitet wurde.
Renalds Finger wurden immer schneller. Plötzlich von Panik ergriffen, versuchte Claire, ihre Schenkel zu schließen, aber sein Bein lag schon über ihrem und öffnete sie, während der Trommelwirbel immer heftiger wurde und die Fackeln unglaublich schnell und verwirrend vor ihren Augen hin und her wirbelten. Renald legte seinen rechten Arm um sie, hielt sie fest und spielte mit ihrer Brust. Seine Lippen spürte sie warm auf ihrem empfindlichen Nacken.
Claire klammerte sich an die Tischkante und drückte sich ab, allerdings nicht, um ihm zu entkommen. Es war ihr mittlerweile egal, ob die ganze Welt zusah. Sie schloß ihre Augen, sah die wirbelnden Lichter rot glühen, während die Musik in ihr hämmerte.
Sie kämpfte dagegen an. Sie konnte gegen einen solchen Gegner nicht gewinnen, aber der Kampf machte sie verrückt und verrückter. Wie ein Baby lag sie an seiner Brust, suchte seinen Mund und versank in seinem Kuß, als sie in eine große, dunkle Stille taumelte.
Nur langsam wurde ihr klar, daß diese Dunkelheit Wirklichkeit war. Der Artist hatte alle Fackeln auf einmal gelöscht. Die Musik war verstummt, um einen dramatischen Moment zu erzeugen. Nein, nicht nur das war es gewesen.
Als die Diener die Bretter fortnahmen und die letzte Abendsonne in die Große Halle fiel, setzte sich Claire gerade in ihrem Stuhl auf und schloß ihre zitternden Beine. Renald zog seine Hand fort, führte sie zu seinen Lippen und küßte sie, während sein flammender Blick auf Claire ruhte.
Unter dem lauten Applaus und den Bravorufen wurde

Claire hin und her geschüttelt und hatte das Gefühl, daß alle ihren orgasmischen Moment feierten.
Der König warf dem grinsenden schwarzen Mann eine schwere, klirrende Börse zu. »Ja, sehr gut! Ihr werdet mit jedem Mal besser.«
Der Artist verbeugte sich tief. »Ihr gebt mir die Möglichkeit, meine Fertigkeiten zu vervollkommnen, Sire.«
Die Königin lehnte sich vor, um mit Claire zu sprechen. »Da habt Ihr es gesehen. Das hättet ihr nicht verpassen wollen, nicht wahr?«
Claire mußte leicht lachen. »Nein, Hoheit. Das hätte ich niemals verpassen wollen, so seltsam es auch war.«
»Seltsam?« fragte der König. »Habt Ihr vorher noch nie Artisten mit Feuer spielen sehen?«
»Nicht so, Sire.«
»Selbstverständlich nicht«, sagte er stolz. »Er ist auffallend geschickt.«
»In der Tat, Sire«, sagte Claire und schaute Renald an.
»Eine ganz besondere Gabe.«
»Wie wahr, Sire.« Sie biß sich auf die Lippen, um sich zu beherrschen. Renald sah angestrengt aus.
»Ich bin immer wieder verwundert, was dieser Mann kann«, bemerkte die Königin. »So geschickte Hände.«
Claire konnte kein Wort sagen, denn sie hatte Angst, kichern zu müssen.
»Sicher das Resultat jahrelanger Übung«, sagte Renald.
Claire gab ihm unter dem Tisch einen Tritt. »Vielleicht würde ich auch gerne eine solche Geschicklichkeit erwerben. Es müßte interessant sein, solch eine Aufregung zu erzeugen. Geradezu ekstatisch, findet Ihr nicht auch?«
»Nein, nein, Lady Claire«, sagte die Königin, »eine Edeldame sollte nicht mit Feuer spielen.«
Claire ließ eine Hand unter den Tisch gleiten, um eine gewisse längliche Erhebung zu streicheln. »Oh, aber Hoheit,

ich nehme an, daß Lord Renald bestimmt eine Frau gefallen würde, die gerne mit dem Feuer spielt. Ganz besonders, wenn sie geschickte Hände hat.«
»Das könnte sein«, murmelte Renald, der aussah, als hätte er einen innerlichen Kampf auszutragen.
»Meine Liebe«, sagte der König zu seiner Gemahlin, »ich denke, es ist Zeit, die beiden in ihr Bett gehen zu lassen, bevor ihnen die Enthaltsamkeit den letzten Funken Verstand raubt.« Sein Gesicht wirkte unbeteiligt, aber seine Worte erweckten den Eindruck, als würde er einiges von der Nebenhandlung ahnen.
»So früh?« fragte die Königin. »Aber wir haben noch einen Mann mit guten Rätseln. Ich bin sicher …«
»Ich bin sicher, daß eine Lady von Summerbourne alle guten Rätsel kennt und lieber andere Rätsel lösen würde. Stimmt das nicht, Lady Claire?«
Sie lächelte ihm dankbar zu. »Sehr wahr, Sire. Habe ich mit den Fräulein auf mein Zimmer zu gehen?« Plötzlich haßte sie den Gedanken, sich von Renald trennen zu müssen, auch wenn es nur für einen Moment war.
Als ob er es erraten hätte, stand Renald auf und nahm sie in seine Arme. »Mit der Erlaubnis Euer Gnaden, dies ist keine wirkliche Hochzeitsnacht. Daher werde ich einfach meine Gemahlin nehmen und mich zurückziehen.«
Claire sah, daß die Königin widersprechen wollte, aber der König legte eine Hand auf die ihre. »Es ist, wie Lord Renald sagt, meine Liebe. Aber ganz ohne Zeremonie geht es nicht. Ho!« rief er. »Musik für das enthaltsame Ehepaar!«
Die Musikanten spielten einen fröhlichen Marsch, und bald klatschte die ganze Halle mit und lachte. Überhäuft mit derben Ratschlägen trug Renald Claire durch die Große Halle und die breiten Steinstufen hinauf. Sie vergrub ihr Gesicht an seiner Brust, während wieder die Begierde in ihr erwachte.

In ihrem Zimmer warf er sie auf das mit Blütenblättern bestreute Bett und begann sich auszuziehen. Nach einem Moment des Erschreckens begann auch Claire sich zu entkleiden. Als sie ihr Unterhemd ausgezogen hatte, beugte er sich zu ihr nieder und küßte sie so leidenschaftlich, daß sie erst nach einem Moment begriff, daß er sich zwischen ihre Schenkel legte. Endlich. Endlich.
Sie befreite sich von seinem Mund. »Ich wollte sagen ...«
Er legte eine Hand über ihre Lippen. »Nicht jetzt.« Dann schaute er sie an, stützte sich über ihr ab und glitt in sie hinein.
Er war groß, und Claire fühlte, wie er sie dehnte und ausfüllte. Sie erinnerte sich daran, daß Margret gesagt hatte, sie solle ihm sagen, was sie wolle. Sie glaubte nicht, daß sie Renald es mit Worten erklären mußte, aber sie gab trotzdem ein Murmeln von sich. Als er seine Hand von ihrem Mund nahm, sagte sie: »Das fühlt sich gut an.«
Er lachte und sagte: »Tut es dir nicht weh?«
Claire schüttelte den Kopf. Sein Gesicht fesselte sie, es war gespannt, noch gefaßt, ganz konzentriert auf ihr langsames Miteinander. Wie sie. Sie spürte ein Prickeln und Sehnen nach ihm. Er tat ihr gut. Er war ganz langsam. Sie wußte, daß es ihn viel kostete, so langsam zu sein, aber sie wußte auch, daß er es aus Liebe tat.
Es war ein seltsames Gefühl, und sie bewegte sich leicht, versuchte, sich ihm anzupassen. Renald schloß die Augen und atmete tief ein.
Sie dachte an das letzte Mal und blieb wieder ruhig liegen. Es sollte nicht noch ein Unglück passieren.
»Ist noch alles in Ordnung?« fragte er knapp.
Claire nickte. Dann bemerkte sie, daß er noch immer die Augen geschlossen hatte, und sagte »Ja.« Ihre Stimme quiekte etwas.
»Schieb deine Brüste hoch.«

Als sie ihm bereitwillig gehorchte, beugte er sich herunter, um erst an der einen, dann an der anderen Brust zu saugen. Es war vorbei mit dem Stilliegen. Ihre Hüften hoben sich. Er drang tief in sie ein. Ein schneidender Schmerz.

Sie konnte ihren Schrei nicht unterdrücken.

»Ich bete«, sagte er, »daß du leicht gebaut bist«, und stieß ganz tief in sie hinein.

»Ich danke Gott«, sagte er atemlos.

»Ich sollte Gott auch danken«, sagte sie, erstaunt darüber, wie erfüllt sie von ihm war. »Wie schön es ist, einen Mann auf diese Art und Weise besitzen zu können.«

Wieder lachte er und bewegte sich gleitend in sie hinein und heraus. Es war genauso und doch wieder ganz anders als das, was er vorher mit ihr gemacht hatte. Nichts, was sie jemals vorher selbst mit sich gemacht hatte.

Sie bemühte sich verzweifelt darum, ruhig zu liegen, aber jeder Muskel ihres Körpers wollte tanzen. Die Hitze seines großen Körpers brachte auch sie zum Glühen. Der Geruch machte sie ganz verrückt. »Kann ich mich bewegen?« hauchte sie, obwohl sie es doch schon tat. Sie konnte nichts dagegen tun.

»Ja, natürlich.« Er legte seine Hände unter sie, um ihr zu helfen. Aber es war völlig unnötig. Sie tanzte mit ihm im Ehebett zu ihrer wilden Musik, sie liebten den Klang, das Gefühl und das Aufeinanderprallen ihrer so gut harmonisierenden Körper.

»Ich bin froh, daß es nicht dunkel ist«, sagte sie atemlos von seinen kraftvollen Stößen.

Seine Antwort erschöpfte sich in einem Stöhnen, das seinen zusammengebissenen Zähnen entwich.

Als sie in den Strudel hineingesogen wurde, lachte sie lustvoll und biß ihn. Sie grub ihre Fingernägel in sein Hinterteil, als könnte sie ihn – was unmöglich war – zwingen, noch tiefer, fester und härter in sie einzudringen.

Mehr. Mehr. Mehr!

Vielleicht schrie sie es. Als sie sich um seinen hinreißenden, festen Körper schlang, erschauerte sie von Kopf bis Fuß unter seinem Stöhnen. Er brach zusammen, rollte zur Seite und riß sie mit sich. Sie löste Beine und Zähne von ihm, hielt aber die Arme noch fest um ihn geschlungen. Seine Lippen berührten die ihren, und sie versuchte, ihn zu verschlingen. Bei allen Heiligen und Engeln, die Ehe war eine wunderschöne Angelegenheit.

Als endlich der Kuß ausklang, ihr Atem leichter ging und ihre Umarmung entspannter wurde, lagen sie immer noch ineinander verschlungen da, ruhten ihre Hände immer noch liebevoll auf dem Körper des anderen.

»Alles in Ordnung?« fragte er sie, wie er sie vor so langer Zeit schon einmal gefragt hatte. Er strich ihr das Haar aus den Augen und schaute sie an – allerdings ohne großen Zweifel.

Claire reckte sich und betrachtete ihn mit wunderbarer und lüsterner Besessenheit. »Ich bin nicht sicher. Ich denke, wir sollten es noch einmal versuchen.«

Renald lachte, rollte sich auf den Rücken und zog sie auf sich. Claire hatte ihn niemals so lachen sehen, aber so war der wirkliche Renald. Das wußte sie.

»Oh, ganz sicher«, er schnappte nach Luft. »Vielleicht sollten wir auch einen Feuerschlucker engagieren.«

Sie fuhr mit ihrer Hand über seine Brust. »Meinst du, wir könnten ohne ihn nicht so viel Spaß haben?«

Er küßte sie leicht. »Wir wollen ihn nur haben, damit wir uns etwas einfallen lassen können.«

Claire glitt von ihm herunter, um seinen wunderschönen Körper besser betrachten zu können. »Ich komme aus einer sehr einfallsreichen Familie.« Sie betrachtete einen ganz besonderen Teil seines kräftigen Körpers. »Wird er immer explodieren, wenn ich ihn berühre?«

»Nur wenn ich dumm bin und versuche, Gottes Gabe falsch einzusetzen.« Er nahm ihre Hand und legte sie auf seine neue Erektion. »Ich sehne mich danach, daß du mich berührst, Claire.«
Sie streichelte ihn und war gefesselt von dem Zucken, das sie auf seinem Gesicht lesen konnte.
Er legte seine Hand auf die ihre. »Ich will dir zeigen, wie man Feuer macht.«
»Ich denke, ich weiß das.« Sie entkam ihm und verschwand unter der Bettdecke. »Ich möchte statt dessen Feuerschlucker spielen.«

»Beim heiligen Amand«, sagte er, als sie später, noch miteinander vereint, dalagen. »Ich hoffe nicht, der König wünscht, daß ich heute ausreite.«
Claire kicherte. »Bist du auch wund?«
»Nur in der allerschönsten Weise. Aber führ mich nicht mehr in Versuchung, Weib.«
»Ich dich?« protestierte sie, als sie sich von ihm löste. »Was mach' ich?«
»Räkelst dich. Kicherst. Lächelst. Atmest ...« Er stöhnte und rollte aus dem Bett, um die Tür zu öffnen und nach Essen und Getränken zu rufen. »Was meinst du, wie spät es ist?« fragte er und reckte sich.
»Vielleicht schon Nachmittag.« Claire entschied sich, daß seinen Körper zu bewundern zu gefährlich für sie war, und ging, um aus dem langen Fenster zu schauen. »Es ist voller Betrieb.«
Er trat hinter sie und lehnte sich groß, warm und hart gegen sie. Es verschlug ihr den Atem. »Es ist schade, daß wir beide wund sind.«
Er küßte ihren Nacken. »Wir haben noch unser ganzes Leben, meine Liebe. Erinnere dich an diese Stellung. Sie wird dir sicher gefallen. Ich höre jemanden kommen.«

Eilig schlüpfte Claire wieder unter die Decke. Renald wickelte sich ein Tuch um die Hüfte, als Maria, Prissy und Josce mit Tabletts voller Essen und Krügen hereinkamen. Sie blieben, um zu sehen, ob sie noch gebraucht würden, aber Renald schickte sie fort. Er und Claire begannen ein langes, genußvolles Mahl, das sie beide sehr schätzten. Sie wären sicherlich eingenickt, wenn nicht Josce zurückgekehrt wäre. Er meldete ziemlich nervös, daß sie unten in der Großen Halle erwartet würden.

»Warum?« Renald machte keine Anstalten, das Bett zu verlassen.

»Lady Felice ist aus Summerbourne gekommen und verlangt, mit beiden, dem Lord und der Lady, zu sprechen.«

»Felice!« Claire wäre beinahe aufgesprungen, wollte dem Knappen aber die Verlegenheit ersparen. »Es geht sicher um Mutter.«

Renald schickte Josce aus dem Zimmer. Beide begannen sich zu waschen und anzuziehen. Claire war in großer Eile, denn sie befürchtete das Schlimmste. Renald hielt sie fest und zupfte ihre Kleider zurecht. »Was immer passiert ist, es ist schon passiert. Brich nicht in Panik aus.«

»Aber ...«

»Es ist deine Tante Felice, erinnerst du dich? Die, die unbedingt an den Hof wollte.«

Claire lachte. »Ja, natürlich.« Nach einem Augenblick fügte sie hinzu: »Ich sollte vielleicht alleine mit ihr sprechen.«

»Ich will dir die Ehre nicht streitig machen. Aber wenn sie schon hier ist, kann ich nach einigen Männern Ausschau halten, die ihr gefallen könnten.«

Sie küßte ihn. »Und nach einem, der Amice nehmen würde. Jemanden, der groß und wichtig ist.«

»Ich dachte, vor Großen würde sie weglaufen.«

»Du hast ihr angst gemacht mit all den Geschichten darüber, wie groß etwas an dir ist.«

»Und da meine Braut noch gehen kann, wird sie leider der ganzen Welt verkünden, wie ärmlich ich ausgestattet bin.« Claire stieß ihn weg, und er ließ sich rückwärts auf das Bett fallen. Er hatte ein neugieriges Funkeln in den Augen. Claire schüttelte den Kopf und ging hinaus, um zu sehen, welche Ausrede Felice gefunden hatte, um an den Hof des Königs zu kommen.

27. Kapitel

»Wo ist Renald?« fragte Felice. Sie wartete in einer Ecke der bevölkerten Halle, wobei sie aber von dem allgemeinen Interesse keine Notiz nahm. Vielleicht brachte sie ernste Nachrichten.

»Ich kann ihn holen lassen, wenn wir ihn brauchen. Was ist denn nicht in Ordnung?«

Felice blickte sich um. »Ich will nicht hier mit dir reden. Gibt es keinen ruhigeren Ort?«

»Carrisford platzt aus allen Nähten. Aber es gibt eine Kapelle an der Burgmauer. Dort mag es ruhiger sein.«

Felice nickte, und so führte Claire sie dorthin, während sie bei jedem Schritt unruhiger wurde. Was konnte los sein, wenn Felice nicht wollte, daß irgend jemand es hörte? Claire hatte schreckliche Angst, es könnte wieder etwas mit Renald zu tun haben.

Sie könnte bei ihrer unsterblichen Seele schwören, daß sie nun völlig aufrichtig zueinander waren. Aber was, wenn es nicht so war?

Die kleine, strohgedeckte Kirche war kühl, dunkel und leer.

»So«, fragte Claire. »Was ist los?«

»Du denkst, ich hätte einen Vorwand gesucht, um herzukommen«, warf Felice ihr vor. »Du denkst immer nur das Schlechteste von mir.«

»Bitte, Felice. Sag mir, was passiert ist.«

Ihre Tante schniefte. »Nichts ist *passiert*. Ich dachte nur, ich könnte versuchen, dein Leben zu retten.«

»Mein Leben retten?«

»Da, siehst du. Du glaubst mir nicht!«

»Doch, natürlich tu ich das!« Unter einem schmalen Fenster stand eine Bank aus Stein. Claire zog ihre Tante zu ihr hinüber und setzte sich. »Hast du gehört, daß ich unterwegs angegriffen worden bin?«
»Natürlich habe ich das. Lord Renald hat die Hälfte der Eskorte zurückgeschickt. Und darum bin ich hergekommen.«
»Und du glaubst zu wissen, wer hinter mir her ist?«
»Eudo, der Sheriff«, sagte Felice selbstgefällig.
»*Eudo!* Welch einen Grund sollte ...«
»Siehst du! Ich wußte, daß du mir nicht glauben würdest. Renald würde es tun.«
»Ich weiß nicht, warum du das denkst.« Claire unterdrückte ihre Streitlust. »Felice, es tut mir leid. Aber du mußt zugeben, daß das ein Schock ist. Erzähl mir, warum. Du hast dir noch nie etwas eingebildet.«
»Also gut.« Aber Felice war immer noch eingeschnappt. »Nicht lange nachdem du weggeritten warst, kam Lord Eudo. Er behauptete, noch weitere Fragen bezüglich Ulrics Tod stellen zu wollen. Ich hatte meine Zweifel daran, denn ich hatte die ganze Zeit nicht gesehen, daß er wirklich den Mörder finden wollte. Natürlich nicht. Er hat Ulric getötet.«
»Eudo!« Es gelang Claire, eher erstaunt als ungläubig zu klingen.
»Um zu verschleiern, daß er in die Rebellion verwickelt war.«
Claire schloß die Augen. Als sie sie wieder öffnete, sagte sie: »Felice, können wir am Anfang beginnen?«
Ihre Tante legte den Kopf schief und runzelte die Stirn. »Nein, nicht wirklich. Ich kann nur erzählen, wie es bei mir angekommen ist. Zuerst tauchte also Eudo auf. Ich fragte mich, was er noch tun wollte, und hatte deshalb ein Auge auf ihn. Wie ich gedacht habe, sprach er kaum mit jemandem über den Mordfall. Aber er versuchte mehrere Male, ins Sonnenzimmer zu schleichen.«

»Warum?«
»Also wirklich, Claire. Ich glaube wirklich, daß dein Ehemann dir jeden Verstand geraubt hat! Er wollte das Tagebuch von Lord Clarence.«
»Eudo!« Claire begann zu begreifen. »Natürlich. Er hat erwähnt, daß ich das Buch am Fenster liegengelassen hatte. Er wußte es, weil er es dort gesehen hatte. Also hat er es gestohlen, aber dann hat sich herausgestellt, daß es meine Aufzeichnungen waren.«
»Genau. Und er hat sich die Mühe gemacht, sie zurückzubringen. Er muß dich sehr gerne mögen.«
Felice klang etwas anzüglich, aber Claire erwiderte nur: »Er respektiert Bücher. Seine Zuneigung hat ihn nicht daran gehindert, mich auf der Straße anzugreifen, um an Vaters Tagebuch zu kommen. Aber warum will er, daß ich sterbe?«
Felice zuckte die Schultern. »Ich glaube, er ist außer sich vor Angst.«
»Weil«, sagte Claire, die ihr kaum zuhörte, »er gesehen hat, wie ich in Vaters Aufzeichnungen gelesen habe. Er hatte Angst, daß ich nun seinen Inhalt kenne.«
»Ich nehme an, darin steht, daß er ebenso wie Clarence Herzog Robert unterstützte.«
»Ich habe nur eine Andeutung entdeckt. Es war kaum belastend. Und so ...«
»Er wollte sichergehen.«
Claire schüttelte den Kopf. »Ich kann mir nicht vorstellen, daß Eudo mich nur deshalb umbringen wollte, weil ich das gelesen habe. Schließlich sind die meisten Rebellen glimpflich davongekommen.«
»Clarence ist gestorben.«
»Aber nur, weil er unbedingt ein Gottesurteil wollte. Im schlimmsten Falle hätte Eudo Strafgeld zu zahlen gehabt. Und er hat sich an den Aktionen nicht beteiligt. Er hat nur viel darüber geredet.«

»Aha«, sagte Felice. »Aber er hat Ulric getötet. Jeder weiß, daß König Heinrich versprochen hat, die Gesetze zu achten. Wenn dieses Verbrechen entdeckt würde, würde Eudo nicht mehr Grafschaftsvogt sein und damit auch nicht mehr Vertreter in Rechtsangelegenheiten des Königs.«
»Also warum hat er Ulric getötet?«
»Weil er der Sheriff ist. Der König hatte es abgelehnt, Rebellen weiterhin Recht sprechen zu lassen. Eudo ist sehr stolz auf seinen Rang. Stolz, daß dieses Amt schon seit Generationen von seiner Familie ausgeübt wird. Er konnte nicht riskieren, es zu verlieren. Er hat wahrscheinlich gedacht, es sei ganz einfach. Ein Bediensteter ganz allein im Garten. Aber du hast nicht lockergelassen.«
»Ulric tauchte also auf«, sagte Claire, »und Eudo geriet in Panik. Aber er hat doch nicht an der Rebellion teilgenommen. Das hätten wir gewußt.«
»Es muß so gewesen sein. Clarence ist nur in Begleitung von Ulric ausgeritten. Eudo wollte er später treffen. Sie wollten sich zusammen Herzog Roberts Männern anschließen. Eudo ist zum Treffpunkt gekommen.«
»Mit seinem Mann!« Claire schlug sich mit der Hand auf den Mund. »Auch er ist gestorben.« Diese Folge von Morden erschreckte sie. Sie stand auf, um, hin und her gehend, darüber nachzudenken.
»Eudo hat viel darüber geredet, sich an Herzog Roberts Seite zu stellen«, sagte sie, »aber er hätte nie gedacht, daß Vater es in die Tat umsetzen würde. Niemand hat das erwartet. Als Vater vorgeschlagen hat, sich den Rebellen anzuschließen, muß er Eudo sehr erschreckt haben. Aber er hat weitergemacht, weil er nicht als Feigling dastehen wollte. Als endlich der Tag kam, hat er seine Meinung geändert.«
»Vielleicht hat er versucht, Clarence die Sache auszureden«, sagte Felice. »Reden ist seine bevorzugte Waffe.«

»Nicht mehr.« Claire schauderte beim Gedanken an die Stimme, die *tötet sie* geflüstert hatte.
»Er hat zweifelsohne geglaubt, daß er Erfolg haben würde. Wer hätte gedacht, daß Clarence dem gewaltsamen Weg treu bleiben würde?«
»Aber am Ende«, sagte Claire, »ist Eudo umgekehrt. Ich möchte wissen, wann ihm klar wurde, wie verräterisch seine Beteiligung war.«
»Wahrscheinlich erst, nachdem Herzog Robert geflohen war und Heinrich alle Macht in Händen hielt.«
»Als er hörte, daß gegen die Rebellen Strafgelder verhängt wurden und sie ihrer Ämter enthoben wurden, muß Eudo wie auf Nadeln gesessen haben. Er wartete darauf, daß Vater seine Teilnahme enthüllte. Aber dann starb Vater. Niemand wußte von seiner Beteiligung, und er war in Sicherheit.«
»Bis Ulric auftauchte.«
»Beim Himmel! Sigfrith hat gesagt, daß Eudo einer der Leute war, die mit Ulric gesprochen hatten. Das muß der Moment gewesen sein, als er ein Treffen verabredet hat. Wenn Ulric erst einmal tot war, würde er wirklich sicher sein, dachte er. Dann tauchte das Tagebuch auf. Kein Wunder, daß er es so verzweifelt gesucht hatte.« Sie schaute Felice an. »Aber wie können wir irgend etwas davon beweisen?«
»Wir werden es dem König vortragen. Er wird Eudo vors Gericht bringen. Ein Gottesurteil wird seine Schuld beweisen.«
Claire schauderte. Wieder ein Gottesurteil. Heißes Eisen, kaltes Wasser oder ein Zweikampf.
Bei der Eisenprobe hatte der Angeklagte einen rotglühenden Stab anzufassen. Wenn die Wunde nach drei Tagen nicht eiterte, hatte Gott gezeigt, daß er unschuldig war. Bei der Wasserprobe wurde der Angeklagte gefesselt ins Wasser

geworfen. Trieb er nach oben, weil das Wasser ihn nicht aufnehmen wollte, war er schuldig. Ging er unter, zog man ihn wieder herauf, weil seine Unschuld bewiesen war.
Claire hoffte, daß Eudo die weniger harte Wasserprobe zu bestehen haben würde. Mit Sicherheit würde er nicht um die dritte Möglichkeit bitten, um das Gottesurteil in einem Zweikampf. Obwohl er bei guter Gesundheit und geübt war, so war Eudo doch kein Krieger.
Aber er hatte das Recht, mit seinem Ankläger oder dessen Kämpen zu kämpfen, wenn seine Ehre das von ihm verlangte. Wenn es so weit kommen würde, wer, wenn nicht Renald, würde sein Gegner sein? Renald hatte gesagt, daß er betete, nie wieder einen solchen Kampf bestreiten zu müssen. Und was war, wenn sie und Felice sich irrten? Dann würde Renald sterben.
»Nun?« fragte Felice. »Bist du nicht meiner Meinung?«
»Was ist, wenn wir uns irren? Wenn er unschuldig ist?«
»Dann wird seine Verbrennung schnell heilen, oder er wird im Wasser untergehen.«
»Wir können bestraft werden wegen einer falschen Anschuldigung. Wir werden dann selbst eine Probe machen müssen.«
Felice runzelte die Stirn, sagte aber: »Nicht, wenn wir genügend gute Gründe für unseren Verdacht haben.«
Claire mußte ihr die Wahrheit sagen. »Aber wenn es zu einem Gottesurteil kommt, dann wird Eudo sicher um einen Zweikampf bitten. Wenn wir uns irren, wird sein Gegner sterben.«
»Aber wir irren uns nicht«, sagte Felice, die sich immer sicher war, selbst wenn sie völlig falsch lag.
»Wir können noch weiter darüber nachdenken. Schließlich ist Eudo nicht hier.«
»Oh, er ist hier.« Felice grinste. »Ich habe ihn um seine Begleitung gebeten. Er war mehr als erfreut, daß er nun eine

Ausrede hat, um vor dem Mann zu kriechen, den er so oft als unfähigen Herrscher denunziert hat.«
Claire hätte schreien können. Sie schaute auf den Altar, auf die flackernde Kerze, die die Gegenwart Christi repräsentierte. *Bitte, Herr, hilf mir, damit das, was ich nun tue, gut für alle ist. Und laß mich keinen Weg beschreiten, der meinem Ehemann schadet.*
Sie hatte mehrere Möglichkeiten. Sie und Felice konnten zu Eudo gehen und ihm sagen, was sie wußten und vermuteten. Sie könnten ihm deutlich machen, daß sie sein Verbrechen unentdeckt lassen würden, wenn er nicht noch einmal sündigen würde. Er war kein schlechter Mensch, nur ein Feigling, der aus Angst gesündigt hatte. Claire erinnerte sich an seine Trauer über den Tod ihres Vaters und über ihr persönliches Schicksal. Diese Trauer hatte er mit Sicherheit nicht gespielt.
Aber das hatte ihn nicht davon zurückgehalten, sie töten zu wollen. Wie einen gefährlichen Hund konnte man ihn nicht unbeobachtet lassen.
Sie konnte ihn auch selbst töten. Sie wußte nicht, wie, aber sie wußte, daß sie es tun könnte, um Renald zu schützen. Aber das wäre Mord, egal, wie gerechtfertigt er ihr schien. Dann hätte sie Gottes Aufgabe, Gerechtigkeit zu üben, an sich gerissen.
Ihr wurde klar, daß ihre einzige Möglichkeit die war, ihren Verdacht öffentlich zu machen und die Gerechtigkeit ihren Lauf nehmen zu lassen. Er würde in einem Zweikampf vor Gott gestellt werden, und dann – mußte der Himmel ihnen beistehen, daß sie sich nicht irrten.
»Nun?« fragte Felice. »Ich weiß, daß du alles erst zehnmal durchdenken mußt, Claire, aber jetzt ist es langsam gut.«
»Wir sollten es Renald erzählen.«
»Und ich nehme an, dann werden wir alles dem König sagen.« Sie stand auf, lächelte und war völlig überzeugt, daß

der König von England beeindruckt von ihrem Mut und ihrer Schönheit sein würde.

Auf der Tribüne, die von der aufgehenden Sonne beschienen wurde, saßen nur Männer mit harten Gesichtern – und Claire und Felice. Als Ankläger waren sie verpflichtet, hier zu sitzen. Bei der Anhörung vor dem König hatte Renald versucht, die Rolle des Anklägers zu übernehmen, aber der König hatte abgelehnt. Den Ladys von Summerbourne drohte keine Gefahr, denn ihre Geschichte war offensichtlich nicht bösartig erfunden worden. Aber jeder Angeklagte hatte das Recht, vor seinem Ankläger zu stehen.
Felice schien sich sehr auf den Kampf zu freuen.
Claires Augen waren heiß vom vielen Weinen. Zum großen Teil galten die Tränen Eudo, der daran festgehalten hatte, unschuldig zu sein, aber verzweifelt versucht hatte, ein Gottesurteil zu umgehen. Es war kein schöner Anblick gewesen.
Renald war in düstere Stimmung versunken. Claire machte ihm keine Vorwürfe. Sie wußte, er haßte, was er nun tun mußte. Sie konnte nur beten, daß er sie nicht dafür hassen würde. Sie hätte ihn gerne getröstet und auch Trost von ihm bekommen, aber seit dem gestrigen Abend hatte sie ihn nicht mehr gesehen. Ein Gottesurteil war eine heilige Angelegenheit. Die Teilnehmer mußten fasten, beten und die heilige Kommunion empfangen, bevor sie Gott baten, ihnen beizustehen.
Claire dachte voll Schmerz daran, wie Renald nach Summerbourne gekommen war. Nach einer Nacht des Fastens und des tragischen Zweikampfes hatte er eine lange, sturmgeschüttelte Reise gemacht, um der Familie des Mannes gegenüberzutreten, den er getötet hatte. Warum hatte sie nur seine Härte gesehen? Warum hatte sie die Qual nicht bemerkt?

Ihr Herz schmerzte noch mehr wegen ihrer Sorgen. Was geschah, wenn sie und Felice sich irrten? Was war, wenn Eudo unschuldig war? Das hatte sie Renald gefragt, als sie zuletzt miteinander sprachen. »Was ist, wenn er unschuldig ist?«
»Er ist es nicht. Er trägt die Schuld mit sich herum wie einen schlechten Geruch.«
»Aber wir können nicht sicher sein. Ich werde es nicht überleben, wenn ich dich in den Tod schicke.«
Er umarmte sie fest und lachte. »Claire, wenn du schon kein Vertrauen zu mir hast, dann vertraue Gott. Er wird keinen unschuldigen Mann bei einem heiligen Ritual sterben lassen.«
Sein Gottvertrauen beschämte sie. Nun saß sie auf der Tribüne und betete um dieselbe Gewißheit.
Sie haßte es. Es war schlimm genug gewesen, ihn in einem Schaukampf sehen zu müssen. Sie wollte nicht Zeugin eines Kampfes auf Leben und Tod werden. Eines Kampfes, bei dem einer sterben würde.
Sie begann zu zittern, als die Männer in die Schranke traten. FitzRoger saß neben ihr und drückte seine Hand fest auf die ihre. Sie hätte sich am liebsten wie ein Kind an ihn geschmiegt, aber für Renald mußte sie ihre Würde bewahren.
Bewaffnete Männer bildeten einen Kreis. Auf Befehl des Königs waren keine Zuschauer bei diesem Prozeß zugelassen. Renald war ganz der Wolf. Warum hatte sie es dazu kommen lassen?
Aber nein. Eudo hatte diesen Kampf herausgefordert, indem er seine Unschuld beteuert hatte. Hätte er seine Schuld eingestanden, hätte er die sanfte Strafe der Verbannung hinnehmen müssen, aber er hatte verzweifelt an seiner Unschuld festgehalten, verzweifelt wie ein Ertrinkender.
Nun war er blaß, seine Augen wanderten umher, als suchte er nach einer Fluchtmöglichkeit. Claire litt mit ihm und seiner Familie. Aber am meisten litt sie, weil sie wußte, was es

für Renald bedeutete, einem so verängstigten Mann gegenüberzustehen. Er würde sich fühlen, als schlachtete er eine Weihnachtsgans ohne Ehre oder Würde. Es sei denn, daß sie unrecht hatten und Gott Eudos Arme stärkte.

Als die Männer vor dem König standen, trat der Diener des Gerichts vor: »Hört her! Hört her! Eudo, Lord Sheriff von Dorsetshire, der geschworen hat, des Königs Frieden und Gesetze zu hüten, steht hier, angeklagt des Mordes an seinem Bediensteten Gregory und des Mordes an dem Bediensteten Ulric von Summerbourne, auch angeklagt des versuchten Mordes an Lady Claire von Summerbourne sowie der Wegelagerei auf den königlichen Straßen. Eudo, Sheriff von Dorsetshire, wie plädiert Ihr?«

»Nicht schuldig.« Aber seine Stimme war heiser.

»Wer steht für diese Anklage?«

»Ich, Lord Renald von Summerbourne«, sagte Renald fest. »Ich beanspruche das Recht als Lord von Summerbourne und daher als Schutzherr des Hofmannes Ulric und als Ehemann von Claire von Summerbourne, meiner werten Herrin.«

»Bittet Ihr Gott«, fragte der Gerichtsbedienstete, »sich Eurer Leibeskraft zu bedienen, um zu beweisen, was Recht und Gerechtigkeit ist?«

»Das tue ich!«

»Das tue ich!« Aber Eudo klang hoffnungslos. Claire dachte, das war das Eingeständnis seiner Schuld.

Barmherziger Gott, laß es schnell vorbei sein.

Ein Priester trat vor und ließ beide Männer das Kreuz küssen, dann besprengte er sie mit Weihwasser und segnete sie. Er salbte sie beide mit heiligem Öl. Eudo begann zu zittern.

Als der Priester zurücktrat, rief der Diener des Gerichts: »Möge Gott die Wahrheit ermitteln!«, und der König hob seine Hand.

Die beiden Männer zogen ihr Schwert und stellten sich einander gegenüber auf. Einen langen Augenblick geschah gar nichts. Dann sackte Eudo langsam auf seine Knie und ließ Schwert und Schild sinken, als wären sie zu schwer für ihn. Gab er auf, oder bat er um Gnade? Zu diesem Zeitpunkt gab es keine Gnade mehr.
Renald holte mit seinem mächtigen Schwert aus und schlug ihm den Kopf ab. Einfach so.
Claire starrte noch auf den Toten und auf das sprudelnde Blut, als sie bemerkte, daß Renald sein Schwert bereits Josce zum Reinigen gegeben hatte und zum König trat, um vor ihm niederzuknien.
FitzRoger hatte ihre Hand ganz fest in der seinen. Sie nahm an, daß er sie daran hindern wollte, weinend in die Arme ihres Ehemannes zu laufen.
Der König zog Renald zu sich hoch und küßte ihn. »Wir danken Euch dafür, daß Ihr die Gerechtigkeit in unserem Königreich verteidigt.« Dann stand er auf und ging, während ihm die großen Lords folgten. FitzRoger ging mit Claire zu Renald, der seine Kettenkapuze vom Kopf zog und auffällig unbeteiligt wirkte.
»Ich muß unbedingt auch ein solches Schwert haben«, sagte FitzRoger und legte Claires Hand in die ihres Gemahls. »Ich werde Lady Felice zurück zur Burg geleiten. Du schlägst Walter von Daventry vor?«
»Er ist groß und steht in des Königs Gunst. Er hat Kinder aus der ersten Ehe, aber nur Mädchen. Lady Felice hätte die Chance, einen Erben zu gebären.«
Als FitzRoger und Felice gingen, legte Renald seinen eisenbewehrten Arm um Claire, und langsamen Schrittes folgten sie den beiden. »Es tut mir leid, daß du das ansehen mußtest, meine Liebe.«
Sie zitterte, versuchte aber, ebenso ruhig wie er zu sprechen.

»Zumindest ging es schnell.«
»Wie ich bereits sagte, ich bin gut.«
»Nicht!« Aber dann sah sie zu ihm auf. »Es macht dir wirklich nichts aus, stimmt's?«
Er schnitt eine Grimasse. »Soll ich dir etwas vormachen? Ich will ehrlich zu dir sein. Ich mußte sehr damit ringen, deinen Vater zu töten, aber Eudo ist kein großer Verlust für die Welt. Korrupte Verbrecher machen mich krank.«
Etwas machte ihr noch Sorgen. »Hat er am Ende seine Schuld eingestanden? Hätte er nicht um Gnade bitten können?«
»Claire, wenn man bereits vor dem Gottesurteil steht, kann es nur eine Gnade geben. Das bedeutet Verstümmelung und den Verlust aller Rechte. Das ist gerecht, aber keine Gefälligkeit.«
Claire schaute zurück zu den Männern, die Eudos Leichnam wegtrugen. Sie bekreuzigte sich. »Gott möge seiner Seele gnädig sein.«
»Amen.« Renald blieb stehen, um sie anzuschauen. »Es ist ein ganzer Tagesritt nach Summerbourne, aber ich möchte zurück. Ich möchte dort mit dir in Frieden und Eintracht leben.«
»O ja, bitte!« Sie verzog das Gesicht. »Aber erst einmal möchte die Königin noch mehr Rätsel hören.«

Summerbourne lag friedlich da. Die Strohdächer waren nach dem langen, sonnigen Tag trocken. Die Hofleute eilten herbei, um ihren Herrn und die Herrin willkommen zu heißen.
Das große Tor stand wie immer offen, so daß Claire, Renald und ihre Eskorte in den staubigen Hof reiten konnten, mitten hinein in das wimmelnde Gewirr von Tieren und Menschen.
Lady Agnes saß draußen und genoß die Abendluft. Ihre

scharfen Augen musterten sie, dann lächelte sie. Claire glitt von ihrem Pferd und ging zu ihr hinüber. »Ja, alles ist gutgegangen, Großmutter.«
»Das habe ich schon gedacht. Was ist mit Felice?«
»Sie bleibt noch einige Tage. Wir machen uns Hoffnungen wegen eines gewissen Lord Walter von Daventry, ein großer Mann mittleren Alters mit großem Appetit.«
»Ich verstehe. Und Thomas?«
»Er hat etwas geschnieft, als wir abreisten, aber er scheint eine schöne Zeit dort zu haben ... Zwischen den Schlägen.«
Lady Agnes kicherte. »Und was ist mit Sheriff Eudo geschehen?«
Claire erzählte ihr die Geschichte. Die Großmutter nickte. »Richtig und gut. So, wo deine Mutter in St. Frideswide ist und Amice sicherlich bald Felice folgen wird, hast du nur noch mich, die hier Platz wegnimmt.«
Claire beugte sich vor und küßte sie. »Was sollte ich nur ohne dich tun, Großmutter? Dies ist dein Zuhause, und hier wirst du immer deinen Platz haben.«
Als sie herumschaute, sah sie Renald bei den Schweineställen. Sie ging zu ihm hinüber, um mit ihm den kleinen Ferkeln zuzusehen, die quiekend herumliefen. »Ich hoffe, daß sie nicht schon bald ihr Schicksal ereilt.«
Renald schaute sie an und zwinkerte. »Vielleicht mag ich nuckelnde Ferkel.«
»Vielleicht genügt Euch jemand, der nur nuckelt.«
Er zog die Brauen hoch. »Ein solches Opfer nur für die Ferkel?«
Sie schob ihre Hand unter seinen Gürtel und zog ihn an sich. »Wer spricht von einem Opfer?«
Er nahm ihre Hand und befreite sich. »Frau, ich denke, es ist Zeit, daß wir einigen Anstand hier auf Summerbourne wahren. Wir werden warten, bis es dunkel wird. Es muß in un-

serer Abwesenheit viel Arbeit angefallen sein, besonders weil auch Felice seit Tagen fehlte.«

»Oh, natürlich.« Claire schaute sich um. »Wollen wir mal sehen. Ich glaube, ich wollte dir den Misthaufen zeigen ...«

»Auf der anderen Seite«, er nahm ihre Hand und zog sie mit zum Herrenhaus hinüber, »werden mir plötzlich die Vorzüge einer frühen Nachtruhe deutlich.«